AUFBAU BIBLIOTHEK

HENRY JAMES wurde 1843 in einer großbürgerlichen New Yorker Familie geboren. Sein Bruder war der einflußreiche Psychologe und Philosoph William James (1841–1910). Von seinem Vater als Weltbürger erzogen, pendelte Henry James viele Jahre zwischen Europa und den USA hin und her, bis er sich 1876 endgültig in England niederließ. 1915 wurde er britischer Staatsbürger. Er war befreundet mit so bedeutenden Literaten wie William Dean Howells, Iwan Turgenjew, Gustave Flaubert, Guy de Maupassant und Alphonse Daudet. Henry James gilt als der wichtigste Neuerer der Erzählkunst im Übergang zur Literatur des 20. Jahrhunderts und zur Moderne. Seine sprachlich vollkommenen Erzählwerke sind geprägt von seiner Vorliebe für die kultivierte aristokratische Lebensweise, die er in Amerika vermißte, und von einer gründlichen Analyse des Seelenlebens seiner Helden. Henry James starb 1916 in London.

Neben Erzählungen wie »Daisy Miller« (1879) begründeten seine Romane »Die Europäer« (1878), »Washington Square« (1881), »Bildnis einer Dame« (1881), »Damen in Boston« (1886), »Die Prinzessin Casamassima« (1886), »Die Flügel der Taube« (1902) und »Die Gesandten« (1903) seinen literarischen Weltruhm.

Als der junge Rechtsanwalt Basil Ramson aus Mississippi seiner Bostoner Cousine Olive Chancellor in ihrem behaglichen Salon seine Aufwartung macht, ahnt er nicht, daß dieser Höflichkeitsbesuch Folgen für sein künftiges Leben haben wird. Konservativ nach Herkunft und Erziehung, gescheit und skeptisch gegen menschheitsbeglückende Ideen, wie sie im prosperierenden Neuengland im Schwange sind, sieht er in Olives Begeisterung für die Frauenemanzipation nur einen Spleen, der ihn belustigt, da er seine Lebenssphäre nicht berührt. Doch wider Willen verliebt er sich in Olives reizvolle Freundin und Gefährtin Verena Tarrant, den redegewandten Star der Bewegung, die in zunehmendem Maße ein Liebling der breiten Öffentlichkeit und der Gazetten wird. Olive ist nicht gewillt, ihm Verena zu überlassen, und so kommt es zu einem von beiden Seiten mit Härte, Leidenschaft und List geführten Kampf um das schöne Mädchen, der mit einem unerwarteten Eklat endet.

Henry James

DAMEN IN BOSTON

Roman

Aus dem Amerikanischen
von Ana Maria Brock

Aufbau Taschenbuch Verlag

Titel der Originalausgabe
The Bostonians

ISBN 3-7466-6095-5

1. Auflage 2001
Aufbau Taschenbuch Verlag GmbH, Berlin

Einbandgestaltung Torsten Lemme
unter Verwendung des Gemäldes »Die Schönen der Nacht«
von Jean Berand (1849–1936), Museé Carnavalet, Paris
Druck Ebner Ulm
Printed in Germany

www.aufbau-taschenbuch.de

Henry James

Erstes Kapitel

»Olive kommt in etwa zehn Minuten herunter; das soll ich Ihnen ausrichten. Etwa zehn: das ist typisch Olive. Weder fünf noch fünfzehn, aber auch nicht genau zehn, sondern entweder neun oder elf. Sie hat mir nicht ausrichten lassen, sie freue sich darauf, Sie kennenzulernen, denn sie weiß nicht, ob sie sich darauf freut oder nicht, und um keinen Preis würde sie sich der Gefahr aussetzen, womöglich zu schwindeln. Sie ist ungemein aufrichtig, unsere Olive Chancellor: sie strotzt vor Redlichkeit. In Boston schwindelt niemand: sie sind mir allesamt ein Rätsel. Nun, ich jedenfalls freue mich sehr, Sie kennenzulernen.«

Diese Worte sprach mit großer Geläufigkeit eine gutaussehende, füllige, lächelnde Frau beim Betreten eines schmalen Salons, in dem ein Besucher, für wenige Augenblicke sich selbst überlassen, sich bereits in ein Buch vertieft hatte. Der Herr hatte nicht einmal Platz zu nehmen brauchen, ehe es sein Interesse erweckte: offenbar hatte er sofort nach dem Hereinkommen den Band von einem Tisch genommen und sich im Stehen, nach einem einzigen raschen Blick durch das Zimmer, in seine Seiten versenkt. Bei Mrs. Lunas Nahen warf er es hin, lachte, gab ihr die Hand und ging auf ihre letzte Bemerkung ein: »Sie geben damit zu verstehen, daß Sie jedenfalls schwindeln. Vielleicht ist das auch geschwindelt.«

»O nein; es ist keineswegs erstaunlich, daß ich mich freue, Sie kennenzulernen«, gab Mrs. Luna zurück, »wenn ich Ihnen sage, daß ich mich schon drei lange Wochen in dieser Stadt aufhalte, der jede Unaufrichtigkeit so fremd ist.«

»Das klingt nicht schmeichelhaft für mich«, sagte der junge Mann. »Ich nehme für mich in Anspruch, durchaus nicht unaufrichtig zu sein.«

»Meine Güte, was nützt es dann, Südstaatler zu sein?« fragte die Dame. »Ich soll Ihnen von Olive ausrichten, sie hofft, daß Sie zum Essen bleiben. Und wenn sie das gesagt hat, hofft sie es wirklich. So weit will sie sich wagen.«

»So, wie ich bin?« erkundigte sich der Besucher, der einen eher werktäglichen Anblick bot.

Mrs. Luna musterte ihn von Kopf bis Fuß und stieß lächelnd einen kleinen Seufzer aus, als hätte er die Addition einer besonders langen Zahlenreihe bedeutet. Und er war wirklich sehr lang, Basil Ransom, und wirkte sogar ein wenig streng und einschüchternd, ganz wie eine Zahlenkolonne, trotz des freundlichen Gesichts, das er zur Abgesandten seiner Gastgeberin herabneigte und das bei seiner Hagerkeit eine tiefe, herbe Linie, gewissermaßen eine vorzeitige Falte, zu beiden Seiten des Mundes aufwies. Er war hochgewachsen und mager und ganz in Schwarz gekleidet; sein Hemdkragen war flach und breit, und auf dem ein wenig knitterigen Wäschedreieck, das der Ausschnitt seiner Weste freiließ, prangte eine Nadel mit einem kleinen roten Stein. Trotz dieses Schmucks sah der junge Mann ärmlich aus – so ärmlich, wie ein junger Mann überhaupt aussehen konnte, der einen so prachtvollen Kopf und so herrliche Augen hatte. Basil Ransoms Augen waren dunkel, tief und glühend; der Kopf hatte etwas Erhabenes, das seiner Körpergröße beinahe noch etwas hinzufügte; ein Haupt, wie geschaffen dafür, eine Volksmenge zu überragen, auf einer Richterbank oder einer politischen Tribüne oder sogar auf einer Bronzemedaille. Seine Stirn war hoch und breit, und darüber wallte sein volles schwarzes Haar, vollkommen glatt, glänzend und ungescheitelt, wie eine Löwenmähne in den Nacken. All das, besonders die Augen mit ihrem glimmenden Feuer, hätte darauf hindeuten können, daß er ein hervorragender amerikanischer Staatsmann werden sollte; oder andererseits hätte es einfach beweisen können, daß er aus Carolina oder Alabama komme. Tatsächlich kam er aus Mississippi, und er sprach sehr vernehmlich mit dem Akzent jenes Landes. Es liegt nicht in meiner Macht, diesen bezaubernden Dialekt durch irgendeine

Kombination von Schriftzeichen wiederzugeben; doch der kundige Leser wird sich ohne Schwierigkeit den Klang vorstellen können, mit dem er im vorliegenden Fall nichts Gewöhnliches oder Eitles verbinden darf. Dieser hagere, fahle, schäbig gekleidete, doch beeindruckende junge Mann mit seinem vorzüglichen Kopf, seinen auf eine sitzende Lebensweise hindeutenden Schultern, seinem Ausdruck gescheiten Grimms und strenger Begeisterung, mit seiner provinzlerischen, vornehmen Erscheinung ist, als Vertreter seines Geschlechts, die wichtigste Person in meiner Erzählung; er spielte eine höchst aktive Rolle bei den Ereignissen, die hinlänglich wiederzugeben ich unternommen habe. Und doch wird der Leser, der an einem vollständigen Bild Gefallen hat, der ebenso mit den Sinnen wie mit dem Verstand zu lesen wünscht, dringend gebeten, nicht zu vergessen, daß er seine Konsonanten dehnte und seine Vokale verschluckte, daß er gleichermaßen unerwartet Silben fallenließ oder einschaltete, und daß etwas Schwüles und Unermeßliches seine Sprache durchdrang, etwas fast Afrikanisches in ihrem vollen, sonnenwarmen Ton, etwas, das an die fruchtbare Weite des Baumwollfelds denken ließ. Mrs. Luna sah zu alledem auf, nahm aber nur einen Teil davon wahr; sonst hätte sie nicht als Antwort auf seine Erkundigung neckend zurückgegeben: »Sind Sie überhaupt einmal anders?« Mrs. Luna verhielt sich ungezwungen – unerträglich ungezwungen.

Basil Ransom errötete ein wenig. Dann sagte er: »O ja; wenn ich auswärts esse, trage ich gewöhnlich einen sechsschüssigen Revolver und ein Bowiemesser bei mir.« Und er ergriff unsicher seinen Hut – einen weichen schwarzen Hut mit flachem Kopf und übertrieben breiter, gerader Krempe. Mrs. Luna wollte wissen, was er da mache. Sie hieß ihn Platz nehmen; sie versicherte ihm, ihre Schwester rechne fest mit ihm, es würde ihr so leid tun, wie es ihr überhaupt möglich wäre – denn sie sei immerhin eine Art Fatalistin –, wenn er nicht zum Essen bliebe. Es sei furchtbar schade – sie selbst gehe aus; in Boston müsse man bei Einladungen rasch zugreifen. Auch Olive wolle nach dem Essen irgendwohin, aber das dürfe ihn nicht stören;

vielleicht werde er sie sogar begleiten wollen. Es sei keine Gesellschaft – Olive besuche keine Gesellschaften; es sei eine dieser gruseligen Versammlungen, die sie so möge.

»Was für Versammlungen meinen Sie? Sie sagen das, als wäre es ein Treffen der Hexen auf dem Brocken.«

»Nun, das ist es auch; es sind lauter Hexen und Zauberer, Medien, Geisterbeschwörer und tobende Radikale.«

Basil Ransom starrte sie an; das gelbe Funkeln in seinen braunen Augen verstärkte sich. »Wollen Sie damit sagen, Ihre Schwester sei eine tobende Radikale?«

»Eine Radikale? Sie ist ein weiblicher Jakobiner – sie ist eine Nihilistin. Alles, was ist, ist falsch, und dergleichen. Wenn Sie mit ihr dinieren, sollten Sie das lieber wissen.«

»Ach, du Wahnsinn!« murmelte der junge Mann unbestimmt und lehnte sich mit gekreuzten Armen in seinem Sessel zurück. Er blickte Mrs. Luna mit scharfsinniger Ungläubigkeit an. Sie war recht hübsch; ihr Haar war in Lockenbüscheln wie Weintrauben frisiert; ihre Lebhaftigkeit schien ihr enges Mieder sprengen zu wollen; und aus den steifen Falten ihres Unterkleids ragte, auf einem hohen, dünnen Absatz ruhend, ein kleiner, dicker Fuß hervor. Sie war attraktiv und ungehemmt, besonders das letztere. Er schien zu denken, was sie ihm erzählt habe, sei höchst betrüblich; doch er hing dieser Überlegung nach, oder jedenfalls sagte er eine Weile nichts mehr, während seine Augen über Mrs. Luna wanderten und er sich vermutlich fragte, welche Doktrin sie wohl vertrete, so wenig, wie sie vom Charakter ihrer Schwester an sich haben dürfte. Vieles erschien Basil Ransom seltsam; besonders Boston war für ihn mit Überraschungen übersät, und er war ein Mensch, der die Dinge um sich her verstehen wollte. Mrs. Luna streifte inzwischen ihre Handschuhe über; Ransom hatte noch nie so lange Handschuhe gesehen; sie erinnerten ihn an Strümpfe, und er fragte sich, wie sie ohne Strumpfbänder über dem Ellbogen zurechtkomme. »Nun, das hätte ich eigentlich wissen sollen«, fuhr er schließlich fort.

»Sie hätten was wissen sollen?«

»Nun ja, daß Miss Chancellor ganz so ist, wie Sie sagen. Sie ist in der Stadt der Reformen aufgewachsen.«

»Ach, es ist nicht die Stadt; es ist nur Olive Chancellor. Sie würde das Sonnensystem reformieren, wenn sie es zu fassen bekäme. Sie wird Sie reformieren, wenn Sie nicht aufpassen. So habe ich sie vorgefunden, als ich aus Europa zurückkam.«

»Sind Sie in Europa gewesen?« fragte Ransom.

»Mein Gott, ja! Sie nicht?«

»Nein, ich bin nirgends gewesen. Ihre Schwester auch?«

»Ja; aber sie blieb nur ein, zwei Stunden. Sie verabscheut es; sie würde es am liebsten abschaffen. Wußten Sie nicht, daß ich in Europa gewesen bin?« fuhr Mrs. Luna fort, in dem leicht gekränkten Ton einer Frau, die die Grenzen ihres Ruhmes entdeckt.

Ransom sagte sich, er könnte antworten, bis vor fünf Minuten habe er gar nichts von ihrer Existenz gewußt; doch ihm fiel ein, dies sei für einen Gentleman aus den Südstaaten nicht die Art, mit Damen zu sprechen, und er begnügte sich mit der Erklärung, sie müsse ihm seine böotische Unwissenheit verzeihen (er liebte eine wohlgesetzte Redewendung); er lebe in einem Teil des Landes, wo man nicht viel über Europa nachdenke, und er habe immer vermutet, sie sei in New York wohnhaft. Diese letzte Bemerkung machte er auf gut Glück, denn natürlich hatte er Mrs. Luna keinerlei Vermutungen gewidmet. Seine Unaufrichtigkeit brachte ihn jedoch erst recht in Bedrängnis.

»Wenn Sie glaubten, ich wohne in New York, warum in aller Welt haben Sie mich nicht besucht?« fragte die Dame.

»Nun, wissen Sie, ich gehe nicht viel aus, außer zu Hofe.«

»Meinen Sie den Gerichtshof? Hier drüben hat jeder einen Beruf! Sind Sie sehr ehrgeizig? Sie sehen so aus.«

»Ja, sehr«, antwortete Basil Ransom mit einem Lächeln und der eigenartig weiblich-weichen Aussprache dieses Adverbs, die den Herren aus dem Süden eigen ist.

Mrs. Luna erläuterte ihm, sie habe sich mehrere Jahre lang in Europa aufgehalten – seit dem Tode ihres Mannes –, sei aber vor einem Monat heimgekehrt, zusammen mit ihrem kleinen Jungen, dem einzigen Besitz, den sie auf Erden habe, und sei jetzt zu Besuch bei ihrer Schwester, die ihr natürlich nach dem Kind am nächsten stehe. »Aber es ist nicht dasselbe«, sagte sie. »Olive und ich sind so verschiedener Meinung.«

»Was bei Ihnen und Ihrem kleinen Jungen nicht der Fall ist«, bemerkte der junge Mann.

»O nein, mit Newton bin ich nie uneins!« Und Mrs. Luna fügte hinzu, jetzt, da sie zurück sei, wisse sie nicht, was sie anfangen solle. Das sei das Schlimmste an der Heimkehr; es sei so, als würde man neu geboren, und das in diesem Alter – man müsse das Leben von vorn beginnen. Man wisse nicht einmal, wozu man zurückgekommen sei. Es gebe Leute, die wünschten, daß sie den Winter in Boston verbringe; aber das könne sie nicht aushalten – sie wisse immerhin, wozu sie nicht zurückgekommen sei. Vielleicht sollte sie ein Haus in Washington mieten; habe er schon einmal von diesem kleinen Ort gehört? Man habe ihn während ihrer Abwesenheit erfunden. Außerdem wolle Olive sie nicht in Boston haben und rege es nicht einmal der Form halber an. Das sei das eine Angenehme an Olive; sie mache nie etwas um der Form willen.

Basil Ransom hatte sich in dem Moment erhoben, als Mrs. Luna ihre letzte Äußerung vorbrachte; denn eine junge Dame war leise ins Zimmer getreten, deren Schritt stockte, als sie diese Worte vernahm. Sie stand da und sah Mr. Ransom verlegen und recht ernst an; ein überaus mattes Lächeln umspielte ihre Lippen – es war gerade so weit wahrnehmbar, daß es die natürliche Strenge ihres Gesichts aufhellte. Man hätte es mit Mondlicht vergleichen können, von dem ein dünner Strahl auf der Mauer eines Gefängnisses ruht.

»Wenn das wahr wäre«, sagte sie, »würde ich Ihnen nicht sagen, es tut mir leid, daß ich Sie habe warten lassen.«

Ihre Stimme war leise und angenehm – eine kultivierte Stimme –, und sie streckte ihrem Besucher eine schlanke weiße Hand entgegen. Dieser bemerkte mit einiger Förmlichkeit (er empfand eine gewisse Mitschuld an Mrs. Lunas Indiskretion), er sei unendlich glücklich, ihre Bekanntschaft zu machen. Er nahm wahr, daß Miss Chancellors Hand zugleich kalt und schlaff war; sie legte sie einfach in die seine, ohne den leisesten Druck auszuüben. Mrs. Luna setzte ihrer Schwester auseinander, sie habe sich so ungezwungen geäußert, weil er ein Verwandter sei – obwohl er freilich nicht viel über sie beide zu wissen scheine. Sie glaube nicht, daß er jemals von ihr, Mrs. Luna, gehört habe, wenn er auch mit seiner südlichen Galanterie so tue, als ob. Sie müsse jetzt zu ihrem Diner aufbrechen, und Olive dürfe in ihrer Abwesenheit in jeder beliebigen Version über sie sprechen.

»Ich habe ihm erzählt, daß du eine Radikale bist, und du darfst ihm, wenn du willst, erzählen, ich sei ein schamloses Weib. Versuche doch, ihn zu reformieren; jemand aus Mississippi ist doch bestimmt ganz falsch eingestellt. Ich komme sehr spät zurück; wir gehen gemeinsam ins Theater; deshalb dinieren wir so früh. Auf Wiedersehen, Mr. Ransom«, fuhr Mrs. Luna fort und legte sich den flauschigen weißen Schal um, der den Umfang ihrer Schönheit noch vermehrte. »Ich hoffe, Sie bleiben noch eine Weile, so daß Sie sich selbst ein Urteil über uns bilden können. Ich möchte auch gern, daß Sie Newton kennenlernen; er ist ein prächtiger kleiner Mensch, und ich möchte mich über ihn beraten. Sie bleiben nur bis morgen? Aber wozu soll das gut sein? Nun, besuchen Sie mich aber bestimmt in New York; einen Teil des Winters bin ich ganz sicher dort. Ich schicke Ihnen eine Karte; Sie entwischen mir nicht. Kommen Sie nicht mit hinaus; meine Schwester hat das größere Anrecht. Olive, warum nimmst du ihn nicht zu deiner Frauenversammlung mit?« Mrs. Lunas Zwanglosigkeit erstreckte sich sogar auf ihre Schwester; sie eröffnete Miss Chancellor, sie sehe aus, als hätte sie sich für eine Seereise gerüstet. »Ich bin froh, daß ich keine Überzeugungen habe, die mich davon abhalten, Abendkleidung zu tragen!« erklärte sie von der Tür aus. »Wie viele Gedanken sie an ihre Kleidung wenden, die Leute, die Angst haben, leichtfertig zu wirken!«

Ob das Ergebnis nun viel oder wenig Überlegung gekostet hatte, Miss Chancellor hätte sich diesem Vorwurf gewiß nicht ausgesetzt. Sie war in ein schlichtes, dunkles, völlig schmuckloses Gewand gekleidet, und ihr glattes, farbloses Haar war so straff zusammengehalten, wie das ihrer Schwester sich frei entfalten durfte. Sie hatte sich sofort gesetzt, und solange Mrs. Luna sprach, hielt sie die Augen zu Boden geschlagen, und wenn sie aufsah, streifte ihr Blick Basil Ransom sogar weniger oft als diese wortreiche Frau. Der junge Mann konnte sie daher ungeniert mustern; eine Betrachtung, die ihm verriet, daß sie erregt war und sich Mühe gab, es zu verbergen. Er fragte sich, weshalb sie erregt war, denn er wußte noch nicht, was er später entdecken sollte, daß ihr Naturell einem leichten Boot auf stürmischem Meer glich. Auch nachdem ihre Schwester das Zimmer verlassen hatte, saß sie mit abgewandten Augen da, als läge ein Zauber auf ihr, der es ihr verböte, aufzublicken. Miss Olive Chancellor, das darf ich dem Leser anvertrauen, dem ich im Verlauf unserer Geschichte notgedrungen so manche geheime Information zukommen lassen muß, war Attacken einer tragischen Schüchternheit unterworfen, während derer sie außerstande war, auch nur ihren eigenen Augen im Spiegel zu begegnen. Eine solche Attacke hatte sich jetzt unversehens ihrer bemächtigt, ohne ersichtlichen Grund, obwohl Mrs. Luna das allerdings verschlimmert hatte, indem sie sofort so anzüglich geworden war. Nichts und niemand auf der Welt war so anzüglich wie Mrs. Luna; ihre Schwester hätte sie dafür hassen können, hätte sie sich diese Regung gegenüber Einzelmenschen nicht versagt. Basil Ransom war ein junger Mann von hervorragender Intelligenz, doch war er sich des bislang beschränkten Umfangs seiner Erfahrung bewußt. Er nahm sich vor verallgemeinernden Schlußfolgerungen in acht, die sich als voreilig erweisen könnten; jedoch hatte er sich zwei oder drei zu eigen gemacht, die für einen erst kürzlich in die New Yorker Anwaltskammer aufgenommenen und nach Klienten Ausschau haltenden jungen Herrn wertvoll waren. Eine lief darauf hinaus, man könne die Menschheit auf einfachste Weise in Leute einteilen, die die Dinge schwernehmen, und solche, die sie leichtnehmen. Er bemerkte sehr rasch, daß Miss Chancellor zu der ersten Gruppierung gehörte. Das stand so eindringlich in ihrem zarten Gesicht geschrieben, daß er ein nicht näher zu begründendes Mitleid mit ihr empfand, bevor sie auch nur zwanzig Worte gewechselt hatten. Er selbst nahm die Dinge von Natur aus leicht; wenn er sich in letzter Zeit Zwang auferlegt hatte, so nach reiflicher Überlegung und weil die Umstände ihn hart bedrängten. Doch dieses blasse Mädchen mit ihren hellgrünen Augen, ihren spitzen Zügen und ihrem nervösen Gebaren war sichtlich morbid; es lag klar auf der Hand, daß sie morbid war. Der arme Ransom verkündete sich diese Tatsache, als hätte er eine wichtige Entdeckung gemacht; doch in Wirklichkeit war er noch nie so »böotisch« gewesen wie in diesem Augenblick. Es bewies im Hinblick auf Miss Chancellor nichts Wesentliches, wenn man behauptete, sie sei morbid; eine hinlängliche Darstellung ihrer Person müßte sehr viel tiefer dringen. Wieso war sie morbid, und wieso war ihre Morbidität typisch? Ransom hätte erst frohlocken dürfen, wenn er weit genug dahintergeleuchtet hätte, um dieses Geheimnis zu erklären. Die Frauen, die er bisher kennengelernt hatte, entstammten hauptsächlich seinem eigenen milden Himmelsstrich, und sie offenbarten nicht allzu oft den Hang, den er in Mrs. Lunas Schwester entdeckte (und flüchtig bedauerte). So mochte er die Frauen: ohne zuviel zu denken, ohne Verantwortung für die Führung der Weltgeschäfte zu empfinden, wie das, dessen war er sich sicher, bei Miss Chancellor der Fall war. Wenn sie nur zurückgezogen und passiv waren und für nichts anderes Neigung empfanden, alles öffentliche Geschehen dem Geschlecht mit dem dickeren Fell überließen! Ransom war von der Vorstellung dieses Rezepts angetan; man muß wiederholen, daß er sehr provinzlerisch war.

Diese Erwägungen lagen ihm nicht so festumrissen im Sinn, wie ich sie hier niedergeschrieben habe; sie waren in dem unklaren Mitgefühl zusammengefaßt, das die Erscheinung seiner Kusine in seinem Inneren erregte und das doch mit einem merklichen Widerstreben einherging, sie besser kennenzulernen, so unverkennbar es auch war, daß sie, mit einem solchen Gesicht, bemerkenswert sein mußte. Sie tat ihm leid, aber er erkannte blitzartig, daß niemand ihr helfen konnte: eben das machte sie zur tragischen Gestalt. Er hatte auf der Suche nach Glück und Erfolg den auf seinem Herzen lastenden, ruinierten Süden nicht verlassen, um nach Tragödien Ausschau zu halten; jedenfalls nicht außerhalb seines Büros in der Pine Street. Er brach das auf Mrs. Lunas Weggang folgende Schweigen mit einer jener höflichen Redensarten, denen gerade ruinierte Landstriche noch immer zugeneigt und förderlich sein können, und fand sich bald in einem recht angenehmen Gespräch mit seiner Gastgeberin. Obwohl er sich gesagt hatte, niemand könne ihr helfen, wirkte sein Ton dahin, ihr die Schüchternheit zu nehmen; es war ihr großer Vorteil (für die Lebensbahn, die sie sich vorgenommen hatte), daß sie unter gewissen Bedingungen unversehens kühn zu werden vermochte. Sie war beruhigt, als sie feststellte, daß ihr Besucher absonderlich war; bei seiner Art zu reden war es für sie kein Wunder, daß er auf der Seite der Südstaaten gekämpft hatte. Ihr war noch nie eine so exotische Persönlichkeit begegnet, und in Gegenwart alles Fremdartigen fühlte sie sich stets wohler. Was sie mit stummem Zorn erfüllte, waren die üblichen Dinge des Lebens; das war auch ganz natürlich, da in ihren Augen fast alles Übliche ungerecht war. Es machte ihr jetzt keine Schwierigkeiten, ihn zu fragen, ob er nicht zum Essen bleiben wolle – sie hoffe, Adeline habe ihm ihre Botschaft ausgerichtet. Als sie mit Adeline oben war und man ihr seine Karte hinaufbrachte, hatte sie diesen plötzlichen und ganz unüblichen Einfall gehabt, ihm diese (für sie) wirklich äußerste Gunst anzubieten; nichts hätte stärker von ihrer Gewohnheit abweichen können, als allein, zu irgendeiner Mahlzeit, einen Herrn zu bewirten, den sie noch nie gesehen hatte.

Es war ein ähnlicher Impuls, der sie im Frühjahr bewogen

hatte, an Basil Ransom zu schreiben, nachdem sie zufällig erfahren hatte, daß er in den Norden gekommen war, um in New York zu praktizieren. Es lag in ihrem Wesen, nach Pflichten Ausschau zu halten, ihrem Gewissen Aufgaben abzufordern. Dieses wachsame Organ, ernsthaft befragt, hatte ihr dargelegt, er sei ein Sproß der alten sklavenhaltenden Oligarchie, die, wie sie selbst sich noch lebhaft erinnere, das Land in Blut und Tränen gestürzt habe, und mit solchen Greueln verknüpft, sei er folglich kein würdiges Ziel der Förderung für eine Person, deren zwei Brüder – ihre einzigen – ihr Leben für die Sache der Nordstaaten hingegeben hatten. Es erinnerte sie jedoch andererseits daran, auch er habe schmerzliche Verluste erlitten, und überdies habe er gekämpft und sein Leben eingesetzt, auch wenn es ihm belassen worden sei. Sie konnte sich gegenüber keinem, dem sich diese glückliche Gelegenheit geboten hatte, einer innigen Bewunderung – einer Art zärtlichen Neides – erwehren. Die geheimste, die heiligste Hoffnung ihres Wesens war es, eines Tages eine solche Chance zu bekommen, eine Märtyrerin zu werden und für etwas zu sterben. Basil Ransom war am Leben geblieben, aber sie wußte, daß er bittere Stunden hatte erleben müssen. Seine Familie war zugrunde gerichtet; sie hatte ihre Sklaven, ihren Besitz, ihre Freunde und Verwandten, ihr Heim verloren; hatte die ganze Grausamkeit der Niederlage zu kosten bekommen. Er hatte eine Zeitlang versucht, die Plantage selbst weiterzuführen, doch er trug einen Mühlstein von Schulden um den Hals, und er sehnte sich nach einer Arbeit, die ihn an die Sammelpunkte der Menschheit versetzen würde. Der Staat Mississippi erschien ihm als der Staat der Verzweiflung; also überließ er die Reste seines väterlichen Erbes seiner Mutter und seinen Schwestern und kam im Alter von fast dreißig Jahren zum ersten Mal in New York an, in der Kleidung seiner Gegend, mit fünfzig Dollar in der Tasche und nagendem Hunger im Herzen.

Daß dieses Ereignis dem jungen Mann seine Ahnungslosigkeit in vielen Dingen enthüllt hatte – jedoch nur, um ihn, nach dem ersten zornigen Erröten, zu sich sagen zu lassen, hier werde er ins Spiel einsteigen, und hier werde er es gewinnen –, so viel konnte Olive Chancellor nicht wissen; ihr genügte, daß er sich, wie die Franzosen sagen, zum Sammeln eingefunden, die vollendete Tatsache akzeptiert, eingestanden hatte, daß Nord und Süd ein einziger, unteilbarer politischer Organismus waren. Ihre Verwandtschaft – die der Chancellors und Ransoms – war nicht besonders nahe; sie war von der Art, die man aufnehmen oder ruhenlassen konnte, wie es einem gefiel. Sie lag »in der weiblichen Linie«, wie Basil Ransom geschrieben hatte, als er ihren Brief mit vieler Förmlichkeit und ausgesuchten Floskeln beantwortete; er drückte sich aus, als handele es sich um regierende Häuser. Schon ihre Mutter hatte sich gewünscht, die verwandtschaftlichen Beziehungen wieder anknüpfen zu können; nur die Furcht, auf Menschen im Unglück gönnerhaft zu wirken, hatte sie davon abgehalten, nach Mississippi zu schreiben. Wäre es möglich gewesen, Mrs. Ransom Geld oder sogar Kleidung zu schicken, hätte sie das gern getan; doch sie hatte keine Möglichkeit, festzustellen, wie ein solches Angebot aufgenommen werden würde. Zu der Zeit, als Basil in den Norden kam – sozusagen seine Fühler ausstreckte –, war Mrs. Chancellor verstorben; also fiel Olive, die in dem kleinen Haus in der Charles Street allein geblieben war (Adeline befand sich in Europa), die Entscheidung zu.

Sie wußte, was ihre Mutter getan hätte, und das half ihrem Entschluß; denn ihre Mutter hatte stets das positive Vorgehen gewählt. Olive ängstigte sich vor allem, aber die größte Angst hegte sie davor, sich zu fürchten. Sie wünschte sich brennend, großmütig zu sein, und wie konnte man großmütig sein, sofern man nicht ein Risiko einging? Sie hatte es sich zu einer Art Verhaltensregel gemacht, jedes Risiko auf sich zu nehmen, wo immer sie eines erkannte; und sie erlebte häufig genug die Demütigung, sich dennoch in Sicherheit wiederzufinden. Sie befand sich in völliger Sicherheit, nachdem sie an Basil Ransom geschrieben hatte; und wirklich war schwer einzusehen, was er ihr hätte antun sollen, außer ihr für ihren Brief zu danken (er war nur außerordentlich überschwenglich) und ihr zu versichern, er werde sie sogleich aufsuchen, wenn ihn seine Geschäfte (er bekam allmählich einige) einmal nach Boston führten. Jetzt war er gekommen, um sein dankbares Gelöbnis einzulösen, und selbst das gab Miss Chancellor nicht das Gefühl, daß sie die Gefahr herausgefordert habe. Sie sah (nachdem sie ihn überhaupt einmal angesehen hatte), daß er die Dinge nicht auf diese weltliche Art auslegen würde, der zu trotzen für sie ein Impuls und ein Grundsatz zugleich war. Dazu war er zu einfach – zu mississippisch; sie war beinahe enttäuscht. Sie hatte gewiß nicht gehofft, er könne den Eindruck bekommen haben, sie mache unweibliche Annäherungsversuche (Miss Chancellor verabscheute dieses Attribut fast so sehr, wie sie sein Gegenteil verabscheute); doch sie hatte eine Vorahnung, daß er zu gutmütig sein werde, bis zu diesem Grade primitiv. Von allen Dingen auf der Welt war ihr eine Auseinandersetzung das liebste (wenn sich auch kaum vorstellen läßt, warum, denn das kostete sie stets Tränen, Kopfschmerzen, ein oder zwei Tage im Bett, heftige Gefühlswallungen), und es war durchaus möglich, daß Basil Ransom auf einen Streit keinen Wert legen würde. Wenn die Leute mit einem nicht gleicher Meinung waren, konnte nichts unerfreulicher sein als diese Gleichgültigkeit. Daß er mit ihr gleicher Meinung sein würde, erwartete sie gar nicht von ihm; wie konnte ein Mann aus Mississippi ihrer Meinung sein? Wenn sie angenommen hätte, er würde ihrer Meinung sein, hätte sie ihm nicht geschrieben.

Drittes Kapitel

Auf seine Erklärung hin, wenn sie ihn hinnähme, wie er sei, würde er sehr gern mit ihr essen, entschuldigte sie sich auf einen Augenblick und ordnete im Speisezimmer etwas an. Der junge Mann, allein gelassen, sah sich im Salon um – in den zwei Salons, die in ihrer langgestreckten, aneinanderstoßenden Schmalheit sichtlich ein einziges Gemach bildeten – und schlenderte zu den Fenstern im Hintergrund mit Blick auf das Wasser;

Miss Chancellor hatte nämlich das Glück, auf jener Seite der Charles Street zu wohnen, auf deren Rückseite die schrägen Strahlen der roten Nachmittagssonne fallen, von einem Horizont her, in den sich zwischen leeren Räumen hölzerne Spitzen, die Masten einsamer Schiffe, die Schornsteine schmutziger »Werke« ausschnitten, über eine brackige Fläche abnormer Art hinweg, die zu weit war für einen Fluß und zu eng für eine Bucht. Ihm schien die Aussicht höchst malerisch, wenn auch in der sinkenden Dämmerung wenig davon übrig war, bis auf einen kaltgelben Streifen im Westen, einen Schimmer braunen Wassers und die Spiegelung der Lichter, die sich nach und nach in einer Reihe von Häusern zeigten, welche Ransom durch ihren extrem modernen Stil beeindruckten und von einem langen, aus groben Steinen aufgetürmten Damm zur Linken auf dieselbe Lagune blickten. Er fand diesen Anblick, von einem Stadthaus aus, beinahe romantisch; dann wandte er sich wieder davon ab, dem Inneren zu (jetzt von einer Lampe erhellt, die das Stubenmädchen, als er am Fenster stand, auf einen Tisch gestellt hatte), das ihm noch anregender und interessanter erschien. Der Sinn für das Künstlerische war bei Ransom nicht sehr entwickelt worden; ebensowenig war (obwohl er seine jungen Jahre als Sohn eines reichen Mannes verbracht hatte) sein Begriff von materieller Behaglichkeit besonders fest umrissen; er bestand hauptsächlich aus der Vorstellung von reichlich Zigarren und Weinbrand mit Wasser, Zeitungen und einem Armsessel mit rohrgeflochtenem Sitz mit der richtigen Neigung, wo er die Beine ausstrecken könnte. Dennoch schien ihm, er habe noch nie eine Einrichtung gesehen, die so sehr ein Interieur darstellte wie dieser eigenartige korridorähnliche Salon seiner neugefundenen Verwandten; er hatte sich noch nie einer so umfassend durchgestalteten Privatsphäre gegenüber erlebt, im Umkreis so zahlreicher Gegenstände, die Aussagen über Geschmack und Neigungen machten. Bei den meisten Menschen, die er bisher kannte, besaß der Geschmack keine besondere Richtung; sie hatten ein paar Gewohnheiten, doch waren diese nicht von der Art, daß sie übermäßiger Ausstattung bedurft hätten. In New York war er bisher noch nicht in allzu vielen Häusern gewesen, und er hatte noch nie zuvor eine solche Fülle von Beiwerk gesehen. Der allgemeine Charakter des Raumes mutete ihn bostonisch an; das hier kam tatsächlich dem nahe, was er sich unter Boston vorgestellt hatte. Er hatte immer gehört, Boston sei eine Stadt der Kultur, und nun erlebte er die Kultur in Miss Chancellors Tischen und Sofas, in den Büchern, die überall standen, auf kleinen konsolenartigen Regalen (als wäre ein Buch eine Nippesfigur), in den Photographien und Aquarellen, die die Wände bedeckten, in den Portieren, die ziemlich steif gerafft in den Türbögen hingen. Er musterte einige Bücher und sah, daß seine Kusine Deutsch las; und sein Eindruck von der Bedeutung dieser Tatsache (als Kennzeichen ihrer Überlegenheit) wurde durch den Umstand keineswegs verringert, daß er selbst diese Sprache (weil sie bekanntermaßen eine umfangreiche juristische Literatur umfaßte) im Laufe eines langen, leeren, zermürbenden Sommers auf der Plantage gemeistert hatte. Es ist ein eigentümlicher Beweis für eine gewisse, Basil Ransom eigene spontane Bescheidenheit, daß seine Reaktion auf die Entdeckung der deutschen Bücher seiner Kusine im Kern darauf hinauslief, ihm eine Vorstellung von der natürlichen Energie der Nordstaatler zu vermitteln. Er hatte diese schon oft bemerkt; er hatte sich bereits gesagt, er müsse mit ihr rechnen. Erst nach vielen Erfahrungen kam er darauf, daß wenige Nordstaatler im geheimsten Winkel ihrer Seele so energiegeladen waren wie er. Viele andere hatten das schon vor ihm entdeckt. Er wußte kaum etwas von Miss Chancellor; er war nur zu ihr gekommen, weil sie ihm geschrieben hatte; ihm wäre es nie eingefallen, sie aufzusuchen, und er hatte niemanden in New York, den er seither nach ihr hätte fragen können. Deshalb konnte er nur vermuten, daß sie eine reiche junge Frau sei; ein solches Haus, von einer zurückhaltenden ledigen Frau in solchem Stil bewohnt, deutete auf ein beträchtliches Einkommen hin. Wieviel? fragte er sich; fünftausend, zehntausend, fünfzehntausend im Jahr? Noch die niedrigste dieser Zahlen bedeutete für unseren lechzenden jungen Mann Reichtum. Er war nicht von Natur auf Besitz aus, doch hegte er einen grenzenlosen Drang nach Erfolg, und mehr als einmal hatte er sich überlegt, ein bescheidenes Kapital wäre eine Beihilfe zum Vorwärtskommen. In seinen jüngeren Jahren hatte er einen der größten Zusammenbrüche miterlebt, dessen sich die Geschichte erinnert, ein ungeheures nationales Fiasko, und das hatte ihm einen tiefen Widerwillen gegen alles wirkungslose Mühen eingepflanzt. Während er auf das Wiedererscheinen seiner Gastgeberin wartete, kam ihm der Gedanke, sie sei ja unverheiratet wie auch reich, sie sei umgänglich (ihr Brief stand dafür ein) wie auch alleinstehend; und einen Augenblick lang erstand vor ihm die Vision, Partner in einer so blühenden Firma zu werden. Er knirschte leise mit den Zähnen, als er über die Gegensätzlichkeiten des menschlichen Schicksals nachdachte; angesichts dieses gutgepolsterten weiblichen Nestes kam er sich unbehaust und unterernährt vor. Eine solche Stimmung konnte ihn jedoch nur flüchtig erfassen, denn im Grunde war er sich bewußt, sein Magen sei zu groß, als daß die gesamte Kultur der Charles Street ihn hätte ausfüllen können.

Später, nachdem seine Kusine zurückgekehrt war und sie sich zusammen nach unten zum Essen begeben hatten, wo er ihr an einem kleinen, in der Mitte mit Blumen geschmückten Tisch gegenübersaß, ein Platz, von dem aus er durch ein Fenster, dessen Vorhang auf ihre Anweisung hin nicht zugezogen worden war (sie machte ihn darauf aufmerksam – es geschah ihm zu Ehren), wieder den Ausblick auf den dunklen, leeren, mit Lichtpunkten getüpfelten Fluß genoß – zu diesem Zeitpunkt, sage ich, machte er sich selbst ohne Schwierigkeiten klar, nichts könne ihn dazu verleiten, einem solchen Frauentyp den Hof zu machen. Mehrere Monate später, in New York, im Gespräch mit Mrs. Luna, mit der er noch sehr häufig zusammentreffen sollte, erwähnte er zufällig diese Mahlzeit, den Platz am Tisch, den ihre Schwester ihm zugeteilt hatte, und die Bemerkung, mit der sie auf den Vorzug seines Platzes hingewiesen hatte.

»Das nennen sie in Boston sehr ›aufmerksam‹ sein«, erklärte

Mrs. Luna, »sie lassen einen die Back Bay (finden Sie den Namen nicht scheußlich?) ansehen und rechnen es sich dann auch noch hoch an.«

Das lag jedoch noch in der Zukunft; was Basil Ransom derzeit erkannte, war, daß es sich bei Miss Chancellor offenkundig um eine alte Jungfer handelte. Das war ihre Eigenschaft, ihr Schicksal; nichts hätte ihr deutlicher auf den Leib geschrieben sein können. Manche Frauen sind infolge eines Zufalls unverheiratet, andere sind es aus freier Wahl; Olive Chancellor aber war auf Grund jeder natürlichen Folgerung ihres Seins unverheiratet. Sie war ledig, wie Shelley lyrischer Dichter oder wie der Monat August schwülwarm ist. Sie war so wesenhaft ein weiblicher Hagestolz, daß Ransom sich dabei ertappte, sie für alt zu halten, dabei war ersichtlich, als er endlich dazu kam, sie zu betrachten (wie er es für sich ausdrückte), daß sie weniger Jahre zählte als er. Sie war ihm nicht unsympathisch, sie war so freundlich gewesen; doch nach und nach weckte sie in ihm ein unbehagliches Gefühl – die Ahnung, man könne sich bei einem Menschen, der die Dinge schwernahm, nie sicher sein. Ihm ging auf, gerade weil sie die Dinge schwernahm, hatte sie seine Bekanntschaft gesucht; gerade aus rastlosem Bemühen heraus, nicht aus Freude an der Geselligkeit; was sie im Auge hatte – und was für ein außergewöhnliches Auge war das! –, war nicht eine Freude, sondern eine Pflicht. Sie würde erwarten, daß auch er sich entsprechend bemühte; doch das konnte er nicht – im Privatleben konnte er es nicht; das Private bestand für Basil Ransom ausschließlich in dem, was er »Ausspannen« nannte. Bei näherer Bekanntschaft war sie nicht so farblos, wie sie ihm zuerst erschienen war; sogar der junge Mann aus Mississippi besaß genug Kultur, um ihre Verfeinerung wahrzunehmen. Ihre weiße Haut machte den eigenartigen Eindruck, als wäre sie zu straff über ihr Gesicht gespannt; doch ihre Züge, wenn auch scharf und unregelmäßig, waren zart auf eine Art, die auf eine gute Abstammung hindeutete. Sie waren falsch gezeichnet, aber nicht grob. Die sonderbare Tönung ihrer Augen war eine fließende Farbe; wenn sie einen damit ansah, dachte man unklar an das Glitzern grünen Eises. Sie hatte überhaupt keine Figur und erweckte irgendwie den Eindruck, ihr wäre kalt. Bei alledem lag in ihrem Aussehen etwas sehr Modernes und Hochentwickeltes; sie besaß die Vorteile wie auch die Nachteile einer nervösen Konstitution. Sie lächelte ihren Gast beständig an, doch vom Anfang bis zum Ende des Essens, bei dem er ein paar Bemerkungen machte, die er für möglicherweise amüsant hielt, lachte sie kein einziges Mal. Später erkannte er, daß sie eine Frau ohne Lachen war; falls sie jemals Heiterkeit erfaßte, war diese stumm. Nur ein einziges Mal im Verlauf seiner folgenden Bekanntschaft mit ihr fand solche Heiterkeit ihren stimmlichen Ausdruck; und dann blieb der Klang in Ransoms Ohr als einer der befremdlichsten haften, die er je gehört hatte.

Sie stellte ihm eine Unmenge Fragen und gab keine Kommentare zu seinen Antworten, die nur dazu dienten, sie zu neuen Erkundigungen anzuregen. Ihre Schüchternheit hatte sie völlig verlassen und kehrte auch nicht wieder; sie hatte genug Selbstvertrauen, um ihn merken lassen zu wollen, daß sie großen Anteil an ihm nahm. Warum sollte sie? fragte er sich. Er konnte nicht glauben, daß er zu *ihres*gleichen gehörte; er war sich bewußt, viel von einem Bohémien zu haben – er trank Bier, in New York, in Kellerlokalen, kannte keine Damen und hatte Umgang mit einer Variete-Künstlerin. Wenn sie ihn besser kennenlernte, würde sie seine Art gewiß mißbilligen, obwohl er natürlich die Künstlerin nie erwähnen würde und notfalls nicht einmal das Bier. Ransom begriff das Laster ausschließlich als eine Serie besonderer Fälle, erklärbarer Zufälle. Nicht, daß es ihm viel bedeutet hätte; wenn das Ausfragen zur Bostoner Art gehörte, würde er sich bis zuletzt als höflicher Mann aus Mississippi erweisen. Er würde ihr von Mississippi erzählen, soviel sie wollte; ihm war es gleich, wie nachdrücklich er ihr erklärte, das alte Ideengut habe im Süden ausgespielt. Sie würde ihn darum keine Spur besser verstehen; sie würde nicht wissen, wie wenig sich seine eigenen Ansichten aus einem solchen begrenzten Eingeständnis ableiten ließen. Was ihre

Schwester ihm über ihre Manie für »Reformen« mitteilte, hatte in seinem Mund irgendwie einen unangenehmen Nachgeschmack hinterlassen; er spürte jedenfalls, sofern sie dem Menschheitskult anhing – Basil Ransom hatte Comte gelesen, er hatte alles gelesen –, würde sie ihn nie verstehen. Auch er hatte eine geheime Vision von Reformen, doch deren oberster Grundsatz war es, die Reformer zu reformieren. Als sie sich dem Ende des Mahls näherten, das trotz aller versteckten Unvereinbarkeiten glänzend verlaufen war, eröffnete sie ihm, sie müsse ihn nach dem Essen verlassen, es sei denn, er habe vielleicht Lust, sie zu begleiten. Sie wolle zu einer kleinen Versammlung im Hause einer Freundin, wo einige »an neuen Ideen interessierte« Leute Mrs. Farrinder kennenlernen sollten.

»Oh, danke sehr«, sagte Basil Ransom. »Ist es eine Gesellschaft? Ich habe keine Gesellschaft mehr besucht, seit Mississippi abfiel.«

»Nein; Miss Birdseye gibt keine Gesellschaften. Sie ist eine Asketin.«

»Ach, nun ja, wir haben ja schon gegessen«, gab Ransom lachend zurück.

Seine Gastgeberin saß einen Augenblick stumm und mit niedergeschlagenen Augen da; sie sah dann immer so aus, als schwanke sie zwischen mehreren möglichen Äußerungen, alle so wichtig, daß die Wahl schwerfiel.

»Ich meine, es könnte Sie interessieren«, bemerkte sie dann. »Sie bekommen auch Diskussionen zu hören, wenn Sie so etwas mögen. Vielleicht sagt Ihnen nicht alles zu«, fügte sie hinzu und ließ ihre eigenartigen Augen auf ihm ruhen.

»Vielleicht nicht – mir sagt nicht alles zu«, bestätigte er lächelnd und strich sich über das Bein.

»Liegt Ihnen denn nichts am Fortschritt der Menschheit?« fuhr Miss Chancellor fort.

»Ich weiß es nicht – ich habe nie etwas davon gesehen. Werden Sie mir so etwas vorführen?«

»Ich kann Ihnen ernsthaftes Streben danach vorführen. Das

ist das äußerste, dessen man sich sicher sein kann. Aber ich bin mir nicht sicher, ob Sie dessen würdig sind.«

»Ist es etwas sehr Bostonisches? Das würde ich gern erleben«, sagte Basil Ransom.

»Auch in anderen Städten gibt es Bewegungen. Mrs. Farrinder kommt überall herum; vielleicht spricht sie heute abend.«

»Mrs. Farrinder, die berühmte ...«

»Ja, die berühmte; die große Verkünderin der Emanzipation der Frauen. Sie ist eng mit Miss Birdseye befreundet.«

»Und wer ist Miss Birdseye?«

»Sie ist eine unserer Berühmtheiten. Nach meiner Meinung ist sie die Frau auf der Welt, die sich am meisten für jede vernünftige Reform abgemüht hat. Ich glaube, ich müßte Ihnen sagen«, fuhr Miss Chancellor nach einem Augenblick fort, »daß sie zu den frühesten, den leidenschaftlichsten der alten Abolitionisten gehörte.«

Sie hatte wirklich geglaubt, ihm das sagen zu müssen, und sie erbebte ein wenig vor Erregung, als sie es aussprach. Doch falls sie gefürchtet hatte, er würde sich bei dieser Eröffnung irgendeine Gereiztheit anmerken lassen, enttäuschte sie die heitere Unbefangenheit, mit der er ausrief:

»Ach, die arme alte Dame – sie muß recht betagt sein!«

Das veranlaßte sie, einigermaßen streng zu erwidern: »Sie wird nie alt sein. Sie ist geistig der jüngste Mensch, den ich kenne. Doch wenn Sie nicht sympathisieren, sollten Sie vielleicht lieber nicht mitkommen«, fuhr sie fort.

»Womit sympathisieren, liebe Kusine?« fragte Basil Ransom, der nach ihrem Eindruck immer noch nicht den Ton echter Ernsthaftigkeit anschlug. »Wenn, wie Sie sagen, eine Diskussion stattfinden soll, wird es doch verschiedene Seiten geben, und natürlich kann man nicht mit beiden sympathisieren.«

»Ja, aber jeder wird auf seine Weise – oder auf ihre Weise – die Sache der neuen Wahrheiten vertreten. Wenn Ihnen an diesen nichts liegt, werden Sie uns nicht folgen.«

»Ich versichere Ihnen, ich habe absolut keine Ahnung, worum es sich dabei handelt! Ich bin in der Welt bisher ausschließlich alten Wahrheiten begegnet – so alt wie Sonne und Mond. Wie soll ich es wissen? Aber nehmen Sie mich doch bitte mit; es ist eine so gute Gelegenheit, Boston kennenzulernen.«

»Es geht nicht um Boston, es geht um die Menschheit!« Bei dieser Bemerkung erhob sich Miss Chancellor von ihrem Stuhl, und ihre Geste schien auszudrücken, daß sie einverstanden war. Doch bevor sie ihren Verwandten verließ, um sich zum Ausgehen fertig zu machen, äußerte sie ihre Überzeugung, er wisse, was sie meine; er gebe nur vor, es nicht zu wissen.

»Nun, vielleicht habe ich doch eine ungefähre Vorstellung«, gestand er; »aber sehen Sie nicht ein, daß diese kleine Zusammenkunft mir eine Gelegenheit gibt, sie zu festigen?«

Sie zögerte einen Augenblick mit ihrer besorgten Miene. »Wird Mrs. Farrinder sie festigen?« sagte sie; und sie ging, sich vorzubereiten.

Es lag im Charakter dieser armen jungen Dame, besorgt zu sein, aus jedem Skrupel einen neuen hervorzubringen und die Folgen der Dinge vorauszuahnen. In zehn Minuten kam sie mit ihrem Kapotthut zurück, den sie offenbar Miss Birdseyes asketischer Einstellung zuliebe aufgesetzt hatte. Während sie dastand und ihre Handschuhe überstreifte – ihr Gast hatte sich mit einem weiteren Glas Wein gegen Mrs. Farrinder gewappnet –, erklärte sie ihm, sie bereue wirklich schon ihren Vorschlag, er solle sie begleiten; etwas sage ihr, er werde ein hinderliches Element sein.

»Wieso, wird es denn eine spiritistische *séance*?« fragte Basil Ransom.

»Nun, ich habe bei Miss Birdseye schon manche inspirierte Rede gehört.« Olive Chancellor war entschlossen, ihm bei diesen Worten fest ins Gesicht zu blicken; ihre Ahnung, wie er das aufnehmen werde, wirkte auf sie als zwingender, nicht als abschreckender Grund.

»Aber Miss Olive, das ist ja ganz wie für mich gemacht!« rief der junge Mann aus Mississippi strahlend und mit gefalteten Händen. Sie fand ihn sehr gutaussehend, als er das sagte, überlegte jedoch, daß den Männern bedauerlicherweise nicht in dem Maße an der Wahrheit lag, zumal an ihren neuen Ausprägungen, wie sie gut aussahen. Sie verfügte jedoch über eine moralische Zuflucht, auf die sie jederzeit zurückgreifen konnte; sie hatte anläßlich akuter Gefühlswallungen bereits Trost darin gefunden, daß sie die Männer, jedenfalls als Gattung, ohnehin verabscheute. »Und ich möchte so brennend gern eine alte Abolitionistin kennenlernen; ich habe nie eine zu Gesicht bekommen«, setzte Basil Ransom hinzu.

»Natürlich konnten Sie im Süden keine sehen; Sie hatten zuviel Angst vor ihnen, um sie hineinzulassen!« Sie suchte jetzt nach einer Äußerung, unangenehm genug, um ihn von seiner Absicht abzubringen, sie zu begleiten; denn sonderbar – sofern bei einer Person mit solch intensivem Empfindungsvermögen etwas sonderbarer war als etwas anderes –, ihre Bedenken hinsichtlich der Tatsache, daß sie ihn eingeladen hatte, waren von einem Augenblick zum anderen zu einem blinden Schrecken vor der Wirkung seiner Anwesenheit angewachsen. »Vielleicht wird Miss Birdseye Sie nicht mögen«, fuhr sie fort, während sie auf den Wagen warteten.

»Ich weiß es nicht; ich meine aber doch«, gab Basil Ransom gutgelaunt zurück. Offensichtlich gedachte er nicht, auf seine Gelegenheit zu verzichten.

Vom Fenster des Speisezimmers aus hörten sie in diesem Augenblick den Wagen vorfahren. Miss Birdseye wohnte in South End; die Entfernung war beträchtlich, und Miss Chancellor hatte eine Droschke bestellt, denn zu den Vorteilen, in der Charles Street zu wohnen, gehörte es, daß Mietställe in der Nähe lagen. Die Logik ihres Verhaltens war nicht eben klar; denn wäre sie allein gewesen, hätte sie sich mittels der Straßenbahn zu ihrem Ziel begeben; nicht aus Sparsamkeit (denn sie hatte das Glück, sie nicht in diesem Maße walten lassen zu müssen) und nicht aus einer besonderen Neigung dazu, bei Nacht in Boston umherzustreifen (eine Art, sich den Augen der Öffentlichkeit preiszugeben, die ihr zutiefst unangenehm war), sondern auf Grund einer Überzeugung, die sie inbrünstig hegte, einer Überzeugung, die sie niederträchtige Unterschiede abstreifen und sich in das gewöhnliche Leben zu mischen hieß. Sie wäre zu Fuß zur Boylston Street gegangen, und dort hätte sie das öffentliche Verkehrsmittel (im Herzen war es ihr zuwider) nach South End genommen. Boston war voller armer Mädchen, die abends zu Fuß gehen und sich in alle Sinne beleidigende Pferdebahnen quetschen mußten; weshalb sollte sie sich für besser halten als diese? Olive Chancellor richtete sich in ihrem Verhalten nach erhabenen Prinzipien, und das ist der Grund, weshalb sie, an diesem Abend des Vorzugs männlichen Schutzes teilhaftig, eine Droschke kommen ließ, um diese Begünstigung zu verwischen. Wären sie zusammen auf die übliche Weise gegangen, hätte es so ausgesehen, als verdanke sie ihm ihren Wagemut, und er gehörte einem Geschlecht an, dem sie nicht verpflichtet zu sein wünschte. Als sie ihm Monate zuvor schrieb, war es eher in dem Sinne geschehen, *ihn* zu Dank zu verpflichten. Als sie recht einsilbig Seite an Seite auf South End zurollten, letztlich kaum weniger über Bahnschienen holpernd und ruckend, als liefen ihre Räder darauf, und jeder auf seiner Seite die Reihen roter, im Laternenschein bräunlicher Häuser betrachtete, mit ihren über steinerne Stufen erreichbaren vorspringenden Fassaden – als sie so unter beschaulichem Schwanken und Schwingen dahinfuhren, wandte sich Miss Chancellor an ihren Begleiter, in dem lebhaften Wunsch, ihn zur Strafe dafür herauszufordern, daß er ihr (sie konnte nicht sagen, warum) solches Herzklopfen verursacht hatte:

»Sie glauben also nicht an eine kommende bessere Zeit – Sie glauben nicht, daß es möglich ist, etwas für die Menschheit zu tun?«

Der arme Ransom bemerkte die Herausforderung, und er fühlte sich ziemlich bestürzt; er fragte sich, an was für einen Typ er da eigentlich geraten sei und welches Spiel man mit ihm trieb. Weshalb war sie ihm erst entgegengekommen, wenn sie ihn so in die Enge treiben wollte? Jedoch machte er jedes Spiel mit – dieses so gut wie ein anderes –, und er merkte, daß ihm etwas bevorstand, das er schon lange aus größerer Nähe hatte sehen wollen. »Nun, Miss Olive«, antwortete er und setzte seinen breiten Hut wieder auf, den er bis dahin auf dem Schoß gehalten hatte, »was mir am meisten auffällt, ist, daß die Menschheit ihre Nöte ertragen muß.«

»Genau das reden die Männer den Frauen ein, damit sie geduldig die Lage ertragen, die jene ihnen bereitet haben.«

»Ach, die Lage der Frauen!« rief Basil Ransom. »Die Lage der Frauen ist es, die Männer zum Narren zu halten. Ich würde meine Lage jederzeit mit Ihrer vertauschen«, fuhr er fort. »Genau das sagte ich mir, als ich da in Ihrem eleganten Heim saß.«

Im Halbdunkel des Wagens konnte er nicht erkennen, daß sie jäh errötet war, und er wußte nicht, daß sie sich ungern an gewisse Dinge erinnern ließ, die in ihren Augen Milderungen des schweren weiblichen Loses darstellten. Doch die leidenschaftlich bebende Stimme, mit der sie ihm gleich darauf antwortete, gab ihm ausreichend Gewißheit, daß er sie an einer empfindlichen Stelle getroffen hatte.

»Machen Sie es mir zum Vorwurf, daß ich zufällig ein wenig Geld besitze? Der innigste Wunsch meines Herzens ist es, damit etwas für andere zu tun – für die Unglücklichen.«

Basil Ransom hätte diese letzte Erklärung mit der Sympathie begrüßen können, die sie verdiente, hätte die edlen Bestrebungen seiner Verwandten rühmen können. Doch was ihm vielmehr auffiel, war die Unerklärlichkeit der so plötzlichen Verschärfung des Tons in einem Austausch, der ein, zwei Stunden vorher in vollkommen gutem Einvernehmen begonnen hatte, und er brach wieder in unbeherrschbares Lachen aus. Das ließ seine Begleiterin eindringlich fühlen, wie wenig sie scherzte. »Ich weiß nicht, wieso es mich kümmern sollte, was Sie denken«, sagte sie.

»Kümmern Sie sich nicht darum. Was macht es schon aus? Es hat nicht die geringste Bedeutung.«

Er mochte das zwar sagen, aber es war nicht wahr; sie spürte, daß es Gründe gab, weshalb es sie kümmern sollte. Sie hatte ihn in ihr Leben eingeführt, und sie würde dafür bezahlen müssen. Aber sie wünschte das Schlimmste sogleich zu erfahren.

»Sind Sie gegen unsere Emanzipation?« fragte sie, während sie ihm in der vorüberstreichenden Helligkeit einer Straßenlaterne ihr weißes Gesicht zuwandte.

»Meinen Sie Ihr Wahlrecht und das Verkünden Ihrer Lehren und all so etwas?« Er stellte diese Frage, doch als er erkannte, wie ernst sie seine Antwort nehmen würde, war er beinahe erschrocken und zögerte. »Ich will es Ihnen sagen, wenn ich Mrs. Farrinder gehört habe.«

Sie waren an der Adresse angelangt, die Miss Chancellor dem Kutscher genannt hatte, und ihr Fahrzeug hielt mit einem schwankenden Ruck zur Seite. Basil Ransom stieg aus; er stand mit ausgestreckter Hand am Wagenschlag, um der jungen Dame zu helfen. Doch sie schien mit sich zu kämpfen; sie blieb mit geisterbleichem Gesicht sitzen. »Sie hassen unsere Sache!« rief sie in gedämpftem Ton aus.

»Miss Birdseye wird mich bekehren«, erklärte Ransom mit Vorsatz; denn er war sehr neugierig geworden, und er fürchtete, Miss Chancellor werde jetzt, im letzten Moment, seinen Eintritt in das Haus verhindern. Sie verließ den Wagen ohne seine Hilfe, und hinter ihr stieg er die hohen Stufen zu Miss Birdseyes Wohnsitz hinauf. Er war sehr neugierig geworden, und zu den Dingen, die er gern gewußt hätte, gehörte, weshalb in aller Welt diese vertrackte Jungfer ihm geschrieben hatte.

Viertes Kapitel

Bevor sie aufbrachen, hatte sie ihm erklärt, sie würden vorzeitig hinkommen; sie wünsche Miss Birdseye allein zu sprechen, ehe alle anderen einträfen. Es gehe ihr nur um die Freude, mit ihr zu reden – es sei eine günstige Gelegenheit; sie sei stets so von anderen in Anspruch genommen. Miss Birdseye empfing Miss Chancellor in der Diele des Wohnhauses, das eine vorspringende Fassade besaß und auf dem Oberlicht über der Haustür, riesengroß in Gold gemalt, eine sehr hohe Zahl trug – 756; von einem der Souterrainfenster hing ein Blechschild mit dem Namen einer Ärztin (Mary J. Prance) herab; und insgesamt machte das Haus den eigenartigen Eindruck, zugleich neu und verwohnt zu sein – eine Art moderne Ermüdung –, wie gewisse Waren, die als überständig zu herabgesetztem Preis verkauft werden. Die Diele war äußerst schmal; erheblichen Raum nahm ein großer Garderobenständer ein, an dem bereits mehrere Mäntel und Schals hingen; der Rest bot Miss Birdseye gerade noch Platz für gewisse seitliche Ausweichmanöver. Sie schlängelte sich um ihre Gäste herum und drückte sich schließlich an ihnen vorbei, um ihnen die nächste Tür zu öffnen, die, wie sich herausstellte, von innen abgeschlossen war. Sie war eine kleine alte Dame mit einem riesigen Kopf; das war das erste, was Ransom wahrnahm – die mächtige, helle, vorgewölbte, offene, schmucklose Stirn, die über einem Paar schwacher, freundlicher, müde blickender Augen aufragte und hinten ohne rechten Erfolg von einem Häubchen aufgewogen wurde, das rückwärts abzurutschen drohte und nach dem Miss Birdseye beim Sprechen unvermittelt mit unwirksamen, fahrigen Bewegungen griff. Sie hatte ein bekümmertes, weiches, blasses Gesicht, das (und diesen Eindruck machte ihr ganzer Kopf) sich ausnahm, als wäre es einem langsam wirkenden Lösungsmittel ausgesetzt und davon durchweicht und in den Konturen verwischt worden. Ihre lange philanthropische Praxis hatte ihren Zügen kein Gepräge verliehen, sondern ihr Mienenspiel, ihren Ausdruck ausradiert. Die Wogen der Anteilnahme, der Begeisterung hatten auf sie in gleicher Weise eingewirkt, wie die Wogen der Zeit schließlich die Oberfläche alter Marmorbüsten verändern, indem sie allmählich ihre scharfen Details fortwaschen. In ihrem großflächigen Antlitz war ihr mattes kleines Lächeln kaum wahrzunehmen. Es war die bloße Skizze eines Lächelns, eine Art Rate oder Anzahlung, es schien zu sagen, wenn sie Zeit hätte, würde sie mehr lächeln, aber man konnte auch ohne das erkennen, daß sie sanftmütig und leicht zu täuschen war.

Sie kleidete sich stets auf die gleiche Art: sie trug eine lose schwarze Jacke mit tiefen Taschen, die mit Papieren vollgestopft waren, Merkzeichen einer umfänglichen Korrespondenz; und unter ihrer Jacke hing ein kurzes Tuchkleid hervor. Die knappe Länge dieses schlichten Gewandes war der eine Kunstgriff, durch den es Miss Birdseye anzudeuten gelang, sie sei eine tätige Frau, sie wolle frei sein zum Handeln. Sie gehörte selbstverständlich der Liga der Kurzen Röcke an; denn sie gehörte sämtlichen Ligen an, die für fast jeden erdenklichen Zweck gegründet worden waren. Das verhinderte nicht, daß sie eine verworren denkende, allseits verstrickte und sich verlierende, inkonsequente alte Frau war, deren Nächstenliebe zu Hause begann und nirgendwo endete, deren Leichtgläubigkeit damit Schritt hielt und die nach fünfzig Jahren humanitären Eifers womöglich weniger über ihre Mitmenschen wußte als an dem Tag, da sie zu Felde gezogen war, um sich gegen die Ungerechtigkeit der meisten herkömmlichen Verhältnisse zu wenden. Basil Ransom wußte kaum etwas über ein Leben wie das ihre, doch sie erschien ihm als die Offenbarung einer ganzen Gattung, und er sah hinter ihr aufgereiht eine Vielzahl sozialistischer Gestalten, Namen und Episoden, von denen er gehört hatte. Sie sah aus, als hätte sie ihr Leben auf Rednertribünen, in Auditorien, bei Konventen, Phalanstern, Séancen verbracht; in ihrem verblaßten Gesicht lag eine Art Abglanz häßlicher Podiumslampen; mit seiner gewohnheitsmäßig emporgerichteten Haltung schien es einem öffentlichen Redner zugewandt zu sein; sie atmete schwer wie in der dicken Luft, in der soziale Reformen gewöhnlich erörtert werden. Sie redete immerfort, mit einer Stimme, deren Spannfeder gebrochen zu sein schien wie die eines überbeanspruchten Klingelzugs; und als Miss Chancellor erläuterte, sie habe Mr. Ransom mitgebracht, weil er so darauf erpicht sei, Mrs. Farrinder kennenzulernen, reichte sie dem jungen Mann eine zarte, schmuddelige, demokratische kleine Hand und sah ihn freundlich an, weil sie gar nicht anders konnte, doch ohne den geringsten Unterschied gegenüber anderen anzudeuten, die vielleicht nicht das Glück hatten (das möglicherweise eine Ungerechtigkeit einschloß), bei einem so interessanten Anlaß zugegen zu sein. Er hatte den Eindruck, sie sei sehr arm, doch erst hinterher erfuhr er, daß sie in ihrem ganzen Leben keinen Penny besessen hatte. Niemand hatte eine Ahnung, wovon sie lebte; wann immer man ihr Geld gab, schenkte sie es einem Neger oder einem Flüchtling. Keine Frau konnte weniger übelwollend sein, doch im ganzen bevorzugte sie diese zwei Gattungen des Menschengeschlechts. Seit dem Bürgerkrieg hatte sie einen Großteil ihrer Beschäftigung verloren; denn davor hatte sie ihre besten Stunden damit verbracht, sich auszumalen, daß sie gerade einem Sklaven aus den Südstaaten bei der Flucht half. Es wäre eine heikle Frage gewesen, ob sie nicht manchmal im tiefsten Winkel ihres Herzens um dieser Erregung willen die Schwarzen wieder in die Sklaverei zurückwünschte. In gleicher Weise hatte sie unter der Milderung vieler despotischer Regimes in Europa gelitten, denn in früheren Jahren hatte die Romantik ihres Lebens größtenteils darin bestanden, verbannten Verschwörern das Kissen des Exils zu glätten. Ihre Flüchtlinge waren ihr sehr kostbar gewesen; sie hatte sich immerzu gemüht, für irgendeinen leichenblassen Polen Geld aufzutreiben, für irgendeinen hemdlosen Italiener Unterrichtsstunden zu arrangieren. Es gab eine Legende, wonach sich einst ein Ungar ihrer Zuneigung bemächtigt habe und verschwunden sei, nachdem er ihr alles gestohlen hatte, was sie besaß. Das war jedoch höchst apokryph, denn sie hatte nie etwas besessen, und es war ernstlich zu bezweifeln, ob sie eine Empfindung so persönlicher Art hätte hegen können. Sie war, auch in jenen Tagen, nur in die eine oder die andere Sache verliebt, und sie schmachtete nur nach der Emanzipation. Doch es waren die glücklichsten Tage gewesen, denn wenn sich die gute Sache in Ausländern verkörperte (was waren die Afrikaner sonst?), besaß sie zweifellos größere Anziehungskraft.

Miss Birdseye war gerade heruntergekommen, um Doktor Prance zu sprechen – um zu fragen, ob sie nicht heraufkommen wolle. Doch diese war nicht in ihrem Zimmer, und Miss Birdseye nahm an, sie sei fortgegangen, um zu Abend zu essen; sie gehe zum Abendbrot in eine etwa zwei Blocks weiter gelegene Pension. Miss Birdseye gab der Hoffnung Ausdruck, Miss Chancellor habe das ihre bereits hinter sich; sie hätte reichlich Zeit dazu gehabt, denn es sei noch niemand da; sie wisse nicht, warum sich alle so verspäteten. Ransom erfaßte, die an dem Garderobenständer hängenden Kleidungsstücke seien kein Zeichen dafür, daß Miss Birdseyes Freunde bereits versammelt waren; wäre er noch ein wenig weiter gegangen, hätte er erkannt, daß das Haus zu jenen gehörte, wo stets undefinierbare Bekleidungsgegenstände in der Diele aufgehängt sind. Miss Birdseyes Besucher, dazu die von Doktor Prance und anderen Mietern – denn Nummer 756 war der gemeinsame Wohnsitz mehrerer Personen, unter denen in hohem Maße Unklarheit über die jeweiligen Grenzen herrschte –, pflegten Dinge zurückzulassen, die der Abholung harrten; viele trugen Leinenmappen und Strickbeutel mit sich herum, für die sie unentwegt eine Ablage suchten. Was den Charakter dieses Interieurs abrundete, war Miss Birdseyes eigene Wohnung, die ihre Besucher gleich darauf betraten und wo sich bald noch verschiedene Mitglieder des Kreises der guten Dame einfanden. In der Tat rundete es Miss Birdseye selbst ab, sofern überhaupt etwas der vom Wesen her formlosen alten Frau, die nicht mehr Figur besaß als ein Bündel Heu, diesen Dienst zu leisten vermochte. Doch die Kahlheit ihres sich langgestreckt verlierenden, leeren Salons (er hatte genau den gleichen Grundriß wie Miss Chancellors) verriet, daß sie niemals andere als moralische Bedürfnisse gehabt hatte und daß ihre gesamte Lebensgeschichte nichts als die Geschichte ihrer Sympathien gewesen war. Den Raum erhellte eine kleine, heiße, grelle Gaslampe, die ihn weiß und ausdruckslos wirken ließ. Er machte sogar auf Basil Ransom den Eindruck der Geschmacklosigkeit, und er sagte sich, seine Kusine müsse schon riesige Raupen im Kopf haben, wenn sie an einem solchen Haus Gefallen fand. Er wußte damals nicht und sollte es auch nie erfahren, daß es ihr furchtbar mißfiel und daß in einer Lebensbahn, wo sie sich ständig der Kränkung und Mißhandlung aussetzte, ihre ärgsten Leiden von der Verletzung ihres Geschmacks herrührten. Sie hatte versucht, diesen Nerv abzutöten, sich einzureden, Geschmack sei nur Leichtfertigkeit in der Maske des Wissens; doch ihre Empfindlichkeit brach immer wieder neu durch und bewog sie zu der Frage, ob das Fehlen hübscher Arrangements ein notwendiges Merkmal der Begeisterung für die Menschheit sei. Miss Birdseye war ständig bemüht, Arbeit – Zeichenunterricht, Porträtaufträge – für arme ausländische Künstler zu ergattern, für deren hervorragendes Talent sie sich rückhaltlos verbürgte; doch tatsächlich besaß sie nicht den geringsten Sinn für die szenische oder plastische Seite des Lebens.

Gegen neun Uhr warf sich das Licht ihrer fauchenden Gasbrenner auf die majestätische Erscheinung Mrs. Farrinders, die dazu hätte beitragen können, Miss Chancellors oben erwähnte Frage zu verneinen. Sie war eine füllige, gutaussehende Frau, deren Eckigkeit die Atmosphäre des Erfolgs verwischt hatte; sie trug ein raschelndes Kleid (es war offensichtlich, wie sie zum Geschmack stand), hatte üppiges Haar von glänzendem Schwarz, hielt ihre Arme verschränkt, als wollten diese sagen, in einer Laufbahn wie der ihren sei die Ruhe so süß wie kurz, und besaß furchterregend regelmäßige Züge. Ich wende dieses Adjektiv auf ihre Maske klarer Gelassenheit an, weil sie sich einem mit einer Frage zuzuwenden schien, deren Antwort im voraus festgelegt war, nämlich wie ein Antlitz anders als edel sein könne, dessen Maße so stimmig waren. Man vermochte weder das Ebenmaß noch den edlen Ausdruck anzufechten und konnte nichts anderes empfinden, als daß Mrs. Farrinder sich Geltung verschaffte. Sie hatte eine lithographische Glätte an sich und stellte eine Mischung aus der amerikanischen Matrone und der Persönlichkeit des öffentlichen Lebens dar. Es lag etwas von der Öffentlichkeit in ihren Augen, die groß, kalt und ruhig waren; sie hatten eine Art preisgegebene Zurückhaltung erworben, erwachsen aus der Gewohnheit, von einem Vortragspult aus auf ein Meer von Köpfen herabzusehen, während ihre hervorragende Besitzerin von einem prominenten Mitbürger gerühmt wurde. Mrs. Farrinder machte fast zu jeder Zeit den Eindruck, als werde sie gerade mit ein paar einführenden Worten vorgestellt. Sie sprach äußerst langsam und deutlich und merklich mit hohem Verantwortungsgefühl; sie sprach jede Silbe jedes Wortes aus und legte Wert darauf, sich klar auszudrücken. Wenn man im Gespräch mit ihr versuchte, irgend etwas als gegeben vorauszusetzen oder zwei, drei Stufen auf einmal zu überspringen, sah sie einen mit kühler Nachsicht an, als sei ihr dieser Trick bekannt, und fuhr dann in ihrem eigenen gemessenen Schrittmaß fort. Sie hielt Vorträge über Mäßigkeit und Frauenrechte, und sie mühte sich für die Ziele ab, jeder Frau im Lande das Wahlrecht zu geben und jedem Mann den schäumenden Humpen zu nehmen. Nach allgemeiner Ansicht hatte sie eine wunderbare Art und verkörperte die häuslichen Tugenden gleicherweise wie die Anmut des Salons; kurzum, sie war ein leuchtendes Beispiel dafür, daß für Damen das Forum nicht zwingend dem häuslichen Herd feindlich gegenüberstehe. Sie hatte einen Gatten, und sein Name war Amariah.

Doktor Prance war vom Abendessen zurückgekommen und trat in Erscheinung, auf eine Aufforderung hin, die Miss Birdseyes entspannte Stimme ihr, und zwar mehrmals wiederholt, um ihrer Aufmerksamkeit sicher zu sein, von der Diele aus über das Geländer hinabgezwitschert hatte. Sie war eine unansehnliche, magere junge Frau mit kurzem Haar und Kneifer; sie sah sich mit einer gewissen kurzsichtigen Geringschätzung um und schien zu hoffen, man erwarte von ihr nicht, daß sie sich in irgendeiner Weise der Allgemeinheit anschließe, und nehme nicht an, sie sei zu einem anderen gesellschaftlichen Zweck heraufgekommen als um nachzusehen, was Miss Birdseye diesmal wollte. Bis neun Uhr waren noch zwanzig Personen eingetroffen und hatten auf den Stühlen Platz genommen, die längs der Wände des langen, kahlen Zimmers aufgestellt waren, wodurch schließlich eine Ähnlichkeit mit einem ungeheuren Straßenbahnwagen entstand. Der Raum enthielt wenig mehr als diese Stühle, von denen viele so aussahen, als seien sie geliehen, und auf ausgeräumte Schlafzimmer in den oberen Regionen hindeuteten; ein, zwei Tische mit vergilbter

Marmorplatte, einige wenige Bücher und in den Winkeln aufgetürmt eine Sammlung von Zeitungen. Ransom konnte selbst erkennen, daß der Anlaß nicht von vulgär festlicher Art war; es mangelte an geselliger Bewegung, und zwischen den meisten Gästen gab es nicht einmal die Zeichen wechselseitigen Erkennens. Sie saßen da, als warteten sie auf etwas; sie blickten verstohlen und stumm auf Mrs. Farrinder und standen sichtlich unter dem Eindruck, sie seien glücklicherweise nicht gekommen, um sich zu amüsieren. Die Damen, bei weitem in der Überzahl, hatten, wie Miss Chancellor, ihre Kapotthüte auf; die Männer waren in Arbeitskleidung, viele in abgetragen wirkenden Mänteln. Zwei oder drei hatten ihre Überschuhe anbehalten, und wenn man ihnen nahe kam, war der Gummigeruch wahrzunehmen. Nicht etwa, daß Miss Birdseye jemals etwas Derartiges bemerkt hätte; sie wußte weder, was sie roch, noch schmeckte sie, was sie aß. Die meisten ihrer Freunde hatten einen sorgenvollen, abgehärmten Ausdruck, wenngleich vereinzelte Ausnahmen vorkamen – ein halbes Dutzend gelassene, blühende Gesichter. Basil Ransom fragte sich, wer sie alle waren; er hatte die allgemeine Vorstellung, sie seien Medien, Kommunisten, Vegetarier. Auch nicht etwa, daß Miss Birdseye es verabsäumt hätte, zwischen ihnen umherzuwandern, mit immer neuer Wiederholung ihrer Erkundigungen und ihrer freundlichen Unaufmerksamkeit; sie setzte sich nacheinander zu den meisten, sagte vage und gütig »ja, ja« zu Bemerkungen, die diese an sie richteten, tastete nach den Papieren in den Taschen ihrer aufgeknöpften Jacke, rettete ihr Häubchen und opferte ihre Brille, aber am meisten fragte sie sich, was sie sich dabei gedacht habe, diese Leute zusammenzuholen. Dann fiel ihr ein, daß es auf irgendeine Weise mit Mrs. Farrinder zusammenhing; daß diese wortgewaltige Frau versprochen hatte, die Versammelten mit ein paar Erinnerungen an ihre letzte Kampagne zu erfreuen, vielleicht sogar die Richtung zu skizzieren, in der sie im bevorstehenden Winter zu operieren gedachte. Um das zu hören, war Olive Chancellor gekommen; das dürfte auch der Anziehungspunkt für den dunkeläugigen jungen

Mann sein (er sah aus wie ein Genie), den sie mitgebracht hatte. Miss Birdseye arbeitete sich wieder zu der berühmten Rednerin durch, die gerade Miss Chancellor ihre nachsichtige Aufmerksamkeit schenkte; letztere saß auf engstem Raum zusammengedrückt, um ihr nahe zu sein, sie saß da mit gefalteten Händen und einer konzentrierten Wißbegierde, gegen die Mrs. Farrinders Art und Weise großzügig und frei wirkte. Auf ihrem Weg wurde die Gastgeberin jedoch durch das Eintreffen neuer Pilger aufgehalten; sie hatte keine Ahnung, daß sie die Veranstaltung so vielen Leuten gegenüber erwähnt hatte – sie erinnerte sich sozusagen nur an die, die sie vergessen hatte –, und es war ganz gewiß ein Beweis für das Interesse, das man Mrs. Farrinders Arbeit entgegenbrachte. Bei den Leuten, die soeben eingetroffen waren, handelte es sich um Doktor und Mrs. Tarrant und deren Tochter Verena; er war mesmerischer Heilpraktiker, und sie stammte aus alter abolitionistischer Familie. Miss Birdseye richtete ihr mattes, verdorrtes Lächeln auf die Tochter, die für sie neu war, und ihr schwebte vor, sie werde sich wahrscheinlich als Genie hervortun; ihre Abstammung legte das nahe. Für Miss Birdseye steckte hinter jedem Busch ein Genie. Selah Tarrant hatte wunderbare Heilungen bewirkt; sie kannte so viele Menschen – würden sie es doch nur mit ihm versuchen! Seine Frau war eine Tochter Abraham Greenstreets; sie hatte einen entlaufenen Sklaven dreißig Tage lang in ihrem Haus aufgenommen. Das war Jahre her, als dieses Mädchen noch ein Kind gewesen sein mußte; doch hatte es nicht eine Art Regenbogen über ihrer Wiege ausgespannt, und würde sie nicht natürlicherweise eine Gabe besitzen? Das Mädchen war sehr hübsch, obwohl sie rotes Haar hatte.

Fünftes Kapitel

Mrs. Farrinder indessen brannte nicht eben darauf, das Wort an die Versammelten zu richten. Das gestand sie Olive Chancellor mit einem Lächeln, das darum bat, eine vorübergehende

Minderung ihrer Bereitwilligkeit nicht zu streng zu beurteilen. Sie habe an so viele Versammlungen das Wort gerichtet, und sie wolle gern hören, was andere Leute zu sagen hätten. Miss Chancellor selbst habe sich über das wesentliche Thema so viele Gedanken gemacht; wolle nicht sie ein paar Bemerkungen dazu äußern und ihnen einige ihrer Erfahrungen mitteilen? Wie dächten die Damen in der Beacon Street über das Wahlrecht? Vielleicht könne sie für diese mehr als für manche anderen sprechen. Das sei eine Seite des Problems, worüber die führenden Persönlichkeiten möglicherweise nicht genügend Informationen besäßen; aber sie wollten alles einbeziehen, und weshalb sollte Miss Chancellor nicht eben dieses Feld zu dem ihren machen? Mrs. Farrinder sprach im Ton einer Frau mit so weiten Ausblicken, daß diese anfangs, bevor man erkannte, worauf sie hinauswollte, beinahe irreführend wirken mochten; sie war sich eines Gesichtskreises bewußt, der den ersten Flug der Phantasie ihrer Zuhörerin weit überspannte. Sie drängte ihrer Partnerin den Gedanken auf, in der eleganten Welt zu arbeiten, schien ihr vertrauliche Beziehungen zu diesem geheimnisvollen Reich zuzuschreiben und verlangte zu wissen, warum sie nicht einige ihrer Freundinnen da unten auf dem Mill-dam aufrütteln sollte.

Olive Chancellor nahm diesen Appell mit eigenartigen Empfindungen auf. Bei all ihrer ungeheuren Sympathie für Reformen ertappte sie sich doch so oft bei dem Wunsch, Reformer wären ein wenig anders. Mrs. Farrinder hatte etwas Großartiges an sich; es war erhebend, mit ihr zusammenzusein; doch schwang ein falscher Ton mit, wenn sie zu ihrer jungen Freundin über die Damen in der Beacon Street sprach. Olive war es zuwider, mitanzuhören, wie man von dieser schönen Allee sprach, als wäre sie ein ganz besonderer Ort und dort zu wohnen ein Beweis weltlichen Glanzes. Alle möglichen minderwertigen Leute wohnten da, und eine so intelligente Frau wie Mrs. Farrinder, die in Roxbury wohnte, dürfte eigentlich die Dinge nicht so durcheinanderbringen. Es war natürlich ganz abscheulich, sich an solchen Fehlern zu stoßen; doch hatte Miss Chancellor hier nicht zum ersten Mal beobachtet, daß der Besitz von Nerven nicht an sich schon ein Grund war, sich die neuen Wahrheiten zu eigen zu machen. Sie kannte ihre Stellung in der Bostoner Hierarchie, und sie entsprach nicht dem, was Mrs. Farrinder annahm; und so bedeutete es einen Mangel an Perspektive, zu ihr zu sprechen, als wäre sie eine Vertreterin der Aristokratie. Nichts konnte schwächer sein, das wußte sie sehr gut, als (in den Vereinigten Staaten) diese Bezeichnung allzu wörtlich anzuwenden; dennoch hätte es mehr den tatsächlichen Gegebenheiten entsprochen, wenn man, im Unterschied dazu, gesagt hätte, die Chancellors gehörten der Bourgeoisie an – der ältesten und besten. Ob ihnen an einer solchen Stellung lag oder nicht (wie es sich ergab, waren sie sehr stolz darauf), sie hatten sie nun einmal inne, und es ließ Mrs. Farrinder provinzlerisch wirken (immerhin lag doch auch etwas Provinzlerisches in der Art, wie sie ihr Haar frisierte), daß sie das nicht verstand. Wenn Miss Birdseye redete, als gehörte man zu den »Spitzen der Gesellschaft«, konnte ihr Olive sogar diesen gräßlichen Ausdruck verzeihen, weil man natürlich nie annahm, daß sie, das arme liebe Ding, den geringsten Sinn für Wirklichkeit besaß. Sie war heroisch, sie war erhaben, die gesamte sittliche Geschichte Bostons spiegelte sich in ihrer verrutschten Brille; doch es war sozusagen ein Zug ihrer Originalität, daß sie köstlich provinzlerisch war. Olive Chancellor meinte von sich selbst, genug Privilegien zu besitzen, auch ohne dem exklusiven Kreis anzugehören und Einladungen zu den kleineren Gesellschaften zu bekommen, die erst den wahren Prüfstein bedeuteten; es war ein großes Glück für sie, daß sie nicht auch noch diese moralische Schuld auf dem Gewissen hatte. Die Damen, die Mrs. Farrinder meinte (es war anzunehmen, daß sie etliche ganz bestimmte meinte), mochten für sich selbst sprechen. Sie wünschte auf einem anderen Feld zu arbeiten; seit langem beschäftigte sie die Romantik des Volkes. Sie hegte den brennenden Wunsch, ein *sehr* armes Mädchen wirklich gut kennenzulernen. Das mag als eine ganz leicht zu erlangende Freude erscheinen; doch in

Wirklichkeit hatte sie es nicht so gefunden. Es gab zwei, drei blasse Ladenmädchen, deren Bekanntschaft sie gesucht hatte; aber sie hatten sich anscheinend vor ihr gefürchtet, und der Versuch war im Sande verlaufen. Sie nahm die Mädchen tragischer, als diese sich selbst nahmen; ihnen wurde nicht klar, was sie eigentlich von ihnen wollte, und stets endeten sie damit, daß sie sich in ekelhafter Weise mit Charlie einließen. Charlie war ein junger Mann mit weißem Kittel und Papierkragen; bei kritischer Sicht lag ihnen letztlich am meisten an ihm. Ihnen lag viel mehr an Charlie als am Wahlrecht. Olive Chancellor hätte gern gewußt, wie Mrs. Farrinder diese Seite des Problems behandeln würde. Bei ihren Forschungen unter ihren jungen Mitbürgerinnen hatte sie stets diesen aufdringlichen Verehrer mitten auf ihrem Weg aufgepflanzt gefunden, und schließlich war er ihr mit der Zeit höchst unsympathisch geworden. Der Gedanke erfüllte sie mit Erbitterung, daß er für das Glück seiner Opfer notwendig sein sollte (worüber auch immer sie mit ihr sprechen mochten, es war ihr bekannt, daß sie untereinander von ihm und nur von ihm redeten), und wenn sie seit langem davon träumte, einen Abendklub für ihre abgearbeiteten, unterbezahlten Schwestern einzurichten, so war eine der besten Empfehlungen die Hoffnung, daß der Klub in gewissem Maße Charlies Stellung untergraben würde – so deutlich sie auch voraussah, daß er vor der Tür warten werde. Sie wußte kaum, was sie Mrs. Farrinder antworten sollte, als diese für den Augenblick mangelhaft unterrichtete Frau, die noch immer mit dem Mill-dam beschäftigt war, erneut zum Angriff überging.

»Wir brauchen Arbeiter auf diesem Feld, obwohl ich ein oder zwei reizende Frauen kenne – entzückende *häusliche Frauen* –, die sich in Kreisen bewegen, die jeder neuen Stimme gegenüber überwiegend verschlossen sind, und ihr Bestes tun, den Kampf voranzutreiben. Ich habe mehrere Namen, die Sie vielleicht überraschen würden, in der State Street wohlbekannte Namen. Doch wir können gar nicht genug Rekruten bekommen, besonders unter jenen, deren Vornehmheit allgemein anerkannt ist. Falls nötig, sind wir bereit, gewisse

Schritte zu unternehmen, um die Zaghaften zu gewinnen. Unsere Bewegung ist für alle da – sie spricht die zartfühlendsten Damen an. Richten Sie bei ihnen die Standarte auf und bringen Sie mir tausend Namen. Ich kenne mehrere, die ich gern dabei hätte. Ich kümmere mich um die Einzelheiten ebenso wie um die großen Strömungen«, fügte Mrs. Farrinder in einem so erklärenden Ton hinzu, wie er von einer Frau dieses Formats überhaupt zu erwarten war, und mit einem Lächeln, dessen Liebenswürdigkeit ihre Zuhörerin durchschauerte.

»Ich kann nicht mit diesen Leuten reden, ich kann es nicht!« sagte Olive Chancellor mit einer Miene, die um den Erlaß der Verantwortung zu flehen schien. »Ich möchte mich für andere aufopfern; ich möchte alles kennenlernen, was unten und dem Blick entzogen liegt, verstehen Sie? Ich möchte in das Leben von Frauen eindringen, die einsam, die erbarmungswürdig sind. Ich möchte ihnen nahe sein – ihnen helfen. Ich möchte etwas tun – ach, ich würde so gern sprechen!«

»Wir würden uns freuen, wenn Sie heute einige Äußerungen vortragen würden«, erklärte Mrs. Farrinder mit einer Promptheit, die die Fähigkeit zur Versammlungsleitung verriet.

»O lieber Gott, nein, ich kann nicht sprechen; ich habe in dieser Richtung gar kein Talent. Ich habe keine Selbstsicherheit, keine Beredsamkeit; ich kann keine drei Worte zusammenbringen. Aber ich möchte unbedingt etwas beitragen.«

»Was haben Sie dann?« erkundigte sich Mrs. Farrinder und musterte ihre Gesprächspartnerin von oben bis unten mit einem geschäftsmäßigen Blick, in dem eine gewisse Abkühlung lag. »Haben Sie Geld?«

Die Hoffnung, diese große Frau würde ihren Beitrag auf der finanziellen Seite gutheißen, regte Olive zunächst so auf, daß sie sich nicht für die Überlegung Zeit nahm, sie hätte höflichkeitshalber die Rede auf irgendeine andere Fähigkeit bringen können. Doch sie gestand, ein gewisses Kapital zu besitzen, und der Ton klang voll und tief, mit dem Mrs. Farrinder ihr sagte: »Dann tragen Sie das bei!« Sie war so freundlich, diesen Gedanken zu entwickeln, und ihre Darstellung der Rolle, die Miss Chancellor spielen könnte, indem sie einem Fonds zur Verbreitung eines angemesseneren Begriffs ihrer öffentlichen und privaten Rechte unter den Frauen Amerikas – einem Fonds, den ihre Beraterin selbst kürzlich gegründet hatte – großzügige Spenden zukommen ließ, diese rasche, kühne Skizze besaß die Lebendigkeit, die die erfolgreichsten öffentlichen Äußerungen der Sprecherin kennzeichnete. Sie zog Olive in ihren Bann; Olive empfand nahezu Begeisterung darüber. Wenn ihr Leben auf andere diesen Eindruck machte – besonders auf eine Frau wie Mrs. Farrinder, deren Horizont so weit war –, dann mußte es etwas für sie zu tun geben. Es war eines, von sich aus zu entscheiden, doch jetzt hatte die große Vertreterin der Befreiung ihres Geschlechts (von jeder Form der Sklaverei) für sie entschieden.

Das kahle, gasbeleuchtete Zimmer wurde in ihren andächtigen Augen immer reichhaltiger; es schien sich zu weiten, sich dem großen Leben der Menschheit zu öffnen. Die ernsten, müden Menschen in ihren Kapotthüten und Mänteln begannen zu leuchten wie eine Gruppe Helden. Ja, sie würde etwas tun, sagte sich Olive Chancellor; sie würde etwas tun, um die Dunkelheit jenes schrecklichen Bildes aufzuhellen, das stets vor ihr stand und das zuweilen die Vorstellung in ihr wachrief, sie sei dazu geboren, einen Kreuzzug dagegen anzuführen – das Bild des Elends der Frauen. Das Elend der Frauen! Die Stimme ihres stummen Leidens klang ihr ständig in den Ohren, das Meer von Tränen, die sie von Anbeginn der Zeiten an vergossen hatten, schien durch ihre eigenen Augen zu strömen. Ganze Zeitalter der Unterdrückung waren über sie hinweggerollt; ungezählte Millionen hatten nur gelebt, um gemartert, um gekreuzigt zu werden. Sie waren ihre Schwestern, sie gehörten zu ihr, und der Tag ihrer Erlösung war angebrochen. Dies war die einzige geheiligte Sache; dies war die große, die gerechte Revolution. Sie mußte triumphieren, sie mußte alles vor sich herfegen; sie mußte dem anderen, dem brutalen, blutbefleckten, raubgierigen Geschlecht den letzten Bruchteil der Sühne abringen! Es würde die größte Veränderung sein, die die Welt erlebt hatte; es würde ein neues Zeitalter für die menschliche Familie bedeuten, und die Namen jener, die geholfen hatten, den Weg zu zeigen und die Schwadronen anzuführen, würden die strahlendsten auf den Tafeln des Ruhms sein. Es würden die Namen von Frauen sein, schwach, beschimpft, verfolgt, doch mit jedem Pulsschlag ihres Seins der Sache ergeben und nichts Besseres vom Schicksal fordernd, als dafür zu sterben. Es war diesem interessanten Mädchen nicht klar, auf welche Weise ihr ein solches Opfer (wie das letztere) abverlangt werden könnte, doch sie sah die Sache durch eine Art durchsonnten Morgennebel der Gefühlsbewegung, der die Gefahr ebenso rosig verklärte wie den Erfolg. Als Miss Birdseye herantrat, verwandelte er ihre vertraute, ihre komische Gestalt und ließ das arme kleine humanitäre Lastpferd bereits als eine Märtyrerin erscheinen. Olive Chancellor betrachtete sie voller Liebe, erinnerte sich daran, daß sie niemals in ihrem langen, undankbaren, mühseligen Leben einen Gedanken oder einen Impuls für sich selbst gehabt hatte. Sie war von der Leidenschaft des Mitgefühls verzehrt worden; diese hatte sie in so viele Falten zerknüllt wie einen alten, ausgeweiteten Glacehandschuh. Man hatte sie ausgelacht, aber sie erfuhr es nie; man behandelte sie als langweilige Person, aber das kümmerte sie nicht. Sie besaß nichts auf der Welt außer den Kleidern, die sie auf dem Leibe trug, und wenn sie ins Grab sinken würde, würde sie nichts hinterlassen als ihren grotesken, unberühmten, rührend-bescheidenen Namen. Und doch behaupteten die Menschen, die Frauen seien eitel, sie seien persönlich interessiert, sie seien eigennützig! Während Miss Birdseye dastand und Mrs. Farrinder bat, eine Ansprache zu halten, befestigte Olive Chancellor liebevoll eine kleine verbeulte Brosche, die ihren Kragen schloß und sich halb gelöst hatte.

Sechstes Kapitel

»Oh, danke schön«, sagte Miss Birdseye, »ich würde sie ungern verlieren; ich habe sie von Mirandola geschenkt bekommen!« Das war einer ihrer Flüchtlinge in der alten Zeit gewesen, als zwei, drei ihrer Freundinnen, mit den Grenzen seiner Mittel bekannt, sich wunderten, wie er in den Besitz des Schmuckstücks gekommen war. Nachdem sie Doktor und Mrs. Tarrant begrüßt hatte, war sie erneut abgelenkt worden, weil sie stehenblieb, um Doktor Prance den hochgewachsenen, dunklen jungen Mann vorzustellen, den Miss Chancellor mitgebracht hatte. Sie war sich seiner etwas schwermütigen, in der Nähe der Tür an der Wand aufgereckten Erscheinung bewußt geworden; er lehnte da ganz für sich, offenbar nicht vertraut mit Gelegenheiten, die Miss Birdseye insgesamt als wertvoll empfand und die in Wirklichkeit natürlich das waren, weswegen Fremde nach Boston kamen. Ihr fiel nicht ein, sich zu fragen, wieso Miss Chancellor nicht mit ihm sprach, wo sie ihn doch mitgebracht hatte; Miss Birdseye war zu einer Überlegung solcher Art unfähig. Tatsächlich hatte Olive die Isolation ihres Verwandten klar vor Augen gehabt, bis zu dem Augenblick, als Mrs. Farrinder sie mit einem Wort auf eine höhere Ebene emporhob. Sie beobachtete ihn quer durch das Zimmer; sie sah, daß er sich womöglich langweilte. Doch sie nahm sich vor, sich nicht darum zu kümmern; immerhin hatte sie ihm freigestellt, nicht mitzukommen. Und dann war er nicht schlechter dran als andere; er wartete nur, wie die übrigen; und bevor sie aufbrächen, würde sie ihn Mrs. Farrinder vorstellen. Sie könnte dieser Dame vielleicht zuerst erklären, wer er war; nicht jeder würde Wert darauf legen, einen Menschen kennenzulernen, der bei der Treulosigkeit der Südstaaten eine solche Rolle gespielt hatte. Unserer jungen Dame ging auf, als sie die Bekanntschaft ihres entfernten Verwandten suchte, habe sie wahrlich etwas Komplizierteres getan, als sie ahnte. Das jähe Unbehagen, das er ihr in der Droschke bereitete, hatte sie noch nicht verlassen, wenn sie es auch jetzt in der Gesellschaft der anderen weniger fühlte, zumal während sie sich in der Nähe Mrs. Farrinders befand, eines solchen Borns der Kraft. Jedenfalls, wenn er sich langweilte, mochte er irgend jemanden ansprechen; in seiner Nähe standen treffliche Menschen, auch wenn es glühende Reformer waren. Wenn er wollte, konnte er mit diesem hübschen

Mädchen sprechen, das soeben hereingekommen war – das mit dem roten Haar; die Südstaatler waren doch angeblich so ritterlich!

Miss Birdseye überlegte viel weniger und erbot sich nicht, ihn mit Verena Tarrant bekannt zu machen, deren Eltern sie offenbar gerade einer Gruppe von Freunden am anderen Ende des Zimmers vorstellten. In diesem Zusammenhang fiel Miss Birdseye ein, daß Verena freilich lange Zeit fortgewesen war – fast ein Jahr; sie war bei Freunden im Westen zu Besuch gewesen und würde deswegen natürlich den meisten im Bostoner Kreis unbekannt sein. Doktor Prance sah sie – Miss Birdseye – mit kleinen, scharfen, starren Pupillen an; und die gute Dame fragte sich, ob sie böse sei, weil sie sich hatte überreden lassen, heraufzukommen. Sie hegte die allgemeine Vorstellung, wenn ein Genie originell sei, sei es auch reizbar, und all das würde bei Doktor Prance zutreffen. Sie hätte ihr gern gesagt, wenn sie wolle, könne sie wieder hinuntergehen; doch sogar Miss Birdseyes schlichtem Gemüt erschien das kaum als die passende Floskel zur Verabschiedung eines Gastes. Sie versuchte, den jungen Südstaatler aus der Reserve zu locken; sie erklärte ihm, vermutlich würden sie bald einige Unterhaltung haben – Mrs. Farrinder könne interessant sein, wenn sie wolle! Und dann kam ihr der Gedanke, ihn Doktor Prance vorzustellen; es konnte als Grund dafür dienen, sie heraufgeholt zu haben. Überdies würde es ihr guttun, dann und wann ihre Arbeit zu unterbrechen; sie trieb ihre medizinischen Studien bis weit in die Nacht hinein, und Miss Birdseye, die einen schlechten Schlaf hatte (Mary Prance hatte sie eben deshalb behandeln wollen), hörte sie manchmal in der Stille der Stunden nach Mitternacht bei offenem Fenster (frische Luft war ihre fixe Idee) Instrumente schärfen (Miss Birdseye hegte die milde Überzeugung, daß sie sezierte), und zwar in einem kleinen Physiologischen Laboratorium, das sie in ihrem Hinterzimmer eingerichtet hatte, dem Zimmer, das, wäre sie nicht Ärztin gewesen, ihre »Schlafkammer« sein müßte und vielleicht auch war, trotz des Sezierens. Miss Birdseye wußte es nicht. Sie klärte ihre jungen Freunde übereinander auf, vielleicht ein wenig zusammenhanglos, und ging dann, um Mrs. Farrinder zu ermuntern.

Basil Ransom hatte Doktor Prance bereits bemerkt; er hatte sich überhaupt nicht gelangweilt und jeden einzelnen im Zimmer beobachtet, wobei er zu allen möglichen geistreichen Schlußfolgerungen gelangte. Die kleine Medizinerin fiel ihm als vollkommenes Exemplar der »Yankeefrau« ins Auge – eine Erscheinung, die, in der verderbten Phantasie der Kinder der Baumwollstaaten, vom Schulsystem Neuenglands, dem puritanischen Sittenkodex, dem unfreundlichen Klima, dem Fehlen von Ritterlichkeit hervorgebracht wurde. Mager, trocken, hart, ohne jede Rundung, gefällige Linie oder Anmut, schien sie im Lebenskampf keine Vorgaben zu verlangen und auch keine gewähren zu wollen. Doch Ransom konnte erkennen, daß sie keine Schwärmerin war, und nach seinem Kontakt mit der Begeisterung seiner Kusine empfand er das eher als eine Wohltat. Sie sah wie ein Junge aus, und nicht einmal wie ein artiger Junge. Es war offensichtlich, wäre sie ein Junge gewesen, hätte sie die Schule »geschwänzt«, um eigene mechanische Experimente anzustellen oder naturwissenschaftliche Forschungen zu treiben. Freilich hätte sie, wäre sie ein Junge gewesen, irgendeine Beziehung zu einem Mädchen unterhalten, während Doktor Prance das offenbar absolut nicht tat. Bis auf ihre intelligenten Augen besaß sie so gut wie keine Züge. Ransom fragte sie, ob sie mit der Heldin des Abends bekannt sei, und als sie ihn ohne Antwort anstarrte, erklärte er, er meine die berühmte Mrs. Farrinder.

»Na, ich weiß nicht, ob ich behaupten kann, daß ich mit ihr bekannt bin; aber ich habe sie auf der Bühne gehört. Ich habe meinen halben Dollar bezahlt«, fügte die Ärztin mit einem gewissen Ingrimm an.

»Und hat sie Sie überzeugt?« erkundigte sich Ransom.

»Wovon überzeugt, Sir?«

»Daß die Frauen den Männern so überlegen sind.«

»Ach, du lieber Gott!« sagte Doktor Prance mit einem kleinen ungeduldigen Seufzer; »ich schätze, ich verstehe mehr von den Frauen als sie.«

»Und Sie sind nicht dieser Meinung, hoffe ich«, fuhr Ransom lachend fort.

»Männer und Frauen sind für mich alles eins«, erklärte Doktor Prance. »Ich sehe keinen Unterschied. An beiden Geschlechtern findet sich genug zu verbessern. Keines von beiden wird dem Ideal gerecht.« Und auf Ransoms Frage, wie nach ihrer Meinung das Ideal aussehen könnte, sagte sie: »Na, sie müßten besser leben; das müßten sie.« Und sie fuhr mit der weiteren Erläuterung fort, sie finde, sie redeten alle zuviel. Das war schon so lange Ransoms Überzeugung, daß sich sein Herz ganz für Doktor Prance erwärmte, und er zollte ihrer Weisheit Tribut, nach der Art von Mississippi mit einer Fülle von Komplimenten, worauf sie ihr scharfes, mißtrauisches Auge auf ihn richtete. Das brachte ihn ins Stocken; sie war imstande zu meinen, *er* rede zuviel – da sie selbst offenbar keine Gabe zur allgemeinen Konversation besaß. Der Sache jedenfalls angemessen war seine Bemerkung, er glaube, sie sollten einen Vortrag von Mrs. Farrinder zu hören bekommen – er wisse nicht, weshalb sie nicht anfange. »Ja«, sagte Doktor Prance ziemlich trocken, »ich nehme an, Miss Birdseye hat mich dazu heraufgerufen. Sie glaubte wohl, ich würde das nicht versäumen wollen.«

»Während Sie sich, wie ich daraus folgere, über den Verlust des Vortrages trösten könnten«, ergänzte Ransom.

»Na, ich habe zu arbeiten. Mich braucht niemand darüber aufzuklären, was eine Frau zu tun vermag!« erklärte Doktor Prance. »Sie kann einiges entdecken, wenn sie es versucht. Außerdem ist mir Mrs. Farrinders System gut bekannt; ich kenne alles, was sie zu sagen hat.«

»Nun, worin besteht es also, da sie sich weiterhin ausschweigt?«

»Es läuft einfach darauf hinaus, daß die Frauen es besser haben wollen. Darauf kommt es am Ende heraus. Mir ist das klar, auch ohne daß sie es mir sagt.«

»Und sympathisieren Sie nicht mit solchen Bestrebungen?«

»Ach, mir liegt das Gefühlvolle nicht so sehr«, erwiderte Doktor Prance. »An Sympathien fehlt es nicht, auch ohne die meine. Wenn sie es besser haben wollen, ist das wohl nur natürlich; die Männer wollen das auch, nehme ich an. Aber mich spricht es eigentlich nicht an – Opfer dafür zu bringen; man hat es nicht gar so wunderbar – im besten Fall, der überhaupt möglich ist.«

Diese kleine Dame war zäh und sachlich; sie machte sich offensichtlich nichts aus großen Bewegungen; sie wurde für Basil Ransom immer interessanter, der, so ist zu befürchten, ein gewisses Maß an Zynismus besaß. Er fragte sie, ob sie seine Kusine, Miss Chancellor, kenne, die er ihr neben Mrs. Farrinder zeigte; *sie* glaube im Gegenteil an herrliche Zeiten (sie denke, sie stünden unmittelbar bevor); sie besitze Sympathie im Überfluß, und nach seiner Überzeugung sei sie zu Opfern bereit.

Doktor Prance blickte einen Moment lang quer durch das Zimmer zu ihr hinüber; dann sagte sie, sie kenne sie nicht, doch sie glaube, sie kenne andere ihrer Art – sie besuche sie, wenn sie krank seien. »Sie genießt gerade einen privaten Vortrag für sich allein«, bemerkte Ransom; woraufhin Doktor Prance zurückgab: »Na, ich nehme an, sie wird dafür bezahlen müssen!« Sie schien ihrem halben Dollar nachzutrauern und das Verhalten ihrer Geschlechtsgenossinnen mit einiger Ungeduld zu betrachten. Ransom spürte das so deutlich, daß er es als taktlos empfunden hätte, weiter über die Sache der Frauen zu sprechen, und sich zur Abwechslung bemühte, seiner Gefährtin Auskünfte über die anwesenden Herren zu entlocken. Er hatte ihr vergeblich Gelegenheit gegeben, von sich aus ein Thema anzuschneiden; er erkannte jedoch, daß sie außer den Forschungen, von denen man sie an diesem Abend weggerissen hatte, keine Interessen besaß und außerstande war, ihm eine persönliche Frage zu stellen. Sie kannte zwei oder drei der Herren; sie habe sie schon früher bei Miss Birdseye getroffen. Natürlich kenne sie hauptsächlich Damen; die Zeit sei noch nicht gekommen, da ein Herr einen weiblichen Arzt rufen lasse, und sie hoffe, es werde auch nie dazu kommen, wenn auch manche Leute zu glauben schienen, eben das strebten die Ärztinnen an. Sie kenne Mr. Pardon; das sei jener junge Mann mit dem Backenbart und dem weißen Haar; er sei eine Art Redakteur und schreibe auch Artikel unter seinem eigenen Namen – vielleicht habe Basil einige seiner Sachen gelesen; er sei unter dreißig, trotz seines weißen Haares. In Pressekreisen sei er hoch angesehen. Sie glaube, er sei sehr intelligent – doch sie habe nichts von ihm gelesen. Sie lese nicht viel – nicht zur Unterhaltung; nur den »Transcript«. Sie glaube, Mr. Pardon schreibe manchmal für den »Transcript«; na, sie nehme jedenfalls an, er sei sehr intelligent. Der andere, den sie kenne – nur kenne sie ihn nicht (sie nehme an, Basil werde das seltsam finden) –, sei der hochgewachsene bleiche Herr mit dem schwarzen Schnurrbart und dem Kneifer. Sie kenne ihn, weil sie ihm in Gesellschaft begegnet sei; aber sie kenne ihn nicht – nun ja, weil sie es nicht wolle. Falls er an sie herantrete und sie anspreche – und es sehe so aus, als würde er sich in diese Richtung durcharbeiten –, würde sie ihm nur »Ja, Sir« und »Nein, Sir« antworten, ganz kühl. Sie könne es nicht ändern, wenn er sie kurz angebunden finde; wäre er ein bißchen kürzer angebunden, wäre es besser für ihn. Was mit ihm sei? Ach, sie dächte, sie hätte das erwähnt; er sei ein mesmerischer Heilpraktiker, er vollbringe wunderbare Heilungen. Sie glaube weder an sein System, noch stelle sie es in Frage, so oder so; sie wisse nur, daß man sie zu Frauen geholt habe, die er behandelt hatte, und sie habe festgestellt, daß sie seinetwegen eine Menge wertvoller Zeit verloren hatten. Er spreche zu ihnen – na, als wisse er gar nicht, was er sage. Sie nehme an, er habe keine Ahnung von der Physiologie, und sie finde, er dürfte nicht herumlaufen und Verantwortungen auf sich laden. Sie wolle nicht engstirnig sein, doch sie meine, der Mensch sollte etwas wissen. Sie vermute, Basil werde sie sehr überheblich finden; aber er habe sie sozusagen danach gefragt. Sie könne nur sagen, ihr wäre es nicht recht, wenn er jemandem von *ihren*

Leuten die Hände auflegen würde; es geschehe alles mit den Händen – was nicht mit der Zunge geschehe! Basil konnte erkennen, daß Doktor Prance aufgebracht war, daß die extreme Offenheit der Äußerung gegenüber ihrem Nachbarn bei ihr vermutlich nicht das Übliche war, gehörte sie doch einer Gesellschaft an, in der die zufällige Äußerung einer nachdrücklichen Meinung im allgemeinen Wellen des Schweigens auslöste. Doch er segnete ihre Entrüstung, denn sie gab ihm so viele Aufschlüsse; um weiteren Nutzen daraus zu ziehen, fragte er sie, wer die junge Dame mit dem roten Haar sei – die Hübsche, die er erst in den letzten zehn Minuten bemerkt habe. Sie sei Miss Tarrant, die Tochter des Heilpraktikers; habe sie seinen Namen nicht erwähnt? Selah Tarrant; falls er ihn kommen lassen wolle. Doktor Prance sei nicht mit ihr bekannt, wisse nur, daß sie das einzige Kind des Mesmeristen sei, und habe etwas gehört, daß sie irgendeine Gabe habe – sie könne sich nicht erinnern, welche. Ach, wenn sie sein Kind sei, müsse sie unbedingt irgendeine Gabe haben – und sei es auch nur ein gutes Mundwerk – na, das wolle sie nicht sagen; vielmehr ein Talent zur Konversation. Vielleicht könne sie sterben und wieder lebendig werden; vielleicht werde sie ihnen ihre Gabe vorführen, da sonst niemand geneigt scheine, etwas zu tun. Ja, sie sehe hübsch aus, doch gebe es bei ihr gewisse Anzeichen für Anämie, und Doktor Prance wäre überrascht, wenn sie nicht zu viele Süßigkeiten äße. Basil fand, sie habe ein einnehmendes Äußeres; er dachte bei sich, zweifellos von parteilichem Vorurteil gefärbt, sie sei das erste hübsche Mädchen, das er in Boston gesehen habe. Sie sprach gerade mit einigen Damen am anderen Ende des Zimmers; und sie hatte einen großen roten Fächer, den sie ständig in Bewegung hielt. Sie war kein stilles Mädchen; beim Sprechen bewegte sie sich nervös und machte den Eindruck, was immer sie gerade tat, am liebsten etwas anderes tun zu wollen. Wenn die Leute sie auffällig beobachteten, erwiderte sie ihre Beachtung, und ihre bezaubernden Augen waren mehrmals Basil Ransoms Blick begegnet. Doch sie schweiften hauptsächlich in Mrs. Farrinders Richtung – sie verweilten auf der gelassenen Festigkeit der großen Rednerin. Es war leicht zu erkennen, daß das Mädchen diese segensreiche Frau bewunderte und es als Auszeichnung empfand, in ihrer Nähe zu sein. Es war in der Tat offensichtlich, daß die Gesellschaft, in der sie sich fand, sie erregte; ein Umstand, der sich durch einen Hinweis auf jene kürzlich beendete Zeit des Exils im Westen erklären ließ, von dem andeutungsweise die Rede war und infolge dessen ihr der gegenwärtige Anlaß wie eine Rückkehr ins intellektuelle Leben vorgekommen sein mochte. Ransom wünschte insgeheim, seine Kusine – da nun einmal das Schicksal für ihn eine Kusine in Boston bereithalten sollte – hätte ihr mehr geglichen.

Mittlerweile war eine gewisse Unruhe spürbar; mehrere Damen, ungeduldig über die unnütze Verzögerung, hatten ihre Plätze verlassen, um sich persönlich an Mrs. Farrinder zu wenden, die bald von sympathisierenden Mahnerinnen umringt war. Miss Birdseye hatte es aufgegeben; ihr hatte es genügt, daß Mrs. Farrinder, unter Hinweis auf die allgemeine Erwartung gedrängt (soweit ihre Gastgeberin, von ihrer Laschheit gedämpft, drängen konnte), erklärt hatte, sie könne ihre Botschaft nur einem Publikum verkünden, das sie zum Teil als feindselig empfinde. Hier sei keine Feindseligkeit zu spüren, es seien nur allzusehr Sympathisierende da. »Ich brauche keine Sympathie«, eröffnete sie Olive Chancellor mit einem gelassenen Lächeln; »ich bin nur ganz ich, ich schwinge mich nur auf, wenn ich mich Vorurteilen gegenübersehe, wenn ich Bigotterie sehe, wenn ich Ungerechtigkeit sehe, wenn ich Konservativismus sehe, die alle zusammen wie eine Armee vor mir aufmarschiert sind. Dann fühle ich – ich fühle mich, wie sich wohl Napoleon Bonaparte am Vorabend eines seiner großen Siege gefühlt haben muß. Ich brauche einfach unfreundliche Elemente – ich möchte sie auf meine Seite ziehen.«

Olive dachte an Basil Ransom und überlegte, ob er als unfreundliches Element taugen würde. Sie erwähnte ihn Mrs. Farrinder gegenüber, die ihre aufrichtige Hoffnung zum Ausdruck brachte, wenn er gegen die Prinzipien eingestellt sei, die ihnen allen so am Herzen lägen, ließe er sich vielleicht dazu bewegen, das Wort zu ergreifen und seine Ansicht darzulegen. »Ich wäre glücklich, ihm antworten zu können«, sagte Mrs. Farrinder mit überlegener Sanftmut. »Ein Gedankenaustausch mit ihm wäre mir jedenfalls sehr lieb.« Beim Gedanken an einen öffentlichen Disput zwischen diesen zwei energischen Menschen (sie hatte eine Ahnung, daß Ransom energisch sein würde) überkam Olive ein tiefer Schrecken, nicht etwa, weil sie am glücklichen Ausgang zweifelte, sondern weil sie selbst in eine schiefe Situation geraten würde, da sie ja den anstoßerregenden jungen Mann mitgebracht hatte, und sie hatte ein Grauen vor schiefen Situationen. Miss Birdseye war nicht fähig zu grollen; sie hatte vierzig Personen eingeladen, Mrs. Farrinder sprechen zu hören, und jetzt wollte Mrs. Farrinder nicht sprechen. Aber sie hatte eine so vortreffliche Begründung dafür! In ihrer Ausrede lag etwas so Kriegerisches und Heroisches, und überdies war sie so charakteristisch, so ungezwungen, daß Miss Birdseye vollauf beschwichtigt war und sich entfernte, ihre übrigen Gäste vag musternd, als könnte sie sie nicht auseinanderhalten; sie gab auf gut Glück die Entschuldigung an sie weiter, weshalb sie enttäuscht werden mußten, offensichtlich im Vertrauen darauf, man werde ihr beipflichten, diese Entschuldigung sei vortrefflich. »Aber wir können ja nicht so tun, als stünden wir auf der anderen Seite, nur um sie anzukurbeln, nicht wahr?« fragte sie Mr. Tarrant, der mit einer recht bewußten, doch durchaus nicht selbstzufriedenen Miene der Abgrenzung vom Rest der Gesellschaft neben seiner Frau saß.

»Na, ich weiß nicht – ich schätze, wir alle hier sind fest«, antwortete dieser Herr und blickte mit einem langsamen, bedächtigen Lächeln um sich, das seinen Mund riesig machte, zu beiden Seiten Falten so lang wie Fledermausflügel hervorbrachte und einen Satz großer, ebenmäßiger Raubtierzähne sehen ließ.

»Selah«, sagte seine Frau und legte die Hand auf den Ärmel seines Regenmantels, »ich überlege gerade, ob Miss Birdseye daran interessiert wäre, Verena zu hören.«

»Nun, wenn Sie damit meinen, sie singt, ist es jammerschade, daß ich kein Klavier habe«, wagte Miss Birdseye als Entgegnung. Ihr fiel wieder ein, daß das Mädchen eine Gabe besaß.

»Sie braucht kein Klavier – sie braucht gar nichts«, bemerkte Selah, der seiner Frau keine ersichtliche Beachtung schenkte. Es gehörte zu seiner Haltung im Leben, nie einem anderen Menschen für eine Anregung verpflichtet zu erscheinen, nie überrascht oder unvorbereitet zu sein.

»Nun ja, ich glaube, das Interesse am Gesang ist gar nicht so allgemein«, äußerte Miss Birdseye, die sich gar keiner Nachlässigkeit darin bewußt war, einen Ersatz für die Unterhaltung vorzubereiten, die sie im Stich gelassen hatte.

»Es geht nicht um Gesang, wissen Sie«, erklärte Mrs. Tarrant.

»Worum dann?«

Mr. Tarrant breitete seine Falten aus, zeigte seine Backenzähne. »Um Inspiration.«

Miss Birdseye stieß ein kleines, ungewisses, kaum skeptisches Lachen aus. »Nun, wenn Sie das garantieren können …«

»Ich glaube, es wäre annehmbar«, sagte Mrs. Tarrant; sie streckte vertraulich eine ihrer mit Halbhandschuhen bekleideten Hände aus, zog Miss Birdseye zu sich herab, und das Paar erklärte abwechselnd, was genau ihr Kind tun könne.

Inzwischen gestand Basil Ransom Doktor Prance, er sei doch ziemlich enttäuscht. Er habe so etwas wie ein Programm erwartet; er wolle etwas von den neuen Wahrheiten hören. Mrs. Farrinder verharre, wie er sagte, in ihrem Zelt, und er habe gehofft, diese hervorragenden Leute nicht nur zu sehen, sondern sie auch zu hören.

»Also, *ich* bin nicht enttäuscht«, antwortete die unbeugsame kleine Ärztin. »Wenn ein Problem angeschnitten worden wäre, hätte ich wohl dableiben müssen.«

»Aber ich hoffe doch, Sie gedenken nicht, sich zurückzuziehen.«

»Na, irgendwann muß ich ja meine Studien betreiben. Ich will nicht, daß die männlichen Ärzte mich überholen.«

»Oh, niemand wird Sie je überholen, davon bin ich fest überzeugt. Und eben geht diese hübsche junge Dame zu Mrs.

Farrinder und spricht sie an. Sie wird sie um eine Rede bitten – dem kann Mrs. Farrinder nicht widerstehen.«

»Dann verdrücke ich mich rasch noch, bevor sie anfängt. Gute Nacht, Sir«, sagte Doktor Prance, die mittlerweile auf Ransom den Eindruck gemacht hatte, zur Zähmung fähig zu sein, als wäre sie ein kleines Waldtier, eine Wildkatze oder ein scheues Reh, das gelernt hatte, stillzustehen, wenn man es streichelte, oder sogar eine Pfote auszustrecken. Sie diente der Gesundheit, und sie war selbst gesund; hätte seine Kusine auch nur diesem Typ angehören können, hätte sich Ransom in einer glücklicheren Lage gefühlt.

»Gute Nacht, Doktor«, antwortete er. »Sie haben mir nun doch nicht Ihre Meinung über die Fähigkeit der Damen gesagt.«

»Die Fähigkeit wozu?« fragte Doktor Prance. »Eine Fähigkeit haben sie: die Leute Zeit verschwenden zu lassen. Ich weiß nur, daß *ich* mir von niemandem sagen lassen will, was eine Dame zu tun vermag!« Und sie schob sich sacht von ihm fort, als durchquere sie einen Krankensaal, und dann sah er sie die Tür erreichen, die nach dem Eintreffen der späten Gäste offengeblieben war. Sie blieb einen Moment dort stehen, ließ rasch einen Blick über die ganze Versammlung schweifen, der dem Lichtstrahl der Blendlaterne eines Wächters glich, und ging dann rasch hinaus. Ransom konnte erkennen, daß die große Frage sie ungeduldig machte und es sie langweilte, auch wenn es um ihre Rechte ging, daran erinnert zu werden, daß sie eine Frau war – ein Umstand, den sie immer zu vergessen pflegte, da sie alle Rechte besaß, für die sie Zeit hatte. Eines war gewiß: was immer aus der Bewegung im ganzen werden sollte, Doktor Prances eigene kleine Revolution war ein Erfolg.

Siebentes Kapitel

Kaum hatte sie ihn verlassen, kam Olive Chancellor auf ihn zu, und ihre Augen schienen zu sagen: ›Mir ist es gleich, ob Sie jetzt hier sind oder nicht – ich fühle mich wohl!‹ Doch was ihre

Lippen sprachen, war viel huldvoller; sie fragte ihn, ob sie die Freude haben dürfe, ihn Mrs. Farrinder vorzustellen. Ransom stimmte mit einem Ansatz seines südlichen Wortgepränges zu, und gleich darauf erhob sich die Dame, um ihn inmitten des Kreises, der sie jetzt umgab, zu empfangen. Es war für sie eine Gelegenheit, ihren Ruf für erlesene Umgangsformen zu rechtfertigen, und man muß unparteiisch berichten, daß Ransom von ihr den Eindruck gewann, sie besitze im Gespräch eine Würde und eine Beherrschung des edlen Stils, die keine Tochter – auch nicht eine der gebildetsten, ahnenreichsten Töchter – seines eigenen Himmelsstrichs hätte übertreffen können. Es schien, als hätte sie gewußt, daß er nicht auf die von ihr verfochtenen Veränderungen brannte, und wünsche ihm zu beweisen, daß ihr Geschlecht großmütig sein könne, zumal einem Südstaatler gegenüber, der den Staub geküßt hatte. Diese Kenntnis seiner heimlichen Ketzerei schien ihm auch in den Mienen der übrigen Damen zu liegen, deren ausweichende Blicke (denn er war ihnen nicht vorgestellt worden) es jedoch eher als Jammer denn als Schande behandelten. Er nahm all diese weiblichen Augen mittleren Alters wohl wahr, bemerkte Locken, die recht schlaff aus dunklen Kapotthüten herabhingen, vorgestreckte, gleichsam aus eingefleischter Gewohnheit wartende und lauschende Köpfe, wurde sich bewußt, daß niemand besonders gescheit oder heiter aussah – zumindest niemand außer jenem vorhin bemerkten Mädchen, das einen prächtigen Kopf hatte und jetzt am Rande des Konklaves zauderte. Er begegnete wieder ihren Augen; sie beobachtete ihn auch. Er hatte daran gedacht, daß Mrs. Farrinder, an die seine Kusine ihn verraten oder ihn ihr falsch dargestellt haben mochte, ihm womöglich den Kampf ansagen werde, und er fragte sich, ob er sich ausreichend zusammenreißen könnte (er war ungemein befangen), um einer solchen Herausforderung gewachsen zu sein. Falls sie den Fehdehandschuh in der Temperenzlerfrage werfen sollte, meinte er imstande zu sein, ihn aufzunehmen; denn die Vorstellung einer sich auf diesem Gebiet unberufen einmischenden Gesetzgebung versetzte ihn in

Wut; der Geschmack des Alkohols war ihm angenehm, und seine Überzeugung war stark, die Zivilisation selbst wäre in Gefahr, wenn es der Macht einer Herde keifender Weiber (ich bin nur der Berichterstatter seiner zornigen Formulierungen) anheimfiele, einen Herrn daran zu hindern, sein Gläschen zu trinken. Mrs. Farrinder bewies ihm, daß ihr das Eifern der Unsicherheit fernlag; sie fragte ihn, ob er den Anwesenden nicht einen Bericht über die sozialen und politischen Verhältnisse des Südens geben wolle. Er bat, ihm das zu erlassen, und brachte zugleich zum Ausdruck, wie sehr ihm die mit einem solchen Ersuchen erwiesene Ehre bewußt sei, während er bei der Vorstellung, er solle aus dem Stegreif einen Vortrag halten, in sich hineinlächelte. Er lächelte sogar noch, als er die Bedeutung des Blicks erahnte, den Miss Chancellor ihm zuwarf: ›Na bitte, Sie sind ja doch nicht allzu bedeutend!‹ Vor diesen Leuten über den Süden zu sprechen – wenn sie hätten wissen können, wie wenig Wert er darauf legte! Er empfand so leidenschaftliche Liebe zu seiner Heimat, eine so enge Bindung an sie, daß es ihm ganz unmöglich gewesen wäre, ein Zimmer voller Fanatiker aus den Nordstaaten in sein Vertrauen zu ziehen – ebenso unmöglich, wie etwa die Briefe seiner Mutter oder seiner Geliebten laut vorzulesen. Über das Land des Südens zu schweigen, es nicht mit rohen Händen anzutasten, es mit seinen Wunden und Erinnerungen in Ruhe zu lassen, nicht in der Öffentlichkeit über seine Nöte oder seine Hoffnungen zu plappern, sondern wie ein Mann auf den langsamen Prozeß, die vernünftige Heilkraft der Zeit zu warten – das war Ransoms Herzenswunsch, und ihm war klar, wie wenig das der Unterhaltung von Miss Birdseyes Gästen dienen konnte.

»Wir wissen so wenig über die Frauen im Süden; sie lassen sich kaum vernehmen«, bemerkte Mrs. Farrinder. »Wie weit können wir auf sie rechnen? In welcher Zahl würden sie unserem Panier zuströmen? Man hat mir empfohlen, in den Städten des Südens keine Vorträge zu halten.«

»Ach, Madam, das war ein sehr grausamer Rat – für uns!« rief Basil Ransom galant aus.

»*Ich* hatte im Frühjahr in St. Louis ein großartiges Publikum«, verkündete eine frische junge Stimme über die Köpfe der versammelten Gruppe hinweg – eine Stimme, die, als Basil sich wie alle anderen erklärungsuchend umwandte, von dem hübschen rothaarigen Mädchen ausgegangen zu sein schien. Sie war ein wenig errötet, da es sie Überwindung gekostet hatte, diese Aussage vorzubringen, und sie lächelte ihre Zuhörer an.

Mrs. Farrinder wandte ihr eine wohlwollende Miene zu, obwohl es sichtlich eine Überraschung war. »Ach, wirklich; und Ihr Thema, meine liebe junge Dame?«

»Die vergangene Geschichte, die gegenwärtige Verfassung und die zukünftigen Aussichten unseres Geschlechts.«

»Ach, nun ja, St. Louis – das ist noch kaum der Süden«, brachte eine der Damen vor.

»Ich bin überzeugt, die junge Dame hätte in Charleston oder New Orleans den gleichen Erfolg gehabt«, warf Basil Ransom ein.

»Ach, ich wollte noch weiter«, fuhr das Mädchen fort, »aber ich hatte dort keine Freunde. In St. Louis habe ich Freunde.«

»Die dürften Ihnen nirgends fehlen«, sagte Mrs. Farrinder auf eine Art, die mittlerweile ihr Ansehen völlig verständlich gemacht hatte. »Mir ist die Loyalität von St. Louis bekannt.«

»Aber jetzt müssen Sie mir gestatten, Ihnen Miss Tarrant vorzustellen; sie brennt förmlich darauf, Sie kennenzulernen, Mrs. Farrinder.« Diese Worte kamen von einem der Herren, dem jungen Mann mit dem weißen Haar, den Doktor Prance als einen angesehenen Journalisten bezeichnet hatte. Auch er hatte sich bis zu diesem Augenblick im Hintergrund gehalten, doch jetzt drängte er sich sanft durch die Versammlung (mehrere Damen machten ihm Platz) und führte die Tochter des Mesmeristen in den Kreis.

Sie lachte, immer noch errötend – ihr Erröten war vom blassesten Rosa; sie sah sehr jung und schlank und schön aus, als Mrs. Farrinder ihr auf dem Sofa Platz machte, das Olive Chancellor verlassen hatte. »Ich habe Sie unbedingt kennenlernen wollen; ich bewundere Sie so sehr; ich hatte so gehofft, Sie würden heute abend sprechen. Es ist herrlich, Sie kennenzulernen, Mrs. Farrinder.« So drückte sie sich aus, während die Gesellschaft der Begegnung mit einem Ausdruck erquickter geistiger Leere zusah. »Sie wissen natürlich nicht, wer ich bin; ich bin nur ein Mädchen, das Ihnen für alles, was Sie für uns getan haben, danken möchte. Denn Sie haben für uns Mädchen gesprochen, genausosehr wie – genausosehr wie ...« Jetzt zögerte sie, ließ die begeisterten Augen über den Rest der Gruppe schweifen und begegnete wieder Basil Ransoms Blick.

»Genausosehr wie für die alten Frauen«, ergänzte Mrs. Farrinder heiter. »Sie scheinen durchaus imstande zu sein, für sich selbst zu sprechen.«

»Sie spricht so wunderbar – wenn sie doch nur eine kleine Rede halten würde«, bemerkte der junge Mann, der sie eingeführt hatte. »Es ist ein neuer Stil, ganz originell«, fuhr er fort. Er stand mit verschränkten Armen da und blickte lächelnd auf sein Werk herab, die Vereinigung der beiden Damen; und in Basil Ransom, dem einfiel, was ihm Miss Prance erzählt hatte, und der durch seine Beobachtungen in New York über einige der Quellen aufgeklärt war, aus denen sich Zeitungen speisen, regte sich sogleich die Überzeugung, er erkenne darin Stoff für einen Artikel.

»Mein liebes Kind, wenn Sie sprechen wollen, rufe ich die Versammlung zur Ordnung«, sagte Mrs. Farrinder.

Das Mädchen sah sie mit außergewöhnlicher Offenheit und Zuversicht an. »Wenn ich nur erst Sie hören dürfte – bloß um mir eine Atmosphäre zu schaffen.«

»Ich habe keine Atmosphäre; *ich* habe sehr wenig vom schönen Spätsommer an mir! Ich befasse mich mit Tatsachen – harten Tatsachen«, gab Mrs. Farrinder zurück. »Haben Sie mich schon einmal gehört? Wenn ja, wissen Sie, wie deutlich ich werde.«

»Ob ich Sie gehört habe? Sie waren mein Leben! Es bedeutet mir so viel, Sie kennenzulernen. Fragen Sie Mutter, ob das nicht stimmt!« Von ihren ersten Worten an hatte sie sich so prompt und sicher ausgedrückt, daß es fast wie eine im voraus geprobte Lektion wirkte. Und doch lag in ihrer Art eine eigentümliche Spontaneität und ein Fluidum ungekünstelter Begeisterung, persönlicher Reinheit. Wenn es theatralisch war, so war sie von Natur aus theatralisch. Sie blickte, all ihre Ergriffenheit in den lächelnden Augen, zu Mrs. Farrinder auf. Diese Dame war Gegenstand zahlreicher Ovationen gewesen; sie war es gewöhnt, daß ihr das kollektive Herz ihres Geschlechts entgegenschlug; doch diese unerwartete Verkörperung von Dankbarkeit und Wortgewandtheit war ihr sichtlich ein Rätsel, und ihre Augen musterten das Mädchen mit einer gewissen Zurückhaltung, während sie sich in der Tiefe ihres außerordentlich öffentlichkeitsbewußten Gebarens fragte, ob Miss Tarrant eine bemerkenswerte junge Frau sei oder nur ein vorlautes Ding. Sie fand eine Antwort, die sie auf keine der beiden Ansichten festlegte; sie sagte nur: »Wir brauchen die Jugend – natürlich brauchen wir die Jugend!«

»Wer ist dieses bezaubernde Wesen?« hörte Basil Ransom seine Kusine in ernstem, gedämpftem Ton Matthias Pardon fragen, den jungen Mann, der Miss Tarrant eingeführt hatte. Er wußte nicht, ob Miss Chancellor ihn kannte oder ob ihre Neugier sie zur Kühnheit getrieben hatte. Ransom stand in der Nähe der beiden und zog ebenfalls aus Mr. Pardons Antwort Nutzen.

»Die Tochter von Doktor Tarrant, dem mesmerischen Heilpraktiker – Miss Verena. Sie ist eine hervorragende Rednerin.«

»Wie meinen Sie das?« fragte Olive. »Hält sie öffentliche Ansprachen?«

»O ja, sie hat im Westen ziemlich Karriere gemacht. Ich habe sie im Frühjahr in Topeka gehört. Sie nennen es Inspiration. Ich weiß nicht, was das sein soll – nur, daß es vorzüglich ist; so frisch und poetisch. Sie muß sich von ihrem Vater in Schwung bringen lassen. Es scheint in sie überzugehen.« Und Mr. Pardon gestattete sich eine Geste, die den Übergang verbildlichen sollte.

Olive Chancellor gab keine Antwort außer einem leisen,

ungeduldigen Seufzer; sie wandte ihre Aufmerksamkeit dem Mädchen zu, das jetzt Mrs. Farrinders Hand in ihren beiden Händen hielt und in sie drang, nur ein wenig einzuleiten. »Ich brauche einen Ausgangspunkt – ich muß wissen, wo ich mich befinde«, bat sie. »Nur zwei, drei Ihrer großartigen älteren Gedanken.«

Basil trat näher zu seiner Kusine heran; er bemerkte, Miss Verena sei sehr hübsch. Sie wandte sich kurz um, sah ihn flüchtig an und sagte dann: »Finden Sie?« Gleich darauf fügte sie hinzu: »Wie Ihnen diese Veranstaltung zuwider sein muß!«

»Ach, jetzt nicht mehr, jetzt werden wir bald unseren Spaß haben«, erwiderte Ransom gutgelaunt, wenn auch ein wenig unmanierlich; und diese Bemerkung traf durchaus zu, denn in diesem Augenblick erschien Miss Birdseye wieder, den mesmerischen Heilpraktiker und seine Frau im Gefolge.

»Aha, gut, wie ich sehe, locken Sie sie aus sich heraus«, sagte Miss Birdseye, zu Mrs. Farrinder gewandt; und bei der Vorstellung, daß dieser Prozeß notwendig gewesen sein sollte, brach Basil Ransom in unterdrückte Heiterkeit aus, einen Lachanfall, der erkennen ließ, daß für ihn der Spaß bereits begonnen hatte, und der ihm einen weiteren strengen Blick von Miss Chancellor eintrug. Miss Verena schien ihm so weit »aus sich heraus« gegangen zu sein, wie eine junge Frau es nur tun konnte. »Hier ist ihr Vater – Doktor Tarrant – er hat eine wunderbare Gabe – und ihre Mutter – sie war eine Tochter Abraham Greenstreets.« Miss Birdseye stellte ihren Begleiter vor; sie sei sicher, es werde Mrs. Farrinder interessieren; sie wolle doch gewiß keine Gelegenheit versäumen, selbst wenn die Umstände für sie selbst nicht günstig seien. Und dann wandte sich Miss Birdseye mehr an die Allgemeinheit, weitete den Kreis so aus, daß er die meisten verstreuten Gäste aufnahm, und empfand es sichtlich doch als Erlösung, zufällig ein auf undurchsichtige Weise inspiriertes Mädchen im Hause zu haben, wenn größere Berühmtheiten die Launenhaftigkeit des Genies an den Tag gelegt hatten. Es gehörte zu dieser Launenhaftigkeit, daß Mrs. Farrinder – der Leser dürfte es schwierig finden, mit ihren

Meinungsumschwüngen Schritt zu halten – jetzt anscheinend beschlossen hatte, ein paar ihrer Gedanken zu äußern, so daß ihre Gastgeberin unter allgemeinem Beifall die Bemerkung machen konnte, es werde herrlich sein, beide Schulen, die alte wie die neue, zu hören.

»Na ja, vielleicht wird Verena Sie enttäuschen«, brachte Mrs. Tarrant vor, mit einer Miene schmerzlicher Ergebenheit in jeden beliebigen Lauf der Dinge, und ließ sich mit gerafftem Mantel auf der Kante eines Stuhles nieder, als wäre *sie* jedenfalls bereit, ganz gleich, wer sonst noch weiterplauderte.

»Das bin nicht *ich*, Mutter«, gab Verena mit sanftem Ernst zurück, die jetzt ein Stück von Mrs. Farrinder abgerückt war und den Blick nachdenklich zu Boden gerichtet hatte. Aus Rücksicht auf Mrs. Tarrant machten sich noch ein paar mehr Worte erforderlich, denn die junge Dame war bisher noch unzureichend vorgestellt worden. Miss Birdseye empfand das, doch war sie in diesem Punkt ziemlich hilflos und gab mit ihrer allumfassenden Vertraulichkeit, die alles und jeden einschloß, eine liebenswürdige, faselige Schilderung von sich, in der immer wieder Abraham Greenstreet auftauchte, in der Doktor Tarrants Wunderheilungen unter Auslassung aller Tatsachen Erwähnung fanden und in der Verenas Erfolge im Westen dargestellt wurden, ohne besonderen Nachdruck und ohne Übertreibung, die sich Miss Birdseye nie gestattete, sondern als akzeptierte und anerkannte Wunder, als etwas völlig Natürliches in einem Zeitalter neuer Offenbarungen. Sie hatte von diesen Dingen erst zehn Minuten vorher im einzelnen erfahren, von den Eltern des Mädchens, doch ihre gastfreundliche Seele hatte nur einen Augenblick gebraucht, um sie zu schlucken und sich zu eigen zu machen. Wenn ihre Wiedergabe nicht besonders klar war, sollte man zu ihrer Entschuldigung anführen, daß es unmöglich war, sich einen Begriff von Verena Tarrant zu machen, bevor man sie gehört hatte, und deshalb noch unmöglicher, anderen einen Begriff davon zu vermitteln. Mrs. Farrinder war sichtlich irritiert; sie schien nach ihrem ersten Zögern zu dem Urteil gelangt zu sein, die Familie Tarrant sei überspannt und kompromittierend. Sie hatte ein kaltes Auge auf Selah und seine Frau gerichtet – als würden sie ihr wie eine Truppe von Gauklern erscheinen.

»Stehen Sie auf und teilen Sie uns mit, was Sie zu sagen haben«, mahnte sie Verena etwas streng, die nur, diesmal stumm, die Augen mit der gleichen Anmut zu ihr aufschlug und sie dann auf ihren Vater richtete. Dieser Herr schien auf eine unwiderstehliche Bitte zu reagieren; er blickte mit all seinen Zähnen in die Runde und sagte, diese schmeichelhaften Anspielungen seien nicht so peinlich, wie sie es sonst vielleicht wären, alldieweil jeder Erfolg, den er und seine Tochter gehabt hätten, so gänzlich unpersönlich sei: er bestehe auf diesem Wort. Man habe sie gerade sagen hören: »Das bin nicht *ich*, Mutter«, und er und Mrs. Tarrant und das Mädchen selbst seien sich alle gleichermaßen darüber im klaren, daß es nicht sie sei. Es sei eine von außen her einwirkende Kraft – sie scheine sie zu durchströmen; er könne sich nicht anmaßen zu sagen, weshalb seine Tochter berufen sein sollte, mehr als jemand anders. Aber es scheine, als *sei* sie berufen. Wenn er sie einfach beruhige, indem er ihr für wenige Augenblicke die Hand auflege, scheine es zu kommen. Es habe sich so ergeben, daß es im Westen die Form einer außerordentlichen Beredsamkeit angenommen habe. Zweifellos habe sie mit großer Geläufigkeit vor so manchem kultivierten und hochgesinnten Publikum gesprochen. Sie habe schon lange mit Sympathie die Bewegung zur Befreiung ihres Geschlechts von jeder Art der Sklaverei verfolgt; schon als Kind habe dem ihr höchstes Interesse gegolten (er dürfe erwähnen, daß sie im Alter von neun Jahren ihre Lieblingspuppe Eliza P. Moseley getauft habe, zum Gedenken an eine große Vorläuferin, die sie alle verehrten), und jetzt scheine die Inspiration, wenn er es so nennen dürfe, in eben diesem Strombett zu fließen. Die Stimme, die von ihren Lippen komme, scheine diese Gestalt annehmen zu wollen. Es scheine, als *könne* sie gar keine andere annehmen. Sie lasse die Stimme aus sich heraus; wie es dieser beliebe – sie behaupte nicht, die geringste Kontrolle darüber zu haben. Sie könnten selbst darüber urteilen, ob die ganze Sache nicht ganz einzigartig sei. Aus diesem Grund sei er bereit, vor einer Versammlung von Damen und Herren so über sein eigenes Kind zu sprechen; eben weil sie es sich nicht als Verdienst anrechneten – sie spürten, es sei eine Kraft von außen. Wenn Verena fühle, sie werde heute abend angeregt, sei er ziemlich sicher, daß es die Herrschaften interessieren werde. Nur müsse er um einige Augenblicke Ruhe ersuchen, während sie auf die Stimme lausche.

Mehrere Damen erklärten, sie würden sich sehr freuen – sie hofften, Miss Verena sei in guter Verfassung; woraufhin sie von anderen berichtigt wurden, die sie daran erinnerten, es sei nicht *sie* – sie habe nichts damit zu tun –, also habe ihre Verfassung nichts zu sagen; und ein Herr fügte hinzu, er nehme an, es seien viele anwesend, die mit Eliza P. Moseley Umgang gehabt hätten. Inzwischen wandte sich Verena, immer stärker in sich selbst zurückgezogen, doch von der öffentlichen Erörterung ihrer mystischen Fähigkeit völlig ungestört, wieder sehr liebenswürdig Mrs. Farrinder zu und fragte sie, ob sie nicht vorangehen wolle – nur um ihr Mut zu machen. Inzwischen befand sich Mrs. Farrinder in einem Zustand drohend zusammengeballter Düsterkeit; sie begegnete der reizenden Bittstellerin mit dem Stirnrunzeln einer Juno. Sie mißbilligte Doktor Tarrants kleine Ansprache ganz und gar und fühlte sich immer weniger geneigt, mit einem Wunderkrämer in Verbindung gebracht zu werden. Abraham Greenstreet war gut und recht, aber Abraham Greenstreet lag in seinem Grabe; und Eliza P. Moseley war letztlich doch äußerst lau gewesen. Basil Ransom fragte sich, ob es Dreistigkeit oder Unschuld war, was Miss Tarrant befähigte, die Distanziertheit der älteren Dame mit solcher Seelenruhe hinzunehmen. In diesem Augenblick hörte er an seinem Ellbogen Olive Chancellor mit dem Beben der Erregung in der Stimme plötzlich ausrufen: »Bitte fangen Sie an! Bitte fangen Sie an! Eine Stimme, eine menschliche Stimme, das ist es, was wir brauchen.«

»Ich spreche nach Ihnen, und wenn Sie eine Aufschneiderin

sind, stelle ich Sie bloß!« sagte Mrs. Farrinder. Es klang mehr majestätisch als scherzhaft.

»Ich bin sicher, wir sind alle fest, wie Doktor Tarrant sagt. Wir müssen jetzt wohl still sein«, bemerkte Miss Birdseye.

Achtes Kapitel

Verena Tarrant stand auf und ging zu ihrem Vater in der Mitte des Raumes; Olive Chancellor durchschritt den Raum und nahm wieder ihren Platz auf dem Sofa neben Mrs. Farrinder ein, den das Mädchen verlassen hatte; und Miss Birdseyes übrige Gäste ließen sich aufmerksam auf Stühlen nieder oder lehnten sich an die kahlen Wände des Salons. Verena nahm die Hände ihres Vaters und hielt sie einen Moment lang fest, vor ihm stehend, ohne ihn anzusehen, die Augen auf die Versammelten gerichtet; dann, einen Augenblick später, stand ihre Mutter auf und schob mit einem bedeutsamen Seufzer den Stuhl, auf dem sie gesessen hatte, nach vorn. Mrs. Tarrant bekam eine andere Sitzgelegenheit, und Verena löste sich vom Händedruck ihres Vaters und nahm auf dem Stuhl Platz, den Tarrant für sie zurechtrückte. Sie saß mit geschlossenen Augen da, und ihr Vater legte ihr jetzt seine langen, mageren Hände auf den Kopf. Basil Ransom beobachtete diese Vorgänge mit lebhaftem Interesse, denn das Mädchen machte ihm Spaß und gefiel ihm. Sie besaß weit mehr Farbe als sonst jemand der Anwesenden, denn aller Glanz, der in Miss Birdseyes ziemlich verblichener und schäbiger menschlicher Sammlung überhaupt zu finden war, hatte sich in dieser attraktiven, aber etwas undurchschaubaren jungen Person vereinigt. Ihr Bundesgenosse war übrigens durchaus nicht undurchschaubar; Ransom fand ihn einfach widerwärtig, von dem ersten Moment an, als er den Mund auftat; er war ihm nur zu wohlbekannt – will sagen, sein Typ; er war einfach der verhaßte Carpet-bagger, der Geschäftemacher, der im Gefolge der siegreichen Yankeetruppen die Südstaaten ausplündern half. Er war falsch, gerissen, vulgär, unwürdig; ein menschliches Produkt billigster Sorte. Daß er der Vater eines zarten, hübschen Mädchens sein sollte, das offenbar auch gescheit war, ob sie nun eine Gabe besaß oder nicht, das war eine ärgerliche, störende Tatsache. Die bleiche, aufgeblasene Mutter mit der hohen Stirn, dort in der Ecke, sah eher wie eine Dame aus; doch wenn sie eine war, gereichte es ihr um so mehr zur Schande, sich mit einem solchen Buben vermählt zu haben, sagte sich Ransom, der sich allgemein der älteren englischen Literatur entnommener Schmähworte bediente. Er hatte Tarrant, oder seinesgleichen, schon oft gesehen; er hatte ihn bei politischen Versammlungen in dahinvegetierenden südlichen Städten während der entsetzlichen Periode des Wiederaufbaus immer wieder polemisch »ausgepeitscht«, wie er glaubte. Wenn Mrs. Farrinder Verena gemustert hatte, als sei sie eine Marktschreierin, war das einigermaßen zu entschuldigen, da das Mädchen auf Basil Ransom so ziemlich denselben Eindruck machte. Er hatte noch nie eine so ausgefallene Mischung von Elementen erlebt; sie besaß das lieblichste Antlitz mit einem Ausdruck ganz und gar nicht weltlicher Gesinnung und wirkte doch zugleich, als stünde sie zur Schau, gehörte zu einer Truppe, lebte im Gaslicht, etwas, das sogar aus den Einzelheiten ihrer Kleidung sprach, die sichtlich auf einen theatralischen Effekt hin stilisiert war. Hätte sie ein Paar Kastagnetten oder ein Tambourin hervorgeholt, hätte ein solches Beiwerk seinem Gefühl nach ganz dazu gepaßt.

Die kleine Doktor Prance mit ihrem nüchternen gesunden Verstand hatte bemerkt, daß sie anämisch sei, und hatte angedeutet, sie sei eine Blenderin. Der Wert ihrer Darbietung mußte sich erst noch erweisen, aber sie war zweifellos sehr blaß, so weiß, wie es Frauen sind, die rotes Haar dieser Tönung besitzen; sie sehen aus, als wäre ihr Blut dort hineingeflossen. In der Hellhäutigkeit dieser jungen Dame lag jedoch etwas Kraftvolles; sie war stark und geschmeidig, in ihren Lippen und Augen war Farbe, und ihre Flechten, zu einer komplizierten Frisur verschlungen, schienen vom Feuer ihrer Natur zu glühen. Sie hatte eigenartige, strahlende, klare Augen (ihr

Lächeln war eine Art Widerschein, wie das Schimmern eines Edelsteins), und obwohl sie nicht groß war, schien sie in die Höhe zu ragen und trug den Kopf, als reiche er recht hoch empor. Ransom hätte gedacht, sie sähe wie eine Orientalin aus, wenn Orientalen nicht dunkel wären; und hätte sie nur eine Ziege bei sich gehabt, hätte sie Esmeralda geglichen, obwohl er nur eine unklare Erinnerung hatte, wer Esmeralda gewesen war. Sie trug ein hellbraunes Kleid von einem Schnitt, der ihm bizarr vorkam, ein gelbes Unterkleid und eine hochrote Schärpe, die seitlich zu einer großen Schleife gebunden war; um den Hals und tief auf ihre flache junge Brust fallend trug sie eine doppelte Kette aus Bernsteinperlen. Man muß hinzufügen, daß trotz ihrer melodramatischen Erscheinung nichts darauf hinwies, ihre Darbietung, was immer das war, werde melodramatischen Charakter haben. Sie war sehr still, zumindest jetzt (sie hatte ihren großen Fächer zusammengeklappt), und ihr Vater fuhr in dem geheimnisvollen Prozeß fort, sie zu beruhigen. Ransom fragte sich, ob er sie einschläfern werde; seit ein paar Minuten waren ihre Augen geschlossen; er hörte die Bemerkung einer Dame in seiner Nähe, die offenbar mit Erscheinungen dieser Art vertraut war, jetzt falle sie in Trance. Bisher war die Schaustellung noch nicht aufregend, obwohl es gewiß erfreulich war, ein so hübsches Mädchen wie eine lebende Statue vor sich aufgepflanzt zu sehen. Doktor Tarrant sah niemanden an, während er über seine Tochter hinstrich und sie beruhigte; seine Augen wanderten über die Stuckränder der Zimmerdecke, und er grinste empor wie zu einem imaginären Publikum im Rang. »Ganz ruhig – ganz ruhig«, murmelte er von Zeit zu Zeit. »Es kommt schon, mein gutes Kind, es kommt schon – laß es sich sammeln. Der Geist, nicht wahr; du mußt den Geist herauslassen, sobald er will.« Er schleuderte hin und wieder die Arme in die Höhe, um sich von den Flügeln seines langen Regenmantels zu befreien, die ihm über die Hände rutschten. Basil Ransom nahm all das wahr und bemerkte auch gegenüber das wartende Gesicht seiner Kusine, das von ihrem Sofa aus unverwandt auf die geschlossenen

Augen der jungen Prophetin gerichtet war. Er wurde zuletzt etwas ungeduldig, nicht wegen des Ausbleibens der erbaulichen Stimme (obwohl schon einige Zeit verstrichen war), sondern angesichts der grotesken Manipulationen Tarrants, die er so übelnahm, als hätte er selbst ihre Berührung gespürt, und die ihm eine Entehrung des passiven jungen Mädchens zu sein schienen. Sie machten ihn nervös, sie machten ihn wütend, und erst hinterher fragte er sich, inwiefern ihn das etwas angehe und ob nicht sogar ein Carpet-bagger das Recht habe, mit seiner Tochter zu tun, was ihm beliebe. Er empfand es als Erleichterung, als Verena von ihrem Stuhl aufstand, mit einer Bewegung, die Tarrant in den Hintergrund zu treten veranlaßte, als sei seine Rolle nun vorbei. Sie stand mit ruhigem Gesicht da, ernst und in sich gekehrt; dann, nach einem weiteren kurzen Aufschub, begann sie zu sprechen.

Sie begann unzusammenhängend, beinahe unhörbar, als spräche sie im Traum. Ransom konnte sie nicht verstehen; er fand es recht seltsam und hätte gern gewußt, was Doktor Prance dazu gesagt hätte. »Sie legt sich nur erst ihre Gedanken zurecht und versucht, in Report zu kommen; sie geht schon noch aus sich heraus.« Diese Bemerkung hörte er den mesmerischen Heilpraktiker in gedämpftem Ton fallenlassen; »in Report« war offenbar Tarrants Version von »en rapport«. Seine Prophezeiung erfüllte sich, und nach kurzer Zeit ging Verena wirklich aus sich heraus; sie ging mit äußerster Lieblichkeit aus sich heraus – mit einer ganz wunderlichen und eigentümlichen Wirkung. Sie sprach langsam, behutsam, als horche sie auf den Souffleur, als finge sie, eines nach dem anderen, gewisse Stichworte auf, die ihr aus großer Entfernung, hinter den Kulissen der Welt hervor, zugeflüstert würden. Dann kam ihr die Erinnerung oder die Inspiration wieder, und bald beherrschte sie ihre Rolle. Sie spielte sie mit außerordentlicher Schlichtheit und Anmut; nach Ablauf von zehn Minuten wurde Ransom gewahr, daß die gesamte Zuhörerschaft – Mrs. Farrinder, Miss Chancellor und der zähe Typ aus Mississippi – dem Bann unterlagen. Ich sage zehn Minuten, aber um die Wahrheit zu gestehen, verlor der junge Mann jegliches Zeitgefühl. Er überlegte hinterher, wie lange sie wohl gesprochen habe; dann rechnete er aus, daß ihre sonderbare, einnehmende, unausgegorene, absurde, bezaubernde Improvisation eine halbe Stunde gedauert haben mußte. Es lag nicht daran, was sie sagte; das ließ ihn gleichgültig, er verstand es kaum; er erfaßte nur, daß sich alles um die Sanftheit und Güte der Frauen drehte, und wie sie alle Zeitalter des langen Laufes der Geschichte hindurch vom eisernen Stiefel des Mannes niedergetrampelt worden waren. Es ging um ihre Gleichwertigkeit – vielleicht sogar (er nahm es nicht eindeutig wahr) um ihre Überlegenheit. Es ging darum, daß ihre Stunde endlich gekommen sei, um die allumfassende Schwesternschaft, um ihre Pflicht vor sich selbst und voreinander. Es ging um Dinge solcher Art, und Ransom beobachtete mit Entzücken, daß die Dinge solcher Art es nicht verdarben. Die Wirkung lag nicht in dem, was sie sagte, obwohl sie manche sehr hübsche Sachen vorbrachte, sondern in der Erscheinung und Gestalt des nahezu aufgedonnerten Fräuleins (das jetzt wieder mit dem roten Fächer spielte), der sichtlichen Frische und Reinheit der kleinen Darbietung. Als sie Sicherheit gewonnen hatte, öffnete sie die Augen, und deren strahlende Sanftmut war schon die halbe Wirkung ihrer Ansprache. Diese strotzte von Schulmädchenphrasen, Fetzen woandersher erinnerter Redewendungen, kindischen Verstößen gegen die Logik, Hochflügen der Phantasie, die in Topeka gewiß Erfolg gehabt haben mochten; doch Ransom dachte, wenn es noch viel schlimmer gekommen wäre, wäre es durchaus ebensogut gewesen, denn die Argumentation, die Doktrin hatten absolut nichts damit zu tun. Es war einfach eine zutiefst persönliche Schaustellung, und es ergab sich nun einmal, daß die darbietende Person faszinierend war. Möglicherweise hätte sie den Geschmack gewisser Leute beleidigt – Ransom konnte sich vorstellen, daß es andere Bostoner Kreise gab, in denen man sie naseweis gefunden hätte; doch hinsichtlich seiner eigenen Empfindungen konnte er nur feststellen, daß sie sie *seine* darbenden Sinne unwiderstehlich ansprach. Er war ein eingefleischter Konservativer, und sein Geist war gegen die Nichtigkeiten, die sie vorbrachte, gestählt – die Rechte und die Rechtlosigkeit der Frauen, die Gleichheit der Geschlechter, die Unsinnigkeit der Konvention, die andauernde Verspottung des Kampfes um das Wahlrecht, die Aussicht auf abgeordnete Mütter im Bundessenat. Das machte keinen Unterschied; sie meinte es nicht, sie wußte nicht, wie ihre Meinung war, sie war von ihrem Vater mit diesem Unsinn vollgestopft worden, und sie war weder mehr noch weniger bereit, ihn vorzutragen, als etwas anderes; denn das Bedürfnis ihrer Natur lag nicht darin, Menschen zu einer lächerlichen Sache zu bekehren, sondern mit ihrer Stimme diese berückenden Töne hervorzubringen, in dieser jugendlichen, ungezwungenen Haltung dazustehen, ihre geflochtenen Locken zu schütteln wie eine aus den Wogen auftauchende Najade, jedem zu gefallen, der in ihre Nähe kam, und glücklich darüber zu sein, daß sie gefiel. Ich weiß nicht, ob sich Ransom über das Gewicht dieser Deutung im klaren war, die Miss Tarrant einen einzigartig hohlen Charakter zuschrieb; er begnügte sich damit, sie für genauso unschuldig wie schön zu halten und sie als eine Vokalistin von erlesenen Gaben zu betrachten, dazu verurteilt, schlechte Musik vorzutragen. Wirklich, wie hübsch sie manches klingen ließ!

»Natürlich spreche ich nur zu den Frauen – zu meinen eigenen lieben Schwestern; ich spreche nicht zu den Männern, denn ich erwarte nicht, daß ihnen gefällt, was ich sage. Sie geben vor, uns ungemein zu bewundern, aber mir wäre es lieber, sie würden uns ein bißchen weniger bewundern und ein bißchen mehr vertrauen. Ich weiß nicht, was wir ihnen jemals angetan haben, daß sie uns aus allem heraushalten. Wir haben *ihnen* zu sehr vertraut, und ich glaube, jetzt ist für uns die Zeit gekommen, über sie zu urteilen und auszusprechen, wir seien nicht der Meinung, daß sie so gut daran getan haben, uns herauszuhalten. Wenn ich mich in der Welt umsehe und beobachte, in welchen Zustand die Männer die gebracht haben, muß ich gestehen, daß ich mir sage: ›Na, wenn die Frauen sie so eingerichtet hätten, möchte ich wissen, was sie davon halten würden!‹ Wenn ich das schreckliche Elend der Menschheit sehe und an das Leid denke, von dem die Welt zu jeder Stunde, in jedem Augenblick erfüllt ist, sage ich, wenn das das Beste ist, was die Männer auf eigene Faust fertigbringen, sollten sie uns lieber ein bißchen heranlassen und sich davon überzeugen, was *wir* vermögen. Wir könnten es unmöglich schlimmer machen, nicht wahr? Wenn wir nur das geleistet hätten, würden wir nicht damit prahlen. Armut und Unwissenheit und Verbrechen; Krankheit und Lasterhaftigkeit und Kriege! Kriege, immer mehr Kriege, und immer noch mehr und noch mehr. Blut – Blut – die Welt ist in Blut getränkt! Einander zu töten, mit allen möglichen kostspieligen und hochentwickelten Geräten, das ist das Hervorragendste, was sie zu erfinden imstande waren. Mir scheint, wir könnten damit Schluß machen, wir könnten etwas Besseres erfinden. Die Grausamkeit – die Grausamkeit; es gibt so viel davon, so viel! Warum nicht der Herzenswärme eine Chance geben? Unsere Frauenherzen sind so voll davon, warum sollte das alles so vergeudet dahinwelken, während Armeen und Gefängnisse und hoffnungsloses Elend sich ständig vermehren? Ich bin nur ein Mädchen, ein schlichtes amerikanisches Mädchen, und natürlich habe ich noch nicht viel erlebt, und es gibt weite Gefilde des Lebens, von denen ich nichts weiß. Aber gewisse Dinge fühle ich – mir scheint, als wäre ich dazu geboren, sie zu fühlen; sie liegen mir in der Stille der Nacht in den Ohren und stehen in den Visionen der Dunkelheit vor meinen Augen. Es geht darum, was die große Schwesternschaft der Frauen tun könnte, wenn sie sich alle bei den Händen fassen und ihre Stimmen über den brutalen Aufruhr der Welt erheben würden, in dem die Bitten um Gnade oder Gerechtigkeit, das Stöhnen der Schwäche und des Leidens so schwer Gehör finden. Wir würden ihn ersticken, wir würden ihn zum Schweigen bringen, und der Ruf unserer Lippen würde zur Stimme des weltumspannenden Friedens werden! Dazu müssen wir einander vertrauen, müssen treu und zartfühlend und gütig sein. Wir müssen uns vergegenwärtigen, daß die Welt auch uns gehört, uns – so wenig wir jemals zu irgend etwas zu sagen hatten –, und daß die Frage noch *nicht* endgültig entschieden ist, ob sie eine Stätte der Ungerechtigkeit oder eine Stätte der Liebe sein wird!«

Mit diesen Worten beendete die junge Dame ihre Ansprache, nach der sie nicht erschöpft auf ihren Stuhl sank oder sonst irgendwelche Spuren eines anstrengenden Höhensturms offenbarte. Sie wandte sich nur langsam ihrer Mutter zu und lächelte dabei über die Schulter das ganze Zimmer an, als handelte es sich um einen einzigen Menschen, ohne daß ihre weiße Haut sich gerötet hätte oder daß sie hätte tiefer Luft holen müssen. Der Auftritt war ihr sichtlich sehr leichtgefallen, und es hätte fast eine gewisse Unverfrorenheit darin liegen können, sich den Anschein zu geben, selbst nicht unter einer Anstrengung gelitten zu haben, die auf alle anderen so machtvoll gewirkt hatte. Ransom brach in herzliches Lachen aus, das er rasch wieder verschluckte, denn ihn reizte die liebenswürdig-groteske Situation, daß dieses jungfräuliche Wesen sich vor eine Gesellschaft von Menschen mittleren Alters hinstellte, um zu ihnen über die »Liebe« zu sprechen, der Ton, in dem sie ihre Auslassungen beendet hatte. Es war die reizendste Note in der ganzen Sache und der schlagendste Beweis ihrer Unschuld. Sie hatte ungeheuren Erfolg, und als Mrs. Tarrant sie in die Arme nahm und küßte, durfte sie gewiß sein, daß die Zuhörer nicht enttäuscht worden waren. Sie waren überaus bewegt; sie brachen in Ausrufe und Gemurmel aus. Selah Tarrant führte ostentativ sein Gespräch mit seinem Nachbarn weiter, wobei er bedächtig die langen Daumen drehte und wieder zum Stuckrand der Zimmerdecke aufblickte, als sei an der glanzvollen Art, wie seine Tochter sich ihrer Aufgabe entledigt hatte, nichts, was *ihn* überraschen könnte, der sie schon in noch erstaunlicherer Form gehört hatte und sich überdies daran erinnerte, daß die Versammlung so unpersönlich war. Miss Birdseye sah sich mit mattem Frohlocken in der Gesellschaft um; ihre großflächigen milden Wangen glänzten von nicht abgewischten Tränen. Der junge Mr. Pardon bemerkte in Ransoms Hörweite, wären bestimmte ihm bekannte Personen dabeigewesen, so hätten sie Miss Verena sicherlich gegen eine hohe Summe für die Winterkampagne engagieren wollen. Und Ransom hörte ihn mit leiserer Stimme hinzufügen: »Für irgend jemand steckt Geld in dem Mädchen; passen Sie auf, die macht eine große Karriere!« Was unseren Mann aus Mississippi angeht, so behielt er seine angenehmen Empfindungen für sich und überlegte nur, ob er nicht Miss Birdseye bitten könne, ihn der Heldin des Abends vorzustellen. Natürlich nicht sofort, denn bei dem jungen Mann mischte sich in den Stolz des Südens eine Schüchternheit, die oftmals durchaus als Bescheidenheit dienen konnte. Ihm war klar, in welchem Maße er in einem Haus wie diesem ein Außenseiter war, und er war bereit, auf seine ersehnte Befriedigung zu warten, bis die anderen, die alle zusammengehörten, sie ihrer Zustimmung versichert hätten, was sie natürlich höher schätzen würde als alles, was er ihr zu sagen hätte. Diese Episode hatte die Versammlung belebt; sogar eine gewisse Fröhlichkeit, die sich in einem lauteren Gesprächston äußerte, schien in der erhitzten Atmosphäre zu schweben. Die Leute bewegten sich freier von einem zum anderen, und Verena Tarrant wurde bald von den dichtgedrängten Reihen ihrer neuerworbenen Freunde Ransoms Blicken entzogen. »Also, ich habe es noch nie *so* ausgedrückt gehört!« vernahm Ransom den Ausruf einer Dame; worauf eine andere antwortete, sie wundere sich, daß es einer ihrer klugen Frauen nicht schon früher eingefallen sei. »Keine Frage, es *ist* eine Gabe« und »Na, die können es nennen, wie sie wollen, es ist ein Vergnügen, ihr zuzuhören« – diese freundlichen Achtungsbeweise fielen von den Lippen zweier nachdenklicher Herren. In Ransoms Hörweite wurde behauptet, wenn sie noch ein paar von der Sorte hätten, wäre das Problem bald erledigt; und er vernahm die Antwort, sie könnten nicht erwarten, viele dieser Art zu haben – der Stil sei so ungewöhnlich. Allgemein wurde eingeräumt, daß der Stil ungewöhnlich sei, doch Miss Tarrants Ungewöhnlichkeit war der Schlüssel ihres Erfolges.

Ransom näherte sich wieder Mrs. Farrinder, die mit Olive Chancellor auf ihrem Sofa sitzengeblieben war; und als sie ihm ihr Gesicht zuwandte, sah er, daß sie der allgemeinen Ansteckung erlegen war. Ihr scharfes Auge blitzte, ihre Matronenwange war rot überhaucht, und sie hatte sich sichtlich entschlossen, welche Linie sie einschlagen wollte. Olive Chancellor saß regungslos da; ihre Augen waren mit dem starren, erschrockenen Ausdruck ihrer Attacken nervöser Schüchternheit zu Boden gerichtet; sie ließ nicht erkennen, ob sie das Nahen ihres Verwandten wahrnahm. Er sprach ein paar Worte zu Mrs. Farrinder, etwas, das seine Bewunderung für Verena unvollkommen wiedergab; und diese Dame antwortete mit Würde, es sei kein Wunder, daß das Mädchen so ausgezeichnet spreche – sie spreche für eine so gute Sache. »Sie ist sehr anmutig, besitzt ein schönes Redetalent; ihr Vater sagt, es sei eine natürliche Gabe.« Ransom erkannte, daß er nicht das mindeste von Mrs. Farrinders wahrer Meinung erfahren werde, und ihre Verstellung verstärkte seinen Eindruck, sie sei eine Frau mit Weltklugheit. Es ging ihn nichts an, ob sie im Herzen Verena für einen Papagei oder für ein Genie hielt; er nahm nur wahr, daß sie erkannte, sie werde ihre Wirkung ausüben, der Sache voranhelfen. Einen Augenblick lang war er fast entsetzt, als er sich sagte, falls sie das Mädchen für sich einspannte, so wäre es ruiniert; sie würde ihren Ton überziehen und zur Marktschreierin werden. Doch er wich dieser Vision rasch aus und flüchtete sich in eine mechanische Frage an seine Kusine, von der er wissen wollte, wie Miss Verena ihr gefalle. Olive gab keine Antwort; ihr Kopf blieb abgewandt, sie durchbohrte den Teppich mit ihren befangenen Augen. Mrs. Farrinder sah sie flüchtig von der Seite her an und erklärte dann Ransom gelassen: »Ihr rühmt die Anmut eurer südlichen Schönheiten, aber Sie mußten in den Norden kommen, um eine menschliche Gazelle zu erleben. Miss Tarrant ist von bestem neuenglischem Stamm – was *ich* den besten nenne!«

»Nach dem, was ich von den Bostoner Damen gesehen habe, bin ich überzeugt, daß keine Offenbarung der Anmut Überraschung bei mir hervorrufen kann«, gab Ransom zurück und blickte dabei mit einem Lächeln auf seine Kusine herab.

»Sie ist zutiefst erschüttert«, erklärte Mrs. Farrinder mit ganz leicht gesenkter Stimme, da Olive anscheinend immer noch taub blieb.

In diesem Augenblick trat Miss Birdseye heran; sie wollte wissen, ob nicht Mrs. Farrinder es übernehmen wolle, im Namen der gesamten Versammlung einige Worte der Anerkennung zu äußern für den echten Ansporn, den Miss Tarrant ihnen vermittelt habe. Mrs. Farrinder sagte, o ja, jetzt werde sie sehr gern sprechen; nur müsse sie vorher ein Glas Wasser haben. Miss Birdseye antwortete, gleich komme welches; eine der Damen habe darum gebeten, und Mr. Pardon sei gerade hinuntergegangen, um Wasser zu holen. Basil machte sich diese Pause zunutze, um Miss Birdseye zu fragen, ob sie ihm die große Ehre erweisen wolle, ihn Miss Verena vorzustellen. »Mrs. Farrinder wird ihr im Namen der Gesellschaft danken«, erklärte er lachend, »aber sicher nicht in meinem Namen.«

Miss Birdseye äußerte die größte Neigung, ihm den Gefallen zu tun; sie freue sich so, daß es ihm solchen Eindruck gemacht habe. Sie wollte ihn gerade zu Miss Tarrant führen, als Olive Chancellor sich jäh von ihrem Stuhl erhob und mit einer einhaltgebietenden Bewegung ihre Hand auf den Arm ihrer Gastgeberin legte. Sie teilte ihr mit, sie müsse gehen, sie fühle sich nicht wohl, ihr Wagen sei da; auch hoffe sie, wenn es nicht zuviel verlangt sei, Miss Birdseye werde sie zur Tür begleiten.

»Aha, Sie sind auch beeindruckt«, sagte Miss Birdseye und musterte sie philosophisch. »Wie es scheint, ist keiner davongekommen.«

Ransom war enttäuscht; er erkannte, daß er gleich entführt werden würde, und ein Ausruf brach von seinen Lippen, bevor er ihn unterdrücken konnte – der erste Ausruf, der ihm in den Kopf kam und der vielleicht den Aufbruch seiner Kusine aufhalten könnte: »Ach, Miss Olive, wollen Sie etwa auf Mrs. Farrinder verzichten?«

Daraufhin wandte ihm Olive ihr Gesicht zu, zeigte ihm eine außergewöhnliche Miene, eine Miene, die er nicht deuten konnte oder auch nur recht erkannte. Sie war unheilverkündend ernst, die Augen waren geweitet, auf jeder Wange lag ein roter Fleck; mit ihrem ganzen Ausdruck schien sie eine rasche, eindringliche Frage, eine jäh aufwallende Herausforderung an ihn zu richten. Er konnte dieses Aufblitzen nur mit einem starren Blick beantworten und sich von neuem fragen, welchen Streich ihm seine nördliche Verwandte in Zukunft noch spielen sollte. Auch beeindruckt? Und wie er das war! Mrs. Farrinder, die unbedingt eine Frau von Welt war, kam ihm, oder Miss Chancellor, zu Hilfe und sagte, sie hoffe wirklich, Olive werde nicht bleiben – diese Dinge nähmen sie zu sehr mit. »Wenn Sie bleiben, spreche ich nicht«, fügte sie hinzu; »ich würde Sie ganz und gar aus der Fassung bringen.« Und dann fuhr sie, für eine so überwiegend intellektuelle Natur, gütig fort: »Wenn Frauen fühlen wie Sie, wie kann ich daran zweifeln, daß wir es schaffen?«

»Ach, wir werden es schaffen, meine ich«, murmelte Miss Birdseye.

»Aber Sie dürfen die Beacon Street nicht vergessen«, mahnte Mrs. Farrinder. »Sie müssen sich Ihre Position zunutze machen – Sie müssen die Back Bay aufwecken!«

»Ich habe die Back Bay satt!« stieß Olive heftig hervor; und sie schritt mit Miss Birdseye zur Tür, ohne sich von jemandem zu verabschieden. Sie war so erregt, daß sie sich offenbar nicht in der Gewalt hatte, und Basil blieb nichts weiter übrig, als ihr zu folgen. An der Tür des Zimmers hielt ihn jedoch ein plötzliches Stocken der beiden Damen auf: Olive blieb stehen und verharrte zögernd. Sie ließ den Blick durch das Zimmer schweifen und erspähte Verena, die dort mit ihrer Mutter im Mittelpunkt einer hochbeglückten Gruppe saß; dann warf sie mit entschlossener Miene den Kopf zurück und ging zu ihr hinüber. Ransom sagte sich, jetzt sei vielleicht seine Chance gekommen, und hielt sich rasch an Miss Chancellors Seite. Die kleine Gruppe Reformer beobachtete sie, als sie zu ihnen trat; ihre Gesichter drückten Argwohn gegenüber ihrer gesellschaftlichen Bedeutung aus, gemischt mit Gewissensskrupeln, ob es recht sei, diese anzuerkennen. Verena Tarrant erkannte, daß sie der Gegenstand dieser Bekundung war, und sie stand auf, um die Dame zu begrüßen, die sich so zielgerichtet näherte. Ransom nahm jedoch wahr, oder glaubte wahrzunehmen, daß sie nichts anerkannte; sie hegte keinen Argwohn gegenüber gesellschaftlicher Bedeutung. Doch sie lächelte strahlend, als sie von Miss Chancellor zu ihm blickte; sie lächelte, weil sie gern lächelte, gern gefiel, gern ihren Erfolg spürte – oder etwa, weil sie eine perfekte kleine Schauspielerin war und dies zu ihrer Schulung gehörte? Sie nahm die Hand, die Olive ihr entgegenstreckte; die anderen sahen ziemlich steif von ihren Stühlen aus zu.

»Sie kennen mich nicht, aber ich möchte Sie kennenlernen«, sagte Olive. »Ich kann Ihnen jetzt danken. Wollen Sie mich einmal besuchen?«

»O ja; wo wohnen Sie?« antwortete Verena im Ton eines Mädchens, für die eine Einladung (sie bekam nicht so viele) stets eine Einladung war.

Miss Chancellor sprach langsam und deutlich ihre Adresse aus, und Mrs. Tarrant trat lächelnd heran. »Ich weiß über Sie Bescheid, Miss Chancellor. Ich glaube, Ihr Vater kannte meinen Vater – Mr. Greenstreet. Verena wird Sie sehr gern besuchen. Wir würden uns sehr freuen, Sie bei *uns* begrüßen zu dürfen.«

Während die Mutter sprach, wollte Basil Ransom der Tochter etwas sagen, die da so nahe bei ihm stand, aber ihm fiel nichts Passendes ein; bestimmte Wendungen aus Mississippi kamen ihm zu gönnerhaft und hochtrabend vor. Außerdem wünschte er dem, was sie gesagt hatte, nicht zuzustimmen; er wollte ihr einfach sagen, daß sie entzückend war, und es war schwierig, diesen Unterschied hervorzuheben. So lächelte er sie nur schweigend an, und sie lächelte zurück – ein Lächeln, daß ihm nur für ihn bestimmt erschien.

»Wo wohnen Sie?« fragte Olive; und Mrs. Tarrant antwortete, sie wohnten in Cambridge, und die Pferdebahnen führen ganz nahe an ihrer Tür vorbei. Woraufhin Olive drängte: »Kommen Sie wirklich bald?«, und Verena sagte, o ja, sie komme wirklich bald, und wiederholte die Hausnummer der Charles Street, zum Beweis, daß sie darauf geachtet hatte. Dabei legte sie kindliches Vertrauen an den Tag. Ransom sah, daß sie jeden besuchen würde, der sie auf diese Weise aufforderte, und er bedauerte flüchtig, daß er nicht eine Bostoner Dame war, so daß er ihr eine solche Einladung zukommen lassen könnte. Olive Chancellor hielt ihre Hand noch einen Augenblick fest, sah sie abschiednehmend an und zog ihn dann mit den Worten: »Kommen Sie, Mr. Ransom!« aus dem Zimmer. In der Diele begegneten sie Mr. Pardon, der mit einem Krug Wasser und einem Glas aus den unteren Regionen heraufkam. Miss Chancellors Droschke war da, und als Basil ihr hineingeholfen hatte, sagte sie ihm, sie wolle ihn nicht bemühen, mit ihr zu fahren – sein Hotel lag nicht in der Nähe der Charles Street. Er wünschte so wenig, neben ihr zu sitzen – er wollte rauchen –, daß ihm erst, nachdem das Gefährt davongerollt war, ihre Kühle auffiel und er sich fragte, weshalb zum Kuckuck sie ihn veranlaßt habe, mit ihr fortzugehen. Sie war schon eine ganz eigenartige Kusine, diese seine Bostoner Kusine. Er blieb einen Augenblick stehen, sah zum Licht in Miss Birdseyes Fenstern hinauf und überlegte stark, ob er nicht wieder in das Haus zurückgehen sollte, da er nun mit dem Mädchen sprechen könnte. Doch er begnügte sich mit der Erinnerung an ihr Lächeln und wandte sich letztlich mit einem Gefühl der Erleichterung ab, einer so wunderlichen Gesellschaft entronnen zu sein, zugleich (auf andere Art) mit dem banalen Bewußtsein, großen Durst zu haben.

Zehntes Kapitel

Gleich am nächsten Tag kam Verena Tarrant aus Cambridge zur Charles Street; dieses Bostoner Viertel steht in direkter Verkehrsverbindung zu der akademischen Vorstadt: Der armen

Verena kam sie wohl kaum direkt vor, weil sie in dem überfüllten Straßenbahnwagen, der sie schließlich an Miss Chancellors Tür absetzte, die ganze Strecke über stehen mußte, halb an einem von der lackglänzenden Decke des stickigen Fahrzeugs herabbaumelnden Lederriemen hängend wie ein Blütenbüschel in einem Gewächshaus. Sie war jedoch an diese Fahrten in senkrechter Stellung gewöhnt, und obwohl sie, wie wir gesehen haben, nicht dazu neigte, die soziale Ordnung ihrer Zeit ohne Frage hinzunehmen, wäre ihr nie eingefallen, das Bahnsystem ihres Geburtslandes zu kritisieren. Die Promptheit ihres Besuchs bei Olive Chancellor war eine Idee ihrer Mutter, und Verena hörte mit wachen Augen zu, als ihr diese Dame in der Zurückgezogenheit ihres Häuschens in Cambridge, solange Selah Tarrant zu seinen Patienten, wie sie sagten, »unterwegs« war, einige Verhaltensregeln umriß. Das Mädchen war zugleich gehorsam und uneigennützig gesinnt, und sie lauschte der Aufzählung der möglichen Vorteile einer engen Bekanntschaft mit Miss Chancellor, in der sich ihre Mutter erging, wie sie jedem anderen Märchen gelauscht hätte. Es war noch immer ein Teil des Märchens, als diese eifrige Mutter Verena mit eigenen Händen den schicken Federhut aufsetzte, ihr Jäckchen zuknöpfte (die Knöpfe waren riesengroß und vergoldet) und ihr zwanzig Cent als Fahrgeld überreichte.

Nie konnte man im voraus wissen, wie Mrs. Tarrant etwas aufnehmen würde, und sogar Verena, die als Tochter viel weniger kritisch gesinnt war als in ihrer sozusagen öffentlichen Eigenschaft als Staatsbürgerin, empfand, daß ihre Mutter wunderlich war. Sie war allerdings wunderlich – eine welke, schlaffe, kränkliche, launische Frau, die sich noch die Fähigkeit zum Anklammern bewahrt hatte. Woran sie sich klammerte, das war die »Gesellschaft« und eine Stellung in der Welt, die sie nie besessen hatte, wie ihr ein heimliches Wispern sagte, und die sie auch noch verlieren mochte – eine Gefahr, die ihr eine deutlichere Stimme ins Gedächtnis rief. Sie zu bewahren, sie zurückzugewinnen, sie neu abzusegnen war der Ehrgeiz ihres Herzens; das war einer der vielen Gründe, weshalb die Vorsehung sie für würdig erachtet hatte, ein so wunderbares Kind zu haben. Verena war nicht nur dazu geboren, ihr gemeinsames Geschlecht aus der Knechtschaft zu führen, sondern auch dazu, eine Besuchsliste umzugestalten, die sich wie ein hausgemachtes Kleidungsstück an den falschen Stellen bauschte und zusammenzog. Als Tochter Abraham Greenstreets hatte Mrs. Tarrant ihre Jugend in den ersten Abolitionistenkreisen verbracht, und sie war sich darüber im klaren, wie sehr ihre Aussichten durch ihre Verbindung mit einem jungen Mann getrübt wurden, der das Leben als Hausierer mit Bleistiften begonnen hatte (in eben dieser Eigenschaft hatte er an Mr. Greenstreets Tür geklopft), danach eine Zeitlang Mitglied der vielbesprochenen Cayuga-Gemeinschaft gewesen war, wo es keine Ehefrauen gab oder keine Ehemänner oder so ähnlich (Mrs. Tarrant konnte sich nie recht erinnern), und sich noch später (jedoch vor der Entwicklung seiner Fähigkeit zum Heilen) in der spiritistischen Welt hervorgetan hatte. (Er war ein ungewöhnlich begabtes Medium, nur hatte er aus Gründen, für die Mrs. Tarrant eine eigene Version besaß, aufhören müssen.) Selbst in einer stark mit dem Abbau von Vorurteilen beschäftigten Gesellschaft hatten gewisse unbestimmte Mutmaßungen über diesen vielseitigen Menschen bestanden, dem es naturgemäß nicht an Künsten gemangelt hatte, sich bei Miss Greenstreet in Gunst zu setzen, deren Augen, wie die seinen, ausschließlich auf die Zukunft geheftet waren. Das junge Paar (er war erheblich älter als sie) hatte gemeinsam in die Zukunft hinausgestarrt, bis sie merkten, daß die Vergangenheit sie völlig im Stich gelassen hatte und die Gegenwart nur schmalen Halt bot. Mrs. Tarrant zog sich also den Unwillen ihrer Familie zu, die ihrem Gatten zu verstehen gab, so sehr sie wünschten, dem Sklaven seine Fesseln abzunehmen, empfänden sie doch gewisse Verhaltensweisen als allzu entfesselt. Solche hatten nach ihrer Meinung in Cayuga den Ton angegeben, und natürlich hielten sie seine Erklärung für nichtssagend, sein Aufenthalt dort sei (für ihn – die Gemeinschaft existierte noch) nur eine flüchtige Episode gewesen, da kaum mehr für die spiritistischen Picknicks und vegetarischen Freiluftversammlungen sprach, wo das bloßgestellte Paar jetzt Trost suchte.

So engstirnige Ansichten hegten Leute, die man bis dahin für fähig gehalten hatte, allen heilsamen Neuerungen ihr Herz zu öffnen, nun aber, wie Mrs. Tarrant meinte, einer echten Probe ausgesetzt waren. Die Neigungen ihres Mannes färbten auf ihre weiche, feuchte moralische Hülle ab, und das Paar lebte in einer Atmosphäre neuer Erfahrungen, in der die fügsame Ehefrau gelegentlich dem ganz frischen Erlebnis begegnete, ohne Mittagessen auskommen zu müssen. Ihr Vater starb und hinterließ letztlich sehr wenig Geld; er hatte sein bescheidenes Vermögen für die Schwarzen verbraucht. Selah Tarrant und seine Gefährtin machten seltsame Abenteuer durch; sie fand sich gänzlich in das große, irreguläre Heer der Quacksalber aufgenommen, ansässig in der menschenfreundlichen Bohème. Es sog sie ein wie ein gesellschaftlicher Sumpf; sie sank täglich ein wenig tiefer darin ein, ohne ihren Abstieg genau in Zoll nachzumessen. Jetzt stand sie bis zum Kinn darin; vermutlich läßt sich von ihr behaupten, sie habe den Boden berührt. Als sie zu Miss Birdseye ging, schien ihr, sie trete wieder in die Gesellschaft ein. Die Tür, durch die sie Zutritt fand, war nicht die Tür, durch die einige andere eingelassen wurden (sie würde nie vergessen, wie hoch Mrs. Farrinder die Nase trug), das erhabene Portal blieb aber halb offen und enthüllte mögliche Aussichten. Sie hatte mit langhaarigen Männern und kurzhaarigen Frauen zusammengelebt, sie hatte zu einem Halbdutzend sozialer Experimente einen biegsamen Glauben und einen unheilbaren Mangel an materiellen Mitteln beigesteuert, sie hatte den Trost von hundert Religionen genossen, hatte zahllose diätetische Reformen befolgt, hauptsächlich von der verbietenden Art, und war des Abends so regelmäßig zu einer Séance oder zu Vorträgen gegangen, wie sie ihr Nachtmahl einnahm. Ihr Mann hatte stets Eintrittskarten für Vorträge; in Augenblicken der Verärgerung über den Mangel an einer gewissen Kontinuität auf ihrer gemeinsamen Lebensbahn hatte sie ihm gelegentlich vorgeworfen, dies sei auch das einzige, was er habe. Die Erinnerung an all die Winternächte, in denen sie durch den Matsch gestapft waren (die Karten waren leider keine Fahrkarten), um Mrs. Ada T.P. Foat sich über das »Sommerland« auslassen zu hören, lebte mit Bitterkeit in ihr auf. Selah war eine Zeitlang ganz begeistert von Mrs. Foat, und seine Frau war fest überzeugt, er sei mit ihr in Cayuga »liiert« gewesen (das war Selahs Ausdruck, wenn er auf solche Episoden zu sprechen kam). Was ihre Ehe betraf, so hatte die arme Frau eine ganze Menge auszustehen; es bedurfte zeitweise ihres ganzen Glaubens an sein Genie, um sie aufrechtzuhalten. Sie wußte, daß er sehr magnetisch war (eben das machte in der Tat sein Genie aus), und sie empfand, sein Magnetismus sei es, was sie an ihn band. Er hatte sie durch Dinge geschleift, bei denen sie wahrhaftig nicht mehr wußte, was sie davon halten sollte; es gab Augenblicke, da ihr der Verdacht kam, sie habe das starke sittliche Empfinden verloren, für das die Greenstreets stets so berühmt waren.

Natürlich wäre von einer Frau, die so geschmacklos gewesen war, Selah Tarrant zu heiraten, unter keinen Umständen eine besonders scharfe Urteilskraft zu erwarten; doch es besteht kein Zweifel, daß diese arme Frau entsetzlich schlaff geworden war. Sie hatte ein Auge zugedrückt und sich auf Kompromisse eingelassen und Ausflüchte gemacht; sie hatte sich gefragt, ob es denn nicht ganz natürlich sei, daß sie ihrem Gatten habe beistehen wollen in jenen aufregenden Tagen seiner Tätigkeit als Medium, wenn manchmal der Tisch sich einfach nicht vom Boden abheben, das Sofa nicht durch die Luft schweben wollte und die weiche Hand eines geliebten Verstorbenen nicht so darauf erpicht war, sich in dem Kreis einzustellen. Mrs. Tarrants Hand war weich genug für den übernatürlichsten Effekt, und sie beschwichtigte in solchen Fällen ihr Gewissen mit der Überlegung, sie diene ja damit dem Glauben an die Unsterblichkeit. Um Verenas willen war sie irgendwie froh, daß sie die Phase des Verkehrs mit Geistern hinter sich gelassen hatten; ihr Ehrgeiz für ihre Tochter nahm andere Formen an, als daß sie sich gewünscht hätte, auch sie solle dem

Glauben an die Unsterblichkeit dienen. Doch unter Mrs. Tarrants mannigfaltigen Erinnerungen waren es diese Reminiszenzen an das abgedunkelte Zimmer, den wartenden Kreis, das leise Klopfen an Tisch und Wand, die flüchtigen Berührungen an Wange und Fuß, die Musik in der Luft, den Blütenregen, die Wahrnehmung eines geheimnisvollen Huschens, die sie besonders liebevoll hegte. Sie verabscheute ihren Gatten, weil er sie so magnetisiert hatte, daß sie gewissen Dingen zustimmte und sie sogar ausführte, während ihr heute allein beim Gedanken daran das Gesicht brannte; verabscheute ihn dafür, daß er ihrem Gefühl nach ihre gesellschaftliche Stellung irgendwie herabgesetzt hatte; doch zugleich bewunderte sie ihn wegen einer Unverfrorenheit, die so absolut war (angesichts von Beleidigungen, Bloßstellungen, Fehlschlägen, des ganzen Jammers einer Existenz von der Hand in den Mund), daß sie sich ihr schließlich als eine Art Unfehlbarkeit darstellte. Sie wußte, daß er ein gräßlicher Schwindler war, und doch wies ihre Erkenntnis die eine Lücke auf, daß er es nie eingestanden hatte – eine wahrhaft großartige Tatsache, wenn man die Gelegenheiten dazu bedachte. Er hatte nie eingeräumt, daß er nicht redlich war; das Paar hatte sich so oft in der Lage der zwei Auguren hinter dem Altar befunden, und doch hatte er ihr nie einen wenn auch noch so flüchtigen Blick zugeworfen, den nicht der ganze Kreis hätte beobachten dürfen. Selbst in der Zurückgezogenheit des häuslichen Umgangs speiste er sie mit Redensarten, Ausreden, Erklärungen, Formulierungen ab, die, wie sie fühlte, für sie allein zu großspurig waren; sie waren, wie Selahs Charakter auch, gänzlich auf die Tonart des Lebens in der Öffentlichkeit gestimmt.

So weit war es mit ihrem ausgeweiteten und demoralisierten Gewissen gekommen, daß trotz all der Dinge, die sie in ihrem Leben verachtete, und all der Dinge, die ihr eher gefielen, trotz ihrer Zermürbung durch die Unfähigkeit ihres Mannes, einen Lebensunterhalt zu verdienen, und geradezu des Entsetzens über seine Konsequenz (er vertrat die Theorie, daß sie ein herrliches Leben führten), es hatte sich, wie gesagt, ergeben, daß die einzige wirklich entschiedene Kritik, die sie heute an ihm zu üben hatte, sein Unvermögen betraf, öffentlich zu reden. An dieser Stelle drückte der Schuh – in diesem Punkt war Selah dürftig. Er vermochte nicht die Aufmerksamkeit eines Publikums zu fesseln, er war als Vortragsredner nicht akzeptabel. Er hatte Gedanken in Hülle und Fülle, aber er konnte sie anscheinend nicht zusammenfügen. Das Reden vor der Öffentlichkeit war bei den Greenstreets Tradition gewesen, und wäre Mrs. Tarrant gefragt worden, ob sie in ihren jüngeren Jahren jemals vermutet habe, sie werde einen mesmerischen Heilpraktiker heiraten, hätte sie geantwortet: »Na ja, ich hätte nie geglaubt, daß ich einen Herrn heiraten würde, der auf dem Vortragspodium stumm bleibt!« Das war ihre vollständigste Demütigung; sie schloß alles andere ein und überragte es, und es war ein geringer Trost, daß Selah als Ersatz – seine Laufbahn als Heilpraktiker, die anderen Karrieren gar nicht zu erwähnen, diente zum Beweis – die Beredsamkeit der Hände besaß. Die Greenstreets hatten nie großen Wert auf manuelle Tätigkeit gelegt; sie glaubten an den Einfluß über die Lippen. Man mag sich deshalb vorstellen, mit welchem Frohlocken sich Mrs. Tarrant im Lauf der Zeit als Mutter eines inspirierten Mädchens wiederfand, einer jungen Dame, von deren Lippen die Beredsamkeit in Strömen floß. Die Tradition der Greenstreets würde nicht untergehen, und womöglich würden die dürren Flecken in ihrem Leben reichlich gewässert. Man muß hinzufügen, daß diese sandige Fläche in letzter Zeit mit Maßen aus einer anderen Quelle bewässert worden war. Seit Selah sich dem mesmerischen Geheimnis widmete, hatte ihr Heim ein wenig mehr dem geglichen, was das Heim einer Greenstreet zu sein hatte. Er hatte »ganz ordentlich« Patienten, er bekam etwa zwei Dollar pro Sitzung, und er hatte einige höchst erfreuliche Heilungen bewirkt. Eine Dame in Cambridge war ihm so sehr verpflichtet, daß sie die Eheleute kürzlich überredet hatte, ein Haus in ihrer Nähe zu mieten, damit Doktor Tarrant zu jeder Zeit vorbeikommen könne. Er bediente sich dieser Bequemlichkeit – sie hatten im Lauf der Zeit so viele Häuser gemietet, daß es auf eines mehr oder weniger nicht mehr ankam –, und Mrs. Tarrant bekam allmählich das Gefühl, als hätten sie es wirklich »getroffen«.

Selbst auf Verena wirkte sie, wie wir wissen, etwas verwirrt und verwirrend; das Mädchen hatte noch keine Gelegenheit gehabt, die Gesetzmäßigkeiten zu ermitteln, nach denen die Schlaffheit ihrer Mutter unversehens in Starrheit umzuschlagen neigte. Dieses Phänomen trat ein, wenn ihr die Dämpfe des gesellschaftlichen Ehrgeizes ins Gehirn stiegen, wenn der Ärmel ihres zerknitterten Morgenrocks zurückrutschte und sie einen Arm ausstreckte, um die vorbeikommende Gelegenheit beim Schopf zu packen. Dann überraschte sie ihre Tochter mit zungenfertigen Ermahnungen hinsichtlich der Pflicht, Bekanntschaften zu schließen, und mit der scheinbaren Fülle ihrer Kenntnisse über die Geheimnisse der guten Gesellschaft. Sie hatte insbesondere eine Art, ihr im Vertrauen zu erläutern – und in ihrem Wunsch, bildhaft zu sein, zog sie dabei oft die befremdlichsten Mienen –, welche Auslegung man zuweilen dem Benehmen der besten Leute geben müsse und mit welch feiner Würde ihnen zu begegnen sei, daß Verena sich fragte, welche geheimen Informationsquellen sie besitze. Verena nahm das Leben bisher noch ganz einfach; sie war sich nicht so zahlreicher Abstufungen der sozialen Hautfarbe bewußt. Ihr war bekannt, daß manche Menschen reich waren und andere arm und daß das Haus ihres Vaters nie von solchem Überfluß heimgesucht worden war, daß man sich hätte fragen müssen, ob es in einer so von Enterbten erfüllten Welt recht sei, sich im Luxus zu wälzen. Doch außer wenn ihr die Mutter gelinden Schwindel bereitete, indem sie irgendeine Kränkung übelnahm, die sie selbst überhaupt nicht wahrgenommen hatte, oder sich angesichts einer Gelegenheit, die bereits vorüber schien, erregte (während Mrs. Tarrant etwas zum »Anziehen« suchte), hatte Verena nicht das lebhafte Gefühl, sie sei nicht so gut wie sonst jemand, denn keine Autorität, die wirklich ihre Phantasie ansprach, hatte den Platz der mesmerischen Heilpraktiker auf der Skala gesellschaftlicher Geltung festgelegt. Es war niemals im voraus zu erraten, wie Mrs. Tarrant etwas aufnehmen würde. Manchmal war sie zutiefst gleichgültig; dann wieder glaubte sie, jeder, der sie ansah, wolle sie beleidigen. Gelegentlich war sie voller Argwohn gegenüber den Damen (es waren hauptsächlich Damen), die Selah mesmerisierte; dann wieder schien sie alles aufgegeben zu haben, ausgenommen ihre Pantoffeln und die Abendzeitung (aus diesem Druckerzeugnis bezog sie unerklärlichen Trost), so daß selbst Mrs. Foat, wäre sie persönlich aus dem Sommerland zurückgekehrt (wohin sie vor einiger Zeit entschwebt war), Mrs. Tarrants beinahe zynischen Gleichmut nicht gestört hätte.

Hinsichtlich ihres Sinns für die Feinheiten des gesellschaftlichen Lebens jedoch war sie ihrer Tochter am meisten überlegen; wenn sie auf seiten der Menschen, denen sie begegneten, ein ungewöhnliches, wenn auch nur geheimes Verlangen entdeckte, ihre Bekanntschaft zu machen, dann wurde dem Mädchen klar, wieviel sie selbst noch zu lernen hatte. All ihr Bestreben ging dahin, zu lernen, und man muß hinzufügen, daß sie ihre Mutter in gutem Glauben als eine wunderbare Lehrerin betrachtete. Manchmal war sie von ihrem Hang zum Weltlichen verblüfft; das gehörte irgendwie nicht zu der höheren Lebensform, nach der in einem Haus wie dem ihren jeder einzelne vor allem anderen streben mußte; und es hatte nichts mit der Herrschaft der Gerechtigkeit zu tun, die sie alle herbeizuführen bemüht waren, wenn man jede kleine Abfuhr so genau registrierte. Verena hatte den Eindruck, ihr Vater bewege sich beständiger auf der höheren Ebene; obwohl sie seine Gleichgültigkeit gegenüber altmodischen Maßstäben, seine ständige Beschwörung eines lichteren Tages noch nicht zu der Frage veranlaßt hatte, ob nicht Männer letztlich doch uneigennütziger seien als Frauen. War es Eigennutz, was ihre Mutter bewog, so warm auf Miss Chancellor zu reagieren, Verena mit wissender Miene zu erklären, es sei unerläßlich, *unverzüglich* hinzufahren und sie zu besuchen? Keine Kursivschrift vermag Mrs. Tarrants Nachdrücklichkeit in ihrem vollen Ernst wiederzugeben. Warum hatte sie nicht, wie in früheren Fällen, gesagt, wenn die Leute sie sehen wollten, könnten sie zu ihnen herauskommen; sie sei in der Welt noch nicht so weit heruntergekommen, nicht zu wissen, daß es die Form der Höflichkeit gebe, seine Karte zu hinterlassen? Wenn Mrs. Tarrant erst einmal bei den Höflichkeitsformen einstieg, gab es für sie kaum ein Ende; doch in diesem Fall hatte sie darauf verzichtet; ihr paßte mehr die Meinung, Miss Chancellor sei sehr huldvoll gewesen, sie sei eine höchst wünschenswerte Freundin, Verenas wunderschöne Ergießung habe sie mehr bewegt als sonst jemanden; sie werde ihr die Tür zu den besten Salons in Boston öffnen; als sie sagte: »Kommen Sie bald«, habe sie gleich den nächsten Tag gemeint, so müsse man es jedenfalls auffassen (man müsse wissen, wann man mit Anstand vorschreiten müsse); und kurzum, sie, Mrs. Tarrant, wisse, wovon sie spreche.

Verena nahm das alles hin, denn sie war jung genug, um an jeder Fahrt mit der Pferdebahn Freude zu haben, und sie war unersättlich neugierig auf die Welt; sie staunte nur ein wenig, woher ihre Mutter so viel über Miss Chancellor wisse, obwohl sie nur einen Blick auf sie geworfen hatte. Verena war an der jungen Dame, die sich ihr am Vorabend auf diese Weise genähert hatte, in erster Linie aufgefallen, daß sie sich ziemlich trübselig kleidete, daß sie aussah, als habe sie geweint (Verena erfaßte die Anzeichen rasch, sie hatte sie so oft mitangesehen), und daß sie es eilig hatte, fortzukommen. Doch wenn sie so bemerkenswert war, wie ihre Mutter behauptete, würde man es sehr bald erfahren; und inzwischen barg das Selbstgefühl des Mädchens hinsichtlich ihrer eigenen Bedeutung nichts, was es ihr zu einer schmerzlichen Anstrengung gemacht hätte, die Gefahr eines Irrtums auf sich zu nehmen. Sie erlebte sich selbst in keiner spezifischen Weise; sie kümmerten bisher nur Dinge ihrer Umwelt. Selbst die Entwicklung ihrer »Gabe« hatte nicht bewirkt, daß sie sich für bloße Experimente zu kostbar gedünkt hätte; sie besaß weder einen Funken Schüchternheit noch einen Funken Eitelkeit. Hätte der Leser es auch ausgesprochen natürlich gefunden, daß eine Tochter Selah Tarrants und seiner Frau eine Rednerin aus Inspiration sein sollte, hätte er sich doch bei näherer Bekanntschaft mit Verena maßlos gewundert, wie sie von solch einem Paar abstammen konnte. Ihre Begriffe von Vergnügen waren sehr schlicht; es machte ihr Freude, ihren neuen Hut mit seinem Überfluß an Federn aufzusetzen, und zwanzig Cent erschienen ihr als eine beträchtliche Summe.

Elftes Kapitel

»Ich war sicher, daß Sie kommen – ich habe es den ganzen Tag gespürt – etwas hat mir das gesagt!« Mit diesen Worten begrüßte Olive Chancellor ihre junge Besucherin und kam ihr dabei rasch vom Fenster entgegen, wo sie durchaus auf ihr Eintreffen gewartet haben konnte. Ein paar Wochen danach erläuterte sie Verena, wie bestimmt diese Vorahnung gewesen war; sie hatte sie den ganzen Tag mit einer so heftigen nervösen Erregung erfüllt, daß es schon schmerzhaft war. Sie erzählte ihr, solche Vorahnungen gehörten zu den Eigentümlichkeiten ihres Wesens, sie wisse nicht, was sie davon zu halten habe, sie müsse es hinnehmen; und sie erwähnte als weiteres Beispiel die plötzliche Angst, die sie am Vorabend in der Kutsche überfallen habe, nachdem sie Mr. Ransom vorgeschlagen hatte, sie zu Miss Birdseye zu begleiten. Diese Angst sei so seltsam wie instinktiv gewesen, und eben diese Seltsamkeit müsse Mr. Ransom natürlich aufgefallen sein; denn der Gedanke, er solle mitkommen, sei von ihr ausgegangen, und doch habe sie mit einem Mal eine volle Wendung gemacht. Sie habe nichts dagegen tun können; unversehens hatte sie unter Herzklopfen die Überzeugung erfüllt, wenn er diese Schwelle überschreite, werde für sie Leid daraus erwachsen. Sie haben ihn nicht davon abhalten können, und nun sei es ihr gleich, denn jetzt, so gab sie zu verstehen, habe sie Verenas Interesse erweckt, und das mache sie gleichgültig gegenüber jeder Gefahr, jedem banalen Vergnügen. Mittlerweile hatte Verena erfahren, wie eigenartig ihre Freundin beschaffen war, wie nervös und ernsthaft, wie selbstbezogen, wie besitzergreifend sie war, welche Willenskraft, welche Zielstrebigkeit sie besaß. Olive hatte sie, im wörtlichen Sinne der Redensart, emporgehoben wie ein Vogel der Lüfte, hatte ein außergewöhnliches Paar Schwingen ausgebreitet und trug sie nun durch die schwindelerregende Leere des Raumes. Verena gefiel es größtenteils; es gefiel ihr, ohne eigene Anstrengung emporzuschießen und aus solcher Höhe auf die ganze Schöpfung, auf die ganze Menschheitsgeschichte hinabzuschauen. Von dieser ersten Unterredung an fühlte sie sich gepackt, und sie gab sich auf, schloß nur ein wenig die Augen, wie wir es tun, wenn ein Mensch, dem wir vollkommen vertrauen, es mit unserem Einverständnis unternimmt, uns einem bestimmten Erlebnis auszusetzen.

»Ich möchte Sie kennenlernen«, sagte Olive bei diesem Anlaß; »daß ich das muß, spürte ich gestern abend, sobald ich Sie reden hörte. Ich finde Sie ganz wunderbar. Ich weiß nicht, was ich von Ihnen halten soll. Ich glaube, wir sollten Freundinnen werden; deshalb bat ich Sie einfach geradeheraus, ohne große Umschweife, mich zu besuchen, und ich glaubte daran, daß Sie kommen würden. Es ist so *richtig*, daß Sie gekommen sind, und es beweist, wie recht ich hatte.« Diese Bemerkungen fielen nacheinander, sobald sie wieder Luft geschöpft hatte, von Miss Chancellors Lippen und mit dem Beben, das, selbst wenn sie kaum aufgeregt war, stets in ihrer Stimme schwang, während sie Verena neben sich auf dem Sofa Platz nehmen ließ und sie von Kopf bis Fuß auf eine Art betrachtete, daß das Mädchen heilfroh war, die Jacke mit den vergoldeten Knöpfen angezogen zu haben. Dieser Blick war es, mit dem alles begann; mit dieser raschen Musterung, die nichts ausließ, nahm Olive sie in Besitz. »Sie sind ganz bemerkenswert; ich frage mich, ob Sie wissen, wie bemerkenswert!« fuhr sie fort, die Worte murmelnd, als verliere sie sich, als werde sie vor Bewunderung unaufmerksam.

Verena saß lächelnd da, ohne zu erröten, doch mit einem reinen, leuchtenden Blick, der ihr Beteuerungen stets ersparen würde. »Ach, das bin nicht ich, wissen Sie; es ist etwas außer mir!« Sie warf das flüchtig hin, als sage sie es schon gewohnheitsmäßig, und Olive fragte sich, ob es eine aufrichtige Richtigstellung sei oder nur ein Lippenbekenntnis. Die Frage war nicht kritisch gemeint, denn sie hätte davon überzeugt sein können, das Mädchen stelle eine Anhäufung geläufiger Schlagworte dar, und hätte sie doch kaum weniger gern gehabt. Genau so, wie sie war, gefiel sie ihr; sie war so eigenartig, so anders als die Mädchen, denen man gewöhnlich begegnete, schien in irgendein wunderliches Zigeunerland oder eine phantastische Bohème zu gehören. Mit ihrer grellen, vulgären Kleidung, ihrer auffallenden Erscheinung hätte sie eine Seiltänzerin oder eine Wahrsagerin sein können; und das besaß für Olive den ungeheuren Vorzug, daß es sie dem »Volk« zuzuordnen schien, sie in das gesellschaftliche Zwielicht jener rätselhaften Demokratie rückte, von der nach Miss Chancellors Ansicht die bevorzugten Klassen so wenig wissen und mit der sie (in einer möglicherweise ganz nahen Zukunft) zu rechnen haben werden. Überdies hatte das Mädchen sie aufgewühlt, wie es noch nie zuvor geschehen war, und die Fähigkeit dazu, aus welcher Quelle sie auch immer stammte, war eine bewundernswerte Kraft. Ihre Gefühlsbewegung war immer noch heftig, so sehr sie sich bemühen mochte, mit ihrer Besucherin zu sprechen, als schiene ihr alles ganz natürlich, was geschehen war; und was in erster Linie verhinderte, daß sich ihre Erschütterung legte, war ihre Ahnung, daß sie hier fand, wonach sie schon so lange gesucht hatte – eine Freundin, jemand von ihrem Geschlecht, mit der sie eine Seelengemeinschaft verbinden könnte. Es bedurfte der beiderseitigen Zustimmung, eine Freundschaft zu schließen, doch es war nicht möglich, daß dieses zutiefst mitfühlende Mädchen sich verweigern werde. Olive besaß genügend Scharfblick, um in kürzester Zeit zu entdecken, daß sie ein Mensch von grenzenloser Großherzigkeit war. Ich weiß nicht, wie wirklichkeitsgerecht die übrigen Vorahnungen Miss Chancellors gewesen sein mögen, doch es besteht kein Zweifel, daß sie in dieser Hinsicht Verena auf der Stelle richtig einschätzte. Das war es, was sie wollte; das übrige war danach unwichtig; Miss Tarrant mochte von Kopf bis Fuß vergoldete Knöpfe tragen, ihre Seele konnte nicht vulgär sein.

»Mutter meinte, ich soll lieber gleich kommen«, sagte Verena und sah sich jetzt im Zimmer um, hocherfreut, sich in einem so schönen Haus zu finden, und sie bemerkte sogleich eine Menge Sachen, die sie gern eingehender betrachtet hätte.

»Ihre Mutter hat erkannt, daß ich meinte, was ich sagte; nicht jeder erweist mir die Ehre, das zu erfassen. Sie sah, daß ich durch und durch erschüttert war. Ich konnte nur drei Worte sagen – mehr hätte ich nicht herausgebracht! Welche Macht – welche Macht, Miss. Tarrant!«

»Ja, es ist wohl eine Macht. Wenn es keine Macht wäre, könnte es nicht viel aus mir machen!«

»Sie sind so schlicht – so ganz wie ein Kind«, bemerkte Olive Chancellor. Das war die Wahrheit, und sie wollte sie aussprechen, weil es sie rasch, ohne Förmlichkeiten oder Umschweife, miteinander vertraut machte. Dahin wollte sie gelangen; ihre Ungeduld war derart, daß sie auf ihr Ziel zusprang, noch ehe das Mädchen fünf Minuten im Zimmer gewesen war, und sie, sich selbst unterbrechend, alles andere unterbrechend, fragte: »Wollen Sie meine Freundin sein, meine allerengste Freundin, vor jedem anderen, vor allem anderen, in alle Ewigkeit?« Ihr Gesicht war voller Eifer und zärtlicher Zuneigung.

Verena lachte auf, aus reiner Belustigung, ohne einen Schatten der Verlegenheit oder Verwirrung. »Vielleicht mögen Sie mich zu sehr.«

»Natürlich mag ich Sie zu sehr! Wenn ich jemanden mag, so mag ich ihn zu sehr. Aber es ist freilich eine andere Sache, ob Sie mich mögen«, fügte Olive Chancellor hinzu. »Wir müssen abwarten – wir müssen abwarten. Wenn mir an etwas liegt, kann ich geduldig sein.« Sie streckte Verena die Hand entgegen, und die Geste war so bittend und zugleich so zuversichtlich, daß das Mädchen instinktiv ihre eigene Hand hineinlegte. So saßen diese zwei jungen Frauen eine Weile Hand in Hand und sahen einander an. »Ich möchte Sie so vieles fragen«, sagte Olive.

»Na, ich kann nicht viel sagen, außer wenn Vater mich bearbeitet hat«, antwortete Verena mit einer Bescheidenheit, neben der die Demut anmaßend gewirkt hätte.

»Mir liegt gar nichts an Ihrem Vater«, gab Olive Chancellor sehr ernst zurück, mit einem starken Ton von Gewißheit.

»Er ist sehr gut«, sagte Verena einfach. »Und er ist so wunderbar magnetisch.«

»Es ist nicht Ihr Vater und es ist nicht Ihre Mutter; an sie denke ich nicht, und ich will nicht sie. Nur Sie – genauso, wie Sie sind.«

Verena ließ die Augen auf ihre Kleidung herabsinken. »Genauso, wie sie war« schien ihr allerdings sehr ordentlich.

»Soll ich sie aufgeben …?« verlangte sie lächelnd zu wissen.

Olive Chancellor atmete einen Augenblick tief ein, wie jemand, der Schmerzen leidet; dann sprach sie mit ihrer bebenden Stimme, in der ein Hauch innerer Qual mitschwang: »Ach, wie kann ich von Ihnen verlangen, etwas aufzugeben? *Ich* werde aufgeben – ich werde alles aufgeben!«

Erfüllt von dem angenehmen Eindruck, den ihr die Ausstattung ihrer Gastgeberin bereitete, und zugleich von dem, was die Mutter ihr über Miss Chancellors Reichtum und ihre Stellung in der Bostoner Gesellschaft erzählt hatte, fragte sich Verena, abgelenkt durch eine lebhafte Musterung der Gegenstände um sie her, wozu diese Verzichtsabsicht wohl taugen sollte. O nein, sie hoffte wirklich, sie werde nichts aufgeben – zumindest nicht, bevor sie, Verena, Gelegenheit gehabt hätte, alles zu sehen. Sie spürte jedoch, daß ihr vorläufig keine Antwort zuteil werden sollte, außer dem unmittelbaren Druck, den Miss Chancellors drängendes Wesen ausübte, dieser Gefühlsintensität, die sie unvermittelt wie in einer nervösen Verzückung der Vorfreude ausrufen ließ: »Doch wir müssen abwarten! Weshalb sprechen wir davon? Wir müssen abwarten! Alles wird gut«, fügte sie mit großer Sanftmut ruhiger hinzu.

Verena staunte hinterher, warum sie sich nicht mehr vor ihr gefürchtet hatte – warum sie in der Tat nicht auf der Stelle umgedreht und aus dem Zimmer gestürzt war, um sich zu retten.

Aber es lag nicht im Wesen dieser jungen Frau, furchtsam oder auch nur vorsichtig zu sein; sie mußte das Gefühl der Angst erst noch kennenlernen. Sie wußte zu wenig von der Welt, um aus Erfahrung plötzlichen Begeisterungsstürmen zu mißtrauen, und hätte sie einen Verdacht gehegt, wäre es (in Übereinstimmung mit der üblichen Welterfahrung) der falsche gewesen – der Verdacht, eine so launenhaft entflammte Zuneigung werde von selbst erlöschen. Aber auf derartige Gedanken konnte sie nicht kommen, denn Miss Chancellors Gesicht verklärte ein Leuchten, das zu sagen schien, bei ihr mochte eine Empfindung ihren Gegenstand verzehren, mochte Miss Chancellor verzehren, würde sich aber nie selbst verzehren. Bisher hatte Verena noch nicht das Gefühl, versengt zu werden; sie wurde nur angenehm erwärmt. Auch sie hatte von einer Freundschaft geträumt, wenn es auch nicht das war, wovon sie in erster Linie geträumt hatte, und ihr ging auf, dies sei möglicherweise diejenige, die das Glück für sie bereitgehalten habe. Sie hielt sich nie zurück.

»Wohnen Sie hier ganz allein?« fragte sie Olive.

»Das würde ich nicht, wenn Sie zu mir zögen!«

Selbst diese wirklich leidenschaftliche Antwort ließ Verena nicht zurückzucken; sie hielt es durchaus für möglich, daß die Leute aus der wohlhabenden Schicht einander spontan solche Vorschläge machten. Es war ein Teil der Romantik, des Luxus, des Reichtums; es gehörte zu der Welt der Einladungen, an der sie so wenig Anteil gehabt hatte. Doch es wirkte fast wie Hohn, wenn sie an das kleine Haus in Cambridge dachte, wo die Bretter der Verandastufen locker waren.

»Ich muß bei meinen Eltern bleiben«, sagte sie. »Und dann habe ich doch meine Arbeit. Auf diese Art muß ich jetzt leben.«

»Ihre Arbeit?« wiederholte Olive, die nicht ganz begriff.

»Meine Gabe«, erklärte Verena lächelnd.

»O ja, Sie müssen sie gebrauchen. Das meine ich ja; Sie müssen die Welt damit erschüttern; sie ist göttlich.«

Das war so sehr ihre Meinung, daß sie die ganze Nacht

wachgelegen und darüber nachgedacht hatte, und der Kernpunkt ihrer Gedanken lautete, wenn sie nur das Mädchen vor der Gefahr primitiver Ausbeutung retten, sich selbst zu ihrer Beschützerin und Anhängerin ernennen könnte, würden sie beide gemeinsam den großen Erfolg erringen können. Verenas Genie war ein Geheimnis, und es mochte ein Geheimnis bleiben; es war unmöglich zu begreifen, wie dieses bezaubernde, blühende, einfache Geschöpf, ganz Jugend und Anmut und Unschuld, zu ihrer außergewöhnlichen Fähigkeit zur kritischen Betrachtung kam. Wenn ihre Gabe nicht gerade hervortrat, wirkte sie alles andere als nachdenklich, und zum Beispiel während sie jetzt hier saß, hätte man sich nie träumen lassen, daß sie eine lebhafte Offenbarung gehabt hatte. Olive mußte sich vorläufig mit der Erklärung begnügen, ihre kostbare Fähigkeit sei ihr ebenso zuteil geworden wie ihre Schönheit und erlesene Vornehmheit (für Olive war sie voll dieser Eigenschaft); sie sei geradenwegs vom Himmel gefallen, ohne Filterung durch ihre Eltern, an denen Miss Chancellor entschieden keinen Geschmack fand. Sogar unter Reformern machte sie Unterschiede; sie meinte, alle klugen Menschen wünschten große Veränderungen herbei, doch die Parteigänger des Wandels müßten nicht unbedingt klug sein. Nach ihrer letzten Bemerkung schwieg sie eine Weile, und dann wiederholte sie, als wäre es die Lösung für alles, als bedeute es mit absoluter Gewißheit eine ungeheure Glückseligkeit in der Zukunft: »Wir müssen abwarten, wir müssen abwarten!« Verena war gern bereit, abzuwarten, und die begeisterte Aufrichtigkeit ihrer Zustimmung leuchtete ihr aus dem Gesicht und schien beider Blicke zu besänftigen. Olive stellte ihr zahllose Fragen; sie wollte in ihr Leben Eingang finden. Es war eines jener Gespräche, an die sich Menschen später erinnern, in denen jedes Wort so gesprochen wie aufgenommen worden ist, weil sie darin die Zeichen eines Anfangs erkennen, der zu rechtfertigen war. Je mehr Olive über das Leben ihrer Besucherin erfuhr, desto mehr verlangte es sie, darin einzudringen, desto mehr lockte es sie aus der Reserve. Solche seltsamen Lebensläufe gibt es in Amerika, das wußte sie schon immer; doch dieser hier war eigenartiger als alles, was sie sich hätte träumen lassen, und das Eigenartigste war, daß das Mädchen selbst ihn offenbar nicht für eigenartig hielt. Als Baby war sie in abgedunkelten Zimmern gewickelt und inmitten von Manifestationen gestillt worden; sie hatte von ganz klein auf »Vorträge besucht«, wie sie sagte, denn ihre Mutter hatte zu Hause niemanden, bei dem sie das Kind hätte lassen können. Sie hatte auf dem Schoß von Medien gesessen und war von einem Trance-Orakel zum anderen weitergereicht worden; sie wußte über »Wunderkuren« jeglicher Art Bescheid und war zwischen weiblichen Redakteuren von Zeitungen aufgewachsen, die sich für neue Religionen einsetzten, und neben Leuten, die das Band der Ehe ablehnten. Verena sprach vom Band der Ehe, wie sie vom neuesten Roman gesprochen hätte – als hätte sie ebenso oft darüber diskutieren hören; und während Olive Chancellor den Antworten auf ihre Fragen lauschte, schloß sie in gewissen Momenten die Augen, wie jemand, der ein Schwindelgefühl abklingen lassen muß. Die Enthüllungen ihrer jungen Freundin verursachten in ihrem Kopf tatsächlich einen Wirbel; sie stellten ihr alles vor Augen, wovor sie sie hätte retten müssen. Verena war in keiner Weise angesteckt, und nie würde das Böse sie beflecken können; doch obzwar Olive keine Meinung zum Band der Ehe hatte, außer daß es ihr für sie selbst widerwärtig wäre – diese spezielle Reform gedachte sie nicht in Betracht zu ziehen –, gefiel ihr die Atmosphäre von Kreisen nicht, wo solche Institutionen in Frage gestellt wurden. Sie wünschte jetzt keineswegs, sich auf eine Prüfung dieser besonderen Institution einzulassen; dennoch, um sich zu vergewissern, wollte sie Verena nur fragen, ob sie die Ehe mißbillige.

»Also, ich muß sagen«, erklärte Miss Tarrant, »ich ziehe freie Verbindungen vor.«

Olive hielt einen Augenblick den Atem an; ein solcher Gedanke war ihr zu unangenehm. Dann murmelte sie als einzige Antwort unschlüssig: »Ich wünschte, Sie würden mir erlauben, Ihnen zu helfen!« Doch zugleich schien Verena wenig Hilfe zu benötigen, denn es wurde immer deutlicher, daß ihre Beredsamkeit, wenn sie sich so vor ein Zimmer voller Menschen stellte, buchstäblich Inspiration war. Sie beantwortete die Fragen ihrer Freundin mit aller Gutwilligkeit, gab sich aber keine Mühe, die Dinge plausibel zu machen, bestrebt, sich als verbindlich, aber nicht unbedingt als gefällig zu erweisen; doch letztlich konnte sie nur in geringem Maße Rechenschaft über sich selbst ablegen. Das wurde ganz deutlich, als Olive sie fragte, wo sie ihre »tiefgründige Erkenntnis« vom Leiden der Frauen her habe; denn ihre Ansprache bei Miss Birdseye beweise, daß auch sie (wie Olive) diese Vision in schlaflosen Nächten heimgesucht habe. Verena überlegte einen Moment, als bemühte sie sich, das zu verstehen, worauf ihre Freundin anspielte, und dann erkundigte sie sich, immer lächelnd, wo die Jungfrau von Orleans ihre Vorstellung vom Leiden Frankreichs hergehabt habe. Das war so hübsch gesagt, daß Olive sich kaum enthalten konnte, ihr einen Kuß zu geben; sie sah in diesem Moment aus, als wäre sie, wie Johanna, von den Heiligen heimgesucht worden. Hinterher fiel Olive freilich ein, daß damit ihre Frage nicht genau beantwortet war; und sie grübelte auch über etwas nach, das eine Antwort noch schwieriger erscheinen ließ – die Tatsache, daß das Mädchen unter Ärztinnen, weiblichen Medien, Redakteurinnen, Predigerinnen, Heilpraktikerinnen aufgewachsen war, unter Frauen, die sich selbst aus einem Dasein der Passivität befreit hatten und daher das Unglück ihrer übrigen Geschlechtsgenossinnen nur teilweise zu illustrieren vermochten. Es traf zu, daß sie es mittels ihrer mündlichen Berichte über alles, was sie »durchgemacht« hatten, und alles, was sie an eine jüngere Schwester weitergeben konnten, hätten illustrieren können; doch Olive war überzeugt, daß Verenas prophetischer Impuls nicht von Frauengeschnatter geweckt worden war (Miss Chancellor kannte dieses Geräusch so gut wie sonst jemand); er war eher aus deren Schweigen erwachsen. Sie erklärte ihrer Besucherin, ob nun die Engel in schimmerndem Harnisch zu ihr herabstiegen oder nicht, nach ihrem Eindruck sei sie der einzige Mensch, dem sie bisher begegnet sei, der genau dieselbe Wärme, dasselbe Mitgefühl für die Frauen hege wie sie selbst. Miss Birdseye besitze etwas davon, doch Miss Birdseye fehle es an Leidenschaft, an Schärfe, sie sei der schwächlichsten Konzessionen fähig. Mrs. Farrinder sei nicht schwach, natürlich nicht, und sie bringe in den Dienst an der Sache viel Verstand mit; doch sie sei nicht persönlich genug – sie sei zu abstrakt. Verena sei in keiner Weise abstrakt; sie scheine in der Phantasie alle Zeitalter durchlebt zu haben. Verena sagte, sie glaube wirklich, sie habe in gewissem Umfang Phantasie; sie nehme an, sie könnte auf dem Podium nicht so wirkungsvoll auftreten, wenn sie nicht eine reiche Vorstellungskraft hätte. Darauf sagte ihr Olive, die wieder ihre Hand ergriff, sie wolle ihr folgendes versichern – es sei die einzige Sache auf der ganzen Welt, an der ihr liege, die Erlösung der Frauen; das sei die Sache, für die sie, falls es die Vorsehung erlaube, ihr Leben hinzugeben hoffe. Verena errötete ein wenig bei diesem Appell, und der dunklere Glanz in ihren Augen war das erste Zeichen der Begeisterung, das sie hatte erkennen lassen. »O ja – ich möchte mein Leben hingeben!« rief sie mit klingender Stimme aus; und dann setzte sie ernst hinzu: »Ich möchte etwas Großes tun!«

»Das werden Sie, das werden Sie, das werden wir beide!« rief Olive Chancellor hingerissen. Doch nach einer kleinen Pause fuhr sie fort: »Ich frage mich, ob Sie wissen, was es bedeutet, jung und schön, wie Sie sind – sein Leben hinzugeben!«

Verena blickte sekundenlang grübelnd zu Boden.

»Also«, antwortete sie, »ich glaube, ich habe mehr nachgedacht, als man mir ansieht.«

»Verstehen Sie Deutsch? Kennen Sie den ›Faust‹?« fragte Olive. »›Entsagen sollst du, sollst entsagen!‹«

»Ich kann nicht Deutsch; ich würde es so gerne lernen; ich möchte alles können.«

»Wir werden zusammen daran arbeiten – wir werden alles studieren«, stieß Olive beinahe keuchend hervor; und während dieser Worte schwebte ihr das friedliche Bild stiller Winterabende unter der Lampe vor, mit dem Schneefall draußen und

Tee auf einem Tischchen, bei geglückten Übertragungen aus Goethe, gemeinsam mit einer auserwählten Freundin erarbeitet, fast dem einzigen ausländischen Autor, aus dem sie sich etwas machte; denn die Schriften der Franzosen waren ihr widerwärtig, trotz der Bedeutung, die sie den Frauen eingeräumt haben. Eine Vision wie diese war die höchste Gunst, die sie sich erweisen durfte; es geschah nur in langen Abständen. Es schien, als habe auch Verena einen flüchtigen Blick davon erhascht, denn ihr Gesicht erglühte noch mehr, und sie sagte, das würde ihr unendlich gut gefallen. Zugleich fragte sie nach dem Sinn der deutschen Worte.

»›Thou shalt renounce, refrain, abstain!‹ So hat Bayard Taylor sie übersetzt«, antwortete Olive.

»Oh, nun ja, ich glaube schon, daß ich entsagen kann!« rief Verena mit einem kurzen Auflachen. Und sie stand recht unvermittelt auf, als könne sie, indem sie sich verabschiedete, einen Beweis dafür liefern, was sie meinte. Olive streckte die Hände aus, um sie zurückzuhalten, und in diesem Augenblick wurde eine der Portieren des Zimmers beiseitegeschoben, und Miss Chancellors kleines Stubenmädchen ließ einen Herrn herein.

Zwölftes Kapitel

Verena erkannte ihn wieder; sie hatte ihn am Abend vorher bei Miss Birdseye gesehen, und sie erklärte ihrer Gastgeberin: »Jetzt muß ich gehen – Sie haben einen neuen Besucher!« Nach Verenas Überzeugung war es in der feinen Welt (wie Mrs. Farrinder glaubte sie, Miss Chancellor gehöre dazu – meinte, indem sie da stand, befinde sie sich selbst darin), war es in den höchsten Gesellschaftskreisen üblich, daß ein früherer Gast aufbrach, wenn der nächste Freund eintraf. An so mancher Haustür war ihr eröffnet worden, man könne sie nicht empfangen, da die Dame des Hauses Besuch habe, und in solchen Fällen hatte sie sich nicht so sehr mit dem Bewußtsein einer erlittenen Kränkung zurückgezogen als vielmehr mit einem Gefühl der Ehrfurcht. Es hatte sich dabei nicht um die Pforten der eleganten Welt gehandelt, doch meinte sie, in dieser Hinsicht hätten sie solchen Bollwerken nachgeeifert. Olive Chancellor bot Basil Ransom eine Begrüßung, die sie für vollendet damenhaft hielt und die der junge Mann, als er einige Monate später Mrs. Luna die Szene schilderte, auf deren Empfindlichkeit Rücksicht zu nehmen er sich nicht für verpflichtet hielt (auf die seine nahm sie so wenig Rücksicht), mit den Worten beschrieb, sie habe ihn wütend angestarrt. Olive hatte es für sehr wahrscheinlich gehalten, daß er an diesem Tag kommen werde, wenn er aus Boston abreisen sollte; obzwar sie sich völlig darüber im klaren war, daß sie ihn zum Zeitpunkt ihrer Verabschiedung nicht dazu ermutigt hatte. Käme er nicht, wäre sie verärgert, und käme er, wäre sie wütend; auch darüber war sie sich ziemlich im klaren. Doch sie hatte eine Vorahnung, daß ihr das Geschick von den zwei Unannehmlichkeiten nur die geringere auferlegen werde; die einzige, die sie bisher erlitten hatte, war, daß er auf ihren Brief geantwortet hatte – ein Vorwurf, dem es eher an Gehalt mangelte. Jedenfalls würde er, falls er käme, wahrscheinlich kurz vor dem Essen kommen, um die gleiche Zeit wie am Tag vorher. Jetzt war er erheblich vor dieser Stunde da, und Miss Chancellor fand, er habe sie auf niedrige Weise hintergangen, habe sie in ihrer Privatsphäre überrumpelt. Sie war überrascht, aus der Fassung gebracht, doch wie ich schon sagte, sie gab sich streng damenhaft. Sie war entschlossen, sich nicht noch einmal so unsinnig zu verhalten wie in der Angelegenheit seines Mitkommens zu Miss Birdseye. Die eigentümliche Furcht, die sich damit verknüpfte, war etwas, das sie, so hoffte sie inbrünstig, nie wieder durchzustehen haben würde. Sie wußte nicht, was er ihr anhaben könnte; obwohl er an Ort und Stelle war, hatte er eines ihrer seit langem glücklichsten Erlebnisse nicht verhindert – diesen raschen, zutraulichen Besuch Verena Tarrants. Erst an dessen Ende war er dazugekommen, und Verena mußte jetzt gehen; Olives Hand, die sie aufhalten wollte, lockerte sogleich ihren Griff.

Es ist zu befürchten, daß Ransom unverhüllt seine Befriedigung darüber offenbarte, sich noch einmal Aug in Auge mit dem bezaubernden Wesen zu finden, mit dem er am Abend vorher jenes letzte wortlose Lächeln ausgetauscht hatte. Es freute ihn mehr, sie zu sehen, als wäre sie eine alte Freundin gewesen, denn ihm schien, sie sei unversehens zu einer neuen geworden. ›Das reizende Mädchen‹, sagte er sich, ›sie lächelt mich an, als ob sie mich mag!‹ Er konnte nicht wissen, daß das eine Einbildung war, daß sie jedermann so anlächelte; wenn sie Leute zum ersten Mal sah, verhielt sie sich, als erkenne sie sie wieder. Außerdem setzte sie sich ihm zu Ehren nicht wieder hin; sie gab zu verstehen, daß sie immer noch im Aufbruch war. Die drei standen da in der Mitte des langen, eigentümlichen Zimmers beisammen, und zum ersten Mal in ihrem Leben zog Olive Chancellor es vor, zwei Menschen, die sich unter ihrem Dach begegneten, einander nicht vorzustellen. Sie verabscheute Europa, doch sie konnte sich europäisch geben, falls es sich als notwendig erwies. Keiner ihrer Gefährten ahnte, daß sie eine so vorzügliche Rechtfertigung dafür besaß, sie einfach voreinander aufgepflanzt sich selbst zu überlassen (der Schrecken amerikanischer Herzen); und bald empfand Basil Ransom, es sei ihm gleich, ob er vorgestellt werde oder nicht, denn die Größe eines Übels spielte keine Rolle, sofern nur das Gegenmittel ebenso bedeutend war.

»Miss Tarrant wird nicht überrascht sein, daß ich sie erkenne – daß ich mir die Freiheit nehme, sie anzusprechen. Sie ist eine Person des öffentlichen Lebens; sie muß für ihre Prominenz büßen.« Diese Worte richtete er in seinem galantesten Südstaatlerstil kühn an das Mädchen und dachte dabei für sich, bei Tageslicht sei sie noch hübscher.

»Ach, mich hat schon eine ganze Reihe Herren angesprochen«, sagte Verena. »In Topeka waren es eine ganze Menge ...« Und ihr Satz versandete bei ihrem Blick auf Olive, als fragte sie sich, was mit ihr sei.

»Ich fürchte allerdings, Sie gehen genau in dem Augenblick, wo ich erscheine«, fuhr Ransom fort. »Wissen Sie, daß das mir gegenüber ungemein grausam ist? Ich kenne Ihre Ideen – Sie haben sie gestern abend in so schöner Sprache vorgetragen; selbstverständlich haben Sie mich überzeugt. Ich schäme mich, ein Mann zu sein; aber ich bin es nun einmal und kann es nicht ändern, und ich will dafür auf jede Weise Buße tun, die Sie anordnen. *Muß* sie denn gehen, Miss Olive?« fragte er seine Kusine. »Flüchten Sie vor dem einzelnen Mann?« Und er wandte sich wieder an Verena.

Diese junge Dame brach in ein Lachen aus, das der Sprache in verflüssigter, eingeschmolzener Form glich. »O nein; den einzelnen mag ich!«

Als Verkörperung einer »Bewegung« fand Ransom sie immer eigentümlicher, und er fragte sich, wie sie dazu gekommen war, sich so bald unter vier Augen mit seiner Verwandten zusammenzufinden, für die sie noch wenige Stunden vorher eine völlig Unbekannte gewesen war. Dies war jedoch zweifellos das normale Verhalten der Frauen. Er bat sie inständig, sich wieder zu setzen; er sei überzeugt, Miss Chancellor werde sich ungern wieder von ihr trennen. Verena sah ihre Freundin an, nicht um Erlaubnis, sondern um Verständnis bittend, und ließ sich auf einen Stuhl sinken, und Ransom wartete darauf, Miss Chancellor dasselbe tun zu sehen. Nach einem Augenblick tat sie ihm den Gefallen, weil sie nicht ablehnen konnte, ohne den Anschein zu erwecken, Verena kränken zu wollen; doch ging es ihr gegen den Strich, und sie war gänzlich außer Fassung. Sie hatte noch nie jemanden in ihrem eigenen Salon sich so ungezwungen benehmen sehen wie diesen lauten Südstaatler, dem sie so voreilig Zugang gewährt hatte; er richtete vor ihrer Nase Einladungen an ihre Gäste. Daß Verena seiner Aufforderung nachkam, war ein auffallendes Zeichen für den Mangel an jener »Kinderstube« (so drückte Miss Chancellor die fehlende Eigenschaft aus), deren Besitz sie bei dem Mädchen gar nicht vorausgesetzt hatte: zum Glück, da sie ihr in der Charles Street in reichlichem Maße zuteil werden sollte. (Olive war selbstverständlich der Meinung, eine Kinderstube sei durchaus mit der umfassendsten Emanzipation vereinbar.) Verena ging mit vollkommen gutem Gewissen auf Basil Ransoms Ersuchen ein;

doch ihr rasch reagierendes Feingefühl brauchte nur einen Moment, um zu erfassen, daß ihre Freundin nicht erfreut war. Sie wußte kaum, was sie aus der Fassung gebracht hatte, gleichzeitig stieg jedoch eine Vision der Beklemmungen vor ihr auf (von dieser plötzlichen, unerklärten Art zum Beispiel, und noch viel schlimmer), die ein enges Verhältnis zu Miss Chancellor nach sich ziehen könnte.

»Also, ich möchte, daß Sie mir folgendes erklären«, sagte Basil Ransom und beugte sich, die Hände auf den Knien, zu Verena vor, wobei er seine Gastgeberin gänzlich übersah. »Glauben Sie wirklich all den hübschen Nonsens, den Sie gestern abend geredet haben? Ich hätte Ihnen noch eine Stunde lang zuhören können; aber ich habe noch nie so ungeheuerliche Ansichten vernommen. Ich muß protestieren – ich muß es, als verleumdeter, verzerrt dargestellter Mann. Gestehen Sie, daß Sie es als eine Art reductio ad absurdum gemeint haben – als Satire auf Mrs. Farrinder?« Er sprach in einem Ton freimütigster Neckerei, in seinem vertraulichen, freundlichen südlichen Tonfall.

Verena sah ihn mit großen Augen an. »Aber Sie wollen doch nicht etwa sagen, daß Sie nicht an unsere Sache glauben?«

»Ach, so geht es nicht – so nicht!« fuhr Ransom lachend fort. »Sie sind auf völlig falscher Fährte. Stehen Sie wirklich auf dem Standpunkt, daß Ihr Geschlecht ohne Einfluß war? Einfluß? Aber Sie haben uns ja alle mit List und Tücke dahin geführt, wo wir uns jetzt befinden! Wo immer wir uns befinden, das waren alles Sie. Sie stecken doch hinter allem.«

»O ja, und wir wollen vorn stehen«, gab Verena zurück.

»Ach, der Hintergrund ist ein geeigneter Ort, verlassen Sie sich darauf, wenn Sie von da aus die ganze Masse in Bewegung bringen! Außerdem stehen Sie ebenso ganz vorn; Sie sind überall, Sie sind alles. Ich teile die Meinung dieser historischen Persönlichkeit – war es nicht irgendein König? –, der meinte, überall stecke eine Frau dahinter. Worum es auch gehe, behauptete er, man brauche sie nur zu suchen; sie sei die Erklärung. Na, ich suche immer nach ihr, und ich finde sie immer; natürlich bin ich stets darüber entzückt; aber es beweist, daß sie der universelle Grund ist. Nun, Sie haben doch wohl nicht vor, diese Macht abzuleugnen, die Macht, Männer in Bewegung zu setzen. Sie stecken hinter allen Kriegen.«

»Also, ich bin wie Mrs. Farrinder; ich mag Opposition«, rief Verena mit einem vergnügten Lächeln.

»Das beweist, wie gesagt, daß Sie sich, trotz Ihrer Äußerungen des Abscheus, am Schlachtgetümmel ergötzen. Was sagen Sie zur trojanischen Helena und dem schrecklichen Gemetzel, das sie verursacht hat? Es ist allgemein bekannt, daß die Kaiserin von Frankreich hinter dem letzten Krieg in jenem Land gesteckt hat. Und was unsere eigenen vier furchtbaren blutigen Jahre angeht, werden Sie gewiß nicht abstreiten, daß da die Damen die große Antriebskraft waren. Die Abolitionisten haben ihn herbeigeführt, und waren die Abolitionisten nicht hauptsächlich Frauen? Wer war die Berühmtheit, die gestern abend erwähnt wurde? – Eliza P. Moseley. Ich betrachte Eliza als die Urheberin des größten Krieges, von dem die Geschichte zu künden weiß.«

Basil Ransom genoß seinen Humor um so mehr, weil Verena ihn zu genießen schien; und der Blick, mit dem sie ihm am Ende seiner kleinen Tirade antwortete: »Aber Sir, Sie sollten auch das Rednerpodium besteigen; wir könnten gemeinsam als Gift und Gegengift auftreten!« – dieser Blick gab ihm das Gefühl, daß er sie zunächst durchaus in dem Maße überzeugt hatte, wie es für ihn wichtig war. In Verenas Miene hielt sich das jedoch nur einen Moment, nachdem ihr Blick Miss Chancellor gestreift hatte, die, die Augen gespannt auf den Boden geheftet (ein Blick, den Verena noch so gut kennenlernen sollte), einen eigenartigen Ausdruck zeigte. Das Mädchen stand langsam auf; sie merkte, daß sie gehen mußte. Sie erriet, Miss Chancellor mochte diesen gutaussehenden Spaßvogel nicht (diesen Eindruck machte Basil Ransom auf sie); und ihr prägte sich ein (»rechtzeitig«, wie sie dachte), ihre neue Freundin werde die Frauenfrage sogar noch ernster nehmen als sie, für wie ernsthaft sie ihre eigene Haltung bisher auch gehalten hatte.

»Ich hätte so gern das Vergnügen, Sie wiederzusehen«, fuhr Ransom fort. »Ich glaube, ich wäre in der Lage, Ihnen die Geschichte in einem neuen Licht auszulegen.«

»Nun ja, ich würde mich sehr freuen, Sie bei mir zu Hause zu begrüßen.« Diese Worte waren kaum von Verenas Lippen gefallen (ihre Mutter hatte ihr erklärt, sie seien im allgemeinen die schickliche Antwort, wenn die Leute einem solchen Wunsch Ausdruck gäben; sie dürfe nicht die Vorstellung aufkommen lassen, sie käme zuerst zu ihnen) – kaum hatte sie diese gastfreundlichen Worte geäußert, als sie die Hand ihrer Gastgeberin auf dem Arm spürte und wahrnahm, daß aus Olives Augen ein leidenschaftlicher Appell sprach.

»Sie können eben noch die Bahn in der Charles Street erreichen«, murmelte diese junge Frau mit gedämpfter Liebenswürdigkeit.

Verena begriff lediglich so viel, daß sie längst hätte fort sein sollen; und die einfachste Erwiderung war es, Miss Chancellor zu küssen, was sie flüchtig ausführte. Basil Ransom begriff noch weniger, und es war ein betrüblicher Kommentar zu seiner Behauptung, die Männer seien nicht unterlegen, daß dieses Zusammentreffen nicht, wie rasch auch immer, zum Abschluß kommen konnte, ohne daß er sich einen Schnitzer geleistet hätte, der die von ihm bereits begangenen unvermeidlich verschlimmerte. Er war von der kleinen Prophetin eingeladen und doch auch wieder nicht eingeladen worden; doch er ging darauf nicht ein, denn er mußte Boston unbedingt am nächsten Tag verlassen, und außerdem schien Miss Chancellor etwas dagegen zu haben. Doch er streckte Verena die Hand entgegen und sagte: »Leben Sie wohl, Miss Tarrant; wird uns nicht die Freude zuteil, Sie in New York zu hören? Ich fürchte, wir sind dort arg verdorben.«

»Gewiß, ich würde gern in der größten Stadt meine Stimme erheben«, antwortete das Mädchen.

»Versuchen Sie doch zu kommen. Ich lasse Sie nicht im Stich. Es wäre schließlich eine ganz fade Welt, wenn wir immer wüßten, was die Frauen als nächstes sagen.«

Verena war des Nahens der Bahn in der Charles Street eingedenk, ebenso der Tatsache, daß Miss Chancellor litt; doch sie verweilte lange genug, um zu äußern, sie könne erkennen, daß er die altmodischen Ideen hege – er betrachte die Frau als das Spielzeug des Mannes.

»Sagen Sie nicht das Spielzeug – sagen Sie das Glück!« rief Ransom. »Eine Behauptung wage ich doch aufzustellen: ich habe Sie ebenso gern, wie Sie zwei einander gernhaben!«

»Was weiß er schon darüber!« sagte Verena mit einem lächelnden Seitenblick auf Olive Chancellor.

Olive erschien sie in diesem Augenblick schöner denn je; dennoch lag keine Spur dieses bloß persönlichen Frohlockens in dem großartig sentenziösen Ton, mit dem sie, an Mr. Ransom gewandt, bemerkte: »Was Frauen einander bedeuten oder nicht bedeuten mögen, möchte ich eben jetzt nicht zu sagen versuchen; aber was einer menschlichen Seele die *Wahrheit* bedeuten mag, das, meine ich, mag vielleicht sogar eine Frau schwach erahnen!«

»Die Wahrheit? Meine liebe Kusine, Ihre Wahrheit ist ein ungemein eitles Ding!«

»Meine Güte!« rief Verena Tarrant; und das fröhliche Vibrieren ihrer Stimme bei diesem einfachen Ausruf war das letzte, was Ransom von ihr vernahm. Miss Chancellor riß sie mit sich aus dem Zimmer und überließ es dem jungen Mann, die unaussprechliche Ironie genußvoll nachzuschmecken, mit der sie die Worte »sogar eine Frau« ausgesprochen hatte. Nach Lage der Dinge war anzunehmen, daß sie zurückkommen würde, aber der Blick, den sie ihm zugeworfen hatte, ehe sie sich abwandte, bürgte nicht dafür. Er stand einen Augenblick zweifelnd da; dann wandte er sein fragendes Interesse den Seiten eines Buches zu, das er, wie er es in solchen Fällen zu tun pflegte, automatisch aufgenommen hatte und das ihn rasch fesselte. In einer unbequem erscheinenden Haltung las er fünf Minuten lang darin und vergaß ganz, daß man ihn hatte stehenlassen. Diese Tatsache fiel ihm erst wieder ein, als Mrs. Luna eintrat, die, zum Ausgehen gekleidet, gerade wieder ihre Handschuhe überstreifte – sie schien immerzu ihre Handschuhe überzustreifen. Sie wollte wissen, was in aller Welt er hier allein mache – ob man ihn nicht ihrer Schwester gemeldet habe.

»O doch«, sagte Ransom, »sie war eben noch bei mir, aber jetzt ist sie mit Miss Tarrant hinuntergegangen.«

»Und wer in aller Welt ist Miss Tarrant?«

Ransom war überrascht, daß Mrs. Luna nichts von der innigen Freundschaft der zwei jungen Damen wußte, die trotz der Kürze ihrer Bekanntschaft schon so groß war. Doch offenbar hatte Miss Olive ihre neue Freundin noch nicht erwähnt. »Nun ja, sie ist eine Rednerin aus Inspiration – das zauberhafteste Geschöpf der Welt!«

Mrs. Luna unterbrach sich bei ihrer Tätigkeit, starrte ihn erstaunt, belustigt an, dann hallte ihr Gelächter durch das Zimmer. »Sie wollen doch nicht etwa sagen, daß Sie bekehrt sind – so rasch?«

»Zu Miss Tarrant bekehrt, unbedingt.«

»Sie haben keiner Miss Tarrant zu gehören; Sie haben mir zu gehören«, erklärte Mrs. Luna, die in den vierundzwanzig Stunden über ihren Verwandten aus dem Süden nachgedacht hatte und zu dem Schluß gelangt war, er wäre für eine alleinstehende Frau eine gute Bekanntschaft. Dann fuhr sie fort: »Sind Sie hergekommen, um sie zu treffen – die Rednerin aus Inspiration?«

»Nein; ich bin gekommen, um mich von Ihrer Schwester zu verabschieden.«

»Reisen Sie wirklich ab? Ich habe Ihnen noch nicht die Hälfte der Versprechen abgenommen, die ich wollte. Aber das regeln wir in New York. Wie kommen Sie mit Olive Chancellor aus?« fuhr Mrs. Luna fort, wie stets erpicht darauf, Spitzen auszuteilen, obwohl ihre Rundlichkeit und ihre Grübchen bisher verhindert hatten, daß man sie dieses Lasters bezichtigte. Es war für sie ganz normal, von ihrer Schwester mit ganzem Namen zu sprechen, und aus der Art, wie sie üblicherweise auf sie anspielte, hätte man schließen können, daß Olive bei weitem die ältere wäre, obwohl sie tatsächlich zehn Jahre später als Adeline zur Welt gekommen war. Mrs. Luna verfügte über unendlich viele Methoden, die Kluft, die sie trennte, zu betonen; doch jetzt überbrückte sie sie leichthin, indem sie Basil Ransom fragte: »Ist sie nicht ein liebes altes Ding?«

Diese Brücke, erkannte er, werde sein Gewicht nicht tragen, und ihre Frage schien ihm mehr kühn als sinnvoll zu sein. Weshalb war sie so unaufrichtig? Sie müßte wissen, daß ein Mann in einer derartigen Beschreibung Miss Chancellor nicht wiedererkennen konnte. Sie war nicht alt – sie war auf scharfschneidige Weise jung; und obgleich er eben gesehen hatte, wie die kleine Prophetin sie küßte, war es ihm unvorstellbar, daß sie jemals irgend jemandem »lieb« werden könne. Am allerwenigsten war sie ein »Ding«; sie war auf intensive, erschrekkende Weise ein Mensch. Er zögerte einen Augenblick, dann antwortete er: »Sie ist eine ganz bemerkenswerte Frau.«

»Sehen Sie sich vor – seien Sie nicht tollkühn!« rief Mrs. Luna. »Finden Sie sie sehr schrecklich?«

»Sagen Sie nichts gegen meine Kusine«, gab Basil zurück; in diesem Augenblick trat Miss Chancellor wieder ins Zimmer. Sie murmelte etwas in dem Sinne, er möge ihre Abwesenheit entschuldigen, doch ihre Schwester unterbrach sie mit einer Erkundigung nach Miss Tarrant.

»Mr. Ransom findet sie erstaunlich reizend. Warum hast du sie mir nicht vorgeführt? Willst du sie ganz für dich behalten?«

Olive ließ die Augen einige Sekunden auf Mrs. Luna ruhen, ohne zu sprechen. Dann sagte sie: »Dein Schleier sitzt nicht gerade, Adeline.«

»Ich sehe aus wie ein Monstrum – das meinst du doch wohl!« rief Adeline und ging zum Spiegel, um das angeschuldigte Gespinst neu zu ordnen.

Miss Chancellor forderte Ransom nicht noch einmal auf, sich zu setzen; sie schien es für selbstverständlich zu halten, daß er sie jetzt verlassen werde. Doch statt dessen kam er auf das Thema Verena zurück; er fragte sie, ob sie annehme, das Mädchen werde an die Öffentlichkeit treten – werde umherziehen wie Mrs. Farrinder?

»An die Öffentlichkeit treten!« wiederholte Olive. »An die

Öffentlichkeit? Ja, Sie glauben doch wohl nicht, diese reine Stimme solle zum Schweigen gebracht werden?«

»Ach, nicht zum Schweigen! Dazu ist sie zu lieblich. Aber nicht zu einem schrillen Schrei gesteigert; nicht forciert und gebrochen und ruiniert. Sie dürfte nicht wie die übrigen werden. Sie sollte für sich bleiben.«

»Für sich – *für sich*?« rief Miss Chancellor. »Wo wir alle auf sie blicken, uns um sie scharen, für sie beten werden!« In ihrer Stimme lag tiefe Verachtung. »Wenn *ich* ihr helfen kann, soll sie eine ungeheure Macht zum Guten werden.«

»Eine ungeheure Macht zur Marktschreierei, meine liebe Miss Olive!« Das brach von Ransoms Lippen, obwohl er sich eben erst gelobt hatte, nichts zu sagen, was seine Gastgeberin »aufbringen« könnte, die sich, wie sich unschwer erkennen ließ, in einem Zustand nervöser Spannung befand. Doch er hatte seinen Ton zu einer freundlichen Bitte gedämpft, und sein Lächeln schwächte das anstoßerregende Wort ab.

Sie trat von ihm zurück, als hätte er sie gestoßen. »Na aber, jetzt sind Sie schon tollkühn«, bemerkte Mrs. Luna, vor dem Spiegel ihre Schleifen zurechtzupfend.

»Ich glaube nicht, daß Sie sich einmischen würden, wenn Sie wüßten, wie wenig Sie uns verstehen«, erklärte Miss Chancellor, an Ransom gewandt.

»Wen meinen Sie mit ›uns‹ – Ihr ganzes entzückende Geschlecht? *Sie* verstehe ich nicht, Miss Olive.«

»Kommen Sie mit, ich erkläre sie Ihnen unterwegs«, fuhr Mrs. Luna fort, die ihre Toilette beendet hatte.

Ransom bot seiner Gastgeberin zum Abschied die Hand; Olive jedoch fand es unmöglich, anders zu handeln, als die Geste zu übersehen. Sie hätte es nicht ertragen, wenn er sie berührt hätte. »Also dann, wenn Sie sie der Menge zur Schau stellen müssen, bringen Sie sie nach New York«, sagte er, unverändert um einen leichten Ton bemüht.

»Sie werden in New York *mich* haben – Sie brauchen niemand anders!« rief Mrs. Luna kokett. »Ich habe mich jetzt entschlossen, den Winter dort zu verbringen.«

Olive blickte vom einen ihrer beiden Verwandten zum anderen, die eine nahe und der andere entfernt verwandt, doch beide so wenig im Einklang mit ihr, und ihr kam der Gedanke, es könne für sie einen gewissen Schutz bedeuten, sie zusammenzubringen, sie miteinander zu verstricken. In ihrem ganzen Leben war ihr so eine Idee noch nicht gekommen, und daß diese überraschende Arglist als Talisman für den Augenblick in ihr aufgeschimmert war, läßt das Ausmaß ihrer gegenwärtigen Nervosität erkennen.

»Wenn ich sie nach New York bringen könnte, würde ich sie noch weiter bringen«, sagte sie in der Hoffnung, in Rätseln zu sprechen.

»Du sprichst davon, sie zu ›bringen‹, als wärst du ein Agent für Vortragsreisende. Steigst du jetzt in dieses Geschäft ein?« fragte Mrs. Luna.

Ransom konnte nicht umhin zu bemerken, daß Miss Chancellor ihm nicht die Hand geben wollte, und er fühlte sich doch recht gekränkt. Er blieb einen Moment stehen, ehe er das Zimmer verließ – stand da, die Hand auf dem Türknauf. »Sagen Sie, Miss Olive, weshalb haben Sie mir geschrieben, ich solle Sie besuchen?« Er stellte diese Frage mit einer Miene, der es nicht an Heiterkeit fehlte, doch seine Augen zeigten etwas von dem gelben Licht – nur ein kurzes Wetterleuchten –, von dem bereits die Rede war. Mrs. Luna ging schon die Treppe hinab, und ihre Gefährten standen einander gegenüber.

»Fragen Sie meine Schwester – ich glaube, sie wird es Ihnen sagen«, antwortete Olive, wandte sich von ihm ab und schritt zum Fenster. Da blieb sie stehen und schaute hinaus; sie hörte die Haustür zuklappen und sah die beiden zusammen über die Straße gehen. Als sie aus ihrem Blickfeld verschwanden, spielten ihre Finger auf der Fensterscheibe sacht eine kleine Melodie; ihr schien, sie habe eine Eingebung gehabt.

Basil Ransom richtete inzwischen die Frage an Mrs. Luna. »Wenn sie nicht erwartete, Gefallen an mir zu finden, warum in aller Welt hat sie mir geschrieben?«

»Sie wollte, daß Sie *mich* kennenlernen – sie dachte, *ich* würde Gefallen an Ihnen finden!« Und offenbar hatte sie sich nicht geirrt; denn als sie die Beacon Street erreichten, wollte Mrs. Luna nichts davon hören, daß er sie allein ihres Weges gehen ließe, wollte durchaus nicht auf seine dringende Beteuerung eingehen, er habe nur noch ein, zwei Stunden in Boston (er wollte aus Sparsamkeit mit dem Schiff fahren) und müsse diese Zeit seinen Geschäften widmen. Sie appellierte an die Ritterlichkeit der Südstaaten, und nicht vergebens; zumindest in der Praxis ließ er die Rechte der Frauen gelten.

Dreizehntes Kapitel

Wie man sich vorstellen kann, war Mrs. Tarrant vom Bericht ihrer Tochter über Miss Chancellors Wohnung und die Aufnahme, die das Mädchen dort gefunden hatte, begeistert; und während des folgenden Monats schlug Verena sehr oft den Weg zur Charles Street ein. »Sei einfach so nett zu ihr, wie du es zu sein verstehst«, hatte Mrs. Tarrant ihr geraten; und sie überließ sich recht selbstzufrieden dem Gedanken, ihre Tochter verstehe es wirklich – so, wie sie alle diese Dinge recht gut verstand. Nicht etwa, daß Verena darin geschult worden wäre; jener Zweig der Erziehung junger Damen, der als »Anstandsunterricht« bekannt ist, hatte als festumrissenes Fach nicht in Miss Tarrants Lehrplan existiert. Man hatte sie freilich ermahnt, nicht zu lügen und nicht zu stehlen; doch darüber hinaus hatte man ihr kaum irgendwelche Verhaltensregeln mitgegeben; kurzum, ihr einziger großer Vorteil war das elterliche Vorbild gewesen. Doch ihre Mutter gab sich gern dem Glauben hin, gewandt und anmutig zu sein, und fragte sie erschöpfend nach dem Fortgang dieser interessanten Episode aus; sie sah nicht ein, warum dies nicht, wie sie sagte, ein dauernder »Halt« für Verena werden sollte. Mrs. Tarrant hatte bei ihren Meditationen über die Zukunft des Mädchens nie an eine günstige Heirat als den Lohn der Mühe gedacht; sie hätte sich für sehr unmoralisch gehalten, wenn sie sich bemüht hätte, für ihr Kind einen reichen Mann einzufangen. Sie besaß genaugenommen keine besonders lebhafte Vorstellung von der Existenz solcher Werkzeuge des Schicksals; alle reichen Männer, denen sie begegnet war, besaßen schon Frauen, und die ledigen Männer, die im allgemeinen sehr jung waren, unterschieden sich voneinander nicht so sehr durch die Größe ihres Einkommens, das kaum zur Sprache kam, als durch das Maß ihres Interesses an Erneuerungsideen. Sie nahm an, Verena werde eines Tages jemanden heiraten, und sie hoffte, die betreffende Person werde mit dem öffentlichen Leben zu tun haben – was für Mrs. Tarrant bedeutete, daß sein Name im Lampenschein auf einem bunten Plakat am Eingang des Tremont-Tempels zu sehen wäre. Doch schwärmte sie nicht eben für diese Vision, denn dem, was die Ehe mit sich brachte, mangelte es überwiegend an Glanz – für sie war das eine müde Frau mit einem Baby, das sie über eine lauwarme Luft ausströmende Ofenklappe hält. Eine echte, reizende Freundschaft mit einer jungen Frau, die, wie Mrs. Tarrant es ausdrückte, »Hab und Gut« besaß, würde die mehr oder weniger lange Zwischenzeit angenehm ausfüllen, bevor Verena ihrem strengeren Schicksal begegnete; es wäre eine ausgezeichnete Sache für sie, zu wissen, wo sie hingehen könnte, wenn sie Abwechslung brauchte, und womöglich endete es damit, daß sie zwei Heimstätten hatte. Für die Idee des häuslichen Herdes hegte Mrs. Tarrant, wie die meisten amerikanischen Frauen ihrer Sinnesart, die höchste Verehrung; und es war ihre aufrichtige Überzeugung, daß sie in allen Widrigkeiten der vergangenen zwanzig Jahre den Geist dieser Institution bewahrt habe. Wenn es sie für Verena in zweifacher Ausführung gäbe, hätte das Mädchen wahrlich großes Glück.

Das alles zählte jedoch kaum, verglichen mit der Tatsache, daß Miss Chancellor zu glauben schien, die Gabe ihrer jungen Freundin beruhe wirklich auf Inspiration oder sei jedenfalls, wie Selah so oft gesagt hatte, ganz einzigartig. Aus Verena bekam sie nicht ganz genau heraus, was sie dachte; aber wenn die Art, wie Miss Chancellor sie mit Beschlag belegt hatte, nicht bewies, daß sie glaubte, Verena könne die Menschen begeistern, wüßte Mrs. Tarrant nicht, was sie bewiese. Es bereitete ihr Genugtuung, daß Verena ihr offenbar bereitwillig entgegenging; Verena fand gar nichts dabei, wieviel Geld sie für Fahrkarten ausgab, und hatte ihr sogar erzählt, Miss Chancellor wolle ihr am liebsten die Taschen damit vollstopfen. Zuerst fuhr sie hin, weil ihre Mutter es gern sah; jetzt aber fuhr sie sichtlich, weil es sie so sehr dorthin zog. Sie gab der höchsten Bewunderung für ihre neue Freundin Ausdruck; sie sagte, sie hätte eine kleine Weile gebraucht, in sie hineinzusehen, aber jetzt, wo es geschehen sei, nun, sie sei einfach fabelhaft. Wenn Verena etwas bewundern wollte, übertraf sie darin jeden, und es war eine Freude zu sehen, wie sie von der jungen Dame in der Charles Street angeregt wurde. Sie hielten ungeheuer viel voneinander – das war ganz deutlich; man konnte kaum sagen, wer die andere darin übertraf. Jede fand die andere so edel, und Mrs. Tarrant hegte die Zuversicht, gemeinsam würden sie die Menschen bestimmt aufwecken. Was Verena brauchte, war jemand, der sie zu lenken verstand (ihr Vater hatte, seine Heilfertigkeiten ausgenommen, bisher nichts mit wirklichem Erfolg gelenkt), und vielleicht würde es Miss Chancellor besser gelingen als manch anderen, die mehr professionell darangingen.

»Es ist wunderschön, wie sie einen dazu bringt, aus sich herauszugehen«, hatte Verena ihrer Mutter gesagt; »sie hat etwas so Forschendes, daß es bei meinem ersten Besuch bei ihr ganz meine Vorstellung vom Tag des Jüngsten Gerichts wahrmachte. Aber gleichzeitig scheint sie alles zu zeigen, was in ihr steckt, und dann sieht man, wie schön es ist. Sie ist einfach unvorstellbar rein; wenn du sie kennenlernst, wirst du ja sehen. Sie selbst ist so edel, daß sie einem das Gefühl gibt, man möchte darin nicht hinter ihr zurückstehen. Ihr liegt ausschließlich an der Aufwärtsentwicklung unseres Geschlechts; wenn sie nur ein bißchen darauf zuarbeiten kann, mehr verlangt sie nicht. Ich kann dir sagen, sie entflammt mich; wirklich, Mutter, das tut sie. Es kümmert sie nicht die Bohne, was sie trägt – nur einen eleganten Salon will sie. Na, *den* hat sie; es ist ein wahrer Traum, darin zu sitzen. Nächste Woche läßt sie einen Baum aufstellen; sie sagt, sie will mich unter einem Baum sitzen sehen. Ich glaube, das ist so eine orientalische Idee; sie ist kürzlich in Paris aufgekommen. Im allgemeinen mag sie französische Ideen nicht; aber sie sagt, diese besitzt mehr Natürlichkeit als die meisten. Sie hat so viele eigene, daß ich meine, sie hätte es nicht nötig, sich Ideen zu borgen. Ich würde mich in einen Wald setzen, um ihr zuzuhören, wie sie manche vorbringt«, fuhr Verena mit charakteristischem Überschwang fort. »Sie zittert förmlich, wenn sie beschreibt, was unser Geschlecht durchgemacht hat. Es ist für mich so interessant zu hören, was ich schon immer gefühlt habe. Wenn sie nicht davor Angst hätte, sich vor ein Publikum zu stellen, würde sie mich weit überholen. Aber sie will nicht selbst sprechen; sie will nur mich herausstellen. Mutter, wenn sie nicht die Aufmerksamkeit auf mich lenkt, schafft das niemand. Sie sagt, ich hätte die Gabe, mich auszudrücken – woher sie kommt, wäre gleichgültig. Sie meint, es sei für eine Bewegung ein großer Vorteil, wenn sie sich in einer gescheiten jungen Person verkörpere. Na, jung bin ich ja wirklich, und ich fühle mich gescheit genug, wenn ich erst einmal in Fahrt komme. Sie sagt, meine Seelenruhe angesichts der Blicke Hunderter Menschen sei an sich schon eine Begnadung; sie denkt anscheinend sogar, meine Seelenruhe sei regelrecht eine Gottesgabe. Sie selbst hat nicht viel davon; sie ist die am stärksten gefühlsbetonte Frau, die ich bisher kennengelernt habe. Sie möchte wissen, wie ich auf diese Art sprechen kann, wenn ich nichts empfinde; und ich sage ihr natürlich, daß ich wirklich etwas empfinde, soweit ich es mir klarmachen kann. Sie scheint sich immerzu etwas klarzumachen; ich habe nie jemand erlebt, der sich so wenig Rast gegönnt hat. Sie sagt, ich müßte etwas Großes tun, und sie gibt mir das Gefühl, daß ich das vermag. Sie sagt, wenn ich das Ohr der Öffentlichkeit erreichen kann, müßte ich breiten Einfluß haben; und ich sage ihr, wenn es so kommt, wird es alles ihr Einfluß sein.«

Selah Tarrant betrachtete all das von einem höheren Standpunkt als seine Frau; zumindest ließ sich bei ihm aus seiner gesteigerten Feierlichkeit auf einen so überragenden Standpunkt schließen. Der Gedanke, daß die Schutzpatronin einer Bewegung sich seiner Tochter angenommen hatte, verleitete ihn nicht zu voreiligem Hochgefühl, weil sie zufällig Geld besaß; er betrachtete sein Kind nur aus dem Blickwinkel, welchen Dienst sie der Menschheit erweisen könnte. Dafür zu sorgen, daß ihre Ideale stets in der richtigen Richtung lagen, ihrem sittlichen Leben Führung und Aufschwung zukommen zu lassen – diese Pflicht war für einen so eng mit Offenbarungen und Wunderheilungen identifizierten Vater dringender, als dafür zu sorgen, daß sie vorteilhafte weltliche Beziehungen anknüpfte. Überdies war er so oft »fort«, daß er kaum die Übersicht über ihr Kommen und Gehen behalten konnte, und er gab sich die Miene, nur unklar zu erfassen, wer Miss Chancellor, derzeit der Gegenstand ständiger Erwähnungen seitens seiner Frau, eigentlich war. Verenas erstes Erscheinen in Boston, wie er ihren Auftritt bei Miss Birdseye bezeichnete, war ein großer Erfolg gewesen; und dieser Gedanke verstärkte, wie gesagt, seinen gewohnheitsmäßig salbungsvollen Ausdruck. Er wirkte wie der Priester einer Religion, die gerade das Stadium der Wunder durchlief; er trug allen sichtbar seine Verantwortung in der allgemeinen Streckung seiner Gestalt, seiner Gesten (seine Hände waren jetzt stets erhoben, als werde er in Posen photographiert), seiner Worte und Sätze, ebenso wie in seinem Lächeln, geräuschlos wie ein Patentscharnier, und in den Falten seines ewigen Regenmantels. Er war selbst beim einfachsten Anlaß außerstande, frei heraus eine Antwort oder Meinung zu äußern, und sein Ton tiefster Überlegung steigerte sich in dem Maße, wie das Thema trivial oder hausbacken war. Wenn seine Frau ihn beim Essen fragte, ob die Kartoffeln gut seien, antwortete er, sie seien auffallend trefflich (er pflegte von der Zeitung als »trefflich« zu sprechen – er wandte diesen Ausdruck auf einander gänzlich unähnliche Gegenstände an), und stieg in eine des Plutarch würdige Gegenüberstellung ein, in der er sie mit anderen Exemplaren derselben Erdfrucht verglich. Er erweckte den Eindruck, oder hätte ihn gern erweckt, höher und weiter zu blicken, sich nichts aus unmittelbar Gegebenem zu machen und nur auf lange Sicht zu rechnen. In Wirklichkeit hatte er ein einziges Bestreben, das alles überschattete – den Wunsch, Notizen in die Zeitung zu bekommen, Notizen, deren Gegenstand bisher er gewesen war, deren Ruhm er jetzt jedoch mit seiner Tochter teilen sollte. Die Zeitungen waren seine Welt, in seinen Augen der umfassendste Ausdruck menschlichen Lebens; und wenn einmal ein hellerer Tag über die Erde kommen sollte, so würde das Ereignis nach seiner Vorstellung durch die wiederholte Ankündigung in den täglichen Druckerzeugnissen herbeigeführt werden. Er sehnte den Augenblick herbei, da Verena in der Rubrik »Persönliches« erscheinen würde, und in seinen Augen waren die allerglücklichsten Menschen jene (und deren gab es eine ganze Menge), die an jedem Tag des Jahres irgendeine journalistische Erwähnung fanden. Nichts Geringeres hätte Selah Tarrant wirklich befriedigt; sein Ideal der Seligkeit war es, ein so regelmäßiger und unentbehrlicher Bestandteil der Zeitung zu sein wie Titel und Datum oder die Aufzählung der Brände oder die Spalte mit den Western-Witzen. Die Vision dieser Publizität geisterte durch seine Träume, und ihr hätte er mit Freuden die innersten Heiligtümer des Heims geopfert. Das menschliche Dasein war für ihn in der Tat nichts als eine ungeheure Publizität, deren einziger Mangel darin bestand, daß sie manchmal nicht wirkungsvoll genug war. Einst hatte es eine spiritistische Zeitschrift gegeben, deren Seiten er wiederholt zu durchdringen vermochte; doch er konnte sich nicht einreden, seine Persönlichkeit hätte durch dieses Medium die allgemeine Aufmerksamkeit auf sich gezogen; und überdies war das Blatt, wie er sagte, ohnehin am Ende. Der Erfolg war kein Erfolg, solange die *physique* seiner Tochter, das Gerücht von ihrer Verlobung, nicht unter »Persönliches« erschien, mit der Gewißheit, ausgiebig nachgedruckt zu werden.

Der Bericht über ihre Taten im Westen hatte sich nicht mit der von ihm erwarteten Schnelligkeit bis zur Küste ausgebreitet; der Grund dafür lag seiner Vermutung nach darin, daß die wenigen Ansprachen, die sie gehalten hatte, keine im voraus angekündigten Vorträge gewesen waren, für die man Eintrittskarten verkauft hätte, sondern plötzliche, unerwartete Ereignisse bei gewissen Massenversammlungen, wo andere Redner mit größerem Ruf aufgetreten waren. Sie hatten kein Geld eingebracht; sie hatten ausschließlich der guten Sache gedient. Würde doch nur bekannt, daß sie unentgeltlich sprach, so könnte das den Widerhall vielleicht verstärken; das einzige Problem war, daß ihr unentgeltliches Wirken nicht den geeigneten Weg darstellte, ihn an den Gedanken zu erinnern, er habe eine finanziell vielversprechende Tochter. Es war auch nicht der geeignete Weg, sich besonders hervorzutun, empfand Selah Tarrant; denn es gab genug andere, die genauso wenig Geld zu verdienen verstanden, wie es bei ihr der Fall sein würde. Zu reden – dies war das eine, was die meisten Menschen unentgeltlich zu tun bereit waren; es war, keine Branche, in der es leicht war, auffallend uneigennützig zu erscheinen. Auch war die Uneigennützigkeit mit Einnahmen unvereinbar; und Einnahmen waren das, worauf Selah Tarrant, nach seiner eigenen Ausdrucksweise, aus war. Er wünschte den Tag herbeizuführen, da sie reichlich hereingeflossen kämen; der Leser sieht vielleicht die Handbewegung vor sich, mit der er in seinen Selbstgesprächen dieses geistige Bild begleitete.

Gegenwärtig schien ihm die fruchtbringende Zeit nicht mehr fern zu liegen; jener günstige Abend bei Miss Birdseye hatte sie merklich nähergerückt. Könnte man Mrs. Farrinder überreden, einen »offenen Brief« über Verena zu schreiben, würde das mehr als alles andere bewirken. Selah zeichnete sich nicht durch feines Wahrnehmungsvermögen aus, doch er kannte die Welt, in der er lebte, gut genug, um sich darüber klar zu sein, daß Mrs. Farrinder möglicherweise bocken würde, wie man unten in Pennsylvanien zu sagen pflegte, seinem Lebensbereich, ehe er mit Bleistiften zu hausieren begann. Sie nahm die Dinge nicht immer so, wie man es erwarten durfte, und wenn es ihr nicht passen sollte, Verena öffentlich Tribut zu zollen, war Tarrants erfinderischem Geist kein Weg ersichtlich, wie an ihr vorbeizukommen wäre. Wenn es um eine Gefälligkeit seitens Mrs. Farrinders ging, mußte man einfach darauf warten, wie man auf das Steigen des Barometers wartete. Er hatte seinen Wunsch Miss Birdseye mitgeteilt, und diese meinte anscheinend, danach zu urteilen, wie ergriffen ihre berühmte Freundin gewesen war, werde sie eines Tages der Gedanke überkommen, einfach der Öffentlichkeit alles mitzuteilen, was sie empfunden habe. Sie sei jetzt irgendwo unterwegs (seit jenem Abend), aber Miss Birdseye hatte so eine Ahnung, wenn sie wieder in Roxbury sei, werde sie Verena kommen lassen und ihr ein paar Tips geben. Inzwischen war Selah jedenfalls überzeugt, er sei im Besitz einer Trumpfkarte; er spürte, daß Geld in der Luft lag. Man hätte bereits sagen können, von der Charles Street kamen Einkünfte; diese reiche, sonderbare junge Frau schien sich verschwenden zu wollen. Wie ich angedeutet habe, tat er, als bemerkte er das nicht; doch er sah nie so viel, wie wenn er die Augen auf den Stuckrand der Zimmerdecke gerichtet hielt. Er zweifelte nicht daran, wenn er sich entschließen sollte, für einen Abend einen Saal zu mieten, würde sie ihm mitteilen, wohin die Rechnung zu schicken sei. Eben darüber dachte er jetzt nach, ob er lieber unverzüglich einen Saal mieten solle, damit Verena mit einem Satz in den Ruhm springen könne, oder ob er besser abwarten solle, bis sie noch ein paar Auftritte in privatem Rahmen gehabt hätte, um die Neugier anzuheizen.

Diese Grübeleien begleiteten ihn auf seinen mannigfaltigen Streifzügen durch die Straßen und Vororte der Hauptstadt Neuenglands. Wie ich bereits erwähnte, war er stundenlang abwesend – lange Zeiträume, während derer Mrs. Tarrant der Natur mit einem hartgekochten Ei und einem Krapfen Tribut zollte und sich fragte, wie in aller Welt er seinen Magen beschwichtige. Wenn er heimkam, brauchte er nie mehr als ein Stück Pastete; er bestand lediglich darauf, daß es warm angerichtet wurde. Sie hegte die geheime Überzeugung, er genieße in den Häusern seiner Patientinnen kleine Gabelfrühstücke; sie wandte diesen Ausdruck auf jede irgendwann zu jeder beliebigen Stunde innerhalb der vierundzwanzig Stunden eingeschobene Mahlzeit an. Es ist nur gerecht, hinzuzufügen, daß Selah einmal, als sie ihren Verdacht verriet, bemerkte, die einzige Erfrischung, die *er* je brauche, sei das Bewußtsein, ein wenig Gutes zu tun. Dieses Bestreben nahm bei ihm vielerlei Gestalt an; dazu gehörten unter anderem ständige Wanderungen durch die Straßen, wiederholte Besuche in Pferdebahnen, Bahnhöfen, Geschäften, die Räumungsverkäufe veranstalteten. Doch die Orte, die ihn am besten kannten, waren die Redaktionen der Zeitungen und die Hallen der Hotels – die großen, mit Marmor ausgelegten Stätten zwanglosen Zusammentreffens, die der Straße durch die hohen Glasscheiben den Anblick des an seinen Fersen hängenden amerikanischen Bürgers bieten. Hier, inmitten des aufgetürmten Gepäcks, der bequem erreichbaren Spucknäpfe, der sich rempelnden Müßiggänger, der verzweifelten »Gäste«, der mürrischen irischen Gepäckträger, der Reihen schäbig gekleideter Männer mit eigenartigen Hüten, die auf den mit Reklamebildern ausgelegten Tischen Briefe schrieben, hier machte Selah Tarrant unzählige Male beschaulich Rast. Zu einem bestimmten Zeitpunkt hätte er einem nicht sagen können, was er da mache; er hatte nur das allgemeine Gefühl, solche Orte seien nationale Nervenzentren, und je mehr man hineinsehe, desto mehr sei man »auf dem Posten«. Die *penetralia* der Tagespresse waren jedoch noch faszinierender, und die Tatsache, daß sie weniger leicht zugänglich waren, daß er hier Schranken auf seinem Wege fand, mehrte nur den Genuß, sich Eintritt zu erzwingen. Er verfügte über Vorwände in Hülle und Fülle; er brachte sogar manchmal Beiträge; er war hartnäckig und durchsetzungsfähig, er war bekannt als der unbezähmbare Tarrant. Er lungerte herum, blieb zu lange sitzen, nahm die Zeit vielbeschäftigter Leute in Anspruch, schlich sich in die Druckereiräume, wenn man ihn aus der Redaktion entfernt hatte, redete mit den Setzern, bis sie aus Versehen seine Bemerkungen setzte, und mit dem Zeitungsjungen, wenn die Setzer ihm den Rücken zugekehrt hatten. Er versuchte immerzu herauszubekommen, was »eingerückt« wurde; am liebsten hätte er sich selbst einrücken lassen, körperlich, und da ihm das nicht möglich war, hoffte er es, gratis Annoncen zu bekommen. Sein Herzenswunsch war es, interviewt zu werden; das veranlaßte ihn, die Redakteure zu umkreisen. Einmal glaubte er, es sei geschehen, und die Schlagzeilen, fünf oder sechs Punkt hoch, tanzten ihm tagelang vor den Augen; doch der Bericht erschien nie. Seiner Rache dafür sah er für den Tag entgegen, wenn Verena ins Licht der Öffentlichkeit getreten sein würde; er sah die Pose vor sich, wie er die Sendboten empfangen wollte, die seine Tochter aufsuchen würden.

Vierzehntes Kapitel

»Wir müßten für sie noch jemanden dazu einladen«, meinte Mrs. Tarrant; »ich nehme an, ihr liegt nicht viel daran, hier herauszukommen, bloß um uns zu sehen.« – »Sie« konnte sich zu dieser Zeit zwischen der Mutter und der Tochter nur auf Olive Chancellor beziehen, um die sich das Gespräch in dem kleinen Haus in Cambridge ständig drehte, zu jeder Stunde und aus jedem erdenklichen Blickwinkel. Jetzt war es nicht mehr Verena, die damit anfing, denn sie war des Themas recht überdrüssig geworden; sie hatte ihre eigenen Gedanken darüber, die nicht mit denen ihrer Mutter übereinstimmten, und wenn sie auf die weitläufigen Betrachtungen dieser Dame einging, so nur, weil das der beste Weg war, ihre Gedanken für sich zu behalten.

Mrs. Tarrant hegte die Vorstellung, sie (Mrs. Tarrant) studiere gern Menschen und sei jetzt mit einer Analyse Miss Chancellors beschäftigt. Es trug sie weit, und zu ganz unerwarteten Zeiten trat sie mit ihren Ergebnissen hervor. Es war noch immer ihre Absicht, dem naiven Gemüt ihrer Tochter die Welt zu erläutern, und wenn sie Miss Chancellor interpretierte, stieß sich ihr Selbstvertrauen nicht an der Tatsache, daß sie ihr nur einmal begegnet war, während Verena diesen Vorteil fast täglich genoß. Verena meinte Olive mittlerweile recht gut zu kennen, und noch die kompliziertesten Versionen ihrer Mutter über Motive und Temperament (mit der unvollkommensten Vorstellung von der Bedeutung des Wortes ließ sich Mrs. Tarrant immerzu über das Temperament irgendwelcher Leute aus) wurden den Phänomenen kaum gerecht, die zu beobachten ihr in der Charles Street gegenwärtig vergönnt war. Olive war viel bemerkenswerter, als Mrs. Tarrant ahnte, für wie bemerkenswert Mrs. Tarrant sie auch hielt. Sie hatte Verena die Augen für außergewöhnliche Visionen geöffnet, in dem Mädchen den Glauben erweckt, sie habe eine himmlische Mission, ihr, wie wir gesehen haben, einen ganz neuen Maßstab für die fesselnde Seite des Lebens vermittelt. Das waren weiterreichende Folgen als die Möglichkeit, in Olives Haus den Spitzen der Gesellschaft zu begegnen. Verena war bisher, Mrs. Luna ausgenommen, noch niemandem begegnet; ihre neue Freundin schien sie ganz für sich behalten zu wollen. Das war der einzige Vorwurf, den Mrs. Tarrant bisher gegen die neue Freundin richtete; sie war enttäuscht, daß Verena nicht mehr Einblick in die feine Welt erhalten hatte. Es war einer ihrer obersten Glaubensartikel, die feine Welt sei verrucht und hohl, und überdies berichtete ihr Verena, daß Miss Chancellor sie verabscheue und verachte. Sie hätte niemanden aufklären können, inwiefern es ihrer Tochter nützen sollte (denn daß diese Damen vor jeder neuen Heilslehre zurückschraken, war notorisch); dennoch verdroß es sie, daß Verena nicht ein wenig mehr vom Duft der Beacon Street zu ihr heimbrachte. Das Mädchen hätte der eigennützigste Mensch der Welt sein können, wäre sie nicht der ergebungsvollste gewesen; sie nahm alles, was man ihr gab, und war dankbar und vermißte nichts, was man ihr vorenthielt; sie war die ungewöhnlichste Mischung aus Energie und Fügsamkeit. Mrs. Tarrant theoretisierte über Temperamente, und sie liebte ihre Tochter; jedoch war sie sich nur unklar der Tatsache bewußt, daß neben ihr die lieblichste Charakterblume (wie man sagen könnte) blühte, die sich auf Erden je entfaltet hatte. Sie war stolz auf Verenas Intelligenz und auf ihr besonderes Talent; aber die Alltäglichkeit ihrer Oberfläche besaß keine Leitfähigkeit für die Qualität des Mädchens. Deshalb glaubte sie, es werde ihren Erfolg im Leben mehren, wenn sie ein paar hohe Tiere kannte, und wäre es nur, um sie zu beschämen; als könnte irgend etwas Verenas Erfolg mehren, als bedeutete es nicht den höchsten Erfolg, einfach so geschaffen zu sein, wie sie war.

Mrs. Tarrant war in die Stadt gefahren, um bei Miss Chancellor Besuch zu machen; sie führte diesen Vorsatz, dem sie unendliche Überlegung gewidmet hatte, unabhängig von Verena aus. Sie war zu dem Schluß gekommen, sie besitze einen Vorwand; ihre Würde bedurfte eines solchen, denn sie empfand, derzeit sei der uralte Stolz der Greenstreets in erschreckendem Maße ihrer Neugier preisgegeben. Sie wollte Miss Chancellor gern wiedersehen, und zwar inmitten ihrer entzückenden Besitztümer, die Verena ihr bis ins einzelne geschildert hatte. Der Vorwand, den sie am höchsten geschätzt hätte, mangelte ihr – daß Olive nach Cambridge herausgekommen wäre, um den Besuch abzustatten, um den sie sie von Anfang an gebeten hatte; deshalb mußte sie den nächstbesten Grund zur Hand nehmen – sie mußte sich sagen, es sei ihre Pflicht, sich eine eigene Meinung von einem Haus zu bilden, wo ihre Tochter so viel Zeit verbrachte. Vor Miss Chancellor hätte es den Anschein, als wäre sie gekommen, um ihr für ihre Gastfreundschaft zu danken; sie wußte schon im voraus genau, wie sie auftreten würde (oder bildete sich ein, es zu wissen – Mrs. Tarrants Auftreten entsprach nicht immer dem, was sie glaubte), war sich klar über die genaue *nuance* ihres Tons (sie hegte auch eine Vorstellung, sie könne ein wenig Französisch). Selbst nach so vielen Wochen gab es noch keine Anzeichen dafür, daß Olive einen Besuch beabsichtigte, und Mrs. Tarrant tadelte Verena mit einiger Strenge, weil sie ihr nicht zu verstehen gegeben habe, diese Aufmerksamkeit gebühre der Mutter ihrer Freundin. Verena konnte ihr nicht gut sagen, sie vermute, Miss Chancellor halte nicht viel von dieser Persönlichkeit, wenn es auch stimmte, daß das Mädchen diese widrige Tatsache wahrgenommen hatte, die sie Olives außerordentlich umfassendem

Blick zuschrieb. Verena nahm selbst nicht an, daß ihre Mutter einen besonders wichtigen Platz im Universum belege; und Miss Chancellor widmete ihre Aufmerksamkeit nie etwas geringerem. Auch stand es ihr nicht frei, zu berichten (sie war jetzt zu Hause zweifellos weniger offen, und überdies wurde ihr der Verdacht gerade erst deutlich), daß Olive sie gern gänzlich von ihren Eltern lösen würde und deshalb nicht an dem Eindruck interessiert sei, sie pflege Beziehungen zu ihnen. Mrs. Tarrant, darf ich wohl erwähnen, hatte ein weiteres Motiv: sie verzehrte sich vor Verlangen, Mrs. Luna zu Gesicht zu bekommen. Dieser Umstand mag als Beweis für die Leere ihres Daseins dienen, und sollte es diese Wirkung haben, vermöchte ich es nicht zu leugnen. Sie hatte all die Leute kennengelernt, die Vorträge besuchten, doch es gab Stunden, da sie zur Abwechslung welche kennenzulernen wünschte, die keine besuchten; und nach Verenas Beschreibung faßte Mrs. Luna die Merkmale dieser exzentrischen Schicht in sich zusammen.

Verena hatte Olives glanzvoller Schwester große Aufmerksamkeit gewidmet; sie hatte ihrer Freundin jetzt alles erzählt – alles bis auf ein einziges kleines Geheimnis, nämlich: hätte sie am Anfang die Wahl gehabt, so hätte sie gern Mrs. Luna geglichen. Diese Dame faszinierte sie, entführte ihre Vorstellungskraft in fremde Sphären; sie hätte so viel Freude an einem langen Abend mit ihr allein, wenn sie ihr zehntausend Fragen stellen könnte. Aber sie sah sie nie allein, bekam sie überhaupt nur flüchtig zu sehen. Adeline huschte, für Diners und Konzerte gekleidet, herein und heraus, stets mit einem weltlichen Wort für die junge Frau aus Cambridge und eine an Olive gerichtete Bemerkung von einer Zwanglosigkeit, die sie selbst vermutlich nie erlangen würde (ein Mangel an Weitsicht auf Verenas Seite). Miss Chancellor hielt sie jedoch nie zurück, gab Verena nie eine Chance, sie kennenzulernen, schien sich offenbar gar nicht vorstellen zu können, sie könnte das geringste Interesse an einer solchen Person haben; und wenn Adeline sie verlassen hatte, kam sie wieder auf das Thema zurück – natürlich immer dasselbe Thema, nämlich, was sie gemeinsam für ihr leidendes Geschlecht tun würden. Keineswegs, daß Verena nicht daran interessiert gewesen wäre – Himmel, nein; es erschloß sich ihr in diesen wunderbaren Gesprächen mit Olive in höchst begeisternder Weise; doch ihre Phantasie schlug immer einmal einen Haken nach rechts oder links, wenn anderes Wild ihren Pfad kreuzte, und ihre Gefährtin scheuchte sie auf eine Weise hin und her, daß ihr zeitweise die Füße – will sagen, der Kopf – vor Erschöpfung versagten. Mrs. Tarrant traf Miss Chancellor daheim an, doch wurde ihr nicht einmal der flüchtigste Blick auf Mrs. Luna zuteil; ein Umstand, den Verena insgeheim als glücklich betrachtete, denn (so sagte sie sich) wenn ihr die Mutter nach der Rückkehr aus der Charles Street schon Miss Chancellor mit frischem Nachdruck zu erklären begann und so, als hätte sie (Verena) sie nie gesehen und als hätten sie bis dahin nichts über sie zu sagen gehabt, zu welchen Entwicklungen hätte dann erst eine Begegnung mit Adeline Anstoß gegeben?

Als schließlich Verena ihrer Freundin eröffnete, sie finde, sie sollte einmal nach Cambridge herauskommen – sie verstehe nicht, weshalb sie es nicht tue –, gab Olive ihren Gründen sehr offen Ausdruck, räumte ein, sie sei eifersüchtig, sie möge nicht daran denken, daß das Mädchen jemand anderem als ihr selbst gehöre. Mr. und Mrs. Tarrant besäßen Autorität über sie, entgegenlaufende Ansprüche an sie, und sie wünsche nicht, daran erinnert zu werden, daß sie existierten. Das war soweit wahr; aber Olive konnte Verena nicht alles sagen – konnte ihr nicht sagen, daß sie jenes schreckliche Paar in Cambridge verabscheute. Wie wir wissen, hatte sie sich diese Gefühlsregung Einzelmenschen gegenüber untersagt; und sie schmeichelte sich, sie betrachte die Tarrants als Typ, als erbärmlichen Typ einer Schicht, die der Sache der neuen Wahrheiten in der Öffentlichkeit Abbruch tat. Sie hatte mit Miss Birdseye ausführlich über das Paar gesprochen (Olive kümmerte sich jetzt ständig um sie und schenkte ihr Sachen – die gute Dame erschien zu dieser Zeit in wundervollen Hauben und Schals –, denn sie empfand, sie könne ihr gar nicht genug danken), und sogar

Doktor Prances Hausgenossin, deren Feindseligkeit überwuchernden Mißständen gegenüber in der glücklichsten (wenn auch unerlaubten) Verbindung mit der Manie lebte, Entschuldigungen dafür zu finden, sogar Miss Birdseye mußte gestehen, wenn man die Laufbahn des armen Selah eingehender prüfe, ergebe er in der Summe nicht eben viel. Wie wenig er ergab, nahm Olive wahr, als sie Verena dazu gebracht hatte, über ihre Eltern zu sprechen, was das Mädchen ausgiebig tat – ohne etwas von den Schlußfolgerungen zu ahnen, zu denen sie Miss Chancellor anregte. Tarrant war ein Sittlichkeitsapostel ohne sittliches Empfinden – das war Olive ganz klar, als sie der Geschichte der Kindheit und Jugend seiner Tochter lauschte, die Verena mit einer außerordentlich naiven Lebhaftigkeit schilderte. Dieser Bericht, für Miss Chancellor ungeheuer faszinierend, weckte in ihr alle möglichen Gefühle – bewog sie, sich zu fragen, ob dem Mädchen ebenfalls die Fähigkeit zur Unterscheidung von Recht und Unrecht abging. Nein, sie war nur in höchstem Grade arglos; sie verstand nicht, sie deutete weder noch erkannte sie die *portée* dessen, was sie schilderte; sie hatte nicht die geringste Absicht, ihre Eltern zu beurteilen. Olive hatte sich die Verhältnisse »vergegenwärtigen« wollen, in denen ihre wunderbare junge Freundin (sie fand sie täglich wunderbarer) sich entwickelt hatte, und zu diesem Zweck regte sie sie, wie ich geschildert habe, zu endlosen Gesprächen an. Doch nun war sie zufriedengestellt, die Vergegenwärtigung war vollständig, und was sie dem Mädchen am liebsten auferlegt hätte, war ein drastischer Bruch mit ihrer Vergangenheit. Diese Vergangenheit beklagte sie durchaus nicht gänzlich, denn ihr gebührte das Verdienst, Verena (und, durch deren Vermittlung, ihre Gönnerin) in die Nöte und Geheimnisse des »Volkes« eingeweiht zu haben. Nach ihrer Theorie war Verena (trotz des Blutes der Greenstreets, und schließlich, wer waren die schon?) eine Blüte der großen Demokratie, war ein weniger vornehmer Ursprung als Tarrant ganz unmöglich. Seine Herkunft aus irgendeinem noch nie gehörten Ort in Pennsylvanien war ganz unaussprechlich niedrig, und Olive wäre sehr enttäuscht gewesen, wenn sie diesen Makel nicht besessen hätte. Ihr gefiel der Gedanke, daß Verena in der Kindheit nahezu die äußerste Armut kennengelernt hatte, und es mischte sich eine Art Ingrimm in ihre beglückte Überlegung, daß es Zeiten gegeben hatte, wo dieses zarte Geschöpf hart daran gewesen war (hätte die Notlage nur ein wenig länger gedauert), buchstäblich nichts zu essen zu bekommen. Diese Dinge steigerten für Olive Verenas Wert; sie gaben der jungen Dame die Überzeugung, ihr gemeinsames Unternehmen werde infolgedessen um so viel ernsthafter sein. Es wird allgemein angenommen, Revolutionäre würden stets aufgestachelt, und ohne solche glücklichen Umstände in Verenas Vergangenheit wäre das Aufstacheln hier nur sehr mangelhaft erfolgt. Als Verena Olive die Einladung ihrer Mutter übermittelte, zu einem besonderen Anlaß nach Cambridge zu kommen, erkannte Olive, jetzt müsse es zu der großen Anspannung aller Kräfte kommen. Große Anspannungen waren ihr nichts Neues – es war eine große Anspannung, überhaupt zu leben –, aber diese erschien ihr ungewöhnlich grausam. Sie entschloß sich jedoch dazu, wobei sie sich versprach, ihr erster Besuch bei Mrs. Tarrant werde auch ihr letzter sein. Ihr einziger Trost lag darin, daß sie heftig zu leiden erwartete; denn die Aussicht auf schmerzliche Erlebnisse war stets, geistig gesprochen, ein Reingewinn für sie. Es wurde abgemacht, Olive solle zum Tee kommen (die Mahlzeit, die Selah als sein Abendessen bezeichnete), wobei ihr Mrs. Tarrant, wie wir hörten, dadurch Ehre erweisen wollte, daß sie einen weiteren Gast einlud. Dieser Gast wurde nach ausführlicher Beratung zwischen dieser Dame und Verena ausgewählt, und die erste Person, die Olive beim Betreten des kleinen Salons in Cambridge sah, war ein junger Mann mit vorzeitig oder, wie man eigentlich sagen zu müssen meinte, frühreif weißem Haar, dem sie, ihrem unbestimmten Eindruck nach, schon einmal begegnet war und der ihr als Mr. Matthias Pardon vorgestellt wurde.

Sie litt weniger, als sie gehofft hatte – sie war so mit der Betrachtung von Verenas Häuslichkeit beschäftigt. Diese war so schlimm, wie sie es sich nur hätte wünschen können – um das Gefühl zu haben, sie besitze (um sie aus einem derartigen *milieu* herauszureißen) das Recht, sie ganz an sich zu ziehen. Olive empfand immer stärker den Wunsch, ihr ein entschiedenes Gelübde abzunehmen; sie konnte noch gar nicht recht sagen, wie dieses am besten lauten sollte; sie empfand nur, es müsse etwas sein, das für Verena eine absolute Unverletzlichkeit besäße und sie beide auf Lebenszeit aneinander binden würde. Anscheinend begann es bei dieser Gelegenheit in ihrem Geist Form anzunehmen; sie erkannte allmählich, worum es sich handeln sollte, wenn sie auch erkannte, daß sie vielleicht eine Zeitlang warten müßte. Auch Mrs. Tarrant wurde jetzt, in ihrem eigenen Haus, zu einer abgerundeten Gestalt; es blieb überhaupt kein Zweifel mehr, daß sie gewöhnlich war. Olive Chancellor verabscheute Gewöhnlichkeit, besaß ein Gespür dafür, dem sie auch in ihrer eigenen Familie nachging, so daß sie oft mit Erröten den Makel sogar an Adeline entdeckte. Es gab tatsächlich Zeiten, wo alle ihn zu tragen schienen, alle außer Miss Birdseye (die nichts damit zu tun hatte – sie war eine Antiquität) und den ärmsten, geringsten Leuten. Miss Chancellor wäre viel glücklicher gewesen, würden die Bewegungen, an denen sie Anteil nahm, nur von den Leuten vorangetrieben, die sie mochte, und müßten Revolutionen nicht irgendwie immer bei einem selbst beginnen – mit inneren Verkrampfungen, Opfern, Hinrichtungen. Unglücklicherweise macht ein gemeinsames Ziel, wie edel auch immer im Hinblick auf ein bestimmtes Ergebnis, die Gemeinschaft nicht unpersönlich.

Mrs. Tarrant mit ihrer weichen Körperfülle wirkte auf ihren Gast geradezu gebleicht und gequollen; ihr Teint zeigte eine Art ausgetrockneten Schmelzes; ihr sehr dünnes Haar war *à la Chinoise* straff aus der Stirn gezogen; sie besaß keine Augenbrauen, und ihre Augen schienen den starren Blick einer Wachsfigur zu haben. Wenn sie sprach und Nachdruck auszuüben wünschte, und sie übte immerzu Nachdruck aus, verzog und verzerrte sie das Gesicht, bemüht, das Unaussprechliche auszusprechen, das sich letztlich als nichts herausstellte. Sie legte eine gewisse klägliche Eleganz an den Tag, suchte sich vertraulich zu geben, senkte die Stimme und gab sich den Ausdruck, als wünschte sie ein geheimes Einverständnis herzustellen, um ihre Besucherin zu fragen, ob sie nicht eine gebackene Apfelscheibe kosten wolle. Sie trug einen fließenden Überwurf, der dem Regenmantel ihres Mannes ähnelte – und wenn sie sich an ihre Tochter wandte oder über sie sprach, hätte das Kleidungsstück als das Gewand einer Priesterin der Mutterschaft erscheinen können. Sie war bemüht, das Gespräch immer wieder in eine dazu geeignete Richtung zu lenken, Olive unvermittelte, zusammenhanglose Fragen zu stellen, hauptsächlich dahingehend, ob sie die wichtigsten Damen (der Ausdruck stammte von Mrs. Tarrant) kenne, nicht nur in Boston, sondern auch in den übrigen Städten, die sie selbst in ihrem nomadischen Dasein besucht hatte. Olive kannte einige, und von manchen hatte sie nie gehört; doch sie war gereizt und täuschte vollständige Unkenntnis vor (sie war sich darüber im klaren, daß sie noch nie so viel geschwindelt hatte), von der ihre Gastgeberin arg enttäuscht war, obwohl ihre Fragen offenbar nichts als Fragen gewesen waren, die nirgends hinführen wollten und auf keinerlei neue Erkenntnisse hinzielten.

Fünfzehntes Kapitel

Tarrant jedoch hielt ein Auge in diese Richtung; er gab sich Miss Chancellor gegenüber feierlich höflich, bot ihr bei Tisch immer wieder an und gestattete sich den Hinweis, die gebackenen Apfelscheiben seien ganz trefflich; aber mit dieser einen Ausnahme schnitt er keine trivialeren Themen an als die Erneuerung der Menschheit und seine starke Hoffnung, Miss Birdseye werde wieder eine ihrer netten Zusammenkünfte veranstalten. Im Hinblick auf letzteres gab er die Erläuterung, er hoffe das nicht etwa, um erneut seine Tochter den Gästen vorstellen zu können, sondern einfach, weil bei solchen Anlässen ein wertvoller Austausch zukunftsträchtiger Gedanken stattfinde, ein Kontakt von Geist zu Geist. Falls Verena etwas Anregendes zum sozialen Problem beizutragen hätte, könnte sich die Gelegenheit ergeben – das sei Bestandteil ihrer aller Überzeugung. Sie könnten nicht danach haschen und sich allzu stürmisch ihren Weg zu bahnen suchen; wenn sie gebraucht würden, werde ihre Stunde schlagen; wenn nicht, würden sie sich einfach still verhalten und andere vorandrängen lassen, die offenkundig dazu berufen waren. Wenn sie berufen seien, würden sie sich dessen bewußt werden; und wenn nicht, könnten sie einfach aneinander Halt finden, wie sie es immer getan hätten. Tarrant war Alternativen sehr zugetan und führte noch mehrere auf; es lag nie an ihm, wenn seine Zuhörer ihn nicht für unparteiisch hielten. Sie besäßen nicht viel, wie Miss Chancellor erkennen könne; sie könne ihrem Lebensstil ansehen, daß sie die Dollars nicht gescheffelt hätten; doch sie hätten die Zuversicht, die wesentlichsten Schwierigkeiten würden sich geben, ob man nun die Stimme erhebe oder einfach schweigend weiterarbeite; und sie besäßen auch beträchtliche Erfahrung in allem, was die großen Fragen anbetreffe. Tarrant sprach, als wären sie, als Familie, bereit, sich zu mäßigen Bedingungen jener anzunehmen. Er sagte stets »Madam«, wenn er mit Olive sprach, die überdies noch nie so stark den Eindruck gehabt hatte, der Klang ihres Namens erfülle den ganzen Raum. Er drang ständig an ihr Ohr, außer wenn Mrs. Tarrant und Verena sich des längeren und ganz offen beiseite unterhielten; auch das geschah zu ihrem Besten, aber ihnen genügte das Pronomen. Sie hatte sich ein Urteil über Doktor Tarrant bilden wollen (nicht etwa, daß sie glaubte, er wäre auf ehrliche Weise zu seinem Titel gekommen), um einen Entschluß fassen zu können. Das hatte sie jetzt getan, und wie sie ihn als Menschen einschätzte, das drückte sie vor sich selbst in der Überlegung aus, wenn sie ihm zehntausend Dollar dafür böte, daß er auf alle Ansprüche auf Verena verzichte und sich – er wie seine Frau – ständig von ihr fernhalte, würde er vermutlich mit seinem furchterregenden Lächeln äußern: »Sagen wir zwanzig, bar auf die Hand, und ich tu's.« Unter den moralischen Einschnitten jenes Abends zeichnete sich für Olive ein Bild dieser Transaktion als einer der Möglichkeiten der Zukunft ab. Es schien aus der Erscheinung des Hauses selbst hervorzugehen, der kahlen Leere von Tarrants derzeitiger Bleibe, einem Holzhäuschen mit ungepflegtem Vorplatz, einer kleinen leeren Piazza, die es eher bloßzustellen als abzuschirmen schien und in eine ungepflasterte Straße mündete, wo der Fußweg mit einer Reihe Bretter ausgelegt war. Diese Bretter waren in Eis oder tauende Nässe eingebettet, je nach der augenblicklichen Stimmung des Wetters, und der daherkommende Fußgänger beschritt sie in der Haltung und mit einem gut Teil der bangen Erwartung eines Seiltänzers. Das Haus enthielt so gut wie nichts; nichts, für Olives Wahrnehmung, außer einem Geruch nach Petroleum; obwohl sie dessen gewahr wurde, daß sie sich irgendwo niederließ – das Möbelstück knarrte und schaukelte unter ihr –, und daß der Tisch beim Tee mit einem in lebhaften Farben bedruckten Tuch bedeckt war.

Was die pekuniäre Transaktion mit Selah angeht, war es sonderbar, wie sie diese jenseits der Überzeugung hatte sehen können, Verena werde ihre Eltern nie aufgeben. Olive war sich sicher, daß sie ihnen nie den Rücken zuwenden, stets mit ihnen teilen würde. Sie hätte sie verachtet, hätte sie sie eines anderen Vorgehens für fähig gehalten; doch es überstieg ihr Verständnis, weshalb dieses Naturgesetz nicht aufgehoben werden sollte, wenn Eltern so minderwertig waren. Eine solche Frage brachte sie jedoch zu ihrem ewigen Rätsel zurück, dem Geheimnis, über das sie bereits stundenlang nachgegrübelt hatte – dem Wunder, daß Leute wie diese überhaupt Verenas Erzeuger waren. Sie hatte es sich erklärt, wie wir uns alle außergewöhnlichen Dinge erklären, indem sie, wie die Franzosen sagen, das Übernatürliche ins Spiel brachte. Sie war so weit gelangt, das Mädchen als Wunder aller Wunder zu betrachten und die Meinung zu hegen, kein menschlicher Ursprung, wie angemessen das oberflächlich auch erscheinen mochte, könne ihre Existenz ausreichend erklären; ihr Aufkeimen zwischen Selah und seiner

Frau sei eine köstliche Laune der Schöpfungskraft; und in diesem Falle hätten ein paar Nuancen des Unerklärlichen mehr oder weniger nichts zu sagen. Es war allbekannt, daß große Schönheiten, große Genies, große Charaktere sich ihre eigene Zeit und ihren eigenen Ort auswählen, um in die Welt zu treten, und es den gaffenden Zuschauern überlassen, sie in den Rahmen »zu fügen«, auch daß sie viel mehr von fernen Ahnen oder vielleicht sogar direkt von der göttlichen Großmut her besitzen als von ihren häßlichen oder dummen Erzeugern. Es waren ohnehin unberechenbare Phänomene, wie Selah gesagt hätte. Verena war für Olive genau der Typ und das Muster des »begnadeten Menschen«; ihre Eigenschaften waren nicht gekauft und bezahlt worden; sie glichen eher einem wunderschönen Geburtstagsgeschenk, von einem unbekannten Boten an der Tür abgeliefert, um als unerschöpfliches Vermächtnis für immer zu entzücken und wegen seines verborgenen Ursprungs für immer zu erheitern. Sie waren bisher mehr als reichlich ungeschliffen – zum Glück für Olive, die sich, wie wir wissen, vornahm, sie zu schulen und zu glätten –, doch sie waren so echt wie Früchte und Blumen, wie die Glut des Feuers oder das Plätschern des Wassers. Für den prüfenden Blick ihrer Freundin besaß Verena die Veranlagung des Künstlers, den Geist, dem alle bezaubernden Formen leicht und natürlich zufallen. Anfangs bedurfte es einer Anstrengung, sich in ihr eine Künstlerin vorzustellen, so ungeschult, so fehlerzogen, so arm an Erfahrung, wie sie war; doch immerhin bedurfte es auch einer Anstrengung, sich Menschen wie die alten Tarrants vorzustellen oder ein Leben, das wie ihres so voller häßlicher Dinge gewesen war. Nur ein auserlesenes Wesen hatte solchen Wechselwirkungen widerstehen können, nur ein Mädchen, das eine natürliche Erleuchtung besaß, einen göttlichen Funken des guten Geschmacks. Es gab solche Menschen, frisch aus der Hand der Allmacht; sie waren bei weitem nicht das übliche, doch ihre Existenz war so unbestreitbar wie wohltätig.

Tarrants Gerede über seine Tochter, ihre Aussichten, ihre Begeisterung war für Olive furchtbar quälend; es führte ihr wieder vor Augen, wie sehr sie bereits unter der Vorstellung gelitten hatte, daß er Verena die Hände auflegte, um sie zum Sprechen zu bringen. Daß er in irgendeiner Weise mit der Ausübung ihrer genialen Fähigkeiten verknüpft sein sollte, bedeutete einen gewaltigen Schaden für die Sache, und Olive hatte schon beschlossen, Verena müsse in Zukunft auf seine Mitarbeit verzichten. Das Mädchen hatte praktisch gestanden, sie gebe sich nur dazu her, weil es ihm Freude mache, und irgend etwas anderes würde seinen Zweck genauso erfüllen, irgend etwas, das sie ein wenig beruhigte, bevor sie »auszuteilen« begann. Olive wagte zu glauben, *sie* könne sie beruhigen, obwohl sie freilich noch nie diese Wirkung auf jemanden ausgeübt hatte; sie würde, falls nötig, mit Verena das Podium besteigen und ihr die Hände auf den Kopf legen. Wieso in aller Welt hatte ein widersinniges Geschick bestimmt, Tarrant sollte sich für die Belange der »Frau« interessieren – als hätte sie *seinen* Beistand nötig, um ihr Ziel zu erreichen; ein Scharlatan der armseligsten, magersten, schäbigsten Art, ohne den Humor, Glanz, Ruhm, die manchmal die Seichtheit bemänteln? Mr. Pardon erschien offensichtlich ebenfalls interessiert, doch etwas an seiner Erscheinung schien anzudeuten, seine Anteilnahme stelle keine Gefahr dar. Er fühlte sich unter dem Dach der Tarrants eindeutig zu Hause, und Olive überlegte, obwohl Verena ihr viel über ihn erzählt hatte, habe sie ihr nicht die Vorstellung vermittelt, er sei derart mit ihnen vertraut. Was sie hauptsächlich gesagt hatte, war, daß er sie manchmal ins Theater mitnahm. Das konnte Olive in gewissem Maße nachfühlen; sie selbst hatte eine Phase durchgemacht (einige Zeit nach dem Tode ihres Vaters – der ihrer Mutter war dem seinen vorausgegangen –, als sie das kleine Haus in der Charles Street kaufte und fortan allein wohnte), während derer sie sich von Herren zu achtbaren Unterhaltungsstätten begleiten ließ. Demzufolge war sie von der Vorstellung solcher Abenteuer seitens Verenas nicht schockiert; denn nach ihrer eigenen Erfahrung zu urteilen, hätte nichts weniger abenteuerlich sein können. Ihre Erinnerung an diese Unternehmungen beschwor etwas Feierliches und Erbauliches – die ernste Besorgnis um ihr Wohlergehen, die ihr Begleiter zu erkennen gab (es gab wenige Anlässe, bei denen der junge Bostoner sich vorteilhafter darstellte), das beruhigende Gefühl, daß weitere Freunde in der Nähe saßen, die genau wußten, mit wem sie da war, gewichtige Erörterungen zwischen den Akten über das Verhalten der Personen im Stück, und die Ansprache zum Schluß, mit der sie, wenn der junge Mann sie an ihrer Tür verließ, seine Höflichkeit belohnte: »Ich habe Ihnen für einen sehr angenehmen Abend zu danken.« Sie merkte immer, daß sie das zu steif vorbrachte; ihre Lippen spannten sich beim Sprechen. Doch das ganze Unternehmen hatte stets etwas Steifes; das war sogar für Olives sehr begrenzten Sinn für Humor offenkundig. Es war nicht so religiös wie der Besuch des Abendgottesdienstes in der King's Chapel; aber es kam gleich danach. Natürlich taten das nicht alle Mädchen; es gab Familien, die diesen Brauch mißbilligend betrachteten. Das war jedoch dort der Fall, wo die Mädchen von der ausgelassenen Sorte waren; es mußte ein paar Dinge geben, die sie bekanntermaßen nicht taten. Überdies blieb der Brauch im allgemeinen auf die Sittsamen beschränkt; er war ein Zeichen für Kultur und stille Neigungen. All das machte es zu einem harmlosen Vergnügen für Verena, deren Leben sie viel schlimmeren Gefahren ausgesetzt hatte; doch die Angelegenheit verknüpfte sich in Olives Gedanken mit einer Gefahr, die dort ständig ihren Schatten warf – der Möglichkeit, daß das Mädchen mit irgendeinem findigen jungen Mann zu einer Unternehmung aufbreche, die viel länger als einen Abend dauerte. Mit einem Wort, sie plagte die Furcht, Verena könnte heiraten, ein Schicksal, dem sie sie absolut nicht zu überlassen bereit war; und das bewog sie, jede männliche Bekanntschaft mit Mißtrauen zu betrachten.

Mr. Pardon war nicht der einzige, den sie kannte; einem Muster der übrigen begegnete sie in der Person zweier junger Jurastudenten aus Harvard, die sich bei eben diesem Anlaß nach dem Tee einfanden. Wie sie so dasaßen, fragte sich Olive, ob Verena ihr etwas verheimlicht habe, ob sie womöglich doch (wie so viele Mädchen in Cambridge) ein College-»Schwarm« sei, das Ziel häufiger Besuche der jüngeren Studenten. Es war nur natürlich, daß es am Sitz einer großen Universität solche Mädchen gab, denen die Studenten nachliefen, doch sie wünschte nicht, daß Verena dazugehörte. Manche empfingen die Studenten vom dritten Studienjahr ab, andere waren für die des ersten und zweiten Studienjahres zugänglich. Gewisse junge Damen gaben den Studenten den Vorzug, die auf die freien Berufe zusteuerten; eine Gruppe stand sogar auf bestem Fuße mit den jungen Männern, die in jener merkwürdigen kleinen Kaserne am Ende der Divinity Avenue ein unitarisches Pfarramt anstrebten. Die Ankunft neuer Gäste versetzte Mrs. Tarrant in ungeheure Geschäftigkeit; doch nachdem sie jedermann veranlaßt hatte, zwei- bis dreimal mit jedem den Platz zu tauschen, formierte sich die Gesellschaft zu einem Kreis, den gelegentlich die Wanderzüge ihres Mannes sprengten, wenn dieser, da er zu keinerlei Thema etwas zu sagen hatte, sich an wechselnden Stellen im Raum in lauschender Pose hinstellte, bedächtig nickte und mit einer Miene übernatürlicher Aufmerksamkeit auf den Teppich starrte. Mrs. Tarrant erkundigte sich bei den jungen Männern der juristischen Fakultät nach ihren Studien, und ob sie die Absicht hätten, sie ernsthaft zu verfolgen; gab ihre Meinung kund, manche Gesetze seien sehr ungerecht, und ihre Hoffnung, sie würden sie zu verbessern suchen. Sie sei selbst infolge der bestehenden Gesetze zu Schaden gekommen, als ihr Vater starb; sie habe nicht die Hälfte des Vermögens bekommen, das ihr zugestanden hätte, wenn sie anders gewesen wären. Sie finde, die Gesetze sollten für öffentliche Belange gelten, nicht für die Privatangelegenheiten der Menschen; ihr komme es immer so vor, als hätten sie nur den Sinn, einen untenzuhalten, wenn man am Boden sei, und einen mit Schwierigkeiten zu umstellen. Manchmal halte sie es für ein Wunder, wie sie sich angesichts so vieler Hemmnisse doch noch entwickelt habe; aber es sei ein Beweis dafür, daß die Freiheit überall wohne, wenn man nur nach ihr zu suchen verstehe.

Die zwei jungen Männer waren in bester Stimmung; sie nahmen diese Ausfälle mit einer Heiterkeit auf, deren Sinn zu deuten, obwohl höflich in der Form, Olive keineswegs außerstande war. Sie sprachen natürlich mehr mit Verena als mit ihrer Mutter; und während sie derart beschäftigt waren, erläuterte Mrs. Tarrant Miss Chancellor, wer sie waren und daß der eine von beiden, der kleinere, der nicht ganz so schmuck sei, den anderen, seinen speziellen Freund, mitgebracht habe, um ihn vorzustellen. Dieser Freund, Mr. Burrage, komme aus New York; er sei sehr vornehm, er mache in Boston viele Besuche (»Ich bin sicher, daß Sie einige der Häuser kennen«, sagte Mrs. Tarrant); seine Familie sei sehr reich.

»Na, er kennt genug solche Leute«, fuhr Mrs. Tarrant fort, »aber es hat ihn nicht befriedigt; er kannte niemanden wie *uns*. Er hat Mr. Gracie (das ist der Kleine) gesagt, er hätte das Gefühl, er *müsse* uns einfach kennenlernen; es schien, als könnte er es nicht aushalten. Also sagten wir Mr. Gracie natürlich, er solle ihn ruhig mitbringen. Na, ich will doch stark hoffen, er nimmt etwas von uns mit. Angeblich ist er mit Miss Winkworth verlobt; Sie wissen bestimmt, wen ich meine. Aber Mr. Gracie sagt, er hat sie höchstens zweimal angesehen. So schwirren in diesen Kreisen die Gerüchte herum, nehme ich an. Na, ich bin froh, daß wir nicht dazugehören, ganz gleich, wo wir hingehören! Mr. Gracie ist ganz anders; er ist furchtbar häßlich, aber ich glaube, er ist sehr gelehrt. Sie finden ihn nicht häßlich? Ach, Sie sind sich nicht sicher? Na, ich nehme an, es ist Ihnen gleich, Sie sehen sicher so viele Menschen. Aber ich muß schon sagen, wenn ein junger Mann so aussieht, nenne ich das schmerzlich häßlich. Diese Bemerkung habe ich von Doktor Tarrant gehört, als er das vorige Mal hier war. Ich will nicht behaupten, daß die Häßlichsten nicht die Besten sind. Na, als ich Sie einlud, hatte ich keine Ahnung, daß es eine Gesellschaft werden würde. Ich frage mich, ob Verena nicht doch den Kuchen herumreichen sollte; wir stellen immer wieder fest, daß er den Studenten so gut schmeckt.«

Dieses Amt wurde schließlich Selah übertragen, der nach

längerer Abwesenheit mit einem Teller Gebäck erschien und es nacheinander allen Anwesenden anbot. Olive sah Verena ihr Lächeln freigebig an Mr. Gracie und Mr. Burrage verschwenden; es hatte sich eine ungemein lebhafte Beziehung entwickelt, und besonders letztgenannter Herr wußte sich vor anerkennendem Gelächter nicht zu lassen. Aus der Betrachtung dieser Gruppe allein hätte jemand den müßigen Schluß ziehen können, Verenas Berufung sei es, jungen Männern, die sich ihr zuneigten, zuzulächeln und mit ihnen zu plaudern; will sagen, zu solch einer Vorstellung hätte jemand gelangen können, der weniger fest vom Gegenteil überzeugt war als Olive, die sich aus gutem Grund sicher war, daß ein »begnadetes Wesen« zu einem ganz anderen Zweck auf die Welt geschickt wird und daß eingebildeten jungen Männern die Zeit angenehm zu vertreiben die allerletzte Pflicht ist, an die man zu denken hat, wenn man zufällig das Talent besitzt, eine Sache zu verkörpern. Olive gab sich Mühe, froh darüber zu sein, daß ihre Freundin in solcher Fülle jene natürlichen Gaben besaß, die eine Frau auch ohne verborgene Absichten liebenswürdig machen; sie bedachte, daß Verena nicht im geringsten kokett sei, nur bezaubernd und in jeder Hinsicht anregend; die Natur habe ihr ein schönes Lächeln verliehen, das sie unparteiisch jedem schenke, Mann wie Frau gleichermaßen. Olive mag recht gehabt haben, aber dem Leser soll anvertraut werden, daß sie in Wirklichkeit nie aus eigenem Gefühl heraus sagen konnte, ob Verena kokett war oder nicht. Diese junge Dame hätte es ihr unmöglich mitteilen können (selbst wenn sie es gewußt hätte, was nicht der Fall war), und Olive, dieser Eigenschaft ermangelnd, besaß nicht die Fähigkeit, bei einer anderen den subtilen weiblichen Wunsch zu gefallen zu ermessen. Sie konnte den Unterschied zwischen Mr. Gracie und Mr. Burrage erkennen; daß ihr Mrs. Tarrants Versuch, sie darauf aufmerksam zu machen, lästig war, ist vielleicht ein Beweis dafür. Es war ein merkwürdiger Zug ihres Eifers für die Erneuerung ihres Geschlechts, daß sie männliche Angelegenheiten womöglich insgesamt am besten zu beurteilen verstand. Mr. Burrage war ein recht gutaussehender junger Mann mit einem lachenden, gescheiten Gesicht, etwas aufwendiger Kleidung und dem Fluidum eines Mitglieds der »leichtlebigen Clique« – ein frühreifer, gutmütiger Weltmann, begierig auf neue Eindrücke und möglicherweise mit der Anlage zum dilettante. Da er zweifellos ein wenig ehrgeizig war und sich gern schmeichelte, das Verdienst in bescheidenen Erscheinungsformen zu würdigen, hatte er sich mit der gröberen, aber zugleich scharfsinnigeren Persönlichkeit eines echten Sohnes Neuenglands zusammengetan, der einen sachlicheren Kopf als er besaß und einen in Wirklichkeit zynischeren Humor, und dieser, der die Bekanntschaft der Tarrants schon früher gemacht hatte, hatte es unternommen, ihm etwas echt Einheimisches und Sonderbares, vielleicht sogar Faszinierendes vorzuführen. Mr. Gracie war kleingewachsen und hatte einen großen Kopf; er trug eine Brille, wirkte ungepflegt, beinahe bäurisch, und brachte mit seinen häßlichen Lippen recht treffende Dinge vor. Verena fand auf eine ganze Menge davon Antwort, und beim Sprechen stieg ihr eine hübsche Farbe ins Gesicht. Olive konnte erkennen, daß sie sich ganz so gut darstellte, wie einer dieser Herren es dem anderen vorausgesagt hatte. Miss Chancellor wußte so genau, was zwischen ihnen vorgegangen war, als hätte sie es mit angehört; Mr. Gracie hatte versprochen, er werde Verena aus sich herauslocken, sie werde seine Schilderung bestätigen und sich als die Geistreichste ihrer Art erweisen. Wenn sie fortgingen, würden sie über sie lachen und sich ihre Zigarren anstecken, und noch viele Tage danach würden sie ihr Gespräch mit Zitaten des »Frauenrechtlermädchens« würzen.

Es war verblüffend, auf welch mannigfaltige Weise die Männer unsympathisch zu sein vermochten; diese zwei waren ganz anders als Basil Ransom und unterschieden sich auch untereinander, und doch drückte jeder auf seine Art eine Beleidigung der Weiblichkeit aus. Das Schlimmste dabei war, daß Verena diesen Schimpf ganz sicher nicht wahrnehmen, ihn folglich auch nicht abstoßend finden würde. Es gab so vieles, wogegen sie noch keine Abneigung entwickelt hatte, trotz der ernsthaften Bemühungen ihrer Freundin, sie das zu lehren. Sie besaß eine lebhafte Vorstellung (das war das Erstaunliche) von der Grausamkeit des Mannes, seiner seit unvordenklichen Zeiten währenden Ungerechtigkeit; doch diese blieb abstrakt, platonisch; sie verabscheute ihn nicht folgerichtig. Was nutzte es, daß sie dieses scharfumrissene, inspirierte Wissen von der Geschichte ihres Geschlechts besaß (es glich, wie sie selbst gesagt hatte, genau dem absolut übernatürlichen Verständnis der Jungfrau von Orleans vom Zustand Frankreichs), wenn sie nicht danach handeln wollte, wenn sie sich benehmen wollte wie die gewöhnliche kleinmütige, konventionelle junge Dame? Es war gut und schön, daß sie an jenem ersten Tag erklärt hatte, sie werde entsagen; sah sie denn in einem solchen Moment wie eine junge Frau aus, die entsagt hatte? Angenommen, dieser glitzernde, lachende junge Burrage mit seinen Ketten und Ringen und lackglänzenden Schuhen verliebte sich in sie und versuchte sie mit seinen großen Besitztümern zu bestechen, Entsagungen anderer Art zu üben – ihr heiliges Werk aufzugeben und mit ihm nach New York zu ziehen, um dort als seine Frau zu leben, teils schikaniert, teils verwöhnt, auf die altgewohnte Burrageweise? So sehr Verenas seinerzeit nebenbei hingeworfene Bemerkung, wonach sie »freie Verbindungen« vorziehe, Olive bisher eher in Unruhe versetzt hatte, so wenig vermochte sie sich jetzt mit dieser Erinnerung zu trösten. Das war nichts als mädchenhafte Leichtfertigkeit gewesen; sie hatte die Bedeutung dessen, was sie sagte, gar nicht erkannt. Obwohl sie unter Leuten aufgewachsen war, die alle möglichen verwunderlichen Laxheiten als ganz selbstverständlich hinnahmen, hatte sie sich die vollkommene Unschuld des amerikanischen Mädchens bewahrt, jene Unschuld, die die allerwertvollste war, denn sie hatte die Abschaffung von Mauern und Riegeln überlebt; und von den verschiedenen Äußerungen, die Verena hatte fallenlassen und die dieser Eigenschaft Ausdruck gaben, drückte diese überraschende Bemerkung sie gewiß am vollkommensten aus. Sie deutete jedenfalls an, daß Verbindungen dieser oder jener Art ihre Billigung fanden, und schloß die Gefahren nicht aus, die aus der Begegnung mit jungen Männern auf der Suche nach Eindrücken erwachsen konnten.

Sechzehntes Kapitel

Mr. Pardon blieb, wie Olive beobachtete, ein wenig außerhalb dieser Gruppierung; doch er war nicht der Mensch, der sich gestattete, den Kopf hängen zu lassen. Er setzte sich zu Miss Chancellor und schnitt ein literarisches Thema an; er fragte sie, ob sie einen der laufenden Fortsetzungsromane in den Zeitschriften verfolge. Als sie ihm erklärte, sie verfolge nie etwas dieser Art, ließ er sich auf eine Verteidigung des Fortsetzungssystems ein, das sie, wie sie ihm nach einer Weile in Erinnerung brachte, gar nicht angegriffen hatte. Diese Antwort schreckte ihn nicht ab, vielmehr glitt er elegant zur Frage des Mount Desert hinüber; ein Gespräch, ganz gleich über welches Thema, war ihm offenbar ein Naturbedürfnis. Er sprach sehr rasch und leise in unvollkommen ausgeformten Worten und sogar Sätzen; seinen Ton kennzeichnete eine gewisse freundliche Monotonie, und er erging sich überreichlich in Ausrufen – »Meine Güte!« und »Lieber Himmel!« –, die bei dem Geschlecht, dessen Kraftworte eher zum Groben neigen, nicht so sehr in Umlauf sind. Er besaß feine, gutgeschnittene Züge, auffallend ebenmäßig, hübsche Augen, einen Schnurrbart, den er streichelte, und ganz im Gegensatz zu seinen angegrauten Locken ein recht jugendliches Auftreten. Auf ungezwungene, vertrauliche Art spielte er immer wieder auf seine journalistische Laufbahn an. Seine Freunde wußten, daß er trotz seiner Zartheit und seines Geschwätzes ein rühriger Mensch war, wie sie es nannten; seine Erscheinung ließ sich durchaus mit einem hohen Maß an literarischem Unternehmungsgeist vereinbaren. Man sollte wohl erläutern, daß sie diesem Begriff größtenteils die gleiche Bedeutung beilegten wie Selah Tarrant – ein Zustand intimer Bekanntschaft mit der Zeitungswelt, die Pflege der großen Kunst der Publizität. Für diesen einfallsreichen Sohn seiner Zeit hatte jegliche Unterscheidung zwischen der Person und dem Künstler zu existieren aufgehört; der Schriftsteller war eine Person, die Person Futter für die Zeitungsjungen, und alles und jeder ging alle etwas an. Bei ihm bezogen sich alle Dinge auf den Druck, und der Druck bedeutete einfach endlose Berichterstattung, prompteste Information über seine Mitbürger, falls nötig beleidigend, oder sogar falls nicht nötig. Mit dem besten Gewissen der Welt goß er Hohn und Schimpf über ihr Privatleben, ihr persönliches Aussehen. Sein Glauben war wiederum Selah Tarrants Glauben – in der Zeitung zu stehen sei die wahre Seligkeit, und es wäre kleinlich, den Preis für dieses Vorrecht in Frage zu stellen. Er war ein enfant de la balle, wie die Franzosen sagen; er hatte im Alter von vierzehn Jahren seine Laufbahn damit begonnen, die Runde durch die Hotels zu machen, um sich Blüten aus den großen, speckigen Büchern zu pflücken, die auf den Marmorplatten der Empfangstische ausliegen; und er durfte sich schmeicheln, im Dienste einer wachsamen öffentlichen Meinung, des Stolzes eines demokratischen Staates, das seine zu dem erhabenen Ziel beigetragen zu haben, den amerikanischen Bürger an heimlichen Reisen zu hindern. Seither war er weitere Stufen derselben Leiter emporgestiegen; er war der glänzendste junge Interviewer der Bostoner Presse. Er war besonders erfolgreich darin, die Damen auszuholen; viele der berühmtesten Frauen seiner Zeit hatte er in Kurzschrift auf kleinstem Raum zusammengedrängt – manche dieser Töchter des Ruhms waren recht umfangreich –, und nach allgemeiner Ansicht besaß er eine bemerkenswert einschmeichelnde Art, prime donne und Schauspielerinnen am Morgen nach ihrer Ankunft aufzuwarten, oder manchmal noch am selben Abend, während man ihr Gepäck hinaufbrachte. Er war erst achtundzwanzig Jahre alt und trotz seines eisgrauen Kopfes ein durch und durch moderner junger Mann; ihm fiel gar nicht ein, sich nicht all der modernen Annehmlichkeiten zu bedienen. Er sah die Mission der Menschheit auf Erden in der ständigen Fortzeugung von Telegrammen; ihm war alles so ziemlich eins, er besaß keinen Sinn für Proportion oder Qualität; doch das Allerneueste war das, was in seinem Gemüt am ehesten das Gefühl des Respekts zu erregen vermochte. Er war für Selah Tarrant ein Gegenstand höchster Bewunderung, denn dieser war überzeugt, er habe alle Geheimnisse des Erfolgs gemeistert, und wenn Mrs. Tarrant bemerkte (was sie mehr als einmal getan hatte), es sehe so aus, als komme Mr. Pardon wirklich Verenas wegen, erklärte Tarrant, falls es an dem wäre, so wäre Mr. Pardon einer der wenigen jungen Männer, die er gern in dieser Verbindung sähe, einer der wenigen, denen er sie bereitwillig zur weiteren Führung überlassen würde. Es war Tarrants Überzeugung, sollte Matthias Pardon Verena heiraten wollen, so geschähe es in der Absicht, sie in die Öffentlichkeit zu bringen; und der Vorteil für Verena, einen Ehemann zu besitzen, der gleichzeitig Reporter, Interviewer, Manager und Agent wäre, der über die wichtigsten »Tageblätter« verfügen könnte, der Verena sozusagen wissenschaftlich zu Papier bringen und verarbeiten würde – die Anziehungskraft all dieser Umstände war so offensichtlich, daß man es nicht weiter unterstreichen mußte. Matthias hatte eine schlechte Meinung von Tarrant, fand ihn ganz zweitklassig, sah in ihm einen Anhänger abgewirtschafteter Belange. Er hatte den Eindruck, in Verena verliebt zu sein, doch seine Leidenschaft entbehrte der Eifersucht und schloß eine erstaunliche Bereitwilligkeit mit ein, den Gegenstand seiner Zuneigung mit dem amerikanischen Volk zu teilen.

Er unterhielt sich mit Olive eine Zeitlang über Mount Desert, erzählte ihr, in seinen Briefen habe er die Gästeschaft verschiedener Hotels geschildert. Er bemerkte jedoch, ein Korrespondent habe heutzutage stark unter der Konkurrenz der »schreibenden Damen« zu leiden; Artikel der Art, wie sie aus deren Federn kämen, seien den Zeitungen manchmal erwünschter. Er vermute, sie werde das gern hören – er wisse, daß sie solches Interesse daran habe, der Frau freie Bahn zu verschaffen. Zweifellos gäben Frauen wunderbare Korrespondenten ab; sie pickten etwas Gescheites auf, bevor man sich umdrehen könne; man könne ihnen nicht viel vorenthalten; man müsse sich tummeln, wenn man als erster zur Stelle sein wolle. Freilich seien sie von Natur aus plauderhafter, und das sei der literarische Stil, der heutzutage anscheinend am besten ankomme; nur schrieben sie kaum etwas, das nicht nur Damen zu lesen wünschten. Natürlich wisse er, daß es Millionen Leserinnen gebe, doch er deutete an, er wende sich nicht ausschließlich an das Gynäkeion; er versuche etwas hineinzubringen, das jeden interessiere. Wenn man den Brief einer Dame lese, wisse man im voraus ziemlich genau, was man finden werde. Er hingegen bemühe sich darum, daß man im voraus nicht die geringste Ahnung haben solle; er versuche immer, etwas zu bringen, was die Leute frappiere. Mr. Pardon war zumindest nicht eingebildeter, als es recht und billig ist, wenn Jugend und Erfolg Hand in Hand gehen, und es war nur natürlich, daß er keine Ahnung hatte, mit welcher Einstellung Miss Chancellor ihm zuhörte. In der Erkenntnis, daß sie eine kultivierte Frau war, wünschte er einfach, ihr die Nahrung zukommen zu lassen, die sie gewiß erwartete. Sie fand ihn ganz minderwertig; sie hatte gehört, er sei ungemein intelligent, aber da lag wohl ein Irrtum vor; von einem Geist, der überragende Entwicklungen nur aus der Perspektive eines Klatschmauls sah, konnte Verena keine Gefahr erwachsen. Überdies war er kaum gebildet, und es war Olives Überzeugung oder zumindest ihre Hoffnung, daß Verena jetzt einem Erziehungsprozeß unterliege (unter ihrer eigenen Leitung), der es ihr ermöglichen würde, von sich aus eine solche Entdeckung zu machen. Olive lag fortwährend im Streit mit der Leichtfertigkeit, der Gutgläubigkeit der Tagesmeinungen; viele erschienen ihr dürftig bis zum Schwachsinn, schienen ihr jeden Sinn für Maß und Proportionen verloren zu haben, verschwenderisch mit Superlativen und noch entzückt darüber, zum Narren gehalten zu werden. Das Zeitalter erschien ihr verweichlicht und demoralisiert, und ich glaube, sie erwartete vom Eindringen des großen weiblichen Elements den Anstoß dazu, wieder strenger zu fühlen und zu sprechen.

»Also, es ist ein Genuß, Sie zwei miteinander reden zu hören«, teilte Mrs. Tarrant ihr mit; »das nenne ich echte Konversation. Es kommt nicht oft vor, daß wir etwas so Lebendiges erleben; ich möchte am liebsten mitmachen. Ich weiß gar nicht, wem ich mehr zuhören soll; Verena scheint sich mit diesen Herren so zu amüsieren. Erst schnappe ich das eine auf, dann etwas anderes; mir ist, als ob ich gar nicht alles erfassen kann. Vielleicht sollte ich Mr. Burrage mehr Aufmerksamkeit widmen; ich möchte nicht, daß er denkt, wir seien nicht so aufgeschlossen wie die Leute in New York.«

Sie beschloß, näher an das Trio auf der anderen Seite des Zimmers heranzurücken, denn sie hatte gemerkt (und hoffte inbrünstig, Miss Chancellor nicht), daß Verena gerade einen ihrer Gesprächspartner zu überreden versuchte, sich zu ihrer lieben Freundin zu begeben und mit ihr zu plaudern, worauf diese skrupellosen jungen Männer, nach einem Blick über die Schulter, offenbar baten, ihnen das zu erlassen, und zu verstehen gaben, dazu seien sie nicht hergekommen. Selah verzog sich wieder mit seinem Sortiment Gebäck, und Mr. Pardon begann zu Olive über Verena zu sprechen, meinte, er könne gar nicht voll zum Ausdruck bringen, wie er es empfinde, daß sie so viel Interesse an ihr an den Tag gelegt habe. Olive vermochte sich nicht vorzustellen, weshalb er sich berufen glaubte, überhaupt etwas zu sagen oder zu empfinden, und gab ihm kurze Antworten; während der arme junge Mann, nichts von seinem Verhängnis ahnend, seine Hoffnung kundtat, sie werde keinen Einfluß ausüben, um Miss Tarrant daran zu hindern, den ihr gebührenden Rang einzunehmen. Er finde, es werde zuviel Zurückhaltung geübt; er wolle sie auf einem Platz in der vordersten Reihe sehen; er wolle ihren Namen auf den allergrößten Plakaten sehen und ihr Porträt in allen Schaufenstern. Sie habe Genie, daran sei kein Zweifel, und sie werde eine gänzlich neue Richtung einschlagen. Sie habe Charme, und im Zusammenhang mit neuen Ideen herrsche danach heutzutage große Nachfrage. So viele schienen aus Mangel daran untergegangen zu sein. Es müßte sie ganz nach vorn tragen; sie müßte ganz nach oben stürmen. Es mangele an kühner Tatkraft; er sehe nicht ein, worauf sie noch warteten. Er wolle doch nicht annehmen, daß sie abwarteten, bis sie fünfzig Jahre alt sei; alte Weiber gebe es auf diesem Feld genug. Er sei überzeugt, daß Miss Chancellor den Vorteil ihrer Mädchenhaftigkeit zu würdigen wisse, denn Miss Verena habe es ihm gesagt. Ihr Vater sei furchtbar schwerfällig, und der Winter gehe dahin. Mr. Pardon ging soweit, zu erklären, wenn Doktor Tarrant keine Neigung zeige, etwas zu unternehmen, würde er zu der Meinung gelangen, die Dinge selbst in die Hand nehmen zu sollen. Zugleich gab er der Hoffnung Ausdruck, es gebe seitens Olives keine Gesichtspunkte, die sie veranlassen würden, Miss Verena dahingehend zu beeinflussen, daß sie sich Zurückhaltung auferlegte; desgleichen, sie werde nicht meinen, er dränge sich zu sehr dazwischen. Er wisse, das sei eine Beschuldigung, die man Zeitungsleuten gegenüber gern vorbringe – daß sie oft dazu neigten, zu weit zu gehen. Er mache sich nur Sorgen, weil er meine, jene, die Miss Verena zweifellos näherstünden, als er selbst erhoffen dürfte, seien nicht rege genug. Er wisse, daß sie seit jenem Abend bei Miss Birdseye in zwei, drei Salons aufgetreten sei, und er habe von der entzückenden Zusammenkunft in Miss Chancellors Haus gehört, zu der sie viele aus den besten Familien eingeladen hätte, um sie mit Miss Verena bekannt zu machen. (Das war eine Anspielung auf ein kleines, von Olive ausgerichtetes Gabelfrühstück, wo Verena vor einem Dutzend verheirateter und lediger, von der Gastgeberin mit unendlicher Überlegung und vielen geistigen Skrupeln auserlesener Frauen gesprochen hatte; ein Bericht über die Veranstaltung, vermutlich von der Hand des jungen Matthias, der natürlich nicht anwesend gewesen war, erschien mit außergewöhnlicher Promptheit in einer Abendzeitung.) Das sei soweit ganz gut und schön, doch er wünsche sich etwas in anderem Maßstab, etwas so Riesengroßes, daß die Leute einen Umweg machen müßten, wenn sie daran vorbeikommen wollten. Dann dämpfte er die Stimme ein wenig und sprach aus, was er im Auge hatte: einen Vortrag in der Music Hall, die

Karte zu fünfzig Cent, ohne ihren Vater, Miss Verena ganz allein auf sich gestellt. Er dämpfte die Stimme noch mehr und enthüllte Miss Chancellor seinen tiefinnersten Gedanken, nachdem er sich zuvor vergewissert hatte, daß Selah Tarrant noch draußen war und daß Mrs. Tarrant sich gerade bei Mr. Burrage erkundigte, ob er in der neuen Umgebung viel Besuch mache. Die Wahrheit sei, Miss Verena müsse ihren Vater völlig »abschütteln«; sie habe es nicht nötig, sich von ihm so antatschen zu lassen, bevor sie beginne; es trage nicht im geringsten zur Attraktion bei. Mr. Pardon gab der Gewißheit Ausdruck, Miss Chancellor werde darin mit ihm einer Meinung sein, und es bedurfte bei Olive einer gewaltigen geistigen Anstrengung, sich die Wahrheit dieser Feststellung einzugestehen, so gering war ihr Wunsch, mit Mr. Pardon übereinzustimmen. Sie fragte ihn mit einem Maß hochmütiger Kälte – jetzt jagte er ihr kein bißchen Scheu ein –, ob er großen Anteil an der Verbesserung der Lage der Frauen nehme. Diese Frage kam dem jungen Mann offenbar ganz unerwartet und schien ihm gar nicht zur Sache zu gehören, jedenfalls aus einer Höhe auf ihn herabzustürzen, mit der er keinen Umgang zu halten pflegte. Er war jedoch geschwinde Manöver gewöhnt und blieb nur einen Moment in strahlender Ahnungslosigkeit befangen, bevor er antwortete:

»Ach, es gibt nichts, was ich für die Damen nicht täte; geben Sie mir nur eine Chance, dann werden Sie ja sehen.«

Olive schwieg einen Augenblick. »Was ich meine, ist folgendes – ist Ihre Anteilnahme eine Anteilnahme an unserem Geschlecht oder ein spezielles Interesse an Miss Tarrant?«

»Nun ja, Anteilnahme ist einfach Anteilnahme – mehr kann ich nicht sagen. Sie schließt Miss Verena ein und alle anderen – die Korrespondentinnen ausgenommen«, fügte der junge Mann mit einer Scherzhaftigkeit hinzu, die an Verenas Freundin verschwendet war, wie er im selben Moment wahrnahm. Er hatte ebensowenig Erfolg, als er anfügte: »Sie schließt sogar Sie ein, Miss Chancellor!«

Olive stand unschlüssig auf; sie wollte gehen, und doch

konnte sie es nicht ertragen, Verena allein zu wissen und sie von jenen unangenehmen jungen Männern ausbeuten zu lassen, wie es nach ihrem Aufbruch geschehen würde, wie es tatsächlich schon geschehen war. Sie hatte auch ein eigenartiges Gefühl, daß ihre Freundin sie in der letzten halben Stunde vernachlässigt, sich nicht mit ihr beschäftigt, eine Schranke zwischen ihnen errichtet habe – eine Schranke aus breiten männlichen Rücken, aus Gelächter, das an Roheit grenzte, aus flüchtigen, lächelnden Blicken, die sich quer durch den Raum auf Olive richteten und sie von dem, was auf der anderen Seite vor sich ging, eher auszuschließen als zur Teilnahme aufzufordern schienen. Falls Verena erkannte, daß Miss Chancellor nicht, wie ihr Vater sagte, in Report war, wenn fidele junge Männer die Szene beherrschten, deutete die Entdeckung auf keinen besonderen Scharfblick hin; doch das arme Mädchen hätte sich weiter überlegen sollen, für Olive könne es kaum angenehmer sein, man halte es für selbstverständlich, daß sie nicht in solche Gesellschaft passe, als direkt hineingezogen zu werden. Die schlimmsten Befürchtungen dieser jungen Dame bestätigten sich jetzt, als Mrs. Tarrant ihr zurief, sie dürfe nicht gehen, da Mr. Burrage und Mr. Gracie Verena gerade zu überreden suchten, ihnen eine kleine Kostprobe des Redens aus Inspiration zu geben, und sie sei ganz sicher, ihre Tochter werde sogleich einwilligen, wenn Miss Chancellor sie nur auffordere, sich zu sammeln. Sie müßten bekennen, Miss Chancellor könne mehr bei ihr bewirken als jeder andere; aber Mr. Gracie und Mr. Burrage hätten sie so in Aufregung versetzt, daß sie fürchte, es werde ein recht erfolgloser Versuch. Die ganze Gruppe war aufgestanden, und Verena ging mit ausgestreckten Händen und ohne jedes Anzeichen eines schlechten Gewissens auf dem strahlenden Gesicht auf Olive zu.

»Ich weiß, Sie mögen so gern, daß ich spreche – ich will versuchen, etwas zu sagen, wenn Sie es möchten. Aber ich fürchte, es sind nicht genug Leute da; mit einem kleinen Publikum kann ich nicht viel anfangen.«

»Ich wünschte, wir hätten noch ein paar Freunde mitgebracht – sie wären mit Freuden gekommen, wenn wir ihnen Gelegenheit dazu gegeben hätten«, sagte Mr. Burrage. »Die ganze Universität ist von dem brennenden Wunsch erfüllt, Sie zu hören, und kein Publikum geht so sehr mit wie ein Publikum aus Harvardleuten. Gracie und ich sind nur zwei, aber Gracie ist für sich schon eine ganze Menschenschar, und ich bin überzeugt, er sagt von mir dasselbe.« Der junge Mann sprach diese Worte frei und leicht, lächelte dabei Verena und sogar ein wenig Olive an und zeigte die Miene eines Menschen, der allgemein als Meister im intelligenten »Frotzeln« galt.

»Mr. Burrage hört sogar noch besser zu, als er redet«, verkündete sein Gefährte. »Wir sind es ja doch gewöhnt, bei Vorlesungen aufmerksam zu sein. Bei Ihnen zu hören, wäre wahrlich eine große Gunst. Wir stecken tief in Vorurteilen und Unwissenheit.«

»Ach, meine Vorurteile«, setzte Burrage fort; »könnten Sie die nur sehen – ich versichere Ihnen, sie sind geradezu ungeheuerlich!«

»Nehmen Sie die beiden tüchtig in die Mangel, daß sie nach Luft schnappen«, rief Matthias Pardon. »Wenn Sie eine Gelegenheit suchen, auf das Harvard College einzuwirken, jetzt haben Sie die Chance. Diese Herren werden die Botschaft weitertragen; sie werden als die Spitze des Keils dienen.«

»Ich erkenne nicht recht, wie Sie es mögen«, sagte Verena, immer noch Olive in die Augen blickend.

»Ich bin sicher, Miss Chancellor mag hier alles«, bemerkte Mrs. Tarrant mit schöner Zuversicht.

Inzwischen war Selah wieder erschienen; seine große, nachdenkliche Gestalt stand eingerahmt in der Tür. »Wollen wir ein bißchen Inspiration probieren?« erkundigte er sich und blickte sich, aufmunternd vorgeneigt, in der Runde um.

»Ich mache es allein, wenn Ihnen das lieber ist«, erklärte Verena beschwichtigend ihrer Freundin. »Es ist vielleicht eine gute Gelegenheit, es ohne Vater zu versuchen.«

»Du willst doch nicht etwa sagen, du läßt dir nicht beistehen?« rief Mrs. Tarrant entsetzt aus.

»Ach, ich flehe Sie an, bieten Sie uns das ganze Programm – lassen Sie keine wichtige Etappe aus!« hörte man Mr. Burrage bitten.

»Mir ist es nur wichtig, daß sie aus sich herausgeht«, äußerte Selah zur Verteidigung seiner Redlichkeit. »Ich steige sofort aus, wenn ich sie nicht zu beleben scheine. Ich wünsche keineswegs, auf meine eigenen bescheidenen Gaben aufmerksam zu machen.« Diese Erklärung schien an Miss Chancellor gerichtet zu sein.

»Nun ja, es sieht mehr nach Inspiration aus, wenn Sie sie nicht anrühren«, stimmte ihm Matthias Pardon zu. »Dann kommt diese sichtlich von daher – nun ja, wo immer sie eben herkommt.«

»Ja, wir maßen uns nicht an, das zu sagen«, murmelte Mrs. Tarrant.

Diese kleine Diskussion hatte Olive das Blut ins Gesicht getrieben; sie hatte das Gefühl, sämtliche Anwesenden starrten sie an – am meisten Verena –, und hier sei eine Gelegenheit, umfassender Besitz von dem Mädchen zu ergreifen. Solche Gelegenheiten waren aufwühlend; überdies mochte sie es nicht, bei keinem Anlaß, so in den Vordergrund zu rücken. Jedoch war alles, was gesagt worden war, beschränkt und vulgär; der Raum war offenkundig gesättigt mit der Atmosphäre, aus der sie Verena herauszureißen und emporzuheben wünschte. Man behandelte sie als Schaustück, als gesellige Unterhaltung, und die zwei jungen Männer aus dem College lachten sie schamlos aus. Dazu war sie nicht berufen, und Olive würde sie retten. Verena war so schlicht, sie konnte es selbst nicht erkennen; sie war der einzige reine Geist in der widerwärtigen Gruppe.

»Ich möchte, daß Sie zu Versammlungen sprechen, die einer solchen Ansprache würdig sind – daß Sie Menschen überzeugen, die ernsthaft und aufrichtig sind.« Während Olive sprach, hörte sie selbst das heftige Beben in ihrer Stimme. »Ihre Mission ist es nicht, sich als Zeitvertreib für einzelne Menschen zur Schau zu stellen, sondern das Herz großer Gemeinschaften, ganzer Nationen anzurühren.

»Verehrte Dame, ich bin überzeugt, Miss Tarrant wird mein Herz anrühren!« wandte Mr. Burrage galant ein.

»Na, ich weiß nicht, ob sie euch junge Männer gerecht beurteilt«, äußerte Mrs. Tarrant mit einem Seufzer.

Verena, für einen Augenblick von ihrer stummen Zwiesprache mit ihrer Freundin abgelenkt, musterte lächelnd Mr. Burrage. »Ich glaube nicht, daß Sie überhaupt ein Herz haben, und es wäre mir nicht weiter wichtig, wenn Sie eins hätten!«

»Sie haben keine Ahnung, wie sehr das meinen Wunsch vermehrt, Sie sprechen zu hören, wenn Sie das so sagen.«

»Tun Sie, was Sie wollen, liebes Kind«, sagte Olive fast unhörbar. »Mein Wagen muß da sein – ich muß Sie auf jeden Fall verlassen.«

»Ich merke, daß Sie es nicht möchten«, gab Verena nachdenklich zurück. »Wenn es Ihnen recht wäre, würden Sie bleiben, nicht wahr?«

»Ich weiß nicht, was ich täte. Bringen Sie mich hinaus!« stieß Olive beinahe wütend hervor.

»Nun, Sie schicken sie nicht besser nach Hause, als sie gekommen sind«, brachte Matthias Pardon vor.

»Ich denke, Sie sollten lieber ein andermal wiederkommen«, schlug Selah beschwichtigend vor, doch mit einer Bedeutung, die Olive nicht entging.

Mr. Gracie schien geneigt, den nachdrücklichsten Protest einzulegen. »Hören Sie, Miss Tarrant, wollen Sie nun das Harvard College retten, oder wollen Sie das nicht?« fragte er mit spaßhaft gerunzelter Stirn.

»Ich wußte gar nicht, daß *Sie* das Harvard College sind!« gab Verena ebenso spaßhaft zurück.

»Ich fürchte, der Abend hat Sie ziemlich enttäuscht, wenn Sie erwartet hatten, etwas Einblick in unsere Ideen zu bekommen«, wandte sich Mrs. Tarrant mit einer Miene machtlosen Mitgefühls an Mr. Gracie.

»Also, gute Nacht, Miss Chancellor«, fuhr sie fort; »ich hoffe, Sie wickeln sich warm ein. Sie werden wahrscheinlich denken, wir richten uns in diesem Haus sehr nach Ihnen. Na, die meisten Menschen haben nichts dagegen. Gleich da auf der Veranda ist ein kleines Loch; anscheinend hat Mr. Tarrant nicht daran gedacht, den Mann kommen zu lassen, der es reparieren soll. Ich fürchte, Sie werden glauben, wir lassen uns zu sehr von all diesen neuen Hoffnungen in Anspruch nehmen. Na, wir haben uns wirklich gefreut, Sie bei uns zu sehen; ich bekomme richtig Appetit auf gesellschaftlichen Verkehr. Sind Sie auf Rädern gekommen? Ich selbst kann keinen Schlitten vertragen; mir wird übel dabei.«

Das war die Erwiderung der Gastgeberin auf Miss Chancellors sehr knappes Lebewohl, vorgetragen, während die drei Damen gemeinsam der Haustür zustrebten. Olive war gleichsam mit einem blinden, kämpferischen Sprung aus dem kleinen Salon gestürzt, ohne sich in erkennbarer Weise von der übrigen Gesellschaft zu verabschieden. Wenn sie ruhig war, hatte sie vorzügliche Manieren, doch in der Erregung ließ sie sich Verstöße zuschulden kommen, deren jeder einzelne sie in den schlaflosen Stunden der Nacht in vielfacher Vergrößerung heimsuchte. Manchmal weckten sie in ihr Reue, manchmal Triumphgefühl; in letzterem Fall empfand sie, obwohl nur zu berechtigt, sie hätte kalten Blutes nicht so verletzend werden können. Tarrant wollte sie die Stufen hinab und über den kleinen Vorplatz zu ihrem Wagen hinausgeleiten; er machte sie darauf aufmerksam, sie hätten eigens zu diesem Zweck Asche auf die Bretter streuen lassen. Doch sie bat ihn, sie in Ruhe zu lassen, und stieß ihn beinahe zurück; sie zog Verena in die dunkle Frische hinaus und schloß die Haustür hinter sich. Der Himmel war herrlich, ganz Blauschwarz und Silber – ein funkelndes winterliches Gewölbe, die Sterne eine Myriade Eispunkte. Die Luft war still und scharf, und der undeutlich sichtbare Schnee wirkte grausam. Olive wußte nun ganz klar, wie das Versprechen lauten sollte, das sie Verena abnehmen wollte; doch es war zu kalt, sie konnte sie mit bloßem Kopf nur einen kurzen Augenblick hier festhalten. Inzwischen bemerkte Mrs. Tarrant im Salon, es mache den Eindruck, als könnte sie Verena ihren eigenen Eltern nicht anvertrauen; und Selah gab zu verstehen, im Falle einer regelrechten Einladung würde seine Tochter sich sehr glücklich schätzen, vor dem ganzen Harvard College eine Ansprache zu halten. Mr. Burrage und Mr. Gracie erwiderten, sie würden sie auf der Stelle einladen, im Namen der Universität; und Matthias überlegte (und behauptete) frohlockend, das würde das bisher Allerneueste sein. Doch er fügte hinzu, vorher hätten sie ein Tänzchen mit Miss Chancellor durchzustehen, und das war sichtlich die Überzeugung aller Versammelten.

»Ich merke, daß Sie etwas erzürnt hat«, sagte Verena zu Olive, als die beiden da im Sternenlicht standen. »Ich hoffe, daß ich es nicht bin. Was habe ich getan?«

»Ich bin nicht zornig – ich bin besorgt. Ich habe solche Angst, Sie zu verlieren. Verena, lassen Sie mich nicht im Stich – lassen Sie mich nicht im Stich!« Olive sprach leise, nahezu leidenschaftlich.

»Sie im Stich lassen? Wie kann ich Sie im Stich lassen?«

»Das können Sie nicht, natürlich können Sie das nicht. Ihr Stern steht über Ihnen. Aber hören Sie nicht auf *die*.«

»Wen meinen Sie, Olive? Meine Eltern?«

»O nein, nicht Ihre Eltern«, gab Miss Chancellor etwas scharf zurück. Sie schwieg einen Augenblick, und dann sagte sie: »Mir liegt nichts an Ihren Eltern. Ich habe Ihnen das schon früher gesagt; aber jetzt, wo ich sie kennengelernt habe – wie sie es wünschten, wie Sie es wünschten, ich keineswegs –, liegt mir nichts an ihnen; ich muß es wiederholen, Verena. Ich wäre unaufrichtig, wenn ich Sie in dem Glauben ließe, mir läge etwas an ihnen.«

»Aber, Olive Chancellor!« murmelte Verena, als gebe sie sich trotz des Kummers, den ihr diese Erklärung bereitete, Mühe, die Sachlichkeit ihrer Freundin zu würdigen.

»Ja, ich bin hart; vielleicht bin ich grausam; aber wir müssen hart sein, wenn wir siegen wollen. Hören Sie nicht auf junge Männer, wenn sie versuchen, Sie zu verspotten und zu verwirren. Denen liegt nichts an Ihnen; denen liegt nichts an *uns*. Denen liegt nur an ihrem Vergnügen, an dem, was sie für das

Recht des Stärkeren halten. Des Stärkeren? Ich bin da nicht so sicher.«

»Manchen von ihnen liegt so viel – angeblich liegt ihnen zu viel – an uns«, sagte Verena mit einem Lächeln, das in der Dunkelheit matt wirkte.

»Ja, wenn wir alles aufgeben. Ich habe Sie schon einmal gefragt – sind Sie bereit, alles aufzugeben?«

»Sie meinen, *Sie* aufzugeben?«

»Nein, alle unsere unglücklichen Schwestern – alle unsere Hoffnungen und Ziele – alles, was wir für heilig und den Einsatz des Lebens wert halten!«

»Ach, das verlangen sie doch nicht, Olive.« Verenas Lächeln wurde deutlicher, und sie fuhr fort: »So viel verlangen sie nicht!«

»Nun, dann gehen Sie hinein, um für sie zu reden – und zu singen – und zu tanzen!«

»Olive, Sie sind grausam!«

»Ja, das bin ich. Aber versprechen Sie mir nur eines, und ich bin – ach, so gütig!«

»Was für ein seltsamer Ort für Versprechungen«, bemerkte Verena schaudernd und ließ den Blick durch die Nacht schweifen.

»Ja, ich bin furchtbar; ich weiß es. Aber versprechen Sie.« Und Olive zog das Mädchen näher zu sich heran, warf mit einer Hand eine Falte des Umhangs um sie, der weit um ihre magere Gestalt hing, und hielt sie mit der anderen fest, während sie sie ansah, flehend, doch ein wenig zögernd. »Versprechen Sie!« wiederholte sie.

»Ist es etwas Schreckliches?«

»Nie auf einen von ihnen zu hören, sich nie bestechen zu lassen ...«

In diesem Augenblick ging die Haustür wieder auf, und das Licht der Diele fiel über die kleine Piazza. In der Öffnung stand Matthias Pardon, und Tarrant und seine Frau sowie die zwei übrigen Besucher waren anscheinend ebenfalls hinzugetreten, um nachzusehen, was Verena aufhielt.

»Sie scheinen hier draußen eine Art Vortragsabend begonnen zu haben«, sagte Mr. Pardon. »Passen Sie bloß auf, meine Damen, daß Sie nicht zusammenfrieren!«

Verena wurde von ihrer Mutter ermahnt, sie werde sich den Tod holen, doch sie hatte bereits deutlich, so leise sie auch gesprochen wurden, sechs letzte Worte von Olive gehört, die sie jetzt abrupt freigab und rasch den Weg von der Veranda zu ihrem wartenden Wagen entlangschritt. Tarrant eilte mit knirschenden Schritten hinterher, um Miss Chancellor behilflich zu sein; die übrigen zogen Verena ins Haus. »Versprechen Sie mir, nicht zu heiraten!« – das hallte wie ein Echo durch Verenas aufgeschreckten Geist und wiederholte sich, als Mr. Burrage wieder zum Angriff überging und sie fragte, ob sie nicht wenigstens einen Abend festlegen wolle, an dem sie sie hören könnten. Sie wußte, Olives eindringliche Ermahnung hätte sie nicht überraschen dürfen; sie hatte bereits gespürt, daß sie in der Luft lag; hätte man sie gefragt, hätte sie jederzeit gesagt, ihrer Meinung nach wäre es Miss Chancellor nicht recht, wenn sie heiratete. Doch so geäußert, wie ihre Freundin ihn geäußert hatte, besaß der Gedanke einen neuen feierlichen Ernst, und dieses rasche, heftige Zwiegespräch hatte zur Folge, daß sie nervös und ungeduldig wurde, als hätte sie einen jähen Blick in die Zukunft geworfen. Das war recht furchterregend, selbst wenn es das Schicksal offenbaren sollte, das einem gefiele.

Als die zwei jungen Männer vom College auf ihrem Wunsch bestanden, fragte sie sie mit einem Lachen, das die beiden überraschte, ob sie sie etwa »verspotten und verwirren« wollten. Sie gingen, Mrs. Tarrants letzter Bemerkung beipflichtend: »Ich fürchte, Sie werden das Gefühl haben, daß Sie uns noch nicht ganz verstehen.« Matthias Pardon blieb noch; ihre Eltern gaben ihrem festen Vertrauen Ausdruck, er werde sie entschuldigen, gingen zu Bett und ließen ihn da sitzen. Er blieb noch eine ganze Weile, fast eine Stunde lang, und äußerte Dinge, die Verena auf den Gedanken brachten, womöglich würde *er* sie gern heiraten. Doch während sie ihm zuhörte, zerstreuter, als es ihre Art war, dachte sie bei sich, soweit es ihn betreffe, könne kein

Problem bestehen, Olive das Versprechen zu geben. Er war sehr unterhaltsam und wußte ungeheuer viel über alles, oder vielmehr über jeden, und er würde sie mitten ins Leben führen. Aber sie wünschte sich trotzdem nicht, ihn zu heiraten, und nachdem er gegangen war, überlegte sie, wenn sie so darüber nachdenke, wolle sie überhaupt niemanden heiraten. Also wäre es schließlich nicht schwer, Olive dieses Versprechen zu geben, und es würde ihr so viel Freude machen!

Siebzehntes Kapitel

Als Verena das nächste Mal mit Olive zusammenkam, erklärte sie ihr, sie sei bereit, das Versprechen zu geben, um das sie sie neulich abend gebeten habe; doch zu ihrer großen Überraschung antwortete ihr diese junge Frau mit einer Frage, die solche Übereilung hemmen sollte. Miss Chancellor erhob einen warnenden Finger; mit ihrem ganzen Wesen riet sie ab, fast so eindringlich, wie sie vorher gedrängt hatte; ihre leidenschaftliche Ungeduld schien anderen Rücksichten Platz gemacht zu haben, von der Resignation abgelöst worden zu sein, die sich bei eingehenderer Überlegung einstellt. In diesem Fall war sie in der Tat von solcher Bitterkeit gefärbt, wie sie einer jungen Dame verstattet war, die das Feuer eines großen Glaubens nährte.

»Wollen Sie jetzt gar kein Versprechen?« fragte Verena. »Aber, Olive, wie Sie Ihre Meinung wechseln!«

»Mein liebes Kind, Sie sind so jung – so ungewöhnlich jung. Ich bin tausend Jahre alt; ich habe Generationen, Jahrhunderte durchlebt. Was ich weiß, weiß ich aus Erfahrung; Sie wissen es kraft Ihres Vorstellungsvermögens. Damit ist vereinbar, daß Sie ein so frisches, aufgewecktes Geschöpf sind, wie Sie es eben sind. Ich vergesse dauernd den Unterschied zwischen uns – daß Sie noch ein reines Kind sind, wenn auch ein zu großen Dingen bestimmtes Kind. Neulich abend hatte ich es vergessen, aber inzwischen ist es mir wieder gegenwärtig geworden.

Sie müssen eine gewisse Phase durchmachen, und es wäre sehr unrecht von mir, sie unterdrücken zu wollen. Das ist mir jetzt alles klar; ich erkenne, daß es meine Eifersucht war, die da sprach – meine rastlose, hungrige Eifersucht. Davon habe ich viel zuviel; ich dürfte niemandem das Recht zu der Behauptung geben, das sei eine weibliche Eigenschaft. Ich verlange nicht Ihre Unterschrift; ich verlange nur Ihr Vertrauen – nur das, was daraus entspringt. Ich hoffe von ganzem Herzen, daß Sie nicht heiraten werden; aber wenn Sie nicht heiraten, darf es nicht aus dem Grunde geschehen, weil Sie es mir versprochen haben. Sie kennen meine Überzeugung – daß es eine edle Tat bedeutet, für einen großen guten Zweck ein Opfer zu bringen. Die Priester – wenn sie wahre Priester waren – haben nie geheiratet, und was Sie und ich vollbringen wollen, wovon wir träumen, verlangt uns eine Art Priestertum ab. Es käme mir äußerst armselig vor, wenn Freundschaft und Glaube und Nächstenliebe und die interessanteste Beschäftigung der Welt – wenn eine derartige Verbindung nicht für sich allein einen ausreichenden Lebenszweck darstellen sollte. Kein Mann, dem ich je begegnet bin, schert sich im tiefsten Herzen darum, was wir zu vollbringen suchen. Sie verabscheuen es; sie verachten es; sie werden versuchen, es auszustampfen, wenn sie können. O ja, ich weiß, daß es Männer gibt, die so tun, als läge ihnen daran; aber das sind keine wirklichen Männer, und ich wäre mir nicht einmal ihrer sicher! Bei jedem Mann, der überhaupt eines Blickes wert ist – bei ihm heißt es selbstverständlich Krieg gegen uns bis aufs Messer. Ich will damit nicht sagen, es gebe nicht einige männliche Wesen, die bereit wären, uns ein wenig zu begönnern, uns auf den Rücken zu klopfen und ein paar gemäßigte Zugeständnisse zu empfehlen; sogar zuzugeben, es gebe in der Tat zwei oder drei kleine Punkte, wo die Gesellschaft uns gegenüber nicht ganz gerecht gewesen sei. Aber jeder Mann, der vorgibt, unser Programm in toto zu akzeptieren, wie Sie und ich es verstehen, aus seinem eigenen freien Willen heraus, ehe er dazu gezwungen ist – ein solcher Mensch plant einfach einen Verrat an uns. Es gibt mehr als genug Herren, die Ihnen mit

Freuden den Mund stopfen würden, indem sie Sie küssen! Wenn Sie eines Tages ihrer Selbstsucht gefährlich werden, ihren festbegründeten Interessen, ihrer Unmoral – und ich bete täglich zum Himmel, meine liebe Freundin, daß es so kommen möge! –, wird es für einen von diesen eine großartige Sache sein, wenn er Ihnen einreden kann, daß er Sie liebt. Dann werden Sie sehen, was er mit Ihnen macht und wie weit seine Liebe ihn treibt! Es wäre ein böser Tag für Sie und mich und uns alle, wenn Sie ihm so etwas abnähmen. Wie Sie sehen, bin ich jetzt ganz ruhig; ich habe alles durchdacht.«

Verena hatte mit ernsten Augen zugehört. »Aber Olive, Sie sind ja selbst eine richtige Rednerin!« rief sie aus. »Sie würden mich weit übertreffen, wenn Sie aus sich herausgingen.«

Miss Chancellor schüttelte den Kopf mit einer Schwermut, der es nicht an Milde gebrach. »Ich kann mit *Ihnen* reden; aber das ist kein Beweis. Selbst die Steine auf der Straße – alle stummen Dinge der Natur – könnten eine Stimme finden, um mit Ihnen zu sprechen. Mir geht die Leichtigkeit ab; ich rede unbeholfen und gehemmt und trocken.« Wenn diese junge Dame nach einem Kampf mit Wind und Wogen der Gemütserregung in den ruhigen Strom einer gewissen hochgesinnten Sachlichkeit geriet, zeigte sie sich von der liebenswürdigsten Seite; sie fand einen Ton von Milde und Mitgefühl, eine sanfte Würde, eine heitere Weisheit, die die Wertschätzung jener bestätigten, die sie gut genug kannten, um sie zu mögen, und die Verena immer als etwas nahezu Erhabenes beeindruckten. Stimmungen dieser Art enthüllten sich jedoch nicht oft einer breiteren Öffentlichkeit; sie gehörten zu Miss Chancellors ganz privatem Leben. Eine solche Welle hatte sie derzeit ergriffen, und als sie nun an die Erläuterung der Inkonsequenz ging, die ihre Freundin so verwirrt hatte, nahm sie mit derselben Gelassenheit und Klarheit von ihrem Fehler Abstand als eine Frau, deren Selbsterforschung in dem gleichen Maße streng gewesen war wie ihre Abweichung eindeutig.

»Halten Sie mich nicht für wankelmütig, wenn ich sage, ich würde Ihnen lieber ohne Gelübde vertrauen. Ich schulde

Ihnen, ich schulde allen eine Entschuldigung für meine Unhöflichkeit und Grobheit im Haus Ihrer Mutter. Mir ging mit einem Mal auf – allein beim Anblick dieser jungen Männer –, wie preisgegeben Sie sind; und der Gedanke machte mich (in dem Moment) rasend. Ich sehe immer noch die Gefahr für Sie, aber ich sehe auch andere Dinge, und ich habe mein Gleichgewicht wiedergefunden. Sie brauchen Schutz, Verena – Sie müssen errettet werden; aber Ihre Sicherheit darf nicht darauf beruhen, daß Sie sich die Hände gebunden haben. Sie muß aus der Reifung Ihrer Wahrnehmungskraft erwachsen; daraus, daß Sie die Dinge von sich aus, aufrichtig und mit Überzeugung, in dem Licht sehen, in dem ich sie sehe; aus Ihrer eigenen Gefühlsgewißheit, daß für Ihr Werk Ihre Freiheit unabdingbare Voraussetzung ist und daß es für Sie und mich keine Freiheit gibt, außer wenn Sie standhaft *nicht* tun, worum man Sie oft genug bitten wird – und mich nie!« Bei diesen letzten Worten warf Miss Chancellor stolz den Kopf zurück, was nicht ohne Pathos war. »Versprechen Sie nichts, versprechen Sie nichts!« fuhr sie fort. »Es wäre mir viel lieber, Sie täten es nicht. Aber lassen Sie mich nicht im Stich – lassen Sie mich nicht im Stich, sonst sterbe ich!«

Ihre Art, ihre Inkonsequenz wiedergutzumachen, war ganz und gar weiblich: sie wünschte eine Gewißheit zu erlangen und gleichzeitig ein Gelöbnis abzuwehren, und sie hätte Verena nur zu gern in den Genuß jener Freiheit versetzt, die so wichtig für sie war, indem sie sie daran hinderte, sie in einer bestimmten Richtung auszuüben. Das Mädchen stand jetzt gänzlich unter ihrem Einfluß; es gab bei ihr verborgene Ablenkungen durch so manche stille Neugier – sich selbst überlassen, dachte sie nicht ständig an das Elend der Frauen; doch Olives Ton übte einen Zauber auf sie aus, und im weiteren Horizont ihrer Gefährtin, ihrer erhabenen Einsicht fand sie etwas, dem sich zumindest ein Teil ihres Wesens begierig zuwandte. Miss Chancellor war philosophisch und historisch bewandert; oder doch schien es Verena so, die spürte, daß man mittels einer solchen Verbindung das ganze Leben zumindest geistig beherrschen könnte. Und da gab es noch einen simpleren Impuls; Verena wünschte ihr zu gefallen, und wäre es nur, weil sie solche Angst davor hatte, ihr zu mißfallen. Olives Äußerungen des Mißfallens, der Enttäuschung, der Mißbilligung waren tragisch, wahrhaft denkwürdig; sie wurde dabei kreideweiß, vergoß in der Regel nicht viele Tränen, wie mindere Frauen es tun (sie weinte, wenn sie zornig war, nicht, wenn sie sich verletzt fühlte), sondern hinkte und keuchte innerlich, als hätte sie eine Wunde empfangen, die sie ihr Leben lang mit sich herumtragen würde. Andererseits waren ihre Äußerungen des Lobes, der Zufriedenheit mild wie der Westwind; und sie besaß dieses allerseltenste Merkmal der Großmut, daß sie Dankesschulden liebte, sofern sie ihr nicht von Männern auferlegt wurden. Dann allerdings nahm sie sie kaum zur Kenntnis. Nach ihrer Meinung standen die Männer im allgemeinen so sehr in der Schuld des anderen Geschlechts, daß jede einzelne Frau ein unbegrenztes Guthaben bei ihnen besitze; das gemeinschaftliche weibliche Konto konnte sie unmöglich überziehen. Die unerwartete Besonnenheit ihrer Auslassungen zu dem Thema, wie weit Verena für den ehelichen Irrweg empfänglich sei, schienen dem Mädchen von antiker Schönheit zu sein, eine von weltlichen Elementen geläuterte Weisheit; sie ließ sie an Eigenschaften denken, würdig einer Elektra oder Antigone. Um so mehr wünschte sie, etwas zu tun, das Olive Freude bereiten würde; und entgegen dem Rat ihrer Freundin erklärte sie, sie würde gern das Versprechen geben. »Ich will jedenfalls versprechen, keinen der Herren zu heiraten, die bei uns zu Hause waren«, sagte sie. »Das schienen diejenigen zu sein, vor denen Sie sich hauptsächlich fürchteten.«

»Sie versprechen mir, niemanden zu heiraten, den Sie nicht mögen«, antwortete Olive. »Das wäre ein großer Trost!«

»Aber ich mag Mr. Burrage und Mr. Gracie!«

»Und Mr. Matthias Pardon? Was für ein Name!«

»Nun ja, er versteht es, sich beliebt zu machen. Er kann einem alles sagen, was man wissen möchte.«

»Sie meinen wohl, alles, was man nicht wissen möchte! Nun,

wenn Sie sie sämtlich mögen, habe ich absolut nichts dagegen. Nur eine besondere Vorliebe würde ich beunruhigend finden. Ich habe überhaupt keine Angst, daß Sie einen abstoßenden Mann heiraten könnten; ein anziehender würde Ihnen gefährlich werden.«

»Ich höre mit Freude, daß Sie zugeben, daß manche doch anziehend sind!« rief Verena mit dem heiteren Lachen, das ihre Verehrung für Miss Chancellor noch nicht ausgelöscht hatte. »Manchmal scheint es, als gebe es überhaupt keine, die Ihnen gefallen könnten!«

»Ich kann mir einen Mann vorstellen, der mir sehr gut gefallen könnte«, antwortete Olive nach einer kurzen Pause.

»Aber die Männer, die ich vor mir sehe, gefallen mir nicht. Sie sind für mich erbärmliche Geschöpfe.« Und wirklich war ihr vorherrschendes Gefühl ihnen gegenüber eine Art kalter Verachtung; sie hielt die meisten für hinterhältig und rabiat. Nachdem Verena mit ihrer üblichen Fügsamkeit der optimistischen Behauptung ihrer Gefährtin zugestimmt hatte, ihr Geschmack an abendlichen Besuchen von College-Studenten und Journalisten stelle eine »Phase« dar und werde sich folglich mit zunehmender geistiger Reife legen, endete das Gespräch mit der Bemerkung Verenas, ob nun die Ungerechtigkeit der Männer eine zufällige Eigenschaft oder eine ihrer Wesenseigentümlichkeiten sei, sie jedenfalls müßte sich gewaltig ändern, ehe sie den Wunsch hätte zu heiraten.

Etwa Mitte Dezember empfing Miss Chancellor Matthias Pardon, der mit der Frage zu ihr gekommen war, was sie mit Verena vorhabe. Sie hatte ihn nie zu sich eingeladen, und das Auftauchen eines Herrn, dessen Wunsch, sie zu sehen, so unbezähmbar war, daß er sich solche Präliminarien ersparte, war in ihrem Leben ein zu seltenes Ereignis, als daß es sie hätte Gleichmut lehren können. Sie fand, Mr. Pardon nehme sich mit seinem Besuch eine Freiheit heraus; doch falls sie gehofft hatte, ihm das zu verstehen zu geben, indem sie es unterließ, ihn zum Platznehmen aufzufordern, so hatte sie sich gewaltig geirrt, denn er grub ihr das Wasser ab, indem er selbst ihr einen Stuhl anbot. In seinem Benehmen drückte sich so viel Gastfreundschaft aus, daß es für sie beide ausreichte, und sie war genötigt, sich, auf dem Rand ihres Sofas sitzend (wenigstens konnte sie sich hinsetzen, wo sie wollte), seine ungewöhnliche Erkundigung anzuhören. Natürlich war sie nicht verpflichtet, darauf zu antworten, und wirklich verstand sie sie kaum. Er erklärte, der Anlaß sei das starke Interesse, das er an Miss Verena nehme; doch das machte seine Anfrage kaum begreiflicher, da ein solches Gefühl seinerseits ein so eigenartiges Gemisch darstellte. Ihn hüllte eine Art Glasur aus guter Laune ein, die bewies, daß ihm der Mangel an Feingefühl von Berufs wegen eigen war; und er forschte nach Enthüllungen der vie intime seiner Opfer mit dem milden Selbstvertrauen eines Modearztes, der Symptome erfragt. Er verlangte zu wissen, was Miss Chancellor vorhabe, denn falls sie nichts vorhabe, spiele er mit dem Gedanken – den er ihr nicht verhehlen wolle –, selbst in das Unternehmen einzusteigen. »Sehen Sie, was ich wissen möchte, ist folgendes: Sind Sie der Ansicht, daß sie Ihnen gehört oder daß sie den Menschen gehört? Wenn sie Ihnen gehört, warum bringen Sie sie nicht heraus?«

Er hatte nicht die Absicht und nicht das Empfinden, unverschämt zu sein; er wollte nur mit Miss Chancellor in aller Freundschaft über die Angelegenheit sprechen. Ihm war natürlich klar, daß sie sich höchstwahrscheinlich nicht freundschaftlich verhalten werde, doch hatte ihn bislang noch keine derartige Aussicht davon abgeschreckt, sich mit einer seiner Ansicht nach auf Hochglanz polierten Außenhaut zu präsentieren; es bestand stets die größere Chance seiner Durchsetzungsfähigkeit und der Majestät der »großen Tageblätter«. In der Tat setzte er so viele Dinge als selbstverständlich voraus, daß Olive sprachlos blieb, während sie sie musterte; und um sich eines in seinen Augen günstigen Eröffnungszuges zu bedienen, wollte er ganz offen sein. Er erinnerte sie daran, daß er Miss Verena eine ganze Weile länger kenne als sie; im vorigen Winter sei er (wenn er einen Abend frei hatte) nach Cambridge hinausgefahren, als das Thermometer zehn Grad unter Null zeigte. Er habe Verena schon immer als anziehend empfunden, doch erst in letzter Zeit seien ihm die Augen ganz aufgegangen. Ihr Talent sei gereift, und jetzt könne er sie ohne Zögern großartig nennen. Miss Chancellor möge sich ausmalen, ob er, als alter Freund, eine so schöne Entfaltung mit Gleichmut betrachten könne. Verena würde die Menschen faszinieren, so wie sie sie (Miss Chancellor) fasziniert habe und, falls er das hinzufügen dürfe, auch ihn selbst. Tatsache sei, sie sei eine Trumpfkarte, und jemand sollte sie ausspielen. Noch nie habe eine attraktivere Rednerin vor der amerikanischen Öffentlichkeit gestanden; sie werde glatt an Mrs. Farrinder vorbeiziehen, und Mrs. Farrinder wisse das. Zweifellos sei Raum für beide, sie hätten einen so verschiedenen Stil; was er jedenfalls zu beweisen wünsche, sei, für Miss Verena gebe es Raum genug. Sie brauche keine weitere Einstimmung, sie brauche nur noch hervorzutreten. Überdies habe er das Gefühl, ein Herr, der sie zum Erfolg führe, werde ihre Wertschätzung gewinnen; womöglich würde er sie noch mächtiger anziehen – wer könne das sagen? Sofern Miss Chancellor sie dauerhaft an sich binden wolle, sollte sie sie unverzüglich herausbringen. Nach dem, was Miss Verena ihm erzählt habe, schließe er, sie wolle sie das Thema noch eine Weile studieren, sie eine Art Kursus durchlaufen lassen. Also, er könne ihr versichern, keine Vorbereitung sei so gut, wie einfach da unten ein paar hundert Menschen vor sich zu sehen, die ihr Geld dafür entrichtet haben, daß man ihnen etwas vorträgt. Miss Verena sei ein Naturtalent, und er hoffe wirklich sehr, Miss Chancellor werde ihr nicht ihre Natürlichkeit nehmen. Sie könne ja nebenher weiterstudieren; sie besitze die eine große Gabe, die man mittels Studien nicht erwerben könne, eine Art höherer Eingebung, wie die Alten zu sagen pflegten, und sie sollte lieber einfach damit anfangen. Er wolle nicht leugnen, wie es um *ihn* bestellt sei; er stehe ganz in ihrem Bann, und auf Grund seiner Bewunderung wolle er sie da sehen, wo sie hingehöre. Es wäre ihm nicht so wichtig, wie sie dahin gelange, doch es würde zweifellos seine Freude mehren, wenn er sie zu ihrem Platz hinaufgeleiten könne. Wolle ihm Miss Chancellor daher nur folgendes mitteilen: Wie lange gedenke sie sie noch zurückzuhalten; wie lange gedenke sie einen bescheidenen Bewunderer warten zu lassen? Natürlich sei er nicht hergekommen, um sie ins Kreuzverhör zu nehmen; eines hoffe er allezeit zu vermeiden; sofern er indiskret sei, wolle er das genau wissen. Er sei mit einem eigenen Angebot gekommen, und er hoffe, dieses sei eine hinlängliche Rechtfertigung seines Besuchs. Wäre Miss Chancellor bereit, die – hm – nun, er könne es Verantwortung nennen, mit ihm zu teilen? Könnten sie Miss Verena nicht gemeinsam betreuen? In diesem Falle kämen alle zu ihrem Recht. Sie könne als ihre Begleiterin mit ihr umherreisen, und er würde dafür sorgen, daß das amerikanische Volk herbeiströmte. Wenn Miss Chancellor sie nur ein wenig losließe, würde er sich um das übrige kümmern. Er verlange keinen Vorteil; er brauche sie nur für etwa eine und eine halbe Stunde an drei oder vier Abenden in der Woche.

Olive hatte im Laufe dieses Appells Zeit genug, ihre Kräfte zu sammeln, sich zu fragen, auf welche Weise sie diesem erstaunlichen jungen Mann zu verstehen geben könne, wie verächtlich sie sein Angebot fand, sich zu einer Gesellschaft zu vereinigen, um aus Verena Profit herauszuschlagen. Bedauerlicherweise war die sarkastischste Frage, die ihr als Erwiderung einfiel, auch die nächstliegende, so daß er nur einen Augenblick mit der Antwort zögerte, nachdem sie ihn gefragt hatte, wie viele tausend Dollar er zu verdienen gedenke.

»Für Miss Verena? Das hängt von der Zeit ab. Sie dürfte zehn Jahre laufen, mindestens. Ich kann es erst überschlagen, wenn aus allen Staaten Nachrichten vorliegen«, sagte er lächelnd.

»Ich meine nicht für Miss Tarrant, ich meine für Sie«, gab Olive zurück, mit dem Eindruck, sie blicke ihm fest in die Augen.

»Ach, so viel Sie mir übriglassen wollen!« antwortete Matthias Pardon mit einem Lachen, in dem die ganze und mehr als die ganze Scherzhaftigkeit der amerikanischen Presse zum Ausdruck kam. »Im Ernst«, fügte er an, »ich will kein Geld damit machen.«

»Was wollen Sie dann?«

»Nun, ich will Geschichte machen! Ich will den Damen helfen.«

»Den Damen?« murmelte Olive. »Was verstehen Sie von Damen?« wollte sie gerade fortfahren, als seine geschwinde Reaktion sie unterbrach.

»In der ganzen Welt. Ich möchte für ihre Emanzipation arbeiten. Ich betrachte das als die große Frage der Neuzeit.«

Miss Chancellor stand jetzt auf; das war nun wohl doch zu stark. Ob sie mit dem, was sie versuchte, schließlich Erfolg hatte, wird der Leser ihrer Geschichte beurteilen; doch in diesem Augenblick besaß sie nicht jene Gewißheit des Erfolges, die der Bereitschaft innewohnt, sich jede sich bietende Hilfe zunutze zu machen. Solcherart ist die Strafe dafür, von wählerischem, verschlossenem, kompromißlosem Wesen zu sein; die Dinge nicht einfach und klar zu sehen, sondern in verqueren Wechselbeziehungen, als Geflecht miteinander verwickelter Fäden. Unserer jungen Dame schien es, nichts könne weniger verlockend sein, als ihre Emanzipation einem Typ wie Matthias Pardon zu verdanken; und es ist eigenartig, daß jene Eigenschaften, die er mit Verena gemeinsam hatte und die Olive an ihr romantisch und rührend erschienen – daß sie aus dem »Volk« stammte, mit der Armut bekannt war, eine Entwicklung von der Hand in den Mund durchgemacht hatte und Erfahrungen mit der Schattenseite des Lebens besaß –, in keiner Weise dazu beitrugen, Miss Chancellor zu besänftigen. Ich nehme an, es lag daran, daß er ein Mann war. Sie erklärte ihm, sie sei ihm für sein Angebot sehr verbunden, doch offensichtlich verstehe er sie und Verena nicht. Nein, nicht einmal Miss Tarrant, trotz seiner langen Bekanntschaft mit ihr. Sie hätten nicht das Verlangen, in aller Munde zu sein; sie wollten sich nur nützlich machen. Sie hätten nicht den Wunsch, Geld zu verdienen; für Miss Tarrant würde immer reichlich Geld vorhanden sein. Gewiß, sie solle an die Öffentlichkeit treten, und die Welt werde ihr zujubeln und an ihren Lippen hängen; doch plumpe, überstürzte Aktionen seien das, was sie beide am wenigsten wünschten. Die Veränderungen in der furchtbaren Lage der Frauen seien nicht einfach eine Frage für heute oder morgen, sondern für viele zukünftige Jahre; und es gebe noch sehr viel zu bedenken und zu planen. In einem Punkt seien sie fest entschlossen – die Männer sollten sie nicht schmähen können, sie wären oberflächlich. Wenn Verena in Erscheinung trete, dann in jeder Hinsicht gewappnet wie die Jungfrau von Orleans (diese Analogie hatte in Olives Phantasie Fuß gefaßt); sie solle über Fakten und Zahlen verfügen; sie solle den Männern auf ihrem eigenen Feld entgegentreten können. »Was wir tun wollen, wollen wir richtig tun«, eröffnete Miss Chancellor ihrem Besucher mit erheblicher Strenge; sie überließ es ihm, das in dem Maße auf sich zu beziehen, wie er Lust hatte.

Diese Ankündigung bot ihm wenig Trost; er fühlte sich enttäuscht und entmutigt – ihm war regelrecht übel. Konnte einem nicht übel werden, wenn man sie von diesem trostlosen Prozeß der Vorbereitung reden hörte? – als scherte sich irgend jemand darum und wüßte, ob Verena vorbereitet war oder nicht! Setze Miss Chancellor denn kein Vertrauen in ihren mädchenhaften Reiz? Wisse sie denn nicht, welche Trumpfkarte dieser bedeute? Das war die letzte Frage, zu der ihm Miss Chancellor Gelegenheit gab. Sie erklärte, sie könnten ewig so weiterreden, ohne sich einig zu werden – ihre Standpunkte seien zu weit voneinander entfernt. Außerdem sei es eine Frauenfrage; was sie wollten, sei für Frauen bestimmt, und es solle durch Frauen geschehen. Es war dem jungen Matthias mehr als einmal zugestoßen, daß man ihm den Weg zur Tür wies, doch der Rückzugspfad war ihm bisher noch nie so unangenehm erschienen. Er war von Natur aus gutmütig, aber es war ihm bislang noch nicht widerfahren, daß man ihn merken ließ, er stelle keinen Faktor der Gegenwartsgeschichte dar und könne keiner sein: hier war eine raffsüchtige Frau, die diesen vorteilhaften Rahmen sich selbst vorzubehalten gedachte. Er ließ sie wissen, sie sei ganz und gar egoistisch, und wenn es ihr beliebe, jene schöne Natur einfach ihren vorsintflutlichen Theorien und ihrem Machthunger zu opfern, werde eine wachsame Tagespresse – deren Aufgabe es sei, jegliches Unrecht zu enthüllen – von ihr Rechenschaft fordern. Sie gab zurück, wenn es den Zeitungen beliebe, sie zu beschimpfen, so sei das deren Angelegenheit; auf eine Schmach mehr, die man dem weiblichen Geschlecht in ihrer Person antue, komme es nicht mehr an. Und nachdem er sie verlassen hatte, war ihr, als sähe sie den ersten Schimmer des herandämmernden Erfolges; die Schlacht hatte begonnen – und etwas von der Verzückung des Martyriums.

Achtzehntes Kapitel

Eine Woche danach erzählte ihr Verena, Mr. Pardon wünsche sich so sehr, daß sie ihm verspreche, ihn zu heiraten; und mit sichtlicher Freude, ihr eine so angenehme Neuigkeit melden zu können, fügte sie hinzu, sie habe sich geweigert, etwas dergleichen zu versprechen. Sie meinte, jetzt endlich müsse Olive an sie glauben; denn der Antrag war reizvoller, als Miss Chancellor zu erfassen schien. »Er stellt die Dinge wirklich in verführerischem Licht dar«, erklärte Verena; »er sagt, wenn ich seine Frau sei, werde mich eine Kraft der Erregung mitreißen, von der ich derzeit noch keine Ahnung hätte. Wenn ich ihn heirate, wache ich auf und bin berühmt; ich brauche nur meine Gefühle zu verströmen, und er kümmert sich um das übrige. Er sagt, jede Stunde meiner Jugend sei für mich kostbar, und wir hätten bestimmt viel Spaß daran, durch das Land zu reisen. Ich glaube, Sie sollten zugeben, daß das alles recht verführerisch ist – denn ich bin nicht von Natur aus so konzentriert wie Sie.«

»Er verspricht Ihnen Erfolg. Was nennen Sie Erfolg?« erkundigte sich Olive, ihre Freundin mit einer gewissermaßen heilsamen Kälte musternd – einer zeitweiligen Aussetzung der Sympathie –, die Verena inzwischen wohlvertraut war (wenn sie ihr auch nicht besser gefiel als zu Anfang) und die den Gunstbeweis um so wärmer machte, wenn der Gunstbeweis folgte.

Verena überlegte einen Augenblick, dann antwortete sie lächelnd, doch mit Zuversicht: »Druck auszuüben, der sich als unwiderstehlich erweist. Durchzusetzen, daß vom Kongreß und den gesetzgebenden Körperschaften der Staaten bestimmte Gesetze widerrufen und andere angenommen werden.« Sie rasselte die Worte herunter, als wären sie Teil eines auswendig gelernten Katechismus, während Olive erkannte, daß dieser mechanische Ton als Scherz aufzufassen war, den sie sich nicht versagen konnte; sie hatten diese Definition schon so oft durchgekaut, und Miss Chancellor hatte so oft Gelegenheit gehabt, sie daran zu erinnern, was Erfolg *wirklich* war. Natürlich war ihr jetzt ganz leicht zu beweisen, daß Mr. Pardons blinkender Köder etwas gänzlich anderes war; eine bloße hinterhältige Verlockung, eine Bestechung, adressiert an Eitelkeit und Ungeduld, ein arglistiger Plan, um sie zu bewegen, sich herzugeben – und gleichzeitig seine Taschen zu füllen. Olive erkannte an dem Mädchen durchaus den Mangel an Beständigkeit; sie hatte schon vorher beobachtet, daß sie zuzeiten leidenschaftlich ernsthaft sein konnte und dann auf widersinnige, wenn auch arglose Weise oberflächlich – wie eben jetzt, da sie offenbar eine ihrer heiligsten Formeln in einen Scherz verwandeln wollte. Sie hatte jedoch schon klar erfaßt, es sei nicht so wichtig, daß Verena ihr ganz genau gliche; sie bestand ganz aus einem Stück und Verena aus vielerlei Stücken, die da, wo sie sich zusammenfügten, kleine kapriziöse Risse aufwiesen, durch die manchmal von innen spöttische Lichter zu schimmern schienen. Es gehörte zu Verenas im Vergleich zu ihr andersartiger Beschaffenheit, daß sie Mr. Pardons Verheißung immerwährender Hektik als eine herrliche Sache empfand, tatsächlich Mr. Pardon überhaupt mit Toleranz betrachtete. Doch Olive gab sich von neuem Mühe, solche Verirrungen einer Phase der Jugend und vorstädtischer Kultur zugute zu halten; um so mehr, als Verena ihr, noch wenn sie sich die größte Mühe gab, den Vorwurf machte – soweit Verenas unverbesserliche Sanftmut eines Vorwurfs fähig war –, sie halte ihr zu wenig zugute. Olive verstand offenbar nicht, daß sie, während Matthias Pardon ihr dieses Bild ausmalte und ihre Hand zu halten versuchte (dieses Gleichnis war nicht geglückt), einen einzigen langen, hingerissenen, wehmütigen Blick durch die von ihm geöffnete Tür auf den glänzenden Tumult der Welt hinaus geworfen und sich dann abgewendet hatte, allein um ihrer Freundin willen, um sich einer strengeren Probezeit und einem reineren Bemühen zu widmen; will sagen, allein um ihrer Freundin und der ganzen versklavten Schwesternschaft willen. Die Tatsache blieb jedenfalls bestehen, daß Verena ein Opfer gebracht hatte; und nach einer Weile schenkte dieser Gedanke Olive ein größeres Gefühl der Sicherheit. Er schien beinahe die Zukunft zu besiegeln; denn Olive wußte, der junge Interviewer werde sich nicht leicht abschütteln lassen, und doch war sie überzeugt, Verena werde ihm nie nachgeben.

Es traf zu, daß Mr. Burrage derzeit sehr oft in das kleine Haus in Cambridge kam; Verena erzählte Olive davon, erzählte ihr so viel, daß es fast so gut wie alles war. Er kam jetzt ohne Mr. Gracie; er fand den Weg allein, und er wollte offenbar, daß niemand anders dabei sei. Er hatte sich so bei ihrer Mutter eingeschmeichelt, daß sie fast immer aus dem Zimmer ging; das war für Mrs. Tarrant der höchste Beweis ihrer Wertschätzung für einen »Herrenbesuch«. Sie wußten mittlerweile alles über ihn; daß sein Vater tot war, seine Mutter höchst vornehm und prominent und er selbst im Besitz eines stattlichen väterlichen Erbes. In New York hielt man große Stücke auf ihn. Er sammelte schöne Dinge, Gemälde und Antiquitäten und andere Gegenstände, die er extra aus Europa kommen ließ und die in großer Zahl auch in seiner Wohnung in Cambridge untergebracht waren. Er besaß Gemmen und spanische Altartücher und Zeichnungen von der Hand der alten Meister. Er unterschied sich von den meisten anderen; er schien das Leben in vollen Zügen genießen zu wollen und glaubte offenbar, das könne man mühelos, wenn man sich nur treiben lasse. Freilich – danach zu urteilen, was er besaß – meinte er anscheinend, man brauche zahllose Dinge, um auszukommen. Und dann erzählte Verena Olive – diese nahm wahr, daß es nach einem kurzen Zögern geschah –, er würde es gern sehen, wenn sie in seine Wohnung käme und sich seine Schätze ansähe. Er wolle sie ihr zeigen, er sei sich ganz sicher, daß sie ihr gefallen würden. Verena war sich auch sicher, aber sie mochte nicht allein gehen, und sie wollte gern, daß Olive mitkomme. Es würde Tee geben, es kämen auch noch andere Damen, und Olive müsse ihr sagen, was sie von einem Leben halte, das mit Schönheit so reich gesättigt sei. Miss Chancellor machte sich über all das ihre Gedanken, und die erste Überlegung war, es sei ein Glück für sie, daß sie beschlossen hatte, diese Zwischenfälle zunächst hinzunehmen, denn hätte sie sonst nicht eine tiefere Beunruhigung verspürt? Sie wünschte inbrünstig, eingebildete junge Männer mit viel freier Zeit würden Verena in Ruhe lassen; doch offensichtlich taten sie das nicht, und ihre größte Sicherheit bestand darin, mit allen, die in Erscheinung traten, Umgang zu pflegen. Wenn der Typ häufiger auftrete, würde sie ihn sehr bald beurteilen. Wäre Olive nicht so ernst gesinnt gewesen, hätte sie ein Lächeln für den Freimut übriggehabt, mit dem das Mädchen sich diese Theorie zu eigen machte. Beflissen gab sie die Erläuterung, Mr. Burrage scheine durchaus nichts derartiges im Auge zu haben wie der arme Mr. Pardon; er bewege sie weitaus mehr dazu, über ihre Ansichten zu sprechen, als jener Herr, gebe aber durch nichts zu erkennen, daß er sich entweder als Ehemann oder als Vortragsagent anbieten wolle. Am weitesten sei er bisher gegangen, als er ihr erklärte, er schätze sie aus dem gleichen Grund, aus dem er alte Emailarbeiten und alte Stickereien schätze; und als sie erwiderte, sie verstehe nicht, inwiefern sie solchen Dingen gleiche, habe er geantwortet, weil sie so ungewöhnlich und so zart sei. Sie mochte ja ungewöhnlich sein, aber sie habe gegen die Idee protestiert, sie sei zart; das sei das letzte, wofür sie gehalten werden wolle; und Olive könne daraus ersehen, wie weit sie davon entfernt sei, allem zuzustimmen, was er sage. Als Miss Chancellor fragte, ob sie Mr. Burrage achte (und wie ernst Olive dieses Wort klingen lassen konnte, wußte sie mittlerweile), antwortete sie mit ihrem lieblichen, selbstgefälligen Lachen, doch offenbar mit voller Überzeugung, es habe nichts zu bedeuten, ob sie ihn achte oder nicht, denn sei das Ganze nicht einfach eine Phase – eben das, worüber sie gesprochen hätten? Je eher sie es durchmachte, um so besser, nicht wahr? – und sie schien zu glauben, ihr Durchgang werde durch einen Besuch in Mr. Burrages Wohnung wesentlich beschleunigt. Wie ich sagte, beliebte es Verena, die Phase als durchaus unvermeidlich anzusehen, und sie hatte Olive mehr als einmal erklärt, wenn ihr Kampf sich gegen die Männer richten solle, so sei es desto besser, je mehr sie über diese wüßten. Miss Chancellor fragte sie, weshalb ihre Mutter sie nicht begleiten sollte, um sich die Raritäten anzusehen, da sie erwähnte, deren Besitzer habe es nicht versäumt, Mrs. Tarrant einzuladen; und Verena sagte, das wäre natürlich das einfachste – nur wäre ihre Mutter nicht imstande, ihr so gut wie Olive zu raten, ob sie Mr. Burrage achten solle. Diese Entscheidung, ob Mr. Burrage Achtung verdiene, nahm bei diesen zwei bemerkenswerten jungen Frauen, deren Leben auf eine so hohe moralische Tonart abgestimmt war, die Proportionen eines folgenschweren Ereignisses an. Olive schrak anfangs davor zurück, sich dem zu stellen – freilich nicht der Entscheidung, denn wir wissen, daß ihr Urteil darüber längst gefällt war, wieviel Wertschätzung so gut wie jedem Angehörigen des anderen Geschlechts gebühre –, vielmehr dem Ereignis selbst, denn falls Mr. Burrage sie noch stärker gegen sich aufbringen sollte, könnte sie das der Gefahr aussetzen, in Verenas Augen ihm gegenüber ungerecht zu erscheinen. Es war ihre Überzeugung, daß er ein raffinierteres Spiel trieb als der junge Matthias, und sie war nur zu bereit, ihn gut zu beobachten; doch sie hielt es für klug, die Phase (sie übernahm diese Bezeichnung) nicht vorzeitig abkürzen zu wollen – ein Vorwurf, dem sie sich aussetzen könnte, wenn sie den jungen Kunstkenner ohne weiteren Verzug »abblitzen« ließe, wie Verena sich ausdrückte.

Es wurde daher beschlossen, Mrs. Tarrant solle gemeinsam mit ihrer Tochter Mr. Burrages Einladung annehmen; und wenige Tage darauf statteten diese Damen seiner Wohnung einen Besuch ab. Verena hatte hinterher selbstverständlich viel darüber zu sagen, doch sie verbreitete sich noch mehr über die Eindrücke ihrer Mutter als über ihre eigenen. Mrs. Tarrant hatte einen Vorrat hinweggetragen, der ihr über den ganzen Winter reichen würde; mehrere Damen aus New York waren dagewesen, die derzeit »tonangebend« waren, und der Gedankenaustausch mit ihnen hatte eine Fülle von Empfindungen in ihr ausgelöst. Sie hatte allen erklärt, sie würde sich glücklich schätzen, sie in ihrem Heim begrüßen zu können, doch bisher waren sie noch nicht vorsichtig die schmalen Bretter des Vorplatzes entlanggeschritten. Mr. Burrage jedenfalls sei reizend gewesen und habe ungemein interessant über seine Sammlungen gesprochen, die ganz wunderbar seien. Verena neige zu der Meinung, er verdiene Achtung. Er gebe zu, daß er in Wirklichkeit überhaupt nicht Jura studiere; er sei nur der Form halber nach Cambridge gekommen; doch sie sehe nicht ein, weshalb das nicht genügen solle, wenn man sich dermaßen angenehm mache. Sie ging so weit, Olive zu fragen, ob Geschmack und Kunst nicht auch etwas gälten, und ihre Freundin konnte erkennen, daß sie zweifellos ungemein tief in der Phase befangen war. Miss Chancellor hatte natürlich ihre Antwort parat. Geschmack und Kunst seien gut, wenn sie den Horizont weiteten, nicht, wenn sie ihn einengten. Verena stimmte dem zu und meinte, es bleibe noch festzustellen, welche Wirkung sie auf Mr. Burrage ausgeübt hätten – eine Bemerkung, die Olive fürchten ließ, bei solchem Fortgang werde noch viel festzustellen sein, besonders als Verena ihr später eröffnete, ein weiterer Besuch in der Wohnung des jungen Mannes sei geplant, und diesmal müsse sie mitkommen, da er dem brennendsten Wunsch nach dieser Ehre Ausdruck gegeben habe und ihr eigener Wunsch noch brennender sei, sich gemeinsam mit ihr einige seiner schönen Sachen anzusehen.

Ein oder zwei Tage danach gab Mr. Henry Burrage seine

Karte an Miss Chancellors Tür ab, dazu einen Brief, in dem er die Hoffnung aussprach, sie werde zu ihm zum Tee kommen, und zwar an einem bestimmten Tag, an dem er den Besuch seiner Mutter erwarte. In Übereinstimmung mit Verena nahm Olive diese Einladung an; dabei befand sie sich jedoch in der für sie ungewohnten Lage, nicht ganz zu verstehen, was diese sich dabei dachte. Es kam ihr seltsam vor, daß Verena sie zu diesem Schritt drängte, da es ihr doch freistand, ohne sie zu gehen, und das bewies zweierlei: erstens, daß sie stark an Mr. Henry Burrage interessiert war, und zweitens, daß sie einen außergewöhnlich guten Charakter besaß. Konnte letztlich etwas weniger heimlichtuerisch sein als eine solche Gleichgültigkeit gegenüber allem, was ihr die besten Gelegenheiten zu einem Flirt geboten hätte? Verena wollte die Wahrheit wissen, und es war klar, daß sie mittlerweile glaubte, Olive Chancellor habe sie zum größten Teil in Verwahrung. Ihr Drängen bewies deshalb vor allem, daß ihr mehr an der Meinung ihrer Freundin über Henry Burrage lag als an ihrer eigenen – unbedingt ein mahnender Hinweis auf die Verantwortung, die Olive auf sich genommen hatte, als sie daranging, dieses edle junge Gemüt zu bilden, und auf die erhabene Stellung, die sie nun darin einnahm. Solche Offenbarungen hätten sie befriedigen müssen; wenn das nicht ganz und gar der Fall war, so nur, weil das ältere Mädchen bedauerte, daß der Gegenstand, hinsichtlich dessen ihr Urteil verlangt wurde, ein junger Mann sein sollte, dem die schlimmsten Laster abgingen. Henry Burrage hatte an jenem Abend, als Miss Chancellor ihn bei Mrs. Tarrant kennenlernte, dazu beigetragen, sie in »Zustände« zu versetzen, wie diese jungen Damen es nannten; nichtsdestoweniger hatten unsichtbare Stimmen Olive zugetragen, er sei ein Gentleman und ein guter Kerl.

Dies wurde schmerzhaft deutlich, als der Besuch in seiner Wohnung stattfand; er war so gutgelaunt, so amüsant, so freundlich und rücksichtsvoll, so aufmerksam gegenüber Miss Chancellor, er machte in seinem Junggesellennest so ungezwungen und elegant die Honneurs, daß Olive zeitweise stumm dasaß und ihr Gewissen schüttelte wie eine Uhr, die nicht gehen wollte, um es dazu zu bewegen, ihr einen besseren Grund aufzuzeigen, weshalb sie ihn nicht mögen sollte. Sie erkannte, es würde keine Schwierigkeiten bereiten, seine Mutter nicht zu mögen; aber bedauerlicherweise würde das ihrem Ziel längst nicht so gut dienen. Mrs. Burrage war gekommen, um ein paar Tage in der Nähe ihres Sohnes zu verbringen; sie wohnte in einem Hotel in Boston. Olive wurde bewußt, daß es nach dieser gastlichen Aufnahme ein Akt der Höflichkeit wäre, bei ihr Besuch zu machen; doch hierzu hatte sie wenigstens den Trost, daß sie sich mit der dem Bostoner Temperament gewährten Generalabsolution decken und sie links liegenlassen konnte. Es war freilich etwas ärgerlich, daß Mrs. Burrage so sehr New Yorkerin war, daß sie es gar nicht weiter zur Kenntnis nehmen würde, ob eine Bostonerin Besuch machte oder nicht; aber vermutlich gibt es sogar an der süßesten Rache stets eine Unvollkommenheit. Sie war eine Dame der Gesellschaft, groß und korpulent, weiß (von Teint) und regelrecht häßlich, sah aus, als müßte sie langweilig und ziemlich schwerfällig sein, enttäuschte jedoch diese Erwartung durch eine rasche, belustigte Äußerung, ein kurzes, gescheites, gleichsam abschließendes Lachen, mit dem sie den Witz (worum er auch immer ging) ein für allemal abzutun schien, und einer Miene, als erfasse sie unverzüglich alles, was sie sah und hörte. Sie war es sichtlich gewöhnt zu reden und sogar zuzuhören, sofern man sie nicht zu lange auf Einzelheiten und Einfügungen warten ließ; sie war sozusagen nicht stetig, aber rasch bei der Sache, und es war zu erkennen, daß sie Erläuterungen verabscheute, auch wenn zu vermuten war, daß sie von ihnen nichts zu befürchten hatte. Ihre Gunstbezeigungen waren allgemeiner Natur, nicht auf einzelne gerichtet; sie begegnete allen recht höflich, aber nicht in jedem Falle gewinnend, und durchaus kontaktoffen, ohne vertraulich zu werden wie die Bostoner, wenn sie (in Momenten des Überschwangs) deutlich machen möchten, daß sie nicht mißtrauisch sind. In ihrer ganzen Art lag etwas, das Olive zu sagen schien, sie gehöre einer weitläufigeren Welt als der ihren an; und unsere junge Dame ärgerte sich, daß sie nicht vernahm, Mrs. Burrage habe eine ganze Reihe von Jahren in Europa verbracht, denn das hätte es ihr leicht gemacht, sie in die Klasse der Verderbten einzuteilen. Olive erfuhr, fast mit einem Gefühl der Kränkung, daß weder Mutter noch Sohn länger in Übersee geweilt hatten als sie; und wenn man sie als Hohlköpfe abtun wollte, mußte man sich jeden für sich vornehmen. Half es ihr in dieser Richtung weiter, daß Mrs. Burrage von Boston ungemein angetan war, auch vom Harvard College, von der Einrichtung ihres Sohnes, von ihrer Tasse Tee (es war altes Sèvres), die längst nicht so schlecht war, wie sie erwartet hatte, von der Gesellschaft, die er für sie eingeladen hatte (es waren drei oder vier Herren da, einer davon Mr. Gracie), und nicht zuletzt von Verena Tarrant, die sie als Berühmtheit ansprach, freundlich, liebenswürdig, doch ohne mütterliche Betulichkeit oder sonst etwas, das ihren Altersunterschied unterstrichen hätte? Sie sprach mit ihr, als wären sie in dieser Hinsicht gleichgestellt, als machten Verenas Genie und Ruhm den Unterschied wett und als brauche das Mädchen keine Ermutigung oder Begönnerung. Sie spielte jedoch mit keiner Äußerung auf ihre besondere Auffassung an und stellte ihr keine Frage zu ihrer »Gabe« – eine Unterlassung, die Verena sonderbar fand und über die sie sich hinterher Olive gegenüber mit der nachdenklichsten Offenheit äußerte. Mrs. Burrage schien zu verstehen zu geben, jeder einzelne Anwesende besitze irgendeinen Vorzug und irgendein Talent, sie seien alle miteinander eine fröhliche Runde. Nichts an ihrer Art deutete darauf hin, daß sie ihres Sohnes wegen Verena gegenüber irgendwelche Befürchtungen hegte; sie sah nicht nach einer Frau aus, die es gern sähe, wenn er die Tochter eines mesmerischen Heilpraktikers heiratete, und doch schien sie es reizend zu finden, daß er so eine junge Frau da hatte, um ihren wenigen Stunden in Cambridge eine besondere Würze zu geben. Der Natur der Dinge gemäß war die arme Olive in Widersprüche verstrickt; es schauderte sie vor dem Gedanken, Verena könnte Mr. Burrage heiraten, und doch erboste es sie, wenn seine Mutter sich benahm, als könnte das junge Mädchen mit dem roten Haar, dessen frisches Wesen sie genoß, keine ernste Gefahr für ihn bedeuten. All das erkannte sie durch den Schleier ihrer Schüchternheit, durch das befangene, beklommene Schweigen, zu dem sie die meiste Zeit über verurteilt war. Man darf sich daher vorstellen, wie scharf ihre Sicht gewesen wäre, hätte sie nur die Situation einfacher nehmen können; denn sie war intelligent genug, daß sie es nicht nötig gehabt hätte, so krankhaft gehemmt zu sein, auch nicht zum Zweck der Selbstverteidigung.

Ich muß jedoch hinzufügen, daß ein Moment eintrat, in dem sie nahezu glücklich war – oder jedenfalls dachte, es sei schade, daß sie es nicht sein könne. Mrs. Burrage forderte ihren Sohn auf, »eine Kleinigkeit« zu spielen, und er setzte sich an sein Klavier und legte ein Talent an den Tag, das den Stolz dieser Dame durchaus hätte befriedigen können. Olive war ungemein empfänglich für Musik, und es war ihr unmöglich, sich von der bezaubernden Kunst des jungen Mannes nicht besänftigen und bestricken zu lassen. Eine »Kleinigkeit« folgte der anderen; er traf seine Auswahl recht glücklich. Seine Gäste saßen hier und dort im roten Feuerschein verteilt umher und hörten in bequemer Haltung schweigend zu; die brennenden Scheite verströmten einen schwachen Wohlgeruch, der sich mit dem Duft von Schubert und Mendelssohn vermischte; die abgeschirmten Lampen verbreiteten hier und da ein mildes Licht, und die Vitrinen und Konsolen warfen bräunliche Schatten, aus denen irgendein kostbarer Gegenstand hervorschimmerte – eine Elfenbeinschnitzerei oder ein Pokal aus dem Cinquecento. Unter diesen Umständen durfte Olive eine halbe Stunde lang die Waffen strecken, die Musik genießen, zugeben, daß Mr. Burrage mit erlesenem Geschmack spielte, durfte sich dem Gefühl überlassen, die Situation sei gewissermaßen ein Waffenstillstand. Ihre Nerven kamen zur Ruhe, ihre Probleme verloren – vorübergehend – ihre Bedeutung. Unter einem solchen Einfluß, in solcher Umgebung schien die Kultur ihr Werk getan zu haben; Harmonie beherrschte die Szene; das menschliche Leben war nicht länger ein Kampf. Sie ging soweit, sich zu fragen, wieso man damit in Streit liegen sollte; die Beziehungen der Männer und Frauen in dieser malerischen Gruppierung machten nicht den Eindruck, mörderischer Natur zu sein. Kurzum, sie genoß eine Frist unerwarteter Ruhe, während der sie die Augen vor allem auf Verena gerichtet hielt, die in Mrs. Burrages Nähe saß und sich sichtlich vollständiger als Olive gehenließ. Auch für sie bedeutete die Musik eine tiefe Freude, und ihr lauschendes Antlitz wandte sich unbewußt verschiedenen Teilen des Zimmers zu, während ihr Blick zerstreut auf den bibelots ruhte, die in dem Feuerschein hervortraten. Gelegentlich neigte ihr Mrs. Burrage das Gesicht zu und lächelte freundlich, doch ziellos; dann lächelte Verena zurück, während ihr Ausdruck zu sagen schien, o ja, sie gebe gerade alles auf, alle Prinzipien, alle Ziele. Noch bevor es Zeit war zu gehen, empfand Olive, daß sie beide (Verena und sie) völlig demoralisiert seien, und sie raffte die Energie, ihre Gefährtin fortzubringen, erst zusammen, als sie hörte, wie Mrs. Burrage Verena vorschlug, vierzehn Tage bei ihr in New York zu verbringen. Da rief Olive innerlich aus: ›Ist das ein Komplott? Warum in aller Welt können sie sie nicht in Ruhe lassen?‹ und machte sich bereit, wie schon einmal, eine Falte ihres Umhangs um ihre junge Freundin zu werfen. Verena antwortete spontan, sie wäre entzückt, Mrs. Burrage zu besuchen; doch nach einem Blick von Olive zügelte sie ihr Ungestüm und fuhr fort, diese Dame werde sie vielleicht nicht einladen, wenn sie wüßte, wie stark sie sich für die Frauenemanzipation einsetze. Mrs. Burrage blickte zu ihrem Sohn hinüber und lachte; sie sagte, Verenas Ansichten seien ihr wohlbekannt, und niemand könne mehr damit übereinstimmen als sie selbst. Sie nehme lebhaftesten Anteil an der Frauenemanzipation; sie meine, es bleibe da noch so viel zu tun. Das waren die einzigen Bemerkungen, die in bezug auf das große Thema fielen; und weder Henry Burrage noch sein Freund Gracie sagten Verena gegenüber noch ein Wort, daß sie zu den Studenten von Harvard sprechen solle. Verena hatte ihrem Vater erzählt, Olive habe ihr Veto dagegen eingelegt, und Tarrant hatte den jungen Männern erklärt, offenbar wolle Miss Chancellor die Sache auf ihre Weise in die Hand nehmen. Wir wissen, daß er dieses Vorgehen für sehr umständlich hielt; doch Miss Chancellor gab ihm zu verstehen, daß sie es ernst meine, und diese Vorstellung machte ihm so angst, daß er jeden Widerstand aufgab – es beschwor bei ihm so schreckliche Gedankenverbindungen herauf. Die Menschen, die es in seinem Leben bisher am ernstesten gemeint hatten, waren ein Komitee von Herren, die etwa zehn Jahre zuvor das Phänomen der »Materialisierung« von Geistern überprüft und das grelle Licht der wissenschaftlichen Methode auf ihn gerichtet hatten. Olive kam es so vor, als gäben sich Mr. Burrage und Mr. Gracie nicht mehr so witzig; doch das machte sie durchaus nicht weniger zynisch. Henry Burrage sagte Verena zum Abschied, er hoffe, sie werde ernsthaft über die Einladung seiner Mutter nachdenken; und sie gab zurück, sie wisse nicht, ob sie in Zukunft den Menschen, die ihre Ansichten bereits guthießen, viel Zeit widmen könne; sie erwarte, mit den anderen die Hände voll zu haben.

»Schließt Ihr Arbeitsplan also jegliche Ablenkung, jegliche Erholung aus?« fragte der junge Mann; und sein Blick drückte echte Spannung aus.

Verena verwies die Angelegenheit wie üblich mit ihrer Miene klarer, vorbehaltloser Ehrerbietung an ihre Gefährtin. »Meinen Sie, das trifft zu – auf unseren Arbeitsplan?«

»Ich fürchte, die Ablenkung, die wir heute nachmittag hatten, muß uns für lange Zeit reichen«, sagte Olive ohne Schroffheit, jedoch mit betonter Würde.

»Also nun, verdient er Achtung?« wollte Verena wissen, als die zwei jungen Frauen ihren Weg durch die frühe Dunkelheit nahmen, in ihren Wintermänteln gemessen Seite an Seite dahinschreitend, wie Frauen, die einem heiligen Amt geweiht sind.

Olive überdachte es einen Augenblick. »Ja, sehr – als Klavierspieler.«

Verena fuhr mit ihr mit der Pferdebahn in die Stadt – sie verbrachte ein paar Tage in der Charles Street –, und an diesem Abend schreckte sie Olive damit auf, daß sie mit einer Überlegung herausplatzte, ganz ähnlich der launenhaften Entgleisung, deren sie selbst sich bewußt geworden war, als sie in Mr. Burrages hübscher Wohnung saßen, auf die sie aber inzwischen heftig reagiert hatte.

»Es wäre so nett, das immer tun zu können – einfach die Männer zu nehmen, wie sie sind, und nicht über ihre Schlechtigkeit nachdenken zu müssen. Es wäre so nett, sich nicht so viele Fragen zu stellen, sondern einfach glauben zu können, sie wären schon alle befriedigend beantwortet, so daß man in einem alten spanischen Ledersessel sitzen könnte, bei zugezogenen Vorhängen, die die Kälte, die Dunkelheit, die ganze große, furchtbare, grausame Welt fernhalten – nur dasitzen und auf ewig Schubert und Mendelssohn hören. *Die* haben sich nicht um das Frauenwahlrecht gekümmert! Und ich habe heute das fehlende Wahlrecht überhaupt nicht empfunden, und Sie?« fragte Verena, wie immer bei solchen Überlegungen mit einem Appell an Olive schließend.

Diese junge Dame hielt es für nötig, ihr eine ganz feste Antwort zu geben. »Ich empfinde es immer – überall – bei Tag und bei Nacht. Ich empfinde es *hier*«, und Olive legte feierlich die Hand auf ihr Herz. »Ich empfinde es als tiefes, unverzeihliches Unrecht; ich empfinde es wie einen Makel auf meiner Ehre.«

Verena stieß ein helles Lachen aus, danach einen leisen Seufzer, und dann sagte sie: »Wissen Sie, Olive, ich frage mich manchmal, ob ich es so überaus stark empfinden würde, wenn Sie nicht wären.«

»Liebste Freundin«, antwortete Olive, »Sie haben mir bisher noch nie etwas gesagt, das so klar die Festigkeit und Heiligkeit unserer Bindung ausgedrückt hat.«

»Sie halten mich wirklich aufrecht«, fuhr Verena fort. »Sie sind mein Gewissen.«

»Ich würde gern sagen können, daß Sie meine Gestalt – meine äußere Hülle wären. Aber dazu sind Sie zu schön!« So gab Olive das Kompliment ihrer Freundin zurück; und später sagte sie, natürlich wäre es viel leichter, alles aufzugeben und die Vorhänge zuzuziehen und sein Leben in einer künstlichen Atmosphäre mit rosenfarbenen Lampen zu verbringen. Es wäre viel leichter, den Kampf im Stich zu lassen, all die unglücklichen Frauen der Welt ihrem unvordenklichen Elend preiszugeben, seine Last abzuwerfen, die Augen vor dem ganzen düsteren Bild zu verschließen und, kurzum, einfach den Geist aufzugeben. Darauf wandte Verena ein, es würde ihr ganz und gar nicht leichtfallen, den Geist aufzugeben; ein solcher Gedanke sei düsterer als alles auf der Welt zusammen; sie habe noch nicht mit dem Leben abgeschlossen, und sie wolle auch nicht hinnehmen, daß ihre Verantwortung sie erdrücke. Und dann schlossen die zwei jungen Frauen wie schon früher, indem sie sich vollständig, beflügelnd einer Meinung fanden, unbedingt von dem Willen erfüllt, zu leben, und zwar mit überragendem Erfolg; groß zu werden, um nicht unbekannt zu bleiben, und mächtig, um nicht nutzlos zu sein. Olive hatte schon oft genug ihren Begriff vom Leben erläutert, als etwas Erhabenes oder überhaupt nichts. Die Welt sei voller Übel, aber sie sei froh, daß sie geboren wurde, bevor es hinweggefegt worden sei; solange man ihm noch entgegentreten könne und eine Aufgabe und einen Lohn darin finde. Wenn die großen Reformen vollbracht seien, wenn der Tag der Gerechtigkeit angebrochen sei, würde das Leben dann nicht vielleicht recht armselig und blaß sein? Sie habe nie abstreiten wollen, daß die Hoffnung auf Ruhm der erhabensten Art für sie einen äußerst starken Anreiz bedeute; und sie behaupte, die wirkungsvollste Weise, gegen das Sklaventum der Frauen zu protestieren, wäre es, wenn eine einzelne Angehörige des Geschlechts berühmt würde. Jemand, der einen Teil des Gesprächs dieses möglicherweise verblendeten Paares mitangehört hätte, wäre von ihrer innigen Vertrautheit mit dem Gedanken irdischen Ruhms gerührt gewesen. Verena hatte ihn nicht aufgebracht, hatte ihn jedoch mit Eifer von ihrer Freundin übernommen und gab ihn mit Zinsen zurück. Olive schien es, genau diese geistige Gemeinschaft – da jede von beiden einiger wichtiger Facetten des

Wesens ermangelte – vereine sie zu einem organischen Ganzen, das für die bevorstehende Aufgabe ihre überragende Durchschlagskraft nicht verfehlen könne. Verena verhielt sich oft weit unverantwortlicher, als es ihr recht war; doch das Glückliche an ihrer Veranlagung bestand darin, daß sie nach kurzer Berührung mit der göttlichen Idee – Olive versuchte ständig, sie vor ihr aufblitzen zu lassen wie ein Juwel in einem aufgeklappten Etui – Feuer fing, aufflammte, ihrer Freundin die Worte von den weniger überzeugenden Lippen nahm, sich in eine magische Stimme auflöste, erneut die reine, junge Sibylle wurde. Dann erkannte Olive, wie verhängnisvoll es ohne Verenas sanfte Töne ihrem Kreuzzug an Milde mangeln würde, an dem, was die Katholiken Weihe nennen; und andererseits, wie schwach sich Verena auf dem Gebiet der Logik und Statistik erweisen würde, wenn sie selbst nicht die Nachhut übernähme. Kurz, gemeinsam wären sie vollkommen, hätten sie alles, und gemeinsam würden sie triumphieren.

Neunzehntes Kapitel

Diese Idee ihres Triumphs, eines zwar noch in weiter Ferne liegenden Triumphs, dem aber die erhabene Aussicht einer so heiligen Anstrengung vorausging, daß sie nie der Verzückung ermangelte, wurde den zwei Freundinnen, aber besonders Olive, ungemein vertraut im Laufe des Winters 187–, einer Zeit, die den bedeutungsschwersten Abschnitt in Miss Chancellors Leben einleitete. Gegen Weihnachten wurde ein Schritt vollzogen, der ihre Beziehung gewaltig vorantrieb und sie beide für ihre Begriffe in ein geregeltes Verhältnis zueinander brachte. Dies bestand darin, daß Verena in die Charles Street übersiedelte, um bei Olive zu wohnen, gemäß einer Absprache Olives mit Selah Tarrant und seiner Frau, daß sie einige Monate bei ihr bleiben solle. Sie hatten nun vollkommen freie Bahn. Mrs. Farrinder hatte ihre jährliche große Rundreise angetreten; von Maine bis Texas rüttelte sie die Menschen auf;

Matthias Pardon hatte (wie anzunehmen war) zumindest vorübergehend einen Dämpfer bekommen; und Mrs. Luna weilte in New York, wo sie für ein Jahr ein Haus gemietet hatte und von wo aus sie ihrer Schwester schrieb, sie beabsichtige, Basil Ransom (mit dem sie zu diesem Zweck in Verbindung stehe) mit der Wahrnehmung ihrer Rechtsgeschäfte zu betrauen. Olive fragte sich, was für Rechtsgeschäfte Adeline haben mochte, und hoffte, sie werde mit ihrem Hauswirt oder ihrer Putzmacherin aneinandergeraten, so daß sich wiederholte Unterredungen mit Mr. Ransom erforderlich machen würden. Mrs. Luna teilte ihr sehr bald mit, diese Unterredungen hätten begonnen; der junge Mann aus Mississippi sei zum Mittagessen bei ihr gewesen; soweit sie feststellen könne, sei er noch nicht recht in Gang gekommen, und sie fürchte sogar, er esse nicht jeden Tag zu Mittag. Doch trage er jetzt einen Zylinder, wie ein Herr aus den Nordstaaten, und Adeline deutete an, sie finde ihn wirklich attraktiv. Er sei zu Newton sehr nett gewesen, habe ihm alles über den Krieg erzählt (ganz die südstaatliche Version natürlich, doch Mrs. Luna schere sich nicht um die amerikanische Politik und wünsche, daß ihr Sohn alle Seiten kennenlerne), und Newton rede nur noch von ihm, nenne ihn »Rannie« und ahme bei bestimmten Wörtern seine Aussprache nach. Später schrieb Adeline, sie habe sich entschlossen, ihre Angelegenheiten in seine Hände zu legen (Olive seufzte, durchaus nicht engherzig, als sie an die »Angelegenheiten« ihrer Schwester dachte), und noch später erwähnte sie, sie erwäge ernsthaft, ihn als Newtons Erzieher anzustellen. Sie wünsche, daß dieses interessante Kind Privatunterricht bekomme, und es wäre angenehmer, einen Menschen in einer solchen Stellung zu haben, der bereits sozusagen ein Mitglied der Familie sei. Mrs. Luna schrieb so, als wäre Basil bereit, seinen Beruf aufzugeben, um sich ihres Sohnes anzunehmen, und Olive war sich ziemlich sicher, daß das nur ein Zug ihrer Großspurigkeit sei, der Angewohnheit, die sie sich, besonders seit ihrem Aufenthalt in Europa, zu eigen gemacht hatte: zu reden, als bedürfe sie in jedem Fall einer Sonderregelung.

Trotz des Altersunterschieds hatte sich Olive schon seit langem ein Urteil über Adeline gebildet und war zu dem Schluß gelangt, sie ermangele jeglicher Eigenschaft, die einen Menschen in ihren Augen hätte interessant machen können. Sie war reich (oder doch hinlänglich bemittelt), sie war konventionell gesinnt und ängstlich, den Aufmerksamkeiten der Herren sehr zugetan (denen gegenüber sie allerdings den Ruf der Kühnheit genoß, doch Olive verachtete eine Kühnheit dieser Art), ganz einem rein persönlichen, von egoistischen Instinkten bestimmten Leben hingegeben und so ahnungslos hinsichtlich der Tendenzen der Zeit, der Wiedergutmachungen der Zukunft, der neuen Wahrheiten und der großen sozialen Fragen, als wäre sie ein bloßes Bündel von Spitzen und Schleifen, was sie ja wirklich fast war. Es war ganz eindeutig, daß sie kein Gewissen hatte, und immer wieder erboste Olive die Beobachtung, wieviel Verdruß einer Frau erspart blieb, wenn sie nach diesem System gebaut war. Wie ich schon andeutete, waren Adelines »Angelegenheiten«, ihre gesellschaftlichen Beziehungen, ihre Ansichten über Newtons Erziehung, ihre Praxis und ihre Theorien (denn über diese verfügte sie in reichem Maße, soviel sie eben taugten, der Himmel sei davor!), ihre anfallsweise auftretende Neigung, wieder zu heiraten, und ihre noch törichteren Rückzieher im Angesicht der Gefahr (denn sie besaß nicht einmal den zu ihrer Leichtfertigkeit gehörenden Mut), waren all diese Dinge für Olive seit der Rückkehr ihrer älteren Schwester nach Amerika der Gegenstand tragischer Betrachtungen gewesen. Die Tragödie bestand nicht darin, daß ihr Mrs. Luna hätte irgendeinen besonderen Schaden zufügen können (sie fügte ihr eher Gutes zu, das heißt, sie erwies ihr die Ehre, sie auszulachen), sondern in dem Schauspiel selbst, dem von der Hand des Schicksals gelenkten Drama, dessen kleine, unwürdige Szenen sich so folgerichtig nacheinander abwickelten. Das dénouement würde natürlich damit übereinstimmen und einfach auf Mrs. Lunas geistigen Tod hinauslaufen, die zuletzt überhaupt keine normale Äußerung Olives mehr verstehen und in bloßer weltlicher Plumpheit versinken würde, in der letzten Selbstzufriedenheit, dem äußersten Stumpfsinn des kleinkarierten Konservatismus der besseren Leute. In dem Maße, wie Newton heranwuchs, würde er womöglich noch grenzenloser unsympathisch werden, als er bereits war; genaugenommen würde er gar nicht heranwachsen, sondern nur absinken, sofern seine Mutter ihr törichtes System mit ihm weitertriebe. Er war unerträglich altklug und selbstsüchtig; unter dem Vorwand, ihn, koste es, was es wolle, kultiviert zu erziehen, hatte Adeline ihn stets gehätschelt, behielt ihn ständig an ihrem Rockzipfel, sagte seinen Unterricht ab, wenn er behauptete, ihm täten die Ohren weh, zog ihn in jedes Gespräch, duldete, daß er ihr mit einer seinem Alter nicht anstehenden Unverschämtheit patzige Antworten gab, wenn sie ihm die geringsten Hemmnisse in den Weg legte. Nach Olives Ansicht gehörte er in eine öffentliche Schule, wo ihm die Kinder aus dem Volk beibringen würden, wie wenig Bedeutung er besaß, falls nötig mit Hilfe einer gelegentlichen Tracht Prügel; und bevor Mrs. Luna Boston verließ, hatten die zwei Damen über diesen Punkt eine gewaltige Auseinandersetzung – eine Szene, die damit endete, daß Adeline den unbezähmbaren Newton an ihren Busen drückte (er kam in dem Moment herein) und ihm das Gelübde abnahm, nach den Grundsätzen seiner Mutter zu leben und zu sterben. Mrs. Luna erklärte, wenn schon jemand auf ihr herumtrampeln müsse – und sehr wahrscheinlich sei das ihr Schicksal! –, dann wolle sie lieber Männer auf sich herumtrampeln lassen als Frauen, und falls Olive und ihre Freundinnen einmal die Regierungsgewalt übernehmen sollten, würden sie schlimmere Despoten sein als die berühmtesten der Geschichte. Newton legte einen kindlichen Schwur ab, er wolle nie ein zerstörerischer, gottvergessener Radikaler werden, und Olive fand, nach all dem brauche sie sich keine Gedanken mehr um ihre Schwester zu machen, die sie schlichtweg ihrem Schicksal überantwortete. Dieses Schicksal könnte ganz angemessen darin bestehen, einen Feind ihres Landes zu heiraten, einen Mann, den es zweifellos gelüstete, Frauen mit Peitschen und Handschellen zu traktieren, wie er und seinesgleichen früher die unglückliche farbige Rasse traktiert hatten. Wenn sie die guten alten Institutionen der Vergangenheit so liebte, würde er ihr diese im Überfluß zu kosten geben; und wenn sie unbedingt eine Konservative sein wollte, könnte sie zunächst einmal erproben, wie es ihr als Frau eines Konservativen behagte. Machte sich Olive wenig Sorgen um Adeline, so desto mehr um Basil Ransom; sie sagte sich, da er Frauen verabscheute, die sich (und einander) achteten, würde ihm nur recht geschehen, wenn ihm das Schicksal einen Menschen wie Adeline aufhalste. Genau so müßte sich die poetische Gerechtigkeit in seinem Falle auswirken – und das Gesetz, wonach uns unsere Vorurteile, wenn wir sie ausleben, im gleichen Zuge bestrafen. Olive erwog all das, wie sie alles zu erwägen bestrebt war, aus sehr hoher Sicht, und endete in der Überzeugung, es geschehe keineswegs einem nervösen persönlichen Sicherheitsbedürfnis zuliebe, wenn sie sich wünschte, ihre zwei Verwandten in New York täten sich zusammen. Sofern ein Ereignis wie deren Heirat ihren Sinn für Folgerichtigkeiten befriedigen würde, dann einfach als Illustration gewisser Gesetze. Olive schätzte dank der philosophischen Neigung ihres Geistes die Illustration von Gesetzen ungemein.

Ich weiß jedoch nicht recht, welche Erleuchtung sie aus ihrer Kenntnis schöpfte (für sie gegenwärtig eine Quelle erheblichen Trostes), daß Mrs. Farrinder derzeit den Krieg in ferne Lande trug und gerade noch rechtzeitig nach Boston zurückkehren würde, um den Vorsitz bei einem großen Frauenkonvent zu führen, der schon jetzt für den Monat Juni angekündigt war. Es war ihr angenehm, daß diese gebieterische Frau abwesend war; es gab ihr mehr Spielraum, ließ ihr mehr Luft; es bedeutete, von offizieller Kritik verschont zu bleiben. Ich habe mir nicht genügend Raum gelassen, gewisse jüngere Episoden des Verkehrs zwischen diesen Damen zu schildern, und muß mich damit begnügen, ihn mit wenigen Strichen in seinen Folgen zu umreißen. Diese lassen sich in der Bemerkung zusammenfassen, die zweifellos niemanden durch ihre

Neuartigkeit überraschen wird, daß zwei gebieterische Frauen kaum besser, wie man so sagt, miteinander klarkommen dürften als zwei gebieterische Männer. Seit jener für Olive so folgenschweren Zusammenkunft bei Miss Birdseye hatte sie Gelegenheit gehabt, Mrs. Farrinder näher kennenzulernen, und diese ersten Annäherungen förderten die Erkenntnis zutage, die große Parteiführerin der weiblichen Revolution sei als einzige Person (in diesem Teil der Welt) noch zielbewußter, noch entschlossener als sie selbst. Miss Chancellors Bestrebungen hatten in letzter Zeit eine ungeheure Belebung erfahren; ihr Glaube an sich selbst hatte sich so kräftig zu regen begonnen wie noch nie zuvor; und ihr wurde jetzt bewußt, wenn Geist auf Geist treffe, müsse es entweder zu wechselseitiger Verschmelzung oder zu einem heftigen Zusammenprall kommen. Es war ihr schon lange ein vertrauter Gedanke, daß sie mit der Halsstarrigkeit der Welt insgesamt zu rechnen habe, doch jetzt entdeckte sie, daß sie auch mit gewissen Elementen im weiblichen Lager rechnen müsse. Das komplizierte das Problem, und eine solche Komplikation ließ es selbstverständlich kaum leichter erscheinen, sich mit Mrs. Farrinder abzustimmen. Wenn Olive von hochstrebender Natur war und sie ebenso, lag der Fehler bei keiner von beiden; es war nur eine Mahnung, daß sie nicht im selben Teil des Feldes als Wahrzeichen gebraucht wurden. Sind solche Erkenntnisse schon zwischen Männern eine heikle Sache, so braucht man den Leser wohl nicht darauf aufmerksam zu machen, welch geschliffene Formen sie bei verfeinerteren Naturen anzunehmen vermögen. So geschah es, daß Olive in drei Monaten aus dem Stadium der Verehrung in das der Konkurrenz hinüberwechselte; und Verenas Einführung in die Gemeinde hatte den Prozeß beschleunigt. Im Hinblick auf Verena hatte sich Mrs. Farrinder höchst seltsam verhalten. Zunächst war sie von ihr beeindruckt gewesen, dann aber nicht mehr; zuerst hatte sie den Eindruck erweckt, sie einbeziehen zu wollen, dann hatte sie unverkennbar einen Bogen um sie geschlagen – hatte Olive gegenüber angedeutet, es gebe schon genug von der Sorte. Von »der Sorte«! –

das Wort hallte in Miss Chancellors nachtragender Seele wider. War es möglich, daß sie nicht erkannte, aus welchem Stoff Verena gemacht war, und mit was für billigen Ruhmesanwärterinnen sie sie in einen Topf warf? Ursprünglich hatte Olive den Wunsch gehegt, für ihre protegée Mrs. Farrinders Siegel zu erhalten; sie sollte ihr Offizierspatent direkt aus der Hand der Oberkommandierenden empfangen. Mit diesem Ziel hatten die zwei jungen Frauen mehr als eine Wallfahrt nach Roxbury unternommen, und bei einem dieser Anlässe war der sibyllinische Geist (in seiner reizendsten Form) über Verena gekommen. Sie war im Laufe des Gesprächs ganz natürlich und anmutig hineingeraten und ergoß sich in einem Strom der Beredsamkeit, der die Zuhörer noch stärker anrührte als ihre regelrechte Ansprache bei Miss Birdseye. Mrs. Farrinder hatte es ziemlich nüchtern aufgenommen, und gewiß glich es durchaus nicht ihrem eigenen Vortragsstil, der auf seine Art so bemerkenswert und überzeugend war. Es war viel davon die Rede gewesen, ob sie nicht einen Brief an die New Yorker »Tribune« schreiben wolle, mit der zu erwartenden Wirkung, Miss Tarrant mit einem Schlag ins Licht der Öffentlichkeit zu bringen; doch diese förderliche Epistel erschien nie, und jetzt sah Olive ein, daß von der Prophetin aus Roxbury keine Gunst zu erwarten war. Es hatte Förmlichkeiten, Ziererereien und kleine Vorbehalte gegeben, die ihre Feder schließlich zum Stillstand brachten. Wenn Olive nicht sofort aussprach, sie sei auf Verenas attraktivere Art eifersüchtig, so nur, weil diese Erklärung ein wenig später größere Wirkung erzielen sollte. Sie sprach aber aus, daß Mrs. Farrinder die Bewegung offensichtlich selbst in der Hand behalten wolle – mit Mißtrauen gewisse romantische, ästhetische Elemente betrachte, die Olive und Verena anscheinend hineinzutragen versuchten. Zum Beispiel betonten sie so stark die historische Entwicklung der unglücklichen Lage der Frauen; doch schien Mrs. Farrinder gar keinen Wert darauf zu legen und sich überhaupt nicht allzusehr in der Geschichte auszukennen. Sie begann offenkundig beim heutigen Tag und forderte für die Frauen ihre Rechte, ob sie nun unglücklich waren oder nicht. Das Ende der Sache war, daß Olive Verena um den Hals fiel, mit einer Bewegung, die halb Empörung, halb Verzückung ausdrückte; sie rief, sie würden den Kampf ohne menschliche Hilfe ausfechten müssen, aber schließlich sei es auch besser so. Wenn sie einander alles bedeuteten, was könnten sie mehr verlangen? Sie würden auf sich allein gestellt sein, aber frei; und diese Sicht der Lage brachte ein Gefühl mit sich, daß sie bereits fast eine Macht geworden seien. Gewiß war Olives Groll nicht ganz verebbt; denn nicht nur hegte sie die zweifellos recht anmaßende Meinung, Mrs. Farrinder sei dortzulande die einzige Person, die das Format hatte, sie beurteilen zu können (an sich schon ein hinreichender Grund zur Feindseligkeit, denn wenn wir uns von Überlegenen auch gern loben lassen, beziehen wir den Tadel lieber von der anderen Kategorie), sondern der besondere Charakter der Meinung, zu der sie sich so unerwartet bekannt hatte, nachdem sie in der ersten Phase ihres Umgangs soviel Wertschätzung hatte erkennen lassen, trieb Olive gelegentlich das Blut in die Wangen. Sie flehte zum Himmel, sie möge nie so selbstbezogen, so engstirnig werden. Sie war eine leichtfertige, weltlich gesinnte Dilettantin, ein Kindskopf, der Umgang in der Beacon Street pflegte; ihr Einfall, sich Verena Tarrants anzunehmen, war nichts als eine Art altjüngferliches, lächerliches Puppenmutterspiel: Miss Chancellor meinte Grund zu der Überzeugung zu haben, in diesem Licht beliebe Mrs. Farrinder sie nunmehr zu sehen! Vielleicht war es ein Glück, daß die Verzerrung so grob war; doch trotzdem stiegen Olive mehr als einmal Tränen der Wut in die Augen, wenn sie darüber nachdachte, daß man ihr gerade dieses Unrecht angetan hatte. Leichtfertig, weltlich gesinnt, Beacon Street! Sie appellierte an Verena, ihr Gelöbnis zu teilen, die Welt solle zur rechten Zeit erfahren, ob sie von diesen Eigenschaften etwas an sich hatte. Wie ich bereits andeutete, schwang sich Verena in solchen Momenten ganz zur Höhe der Situation auf; es versetzte ihr heimliche Stiche, daß sie sich verpflichten sollte, der Beacon Street für immer die kalte Schulter zu zeigen; doch Olive hatte sie mittlerweile so vollständig in der Hand, daß sie sich zu jedem beliebigen Opfer bereit erklärt hätte, um zu beweisen, daß ihre Wohltäterin nicht leichtfertig war.

Die Angelegenheit, daß sie für längere Zeit in der Charles Street bleiben sollte, wurde während eines Besuchs geregelt, den Selah Tarrant auf Miss Chancellors Ersuchen dort abstattete. Diese Unterredung, die etliche kuriose Züge aufwies, wäre einer Beschreibung wert, doch muß ich mir versagen, mehr als die eindrucksvollen zu erwähnen. Olive wünschte sich mit ihm zu verständigen; die Situation sollte klar sein, und obwohl es ihr von vornherein unangenehm war, ihn empfangen zu müssen, bestellte sie ihn zu einer bestimmten Stunde zu sich – zu einer Zeit, in der Verena nach ihrem Plan außer Haus sein sollte. Sie verschwieg dem Mädchen dieses Ereignis, wobei sie sehr ernst den Gedanken unterdrückte, das sei die erste Täuschung (für Olive bedeutete ihr Schweigen eine Täuschung), der sie ihre Freundin bisher ausgesetzt habe, und sich fragte, ob sie in der Zukunft genötigt sein werde, weitere Täuschungen folgen zu lassen. Sie faßte auf der Stelle den Entschluß, wenn nötig, würde sie auch in Zukunft nicht davor zurückschrecken. Sie kündigte Tarrant an, sie werde Verena auf lange Zeit bei sich behalten, und Tarrant bemerkte, es sei gewiß sehr erfreulich, sie so günstig untergebracht zu wissen. Doch er gab auch zu verstehen, er würde gern erfahren, was Miss Chancellor mit ihr zu unternehmen gedenke; und der Ton dieser Anfrage bestätigte Olive in ihrer Meinung, sie habe zu Recht vorausgesehen, daß ihre Unterredung den Stempel des Geschäftlichen tragen werde. Diese Färbung bekam das Gespräch ganz und gar, als sie zu ihrem Schreibtisch ging und Mr. Tarrant einen Scheck über eine sehr beträchtliche Summe ausschrieb. »Lassen Sie uns ein Jahr lang in Ruhe – ganz in Ruhe, und dann schreibe ich Ihnen noch einen aus«; mit diesen Worten überreichte sie ihm den schmalen Papierstreifen, der so viel bedeutete, und dachte dabei, bestimmt könne Mrs. Farrinder selbst kaum weniger dilettantisch vorgehen. Selah betrachtete den Scheck, dann Miss Chancellor, dann wieder den Scheck, die Zimmerdecke, den Fußboden, die Uhr und noch einmal seine Gastgeberin; dann verschwand das Dokument unter den Falten seines Regenmantels, und sie sah, daß er ihn an irgendeiner fragwürdigen Stelle seiner fragwürdigen Erscheinung unterbrachte. »Also, wenn ich nicht glauben würde, daß Sie ihr helfen, sich zu entwickeln«, bemerkte er; und er brach ab, während seine Hände weiter unsichtbar herumkramten, und bedachte Olive mit seinem breiten, freudlosen Lächeln. Sie versicherte ihm, er brauche in dieser Hinsicht nichts zu befürchten; Verenas Entwicklung sei das eine auf der Welt, woran sie den stärksten Anteil nehme; Verena solle jede Gelegenheit zu ungehinderter Entfaltung bekommen. »Ja, das ist die Hauptsache«, sagte Selah; »das ist wichtiger, als eine Menschenmenge anzulocken. Mehr verlangen wir gar nicht von Ihnen; lassen Sie sie ihre Natur entfalten. Rührt nicht alle Not der Menschheit daher, daß man uns gewaltsam niederhält? Legen Sie ihr keinen Deckel auf, Miss Chancellor; lassen Sie sie einfach überquellen!« Und wieder verlieh Tarrant seiner Frage und seinem Gleichnis mittels der merkwürdigen stummen Seitwärtsverschiebung seiner Wangen festlichen Glanz. Er fügte dann hinzu, er werde es wohl mit Mrs. Tarrant aushandeln müssen; doch darauf gab Olive keine Antwort; sie sah ihn nur mit einer Miene an, mit der sie auszudrücken beabsichtigte, er brauche sich nicht länger aufhalten zu lassen. Sie wußte, daß es mit Mrs. Tarrant bereits ausgehandelt war; sie hatte das alles mit Verena erörtert, die ihr mitgeteilt hatte, ihre Mutter sei bereit, zu ihrem höchsten Besten auf sie zu verzichten. Sie hatte Grund zu der Annahme (natürlich nicht auf dem Wege über Verena), daß sich Mrs. Tarrant den Gedanken an eine pekuniäre Entschädigung wohlwollend zu eigen gemacht hatte, und es bestand keine Gefahr, daß sie eine Szene machte, wenn Tarrant mit einem Scheck in der Tasche heimkäme. »Na, ich hoffe, sie *wird* sich entwickeln, zu voller Blüte, und daß Sie erreichen, was Sie wünschen; es scheint mir, als ob wir nur noch einen kurzen Weg zurückzulegen haben«, bemerkte dieser Biedermann, als er sich zum Aufbruch erhob.

»Es ist kein kurzer Weg; es ist ein sehr langer Weg«, gab Olive recht streng zurück.

Tarrant stand auf der Schwelle; er verweilte ein wenig, durch ihre finstere Verbissenheit in Verlegenheit gebracht, denn er selbst neigte von jeher zu einer rosigen Sicht des Fortschritts, des Vormarschs der Wahrheit. Er war noch nie jemandem begegnet, der es so ernst meinte wie diese entschlossene junge Frau, die es bis zum letzten Buchstaben genau nahm und die eine so unverhoffte Neigung zu seiner Tochter entwickelt hatte; deren Sehnsucht nach dem neuen Tag eine so widersinnig pessimistische Färbung aufwies und die, unbeschadet ihrer in einigen Zügen entsetzlich bohrend wirkenden Rechtschaffenheit, durchaus bereit war, ihn als Vater mit verschwenderischen Aufträgen an ihre Bank zu korrumpieren. Er wußte kaum, in welcher Sprache er mit ihr reden sollte; es schien ihm keine hinreichend beschwichtigenden Argumente zu geben, wenn eine Dame in solchem Ton über eine Bewegung sprach, die einige der gescheitesten Leute für so vielversprechend hielten. »Ach, na ja, ich nehme an, es gibt so eine Art geheimnisvolles Gesetz ...«, murmelte er beinahe zaghaft; und so entschwand er aus Miss Chancellors Blickfeld.

Zwanzigstes Kapitel

Sie hoffte, ihn nicht so bald wiederzusehen, und es schien auch kein Grund dafür vorzuliegen, wenn ihr Verkehr über Schecks stattfinden sollte. Das Einvernehmen mit Verena war natürlich vollkommen; sie hatte versprochen, bei ihrer Freundin zu bleiben, solange diese es wünschte. Anfangs hatte sie gesagt, sie könne ihre Mutter nicht aufgeben, doch war ihr klargemacht worden, das sei gar nicht die Frage. Frei wie die Luft solle sie gehen und kommen können, wie sie wolle; sie könne Stunden und Tage mit ihrer Mutter verbringen, wann immer Mrs. Tarrant ihre Gesellschaft wünsche: Olive bitte sie lediglich darum, vorläufig die Charles Street als ihr Heim zu betrachten. In diesem Punkt gab es keinen Kampf, einfach weil Verena, als die Frage auf den Tisch kam, bereits gänzlich dem Zauber erlegen war. Die Vorstellung von einem Zauber Olives entlockt dem Leser womöglich ein Lächeln; doch ich verwende das Wort nicht in seinem abgeleiteten, sondern in seinem buchstäblichen Sinn. Das feine Gespinst der Autorität, der Abhängigkeit, das ihre rastlose Gefährtin um sie gewoben hatte, war jetzt so dicht wie ein goldener Kettenpanzer; und Verena nahm ganz und gar Anteil an ihrem großen Vorhaben; sie sah es im Lichte eines tatkräftigen, begeisterten Glaubens. Der Nutzen, den sich ihr Vater für sie wünschte, war jetzt gesichert; sie entfaltete, entwickelte sich im großzügigsten Maßstab. Olive nahm den Unterschied wahr, und man mag sich vorstellen, wie sie darüber frohlockte; sie hatte nie eine größere Freude erlebt. Verenas frühere Gemütsrichtung war mädchenhafte Unterwürfigkeit gewesen, dankbare, neugierige Sympathie. In ihrer jugendlichen, freudigen Überraschung hatte sie sich hingegeben, weil Olives stärkerer Wille und die einschneidenden Maßnahmen, mit denen sie ihre Absicht unterstrich, sie anzogen. Außerdem fesselten sie die Gastfreundschaft, die Vision neuer gesellschaftlicher Horizonte, das Erlebnis der Neuartigkeit und die Liebe zur Abwechslung. Doch jetzt hing das Mädchen selbstlos den vorher notwendigen Dingen an, die sie zusammen unternehmen wollten; ihr lag an ihnen um ihrer selbst willen, sie glaubte glühend an sie, hatte sie beständig im Sinn. Ihr Anteil an der Verbindung der zwei jungen Frauen war nicht mehr rein passiv-verständnisvoll; er war auch leidenschaftlich und förderte erfreuliche Energie zutage. Wenn es Olives Wunsch war, Verena auszubilden, konnte sie sich schmeicheln, der Prozeß habe bereits begonnen, und ihre Kollegin genieße ihn fast ebensosehr wie sie. Deshalb konnte sie sich sagen, ohne sich der Herzlosigkeit zu bezichtigen, wenn sie ihre Mutter verlassen habe, so für eine edle, eine heilige Sache. Genaugenommen verließ sie sie kaum und verbrachte Stunden, durchgerüttelt und eingezwängt, in klappernden Gefährten zwischen der Charles Street und dem verwohnten vorstädtischen Häuschen.

Mrs. Tarrant seufzte und verzog das Gesicht, hüllte sich fester denn je in ihren Umhang, äußerte ihre Zweifel, wie sie allein zurechtkommen solle; solange Verena nicht da sei, habe sie meist nicht einmal den Mut, die Tür zu öffnen, wenn es klingele; sie konnte selbstverständlich eine solche Gelegenheit nicht versäumen, sich die Pose einer Frau zu geben, die mit ihrem Herzblut dafür bezahlte, die Vorhut des menschlichen Fortschritts anzuführen. Doch Verena hatte insgeheim das Gefühl (zum ersten Mal bildete sie sich jetzt, noch zaghaft, ein Urteil über ihre Mutter), sie würde nur sehr ungern beim Wort genommen werden und sie fühle sich ganz sicher in ihrem Vertrauen auf die Großzügigkeit ihrer Tochter. Sie konnte sich nicht von dem Glauben frei machen – selbst jetzt, da Mrs. Luna fort war, ohne eine Spur zu hinterlassen, und die grauen Mauern eines seßhaften Winters sich offenkundig um die zwei jungen Frauen schlossen –, sie konnte sich von der Theorie nicht lösen, ein Aufenthalt in der Charles Street müsse zum wenigsten einen Kontakt mit den glanzvollen Schichten herbeiführen. Sie war darüber aufgebracht, daß ihre Tochter sich damit abfand, keine Gesellschaften besuchen zu können, und daß Miss Chancellor keine gab; aber für sie bedeutete es nichts Neues, Geduld üben zu müssen, und sie konnte sich zumindest mit dem Gedanken trösten, es sei für Mr. Burrage nicht minder bequem, das Kind in der Stadt zu besuchen, wo er die meiste Zeit verbrachte und ständig im Hotel Parker übernachtete.

In der Tat sprach dieser vom Glück begünstigte junge Mann sehr oft vor, und Verena empfing ihn mit Olives voller Zustimmung, wann immer sie zu Hause war. Sie waren sich jetzt völlig darin einig, daß man der berühmten Phase keine künstlichen Grenzen setzen sollte; und solange sie dauerte, lebte Olive im Bewußtsein wahren Heldentums, wenn sie sich gegen ihre Beklommenheit stählte. Ihr schien es überdies nur gerecht, daß sie irgendein Zugeständnis machte; wenn Verena ein großes Opfer brachte, indem sie zu Lasten ihrer töchterlichen Pflicht zu ihr zog (das sollte natürlich von Dauer sein – sie würde die Tarrants von Jahr zu Jahr abfinden), durfte sie sich nicht dem Vorwurf aussetzen (die Welt würde sie in diesem Fall grausam verurteilen), sie halte sie davon ab, normale gesellschaftliche Beziehungen anzuknüpfen. Die Freundschaft eines jungen Mannes und einer jungen Frau war dem reinen Sittenkodex Neuenglands zufolge eine normale gesellschaftliche Beziehung; und als die Wochen verstrichen, sah Miss Chancellor keinen Grund, ihren Wagemut zu bereuen. Verena fing nicht Feuer; sie spürte, das würde sie merken, würde es auf der Stelle erraten. Verena liebte den Umgang mit Menschen; sie war vom Wesen her ein geselliges Geschöpf; es gefiel ihr zu leuchten und zu lächeln und zu plaudern und zuzuhören; und was Henry Burrage anging, so brachte er ein Element gefälliger und behaglicher Entspannung in ihr Leben ein, das (Olive gab das durchaus bereitwillig zu) im Dienste großer öffentlicher Ziele ein wenig erstarrt war. Doch für das Mädchen war ohne Einmischung einfach ihr fortwirkendes Interesse an eben diesen Plänen ein ständiger Schutz. Von dieser Zeit an war es nicht mehr erforderlich, Druck auf sie auszuüben; ihre eigenen Quellen flossen; das Feuer, in dem sie erglühte, kam von innen. In heiligem Glanz würde sie unverheiratet bleiben; ihre einzige Vermählung würde sich am Altar der großen Sache ereignen. Olive zog sich stets zurück, wenn Mr. Burrage gemeldet wurde; und wenn Verena ihr anschließend etwas vom Inhalt seiner Gespräche darzulegen wünschte, wehrte sie ab und meinte, sie würde lieber nichts davon hören – alles mit einer sehr ernsten Milde; das gab ihr ein ungemein erhabenes, wahrlich edles Selbstgefühl. Sie wußte inzwischen genau (ich kann kaum erklären, woher, da Verena ihr gar nichts berichten konnte), was Mr. Burrage für ein junger Mann war: er war auf schwächliche Weise dünkelhaft, auf kraftlose Art originell, gab sich gern exzentrisch, posierte als Förderer des Fortschritts, liebte es, Geheimnisse zu haben, überraschende Verabredungen einhalten, unbekannte Personen besuchen zu müssen, den Eindruck eines Doppellebens zu erwecken, einem Mädchen ergeben zu sein, das keiner kannte oder dem zumindest niemand gesellschaftlich begegnete. Natürlich genoß er es, auf Verena Eindruck zu machen; aber in erster Linie behagte es ihm, sie den anderen Mädchen gegenüber auszuspielen, den Töchtern der eleganten Welt, mit denen er bei Papanti tanzte. Solcherart waren die Bilder, die aus Olives inhaltsschwerem sittlichem Bewußtsein aufstiegen. »Nun, er *hat* großes Interesse für unsere Bewegung«, soviel gelang es Verena einmal zu verkünden; doch diese Worte brachten Miss Chancellor ziemlich auf, die, wie wir wissen, keinen Wert darauf legte, zufällige Ausnahmen von der großen männlichen Verschwörung gelten zu lassen.

Im Monat März erzählte Verena ihr, Mr. Burrage trage ihr die Ehe an – tue das mit großer Hartnäckigkeit und bitte sie, doch wenigstens abzuwarten und die Dinge zu überdenken, bevor sie ihm eine endgültige Antwort gebe. Verena war sichtlich sehr froh, Olive mitteilen zu können, sie habe ihm versichert, sie könne gar nicht daran denken, und wenn er das erwarte, brauche er lieber gar nicht mehr zu kommen. Er kam aber nach wie vor, und deshalb war anzunehmen, daß er nicht länger auf ein solches Entgegenkommen zählte; jetzt war Olive der Meinung, er wünsche es sich in Wirklichkeit gar nicht. Sie hegte eine Theorie, daß er fast jedem Mädchen einen Antrag machte, das ihn mit größter Wahrscheinlichkeit abweisen würde – daß er das tat, weil er eine Sammlung solcher Episoden anlegte, ein gedankliches Album, angefüllt mit Liebeserklärungen, holdem Erröten, Zögern und Schwanken, Abweisungen, die knapp den Eindruck von Jaworten verfehlten, nicht anders, als er Emailarbeiten und Violinen aus Cremona sammelte. Er würde sich zweifellos nur ungern mit dem Haus Tarrant verbinden; doch solche Befürchtungen hielten ihn nicht von der Meinung ab, es sei für einen Mann von Geschmack durchaus angemessen, Mädchen von niedrigem Stand auf derlei Weise zu ermutigen, sofern sie nur hübsch waren, hielt man doch nach den besonderen Fällen Ausschau, in denen sie aus bestimmten Gründen (selbst die Niedrigsten mochten Gründe haben) nicht »anbeißen« würden. »Ich habe Ihnen doch gesagt, ich würde ihn nicht heiraten, und ich werde es auch nicht«, beteuerte Verena beglückt ihrer Freundin; ihr Ton deutete an, ihr gebühre eine gewisse Anerkennung dafür, wie sie ihr Versprechen halte. »Ich habe nie angenommen, Sie würden es tun, wenn Sie es nicht gern täten«, gab Olive darauf zurück; und Verena fand keine Antwort darauf als den gutmütigen Ausdruck ihrer Augen, war sie doch außerstande zu sagen, sie hätte es ja gern getan. Sie hatten jedoch eine kleine Auseinandersetzung, als sie zu verstehen gab, er tue ihr wegen seiner Enttäuschung leid, wogegen Olive behauptete, so selbstsüchtig, eingebildet, verwöhnt und unaufrichtig, wie er sei, könne man ihn ruhig sich selbst überlassen, um seine Kränkung zu verdauen. Anders als es noch sechs Monate früher gewesen wäre, spürte Miss Chancellor jetzt nichts mehr von Reue, weil sie einer solchen Gelegenheit für Verena im Wege stand, und sie wäre sehr böse geworden, hätte sie jemand gefragt, ob sie sich nicht fürchte, zu viel auf sich zu nehmen. Sie hätte überdies erklärt, sie stehe niemandem im Wege, und selbst wenn es sie nicht gäbe, würde Verena niemals ernstlich an einen oberflächlichen kleinen Mann denken, der die Fiedel streiche, während Rom brenne. Dessenungeachtet gelangte Olive zu dem Schluß, es wäre besser, wenn sie im Frühling nach Europa reisten; ein Jahr Aufenthalt in jenem Teil des Erdballs wäre für Verena höchst wohltuend und mochte sogar zur Entwicklung ihres Genies beitragen. Es kostete Miss Chancellor Überwindung, einzugestehen, daß der alten Welt noch irgend etwas Wertvolles geblieben sei und daß es dort für zwei so gute Amerikanerinnen wie ihre Freundin und sie noch etwas Wesentliches zu lernen geben könnte; doch eben jetzt paßte es ihr, sich diese nicht ganz aufrichtige Auffassung zu eigen zu machen. Die beste Empfehlung dafür war der Gedanke, damit wäre ihre Gefährtin aus dem Wege – aus dem Wege aufdringlicher Landsleute –, bis sie absolut fest auf den Füßen stünde, und es würde auch ihrem langen Zwiegespräch tieferen Nachdruck verleihen. Auf jenem Kontinent von Fremden würden sie noch enger aneinander hängen. Das hieße freilich eher, vor der unvermeidlichen »Phase« zu fliehen, als ihr die Stirn zu bieten; Olive entschied jedoch, falls sie das Ende ihrer Wartefrist (den ersten Juli) unversehrt erreichen sollten, hätte sie ihr so lange die Stirn geboten, wie es sowohl Gerechtigkeit als auch Großmut verlangte. Ich kann auch gleich sagen, daß sie den größten Teil dieser Zeitspanne ohne weitere ernste Beunruhigung und mit zahllosen kleinen Schauern der Seligkeit und Hoffnung hinter sich brachte.

Nichts geschah, um die guten Vorzeichen zu zerstreuen, die ihre Partnerschaft mit Verena Tarrant gegenwärtig begleiteten. Sie stürzten sich ins Studium; sie holten sich zahllose dicke Bücher aus dem Athenaeum und arbeiteten bis weit in die Nacht. Nachdem Verena Henry Burrage so sanft und betrübt mit einem Kopfschütteln geantwortet hatte, kehrte dieser nach New York zurück und ließ nichts mehr von sich hören; sie erfuhren nur, er habe sich unter die gesträubten mütterlichen Fittiche geflüchtet. (Olive zumindest setzte als sicher voraus, daß die Fittiche gesträubt waren; sie konnte sich vorstellen, wie Mrs. Burrage auf die Nachricht reagieren würde, ihr Sohn sei von der Tochter eines Mesmeristen abgewiesen worden. Sie war wohl fast ebenso empört, wie wenn die Nachricht gelautet hätte, er sei erhört worden.) Matthias Pardon hatte noch nicht die Zeitungen zu einem Racheakt eingesetzt; vielleicht spitzte er noch seine Pfeile; jedenfalls war er jetzt, zu Beginn der Opernsaison, stark davon in Anspruch genommen, die prominentesten Sänger und Sängerinnen zu interviewen, deren eine er in einer der führenden Zeitschriften (Olive jedenfalls war überzeugt, nur er könne so etwas schreiben) als »ein liebes kleines Frauchen mit Babygrübchen und den verspielten Bewegungen eines Kätzchens« beschrieb. Die Tarrants frönten offenbar in einem ihnen bis dahin unbekannten Maße einem Leben in Behaglichkeit, dank des Zuwachses an Einkommen, den sie von ihrer exzentrischen Gönnerin bezogen. Mrs. Tarrant erfreute sich jetzt der Dienste eines »Mädchens«; es war zum Teil ihr Stolz (jedenfalls beliebte es ihr, das so hinzustellen), daß ihr Haus durch so viele Jahre ohne das – für beide Seiten so erniedrigende – Element knechtischer, käuflicher Arbeit geführt worden war. Sie schrieb an Olive (sie schrieb ihr jetzt immerzu, aber Olive antwortete nie), sie sei sich bewußt, damit auf eine niedere Stufe herabgesunken zu sein, doch räumte sie ein, für ihr zermürbtes Gemüt sei es schon ein gehöriger Halt, sich mit jemandem unterhalten zu können, wenn Selah abwesend sei. Verena bemerkte natürlich die Veränderung, für welche die Theorie einer plötzlichen Ausweitung der Praxis ihres Vaters keine genügende Erklärung bot (kein Unternehmen ihres Vaters hatte sich jemals derart ausgeweitet), und schließlich erriet sie den Grund – eine Entdeckung, die ihren Gleichmut nicht im geringsten erschütterte. Daß ihre Eltern von der außergewöhnlichen Freundin, der sie an der Schwelle ihres Lebens als erwachsene Frau begegnet war, einen geldlichen Tribut erhielten, diesen Gedanken nahm sie genauso hin, wie sie selbst die unwiderstehliche Gastfreundschaft dieser Freundin hingenommen hatte. Sie besaß keinen weltlichen Stolz, kein überliefertes Unabhängigkeitsbedürfnis, keine Begriffe davon, was man tat und was man nicht tat; nur eines kam dieser sanftmütigen und ganz natürlichen Unempfindlichkeit gegenüber Gefälligkeiten gleich – nämlich ihre eingefleischte Gewohnheit, niemals welche zu erbitten. Olive hatte die Befürchtung gehegt, sie werde ein wenig erröten, wenn sie erführe, zu welchen Bedingungen sie jetzt in der Lage sein würden, ihre Laufbahn gemeinsam zu beschreiten; doch Verena wechselte nicht im geringsten die Farbe; es war ihr entweder nichts Neues oder nicht zuwider, daß man die Urheber ihres Daseins mit Geld abfand und zum Schweigen brachte, daß man sie genauso behandelte, wie man Unruhestifter aus den niederen Ständen behandelt, sofern man sie nicht einsperrt; worauf ihrer Freundin die Erkenntnis kam, es wäre wahrscheinlich überhaupt unmöglich, sie jemals auf irgendeine Weise zu beleidigen. Sie war dazu nicht nachtragend genug, stand allen konventionellen Maßstäben zu fern, war weitgehend frei von geheimer Ichbezogenheit. Es wäre zuviel behauptet gewesen, sie vergebe Kränkungen, denn sie wurde sich ihrer gar nicht bewußt; der Akt der Vergebung schloß eine gewisse Arroganz ein, zu der sie nicht fähig war, und ihre strahlende Sanftmut glitt über die vielen Fallen hinweg, die das Leben unserer Geradlinigkeit in den Weg stellt. Olive hatte stets die Meinung vertreten, Stolz sei notwendig für einen Menschen mit Charakter, doch keine der Eigentümlichkeiten Verenas vermochte ihre Seele in weniger reinem Licht erscheinen zu lassen. Die frisch erworbenen Bequemlichkeiten in dem kleinen Haus in Cambridge, das sogar trotz ihrer Unterstützung eine solche Strafanstalt darstellte, rief in ihr erneut die Überzeugung wach, bevor sie zur Rettung kam, habe die Tochter jenes Hauses eine Wüste traurigsten Elends durchwandert. Sie hatte gekocht und gewaschen und gefegt und gestopft; sie hatte schwerer gearbeitet als eine von Miss Chancellors Dienstboten. Diese Dinge hatten in ihrer Erscheinung oder in ihrem Gemüt keine Spur hinterlassen; alles Frische und Schöne regenerierte sich in ihr mit ungewöhnlicher Leichtigkeit, alles Häßliche und Verdrießliche verflog, sobald es sie berührte; doch Olive meinte, weil Verena so sei, habe sie Anspruch auf unermeßliche Wiedergutmachungen. In Zukunft sollten ihr Luxus und Behaglichkeit in Hülle und Fülle zuteil werden, und Miss Chancellor überzeugte sich ohne jede Mühe selbst davon, daß Menschen, die sich einem so erhabenen geistigen und moralischen Werk widmeten wie die zwei jungen Damen in der Charles Street, es sich selbst und ihren stöhnenden Schwestern schuldig seien, die besten materiellen Bedingungen zu kultivieren. Sie selbst hatte nicht die Spur einer Sybaritin an sich, und als sie im Dienste der Vereinigten Wohlfahrtsverbände die Gassen und Slums von Boston besuchte, hatte sie bewiesen, daß sie sich keiner noch so widerwärtigen Krankheit, keinem noch so abstoßenden Elend zu stellen scheute; doch hatte sie ihr Haus stets von Grund auf in Ordnung gehalten, sie war von leidenschaftlicher Reinlichkeitsliebe und besaß einen vorzüglichen Geschäftssinn. Jetzt jedoch erhob sie die Gepflegtheit zur Religion; das Innere ihres Hauses glänzte mit überreichlicher Politur, peinlicher Genauigkeit und Winterrosen. Inmitten all dieser dezenten Einflüsse blühte Verena selbst wie die Blume, die sich in

Boston zu solcher Vollkommenheit entfaltet. Olive hatte das angeborene Stilgefühl ihrer Mitbürgerinnen stets hochgeschätzt, ihre latente »Anpassungsfähigkeit«, ihr Talent, sich auf den ersten Blick in veränderte Umstände zu fügen; doch die Art und Weise, wie sich ihre Gefährtin in Einklang mit dem sie umgebenden kulturellen Niveau emporentwickelte, wie sie alle Verfeinerungen assimilierte und alle Überlieferungen in sich aufsog, stellte diese wohlmeinende Theorie weit in den Schatten. Die Wintertage waren still im Haus in der Charles Street und die Winterabende vor Störungen sicher. Unsere jungen Frauen hatten zahlreiche Pflichten, doch Olive hatte nie viel vom geschäftigen Umherhasten gehalten. Viele Beratungen über soziale und reformatorische Themen fanden unter ihrem Dach statt, aber sie empfing ihre Kolleginnen – sie gehörte zwanzig Vereinigungen und Komitees an – nur zu im voraus festgelegten Zeiten und erwartete von ihnen, daß sie sich streng danach richteten. Verenas Anteil an diesen Vorgängen war nicht aktiver Natur; ihre Gegenwart schwebte darüber, lächelnd, lauschend, gelegentlich mit einem schwärmerischen, nie jedoch einem müßigen Wort einfallend, als hätten sie sich zu gutem Omen ein sanft beseeltes Bildnis aufgerichtet. Es galt als ausgemacht, daß sie ihre Rolle auf der Bühne zu spielen hatte, nicht dahinter; daß sie nicht eine Souffleuse war, sondern (zumindest potentiell) ein »Liebling des Publikums«, und daß die Arbeit, der Miss Chancellor so tatkräftig vorstand, ganz allgemein der Zurüstung des Podiums diente, auf dem ihre Gefährtin später die aufsehenerregendsten Schritte vollführen würde.

Die Westfenster von Olives Salon, die über das Wasser blickten, fingen die roten winterlichen Sonnenuntergänge ein; die lange, niedrige Brücke, die auf kurzen Stelzen über den Charles kroch; die vereinzelten Eisschollen und Schneereste; die trostlosen, von der strengen Jahreszeit jeder Hülle entkleideten kahlen Umrisse der Vorstädte am Horizont; ganz allgemein die brutale, kalte Leere der Aussicht; einige in Charlestown und in Cambridge aufragende Kirchtürme und Schornsteine, die geraden, öden Röhren von Fabriken und Werkstätten oder den mageren, himmelwärts gerichteten Finger des neuenglischen Bethauses. Etwas Unerbittliches lag in der Dürftigkeit der Szenerie, etwas Schändliches in der Armseligkeit ihrer Einzelheiten, die sich zum Gesamteindruck zusammenfügten: Bretter und Blech und gefrorene Erde, Schuppen und Haufen von Unrat, Eisenbahngleise, die ebenerdig eine Verkehrsader voller Pfützen überquerten, und Schienen der bescheideneren, allgegenwärtigen Pferdebahn, die schräg diesen gefährlichen Pfad durchschnitten; wackelige Zäune, unbebaute Grundstücke, Berge von Müll, Höfe mit herumliegenden Eisenrohren, Telegrafenmasten, nackte Rückfronten hölzerner Häuser. Verena fand so eine Aussicht reizvoll, und dazu war sie durchaus berechtigt, wenn mit dem sinkenden Tag das häßliche Bild eine klare, kalte, rosige Tönung annahm. Die windstille frostige Luft schien zu klirren wie ein Kristall, noch die schwächsten Farbabstufungen waren am Himmel wahrnehmbar, der Westen wurde dunkel und weich, alles zeigte sich doppelt deutlich, bevor es im Abenddämmer verschwamm. Hier und da erschien der Schnee rötlich übergossen, »weiche« Reflexe leuchteten von Flecken gefrorenen Morasts, das Läuten der Straßenbahn klang nicht länger schrill, sondern nahezu silberhell von der langen Brücke herüber, nichts als Umrisse ferner dunkler Wellenlinien vor der verblassenden Glut. Diese gefälligen Eindrücke pflegten jenes Ende des Salons aufzuhellen, und Olive saß oft mit ihrer Gefährtin am Fenster, ehe es Zeit wurde, die Lampe anzuzünden. Sie bewunderten die Sonnenuntergänge, sie freuten sich an den rötlichen Flecken, die das Licht an die Wände des Salons malte, sie verfolgten mit Ausflügen ihrer Phantasie die dunkler werdende Aussicht. Sie sahen zu, wie an einem kälter gewordenen Himmel endlich die Sternenpunkte hervortraten, und dann wandten sie sich, ein wenig erschauernd, Arm in Arm ab, mit dem Gefühl, die Winternacht sei sogar noch grausamer als die Tyrannei der Männer – wandten sich zugezogenen Vorhängen und einem helleren Feuer und einem blinkenden Teetablett und immer noch mehr Gesprächen über das lange Martyrium der Frauen zu, ein Thema, zu dem sich Olive wirklich unerschöpflich und fesselnd zu äußern vermochte. Es kamen Abende mit starkem Schneefall, wenn die Charles Street weiß und lautlos dalag und die Türglocke zum Schweigen verurteilt war, Abende wie kleine Inseln aus Lampenlicht mit erweitertem und vertieftem Ausblick. Gemeinsam lasen sie viel Geschichte, stets mit demselben Gedanken – darin Bestätigung zu finden für diese Idee, daß ihr Geschlecht unaussprechlich gelitten habe und daß der Zustand der Welt zu jedem Zeitpunkt im Lauf der menschlichen Begebenheiten so viel weniger schrecklich gewesen wäre (die Geschichte kam ihnen in jeder Hinsicht schrecklich vor), wenn die Frauen in der Lage gewesen wären, die Waagschale zu neigen. Verena steckte voller Anregungen, die zur Diskussion herausforderten; meistens war sie es, die den Umstand im Auge behielt, daß in der Vergangenheit eine ganze Anzahl Frauen mit Macht ausgestattet gewesen waren und diese nicht immer sehr menschenfreundlich gebraucht hatten; sie war es, die die verruchten Königinnen, die lasterhaften Königsmätressen ins Gespräch brachte. Die beiden wurden mit diesen Damen mühelos fertig, und die offenkundigen Verbrechen der Blutigen Maria, die geheimen Fehltritte Faustinas, der Gattin des reinen Marcus Aurelius, ließen sich durchaus zufriedenstellend einordnen. Wenn der Einfluß der Frauen in der Vergangenheit jede tugendhafte Handlung erklärte, die Männer zufällig einmal vollbracht hatten, brachte es die Dinge nur ins rechte Gleichgewicht, daß der Einfluß der Männer die gelegentlichen Verfehlungen des anderen Geschlechts erklärte. Olive merkte, wie wenige Bücher durch Verenas Hände gegangen waren und daß das Haus der Tarrants kaum eine belesene Familie beherbergt hatte; doch jetzt durcheilte das Mädchen die Gefilde der Literatur mit dem für sie typischen leichten Schritt. Alles, was sie in Angriff nahm, wurde zu einer Illustration der Mühelosigkeit, der Begabung, die Olive, die so wenig davon besaß, nie zu bestaunen und zu rühmen aufhörte. Nichts flößte Verena Furcht ein; zu allem lächelte sie nur, sie brachte alles zustande, was sie versuchte. So wie sie anderes vermochte, verstand sie zu studieren; sie las schnell und behielt alles zuverlässig im Gedächtnis; sie konnte nach Tagen Passagen wiederholen, die sie scheinbar nur überflogen hatte. Olive fühlte sich natürlich immer glücklicher bei dem Gedanken, ihrer Sache sollten die Dienste einer so seltenen Veranlagung zuteil werden.

Das klingt zweifellos alles ziemlich trocken, und ich beeile mich, hinzuzufügen, daß unsere Freundinnen nicht immer in Miss Chancellors strebsamem Salon eingesperrt waren. Trotz Olives Wunsch, ihre kostbare Hausgenossin für sich zu behalten und ihre Aufmerksamkeit auf die gemeinsamen Studien zu richten, trotz ihrer ständigen Mahnung an Verena, dieser Winter solle ausschließlich ihrer Ausbildung gewidmet sein und die Gemeinplätze der Zufriedenen und Unaufgeklärten hätten ihr wenig zu geben, kurzum, trotz der beständigen strengen Zweisamkeit unserer jungen Frauen darf man nicht annehmen, ihr Lebensstrom hätte nicht zahlreiche Nebenflüsse und Zuläufe gehabt. Miss Chancellor war zwar allgemein als eigenwillige und originelle Persönlichkeit bekannt, dennoch war sie eine typische Bostonerin, und als typische Bostonerin gehörte sie unumgänglich in gewissem Grade zu einem »Kreis«. Man hatte von ihr gesagt, sie gehöre dazu, aber nicht hinein; doch sie gehörte immerhin soweit hinein, daß sie gelegentlich andere Häuser aufsuchte und deren Bewohner in dem ihren empfing. Sie hegte die Überzeugung, daß sie ihre Teekanne mit dem Löffel der Gastfreundlichkeit füllte und eine ganze Anzahl auserwählter Seelen spüren ließ, sie seien zu schicklichen Stunden unter ihrem Dach willkommen. Sie bevorzugte, wie sie es nannte, *echte* Menschen, und es gab mehrere, deren Echtheit sie mittels nur ihr bekannter Kunstgriffe geprüft hatte. Diese kleine Gruppe war recht gemischt und wenig vornehm; in ihr überwogen Damen, die früh oder spät umhertrabten, hinter dem Muff Bücher aus dem Athenaeum an die Brust drückend oder auch Sträußchen erlesener Blumen, die sie einander als Geschenk mitbrachten. Verena, die sich in Olives Abwesenheit immer wieder gern ziellosen Betrachtungen aus dem Fenster hingab, sah sie am Haus in der Charles Street vorbeikommen, immer ein wenig in Eile, als seien sie für irgendwelche Vorhaben zu spät dran. Fast jederzeit, denn sie beneidete sie um ihrer Geschäftigkeit willen, hätte sie sich gern mit ihnen eingelassen. Wenn sie sie ihrer Mutter beschrieb, wußte Mrs. Tarrant sehr oft nicht, wer sie waren; es gab sogar Tage (ihr wurden so viele Entmutigungen zuteil), wo es schien, als wollte sie es gar nicht wissen. Solange sie nicht jemand anders waren, schien es zwecklos zu sein, daß sie sie selbst waren; wer immer sie waren, diesen Mangel hatten sie bestimmt. Selbst nach allen Auslassungen ihrer Mutter besaß Verena nur unklare Begriffe davon, wer sie nach ihrem Wunsch hätten sein sollen; und nur, wenn das Mädchen von den Konzerten sprach, auf die Olive sämtlich abonniert war und in die sie ihre unzertrennliche Freundin führte, schien Mrs. Tarrant überhaupt das Gefühl zu haben, ihre Tochter lebe dem hohen Niveau gemäß, zu dem man sie in ihrem Heim in Cambridge erzogen habe. Wie alle Welt weiß, sind in Boston die Gelegenheiten, gute Musik zu hören, zahlreich und ausgezeichnet, und es war von jeher Miss Chancellors Brauch, nur das Beste zu pflegen. Die vorzüglichsten Programme hatten es ihr angetan, wie man so sagt, und die Music Hall, jene hohe, dämmrige, würdevolle Konzerthalle, durch die seinerzeit so viel Redekraft und Melodienreichtum hallten und deren Raumgestaltung und Farbgebung allein schon ehrerbietige Aufmerksamkeit zu lehren scheinen, breitete den Schutz ihrer angestrahlten Stuckdecke kaum über verständnisvoller emporgewandte Gesichter aus als die der jungen Frauen, für die Bach und Beethoven nur in zahllosen Formen die Idee wiederholten, die sie stets begleitete. Symphonien und Fugen bekräftigten nur ihre Überzeugungen, erregten ihre revolutionäre Leidenschaft, führten ihre Phantasie weiter in die Richtung, in die sie beständig drängte. Es erhob sie in unermeßliche Höhen; und während sie dasaßen und die große reichgeschmückte ernste Orgel betrachteten, die über der Bronzestatue Beethovens aufragte, spürten sie, dies war der einzige Tempel, in dem die Anhänger ihres Glaubens beten konnten.

Und doch war die Musik nicht ihre größte Freude, denn sie hatten noch zwei Dinge, die sie mindestens ebenso eifrig pflegten. Eines davon war einfach die Gesellschaft der alten Miss Birdseye, mit der Olive in diesem Winter mehr zusammenkam als jemals zuvor. Es war nicht mehr zu übersehen, ihr langer und bewundernswerter Lebenslauf neigte sich seinem Ende zu, ihre ernste, unablässige Arbeit war vorbei, ihre veralteten Waffen waren zerbrochen und stumpf geworden. Gern hätte Olive diese als ehrwürdige Reliquien eines geduldigen Kampfes an die Wand gehängt, und eben das schien sie zu tun, wenn sie die arme Dame veranlaßte, ihre Kämpfe zu schildern – nie glorreich und glanzvoll, sondern verborgen und bis zur Selbstaufgabe heroisch –, die Gestalten ihrer Waffengefährten zurückzurufen, ihre Medaillen und Narben vorzuzeigen. Miss Birdseye wußte, daß sie zu nichts mehr nütze war; sie mochte immer noch so tun, als sei sie in Geschäften unpopulärer Belange unterwegs, mochte in ihrer altehrwürdigen Mappe nach Papieren kramen und glauben, sie hätte wichtige Verabredungen, sie mochte Petitionen unterschreiben, Versammlungen besuchen, Doktor Prance gegenüber behaupten, wenn sie ihr nur etwas Schlaf verschaffte, könnte sie noch ungezählte Fortschritte miterleben; sie hatte Schmerzen und war erschöpft, hatte allmählich fast ebensoviel Freude daran, zurückzublicken (bei Miss Birdseye etwas ganz Anormales) wie voraus. Sie ließ sich jetzt von ihren Freundinnen der neuen Generation verhätscheln; es gab Tage, an denen sie sich nichts Besseres zu wünschen schien, als an Olives Feuer zu sitzen und sich über die alten Kämpfe zu verbreiten, mit einem unbestimmten Behagen – keinerlei körperliche Wonne konnte sich bei Miss Birdseye sonderlich stark ausprägen –, von nassen Füßen verschont zu sein wie auch von der Zugluft, die bei spärlich besuchten Versammlungen herrscht, von Straßenbahnen unabhängig zu sein, die voraussichtlich brechend voll ankommen. Aber sie fand Befriedigung auch in der Erkenntnis, nicht so sehr, daß sie der jüngeren Generation als Vorbild diente, die unter günstigeren Voraussetzungen als sie antrat, sondern daß sie für die

Jüngeren in gewissem Grade eine Ermutigung verkörperte, weil sie ihnen die Strecke zu ermessen half, wie weit die neuen Wahrheiten bereits vorangekommen waren – denn sie vermochte ihnen von einem so andersartigen Stand der Dinge zu berichten, aus der Zeit, als sie noch eine junge Dame war, die Tochter einer sehr begabten Lehrerin (gewiß, auch ihre Mutter war Lehrerin gewesen) unten in Connecticut. Für Olive war sie von jeher vom Hauch des Märtyrertums umweht, und ihre alten Tage, mit zerrütteten Kräften, ohne Entschädigung, ohne Altersversorgung, trieben Miss Chancellor aus den Tiefen einer theoretisch untermauerten Empörung Zornestränen in die Augen. Auch für Verena war sie eine romantische, humanitäre Persönlichkeit. Verena war von Kind auf daran gewöhnt, Märtyrern zu begegnen, doch sie hatte noch keinen Märtyrer mit so vielen Erinnerungen wie Miss Birdseye erlebt, und auch keinen, der so oft mit knapper Not dem Feuer des Scheiterhaufens entronnen wäre. Miss Birdseye war in den frühen Tagen des Abolitionismus solchen Situationen so knapp entkommen, daß man staunen mußte, wie sie bei ihren Schilderungen jegliche Andeutung, sie habe Mut bewiesen, so weit zu umgehen wußte. Sie hatte bestimmte Gegenden der Südstaaten durchstreift, um den Sklaven die Bibel zu bringen, und mehr als einer ihrer Gefährten war im Lauf dieser Expeditionen geteert und gefedert worden. Sie selbst hatte einmal einen Monat in einem Gefängnis in Georgia zugebracht. Sie hatte die Enthaltsamkeit vom Alkohol in irischen Kreisen gepredigt, wo man die Heilslehre mit Wurfgeschossen empfing; sie hatte sich zwischen Ehefrauen und ihre vom Alkohol tobsüchtigen Ehemänner gestellt; sie hatte vor Schmutz starrende Kinder auf der Straße aufgelesen und in ihre eigene ärmliche Wohnung mitgenommen, hatte ihnen die stinkenden Lumpen ausgezogen und ihnen mit ihren seifenglatten kleinen Händen die wunden Leiber gewaschen. In ihrer eigenen Person erschien sie Olive und Verena als eine Verkörperung der leidenden Menschheit; das Mitleid, das sie für sie empfanden, ging ein in ihr Mitleid für jene, die die schwächsten von allen waren und die am schlimmsten betroffenen; und (ganz besonders) Miss Chancellor berührte der Gedanke, daß diese wunderliche kleine Missionarin das letzte Glied einer langen Tradition darstellte, daß mit ihrer Abberufung das heroische Zeitalter Neuenglands – das Zeitalter bescheidenen Lebens und erhabenen Denkens, reiner Ideale und ernsten Strebens, sittlicher Leidenschaft und edler Experimente – ein für allemal zu Ende sein würde. Der Glaube Miss Birdseyes in seiner immerblühenden Frische war es, der eine solche Ansteckungskraft für diese modernen Mädchen besessen hatte, die unverlöschliche Flamme ihrer transzendentalen Weltsicht, die Schlichtheit ihrer Visionen, die Art, wie sie trotz Irrtümern, Täuschungen, wechselnder Moden der Reformbewegung, die die Heilmittel einer vorhergehenden Generation so lächerlich wirken lassen wie ihre Hauben, daran festhielt, das einzige wirklich Entscheidende sei die Läuterung der menschlichen Gattung mittels der Lektüre Emersons und häufiger Besuche des Tremont-Tempels. Olive war jahrelang in den Stadtmissionen beachtlich aktiv gewesen; auch sie hatte schmutzige kleine Kinder abgeschrubbt und hatte in schmierigen Pensionen Zimmer betreten, wo die häusliche Situation mehr als gespannt war und die Nachbarn bei den Geräuschen von nebenan erbleichten. Doch sie bedachte, nach solchen Belastungen habe sie die Erquickung eines hübschen Hauses genossen, eines Salons voller Blumen, eines prasselnden Kamins, in dem die von ihrer Hand nacheinander hineingeworfenen Kiefernzapfen knackten, eines importierten Teeservices, eines Chickering-Klaviers und der »Deutschen Rundschau«; wogegen Miss Birdseye nur ein kahles, gewöhnliches Zimmer mit einem scheußlichen geblümten Teppich hatte (er sah aus wie bei einem Zahnarzt), einen kalten Ofen, die Abendzeitung und Doktor Prance. Bevor der Winter zu Ende ging, nahmen Olive und Verena bei ihr an einer weiteren Versammlung teil; sie glich der Veranstaltung, die wir am Anfang unserer Geschichte beschrieben haben, mit dem Unterschied, daß Mrs. Farrinder nicht dabei war und nicht mit ihrer Größe auf den Versammelten lastete und daß Verena ohne Mithilfe ihres Vaters eine

Ansprache hielt. Diese junge Dame hatte ihre Worte mit noch schönerer Wirkung als zuvor verströmt, und Olive konnte sehen, wieviel sie seit dem Beginn des Bildungsprozesses in der Charles Street an Selbstvertrauen und Gedankenreichtum gewonnen hatte. Ihr Motiv war diesmal eine Art Stegreifhuldigung für Miss Birdseye, Blüte und Frucht der Zusammenkunft und der einmütigen Verehrung der jüngeren Mitglieder des Kreises, die in ihr ein bereitwilliges Sprachrohr fanden. Sie schilderte Miss Birdseyes mühseligen Lebensweg und die Gefährten ihrer Frühzeit (Verena versäumte nicht, im Vorübergehen auch Eliza P. Moseley zu streifen), ihre Schwierigkeiten und Gefahren und Triumphe, ihren humanisierenden Einfluß in so weiten Bereichen, beschrieb sie schließlich in der heiteren Gelassenheit ihres ehrenvollen Alters, kurzum, wie eine der Damen sagte, sie drückte ganz genau aus, was sie alle für sie empfanden. Während Verena sprach, strahlte ihr Antlitz auf und wurde triumphierend, doch in die Augen der meisten Zuhörer brachte sie Tränen. Olive war der Meinung, nichts könne anmutiger und rührender sein, und sie stellte fest, daß Verena jetzt einen tieferen Eindruck hinterließ als an dem ersten Abend. Miss Birdseye schritt in der Unschuld ihrer achtzig Jahre und mit ihrer unscharfen Brille zwischen ihren Freunden umher und fragte sie, ob es nicht einfach herrlich sei; sie bezog nichts davon auf sich selbst, sie betrachtete es nur als glänzenden Ausdruck der Gabe Verenas. Olive überlegte hinterher, hätte man nur auf der Stelle eine Sammlung veranstalten können, so hätte die gute Dame für den Rest ihrer Tage ausgesorgt; dann fiel ihr ein, daß die meisten ihrer Gäste ebenso mittellos waren wie Miss Birdseye.

Ich habe angedeutet, daß unsere jungen Freundinnen noch über eine andere Quelle seelenstärkender Gemütsbewegungen verfügten als die mit Beethoven und Bach verbrachten Stunden oder die Schilderungen Miss Birdseyes vom Concord der alten Zeit. Als solche diente der wundervolle Einblick, den sie in die Geschichte weiblicher Qual gewonnen hatten. Sie durchforschten dieses Kapitel ständig und beflissen und leiteten davon die reinsten Elemente ihrer Mission ab. Olive hatte den

Stoff mit so anhaltendem und ernstem Bemühen durchgearbeitet, daß sie ihn jetzt vollkommen beherrschte; es war die eine Sache im Leben, die sie wirklich gemeistert zu haben meinte. Sie vermochte ihn Verena mit der größten Autorität und Genauigkeit vorzuführen, sie noch auf den dunkelsten und verschlungensten Pfaden zu geleiten. Wir wissen, daß sie kein Vertrauen zu ihrer eigenen Rednergabe besaß, doch sie war ungemein beredt, wenn sie Verena daran erinnerte, daß die edle Schwäche der Frauen nie einen Schutz für sie bedeutet, sondern sie nur schärferen Schmerzen ausgesetzt hatte, als männliche Dickfelligkeit es sich auszumalen vermag. Ihr abscheulicher Partner hatte sie von Anbeginn der Zeiten mit Füßen getreten, und ihre Zärtlichkeit, ihre Selbstverleugnung hatte ihm die günstige Gelegenheit dazu geschaffen. All die eingeschüchterten Ehefrauen, schwergeprüften Mütter, entehrten, verlassenen Mädchen, die jemals auf der Erde gelebt hatten mit dem sehnsüchtigen Wunsch im Herzen, möglichst bald aus ihr zu scheiden, alle zogen sie immer wieder von neuem vor ihren Augen vorbei, und die endlose dunkle Prozession schien eine Myriade Hände nach ihr auszustrecken. Sie saß bei ihnen während ihrer schlaflosen Nächte voll bebender Erwartung, lauschte mit ihnen nach dem Schritt, der Stimme, die sie erbleichend zusammenzucken ließen und vor Angst krank machten, wanderte mit ihnen an den dunklen Wassern entlang, die allen Jammer, alle Schande fortzuspülen versprachen, und wenn die Vision besonders intensiv wurde, wagte sie mit ihnen sogar den letzten schaudernden Sprung. Sie hatte die Verletzbarkeit und Empfindlichkeit dieser Frauen bis zur letzten Feinheit analysiert; alle erdenklichen Qualen der Sorge, der Spannung und Angst kannte sie (oder glaubte sie zu kennen); und sie war zu dem Schluß gekommen, am Ende seien es die Frauen gewesen, die für alles bezahlt hätten. In letzter Instanz fiel die gesamte Bürde des menschlichen Geschicks auf sie; weit mehr als über den anderen türmte sich über ihnen die unerträgliche Last des Schicksals. Sie waren es, die eingepfercht und angekettet dasaßen, um die volle Bürde auf sich zu nehmen; sie waren es, die alles Warten durchgestanden und alle Wunden empfangen hatten. Die Opfer, das Blut, die Tränen, die Schrecken waren ihr Los. Ihr Organismus war an sich schon eine Herausforderung an Schmerz und Leid, und die Männer hatten sich, das mit einer geradezu grenzenlosen Schamlosigkeit zunutze gemacht. Da sie die Schwächsten waren, hatte man sie am meisten beraubt, und da sie die Großmütigsten waren, hatte man sie am meisten betrogen. Olive Chancellor hätte ihr Plädoyer, wäre eines nötig gewesen, auf diesen allgemeinen Fakten aufgebaut; und ihre einfache und alles umfassende Behauptung lautete, das ganz besondere Leid, das von jeher geradezu das Wesen des weiblichen Schicksals ausmachte, sei nichts als ein ungeheuerlicher, kunstvoll eingefädelter Betrug, der nach Sühne schreie. Sie war zu dem Eingeständnis bereit, auch Frauen könnten schlecht sein; es gebe viele auf der Welt, die falsch, unmoralisch, ruchlos seien. Doch ihre Irrtümer seien nichts gegen ihre Leiden; für ihr Fehlverhalten hätten sie bereits im voraus, falls nötig, eine ganze Ewigkeit abgebüßt. Olive breitete diese Ansichten vor ihrer lauschenden und anteilnehmenden Freundin aus; sie stellte sie in jeder nur denkbaren Beleuchtung stets von neuem dar, und stets schien die Wahrheit in ihnen zu pochen. Verena war ungemein beeindruckt; ein geheimes Feuer griff auf sie über; sie hungerte nicht so nach Rache wie Olive, aber zuletzt, bevor sie nach Europa reisten (ich werde mir den Raum für die Schilderung versagen, wie sie sich in dieses Vorhaben stürzte), stimmte sie gänzlich ihrer Gefährtin zu, nach so vielen Jahrhunderten des Unrechts (sowie nach der Europareise) müßten die Männer endlich an die Reihe kommen, müßten die Männer dafür bezahlen!

Einundzwanzigstes Kapitel

Basil Ransom wohnte in New York, ziemlich weit im Osten und in den oberen Ausläufern der Stadt; er logierte in zwei kleinen, dürftigen Zimmern in einem etwas heruntergekommenen Haus, das hart an der Ecke der Zweiten Avenue stand. Die Ecke selbst nahm ein großer Lebensmittelladen ein, und dessen unmittelbare Nachbarschaft erstickte jegliche Ansprüche im Keime, die Ransom und seine Mitbewohner hinsichtlich der Vornehmheit der Lage gehegt haben mochten. Das Haus hatte eine rote, ausgeblichene Fassade und verschossene grüne Jalousien, deren Brettchen schlaff und untereinander uneins waren. In einem der unteren Fenster hing eine mit Fliegenpunkten übersäte Karte, auf der das Wort »Vollpension« prangte, in Buchstaben, die (nicht besonders sauber) aus Buntpapier abgestufter Schattierungen ausgeschnitten und mit einem schmalen Golddruckstreifen eingefaßt waren. Die zwei Fronten des Ladens schützte ein gewaltiges Markisendach, das sich über einen schmierigen Bürgersteig hinausschob und auf zwei in den Randstein eingelassenen hölzernen Pfosten lehnte. Darunter, auf den losen Platten des Gehweges, standen malerisch und locker gruppiert Fässer und Körbe umher; ein offenes Kellerloch gähnte zu Füßen derer, die womöglich stehenblieben, um die im Fenster ausgestellten appetitlichen Waren allzu wohlgefällig anzustarren; ein kräftiger Geruch nach Räucherfisch, mit Sirupduft vermischt, schwebte über der Ecke; den Bürgersteig säumten längs des Rinnsteins schmutzige Weidenkörbe, in denen sich Kartoffeln, Karotten und Zwiebeln türmten; und ein schmucker bunter Karren, der mit ausgespanntem Pferd am Rand der unsäglichen Straße abgestellt war (sie wies einen Fuß tiefe Löcher und Furchen und seit Urzeiten angehäuften Schmutz auf), verlieh der Szene eine geruhsame, ländliche, pastorale Atmosphäre, obwohl sie sonst eher als Ausdruck ranzig gewordener Zivilisation hätte gelten können. Das Unternehmen war von der Art, die den New Yorkern als holländischer Kolonialwarenladen bekannt ist; und in der Tür hätte man rotgesichtige, gelbhaarige, bloßärmelige Verkäufer herumlungern sehen können. Ich erwähne das nicht, weil es irgendeinen Einfluß auf das Leben oder die Gedanken Basil Ransoms gehabt hätte, sondern um der alten Bekanntschaft und des Lokalkolorits willen; überdies ist eine Figur nichts ohne einen Hintergrund, und unser junger Mann kam und ging täglich, freilich mit recht achtlosem, gleichgültigem Schritt, an den eben kurz skizzierten Dingen vorbei. Eines seiner Zimmer lag direkt über der Haustür; ein solches Schlafzimmer heißt, wenn es so dürftig ist, im New Yorker Sprachgebrauch »Flurzimmer«. Das Wohnzimmer daneben war ein wenig größer, und beide gingen auf eine Häuserreihe hinaus, nicht weniger verkommen als Ransoms Unterkunft – vor vierzig Jahren gebaute und bereits verlotterte und überalterte Häuser. Auch diese waren rotgestrichen, und weiße Striche markierten die Fugen der Ziegelsteine; ihr Schmuck im ersten Stock waren Balkone mit vielfarbig gestreiften kurzen Blechdächern und üppigem eisernem Gitterwerk, das ihnen ein beengendes, käfigartiges Aussehen verlieh, so daß sie ein wenig den kleinen Kästen ähnelten, aus denen man ungesehen auf die Straße spähen kann, ein Merkmal orientalischer Städte. Diese Beobachtungsposten beherrschten eine Aussicht auf den Laden an der Ecke, auf die aus den Fugen geratene Straße, längs des Rinnsteins hier und da mit einem Aschekübel oder auch einer aus der Senkrechten geratenen Gaslaterne belebt, und nach Westen zu, als Abschluß des verstümmelten Panoramas, auf das kuriose Skelett der Hochbahn, längs über der Querstraße hängend, die sie mit der unermeßlichen Wirbelsäule und den unzähligen krallenden Pfoten eines vorsintflutlichen Ungeheuers verdunkelte und erstickte. Wäre mir hier die Gelegenheit nicht versagt, hätte ich gern etwas über das Innere der Bleibe Basil Ransoms berichtet, über gewisse sonderbare Personen beiderlei Geschlechts, größtenteils durchaus keine Günstlinge des Glücks, die dort ein zweifelhaftes Asyl gefunden hatten; ich hätte gern die zerknitterte kleine table d'hôte zu zweieinhalb Dollar die Woche geschildert, wo sich alles klebrig anfühlte, etabliert unter der niedrigen Decke des Kellergeschosses unter der Obhut zweier schlurfender Negerinnen, die sich ins Gespräch einmischten und in leises, geheimnisvolles Kichern ausbrachen, wenn es eine scherzhafte Wendung nahm. Doch wir brauchen uns strenggenommen nicht näher damit zu befassen, als zu der Folgerung beizutragen geeignet ist, daß der junge Mann aus Mississippi, auch noch ein und ein halbes Jahr nach jenem folgenschweren Besuch in Boston, seinen Beruf noch nicht sonderlich lukrativ gestaltet hatte.

Er war fleißig gewesen, er war ehrgeizig gewesen, doch er war noch immer ohne Erfolg geblieben. Während der paar Wochen vor dem Zeitpunkt, da wir ihm wieder begegnen, hatte er sogar gänzlich an seiner irdischen Bestimmung zu zweifeln begonnen. Es erschien ihm sehr fraglich, ob in irgendeiner Form Erfolg darin geschrieben stand; ob es überhaupt möglich war, daß ein hungriger junger Mann aus Mississippi, ohne Mittel, ohne Freunde, dem es zudem an der letzten Energie, der Weisheit der Schlange, persönlichen Ränken und nationalem Prestige mangelte, in New York das Spiel des Lebens gewinnen könnte. Er hätte schon beinahe aufgegeben, um in das Heim seiner Vorfahren zurückzukehren, wo es, wie er von seiner Mutter hörte, noch immer eine gerade ausreichende Menge warmen Maiskuchens gab, um sein Leben zu fristen. Er hatte nie stark an sein Glück geglaubt, doch im Laufe des letzten Jahres hatte es sich Irrwege zuschulden kommen lassen, die sogar einem ständigen, einem unerschütterlichen Opfer des Schicksals überraschend kamen. Nicht nur hatte er seine Klientel nicht vermehrt, sondern er hatte die meisten der kleinen Geschäftsverbindungen verloren, die ihm noch ein Jahr zuvor ein Grund zur selbstgefälligen Befriedigung gewesen waren. Er hatte nichts als kleine Aufträge bekommen, und mehr als einen hatte er verpfuscht. Derlei Unglücksfälle hatten sich nicht günstig auf seinen Ruf ausgewirkt; er hatte Gelegenheit zu der Wahrnehmung gehabt, daß diese schöne Blüte schon geknickt werden kann, wenn sie noch eine so zarte Knospe ist, daß man sie kaum zu ertasten vermag. Er war eine Partnerschaft mit einem Menschen eingegangen, der einige seiner eigenen Mängel auszugleichen verhieß – einem jungen Mann aus Rhode Island, der sich, wie er es ausdrückte, auf der Innenbahn auskannte. Doch wie sich herausstellte, hätte diesem

Herrn selbst eine durchgehende Umformung gut angestanden, und Ransoms wesentlichster Mangel, also letztlich der Mangel an Bargeld, war diesem nicht weniger offenkundig, nachdem sein Kollege vor einer plötzlichen und nicht angekündigten Reise nach Europa das schmale Guthaben der Firma von der Bank abgehoben hatte. Ransom saß stundenlang in seinem Büro und wartete auf Klienten, die entweder nicht kamen oder, wenn sie doch kamen, ihn nicht vielversprechend zu finden schienen, da sie ihn gewöhnlich mit der Bemerkung verließen, sie wollten es sich noch einmal überlegen. Bei ihren Überlegungen kam nicht viel heraus, und sie kehrten selten wieder, so daß er sich schließlich zu fragen begann, ob es sich etwa um ein Vorurteil gegen seinen südlichen Teint handele. Vielleicht sagte ihnen seine Sprechweise nicht zu. Wenn sie ihm eine bessere vorzuführen vermochten, war er bereit, sie zu übernehmen; doch die New Yorker Art konnte man sich nicht auf Kommando aneignen, und irgendwie war in diesem Fall das Beispiel nicht ansteckend. Er fragte sich, ob er beschränkt und unerfahren sei, und mußte sich schließlich selbst eingestehen, er sei unpraktisch.

Dieses Eingeständnis war an sich schon ein Beweis für die Tatsache, denn nichts konnte weniger gewinnbringend sein als eine solche Überlegung, die auf solche Weise endete. Er war sich vollkommen darüber im klaren, daß ihm viel mehr an der Theorie lag, und das müssen auch seine Besucher gedacht haben, wenn sie ihn, eines der langen Beine um das andere geschlungen, in einem Band De Tocqueville lesend vorfanden. Das war die Art Lektüre, die er liebte; er hatte viel über soziale und wirtschaftliche Fragen, Regierungsformen und das Glück der Völker nachgedacht. Die Erkenntnisse, zu denen er gelangt war, waren nicht geeignet, in gefälligem Einvernehmen mit den altehrwürdigen Wahrheiten zu leben, die ein junger Rechtsanwalt auf der Suche nach Aufträgen als gegeben hinzunehmen pflegt; doch er hatte zu bedenken, daß diese Doktrinen in Mississippi vermutlich nicht mehr zu seinem Wohlstand beitragen würden als in New York. Tatsächlich konnte er sich kaum auf ein Land besinnen, wo sie ihm zu besonderem Vorteil gereicht hätten. Ihm wurde klar, daß seine Ansichten gefestigt waren, wogegen im Vergleich dazu sein praktischer Einsatz recht lasch blieb; und entsprechend begann er zu überlegen, ob er seinen Lebensunterhalt nicht aus seinen Ansichten beziehen könne. Er hatte stets den Wunsch nach einer öffentlichen Tätigkeit empfunden; durchzusetzen, daß sich die eigenen Ideen im Leben der Nation verwirklichten, erschien ihm als die höchste Form menschlicher Freude. Doch besaßen seine einsamen Studien recht wenige Züge des öffentlichen Lebens, und er fragte sich, wozu es gut sei, daß er überhaupt ein Büro besaß, und weshalb er seinen Beruf nicht genausogut in der Astor-Bibliothek ausüben könne, wo er in seinen freien Stunden und an gelegentlichen Feiertagen ein ungeheures Pensum anregender Lektüre erledigte. Er machte sich zahlreiche Notizen und legte Aufzeichnungen an, und diese ordneten sich manchmal in eine Form, die sie womöglich den Redakteuren von Zeitschriften empfehlen konnten. Vielleicht kamen Leser, wenn schon keine Klienten; also brachte er unter vieler Mühe ein halbes Dutzend Artikel hervor, in denen er, wie ihm nach Beendigung seiner Arbeit schien, alle Argumente ausgelassen hatte, die er am eindringlichsten hatte vorbringen wollen, und adressierte sie an die Mächte, die den wöchentlichen und monatlichen Publikationsorganen vorstehen. Man wies sie alle mit Dank ab, und er hätte annehmen müssen, der Tonfall seines gelinderen Himmelsstrichs bringe ihm aus der Feder ebensowenig Glück wie auf den Lippen, hätte ihn nicht in Zusammenhang mit einem Aufsatz zu den Rechten der Minderheiten eines seiner etwas redewilligeren Orakel auf eine andere Erklärung gebracht. Dieser Herr wies darauf hin, seine Lehrmeinung hinke der Zeit um rund dreihundert Jahre hinterher; zweifellos hätte sie eine Zeitschrift aus dem sechzehnten Jahrhundert mit Freuden gedruckt. Das warf Licht auf seinen eigenen Verdacht, er vertrete Belange, die nach der Natur der Dinge nicht anders als unpopulär sein konnten. Der unangenehme Redakteur hatte recht, daß er nicht in die Zeit paßte, nur hatte er sich im Datum geirrt. Er war Jahrhunderte zu früh gekommen; er war nicht zu alt, sondern zu neu. Ein solcher Eindruck hätte ihn jedoch nicht davon abgehalten, in die Politik zu gehen, hätte es einen anderen Weg gegeben, eine Wählerschaft zu vertreten, als den, gewählt zu werden. In Mississippi mochte man Leute finden, die exzentrisch genug waren, für ihn zu stimmen, aber wo sollte er inzwischen die grünen Zwanzig-Dollar-Scheine finden, die er seinen so dauerhaft auf eine Mehlspeisendiät beschränkten weiblichen Verwandten von Zeit zu Zeit zu schikken anstrebte? Ihm ging mit einigem Nachdruck auf, daß seine Ansichten keine Zinsen abwerfen würden, und als dieser angenehme Traum in Rauch aufging, war ihm zumute wie einem Mann in einem offenen Boot auf See, der soeben seinen letzten Fetzen Segeltuch losgeworden ist.

Ich werde mich nicht auf eine vollständige Darstellung Basil Ransoms fataler Ansichten einlassen, bin ich doch überzeugt, der Leser wird sie im weiteren erraten, da sie auf eine launige und geistreiche Art aus den Äußerungen des jungen Mannes hervorzulugen pflegten. Ich lasse ihnen ausreichend Gerechtigkeit widerfahren, indem ich sage, daß er aus natürlicher Neigung ein rechter Stoiker war und, im Ergebnis einer beträchtlichen geistigen Erfahrung, in gesellschaftlichen und politischen Angelegenheiten ein Reaktionär. Ich nehme an, er war sehr anmaßend, denn er hatte einen starken Hang, ein Urteil über seine Zeit zu fällen. Er fand sie geschwätzig, nörgelig, hysterisch, wehleidig, voller falscher Ideen, ungesunder Keime, verschwenderischer, ausschweifender Sitten, für die eine große Abrechnung bevorstand. Er bewunderte rückhaltlos den verstorbenen Thomas Carlyle und beobachtete die Übergriffe der modernen Demokratie mit größtem Mißtrauen. Ich weiß nicht genau, wie diese sonderbaren Ketzereien bei ihm Wurzel gefaßt hatten, doch besaß er einen ansehnlichen Stammbaum (einst hatten an ihm englische Royalisten und Kavaliere geblüht), und von Zeit zu Zeit schien es, als hätte sich der Geist eines robusten, aber engstirnigen Vorfahren in ihm breitgemacht, eines breitgesichtigen Perücken- oder Degenträgers mit einem primitiveren Begriff von Mannestum, als unser modernes Temperament ihn zu erfordern scheint, und einem viel weniger breitgefächerten Programm menschlicher Glückseligkeit. Er hielt viel von seinem Stammbaum, er verehrte seine Vorväter, und ihm taten eher jene leid, die nach ihm kommen würden. Jedoch, wenn ich das sage, übe ich an ihm ein wenig Verrat, denn er sprach Gefühle dieser Art nie aus. Obwohl er das Zeitalter zu geschwätzig fand, wie ich schon erwähnte, redete er genausogern wie sonst jemand; doch konnte er seine Zunge hüten, wenn das vielsagender war, und das tat er in der Regel, wenn seine innere Bedrängnis am größten war. Er hatte schon mehrere Abende lang in einem Bierkeller gesessen und mit tiefster Zurückhaltung seine Pfeife geraucht. Dieses Verhalten legte er so durchgehend an den Tag, daß es eine Krise bezeichnete – die vollständige, klare Erkenntnis seiner persönlichen Lage. Ihm war kein Weg bekannt, einen Abend billiger zu verbringen. In diesem Lokal waren die Schoppen sehr groß und das Bier vorzüglich; und da der Wirt und die meisten Gäste Deutsche waren und er ihre Umgangssprache nicht beherrschte, wurde er nicht verleitet, sich in unnötigen Gesprächen zu verausgaben. Er sah seinem Rauch zu und dachte nach, dachte so angestrengt nach, daß ihm zuletzt schien, er habe alles Denkbare erschöpft. Als dieser Moment eintrat und ihn Erleichterung und Bestürzung zugleich ergriffen (am letzten der Abende, mit denen wir uns befassen), ging er die Dritte Avenue hinunter und erreichte seine bescheidene Behausung. Bis vor kurzem hatte es für ihn zu solcher Stunde und in solcher Stimmung eine Zuflucht gegeben; eine kleine Varietékünstlerin, die in dem Haus wohnte und mit der er die denkbar besten Beziehungen angeknüpft hatte, aß hier oft in dem dunklen, stickigen Speisezimmer zu Abend (sie speiste allabendlich irgendwo, nach der Vorstellung), und er pflegte hineinzuschauen und mit ihr zu schwatzen. Doch sie hatte kürzlich geheiratet, zu seiner großen Belustigung, und ihr Gatte war mit ihr auf die Hochzeitsreise gegangen, die zugleich beruflich als Tournee dienen sollte. Diesmal nun stieg

Basil Ransom mit recht schwerem Schritt in seine Wohnung hinauf, wo er (auf dem wackligen Schreibtisch im Wohnzimmer) ein Briefchen von Mrs. Luna vorfand. Ich brauche es nicht in extenso wiederzugeben; ein blasser Abglanz dürfte genügen. Sie warf ihm vor, er vernachlässige sie, verlangte zu wissen, was aus ihm geworden sei, ob er sich für eine Person zu fein halte, der nur an ernsthafter Gesellschaft liege. Sie beschuldigte ihn, sich verändert zu haben, und erkundigte sich nach dem Grund für seine Kälte. Sei es zuviel verlangt, zu fragen, ob er ihr wenigstens sagen könne, auf welche Weise sie ihn erzürnt habe? Sie hätte immer geglaubt, sie harmonierten so sehr miteinander – er gebe in allen Dingen ihren eigenen Gedanken so lebhaften Ausdruck. Sie liebe intellektuellen Umgang, und jetzt habe sie keinen. Sie hoffe dringend, er werde sie am nächsten Abend besuchen – wie er es vor sechs Monaten zu tun pflegte; und wie sehr sie auch gefehlt oder er sich verändert haben möge, verbleibe sie doch stets seine ihm zugetane Kusine Adeline.

»Was zum Kuckuck will sie denn jetzt von mir?« Mit diesem etwas unfreundlichen Ausruf warf er das Schreiben seiner Kusine Adeline beiseite. Die Geste hätte darauf hindeuten können, daß er keine Notiz von ihr zu nehmen gedachte; dennoch, nach Ablauf eines Tages stellte er sich bei ihr ein. Er wußte noch von damals – das heißt vor einem Jahr –, was sie wollte; sie hatte gewünscht, er sollte sich um ihren Besitz kümmern und der Erzieher ihres Sohnes sein. Er hatte gutmütig diesem Wunsch entsprochen – so viel Vertrauen rührte ihn –, doch das Experiment war rasch gescheitert. Mrs. Lunas Angelegenheiten lagen in den Händen von Bevollmächtigten, die volle Aufsicht darüber hatten, und Ransom erkannte sofort, seine Funktion würde einfach darin bestehen, sich in Dinge einzumischen, die ihn nichts angingen. Die Leichtfertigkeit, mit der sie ihn dem Spott der rechtmäßigen Hüter ihres Vermögens ausgesetzt hatte, öffnete ihm die Augen gegenüber einigen Gefahren des verwandtschaftlichen Verhältnisses; dennoch hatte er sich gesagt, er könnte sich auf ehrliche Weise etwas dazuverdienen, indem er täglich ein, zwei Stunden der Erziehung ihres kleinen Jungen widmete. Doch auch das erwies sich als eine kurze Illusion. Ransom mußte am Nachmittag dafür Zeit finden; er verließ seine Praxis um fünf Uhr und blieb bis zur Abendbrotzeit bei seinem jungen Verwandten. Nach wenigen Wochen schätzte er sich glücklich, wenn er sich ohne gebrochene Schienbeine zurückziehen konnte. Daß Newton einen bemerkenswerten kleinen Charakter besaß, hatte seine Mutter oft genug betont; doch zeichnete er sich, wie Ransom erkannte, durch das Fehlen jeglicher Eigenschaften aus, die einem Lehrer Zuneigung zu seinem Schüler einflößen. Er war in Wahrheit ein unausstehliches Kind und hegte gegen die lateinische Sprache eine ganz persönliche, körperliche Abneigung, die in Wutkrämpfen Ausdruck fand. Während dieser Anfälle versetzte er allem und jedem Fußtritte – dem armen »Rannie«, seiner Mutter, den Herren Andrews und Stoddard, den berühmten Römern, dem ganzen Universum, dem er, rücklings auf dem Teppich liegend, ein Paar ungewöhnlich aktive kleine Fersen zeigte. Mrs. Luna richtete es gern so ein, daß sie bei seinen Lektionen anwesend war, und wenn diese, wie es früher oder später unvermeidlich geschah, in das soeben beschriebene Stadium eintraten, legte sie für ihren überarbeiteten Liebling ein gutes Wort ein, erinnerte Ransom daran, dies seien die Merkmale einer überaus sensiblen Veranlagung, bat darum, dem Kind ein wenig Ruhe zu gewähren, und verbrachte den Rest der Zeit im Gespräch mit dem Lehrer. Sehr bald erkannte er, daß er sein Honorar nicht verdiente; überdies war es ihm unangenehm, in pekuniären Beziehungen zu einer Dame zu stehen, der es nicht zu verhehlen gelang, daß sie ihn sich gern verpflichtete. Er legte sein Lehreramt nieder und holte tief Luft, hatte er doch das unklare Gefühl, einer Gefahr entronnen zu sein. Er hätte niemandem genau sagen können, worin sie bestand, und er hegte einen gewissen sentimentalen, provinziellen Respekt vor Frauen, der ihm verbot, sich auch nur in seinen eigenen Gedanken näher Rechenschaft darüber abzulegen. Den Damen gegenüber hing er fest an den alten

Formen der Höflichkeit und Galanterie; er war der Meinung, sie seien zarte, liebenswürdige Wesen, die die Vorsehung unter den Schutz des bärtigen Geschlechts gestellt habe; und es war für ihn nicht nur ein humoristischer Gedanke, daß die Herren aus den Südstaaten, welche Mängel sie auch immer haben mochten, sich jedenfalls durch ihre Ritterlichkeit auszeichneten. Er war ein Mann, der dieses Wort in einem schnodderigen Zeitalter immer noch mit vollkommen ernster Miene auszusprechen vermochte.

Diese Kühnheit hinderte ihn nicht daran, die Überzeugung zu hegen, die Frauen seien von Natur aus den Männern unterlegen, und darüber hinaus könnten sie unendlich lästig werden, wenn sie das Los nicht hinzunehmen bereit wären, das die Männer ihnen zugewiesen hatten. Er hatte äußerst festumrissene Vorstellungen von ihrem Platz in Natur und Gesellschaft, und in seinem Geist gab es keinen Raum für einen Zweifel, ob sie das von jeder echten Ehrerbietung ausschloß. Der ritterliche Mann entrichtete diesen Tribut mit Beflissenheit. Er erkannte ihre Rechte an; diese bestanden in einem immerwährenden Anspruch auf die Großmut und das Zartgefühl des stärkeren Geschlechts. Die Pflege solcher Gefühle war für beide Geschlechter von Vorteil, und sie strömten selbstverständlich am ungehemmtesten, wenn die Frauen freundlich und dankbar darauf ansprachen. Man kann behaupten, daß er einen höheren Begriff von Höflichkeit besaß als die meisten jener Leute, die den Einzug weiblicher Gesetzgeber herbeisehnten. Wenn ich noch hinzufüge, daß ihm eifernde und streitsüchtige Frauen zuwider waren und er der Meinung war, ihre Sanftmut und Fügsamkeit seien die Inspiration, die Chance (die höchste) des Mannes, so habe ich eine Geistesverfassung skizziert, die zweifellos vielen Lesern peinlich unreif vorkommen wird. Das jedenfalls hatte Basil Ransom daran gehindert, den Punkt aufs I zu setzen, wie die Franzosen sagen, als er schrittweise entdeckte, daß Mrs. Luna ihm schöne Augen machte. Die Entwicklung zog sich lange hin, ehe er dessen gewahr wurde. Er hatte sehr bald bemerkt, daß sie ein ungemein ungezwungenes Persönchen war – daß sie geschwinder, als er es je erlebt hatte, ein hohes Maß an Vertraulichkeit als selbstverständlich ansah. Doch da er sie weder sonderlich frisch noch sonderlich schön fand, hätte er sich nicht ohne weiteres erklären können, weshalb sie es sich in den Kopf setzen sollte, einen unbekannten und unbemittelten Mann aus Mississippi zu heiraten, der für eigene weibliche Verwandte zu sorgen hatte (es wäre ihm nie eingefallen, daran zu zweifeln, daß sie auf etwas anderes als eine Heirat aus sein könnte). Er konnte nicht ahnen, daß er einem bestimmten heimlichen Ideal Mrs. Lunas entsprach, die den Stand der Grundbesitzer liebte, selbst wenn sie landlos waren, die einen Südstaatler anbetete, gleich, in welcher Lage er sich befand, die in ihrem Verwandten einen schönen, männlichen, melancholischen, selbstlosen Charaktertyp sah und davon überzeugt war, ihre Ansichten zu politischen Angelegenheiten, zu den Problemen der Zeit, dem vulgären Charakter des modernen Lebens würden in seinem Gemüt eine vollkommene Erwiderung finden. Der Art seiner Äußerungen konnte sie entnehmen, daß er ein Konservativer war, und dies war das Motto, das auch auf ihrem Seidenbanner geschrieben stand. Sie vertrat diesen unpopulären Standpunkt sowohl vom eigenen Temperament her wie auch als Reaktion auf die »extremen« Ansichten ihrer Schwester und auf den Eindruck der schrecklichen Leute, die sich um dieser Ansichten willen um sie scharten. In Wirklichkeit war Olive vornehm und wählerisch, und Adeline war das törichte Opfer von Täuschungen, bei denen nur zu leicht das Schlimmere für das Bessere gehalten wird. Sie sprach zu Ransom von der Minderwertigkeit der Republiken, erzählte von den entsetzlichen Leuten, die sie im Ausland in den Botschaften der Vereinigten Staaten kennengelernt habe, den schlechten Manieren der Dienstboten und Verkäufer in jenem Land, gab ihre Hoffnung kund, die »guten alten Familien« würden sich behaupten; doch er hatte keine Ahnung, daß sie derlei Themen (wie sie diese abhandelte, fand er ungemein drollig) mit dem Ziel erörterte, ihn zum Altar zu führen, ihn auf dem Weg dahin weiterzulocken. Am allerwenigsten konnte er annehmen, ihr sei es gleichgültig, daß er kein Vermögen besaß – ein Punkt, in dem er ihr keine Gerechtigkeit widerfahren ließ; denn den Umstand, daß er in diesem Zeitalter der Krämerseelen arm geblieben war, hielt sie für einen Beweis seiner Feinfühligkeit, und so machte ihr der Gedanke viel Freude, da ja Newtons kleiner Besitz auf ihn festgeschrieben sei (mit Sicherheiten, die die Weitsichtigkeit des armen Mr. Luna bezeugten, aber auch seine Großherzigkeit, denn was er *ihr* hinterlassen hatte, war an keine unangenehmen Bedingungen geknüpft, wie zum Beispiel ewige Trauer) – da, wie gesagt, Newton sich der finanziellen Unabhängigkeit erfreue, die seinem Charakter angemessen sei, reiche ihr eigenes Vermögen sehr bequem auch für zwei, und so könne sie sich den Luxus leisten, einen Gatten zu wählen, der in ihrer Schuld stünde. Basil Ransom ahnte nichts von alledem, doch er ahnte, nicht umsonst schreibe ihm Mrs. Luna jeden zweiten Tag ein Briefchen, erbiete sie sich, ihn zu ungewöhnlichen Zeiten im Park spazierenzufahren, und antworte auf seinen Einwand, er müsse sich um seine Geschäfte kümmern: »Ach, hol der Kuckuck Ihre Geschäfte! Ich habe das Wort so satt – in Amerika hört man nichts anderes. Es gibt Wege, auch ohne Geschäfte vorwärtszukommen, wenn Sie sie nur wählen würden!« Er antwortete selten auf ihre Briefe, und ihm mißfiel stark ihre Art, wie sie trotz ihrer Sympathie für Regel und Ordnung den Versuch machte, einem durchs Fenster ins Haus zu steigen, wenn man die Tür verschlossen hatte; deshalb begann er, merklich längere Abstände zwischen seine Besuche zu schieben, und zum Schluß kam er nur noch ganz selten. Wenn ich seinen Hang zu einer fast abergläubischen Höflichkeit Frauen gegenüber bedenke, geht mir auf, daß ihn irgendein sehr starkes Motiv bewegt haben muß, seiner freundlichen – seiner nur allzu freundlichen – Kusine die kalte Schulter zu zeigen. Dennoch, als er ihren vorwurfsvollen Brief erhielt (nachdem dieser Zeit gehabt hatte, ein wenig zu wirken), sagte er sich, vielleicht sei er ungerecht und sogar brutal gewesen, und da er sich von solchen Gewissensbissen leicht anrühren ließ, nahm er den abgerissenen Faden wieder auf.

Als er mit Mrs. Luna in ihrem kleinen, nach hinten gelegenen Salon unter der Lampe saß, sah er es doch mit etwas toleranteren Augen an, daß sie nicht umhin konnte, ihn wieder unter Druck zu setzen. Mehrere Monate waren verstrichen, und er war dem Erfolg der erhofften Art keinen Schritt näher gekommen. Sacht drängte sich ihm der Gedanke auf, es gebe noch eine andere Art, die ihm kaum übersehbar offen stehe, gewiß nicht so würdig und auch nicht so männlich, aber schließlich könnte er es vielleicht doch mit seiner Ehre vereinbaren, darauf zurückzugreifen. Mrs. Luna hatte eine Inspiration gehabt; dieses eine Mal in ihrem Leben hatte sie den Mund gehalten. Sie hatte ihm keine Szene gemacht, hatte mit keiner Silbe nach einer Erklärung gefragt; sie hatte ihn empfangen, als wäre er erst am Tag vorher dagewesen, mit der Zugabe einer Prise geheimnisvoller Melancholie. Es war, als wäre sie zu dem Schluß gelangt, zwar habe sie ihn in der Eigenschaft verloren, auf die sie gehofft hatte, doch immer noch lohnender als die trostlose Verlassenheit sei ein Versuch, ihn als Freund zu behalten. Sie schien ihm vor Augen führen zu wollen, welche Mühe sie sich gab. Sie war behutsam und fürsorglich, sie umhegte ihn, rückte einen Schirm beiseite, der vor dem Feuer stand, machte die Bemerkung, er sehe müde aus, und klingelte nach Tee. Sie erkundigte sich nicht nach seinen Geschäften, fragte nicht danach, ob er viel zu tun gehabt habe und gut vorangekommen sei; und diese Zurückhaltung berührte ihn als unerwartet zartfühlend und diskret; es war ihm, als hätte sie kraft eines besonderen weiblichen Spürsinns erraten, daß seine berufliche Laufbahn keinen Anlaß zum Prahlen bot. Ein Maß von Arglosigkeit in seinem Wesen machte es möglich, daß er sich fragte, ob sie sich etwa gebessert habe. Das Lampenlicht war sanft, das Feuer prasselte wohltuend, alles um ihn her verriet den Geschmack und die Hand einer Frau; der Raum war meisterhaft dekoriert und gepolstert, hatte eine entzückende private und persönliche Note, der Inbegriff eines gutgeführten Heims. Mrs. Luna hatte darüber geklagt, wie schwierig es in Amerika sei, sich einzurichten, doch Ransom erinnerte sich, daß er einen ähnlichen Eindruck im Haus ihrer Schwester in Boston empfangen hatte, und hing dem Gedanken nach, bei diesen Damen sei die Kunst, es sich behaglich zu machen, offenbar eine Familieneigenschaft. Für einen Winterabend war es besser als der Bierkeller (Mrs. Lunas Tee war vorzüglich), und seine Gastgeberin wirkte an diesem Abend fast so liebenswürdig wie die Varietékünstlerin. Nach Ablauf einer halben Stunde fühlte er sich, ich will nicht sagen beinahe heiratswillig, aber beinahe verheiratet. Bilder der Muße umgaukelten ihn, einer Muße, in der er sich Konzeptpapier mit seinen Ansichten zu den verschiedensten Themen und mit wohltönenden Mustern südlicher Beredsamkeit vollschreiben sah. Ihm wurde recht eindringlich klar, es wäre schon ein tröstlicher Gedanke, daß man, wenn die Redakteure einem die Produkte mühseliger Nachtarbeit nicht abdrucken wollten, in der Lage wäre, sie auf eigene Kosten zu veröffentlichen.

Er erlebte einen Moment der fast vollkommenen Illusion. Mrs. Luna hatte ihre kleine Häkelarbeit aufgenommen; sie saß ihm gegenüber an der anderen Seite des Feuers. Während sie ihre Maschen häkelte, machten ihre weißen Hände ruckartige Bewegungen, und ihre Ringe blitzten und funkelten im Licht des Kamins. Ihr Kopf sank ein wenig zur Seite und ließ die wohlgerundeten Formen ihres Kinns und Halses sehen, und ihre gesenkten Augen (sie sah dabei nahezu bescheiden aus) ruhten still auf ihrer Arbeit. Für eine ganze Weile hatte sich Schweigen auf ihr Gespräch herabgesenkt, und Adeline – die sich unbedingt gebessert hatte – schien ebenfalls dessen Zauber zu spüren, schien es nicht sprengen zu wollen. Basil Ransom nahm das alles wahr, und gleichzeitig war er vag mit einer Überlegung beschäftigt. Wenn es einem Zeit gab, wenn es einem Muße gab, war das nicht an sich schon ein ehrenwertes Motiv? Das gründliche Studium der Frage, die ihm vor allem am Herzen lag – war die Gelegenheit *dazu* nicht ein unendlich begehrenswerter Vorteil? Er schien sich selbst zu sehen, sich selbst zu fühlen, in eben diesem Sessel, wenn er an künftigen Abenden im stillen Lampenlicht irgendein unentbehrliches Buch las – Mrs. Luna wußte sich so hübsche Schirme für gedämpftes Licht zu beschaffen. Wäre er dann nicht in der Lage, auf die öffentliche Meinung seiner Zeit einzuwirken, gewisse Tendenzen zu hemmen, auf gewisse Gefahren hinzuweisen, sich einige heilsame Kritik zu gestatten? War man nicht geradezu verpflichtet, sich für ein solches Vorhaben die besten Voraussetzungen zu schaffen? Und während das Schweigen anhielt, verfiel er geradezu in Grübeleien über seine Pflicht, redete er sich beinahe selbst ein, das sittliche Gesetz gebiete ihm, Mrs. Luna zu heiraten. Dann blickte sie von ihrer Arbeit auf, ihre Augen trafen sich, und sie lächelte. Er hätte fast geglaubt, sie habe erraten, woran er denke. Diese Vorstellung überraschte, erschreckte ihn ein wenig, und als Mrs. Luna auf ihre umgängliche Art sagte: »An Winterabenden liebe ich nichts so sehr wie ein gemütliches tête-à-tête am Feuer. Es ist richtig wie Darby und Joan; wie schade, daß der Kessel nicht mehr summt!« – als sie diese einladenden Worte äußerte, gab er sich deshalb einen kleinen, unmerklichen Ruck, der jedoch ausreichte, um den Bann zu brechen, und antwortete nicht direkt, sondern fragte sie nach einer kurzen Pause in einem Ton kühler, gedämpfter Neugier, ob sie in letzter Zeit von ihrer Schwester gehört habe, und wie lange Miss Chancellor in Europa zu bleiben gedenke.

»Na, Sie waren wirklich in Ihrer Höhle vergraben!« rief Mrs. Luna aus. »Olive ist vor sechs Wochen heimgekommen. Was hatten Sie denn erwartet, wie lange sie es aushält?«

»Ich habe keine Ahnung; ich war nie dort«, antwortete Ransom.

»Ja, eben deshalb mag ich Sie«, bemerkte Mrs. Luna freundlich. »Es ist eine so angenehme Abwechslung, wenn ein Mann auch ohne das nett ist.«

Der junge Mann stutzte, dann brach er in ungekünsteltes Lachen aus. »Mein Gott, wie wenige Gründe braucht es dazu!«

»Ach, ich erwähne diesen, weil ich ihn beim Namen nennen kann. Die übrigen würde ich nicht gern nennen.«

»Ich freue mich, daß Sie noch ein paar in Reserve haben, falls ich einmal fahre«, fuhr Ransom fort. »Ich dachte, Sie halten so viel von Europa.«

»Das tue ich auch; aber es ist nicht alles«, brachte Mrs. Luna philosophisch vor. »Sie täten gut daran, mit mir zu fahren«, fuhr sie mit einer gewissen Inkonsequenz fort.

»Mit einer so unwiderstehlichen Dame würde man bis ans Ende der Welt fahren!« rief Ransom aus, in den Ton verfallend, den Mrs. Luna immer so unbefriedigend fand. Das gehörte zu seiner südstaatlichen Galanterie – sein Akzent trat immer stark hervor, wenn er derartiges äußerte – und legte ihn im einzelnen auf nichts fest. Mehr als einmal hatte sie Anlaß zu dem Wunsch gehabt, er wäre nicht so gräßlich höflich, wie die Leute in England zu sagen pflegten. Sie erwiderte, sie mache sich nichts aus dem Ende, ihr liege mehr an den Anfängen; doch er griff die Äußerung nicht auf; er kam auf das Thema Olive zurück, wollte wissen, was sie drüben gemacht habe, ob sie die Leute da sehr in Schwung gebracht habe.

»Ach, natürlich hat sie alle fasziniert«, sagte Mrs. Luna. »Mit ihrer Anmut und Schönheit, ihrem ganzen Stil konnte es ja gar nicht anders sein.«

»Aber hat sie sie überzeugt, hat sie die Heerscharen vergrößert, die bereit sind, unter ihrem Banner zu marschieren?«

»Ich nehme an, sie hat eine Menge starke Persönlichkeiten kennengelernt, eine Menge niederträchtige alte Jungfern und Fanatikerinnen und alte Schachteln. Aber ich habe nicht die geringste Ahnung, was sie vollbracht hat – von dem, was sie vermutlich ›Wunder‹ nennen.«

»Haben Sie sie nicht bei ihrer Rückkehr gesehen?« fragte Basil Ransom.

»Wie hätte ich sie sehen sollen? Ich kann ziemlich weit sehen, aber doch nicht über die ganze Entfernung bis Boston.« Und dann, nachdem sie erklärt hatte, ihre Schwester sei in dem dortigen Hafen an Land gegangen, fuhr Mrs. Luna mit der Frage fort, ob er sich vorstellen könne, daß Olive irgend etwas im bestmöglichen Stil tue, solange es eine schlechtere Art gebe. »Selbstverständlich ist sie für minderwertige Schiffe – Dampfer nach Boston –, genau wie für gewöhnliche Leute und rothaarige Schreihälse und absurde Lehren.«

Ransom schwieg einen Augenblick. »Meinen Sie die – hm – recht auffallende junge Dame, die ich im Oktober vor einem Jahr in Boston kennengelernt habe? Wie hieß sie doch – Miss Tarrant? Mag Miss Chancellor sie immer noch so sehr?«

»Himmel! Wissen Sie nicht, daß sie sie nach Europa mitgenommen hat? Sie ist ja hingefahren, um *ihren* Geist zu bilden. Habe ich Ihnen das nicht im vergangenen Sommer erzählt? Damals kamen Sie oft zu mir.«

»O ja, ich erinnere mich«, sagte Ransom recht nachdenklich. »Und hat sie sie wieder mitgebracht?«

»Meine Güte, Sie nehmen doch wohl nicht an, sie würde sie dort lassen! Olive glaubt, sie sei dazu geboren, die Welt zu erneuern.«

»Ich erinnere mich, daß Sie mir auch das erzählt haben. Jetzt fällt es mir wieder ein. Nun, und ist ihr Geist gebildet?«

»Da ich ihn nicht vor Augen bekommen habe, kann ich es Ihnen nicht sagen.«

»Fahren Sie denn nicht hin, um zu sehen ...«

»Um mich zu überzeugen, ob Miss Tarrants Geist gebildet ist?« fiel Mrs. Luna ein. »Wenn Sie möchten, fahre ich. Ich erinnere mich, daß sie Sie ganz schön in Erregung versetzt hat, als Sie sie damals kennenlernten. Wissen Sie das nicht mehr?«

Ransom zögerte sekundenlang. »Eigentlich nicht. Es ist zu lange her.«

»Ja, zweifellos ist das die Art, wie Sie in puncto Frauen Ihre Meinung ändern! Arme Miss Tarrant, wenn sie denkt, sie hätte Eindruck auf Sie gemacht!«

»Sie dürfte wohl nicht an solche Sachen denken, wenn ihr Geist von Ihrer Schwester gebildet worden ist«, sagte Ransom. »Jetzt fällt es mir wieder ein, was Sie mir über ihre zunehmende

Intimität erzählt haben. Und gedenken sie für immer zusammenzubleiben?«

»Ich nehme es an – es sei denn, jemand setzt es sich in den Kopf, Verena zu heiraten.«

»Verena – heißt sie so?« fragte Ransom.

Mrs. Luna sah ihn an, während ihre Nadel stockte. »Aber! Haben Sie auch das vergessen? Sie haben mir selbst gesagt, Sie fänden den Namen so hübsch, damals in Boston, als Sie mit mir auf den Hügel spaziert sind.« Ransom erklärte, er erinnere sich zwar an jenen Spaziergang, aber nicht an alles, was er ihr gesagt habe; und sie gab recht bissig zu verstehen, womöglich würde er selbst Verena gern heiraten – er scheine sich so für sie zu interessieren. Ransom schüttelte betrübt den Kopf und bemerkte, er sei leider nicht in der Lage zu heiraten; woraufhin ihn Mrs. Luna fragte, was er damit sagen wolle – wolle er damit sagen (nach flüchtigem Zögern), er sei zu arm?

»Aber keineswegs! – ich bin steinreich; ich habe ungeheure Einkünfte!« rief der junge Mann aus; so daß Mrs. Luna, die seinen Ton und die leichte Zornesröte auf seinem Gesicht bemerkte, rasch begriff, daß sie zu weit gegangen war. Ihr fiel ein (es hätte ihr früher einfallen sollen), daß er ihr nie das Geringste über seine Angelegenheiten anvertraut hatte. Das war nicht die Art der Südstaatler, und er war mindestens ebenso stolz wie arm. Mit dieser Annahme hatte sie recht; Basil Ransom hätte sich selbst verachtet, wäre er imstande gewesen, einer Frau zu gestehen, er könne sich seinen Lebensunterhalt nicht verdienen. Solche Probleme gingen Frauen nichts an (ihre Sache war es einfach, sich versorgen zu lassen, die häuslichen Tugenden zu üben und bezaubernd dankbar zu sein), und für sein Gefühl lag nahezu etwas Unanständiges darin, darüber zu reden. Mrs. Luna tat er doppelt so leid, als sie merkte, daß er sich den Luxus des Mitgefühls versagte (das heißt des ihren), und der unbestimmte, aber vielsagende Seufzer, der über ihre Lippen kam, als sie ihre Häkelarbeit wieder aufnahm, drückte ungewöhnliche Hilflosigkeit aus. Sie sagte, natürlich wisse sie die Größe seiner Fähigkeiten zu schätzen – er könne alles erreichen, was er wolle; und eine Sekunde lang überlegte Basil Ransom, ob es, falls sie ihn geradeheraus fragte, ob er sie heiraten wolle, mit der erlesenen Höflichkeit eines Gentleman aus den Südstaaten vereinbar sei, sie abzuweisen. Wenn sie erst seine Frau wäre, könnte er ihr natürlich gestehen, daß er zu arm zum Heiraten sei, denn im Rahmen einer solchen Beziehung mußte sich sogar ein Südstaatler der erlesensten Lebensart manchmal gehenlassen. Doch ihn verlangte durchaus nicht nach einem solchen Arrangement, und er war sich bewußt, die schicklichste Reaktion auf ihre Mutmaßung wäre es, seinen Hut zu nehmen und zu gehen.

Binnen fünf Minuten verlangte es ihn jedoch danach fast ebensowenig wie nach einer Heirat mit Mrs. Luna. Er wollte mehr über das Mädchen hören, das bei Olive Chancellor wohnte. Etwas war in ihm wiederaufgelebt – eine alte Neugier, ein halb verwischtes Bild –, als er erfuhr, daß sie nach Amerika zurückgekehrt war. Aus dem, was Mrs. Luna fast ein Jahr zuvor über die Reise ihrer Schwester nach Europa gesagt hatte, war bei ihm ein falscher Eindruck entstanden; er hatte vermutet, es solle eine lange Abwesenheit werden, Miss Chancellor wolle vielleicht die kleine Prophetin dem Einfluß ihrer Eltern entziehen, womöglich sogar irgendeiner Liebesverwicklung. Weiterhin wollten sie zweifellos der Frauenfrage unter den günstigen Bedingungen auf den Grund gehen, die Europa zu bieten hätte; er wußte nicht viel über Europa, doch hegte er eine Vorstellung, daß es allgemein günstige Bedingungen biete. Als Ransom von Miss Chancellors Abreise in Begleitung ihrer jungen Gefährtin Kenntnis erhielt, hatte das bei ihm damals einer gewissen Neigung zu müßigen, aber unterhaltenden Rückblicken ein Ende gesetzt. Sein Dasein war insgesamt nicht reich an anregenden Episoden gewesen, und jenes kleine Kapitel seines Besuchs bei seiner wunderlichen, gescheiten, launischen Kusine mit dem Abend bei Miss Birdseye und seinem flüchtigen, am nächsten Tag erneuerten Eindruck von der eigenartigen, schönen, lächerlichen, rothaarigen jungen improvisatrice entrollte sich in seiner Erinnerung wie eine Seite fesselnder Belletristik. Die Seite schien jedoch zu verblassen, als er erfuhr, die zwei Mädchen seien auf unbestimmte Zeit in unbekannte Länder gereist; das entfernte sie aus seiner Reichweite, verschob die Perspektive, beeinträchtigte ihre Gültigkeit; daher hatte er bei seiner zunehmenden Besorgnis hinsichtlich seiner eigenen Angelegenheiten und seiner niedergedrückten Stimmung schon seit Monaten überhaupt nicht mehr an Verena Tarrant gedacht. Die Tatsache, daß sie wieder in Boston war, was gewissermaßen eine nachbarschaftliche Beziehung zwischen Boston und New York nahelegte, erwies sich jetzt als wichtig und angenehm. Er war sich bewußt, daß das eigentlich nicht ganz normal war, und dieses Bewußtsein veranlaßte ihn, hatte ihn bereits veranlaßt, ein wenig zu heucheln. Er nahm nicht seinen Hut und ging; er blieb in seinem Sessel sitzen und ließ es darauf ankommen, welcher harten Probe Mrs. Luna seine Höflichkeit unterziehen mochte. Ihm fiel ein, daß er sich bisher noch nicht besonders beflissen nach Newton erkundigt hatte, der zu dieser späten Stunde dem einzigen Einfluß erlegen war, der Unbezähmbare zähmt, und den Schlaf der Kindheit, wenn schon nicht der Unschuld, schlief. Ransom machte sein Versäumnis auf eine Weise wieder gut, die bei seiner Gastgeberin eine ungemein wortreiche Erwiderung auslöste. Seit er von Ransom aufgegeben worden war, hatte der Junge eine ganze Anzahl Hauslehrer gehabt, und man konnte nicht behaupten, daß seine Erziehung daniederlag. Mrs. Luna sprach mit Stolz davon, wie viele er verschliß; wenn er schon nicht seine Lektionen bewältigte, so bewältigte er doch seine Lehrer, und sie hegte die glückliche Überzeugung, sie lasse ihm jeden Vorteil angedeihen. Ransoms Aufschub war ein diplomatischer Zug, aber nach Ablauf von zehn Minuten kam er auf die jungen Damen in Boston zurück; er fragte, wieso man, bei ihrem aggressiven Programm, noch nichts von ihrem Sturmwind verspürt habe, wieso das Echo von Miss Tarrants Beredsamkeit nicht an seine Ohren gedrungen sei. Sei sie noch nicht an die Öffentlichkeit getreten? Komme sie nicht bald, um die New Yorker aufzurühren? Er hoffe, sie sei nicht durchgefallen.

»Beim Frauenkonvent im vorigen Sommer sah das nicht nach Durchfallen aus«, gab Mrs. Luna zur Antwort. »Haben Sie auch das vergessen? Habe ich Ihnen nicht erzählt, welche Sensation sie dort ausgelöst hat und was ich darüber aus Boston erfahren habe? Wollen Sie etwa behaupten, ich hätte Ihnen nicht den ›Transcript‹ mit dem Bericht über ihre große Rede gegeben? Es war kurz ehe sie nach Europa abreisten; sie ist mit fliegenden Fahnen inmitten eines Riesenfeuerwerks abgereist.« Ransom versicherte, er habe bis eben kein Wort von dieser Veranstaltung gehört, und als sie dann die Termine verglichen, ergab sich, daß sie unmittelbar nach seinem letzten Besuch bei Mrs. Luna stattgefunden hatte. Das gab dieser natürlich Gelegenheit zu der Bemerkung, er habe sie ja noch schlechter behandelt, als sie angenommen hatte; sie habe jedenfalls den Eindruck gehabt, sie hätten miteinander über Verenas jähen Sprung in die Höhen des Ruhms gesprochen. Offenbar verwechsele sie ihn mit jemand anderem, das sei durchaus möglich; er solle nur nicht glauben, daß er einen so eindeutigen Platz in ihren Gedanken einnehme, zumal sie zwanzigmal tot sein könne, bis er einmal in ihre Nähe komme. Ransom äußerte Zweifel an der Schlußfolgerung, Miss Tarrant sei berühmt; wenn sie berühmt wäre, würde man sie doch wohl in den New Yorker Zeitungen finden. Er habe da nichts über sie gefunden, und er könne sich nicht erinnern, damals (im vorigen Juni, nicht wahr?) auf irgendeine Erwähnung ihrer Großtaten beim Frauenkonvent gestoßen zu sein. Einen lokalen Ruf besitze sie zweifellos, aber das sei schon vor ein und einem halben Jahr der Fall gewesen, und damals habe man von ihr erwartet, sie werde landesweit eine Berühmtheit erster Ordnung werden. Er wolle gern glauben, daß sie in Boston einiges Aufsehen verursacht habe, aber besondere Bedeutung sei dem erst beizumessen, wenn ihre Photographie in den Schaufenstern aufzutauchen beginne. Freilich müsse man ihr Zeit lassen, doch er habe vermutet, Miss Chancellor werde sie schneller zurüsten.

Hätte er absichtlich diesen Ton des Widerspruchs angeschlagen, um Mrs. Luna auszuholen, hätte er die gewünschte Information nicht erschöpfender hervorlocken können. Es war absolut wahr, daß er keinen Hinweisen auf Verenas Auftritte im vorigen Juni begegnet war; es gab Zeiten, da fand er die Zeitungen so idiotisch, daß er wochenlang in keine hineinsah. Er erfuhr von Mrs. Luna, nicht Olive habe ihr den »Transcript« geschickt und das Zeugnis dieses wohlwollenden Blattes brieflich mit privaten Berichten über die Vorgänge beim Konvent ergänzt; sie sei für diesen Dienst einem »befreundeten Herrn« verpflichtet, der ihr alles schreibe, was in Boston vorgehe und was jeder jeden Tag zu Mittag gegessen habe. Nicht etwa, daß sie diese Information zu ihrem Glück brauche; doch der Herr, von dem sie spreche, wisse nicht, was er sich noch ausdenken solle, um ihr eine Freude zu machen. Ein Bostoner könne sich nicht vorstellen, daß man das gar nicht alles wissen wolle, und das sei eben deren Vorstellung, wie man sich in Gunst setze, oder doch die seine, armer Mann. Olive hätte ihr nie Näheres über Verena mitgeteilt; sie betrachte ihre Schwester als allzu weltlich gesinnt und wisse, daß Adeline nicht begreifen könne, wieso sie bei der Auswahl ihrer Busenfreundin so versessen darauf gewesen sei, sie sich ausgerechnet in der schrecklichsten Schicht der Gesellschaft zu suchen. Verena sei einfach eine kleine Abenteurerin und obendrein ganz drittklassig; doch sei sie freilich ein ganz hübsches Mädchen, wenn man an Haar von der Farbe der Cochenille-Schildlaus Gefallen finde. Was ihre Familie angehe, so sei sie absolut fürchterlich; es sei genauso, als hätte sie, Mrs. Luna, Busenfreundschaft mit der Tochter ihres Fußpflegers geschlossen. Typisch Olive, auf solche Ungeheuerlichkeiten zu kommen und noch zu glauben, sie tue dabei etwas Großes für die Menschheit; dabei könne sie trotz ihres Dranges, alles umzuwälzen und das Unterste zuoberst zu kehren, wenn es darauf ankomme, sich wirklich unter die Menschen zu mischen, hochnäsig und bissig sein, als wäre sie eine stolze alte Herzogin. Der Gerechtigkeit halber müsse sie erwähnen, daß Olive die Tarrants, Vater und Mutter, verabscheue; aber trotzdem lasse sie zu, daß Verena zwischen der

Charles Street und dem gräßlichen Loch, in dem sie wohnten, hin und her renne, und Adeline wisse von jenem Herrn, der so ausführlich berichte, daß das Mädchen dann und wann eine ganze Woche in Cambridge verbringe. Ihre Mutter, die einige Wochen lang krank gewesen sei, wollte, daß sie dort übernachte. Des weiteren wisse Mrs. Luna von ihrem Briefpartner, Verena werde von einer Reihe Herren mit Aufmerksamkeiten überschüttet – oder jedenfalls sei es im vorigen Winter so gewesen. Sie wisse nicht, wie sie das mit der Idee vereinbare, wonach das weibliche Geschlecht sich selbst genüge; doch sie habe Grund zu der Behauptung, dies sei eines der Motive, weshalb Olive mit ihr auf Reisen gegangen sei. Sie habe Angst gehabt, Verena werde einem Mann nachgeben, und habe diese Beziehungen abbrechen wollen. Natürlich wäre ein Nachgeben äußerst mißlich, im Falle einer jungen Frau, die vom Podium herabkreische, alte Jungfern seien das höchste Ideal. Adeline vermute, Olive habe sie jetzt völlig unter Kontrolle, es sei denn, sie benutze in der Tat die Ausflüge nach Cambridge als Deckmantel, um sich mit Herren zu treffen. Sie sei ein gerissenes Pflänzchen und schere sich so viel um die Frauenrechte wie um den Panamakanal; das einzige Frauenrecht, nach dem es sie verlange, sei es, irgendwo hinaufzuklettern, wo die Männer sie genügend betrachten könnten. Sie werde bei Olive bleiben, solange es ihren Zwecken diene, denn Olive mit ihrem enormen Ansehen könne sie voranbringen und die Nachteile ihrer niedrigen Herkunft wettmachen, ganz davon zu schweigen, daß sie alle ihre Ausgaben bestreite und mit ihr die Europareise unternommen habe. »Aber denken Sie an meine Worte«, sagte Mrs. Luna, »sie wird es Olive mit dem größten Undank heimzahlen, den Olive je erlebt hat. Sie wird mit einem Löwenbändiger durchbrennen; sie wird einen Zirkusmenschen heiraten!« Und Mrs. Luna fügte hinzu, das geschähe Olive Chancellor recht. Doch sie werde es schwernehmen; dann könne man sich auf schöne Ausbrüche gefaßt machen!

Basil Ransom hegte gemischte Gefühle; während seine Gastgeberin beiläufig und zugleich nachdrücklich diese recht heimtückischen Bemerkungen von sich gab. Er nahm sie alle in sich auf, denn sie vermittelten ihm gewisse sehr interessante Fakten; doch gleichzeitig erkannte er, daß Mrs. Luna nicht wußte, wovon sie sprach. Er war Verena Tarrant nur zweimal in seinem Leben begegnet, doch es war sinnlos, ihm einzureden, sie sei eine Abenteurerin – wenngleich es allerdings sehr wahrscheinlich war, daß sie es Miss Chancellor am Ende mit Undank lohnen würde. Nicht ganz ohne Grimm lachte er in sich hinein, als dieses Bild an seinen Augen vorbeiglitt; die Vorstellung war ihm nicht unangenehm, er werde seine Rache finden (von den Ereignissen zu erfahren, wäre Rache genug), Rache an der boshaften jungen Frau, die ihn zu sich eingeladen hatte, nur um ihn dann vor den Kopf zu stoßen. Jedoch hatte er ein sonderbares Gefühl, ihm sei etwas entgangen, weil er von dem Auftritt des anderen Mädchens beim Frauenkonvent nichts gewußt hatte – ein unbestimmtes Gefühl, er sei betrogen und an der Nase herumgeführt worden. Jedoch war es müßig, sich zu beklagen, war es doch wenig wahrscheinlich, daß er nach Boston hätte fahren können, um sie zu hören; aber es bedeutete für ihn, daß er nicht einmal auf unbestimmte Weise aus der Entfernung Anteil an einem Ereignis gehabt hatte, das so unmittelbar mit ihr verknüpft war. Weshalb sollte er Anteil daran haben, und war es nicht selbstverständlich, daß so unmittelbar mit ihr verknüpfte Dinge ihn überhaupt nichts angingen? Diese Frage kam ihm erst, als er an diesem Abend nach Hause wanderte; vorläufig hielt sie sich noch ganz im Hintergrund; daher war er frei, des weiteren zu spüren, seine innere Erlebniswelt sei regelrecht zum Darben verurteilt gewesen, nur weil er von der Tatsache nichts gewußt hatte, daß sie sich wieder (relativ) in seiner Nähe befand, daß sie im Dunstkreis des Horizonts aufgetaucht war (nicht länger jenseits der Krümmung des Erdballs weilte), ohne daß er es bemerkt hatte. Dieses Empfinden, einen persönlichen Verlust erlitten zu haben, wie ich es bereits schilderte, führte weiterhin zu dem Gefühl, etwas wiedergutzumachen, nachzuholen zu haben. Er hätte einem kaum erklären können, wie er das anstellen wollte; doch die Idee, so ungeformt sie noch war, führte ihn in eine ganz andere Richtung als die, der er eine Viertelstunde vorher gefolgt war. Während er ihre Gaukelbilder vor sich sah, versank er wieder in Schweigen, und mitten darin bedachte ihn Mrs. Luna erneut mit einem geheimnisvollen Lächeln. Das brachte ihn auf die Beine; seine gesamte geistige Landschaft lag plötzlich in hellem Licht. Es war unbedingt *nicht* seine Pflicht, Mrs. Luna zu heiraten, um sich die Mittel für seine Studien zu sichern; er riß sich zurück, als wäre er eben drauf und dran gewesen.

»Sie meinen doch nicht etwa, Sie gehen schon? Ich habe noch nicht die Hälfte dessen gesagt, was ich wollte!« rief sie aus.

Er warf einen Blick auf die Uhr, sah, daß es noch nicht spät war, machte eine Runde durch das Zimmer, dann setzte er sich wieder, aber woandershin, während sie ihm mit den Augen folgte und gern gewußt hätte, was in ihn gefahren sei. Ransom hütete sich, sie zu fragen, was sie denn noch zu sagen habe, und vielleicht um sie daran zu hindern, begann er zu reden, flüssig, rasch, in einem ganz neuen Ton. Er blieb noch eine halbe Stunde und gab sich sehr unterhaltsam. Für Mrs. Luna schien er jetzt alle Merkmale der Vornehmheit zu besitzen (daß er die meisten besaß, hatte sie schon gewußt); sie hielt ihn für einen wirklich charmanten Mann. Er plauderte unentwegt weiter, bis er zuletzt ernstlich seinen Hut nahm; er plauderte über den Zustand des Südens, seine sozialen Eigenheiten, den vom Krieg herbeigeführten Ruin, die heruntergekommene Oberschicht, die wunderlichen Typen ausgedienter Eisenfresser, so zerlumpt wie unversöhnlich, die Tragik und Komik des Ganzen, brachte sie in einem Augenblick zum Lachen, im nächsten fast zum Weinen, und die ganze Zeit mußte sie sich sagen, wenn ihm gerade der Sinn danach stehe, gebe es keinen anderen Mann, der einer Dame den Abend so angenehm vertreiben könne. Erst hinterher fragte sie sich, wieso es ihm erst zum Schluß, so unvermittelt, in den Sinn gekommen sei. Sie schwärmte für die heruntergekommene Oberschicht; ihr Geschmack unterschied sich völlig von dem ihrer Schwester, die sich nur für die untere

Klasse und ihren Kampf um den Aufstieg interessierte; was Adeline am Herzen lag, war die untergegangene Aristokratie (sie schien überall stark im Niedergang zu sein; war Basil Ransom nicht ein Beispiel dafür? Glich er nicht einem französischen gentilhomme de province nach der Revolution oder einem alten emigrierten Monarchisten aus dem Languedoc?); wie gesagt, was sie bewegte, war die ausgeplünderte Herrenkaste, deren Haltung so edel und ergreifend war und der gegenüber man Wohltätigkeit walten lassen konnte, so diskret, wie ihr Stolz empfindlich war. In allen Vorstellungen Mrs. Lunas über sich selbst war die Diskretion ihr hervorstechendstes Merkmal. »Lassen Sie erneut zehn Jahre verstreichen, bis Sie wiederkommen?« fragte sie, als Basil Ransom ihr gute Nacht sagte. »Sie müssen mir Bescheid sagen, denn zwischen Ihrem heutigen Besuch und dem nächsten habe ich Zeit, nach Europa und zurück zu fahren. Ich werde darauf achten, daß ich am Tag davor eintreffe.«

Statt auf diese Neckerei einzugehen, fragte Ransom: »Fahren Sie nicht in nächster Zeit nach Boston? Besuchen Sie nicht wieder einmal Ihre Schwester?«

Mrs. Luna starrte ihn überrascht an. »Was haben *Sie* davon? Entschuldigen Sie, daß ich so begriffsstutzig bin«, fuhr sie fort; »natürlich, dann bin ich aus dem Weg. Herzlichen Dank!«

»Ich möchte nicht, daß Sie wegfahren; aber ich würde gern mehr über Miss Olive hören.«

»Warum denn bloß? Sie können sie doch überhaupt nicht leiden!« Bevor Ransom antworteten konnte, war Mrs. Luna bereits einen Schritt voraus. »Ich glaube wahrhaftig, mit Miss Olive meinen Sie Miss Verena!« Ihre Augen beschuldigten ihn einen Moment dieser befremdlichen Absicht; dann rief sie: »Basil Ransom, sind Sie etwa in dieses Geschöpf verliebt?«

Er lachte ganz ungezwungen auf, ohne sich schuldig zu bekennen, nicht um Mrs. Luna irrezuführen, sondern einfach, um den Stand der Dinge darzustellen. »Wie könnte ich? Ich habe sie nur zweimal im Leben gesehen.«

»Hätten Sie sie öfter gesehen, hätte ich keine Bedenken!

Man stelle sich nur vor, da wollen Sie mich also nach Boston abschieben!« fuhr seine Gastgeberin fort. »Ich habe es gar nicht eilig, wieder bei Olive zu wohnen; außerdem belegt dieses Mädchen das ganze Haus mit Beschlag. Sie sollten lieber selbst hinfahren.«

»Nichts wäre mir lieber«, sagte Ransom.

»Vielleicht sähen Sie gern, daß ich Verena einlade, einen Monat bei mir zu verbringen – das wäre womöglich ein Weg, Sie herzulocken«, fuhr Adeline im Ton übersprudelnder Herausforderung fort.

Ransom war im Begriff zu antworten, es wäre ein besserer Weg als jeder andere, doch hielt er sich rechtzeitig zurück; er hatte bisher noch nie, nicht einmal im Scherz, eine so grobe, so unhöfliche Bemerkung an eine Dame gerichtet. Wenn er mit Frauen scherzte, merkte man es nur an seiner geradezu übersteigerten Höflichkeit. »Seien Sie versichert, es gibt nichts, was ich nicht für Sie eher als für irgendeine Frau auf der Welt täte«, sagte er, während er sich zum letzten Mal über Mrs. Lunas mollige Hand neigte.

»Das merke ich mir und nehme Sie beim Wort!« rief sie ihm nach. Doch selbst bei diesem recht munteren Austausch von Gelöbnissen hatte er das Gefühl, recht glimpflich davongekommen zu sein. Im Licht eines schönen Wintermondes ging er langsam die Fünfte Avenue entlang, in die er aus Adelines Querstraße eingebogen war; und an jeder Ecke blieb er eine Minute stehen, verweilte in Gedanken versunken, während er sacht einen unbestimmten Seufzer ausstieß. Das war ein unbewußter, unwillkürlicher Ausdruck der Erleichterung, wie er einem Manne angestanden hätte, der um Haaresbreite überfahren worden war und nun feststellte, er war noch heil und unversehrt. Er mühte sich nicht lange mit der Frage ab, was ihn gerettet habe; was immer es war, es hatte eine Reaktion ausgelöst, und er fühlte sich recht beschämt bei dem Gedanken, seine Zukunftsaussichten in letzter Zeit so öde gefunden zu haben. Bis er seine Wohnung erreichte, waren sein Ehrgeiz, seine Entschlossenheit neu aufgeflammt; ihm war eingefallen, daß er sich früher selbst für einen fähigen Menschen gehalten hatte, daß im einzelnen nichts geschehen war, was einen Zweifel daran begründet hätte (es gab nur negatives, kein positives Beweismaterial dazu), und daß er jedenfalls jung genug war, einen neuen Versuch zu wagen. An diesem Abend ging er pfeifend zu Bett.

Dreiundzwanzigstes Kapitel

Drei Wochen später stand er vor Olive Chancellors Haus und blickte zögernd die Straße auf und ab. Er hatte Mrs. Luna erklärt, nichts wäre ihm lieber, als noch einmal nach Boston zu fahren; aber er war nicht hierhergekommen, weil er einfach Lust dazu hatte. Ich wollte gerade sagen, ein glücklicher Zufall war ihm entgegengekommen, doch mir fällt ein, daß man nicht verpflichtet ist, Zufälle mit schmeichelhaften Attributen zu versehen, wenn man so lange auf sie gewartet hat. Auf jeden Fall ist die Stunde vor dem Morgengrauen die dunkelste; und ein paar Tage nach jenem von mir beschriebenen melancholischen Abend, den Ransom in seinem deutschen Bierkeller verbracht hatte, vor einem einzigen, bald geleerten Glas Bier hockend und ergebnislos in die Zukunft starrend, stellte er fest, daß die Welt ihn offenbar doch noch brauchte. Die »Partei«, wie er gesagt hätte (ich kann nicht vorgeben, seine Redeweise sei dafür zu heroisch gewesen), für die er vor so vielen Monaten Rechtsgeschäfte abgewickelt und die damals seinen Diensten nur beschränkte Anerkennung gezollt hatte (zwischen dem Anwalt und seinem Klienten hatte es eine Meinungsverschiedenheit gegeben), hatte offenbar inzwischen festgestellt, daß sie sich fruchtbringender als erwartet ausgewirkt hatten, hatte die Angelegenheit wieder aufgegriffen und Ransom ersucht, sich erneut in die Schwesterstadt zu begeben. Sein Auftrag erforderte mehr Zeit als zuvor, und drei Tage lang widmete er ihm ungeteilte Aufmerksamkeit. Am vierten stellte er fest, daß er noch immer aufgehalten wurde; er würde bis zum Abend warten müssen – es waren noch einige wichtige

Dokumente vorzubereiten. Er beschloß, die Zwischenzeit als freien Tag zu behandeln, und überlegte, was man in Boston tun könne, um dem Vormittag das Gesicht eines Feiertags zu geben. Das Wetter war strahlend genug, um jedem angenehmen Gedankenflug Vorschub zu leisten, und er schlenderte durch die Straßen und nahm alles in sich auf. Vor der Music Hall und dem Tremont-Tempel blieb er stehen und betrachtete die Plakate am Eingang; denn war es nicht möglich, daß Miss Chancellors kleine Freundin eben jetzt das Wort an ihre Mitbürger richtete? Ihr Name fehlte jedoch, und diese Zufluchtsstätte schien ihn zu enttäuschen. Außer Olive Chancellor kannte er niemanden in der Stadt, also kam auch nirgends ein Besuch in Frage. Er war fest entschlossen, *ihr* nie wieder nahezukommen; sie war zweifellos ein ganz vorzüglicher Mensch, doch sie war zu grob zu ihm gewesen, um ihn noch in Versuchung zu führen. Die Höflichkeit, selbst eine großzügig ausgelegte »Ritterlichkeit«, erforderte nicht mehr, als er bereits getan hatte; er hatte sich im vorvorigen Jahr von ihr verabschiedet, ohne ihr an den Kopf zu werfen, sie sei eine zanksüchtige Person, und diese Zurückhaltung war ritterlich genug. Da war freilich auch Verena Tarrant; er sah keinen Grund, sich zu verstellen, wenn er sich in Gedanken mit ihr beschäftigte, und er gönnte sich das Vergnügen, zuzugeben, daß er sie wirklich gern wiedersehen würde. Sehr wahrscheinlich würde sie nicht mehr genauso auf ihn wirken; der Eindruck, den sie auf ihn gemacht hatte, beruhte auf irgendeinem Zufall der Stimmung oder der Begleitumstände; und ohnehin war vermutlich jener Zauber, den sie damals ausgestrahlt haben mochte, von der vergröbernden Auswirkung des öffentlichen Lebens und dem straffenden Einfluß seiner Verwandten ausgelöscht worden. Es wird der Beobachtung nicht entgehen, daß dieser Gedankengang Basil Ransoms den Eindruck durchaus bestätigte, und zwar als fortbestehendes Phänomen. Die Anziehungskraft mochte geschwunden sein, wie er sich selbst einredete, doch das geistige Bild davon war durchaus noch lebendig geblieben. Wie schade, daß er Verena nicht besuchen konnte (in seinen Gedanken nannte er sie bei ihrem Vornamen, er war so hübsch), ohne Olive zu besuchen, und wie bedauerlich, daß Olive so unangenehm war, daß dieser Aufwand über seine Kräfte ging. Bei Ransom kam noch eine Erwägung hinzu, die diesem Mann in hohem Maße eigentümlich war; er glaubte, Miss Chancellor habe, nachdem sie sich solche Mühe gegeben hatte, seine Bekanntschaft zu machen, auf eine regelrecht absurde Weise im Laufe jener wenigen Stunden eine solche Abneigung gegen ihn entwickelt, daß es ihr zuwider wäre, ihn unter ihrem Dach wiederzusehen; und er wäre sich taktlos vorgekommen, wenn er sich ihre ursprüngliche Einladung (bevor sie ihm begegnet war) zunutze gemacht hätte, um ihr eine Gegenwart zuzumuten, die vermutlich im Verlauf der Zeit für sie nicht weniger unangenehm geworden war. Sie hatte ihm kein Zeichen der Verzeihung oder des Bedauerns zukommen lassen, wie sie den Frauen in unaufdringlicher Form geläufig sind – indem sie ihm etwa über ihre Schwester einen Gruß übermittelt oder auch mit der Post ein Buch, eine Photographie, eine Weihnachtskarte oder eine Zeitung zugesandt hätte. Mit einem Wort, er empfand, es stehe ihm nicht frei, an ihrer Tür zu läuten; er wußte nicht, in welche Zustände der Anblick seiner langen mississippischen Gestalt sie versetzen würde, und es war charakteristisch für ihn, daß er so sehr auf die Schonung der Gefühle einer jungen Dame bedacht war, die sich durchaus nicht als zartfühlend erwiesen hatte; im Einzelfall war er stets bereit, den Frauen gegenüber Nachsicht walten zu lassen, während er im allgemeinen in der Überzeugung verharrte, man müsse auf dieses Geschlecht ein wachsames Auge halten.

Dennoch fand er sich nach Ablauf einer halben Stunde an der einzigen Stelle in der Charles Street, die für ihn überhaupt Bedeutung besaß. Ihm war eingefallen, wenn er Verena nicht besuchen könne, ohne Olive zu besuchen, so wäre er von dieser Bedingung befreit, wenn er bei Mrs. Tarrant vorspräche. Gewiß hatte nicht ihre Mutter ihn eingeladen, sondern das Mädchen selbst; und als aufrechter junger Amerikaner war er sich bewußt, daß eine Mutter stets weniger zugänglich ist und sich stärker hinter gesellschaftlichen Vorurteilen verschanzt als eine Tochter. Doch er befand sich in einer Verlegenheit, in der es verzeihlich erschien, sich ein wenig weiter vorzuwagen, und er schlug die Richtung ein, in der seines Wissens Cambridge lag, denn er erinnerte sich, daß bei Miss Tarrants Einladung der Name dieses Stadtteils gefallen war und daß Mrs. Luna ihm zusätzliche Hinweise gegeben hatte. Hatte sie nicht gesagt, Verena kehre oftmals für mehrere Tage dorthin zurück – ihre Mutter sei krank gewesen, und sie widme ihr viel Pflege? Es war nicht undenkbar, daß sie sich um diese Zeit (es ging auf ein Uhr) gerade auf einem solchen Ausflug befand – nicht unmöglich, daß er sie zufällig in Cambridge antreffen könnte. Jedenfalls lohnte es sich, die Chance zu nutzen; überdies war Cambridge einen Ausflug wert, und es war nicht die schlechteste Weise, einen freien Tag zu verbringen. Ihm fiel freilich ein, Cambridge sei groß, und er habe keine genaue Adresse. Diese Überlegung überfiel ihn just in dem Augenblick, als er Olives Haus erreichte, an dem er seltsamerweise auf dem Weg zu dem geheimnisvollen Vorort vorbeimußte. Zum Teil ist das der Grund, weshalb er dort stehenblieb; er fragte sich einen Augenblick lang, weshalb er nicht läuten und sich vom Dienstmädchen die benötigte Auskunft geben lassen sollte, das gewiß dazu in der Lage wäre. Gerade hatte er dieses Vorhaben als doch recht geschmacklos in den Wind geschlagen, da hörte er die Haustür aufgehen, in der Tiefe des in der Charles Street üblichen Torbogens, in dem eine Reihe Stufen nach oben führt, die am Fuß von einer zweiten, in der oberen Hälfte beider Flügel verglasten Tür geschützt werden. Es dauerte eine Minute, ehe er sehen konnte, wer da herausgekommen war, und in dieser Minute hatte er Zeit, sich abzuwenden und sich erneut umzudrehen und sich zu fragen, welche der beiden Bewohnerinnen vor ihm erscheinen werde, und ob er keine oder beide zu sehen bekäme.

Die Person, die das Haus verlassen hatte, kam sehr langsam die Stufen herab, als geschähe es mit der Absicht, ihm Zeit zur Flucht zu lassen; und als sich endlich die Glastüren auftaten, gaben sie eine kleine alte Dame frei. Ransom war enttäuscht; eine solche Erscheinung kam seinen Wünschen so wenig entgegen. Doch in der nächsten Minute hob sich seine Stimmung wieder, denn er war sicher, daß er der alten Dame schon begegnet war. Sie blieb auf dem Gehweg stehen und sah sich ein wenig ziellos um, wie jemand, der auf einen Omnibus oder eine Straßenbahn wartet; ihre unsauber wirkende Kleidung schlotterte ihr am Leibe, als trüge sie sie seit vielen Jahren und hätte sich dennoch bis jetzt noch nicht recht mit ihr befreundet; ihr großes, gutmütiges Gesicht wurde vom Glas ihrer Brille umschlossen, die es fast gleichmäßig überall zu bedecken schien, und eine dicke, abgewetzte Mappe hing ihr tief an der Seite herab, als mache ihr das Tragen Mühe. Das gab Ransom Zeit, sie einzuordnen; er kannte in Boston keine derartige Erscheinung außer Miss Birdseye. Ihre Versammlung, ihr Äußeres, die überschwengliche Schilderung, die Miss Chancellor von ihr gab, hatten einen sehr deutlichen Platz in seinem Gedächtnis bewahrt; und während sie dastand und sich mit trüben Augen umblickte, trat sie ihm als eine Freundin von gestern wieder ins Bewußtsein. Seine Notlage verlieh den Erinnerungen, die sie auslöste, ein besonderes Gewicht; er brauchte nur einen Moment für die Überlegung, sie würde ihm sagen können, wo Verena Tarrant sich eben jetzt aufhielt, und gegebenenfalls, wo ihre Eltern wohnten. Ihre Augen ruhten auf ihm, und als sie merkte, daß er sie ansah, unterließ sie die Förmlichkeit (sie hatte so gänzlich mit allen Konventionen gebrochen), sie abzuwenden; er bedeutete für sie offensichtlich nicht mehr als ein fühlendes Wesen, ein Mitbürger in Ausübung seiner Rechte, die das Recht des Gaffens einschlossen. Miss Birdseyes Sittsamkeit hatte nie den Anspruch erhoben, nicht öffentlich herausgefordert werden zu dürfen; es gab so viele strahlende neue Motive und Ideen in der Welt, daß es sogar Gründe geben mochte, sie anzusehen. Als Ransom zu ihr trat und, mit einem Lächeln den Hut lüftend, sagte: »Soll ich diese Bahn für Sie anhalten, Miss Birdseye?«, sah sie ihn nur noch ungewisser an, gänzlich unfähig zu dem Gedanken, dies könnte einfach der

Ruhm sein. Fünfzig Jahre lang war sie durch die Straßen von Boston gestapft, und zu keiner Zeit war ihr von dunkeläugigen jungen Männern derartige Aufmerksamkeit zuteil geworden. Ohne Vorurteile blickte sie dem gewaltigen, kunterbunten, menschenbeladenen Packwagen entgegen, der jetzt aus der Cambridger Richtung dahergeklingelt kam. »Na ja, ich würde gern einsteigen, wenn sie in meiner Richtung fährt«, antwortete sie. »Ist das eine Bahn nach South End?«

Der Schaffner hatte das Fahrzeug angehalten, sobald er Miss Birdseye wahrnahm; er erkannte sie sichtlich als einen häufigen Fahrgast wieder. Er gab dafür jedoch keinerlei Bestätigung außer der Bemerkung: »Steigen Sie gleich hier ein – rasch«, sondern stand nur da, die Hand bedrohlich zur Leine seiner Signalglocke emporgereckt.

»Sie müssen mir die Ehre gestatten, Sie nach Hause zu begleiten, Madam; ich erkläre Ihnen gleich, wer ich bin«, sagte Basil Ransom, einer raschen Überlegung gehorchend. Er half ihr in den Wagen, der Schaffner drückte ihr eine brüderlich schiebende Hand in den Rücken, und gleich darauf saß der junge Mann neben ihr, und das Klingeln hatte wieder eingesetzt. Zu dieser Tageszeit war der Wagen fast leer, und sie hatten ihn praktisch für sich allein.

»Also, ich weiß, Sie sind jemand Bestimmtes; ich glaube nicht, daß Sie hier aus der Gegend sind«, erklärte Miss Birdseye, als sie weiterfuhren.

»Ich war einmal bei Ihnen im Haus – bei einem sehr interessanten Anlaß. Erinnern Sie sich an eine abendliche Veranstaltung, die im Oktober vor einem Jahr bei Ihnen stattfand, zu der Miss Chancellor kam und noch eine junge Dame, die eine wunderbare Ansprache hielt?«

»O ja! Als Verena Tarrant uns alle so bewegt hat! Es waren ziemlich viele Leute da; ich kann mich nicht an alle erinnern.«

»Ich war einer von ihnen«, sagte Basil Ransom; »ich kam mit Miss Chancellor, die eine Art Verwandte von mir ist, und Sie waren sehr freundlich zu mir.«

»Was habe ich denn getan?« fragte Miss Birdseye ohne

Umschweife. Dann, bevor er ihr antworten konnte, erkannte sie ihn. »Jetzt erinnere ich mich an Sie, Olive hat Sie mitgebracht! Sie sind ein Herr aus den Südstaaten – sie hat mir hinterher von Ihnen erzählt. Sie sind mit unserem großen Kampf nicht einverstanden – Sie möchten, daß man uns weiterhin unterdrückt hält.« Die alte Dame sprach mit vollkommener Milde, als hätte sie Leidenschaft und Groll längst hinter sich gelassen. Dann fuhr sie fort: »Na ja, ich nehme an, wir können nicht die Sympathie aller haben.«

»Sieht es nicht so aus, als hätten Sie meine Sympathie, wenn ich extra eine Straßenbahn besteige, um Sie nach Hause zu begleiten – Sie als eine der wichtigsten Agitatoren?« erkundigte sich Ransom lachend.

»Sind Sie extra deswegen eingestiegen?«

»Extra deswegen. Ich bin nicht so schlecht, wie Miss Chancellor mich einschätzt.«

»Ach, ich nehme an, Sie haben Ihre eigenen Vorstellungen«, sagte Miss Birdseye. »Natürlich haben die Südstaatler sonderbare Ansichten. Ich nehme an, sie haben sich mehr davon bewahrt, als man glauben möchte. Ich hoffe, Sie fahren nicht zu weit mit – ich kenne mich in Boston aus.«

»Nehmen Sie es mir nicht übel und halten Sie mich auch nicht für aufdringlich«, erwiderte Ransom. »Ich möchte Sie etwas fragen.«

Miss Birdseye sah ihn wieder an. »O ja, jetzt bringe ich Sie unter; Sie haben sich eine Weile mit Doktor Prance unterhalten.

»Zu meiner großen Erbauung!« rief Ransom. »Und ich hoffe, Doktor Prance geht es gut.«

»Sie kümmert sich um jedermanns Gesundheit, nur nicht um ihre eigene«, meinte Miss Birdseye lächelnd. »Wenn ich ihr das vorhalte, sagt sie, sie hat keine, um die sie sich kümmern müßte. Sie sagt, sie ist die einzige Frau in Boston, die keinen Arzt hat. Es war ihr fester Entschluß, kein Patient zu werden, und der einzige Weg dazu war anscheinend, Ärztin zu werden. Sie bemüht sich gerade, mir Schlaf zu verschaffen; das ist ihre Hauptbeschäftigung.«

»Ist es möglich, daß Sie immer noch nicht besser schlafen?« fragte Ransom beinahe liebevoll.

»Na ja, nur sehr wenig. Aber bis ich einschlafe, muß ich schon wieder aufstehen. Ich kann nicht schlafen, wenn ich leben will.«

»Sie sollten in den Süden kommen«, schlug der junge Mann vor. »In der lauen Luft dort würden Sie herrlich schlummern.«

»Also, lau will ich nicht sein«, erklärte Miss Birdseye. »Außerdem, ich war schon im Süden, in alten Zeiten, und ich kann nicht behaupten, daß man mich viel hat schlafen lassen; sie waren immerzu hinter mir her!«

»Meinen Sie wegen der Neger?«

»Ja, damals konnte ich an nichts anderes denken. Ich habe ihnen die Bibel gebracht.«

Ransom schwieg einen Augenblick; dann sagte er in einem Ton, der merklich bewußt rücksichtsvoll war: »Ich würde gern mehr darüber hören!«

»Na, zum Glück werden wir nicht mehr gebraucht; wir werden jetzt für etwas anderes gebraucht.« Und Miss Birdseye sah ihn mit ein wenig zerstreutem, zaghaftem Humor an, als werde er schon wissen, was sie meinte.

»Sie meinen, für die anderen Sklavinnen!« rief er auflachend. »Sie können ihnen soviel Bibeln bringen, wie Sie wollen.«

»Ich will ihnen die Verfassung bringen; die muß jetzt unsere Bibel sein.«

Ransom merkte, daß er Miss Birdseye wirklich sehr mochte, und ganz ohne Heuchelei oder eine Spur zuviel des heimatlichen Akzents sagte er: »Wohin Sie auch gehen mögen, Madam, es hat wenig zu sagen, was Sie hinbringen. Sie werden stets Ihre Güte mitbringen.«

Eine Minute lang gab sie keine Antwort. Dann murmelte sie: »Genau so hat mir Olive Chancellor Ihre Redeweise beschrieben.«

»Ich fürchte, sie hat Ihnen wenig Gutes über mich erzählt.«

»Na ja, ich bin sicher, sie glaubt, daß sie recht hat.«

»Sie glaubt es?« wandte Ransom ein. »Aber sie weiß es ja,

mit erdrückender Gewißheit! Übrigens, ich hoffe, es geht ihr gut.«

Miss Birdseye starrte ihn wieder an. »Haben Sie sie nicht gesehen? Sind Sie denn nicht bei ihr zu Besuch?«

»O nein, ich bin nicht bei ihr zu Besuch. Ich ließ ihr Haus gerade buchstäblich links liegen, als ich Sie traf.«

»Vielleicht wohnen Sie jetzt hier«, sagte Miss Birdseye. Und als er diese Vermutung richtiggestellt hatte, fuhr sie in einem Ton fort, der auf das eindeutige Zutrauen schließen ließ, das er ihr inzwischen eingeflößt hatte: »Sollten Sie nicht lieber bei ihr vorbeischauen?«

»Es würde Miss Chancellor keine Freude machen«, gab Basil Ransom zurück. »Sie betrachtet mich als einen Feind im eigenen Lager.«

»Nun ja, sie ist sehr tapfer.«

»Ganz recht. Und ich bin recht ängstlich.«

»Haben Sie nicht auch einmal gekämpft?«

»Ja; aber das war für eine sehr gute Sache.«

Ransom hielt diese Anspielung auf die große Sezession und, im Vergleich dazu, auf die Haltung des Widerstand leistenden Mannes (so löblich diese auch sein mochte) für leidlich spaßhaft; doch Miss Birdseye nahm sie sehr ernst auf und saß eine ganze Weile so sprachlos da, als wollte sie zu verstehen geben, sie sei mittlerweile zu weit vorangeschritten, um noch einmal die Berechtigung des damaligen Aufstands erörtern zu können. Der junge Mann merkte, daß er sie zum Verstummen gebracht hatte, und das tat ihm sehr leid; denn bei allem Respekt vor der selbstlosen Haltung des Südstaatlers gegenüber der schutzlosen Frau war er ja gerade darum mit ihr in die Bahn gestiegen, um sie zum Sprechen zu bringen. Er hatte allgemeine ebenso wie spezielle Neuigkeiten über Verena Tarrant erfahren wollen; dies war der Gegenstand, über den er Miss Birdseye ausholen wollte. Er zog es vor, das Thema nicht selbst anzuschneiden, und wartete eine Weile ab, ob sich ein neuer Einstieg bieten würde. Schließlich, als er drauf und dran war, sich durch eine direkte Erkundigung zu offenbaren (er bedachte, in jedem

Falle würde die Offenbarung nicht lange zu umgehen sein), kam sie ihm zuvor, und zwar auf eine Weise, die bewies, daß ihre Gedanken in derselben Richtung weitergelaufen waren: »Ich wundere mich doch sehr, daß Miss Tarrant an dem Abend damals keinen Eindruck auf Sie gemacht hat.«

»Ach, aber das hat sie ja!« rief Ransom beflissen. »Ich fand sie ganz bezaubernd!«

»Finden Sie sie nicht sehr vernünftig?«

»Da sei Gott vor, Madam! Ich meine, es ist nicht die Sache der Frauen, vernünftig zu sein.«

Seine Begleiterin wandte sich ihm zu, langsam und mild, und vor dem Hintergrund ihres vorwurfsvollen Ausdrucks glitzerten ihre Brillengläser wie zwei riesengroße Tränen. »Sie betrachten uns also einfach als holde Arabesken?«

Die Wirkung dieser Frage aus dem Munde von Miss Birdseye, die sich in gewissem Maße auch auf ihr ehrwürdiges Selbst bezog, war derart, daß sie ihn zu unwiderstehlichem Gelächter reizte. Doch er beherrschte sich rasch genug, um mit echtem Ausdruck zu erklären: »Ich betrachte Sie als das Liebste im Leben, das einzige, was es lebenswert macht!«

»Lebenswert für – Sie! Aber für uns?« gab Miss Birdseye zu bedenken.

»Es lohnt für jede Frau die Mühe, so bewundert zu werden, wie ich Sie bewundere. Miss Tarrant, von der wir gerade sprachen, hat, wie Sie sagen, einen solchen Eindruck auf mich gemacht, daß ich nunmehr, wenn möglich, eine noch höhere Meinung von dem Geschlecht hege, das eine so entzückende junge Dame hervorgebracht hat.«

»Also, wir hier halten große Stücke auf sie«, sagte Miss Birdseye. »Es sieht ganz danach aus, als sei es eine echte Gabe.«

»Spricht sie denn oft? Besteht die Aussicht, daß ich sie jetzt irgendwo zu hören bekomme?«

»Sie erhebt ihre Stimme recht oft in den umliegenden Ortschaften – wie Framingham und Billerica. Es scheint, als sammele sie Kräfte, um wie eine Woge über Boston hereinzubrechen. Genaugenommen ist das schon geschehen, im vergangenen Sommer. Seit ihrem großen Erfolg beim Konvent ist sie eine wachsende Macht.«

»Ach! Sie hatte beim Konvent sehr großen Erfolg?« erkundigte sich Ransom, Zurückhaltung in die Stimme legend.

Miss Birdseye zögerte einen Augenblick, um ihre Antwort an den Grenzen der Redlichkeit zu messen. »Also«, äußerte sie mit der Zärtlichkeit eines fernen Rückblicks, »ich habe nichts Ähnliches erlebt, seit ich das letzte Mal Eliza P. Moseley hörte.«

»Wie schade, daß sie heute abend nicht irgendwo spricht!« rief Ransom.

»Ach, heute abend ist sie draußen in Cambridge. Olive Chancellor hat es erwähnt.«

»Hält sie dort eine Rede?«

»Nein; sie ist zu Hause auf Besuch.«

»Ich dachte, sie wäre in der Charles Street zu Hause?«

»Also, nein; das ist ihr Wohnsitz – ihre Hauptwohnung –, seit sie sich so mit Ihrer Kusine verbunden hat. Ist Miss Chancellor nicht Ihre Kusine?«

»Wir betonen unsere verwandtschaftlichen Beziehungen nicht sonderlich«, sagte Ransom lächelnd. »Sind sie sehr innig verbunden, die zwei jungen Damen?«

»Das würden Sie gewiß sagen, könnten Sie Miss Chancellor erleben, wenn Verena sich zum Gipfel ihrer Beredsamkeit aufschwingt. Es ist, als wären die Saiten über ihr eigenes Herz gespannt; sie scheint bei jedem Wort mitzuschwingen, widerzuhallen. Es ist eine sehr enge und schöne Bindung, und wir hier achten sie hoch. Gemeinsam werden sie Großes und Gutes bewirken!«

»Das hoffe ich«, bemerkte Ransom. »Aber trotzdem verbringt Miss Tarrant einen Teil ihrer Zeit bei Vater und Mutter.«

»Ja, sie scheint jedem etwas zu geben. Würden Sie sie zu Hause erleben, würden Sie denken, sie wäre ganz Tochter. Sie führt ein wunderschönes Leben!« sagte Miss Birdseye.

»Sie zu Hause erleben? Genau das will ich ja!« gab Ransom zurück, mit dem Gedanken, wenn er so weit kommen sollte, hätte er anfangs keine Skrupel zu haben brauchen. »Ich habe nicht vergessen, daß sie mich eingeladen hat, als ich sie damals kennenlernte!«

»Ach, natürlich zieht sie viele Besucher an«, äußerte Miss Birdseye, ihre Ermunterung auf diese Aussage beschränkend.

»Ja, sie muß Bewunderer gewöhnt sein. Und wo in Cambridge wohnt ihre Familie?«

»Ach, das ist eine dieser kleinen Straßen, die keinen besonderen Namen zu haben scheinen. Aber sie heißt – sie heißt …«, grübelte Miss Birdseye vernehmlich nach.

Diesen Prozeß unterbrach ein unerwarteter Zuruf des Schaffners. »Hier müssen Sie wohl umsteigen, wenn Sie zu Ihrer Wohnung wollen. Sie nehmen eine von den blauen Bahnen.«

Die gute Dame fand zur Orientierung über die augenblickliche Situation zurück, und Ransom half ihr aus dem Gefährt heraus, wie zuvor unterstützt durch ein Nachschieben seitens des Schaffners. Ihr Weg zweigte nach rechts ab, und sie mußte an der Straßenecke warten, da noch keine blaue Bahn in Sicht war. Die Ecke war ruhig, und der Tag war der Geduld förderlich – ein Tag gelockerter Strenge und intensiver Leuchtkraft. Es war, als berührte die Luft alle Dinge wie mit Handschuhen, und die Straße zeigte die satten Farbtöne eines vorübergehenden Tauwetters. Ransom wartete selbstverständlich mit seiner philanthropischen Begleiterin, obwohl sie jetzt nachdrücklicher gegen die Idee Einspruch erhob, ein Herr aus dem Süden maße sich an, eine alte Abolitionistin die Geheimnisse Bostons zu lehren. Er versprach, sie zu verlassen, sobald er sie der blauen Bahn anvertraut hätte, und inzwischen standen sie in der Sonne, den Rücken dem Schaufenster eines Apothekers zugewandt, und auf seine Anregung hin versuchte sie sich erneut an den Namen von Doktor Tarrants Straße zu erinnern. »Ich denke, wenn Sie nach Doktor Tarrant fragen, kann Ihnen jeder Bescheid sagen«, meinte sie; und dann fiel ihr mit einem Mal die Adresse ein – der Wohnsitz des Mesmeristen lag am Monadnoc Place. »Aber danach werden Sie fragen müssen, also kommt es auf dasselbe heraus«, fuhr sie fort. Darauf setzte sie mit einer Freundlichkeit persönlicherer Art hinzu: »Wollen Sie nicht auch Ihre Kusine besuchen?«

»Nicht, wenn ich es vermeiden kann!«

Miss Birdseye stieß einen kleinen hilflosen Seufzer aus. »Nun, ich nehme an; jeder muß seinem Ideal nachstreben. Olive Chancellor tut das. Sie ist ein ganz edler Charakter.«

»O ja, ein wunderbarer Mensch.«

»Wissen Sie, sie haben genau die gleichen Ansichten – sie und Verena«, sprach Miss Birdseye gelassen weiter. »Warum machen Sie also einen Unterschied?«

»Verehrte Madam«, erwiderte Ransom, »sind es bei einer Frau nur die Ansichten, die ihr Bild bestimmen? Erstens gefällt mir Miss Tarrants reizendes Gesicht besser.«

»Nun ja, sie ist wirklich hübsch.« Und Miss Birdseye stieß wieder einen Seufzer aus, als hätte man ihr eine Theorie unterbreitet – diejenige über die Ansichten einer Dame –, und sie finde sich nun wirklich zu alt dafür, sie mit allem, was sich an Unbekanntem und Eigentümlichem dahinter verbarg, eingehender zu prüfen. Man hätte den Eindruck gewinnen können, sie spüre zum ersten Mal wirklich ihr Alter. »Da kommt eine blaue Bahn«, sagte sie in einem Ton milder Erleichterung.

»Sie braucht noch ein Weilchen bis hierher. Außerdem glaube ich nicht, daß es im Grunde Miss Tarrants Ansichten sind«, fügte Ransom an.

»Sie dürfen nicht glauben, daß sie ihnen nicht fest anhängt«, rief seine Begleiterin energischer aus. »Wenn Sie glauben, sie sei nicht aufrichtig, irren Sie sich gewaltig. Diese Überzeugungen sind einfach ihr Leben.«

»Nun, vielleicht kann *sie* mich zu ihnen bekehren«, sagte Ransom lächelnd.

Miss Birdseye hatte ihre blaue Bahn beobachtet, deren Fahrt vorübergehend stockte. Daraufhin aber wandte sie die Augen ihm zu, starrte ihn durch die Fenster ihrer Brille ernst und durchdringend an. »Na, es sollte mich nicht wundern, wenn sie das schafft! Ja, das wäre eine gute Sache. Ich kann mir nicht vorstellen, daß Sie umhinkönnen, ganz gewaltig von ihr aufgerüttelt zu werden. Sie hat auf so viele gewirkt.«

»Ich verstehe; zweifellos wird sie auf mich wirken.« Dann fiel es Ransom ein, hinzuzufügen: »Übrigens, Miss Birdseye, vielleicht sind Sie so freundlich, meiner Kusine gegenüber unsere heutige Begegnung nicht zu erwähnen, wenn Sie sie wiedersehen. Ich habe ein vollkommen gutes Gewissen, wenn ich sie nicht besuche, aber es wäre mir nicht recht, wenn sie glauben müßte, ich hätte meine Absicht, ihr aus dem Weg zu gehen, in der ganzen Stadt ausposaunt. Ich möchte sie nicht kränken, und sie erfährt besser gar nicht, daß ich in Boston gewesen bin. Wenn Sie es ihr nicht erzählen, erzählt es ihr sonst niemand.«

»Ich soll es ihr verheimlichen …?« flüsterte Miss Birdseye, ein wenig keuchend.

»Nein, Sie sollen nichts verheimlichen. Ich möchte nur, daß Sie diesen Zwischenfall übergehen – daß Sie nichts sagen.«

»Also, ich habe noch nie etwas derartiges getan.«

»Inwiefern derartiges?« Ransom war halb aufgebracht, halb gerührt über ihre Unfähigkeit, seinen Standpunkt zu erfassen, und ihr Widerstand ließ ihn um so mehr an seinem Einfall festhalten. »Was ich von Ihnen erbitte, ist ganz einfach. Sie sind doch nicht verpflichtet, Miss Chancellor alles zu erzählen, was Ihnen widerfährt, oder doch?«

Sein Ansinnen schien für die Aufrichtigkeit der armen alten Dame immer noch geradezu einen Schock zu bedeuten. »Na ja, ich komme sehr oft mit ihr zusammen, und wir unterhalten uns viel. Und dann – wird Verena es ihr nicht erzählen?«

»Ich habe daran gedacht – aber ich hoffe nicht.«

»Sie erzählt ihr so gut wie alles. Ihre Bindung ist sehr eng.«

»Sie wird Miss Chancellor nicht verletzen wollen«, gab Ransom geschickt zurück.

»Also, Sie sind wirklich rücksichtsvoll.« Miss Birdseye starrte ihn immer noch an. »Zu schade, daß Sie nicht mit uns sympathisieren können.«

»Wie gesagt, vielleicht stimmt Miss Tarrant mich um. Sie

sehen einen potentiellen Konvertiten vor sich«, fuhr Ransom fort, ohne, wie ich fürchte, das allerkleinste Gebet zum Himmel emporzuschicken, seine Unaufrichtigkeit möge ihm vergeben werden.

»Ich wäre sehr glücklich, wenn ich daran glauben könnte – nachdem ich Ihnen so heimlich ihre Adresse mitgeteilt habe.« Ein Lächeln unendlicher Güte leuchtete in Miss Birdseyes Antlitz, und sie fuhr fort: »Nun, ich denke, das wird Ihr Schicksal sein. Sie hat auf so viele gewirkt. Ich würde kein Wörtchen sagen, wenn ich das glauben könnte. Ja, sie wird Sie umstimmen.«

»Ich lasse es Sie wissen, sobald sie es erreicht hat«, versprach Basil Ransom. »Hier kommt endlich Ihre Bahn.«

»Also, ich glaube an den Sieg der Wahrheit. Ich werde nichts sagen.« Und sie ließ sich von dem jungen Mann zu der Bahn führen, die jetzt an ihrer Ecke hielt.

»Ich hoffe sehr, ich sehe Sie wieder«, bemerkte er dabei.

»Nun, ich bin immer in den Straßen Bostons unterwegs.« Und während er, hebend und schiebend, erneut half, sie in den länglichen Kasten zu bugsieren, wandte sie den Kopf ein wenig zurück und wiederholte: »Sie *wird* auf Sie wirken! Wenn das Ihr Geheimnis sein soll, will ich es bewahren«, hörte Ransom sie anfügen. Er zog den Hut und winkte ihr ein Lebewohl zu, doch sie sah ihn nicht mehr; sie drängte sich tiefer in den Wagen hinein und machte die Entdeckung, daß er diesmal voll war und kein Sitzplatz für sie zur Verfügung stand. Doch sicherlich, sagte er sich, würde jeder Mann da drin einem so arglosen, alten, liebenswerten Geschöpf seinen eigenen Platz anbieten.

Vierundzwanzigstes Kapitel

Wenig mehr als eine Stunde danach stand er im Besuchszimmer von Doktor Tarrants vorstädtischem Wohnsitz am Monadnoc Place. Durch eine recht stürmische Bitte hatte er ein jugendliches Dienstmädchen bewogen, die Damen wissen zu lassen, daß er da sei; und sie war, nach langer Abwesenheit, mit der Nachricht zurückgekehrt, Miss Tarrant werde nach einem Weilchen zu ihm herunterkommen. Seiner Gewohnheit gemäß ergriff er das nächstbeste Buch (es lag auf dem Tisch, zusammen mit einer alten Zeitschrift und einer kleinen, in japanischem Stil bemalten Schale, in der Tarrants Visitenkarten lagen – mit seiner Berufsbezeichnung als mesmerischer Heilpraktiker), und verbrachte ganze zehn Minuten damit, es durchzublättern. Es war eine Biographie von Mrs. Ada T.P. Foat, der berühmten Trance-Rednerin, bereichert durch den besonderen Schmuck eines Porträts, das die Dame mit überraschtem Gesichtsausdruck und zahllosen Ringellöckchen wiedergab. Nachdem Ransom ein paar Seiten gelesen hatte, sagte er sich, die Literatur der Südstaaten habe sich viel Hohn und Spott zugezogen; doch wenn das hier ein repräsentatives Beispiel für die der Nordstaaten wäre! – und er warf es mit einer fast so verächtlichen Geste auf den Tisch zurück, als hätte er, nach so langem Aufenthalt im Norden, nicht genau gewußt, daß das nicht zutraf, wobei er sich fragte, ob Miss Tarrant mit derartigem Zeug aufgewachsen sei. Sonst war kein Buch zu sehen, und er erinnerte sich, die Zeitschrift schon gelesen zu haben; also blieb ihm, da die Bewohner des Hauses immer noch nicht erschienen, schließlich nichts weiter übrig, als vor sich hinzustarren, in das helle, kahle, gewöhnliche kleine Zimmer, in dem es so heiß war, daß er am liebsten ein Fenster geöffnet hätte, und wo ein häßliches, ungedämpftes Gegenlicht die Aufgabe übernommen zu haben schien, dessen ganze Armseligkeit bloßzulegen. Wie ich schon erwähnte, besaß Ransom keinen überhöhten Maßstab für Behaglichkeit und nahm im allgemeinen kaum zur Kenntnis, wie die Häuser der Leute eingerichtet waren – nur wenn sie sehr hübsch waren, fiel es ihm auf; doch was er sah, während er bei Doktor Tarrant wartete, bewegte ihn zu dem Gedanken, es sei kein Wunder, daß Verena lieber bei Olive Chancellor wohnte. Er begann sich sogar zu fragen, ob sie sich um jener weit überlegenen Behaglichkeit willen bei Miss Chancellor in Gunst gesetzt habe und ob Mrs. Luna mit ihrer

Behauptung recht habe, sie sei auf ihren Vorteil bedacht und unaufrichtig. So viele Minuten verstrichen, bevor sie erschien, daß er Zeit hatte, sich vor Augen zu führen, er wisse in Wirklichkeit nichts, das auf das Gegenteil hindeute, sowie die (wenn man es bedachte, recht große) Abwegigkeit zu überdenken, daß er nach Cambridge herauskam, um sie zu besuchen, obwohl ihm in Boston nur wenige freie Stunden zur Verfügung standen, und das ein und ein halbes Jahr, nachdem sie ihn nur sehr beiläufig mit einer Einladung bedacht hatte. Immerhin hatte sie es nicht abgelehnt, ihn zu empfangen; es hätte ihr freigestanden, wenn es ihr lästig gewesen wäre. Und nicht nur das, sondern sie machte sich offenbar ihm zu Ehren fein, hörte er doch über seinem Kopf rasche Schritte hin und her gehen und sogar, durch die recht dünne Decke hindurch, die am Monadnoc Place als Boden des ersten Stockwerks herhalten mußte, das Geräusch geöffneter und geschlossener Schubladen und Schränke. Jemand »kreiselte herum«, wie man in Mississippi sagte. Endlich knarrten die Stufen unter einem leichten Schritt, und im nächsten Moment trat eine strahlende Erscheinung ins Zimmer.

Seiner Erinnerung nach war sie sehr hübsch gewesen; aber jetzt, voll entwickelt und gereift, war die kleine Prophetin noch hübscher. Ihr prachtvolles Haar schien zu flimmern; Wange und Kinn bildeten eine Kurve, die ihn durch ihren feinen Umriß faszinierte; ihre Augen und Lippen waren ein einziges Lächeln des Willkommens. Er hatte sie schon damals als ein lichterfülltes Wesen empfunden, jetzt aber füllte sie das Zimmer mit Helligkeit, sie leuchtete, sie machte alles, was sie umgab, belanglos; sie ließ sich mit so entzückendem Effekt auf dem schäbigen Sofa nieder, als wäre sie eine Nymphe, die auf ein Leopardenfell sinkt, und mit dem natürlichen Wohlklang ihrer Stimme zwang sie ihn, stets neu gespannt darauf zu warten, daß sie wieder sprach. Es dauerte nicht lange, bis ihm klar war, dieser gesteigerte Glanz war einfach der Erfolg; sie war noch jung und zart, doch der Beifall eines großen Publikums hatte ihr in den Ohren geklungen; das war ein Element, das ihr

Auftrieb gab und sie trug. Jedoch ihr Blick war immer noch ebenso rein wie direkt, und jene wundersame Schönheit umgab sie, die ihn schon einst gefangengenommen hatte und ihn an unirdische Örtlichkeiten erinnerte – er wußte nicht, wo –, an Klostergänge oder Täler in Arkadien. Damals war sie farbenprächtig aufgeputzt gewesen, und stets erweckte etwas bei ihr den Eindruck der Kostümierung, nur war jetzt ihr Kostüm gediegener und verhaltener. Es war ihre Linie, ihre Erscheinung, ein Bestandteil ihres Ausdrucks. Hätte sie bei Miss Birdseye, und danach in der Charles Street, noch eine Seiltänzerin sein können, so machte sie heute das armselige Stübchen am Monadnoc Place zur »Szene«, so wie eine Primadonna bekleckste Leinwand und staubige Bretter zur Szene macht. Sie sprach Basil Ransom an, als hätte sie ihn erst vor einer Woche gesehen und seine Meriten wären ihr gegenwärtig, wenngleich sie zuließ, daß er ihr, während sie ihn lächelnd anblickte, auf die ihm eigene förmliche Art auseinandersetzte, aus welchem Grunde er so vermessen gewesen sei, sie auf eine so flüchtige Bekanntschaft hin aufzusuchen – auf eine Einladung hin, die zu vergessen sie mehr als reichlich Zeit gehabt habe. Seine Rechtfertigung, als ein zufriedenstellendes und abgerundetes Unterfangen, brach gänzlich in sich zusammen; es gab keinen eindringlicheren Grund, als daß er sie einfach hatte wiedersehen wollen. Ihm ging auf, daß dieses Motiv sich nur allzu klar abzeichnete und daß ihr aufmerksames Lächeln, war es auch nach der Art Arkadiens bar jeglichen Spotts, ihm den Vorwurf nicht zu ersparen schien, er habe nicht den Mut, zu seiner Neigung zu stehen. Er hatte besonders auf ihre Begegnung bei Miss Chancellor hingewiesen; dort habe sie ihm gesagt, sie werde sich freuen, ihn bei sich zu Hause begrüßen zu können.

»O ja, ich erinnere mich genau, und ich erinnere mich auch gut, Sie am Abend vorher bei Miss Birdseye gesehen zu haben. Ich habe eine Ansprache gehalten – wissen Sie noch? Das war wunderschön.«

»Es war wirklich wunderschön«, pflichtete Basil Ransom bei.

»Ich meine nicht meine Ansprache; ich meine den ganzen Abend. Damals lernte ich Miss Chancellor kennen. Ich weiß nicht, ob Sie wissen, daß wir zusammenarbeiten. Sie hat so viel für mich getan.«

»Halten Sie immer noch Reden?« erkundigte sich Ransom und erkannte, sobald er die Frage ausgesprochen hatte, daß sie fehl am Platze war.

»Immer noch? Aber das will ich doch hoffen; es ist das einzige, wozu ich tauge! Es ist mein Leben – oder wird es bald sein. Und Miss Chancellors auch. Wir sind entschlossen, etwas zu tun.«

»Und hält sie auch Reden?«

»Nun ja, sie macht die meinen – oder doch den besten Teil davon. Sie rät mir, was ich sagen soll – das Echte, die starken Wahrheiten. Miss Chancellor hat soviel Anteil daran wie ich!« erklärte das ungewöhnliche Mädchen mit einer großmütigen Befriedigung, die doch halb zum Lachen reizte.

»Ich würde Sie gern wieder einmal hören«, gab Basil Ransom zurück.

»Sie müssen zu einem der Abende kommen. Sie haben bestimmt reichlich Gelegenheit dazu. Wir schreiten vorwärts, von Triumph zu Triumph.«

Ihr lebhafter Geist, ihr Selbstbewußtsein, ihr Auftreten als Gestalt des öffentlichen Lebens, ihre zugleich mädchenhafte und reich entfaltete Persönlichkeit überraschten und verwirrten ihren Besucher, und er spürte, wenn er gekommen war, um seine Neugier zu befriedigen, so lief er jetzt Gefahr, nicht befriedigt, sondern noch neugieriger davongehen zu müssen. In ihrem fröhlichen, freundlichen, vertrauensvollen Ton – dem zwanglosen Umgangston, den glückliche, blumenbekränzte Mädchen des Goldenen Zeitalters in ihren Gesprächen mit sonnengebräunten jungen Männer gepflegt haben mögen – fügte sie hinzu: »Ihr Name ist mir wohlbekannt; Miss Chancellor hat mir alles über Sie erzählt.«

»Alles über mich?« Ransom hob die schwarzen Augenbrauen. »Wie konnte sie das? Sie weiß überhaupt nichts über mich!«

»Nun, sie hat mir erzählt, Sie wären ein großer Gegner unserer Bewegung. Stimmt das nicht? Ich glaube, Sie haben sich auch an dem Tag, als ich Sie in ihrem Haus traf, abschätzig geäußert.«

»Wenn Sie mich als Gegner betrachten, ist es sehr freundlich von Ihnen, mich zu empfangen.«

»Ach, eine Menge Herren sprechen bei mir vor«, sagte Verena gelassen und munter. »Manche kommen einfach, um sich zu erkundigen. Manche kommen, weil sie von mir gehört haben oder bei einer Veranstaltung anwesend waren, wo ich sie angeregt habe. Alle sind so interessiert.«

»Und Sie sind in Europa gewesen«, bemerkte Ransom nach kurzer Pause.

»O ja, wir sind hinübergefahren, um zu sehen, ob sie dort weiter sind. Wir haben es ungemein genossen – wir haben alle führenden Persönlichkeiten kennengelernt.«

»Führende Persönlichkeiten?« wiederholte Ransom.

»Der Emanzipation unseres Geschlechts. Dort machen auch Herren mit, genau wie Damen. Olive hatte für alle Länder erstklassige Empfehlungen, und wir sind mit allen ernsthaft bemühten Leuten ins Gespräch gekommen. Wir haben viel Anregendes gehört. Und Europa selbst ...«, die junge Dame unterbrach sich, lächelte ihn an und schloß mit einem glückseligen Seufzer, als gäbe es zu dem Thema so viel zu sagen, daß sie es in so kurzer Zeit gar nicht in Angriff nehmen könne.

»Ich nehme an, es ist sehr reizvoll«, spornte Ransom sie an.

»Es ist einfach ein Traum!«

»Und haben Sie festgestellt, daß sie dort weiter waren?«

»Also, Miss Chancellor war dieser Meinung. Manches, was wir zu sehen bekamen, hat sie überrascht, und sie kam zu dem Schluß, sie sei vielleicht den Europäern nicht gerecht geworden – sie hat einen so aufgeschlossenen Geist, er ist so weit und offen wie das Meer! –, während ich zu der Ansicht neige, im ganzen stehen wir besser da. Der Stand der Bewegung dort spiegelt den allgemeinen Entwicklungsstand ihrer Kultur wider, und der ist höher als der unsere (ich meine, den Begriff im weitesten Sinne genommen). Andererseits scheint mir die *spezielle* Lage – moralisch, gesellschaftlich, persönlich – unseres Geschlechts hier bei uns günstiger zu sein; ich meine, in Beziehung – sozusagen im Verhältnis – zum gesellschaftlichen Entwicklungsstand insgesamt. Ich muß noch dazu sagen, daß wir drüben ein paar hervorragende Beispiele erlebt haben. In England haben wir mehrere reizende Frauen kennengelernt, hochkultiviert und mit ungeheurem Organisationstalent. In Frankreich sind wir mit ein paar wunderbaren, mitreißenden Menschen zusammengekommen; wir haben einen herrlichen Abend mit der berühmten Marie Verneuil verbracht; sie war übrigens erst ein paar Wochen vorher aus dem Gefängnis entlassen worden. Unser Gesamteindruck war, daß es nur eine Frage der Zeit ist – die Zukunft ist unser. Aber überall hörten wir den einen Schrei: ›Wie lange noch, o Gott, wie lange noch?‹«

Während Miss Tarrants zungenfertiger Redestrom dahinfloß, lauschte Basil Ransom diesem beachtlichen Bericht mit einem Gefühl, das sich immer stärker zur Heiterkeit entwickelte, doch zum Schweigen gebannt, aus Furcht, auch nur das geringste zu versäumen. Es entbehrte wirklich nicht einer holden Komik, dieses hübsche Mädchen dasitzen und auf eine beiläufige, höfliche Erkundigung hin in große Rhetorik verfallen zu sehen, als wäre es das Natürlichste auf der Welt. Hatte sie vergessen, wo sie sich befand, und hielt ihn für ein volles Haus? Sie gebrauchte die gleichen Wendungen und Tonfälle, beinahe die gleichen Gesten, als stünde sie auf dem Podium; und das überwältigend Sonderbare daran war, daß sie trotz solchen Gehabes der Gefahr entging, abstoßend zu wirken. Sie war nicht abstoßend, sie war entzückend; sie wirkte nicht dogmatisch, sondern erfrischend. Kein Wunder, daß sie solchen Erfolg hatte, wenn sie Reden schwang, wie der Vogel singt! Aus ihrem natürlichen Überwechseln konnte Ransom auch ersehen, daß der Vortragston die eine Sache in der Welt war, mit der sie sich durch Erziehung, durch Umgang am besten auskannte. Er wußte nicht, was er von ihr halten sollte; sie war ein verblüffendes junges Phänomen. Der damalige Abend stand erneut vor ihm, wie sie bei Miss Birdseye das Wort ergriffen hatte; ihm kam der Gedanke, diesmal habe etwas gefehlt. Mehrere Sekunden, nachdem sie zu sprechen aufgehört hatte, wurde er sich dessen bewußt, daß sein Gesichtsausdruck eine unverkennbare Ähnlichkeit mit einem breiten Grinsen aufwies. Er veränderte seine Haltung und sprach den ersten Gedanken aus, der ihm in den Kopf kam. »Ich vermute, Sie kommen jetzt ohne Ihren Vater aus.«

»Ohne meinen Vater?«

»Um Sie in Gang zu setzen, wie damals, als ich Sie hörte.«

»Ach, ich verstehe; Sie dachten, ich hätte einen Vortrag angefangen!« Und sie lachte ohne die geringste Verstimmung. »Man sagt mir, ich rede, wie ich spreche, also spreche ich vermutlich, wie ich rede. Aber Sie dürfen mich nicht auf das Thema bringen, was ich in Europa gesehen und gehört habe. Das ist übrigens der Titel eines Vortrags, den ich gerade vorbereite. Ja, ich bin nicht mehr auf Vater angewiesen«, fuhr sie fort, während Ransoms Eindruck, etwas allzu Sarkastisches gesagt zu haben, sich infolge ihres absoluten Gleichmuts eher noch vertiefte. »Er ist sowieso der Meinung, daß seine Patienten ihm schon genug Kraft entziehen. Aber ich verdanke ihm alles; ohne ihn hätte nie jemand erfahren, daß ich eine Gabe besitze – nicht einmal ich selbst. So hat er mich auf den Weg gebracht, ein für allemal, auf dem ich jetzt allein weitergehen kann.«

»Sie gehen hervorragend«, erklärte Ransom, der ihr gern etwas Angenehmes und sogar respektvoll Warmherziges sagen wollte, dem jedoch die Tatsache zu schaffen machte, daß er nichts vorzubringen vermochte, was nicht stark nach Hänselei geklungen hätte. Sie nahm es aber nicht übel, denn gleich darauf sagte sie ihm, so rasch es ihr in den Sinn kam, wie jemand, der eine versehentliche Unterlassung wiedergutmachen möchte: »Es war sehr freundlich von Ihnen, von so weit herzukommen.«

Das waren Worte der Art, wie man sie Ransom gegenüber

nie ganz ohne Gefahr äußerte; es war nie vorauszusehen, welchen Gegenschlag sie nach sich ziehen mochten. »Meinen Sie etwa, irgendeine Reise wäre für mich zu weit, zu anstrengend, wenn es um ein so großes Vergnügen geht?« Bei dieser Gelegenheit war es nichts Schlimmeres als das.

»Nun, es sind schon Leute aus anderen großen Städten gekommen«, versetzte Verena, nicht mit geheuchelter Bescheidenheit, sondern mit geheucheltem Stolz. »Kennen Sie Cambridge?«

»Ich bin heute zum ersten Mal hier.«

»Sicher haben Sie von der Universität gehört; sie ist so berühmt.«

»Ja – sogar in Mississippi. Sie ist gewiß vorzüglich.«

»Ich nehme es an«, sagte Verena; »aber Sie können von mir nicht erwarten, daß ich viel Bewunderung für eine Institution aufbringe, deren Türen unserem Geschlecht verschlossen sind.«

»Demnach setzen Sie sich für ein System gemeinschaftlicher Erziehung ein?«

»Ich setze mich für gleiche Rechte, gleiche Möglichkeiten, gleiche Privilegien ein. Miss Chancellor auch«, fügte Verena an, wobei sie selbst kaum merklich zu spüren schien, daß ihre Erklärung der Untermauerung bedurfte.

»Ach, ich dachte, was sie will, ist einfach eine andere Ungleichheit – einfach die Männer ganz hinauszuwerfen«, sagte Ransom.

»Nun ja, sie meint, wir hätten große Rückstände aufzuholen. Ich sage ihr manchmal, was sie sich wünsche, sei nicht nur Gerechtigkeit, sondern Rache. Ich glaube, das gibt sie zu«, fuhr Verena mit einer gewissen Steifheit fort. Das Thema fesselte sie jedoch nur flüchtig, und bevor Ransom Zeit hatte, etwas dazu zu äußern, fuhr sie in verändertem Ton fort: »Sie wollen doch nicht sagen, daß Sie jetzt in Mississippi wohnen? Als Sie das vorige Mal in Boston waren, hat Miss Chancellor mir erzählt, Sie hätten sich in New York niedergelassen.« Sie verharrte bei dem ihn berührenden Thema, denn als er ihre Bemerkung über

New York bejaht hatte, fragte sie ihn, ob er den Süden ganz aufgegeben habe.

»Aufgegeben – den armen, lieben, trostlosen alten Süden? Das verhüte der Himmel!« rief Basil Ransom aus.

Sie betrachtete ihn einen Augenblick mit gesteigerter Sanftmut. »Ich halte es nur für natürlich, daß Sie Ihre Heimat und Ihr Vaterhaus lieben. Aber ich fürchte, Sie glauben, ich liebe meins nicht besonders; ich bin – schon so lange – so wenig hier gewesen. Miss Chancellor hat mich wirklich ganz in Anspruch genommen – daran besteht kein Zweifel. Aber es ist zu schade, daß ich heute nicht bei ihr war.« Darauf gab Ransom keine Antwort; er war außerstande, Miss Tarrant zu eröffnen, wenn sie dort gewesen wäre, hätte er sie nicht besucht. Es lag gewiß nicht daran, daß er der Heuchelei unfähig gewesen wäre, denn als sie ihn gefragt hatte, ob er am Abend vorher seine Kusine gesehen habe, und er antwortete, er habe sie überhaupt nicht gesehen, als sie daraufhin mit einer Offenheit ausrief, die ihr im nächsten Augenblick das Blut ins Gesicht trieb: »Ach, wollen Sie etwa sagen, Sie haben ihr nicht verziehen!« – da setzte er eine Unschuldsmiene auf, die seine Rückfrage hinreichend echt wirken ließ: »Wofür verziehen?«

Verena errötete beim Klang ihrer eigenen Worte. »Nun, ich konnte sehen, wie stark ihre Empfindungen waren, damals bei ihr zu Haus.«

»Was hat sie denn empfunden?« fragte Basil Ransom in der typisch herausfordernden männlichen Art.

Ich weiß nicht, ob Verena sich herausgefordert fühlte, jedenfalls antwortete sie mit mehr Nachdruck als Folgerichtigkeit: »Sie *wissen* doch, daß Sie uns mit Verachtung überschüttet haben, und wie sehr; ich konnte sehen, wie Olive sich erhitzte. Wollen Sie sie überhaupt nicht aufsuchen?«

»Nun, ich will es mir noch überlegen; ich bin nur auf drei oder vier Tage hier«, sagte Ransom und lächelte, wie die Männer lächeln, wenn sie ganz und gar zu wünschen übriglassen.

Es ist durchaus möglich, daß Verena aufgebracht war, so unempfänglich sie im allgemeinen für Verärgerungen war; denn gleich darauf gab sie in leicht absichtsvollem Ton zurück: »Nun, vielleicht ist es ganz gut, daß Sie nicht hingehen, wenn Sie sich überhaupt nicht verändert haben.«

»Ich habe mich überhaupt nicht verändert«, erklärte der junge Mann, immer noch lächelnd, die Ellbogen auf den Armlehnen seines Sessels, die Schultern ein wenig hochgezogen und die schmalen braunen Hände vor sich verschränkt.

»Also, ich hatte schon Besucher, die ganz dagegen waren!« verkündete Verena, als könne eine solche Mitteilung sie in keiner Weise beunruhigen. Dann fuhr sie fort: »Woher wußten Sie dann, daß ich hier draußen bin?«

»Miss Birdseye hat es mir gesagt.«

»Ach, ich freue mich so, daß Sie bei *ihr* waren!« rief das Mädchen ebenso spontan wie vorhin.

»Ich war nicht bei ihr. Ich habe sie auf der Straße getroffen, als sie gerade Miss Chancellors Tür verließ. Ich habe sie angesprochen und ein Stück begleitet. Ich kam da vorbei, weil ich wußte, daß es der direkte Weg nach Cambridge ist – vom Common aus –, und ich wollte Sie ohnehin hier draußen besuchen – auf gut Glück.«

»Auf gut Glück?« wiederholte Verena.

»Ja; Mrs. Luna hat mir in New York erzählt, Sie wären manchmal hier, und ich wollte jedenfalls den Versuch machen, Sie zu finden.«

Man darf dem Leser mitteilen, daß Verena die Mitteilung sehr angenehm berührte, ihr Besucher habe die Mühsal dieser Wallfahrt auf sich genommen (denn sie wußte genau, wie die Leute in Boston eine Winterreise in den akademischen Vorort betrachteten), obwohl er nur halb und halb auf eine Belohnung hoffen durfte; doch in ihre Freude mischten sich andere Gefühle, oder zumindest das Bewußtsein, die ganze Situation sei wesentlich weniger einfach, als es die Elemente ihres Lebens bisher gewesen waren. In dieser tückischen Unterscheidung, die Mr. Ransom unversehens machte, lag der Keim der Zerrüttung – der Unterscheidung zwischen Olive Chancellor, die in verwandtschaftlicher Beziehung zu ihm stand, und ihr, die mit ihm noch nie in irgendeiner Weise in Beziehung gestanden hatte. Mittlerweile kannte sie Olive gut genug, um es ihr lieber nicht verraten zu wollen, und doch wäre es für sie ein ganz neues Unterfangen, ihr einen Vorfall wie diesen zu verhehlen: daß sie bei einem fliegenden Besuch Mr. Ransoms in Boston eine ganze Stunde mit ihm verbracht hatte. Sie hatte schon Stunden mit anderen Herren verbracht, die Olive nicht zu sehen bekam; doch das war etwas anderes, denn ihre Freundin wußte darüber Bescheid und hatte nichts dagegen, was die Personen betraf – das heißt, sie hatte nicht so viel dagegen, wie sie in diesem Fall dagegen hätte. Verena sah ganz deutlich vor sich, *diesmal* hätte Olive etwas dagegen. Sie hatte über Mr. Burrage und Mr. Pardon und sogar über einige Herren in Europa gesprochen, aber sie hatte (nach den ersten paar Tagen, vor ein und einem halben Jahr) nicht mehr über Mr. Ransom gesprochen.

Dennoch hatte Verena Gründe, die ihr klar vor Augen standen, sich zu wünschen, daß er entweder Olive besuchen ginge oder sich von *ihr* fernhielte; und die Verantwortung, den Umstand, daß er sich nicht ferngehalten hatte, als Geheimnis behandeln zu müssen, erschien ihr vielleicht um so schwerwiegender im Lichte jener anderen Tatsache, daß es, soweit es einfach um das Zusammensein mit Mr. Ransom ging, nun, daß es ihr einfach Freude machte. Sie hatte ihn nach ihren zwei früheren Begegnungen genau in Erinnerung behalten, so flüchtig ihr Kontakt damals auch gewesen war; sie hatte gelegentlich an ihn gedacht und sich gefragt, ob er ihr wohl gefiele, wenn sie ihn besser kennenlernen würde. Jetzt, nach Ablauf von zwanzig Minuten, kannte sie ihn besser und fand, daß er eine ziemlich merkwürdige, aber doch angenehme Art hatte. Jedenfalls war er da, und sie mochte sich seinen Besuch nicht durch irgendeine Vorahnung unangenehmer Folgen verderben lassen. Daher ließ sie diese Gedanken beiseite, als Mrs. Lunas Name fiel; er schien Rettung zu versprechen. »O ja, Mrs. Luna – ist sie nicht faszinierend?«

Ransom zögerte ein wenig. »Also, nein, das finde ich nicht.«

»Sie müßte Ihnen gefallen – sie verabscheut unsere Bewegung!« Und Verena stellte noch zahlreiche Fragen über die glanzvolle Adeline; ob er sie oft sehe, ob sie viel ausgehe, ob man sie in New York bewundere, ob er finde, daß sie sehr gut aussehe. Er antwortete nach bestem Vermögen, doch bald besann er sich, er sei nicht zum Monadnoc Place herausgekommen, um über Mrs. Luna zu plaudern; infolgedessen kam er, um das Thema zu wechseln (und sich zugleich einer gesellschaftlichen Pflicht zu entledigen), auf Verenas Eltern zu sprechen, brachte sein Bedauern darüber zum Ausdruck, daß Mrs. Tarrant krank gewesen war, und die Befürchtung, er werde nicht die Freude haben, sie zu sehen. »Es geht ihr schon viel besser«, sagte Verena; »aber sie ist bettlägerig; sie liegt viel zu Bett, wenn sie nichts anderes zu tun hat. Mutter ist ganz eigenartig«, fuhr sie fort; »sie legt sich zu Bett, wenn sie sich gesund und glücklich fühlt, und wenn sie krank ist, läuft sie herum – sie durchstreift das ganze Haus. Wenn man sie oft auf der Treppe hört, kann man ziemlich sicher sein, daß es ihr ganz schlecht geht. Es wird sie sehr interessieren, von Ihnen zu hören, wenn Sie fort sind.«

Ransom sah rasch auf seine Uhr. »Ich hoffe, ich halte mich nicht schon zu lange auf – ich entziehe Sie ihr nicht.«

»Ach nein; sie mag Besucher, auch wenn sie sie nicht begrüßen kann. Wenn sie nicht soviel Zeit zum Aufstehen brauchte, wäre sie inzwischen schon hier unten. Sie denken vermutlich, ich habe ihr gefehlt, weil ich so in Anspruch genommen war. So war es ja auch, aber sie weiß, es ist zu meinem Besten. Aus Liebe würde sie jedes Opfer bringen.«

Mit einem Mal überkam Ransom der Einfall, in Erwiderung zu fragen: »Und Sie? Würden Sie eins bringen?«

Verena sah ihm mit ungekünstelter Überraschung klar in die Augen. »Ein Opfer aus Liebe?« Sie überlegte einen Moment, dann sagte sie: »Ich glaube, ich habe nicht das Recht, etwas dazu zu sagen, denn ich habe nie vor der Frage gestanden. Ich kann mich nicht erinnern, daß ich jemals hätte ein Opfer bringen müssen – jedenfalls kein wesentliches.«

»Mein Gott! Sie müssen ein glückliches Leben gehabt haben!«

»Ich habe großes Glück gehabt, das weiß ich. Ich weiß nicht, was ich tun soll, wenn ich daran denke, wie manche Frauen – wie die meisten Frauen – leiden. Aber darüber darf ich nicht sprechen«, fuhr sie fort, wobei ihr Lächeln zurückkehrte. »Wenn Sie sich gegen unsere Bewegung stellen, wollen Sie gewiß nicht von den Leiden der Frauen hören!«

»Die Leiden der Frauen sind die Leiden der ganzen Menschheit«, gab Ransom zurück. »Meinen Sie, irgendeine Bewegung wird ihnen Einhalt gebieten – oder alle Vorträge von jetzt an bis zum Jüngsten Tag? Wir sind geboren, um zu leiden – und es zu ertragen, wie anständige Menschen.«

»Ach, ich verehre den Heroismus!« warf Verena ein.

»Und was die Frauen angeht«, fuhr Ransom fort, »haben sie eine Quelle des Glücks, die uns verschlossen ist – das Bewußtsein, daß ihre Gegenwart hier unten uns die Hälfte der Last *unserer* Leiden abnimmt.«

Verena fand das sehr hübsch gesagt, doch war sie sich nicht sicher, ob es nicht recht spitzfindig sei; sie hätte gern Olives Urteil darüber gehört. Da das derzeit nicht möglich war, ließ sie die Frage auf sich beruhen (seit sie erfahren hatte, daß Mr. Ransom Olive übergangen hatte, um zu ihr zu kommen, war sie ziemlich nervös geworden) und erkundigte sich bei dem jungen Mann, ganz außer Zusammenhang, ob er in Cambridge sonst noch jemanden kenne.

»Keinen Menschen; wie gesagt, ich bin noch nie hiergewesen. Allein Ihr Bild hat mich hergelockt; diese bezaubernde Begegnung wird fortan meine einzige Gedankenverbindung mit dem Ort darstellen.«

»Zu schade, daß Sie nicht noch ein paar mehr herstellen konnten«, sagte Verena nachdenklich.

»Noch ein paar Begegnungen? Ich wäre unsagbar entzückt!«

»Noch ein paar Gedankenverbindungen. Haben Sie auf dem Weg hierher die Colleges gesehen?«

»Ich konnte flüchtig ein ausgedehntes umzäuntes Gelände

mit mehreren großen Gebäuden sehen. Vielleicht kann ich sie genauer betrachten, wenn ich nach Boston zurückfahre.«

»O ja, Sie sollten sie sich ansehen – sie haben in letzter Zeit so sehr gewonnen. Das innere Leben ist natürlich das Interessanteste, aber es gibt auch teilweise recht ansprechende Architektur zu sehen, wenn Ihnen Europa nicht bekannt ist.« Sie schwieg einen Augenblick, während ihre Augen, die ihn betrachteten, aufzuleuchten schienen, und fuhr rasch fort, wie jemand, der sich zu einem kleinen Sprung gesammelt hat: »Wenn Sie ein wenig umherspazieren möchten, will ich Sie sehr gern führen.«

»Umherspazieren – und Sie würden mich führen?« wiederholte Ransom. »Meine liebe Miss Tarrant, es wäre die größte Gunst – das größte Glück – meines Lebens. Welch entzückender Einfall – welche ideale Fremdenführerin!«

Verena stand auf; sie wolle sich den Hut aufsetzen; er müsse ein wenig warten. Ihr Angebot war von einer Offenheit und Freundlichkeit, die in ihm neue Empfindungen weckten, und er konnte nicht wissen, daß sie sich, kaum hatte sie es vorgebracht (obwohl sie auch gezögert hatte, in einem Moment angespannter Überlegung), selbst sonderbar tollkühn vorgekommen war. Ein Impuls trieb sie; sie gehorchte ihm mit offenen Augen. Sie fühlte sich wie ein Mädchen, das seine erste bewußte Unbesonnenheit begeht. Sie hatte schon mancherlei Dinge getan, die viele Leute unbesonnen genannt hätten, doch in ihren eigenen Augen hatte ihnen diese Eigenschaft nicht einmal andeutungsweise angehaftet; sie hatte sie vollkommen guten Glaubens getan und mit beachtlich geringem Herzklopfen. Dieses vordergründig unbefangene Anerbieten, mit Mr. Ransom durch die Colleges zu spazieren, hatte in der Tat einen anderen Anstrich; es steigerte die Zweideutigkeit ihrer Lage, auf Grund einer Voraussicht, die ich gleich erwähnen werde. Wenn Olive nicht erfahren sollte, daß sie ihn getroffen hatte, würde diese Ausdehnung ihrer Zusammenkunft ihr Geheimnis verdoppeln. Und doch, während sie sie wachsen sah – diese abscheuliche kleine Heimlichkeit –, konnte sie kein Bedauern darüber aufbringen, daß sie mit Olives Vetter ausging. Wie ich bereits sagte, war sie nervös geworden. Sie ging sich den Hut aufsetzen, doch an der Tür blieb sie stehen, drehte sich um und zeigte sich ihrem Besucher mit einem kleinen roten Fleck auf jeder Wange, der soeben dort aufgetaucht war. »Ich habe das vorgeschlagen, weil ich finde, ich sollte etwas für Sie tun – mich revanchieren«, erklärte sie. »Das ist doch nichts, einfach mit mir dazusitzen. Und wir haben nichts anderes. Das ist das einzige, was wir Gästen bieten können. Und der Tag sieht so herrlich aus.«

Die Bescheidenheit, die Liebenswürdigkeit dieser kleinen Erläuterung, in der sich der Wunsch anzudeuten, ja fast schon ein Appell durchzuklingen schien, daß alles seine Richtigkeit hätte, ließ einen Duft im Raum zurück, nachdem sie schon verschwunden war. Unter ihrem Eindruck ging Ransom, die Hände in den Taschen, im Zimmer auf und ab, ohne auch nur einmal das Buch über Mrs. Foat aufzunehmen. Er füllte die Zeit aus, indem er sich fragte, infolge welcher Launenhaftigkeit des Schicksals oder der Neigung solch ein Geschöpf von Podien herab eiferte und sich so ganz in Olive Chancellors Hand begeben hatte, oder wie eine Eifererin und Schmeichlerin überhaupt so bestrickend sein konnte. Und sie war auch so verwirrend schön. Letztere Tatsache war nicht weniger ersichtlich, als sie für ihren Spaziergang hergerichtet herunterkam. Sie verließen das Haus, und als sie dahinschritten, fiel ihm ein, daß er sich einige Stunden früher gefragt hatte, wie er einer solchen Verbindung von Muße und ätherischer Milde Ehre erweisen könne, wie er sie am Morgen beim Erwachen vorgefunden hatte – einer milden Luft, fast wie der Atem seines heimischen Landstrichs. Diese Frage war jetzt beantwortet; genau das zu tun, was er soeben tat, war eine hinreichend festliche Würdigung.

Fünfundzwanzigstes Kapitel

Sie durchschritten zwei, drei schmale, kurze Straßen, die mit ihren kleinen Holzhäusern mit noch hölzerner wirkenden Vorplätzen aussahen, als hätte sie der nächstbeste Zimmermann und sein Lehrjunge zusammengebaut – ein unansehnliches, lautloses, lückenhaftes, embryonales Viertel –, und kamen auf eine lange Allee, die, zu beiden Seiten mit neuen, sich vertrauensvoll der Öffentlichkeit darbietenden Villen gesäumt, den Vorzug eines breiten Pflasters aus sauber verlegten roten Ziegeln aufwies. Der frische Anstrich auf den viereckigen, etwas zurückgesetzten Häusern leuchtete weithin in der klaren Luft: auf dem Dach hatten sie kleine Kuppeln und Aussichtstürmchen, vorn eine pfeilerumgrenzte Piazza, leer und verlassen, da sich das Leben den Winter über ins Innere zurückgezogen hatte, zu beiden Seiten ein Erkerfenster oder auch zwei und überall reichen Zierat in Gestalt von Hohlkehlen, Konsolen, Simsen, hölzernen Schnörkeln. Sie standen meistens auf kleinen Aufschüttungen, über die Ungehörigkeit von Hecken oder Zäunen hinausgehoben, frei vor den Augen der Welt, mit dem vollkommen guten Gewissen, das sich nach Ransoms Beobachtung in vielen Fällen (und er hatte denselben Schmuck gesehen, als er mit Olive den von Miss Birdseye bewohnten Stadtteil von Boston durchquert hatte) von einer auf dem Glas über der Tür angebrachten, silberglänzenden Nummer herleitete, übrigens in so großen Ziffern, daß sie für die Menschen, die in der Mitte der Allee in den regelmäßig verkehrenden Straßenbahnen vorbeifuhren, gut lesbar waren. Vornehmlich diesen blinkenden Kennzeichen verdankten viele Häuser zu beiden Seiten ihre Identität. Soeben tauchte eine solche Bahn in der sich schnurgerade hindehnenden Ferne auf; sie war fast der einzige Gegenstand, der den Ausblick belebte, den Ransom in seiner weiträumigen Reinlichkeit, seinem indirekten Hinweis auf die strengen geschäftlichen Bräuche all jener nicht anwesenden Menschen sehr eindrucksvoll fand. Im Weitergehen fragte er Verena nach dem Frauenkonvent im Vorjahr aus; ob er ihr Werk wesentlich vorangebracht und ob er ihr gefallen habe.

»Was liegt Ihnen daran, ob er es vorangebracht hat?« versetzte das Mädchen. »Sie interessieren sich doch überhaupt nicht dafür.«

»Sie irren sich in meiner Einstellung. Ich mag es nicht, aber ich fürchte es gewaltig.«

Daraufhin lachte Verena frei heraus. »Ich glaube nicht, daß es allzuviel gibt, was Sie fürchten!«

»Die tapfersten Männer haben sich vor Frauen gefürchtet. Wollen Sie mir nicht einmal sagen, ob es Ihnen gefallen hat? Wie ich höre, haben Sie dort eine gewaltige Sensation ausgelöst – Sie haben mit einem Sprung die Höhen des Ruhms erreicht.«

Eine Anspielung auf ihre Fähigkeiten, auf ihre Rednergabe wischte Verena nie beiseite; sie nahm sie ganz ernsthaft, ohne Verlegenheit oder Protest, entgegen und zierte sich genausowenig, als beträfe es die Göttin Minerva. »Ich glaube, ich habe gehörige Aufmerksamkeit erregt; natürlich ist es genau das, was Olive will – es bahnt den Weg für die zukünftige Arbeit. Ich zweifle nicht daran, daß ich viele Menschen erreicht habe, die anders nicht hätten erreicht werden können. Man ist der Ansicht, das sei mein wesentlicher Beitrag – sozusagen die Abseitsstehenden zu packen; die Voreingenommenen und die Gedankenlosen oder diejenigen, die sich um nichts kümmern, wenn es nicht amüsant genug ist. Ich erwecke ihre Aufmerksamkeit!«

»Das ist die Gruppe, zu der ich gehöre«, erklärte Ransom; »bin ich nicht ein Abseitsstehender? Ich frage mich, ob Sie mich erreicht oder meine Aufmerksamkeit erweckt hätten!«

Verena schwieg eine Weile, während sie weitergingen; er hörte den leichten Tritt ihrer Stiefeletten auf den glatten Ziegeln. Dann gab sie geradeaus blickend zurück: »Ich glaube, ein bißchen *habe* ich Sie bereits erweckt.«

»Aber unbedingt! Sie haben in mir den dringenden Wunsch entstehen lassen, Ihnen zu widersprechen.«

»Nun, das ist ein gutes Zeichen.«

»Ich nehme an, es war ein aufregendes Ereignis – Ihr Konvent«, fuhr Ransom dann fort; »etwas von der Art, die Sie doch recht entbehren würden, wenn Sie in die alte Herde zurückkehren sollten.«

»Die alte Herde, sagen Sie sehr richtig, wo die Frauen abgeschlachtet wurden wie die Schafe! Ach, im vergangenen Juni haben wir eine Woche lang förmlich gebebt! Es waren Delegierte aus jedem Staat und jeder Großstadt da; wir bewegten uns inmitten einer Unzahl von Menschen und Ideen; die Hitze war extrem, das Wetter herrlich, und große Gedanken und geistvolle Wendungen schwirrten umher wie die Feuerpfeile der Leuchtkäfer. Olive hatte sechs berühmte, hochgesinnte Frauen in ihrem Haus untergebracht – je zwei in einem Zimmer; und an den Sommerabenden saßen wir vor den offenen Fenstern in ihrem Salon, sahen auf die Bucht hinaus, wo die Lichter auf dem Wasser blinkten, und sprachen die Ereignisse des Vormittags durch, die Reden, die Zwischenfälle, die neuen Beiträge zu unserer Sache. Wir hatten ein paar ungeheuer ernste Diskussionen, und da zuhören zu können wäre für Sie ein großer Gewinn gewesen, oder für jeden Mann, der nicht glaubt, daß wir uns in die höchsten Regionen emporschwingen können. Dann gab es Erfrischungen – wir haben Eiskrem in Massen vertilgt!« berichtete Verena, bei der sich der heitere und der ernste, geradezu leidenschaftliche Ton auf eine Weise abwechselten, die Ransom völlig originell und hinreißend fand. »Das waren wunderbare Abende!« fügte sie zwischen Lachen und Seufzen hinzu.

Ihre Beschreibung des Konvents stellte ihm die Szene lebendig vor Augen; er vermeinte den brechend vollen, überhitzten Saal zu sehen, in dem es seiner Überzeugung nach von Kriegsgewinnlern wimmelte, schien rot angelaufene Frauen mit aufgelösten Hutbändern zu hören, die ihre schwachen Stimmen zu wirkungsloser, schriller Höhe zwangen. Es machte ihn wütend und desto wütender, je weniger Grund er dazu hatte, wenn er daran dachte, daß das bezaubernde Wesen an seiner Seite mit solchen Typen verbündet war, von ihnen bedrängt und geschubst wurde, mit ihnen in abstoßenden Verzerrungen, im Beifallklatschen und Gekreische, im wortreichen, windigen Wiederkäuen von Unsinnigkeiten wetteiferte. Am allerschlimmsten war ihm die Vorstellung, daß sie eine derartige

Versammlung sich selbst gegenüber als etwas so Anerkennenswertes dargestellt hatte, daß sie von heiseren Kehlen bejubelt und gerühmt, vor der ganzen gemeinen Menge zur Königin des Ereignisses gekürt worden war. Hinterher überlegte er sich, sein Zorn sei ausnehmend unbegründet, gehe es ihn doch überhaupt nichts an, welchen Gebrauch Miss Tarrant von ihrer Energie zu machen beliebe, überdies sei von ihr nichts anderes zu erwarten gewesen. Doch diese Überlegung ging ihm jetzt ab, und solange sie ihm abging, sah er nur die Tatsache, daß seine Begleiterin abscheulich irregeleitet worden war. »Also, Miss Tarrant«, sprach er mit tieferem Ernst, als es seiner Stimme anzumerken war, »ich sehe mich zu der schmerzlichen Schlußfolgerung gezwungen, daß man Sie glatt ruiniert hat.«

»Ruiniert! Selber ruiniert!«

»Ach, ich kenne die Sorte Frauen, die Miss Chancellor bei sich zu Haus hatte, und was müssen Sie für eine Gruppe gebildet haben, als Sie auf die Back Bay hinausblickten! Es deprimiert mich furchtbar, daran zu denken.«

»Wir haben eine reizende, interessante Gruppe gebildet, und wäre uns eine Minute Zeit übriggeblieben, hätten wir uns photographieren lassen«, gab Verena zurück.

Das brachte ihn auf die Frage, ob sie sich jemals diesem Prozeß unterworfen habe; sie antwortete, als sie kaum aus Europa zurück war, habe sie ein Photograph bedrängt, sie habe ihm gesessen, und in Boston gebe es bestimmte Geschäfte, wo man ihr Porträt erwerben könne. Sie gab ihm diese Auskunft schlichtweg, ohne irgendwelchen Mangel an Information zu heucheln, sprach sogar ziemlich ehrfurchtsvoll von der Sache, als könnte sie von einiger Wichtigkeit sein; und als er sagte, er werde sich gleich so ein Bildchen kaufen, sobald er in die Stadt zurückkomme, begnügte sie sich mit der Antwort: »Na, dann suchen Sie sich aber auch ein gutes aus!« Er hatte ein wenig gehofft, sie werde sich erbieten, ihm eines mit ihrem Autogramm darunter zu schenken; weitaus am liebsten wäre er auf diese Weise in den Besitz gelangt; doch das war ihr offensichtlich nicht eingefallen, und jetzt, während sie weitergingen, schlugen ihre Gedanken eine andere Richtung ein. Das stellte sich heraus, als sie am Ende einiger schweigsamer Minuten ohne Zusammenhang bemerkte: »Nun, es hat bewiesen, daß ich einen großen Beitrag leiste!« Als er sie fragend anstarrte und überlegte, was sie meine, setzte sie ihm auseinander, sie beziehe sich auf ihren glänzenden Erfolg beim Konvent. »Er hat bewiesen, daß ich einen bedeutenden Beitrag zu leisten vermag«, wiederholte sie, »und das ist alles, woran mir liegt!«

»Der bedeutsamste Beitrag einer wirklich liebenswürdigen Frau ist es, einen ehrlichen Mann glücklich zu machen«, brachte Ransom in einem lehrhaften Ton vor, dessen er sich wohl bewußt war.

Es war so deutlich, daß sie mitten auf dem breiten Gehweg stehenblieb und ihn mit leuchtenden Augen ansah. »Hören Sie, Mr. Ransom, wissen Sie, was mir auffällt?« rief sie. »Das Interesse, das Sie mir erweisen, ist nicht wirklich polemisch – kein bißchen. Es ist persönlicher Natur!« Sie war ein höchst ungewöhnliches Mädchen; sie konnte derartige Worte aussprechen, ohne daß ihre Miene den geringsten Anflug vermehrter Befangenheit verraten hätte, ohne im geringsten den Verdacht der Koketterie zu erwecken und ohne irgendeine Absicht erkennen zu lassen, den jungen Mann zu weiteren Äußerungen herauszufordern.

»Mein Interesse an Ihnen – mein Interesse an Ihnen«, begann er. Dann zögerte er und brach plötzlich ab. »Ganz gewiß macht Ihre Entdeckung es nicht geringer!«

»Na, das ist schon besser«, fuhr sie fort; »dann brauchen wir nicht darüber zu streiten.«

Er lachte darüber, auf welche Art sie das einrenkte, und bald erreichten sie die unregelmäßige Gruppierung verschiedenartiger Bauwerke – Kapellen, Wohnheime, Bibliotheken, Kollegien –, zwischen schlanken Bäumen verstreut liegende Gebäude inmitten eines von einem niedrigen rustikalen Zaun mehr abgegrenzten als eingeschlossenen Geländes (denn Harvard weiß nichts vom Argwohn oder der Würde hoher Mauern und bewachter Tore), die insgesamt die berühmte Universität von Massachusetts darstellen. Dieses Areal, den Collegebezirk, kreuzt eine Anzahl schnurgerader Pfade, über die zu gewissen Stunden des Tages eintausend Studenten, mit Büchern unter dem Arm und Jugend im Schritt, von einem Hörsaal zum anderen flitzen. Verena Tarrant kannte sich hier aus, so erklärte sie ihrem Begleiter; nicht zum ersten Mal hatte sie einen staunenden Besucher zur Besichtigung der örtlichen Baudenkmäler mitgenommen. Basil Ransom schritt mit ihr von Sehenswürdigkeit zu Sehenswürdigkeit, bewunderte sie alle und fand manche höchst eigenartig und ehrwürdig. Besonders die rechteckigen Bauten aus alten roten Ziegeln erfreuten sein Auge; die Nachmittagssonne ruhte gelb auf ihren schlichten Fassaden; aus den Fenstern lugten hier und da Blumentöpfe und helle Gardinen; sie trugen das Antlitz gelehrsamer Stille und hatten für den jungen Mann aus Mississippi den Hauch der Tradition und Altertümlichkeit. »Hier hätte ich sein sollen«, äußerte er zu seiner bezaubernden Führerin. »Das wäre für mich eine schöne Zeit gewesen, wenn ich hier hätte studieren können.«

»Ja; Sie fühlen sich vermutlich zu jedem Ort hingezogen, wo man uralte Vorurteile speichert«, antwortete sie nicht ohne Schalkhaftigkeit. »Nach dem, wie Sie sich zu unserer Sache stellen, weiß ich, daß Sie die abergläubischen Vorstellungen der alten Büchermenschen teilen. Sie hätten an einer jener wirklich mittelalterlichen Universitäten studieren sollen, die wir drüben gesehen haben, in Oxford oder Göttingen oder Padua. Mit deren Geist hätten Sie restlos harmoniert.«

»Nun, ich weiß nicht viel über jene alten Gemäuer«, gab Ransom zurück. »Ich meine, das hier ist für mich gut genug. Und dann hätte es ja auch den Vorteil gehabt, daß Ihr Wohnsitz nicht zu weit weg ist.«

»Ach, ich nehme an, wir hätten Sie nicht allzuoft in meiner Wohnung gesehen! Da Sie in New York wohnen, kommen Sie, aber von hier aus täten Sie es nicht; so ist es immer.« Mit dieser munteren Philosophie vertrieb ihm Verena die Zeit auf dem Weg zur Bibliothek, und die Miene, mit der sie ihren Begleiter dort einführte, wies sie als eine Person aus, der diese weihevolle

Stätte wohlvertraut war. Dieses Bauwerk, eine verkleinerte Kopie der Kapelle von King's College, im größeren Cambridge, ist eine inhaltsreiche und beeindruckende Institution; und als er dort stand, in der hellen, wohlgeheizten Stille, die vom Geruch alter Druckerschwärze und alter Einbände durchtränkt zu sein schien, und zu den hohen, lichten Gewölben aufsah, die sich über ruhigen, bücherüberladenen Gängen, Alkoven und Tischen spannten, über verglaste Kästen, aus denen etwas verschwommener rarere Kostbarkeiten schimmerten, über Büsten von Wohltätern und Porträts von Würdenträgern, gebeugten Köpfen arbeitender Studenten und dem behutsamen Knarren der Schuhe vorübergehender Boten – als er mit einem alles erfassenden Blick vom Reichtum und der Weisheit dieser Stätte Besitz ergriff, spürte er mehr denn je den Stich, eine Gelegenheit versäumt zu haben; doch er enthielt sich einer Äußerung (dazu ging es zu tief), und gleich darauf hatte ihn Verena einer jungen Dame vorgestellt, einer Freundin, die an dem Katalog arbeitete, wie sie erklärte, und nach der sie schon beim Betreten der Bibliothek an einem Pult, wo eine weitere junge Dame beschäftigt war, gefragt hatte. Miss Catching, die ersterwähnte junge Dame, fand sich unverzüglich ein, begrüßte Verena in gedämpftem, aber anerkennendem Ton, und ein wenig später übernahm sie es, Ransom die Geheimnisse des Katalogs zu erläutern, der aus einer Myriade in ungeheuren Schubkästen alphabetisch geordneter Kärtchen bestand. Ransom war stark gefesselt, und während er mit Verena zusammen Miss Catching überallhin folgte (sie war so freundlich, ihnen das Institut in allen Verzweigungen zu zeigen), musterte er aufmerksam die blonden Ringellocken und den wohlerzogenen, scheuen Ausdruck der jungen Dame, wobei er sich sagte, dies sei in ausgeprägtester Form ein neuenglischer Typ. Verena fand eine Gelegenheit, ihm mitzuteilen, sie gehe ganz in der Sache auf, und einen Moment war er besorgt, seine Begleiterin werde ihn ihr gegenüber als einen Verleumder der Sache bloßstellen; doch in Miss Catchings Art lag etwas (desgleichen in der Atmosphäre der würdevoll-erhabenen Säle), das lauten Neckereien abhold war und überdies anzudeuten schien, wenn ihr eine solche Enthüllung zuteil würde, wüßte sie gar nicht, unter welchem Buchstaben sie sie einzuordnen hätte.

»Nun gibt es hier eine Stätte, wo es vielleicht taktlos wäre, jemanden aus Mississippi hinzuführen«, sagte Verena nach dieser Episode. »Ich meine das großartige Bauwerk, das alle anderen überragt – das große Gebäude dort mit den schönen Spitztürmen, die man von jeder Stelle aus sieht.« Doch Basil Ransom hatte schon von der großen Gedenkhalle gehört; er wußte Bescheid, welche Erinnerungen sie barg und was er dort schlimmstenfalls auszustehen hätte; und außerdem hatte das reichgeschmückte, hochstrebende Bauwerk, das schönste Stück Architektur, das er je gesehen hatte, schon während der letzten halben Stunde seine gesteigerte Neugier auf sich gezogen. Er fand das Mauerwerk daran eher zu üppig, doch war es mit Strebepfeilern, Kreuzgängen, Türmchen, Widmungen, Inschriften versehen, wie er es noch nie irgendwo angetroffen hatte; wenn es auch nicht alt wirkte, so doch bedeutend; es bedeckte eine weite Fläche und erhob sich majestätisch in die winterliche Luft. Es stand, abgesondert von den übrigen Colleggebäuden, ganz für sich inmitten einer dreieckigen Rasenfläche. Als er mit Verena darauf zuging, blieb sie plötzlich stehen, um zu erklären, sie lehne jede Verantwortung ab. »Also denken Sie daran, wenn Ihnen das nicht zusagt, was da drinnen ist, ist es nicht meine Schuld.«

Er sah sie einen Augenblick lächelnd an. »Ist etwas drin, was sich gegen Mississippi richtet?«

»Also, nein. Ich glaube nicht, daß es erwähnt wird. Aber alles verkündet den Ruhm unserer jungen Männer, die im Krieg waren.«

»Vermutlich besagt es, sie waren tapfer.«

»Ja, so steht es auf lateinisch da.«

»Nun, das waren sie auch – ich weiß darüber Bescheid«, sagte Basil Ransom. »Ich muß tapfer genug sein, ihnen gegenüberzutreten – es ist nicht das erste Mal.« Und sie stiegen die flachen Stufen hinauf und traten durch die hohen Türen ins

Innere. Die Gedenkhalle von Harvard besteht aus drei Abteilungen: die eine ist ein Auditorium für akademische Zeremonien; eine zweite ein riesiges Refektorium unter einer getäfelten Decke, ringsum mit Porträts vollgehängt und wie die Hallen der Colleges in Oxford von Buntglasfenstern erhellt; und die dritte, die interessanteste, ein hohes, dämmeriges, streng-feierliches Gemach, den Söhnen der Universität geweiht, die im langen Bürgerkrieg gefallen sind. Ransom und seine Gefährtin streiften von einem Teil des Gebäudes zum anderen und verhielten an mehreren beeindruckenden Stellen den Schritt; doch am längsten verweilten sie angesichts der Reihen weißer Tafeln, deren jede in stolzer, trauervoller Klarheit den Namen eines Studenten-Soldaten trägt. Die Wirkung dieses Raumes ist einzigartig erhaben und feierlich, und es ist unmöglich, sie zu erleben, ohne daß das Herz höher schlägt. Er ist ein Wahrzeichen für Ehre und Pflichttreue, er kündet von Opfermut und Vorbild, er stellt gewissermaßen einen Tempel dar, geweiht der Jugend, Mannhaftigkeit, Großherzigkeit. Die meisten waren jung, alle standen in der Blüte ihres Lebens, und alle waren gefallen; dieser schlichte Gedanke umschwebt den Besucher, so daß er jeden Namen und jeden Ort mit warmer Anteilnahme liest – Namen, von denen es oft keine andere Kunde gab, und die Orte vergessener Schlachten im Süden. Für Ransom waren diese Dinge weder eine Herausforderung noch ein Hohn; sie erfüllten ihn mit Ehrerbietung, rührten an seinen Sinn für Schönheit. Er war fähig, sich als großmütiger Gegner zu erweisen, und jetzt vergaß er die ganze Frage, wer auf wessen Seite stand und für wen Partei ergriff; in ihm erwachten die einfachen Gemütsregungen der alten Kampfzeit, und das Mahnmal um ihn her schien eine Verkörperung dieses Wiedererinnerns zu sein; es wölbte sich über Freunde wie Feinde, über den Opfern der Niederlage wie den Söhnen des Sieges.

»Es ist wunderschön – aber ich finde, es ist ganz schrecklich!« Diese Bemerkung Verenas rief ihn in die Gegenwart zurück. »Es ist eine wahre Sünde, ein solches Gebäude zu errichten, nur um ein maßloses Blutvergießen zu verherrlichen.

Wäre es nicht so majestätisch, ich wollte, es würde niedergerissen.«

»Das ist die entzückende weibliche Logik!« antwortete Ransom. »Wenn die Frauen, falls sie einmal zu bestimmen haben, ebenso gut kämpfen, wie sie argumentieren, werden wir ganz sicher auch für sie Gedenkstätten errichten müssen.«

Verena gab zurück, sie würden so gut argumentieren, daß sie gar nicht zu kämpfen brauchten – sie würden dem Regiment des Friedens Einzug verschaffen. »Aber hier ist es auch sehr friedlich«, fügte sie, sich umsehend, hinzu; und sie setzte sich auf einen niedrigen Steinsims, wie um die Stimmung der Szene auszukosten. Ransom ließ sie zehn Minuten allein; er wollte gern noch einmal die Inschriften auf den Tafeln betrachten und die Namen der verschiedenen Gefechte lesen, von denen er mehrere mitgemacht hatte. Als er zu ihr zurückkam, empfing sie ihn unvermittelt mit einer Frage, die nichts mit der Feierlichkeit des Ortes zu tun hatte. »Wenn Miss Birdseye wußte, daß Sie mich hier draußen besuchen wollten, kann es dann nicht leicht geschehen, daß *sie* es Olive erzählt? Wird Olive sich dann nicht ihre eigenen Gedanken darüber machen, daß Sie sie übergangen haben?«

»Mir ist es gleichgültig, was sie denkt. Jedenfalls habe ich Miss Birdseye um den Gefallen gebeten, ihr gegenüber nicht zu erwähnen, daß sie mich getroffen hat«, fügte Ransom an.

Verena schwieg eine Weile. »Ihre Logik ist fast so überzeugend wie die einer Frau. Ändern Sie doch Ihren Entschluß und besuchen Sie sie jetzt«, fuhr sie fort. »Bis Sie in die Charles Street kommen, ist sie wahrscheinlich wieder zu Hause. Wenn sie damals Ihnen gegenüber ein bißchen sonderbar, ein bißchen steif war (ich weiß genau, wie das gewesen sein muß), heute wird das alles anders sein.«

»Wieso wird es anders sein?«

»Ach, sie wird zugänglicher sein, freundlicher, viel sanfter.«

»Das glaube ich nicht«, sagte Ransom; und seine Skepsis war nicht weniger ausgeprägt, nur weil er sie leichthin und lächelnd äußerte.

»Sie ist jetzt viel glücklicher – sie kann es sich leisten, daß Sie sie kalt lassen.«

»Das ich sie kalt lasse? Das ist ein reizender Beweggrund für einen Herrn, eine Dame zu besuchen!«

»Nun ja, sie wird freundlicher sein, weil sie sich jetzt als erfolgreicher erlebt.«

»Sie meinen, weil sie Sie herausgebracht hat? Ach, ich zweifle nicht daran, daß das für sie die Atmosphäre ungemein aufgeheitert hat und daß sie durch Sie sehr gewonnen hat. Aber ich habe hier draußen einen bezaubernden Eindruck bekommen, und ich habe nicht den geringsten Wunsch, obendrauf noch einen zu setzen – der nicht bezaubernd sein wird, wie Sie es auch drehen und wenden.«

»Nun, jedenfalls wird sie bestimmt erfahren, daß Sie hier in der Gegend waren«, versetzte Verena.

»Woher soll sie es erfahren, wenn Sie es ihr nicht erzählen?«

»Ich erzähle ihr alles«, sagte das Mädchen; und jetzt, kaum hatte sie gesprochen, errötete sie. Er stand vor ihr, zeichnete mit dem Stock eine Figur auf das Mosaikmuster des Bodens und erkannte, daß sie sich in diesem kurzen Moment wesentlich nähergekommen waren. Sie erörterten ihre eigenen Angelegenheiten, die nichts mit den sie umgebenden heroischen Symbolen zu tun hatten; doch ihre Angelegenheiten waren mit einem Mal so ernst geworden, daß es keinen Mangel an Anstand bedeutete, wenn sie zu diesem Zweck dort verweilten. Die unausgesprochene Folgerung, sein Besuch könnte ein Geheimnis zwischen ihnen bleiben, bewirkte, daß sie ihn beide anders empfanden. Sie zu bitten, das Geheimnis zu bewahren, wäre nach Ransoms Gefühl eine Zumutung gewesen, und überdies war es ihm so wichtig auch nicht; doch wenn ihr das lieber wäre, würde es ihn nur in der Meinung bestärken, sein Ausflug sei ein Erfolg gewesen.

»Ach, dann können Sie ihr das auch erzählen!« sagte er dann.

»Wenn ich es nicht täte, wäre es die erste …«, und Verena unterbrach sich.

»Das müssen Sie mit Ihrem Gewissen ausmachen«, fuhr Ransom lachend fort.

Sie traten aus der Halle, stiegen die Stufen hinab und verließen das Delta, wie dieser Teil des Collegegeländes heißt. Inzwischen neigte sich der Nachmittag, doch war die Luft von einem rosigen Leuchten erfüllt, und sie roch kühl und rein, ein ungewisser Frühlingshauch.

»Also, wenn ich es Olive nicht erzähle, dann müssen Sie mich hier verlassen«, sagte Verena, blieb auf dem Weg stehen und streckte die Hand zum Abschied aus.

»Ich verstehe nicht. Was hat das damit zu tun? Außerdem dachte ich, Sie sagten, Sie *müßten* es ihr erzählen«, setzte Ransom hinzu. Indem er so mit dem Thema spielte, sich an ihrem sichtlichen Zögern freute, war er sich ein wenig seiner männlichen Brutalität bewußt – eines Dranges, ihre Gutmütigkeit auf die Probe zu stellen, eine Gutmütigkeit, die anscheinend keine Grenzen kannte. Sie ließ kein Zeichen der Verwirrung erkennen, als sie antwortete:

»Nun ja, ich will die Freiheit haben – zu tun, was ich für richtig halte. Und wenn es die Möglichkeit gibt, daß ich es verschweige, darf nicht noch mehr geschehen – das darf es nicht, Mr. Ransom, wirklich.«

»Noch mehr? Aber was fürchten Sie denn, was könnte noch geschehen – wenn ich Sie einfach nach Hause zurückbegleite?«

»Ich muß allein gehen, ich muß schleunigst zu Mutter zurück«, war ihre einzige Antwort. Und sie streckte wieder die Hand aus, die er vorhin nicht ergriffen hatte.

Natürlich nahm er sie jetzt und hielt sie sogar einen Augenblick fest; es gefiel ihm nicht, entlassen zu werden, und er sann auf Vorwände, noch zu verweilen. »Miss Birdseye hat gesagt, Sie würden mich bekehren, aber Sie haben mich noch nicht bekehrt«, fiel ihm zu bemerken ein.

»Das können Sie noch nicht wissen; warten Sie ein Weilchen ab. Mein Einfluß ist eigentümlich; manchmal tritt er lange hinterher zutage!« Das war von Verena sichtlich leichthin dahergesagt und ihr großspuriger Selbstbezug spaßhaft gemeint; sie war viel ernster, als sie rasch fortfuhr. »Wollen Sie damit sagen, daß Miss Birdseye Ihnen das versprochen hat?«

»O ja. Was heißt hier Einfluß! Sie hätten erleben sollen, welchen Einfluß ich über sie gewonnen habe.«

»Und was soll der nützen, wenn ich Olive von Ihrem Besuch erzähle?«

»Nun, ich denke mir, sie hofft, Sie erzählen es ihr nicht. Sie glaubt, daß Sie mich heimlich bekehren werden – so daß ich plötzlich als erstklassiger Proselyt in der Dunkelheit von Mississippi aufflamme: sehr wirkungsvoll und dramatisch.«

Nach Ransoms Eindruck besaß Verena ein unveränderlich schlichtes Wesen, doch es gab Augenblicke, da ihre Offenheit ihm übernatürlich erschien. »Wenn ich glaubte, es würde sich so auswirken, würde ich vielleicht eine Ausnahme machen«, bemerkte sie, als wäre ein solches Ergebnis schließlich doch möglich.

»Ach, Miss Tarrant, Sie werden mich ohnehin hinlänglich bekehren«, sagte der junge Mann.

»Hinlänglich? Was meinen Sie mit hinlänglich?«

»Hinlänglich, um mich furchtbar unglücklich zu machen.«

Sie sah ihn einen Augenblick an, offensichtlich verständnislos, doch sie warf ihm aufs Geratewohl eine Antwort zu, wandte sich ab und schlug den Heimweg ein. Die Antwort lautete, falls er unglücklich würde, geschähe es ihm nur recht – eine Äußerung, die sie zu nichts verpflichtete. Während er nach Boston zurückkehrte, wurde ihm bewußt, wie gespannt er auf irgendeine Information warten würde, ob sie ihn bei Miss Chancellor gewissermaßen verraten habe. Er könnte die Information womöglich über Mrs. Luna erhalten; das würde ihn fast mit dem Gedanken versöhnen, sie erneut aufzusuchen. Olive würde es brieflich ihrer Schwester mitteilen, und Adeline würde die Beschwerde weitergeben. Vielleicht würde sie ihm deswegen sogar eine Szene machen; das würde für ihn etwas von der unglücklichen Verfassung bedeuten, die er Verena Tarrant vorausgesagt hatte.

»Mrs. Henry Burrage empfängt am Mittwoch, dem 26. März, abends um halb zehn.« Auf Grund der Tatsache, daß er eine Karte dieses Inhalts erhalten hatte, stellte sich Basil Ransom an dem angegebenen Abend im Hause einer Dame ein, von der er noch nie gehört hatte. Die Darstellung des Verhältnisses von Ursache und Wirkung ist jedoch nicht vollständig, wenn ich zu erwähnen unterlasse, daß in der linken unteren Ecke der Karte außerdem die Worte standen: »Eine Ansprache von Miss Verena Tarrant.« Er hatte eine Ahnung (sie entsprang vor allem dem Aussehen und sogar dem Duft des geprägten Kartons), daß Mrs. Burrage der eleganten Welt angehörte, und mit beträchtlicher Überraschung fand er sich in einem solchen Element wieder. Er fragte sich, was eine Bürgerin jener luftigen Regionen bewogen habe, ihm eine Einladung zu schicken; dann sagte er sich, ersichtlich habe Verena einfach darum gebeten. Mrs. Henry Burrage, wer immer das sein mochte, hatte sie gefragt, ob sie nicht gern ein paar eigene Freunde dabei hätte, und sie hatte »O ja« gesagt und ihn mit dem Grüppchen der Glücklichen zusammen genannt. Sie war in der Lage gewesen, Mrs. Burrage seine Adresse mitzuteilen, denn hatte sie nicht in dem kurzen Brief gestanden, den er gleich nach seiner Rückkehr aus Boston an den Monadnoc Place geschickt und in dem er Miss Tarrant erneut für die reizende Stunde gedankt hatte, die er dank ihres Entgegenkommens in Cambridge hatte erleben dürfen? Damals hatte sie seinen Brief nicht beantwortet, doch Mrs. Burrages Karte war eine sehr gute Antwort. So eine Botschaft verdiente eine Erwiderung, und es geschah als Erwiderung, daß er die Straßenbahn bestieg, die ihn am Abend des 26. März an einer Ecke in unmittelbarer Nähe von Mrs. Burrages Wohnsitz absetzen sollte. Er besuchte fast nie Abendgesellschaften (er kannte kaum jemanden, der welche gab, wenn ihn Mrs. Luna auch ein wenig eingeführt hatte), und er war sicher, daß dieser Abend in festlichem Rahmen gedacht war und nichts mit den nächtlichen »Übungen« bei Miss

Birdseye gemein haben würde; doch um Verena Tarrant auf dem Podium zu erleben, hätte er sich fast jedem gesellschaftlichen Unbehagen ausgesetzt. Ein Podium sollte es offenbar sein – privat, wenn schon nicht öffentlich –, da man mit einer Karte Einlaß fand, die verschenkt, wenn schon nicht verkauft wurde. Er steckte die seine ein, bereit, sie an der Tür vorzuweisen. Es würde mich einige Zeit kosten, dem Leser den Widerspruch zu erklären; doch Basil Ransoms Verlangen, einer der regulären Darbietungen Verenas beizuwohnen, wurde keineswegs durch die Tatsache gemindert, daß er ihre Ansichten verabscheute und die ganze Geschichte für eine armselige Verirrung hielt. Er verstand sie jetzt sehr gut (seit seinem Besuch in Cambridge); er sah, daß sie aufrichtig und natürlich war; sie hatte fragwürdiges, schlechtes Salbadererblut in den Adern und besaß einen lächerlich falschen Begriff von der Eignung kleiner Mädchen zur Führung großer Bewegungen; doch ihre Begeisterung war von reinster Art, ihre Illusionen umschwebte ein bezaubernder Duft, und was die Sucht betraf, sich vor der Öffentlichkeit zu produzieren, so hatten sie ihr Leute eingeblasen, welche sie zu Zwecken manipulierten, die Basil Ransom nur irrsinnig finden konnte. Sie war ein rührendes, hochgesinntes Opfer, der schädlichen Kräfte unbewußt, die sie ins Verderben hetzten. Dieser Vorstellung drohenden Verderbens hatte sich im Kopf des jungen Mannes bereits der – weitaus unklarere und unausgereiftere – Gedanke an Rettung hinzugesellt; und eben dieses Ziel, sich selbst in der Ansicht zu bestätigen, daß ihr Zauber ihr selbst gehörte und ihre Trugschlüsse, ihre Ungereimtheiten den bloßen Abglanz ungünstiger Umstände darstellten, veranlaßte ihn, so viel auf sich zu nehmen, um sie in einer Situation zu erleben, in der er sie sich ausgesprochen ungern vorstellte. Ein solcher Blick auf sie war alles, was ihm noch zu dem Beweis fehlte, daß sie eine Person war, für die er einen unbegrenzten Kredit an zärtlichem Mitgefühl eröffnen durfte. Er erwartete zu leiden – köstlich zu leiden.

Nachdem er Mrs. Burrages Schwelle überschritten hatte, hegte er keinen Zweifel mehr, daß er sich in der eleganten Welt befand. Diese verkörperte sich auf eindrucksvolle Weise in der beleibten, ältlichen, häßlichen, in leuchtende Farben gekleideten Dame mit glitzernden Juwelen und weitherzig entblößtem Busen, die nahe an der Tür des ersten Zimmers stand und der die Eintretenden die Hand reichten. Ransom verbeugte sich vor ihr auf mississippische Art, und sie sagte, sie freue sich sehr, ihn zu sehen, während ihn die Leute hinter ihm schon weiterschoben. Er gab dem Druck nach und fand sich in einem großen Salon, zwischen Lichtern und Blumen, wo die Menge sich drängte, und hier sah er noch mehr glitzernde, lächelnde Damen mit entblößtem Busen. Es handelte sich zweifellos um die elegante Welt, denn es war niemand da, den er je zuvor gesehen hatte. Die Wände des Zimmers waren mit Bildern bedeckt – sogar die Decke war ausgemalt und gerahmt. Die Leute rempelten einander ein wenig, schlängelten sich weiter, traten vorwärts oder wichen zurück und sahen dabei einander mit wechselnder Miene an – manchmal glatt und ausdruckslos, manchmal mit einem Ausdruck strenger Musterung, einer Art Grausamkeit, wie Ransom fand, manchmal mit unvermitteltem Nicken und Verziehen des Gesichts, unartikuliertem Gemurmel, worauf eine rasche Reaktion irgendwie trübsinniger Natur folgte. Er war sich jetzt absolut sicher, daß er sich in der besten Gesellschaft befand. Er wurde immer weiter vorwärtsgeschoben und sah, daß der Saal, in den er eingetreten war, in einen zweiten überging, wo eine Art kleiner Bühne stand, mit rotem Tuch bedeckt, und eine ungeheure Zahl in Reihen angeordneter Stühle. Er wurde gewahr, daß die Leute ihn ansahen und einander, eigentlich mehr ihn als einander, und er fragte sich, ob es seiner Erscheinung sehr anzusehen sei, daß sein Hiersein gewissermaßen eine Ausnahme bedeutete. Ihm war nicht bewußt, wie hoch sein Kopf die Köpfe anderer überragte, und daß sein brauner Teint, seine schwarzbraunen Augen und sein glattes schwarzes Haar, das ich auf den ersten Seiten dieser Erzählung mit einer wallenden Löwenmähne verglich, ihn aus der Masse hervorhoben, was in der besten Gesellschaft den großen Vorteil hat, ein Gesprächsthema zu liefern. Doch es gab noch andere Gesprächsthemen, wie er der Unterhaltung zweier Damen entnahm, die in Bruchstücken an sein Ohr drang, als er so dastand und sich ziemlich beklommen fragte, wo Verena Tarrant sein mochte.

»Sind Sie Mitglied?« fragte eine der Damen die andere. »Ich wußte nicht, daß Sie beigetreten sind.«

»Ach, das bin ich auch nicht; nichts könnte mich dazu bringen.«

»Das ist nicht fair; Sie haben den ganzen Spaß und keinerlei Verantwortung.«

»Ach, den Spaß – den Spaß!« rief die zweite Dame aus.

»Sie dürfen nicht über uns lästern, sonst lade ich Sie nie wieder ein«, versetzte die erste.

»Nun, ich dachte, es sollte lehrreich sein; das meine ich ja nur; sehr gut für die Bildung. Und diese Frau heute abend; kommt sie nicht aus Boston?«

»Ja, ich glaube, sie haben sie hergeholt, extra für heute.«

»Also, man muß schon in ziemlich verzweifelter Lage sein, wenn man sich nach Boston wenden muß, um etwas zur Unterhaltung bieten zu können.«

»Nun ja, dort gibt es eine ähnliche Gesellschaft, und ich habe nie gehört, daß sie sich jemand aus New York geholt hätten.«

»Natürlich nicht, dort glauben sie, sie haben alles. Aber macht es einem nicht das Leben zur Last, dauernd überlegen zu müssen, was man überhaupt noch bieten kann?«

»Meine Güte, nein. Ich habe bald Professor Gougenheim bei mir – alles über den Talmud. Sie müssen kommen.«

»Gut, ich komme«, sagte die zweite Dame, »aber nichts könnte mich dazu bringen, reguläres Mitglied zu werden.«

Was immer der rätselhafte Kreis bedeuten mochte, Ransom stimmte mit der zweiten Dame darin überein, die reguläre Mitgliedschaft müsse wahre Schrecken bergen, und er bewunderte ihre Unabhängigkeit in solch einer gekünstelten Welt. Ein großer Teil der Gesellschaft hatte sich jetzt in den zweiten Raum begeben – die Leute hatten auf den Stühlen Platz zu nehmen begonnen, der leeren Plattform gegenüber. Als er die breite Tür erreichte, sah er, daß es sich um ein geräumiges Musikzimmer handelte, in Weiß und Gold gehalten, mit glänzend poliertem Fußboden und Marmorbüsten von Komponisten auf den an der feinen Täfelung befestigten Konsolen. Er vermied es jedoch einzutreten, weil er Hemmungen hatte, einen Stuhl zu besetzen, und beobachtete, daß die Damen sich als erste Plätze suchten. Er wandte sich in das erste Zimmer zurück, um abzuwarten, bis das Publikum zusammengeströmt war, wohl wissend, daß er, selbst wenn er zuhinterst stünde, den Hals immer noch lang genug recken könnte; und mit einem Mal, in einer Ecke, fiel hier sein Blick auf Olive Chancellor. Sie saß ein wenig abseits, in einem Winkel des Raumes, und sah direkt zu ihm hinüber; doch sobald sie wahrnahm, daß er sie bemerkt hatte, senkte sie die Augen und gab kein Zeichen des Erkennens. Ransom zögerte eine Sekunde lang, aber in der nächsten ging er geradenwegs auf sie zu. Ihm war bereits der Gedanke gekommen, wenn Verena Tarrant da sei, sei auch *sie* da; ein Instinkt sagte ihm, Miss Chancellor werde ihrer lieben Freundin nicht gestatten, ohne sie nach New York zu kommen. Es war durchaus möglich, daß sie ihn »schneiden« wollte – besonders falls sie wußte, daß er sie neulich in Boston geschnitten hatte; doch es war seine Pflicht, vorauszusetzen, daß sie mit ihm sprechen würde, bis das Gegenteil zweifelsfrei bewiesen wäre. Obwohl er nur zweimal mit ihr zusammengetroffen war, erinnerte er sich gut, wie krampfhaft schüchtern sie sein konnte, und er hielt es für möglich, daß sich eben jetzt eine solche Anwandlung ihrer bemächtigt hatte.

Als er vor ihr stand, fand er seine Vermutung vollkommen bestätigt; unter der Spannung ihrer Befangenheit war sie erbleicht; sie befand sich in einer äußerst unbehaglichen Verfassung. Sie reagierte nicht darauf, daß er ihr die Hand entgegenstreckte, und er erkannte, daß sie sich nie wieder dieser Förmlichkeit unterziehen würde. Sie sah zu ihm auf, als er sie ansprach, und ihre Lippen bewegten sich; doch ihr Gesicht war tiefernst, und ihre Augen hatten einen fast fieberhaften Glanz. Eindeutig hatte sie sich in ihre Ecke zurückgezogen, um aus dem Weg zu sein; er entdeckte, daß sie sich als Eindringling fühlte, wie vorhin er selbst. Das kleine Sofa, auf dem sie sich niedergelassen hatte, war von der Form, die die Franzosen als causeuse bezeichnen; es bot eben noch einer zweiten Person Platz, und Ransom fragte sie in munterem Ton, ob er sich zu ihr setzen dürfe. Als er Platz genommen hatte, wandte sie sich ihm zu, wandte sich ihm voll zu, nur die Augen blieben abgewandt, und spielte mit ihrem Fächer, während sie darauf wartete, daß ihre Attacke von Schüchternheit sich legte. Ransom wartete nicht ab; er schlug hinsichtlich ihres Zusammentreffens einen scherzhaften Ton an und fragte sie, ob sie nach New York gekommen sei, um das Volk aufzurütteln. Sie ließ den Blick durch das Zimmer schweifen; Mrs. Burrages Gäste standen größtenteils mit dem Rücken zu ihnen, und beider Platz war halb von einer Blumenpyramide verdeckt, die auf einem Postament dicht neben Olives Sofaende prangte und ihren Duft verströmte.

»Nennen Sie die hier das ›Volk‹?« fragte sie.

»Ich habe keine Ahnung. Ich weiß nicht, was das für Leute sind, nicht einmal, wer Mrs. Henry Burrage ist. Ich habe einfach eine Einladung bekommen.«

Miss Chancellor gab ihm keine Aufschlüsse zu dem von ihm erwähnten Punkt; sie fragte nur nach kurzer Pause: »Gehen Sie überall hin, wo man Sie einlädt?«

»Nun ja, ich gehe hin, wenn ich glaube, ich könnte Sie dort antreffen«, antwortete der junge Mann galant. »Auf meiner Karte stand, Miss Tarrant werde eine Ansprache halten, und ich wußte, wo immer sie ist, sind Sie nicht weit. Von Mrs. Luna habe ich gehört, daß Sie beide unzertrennlich sind.«

»Ja, wir sind unzertrennlich. Genau deshalb bin ich hier.«

»Es ist also die elegante Welt, die Sie aufrütteln werden.«

Olive hielt die Augen eine Zeitlang an den Boden geheftet; dann blitzte sie ihren Gesprächspartner an. »Es ist ein Teil unseres Lebens, überallhin zu gehen – unser Werk dorthin zu tragen, wo es am nötigsten zu sein scheint. Wir haben uns darin geübt, Widerwillen, Abscheu zu unterdrücken.«

»Ach, ich finde es hier sehr unterhaltsam«, warf Ransom hin. »Es ist ein schönes Haus, und man sieht ein paar wirklich hübsche Gesichter. In Mississippi haben wir nichts so Glanzvolles.«

Alles, was er vorbrachte, nahm Olive zunächst mit einem kurzen Schweigen auf, doch die schlimmste Befangenheit ließ offenbar nach.

»Sind Sie in New York erfolgreich? Gefällt es Ihnen hier?« erkundigte sie sich dann und brachte die Frage in einem Ton unendlicher Schwermut vor, als ringe sie ihr das ewige Pflichtgefühl von den Lippen ab.

»Ach, erfolgreich! Ich bin nicht erfolgreich in dem Sinne wie Sie und Miss Tarrant; denn es ist (für meine barbarischen Augen) ein bedeutendes Zeichen des Gelingens, die Hauptpersonen einer Veranstaltung wie dieser zu sein.«

»Sehe ich wie die Hauptperson einer Veranstaltung aus?« fragte Olive Chancellor ohne humoristische Absicht, doch mit geradezu komischer Wirkung.

»Das könnten Sie, wenn Sie sich nicht verkriechen würden. Gehen Sie denn nicht in den anderen Saal, um die Rede zu hören? Alles ist bereit.«

»Ich gehe, wenn man mir Bescheid gibt – wenn man mich dazu auffordert.«

In ihrem Ton lag beträchtliche Würde, und Ransom erkannte, daß etwas nicht stimmte, daß sie sich vernachlässigt fühlte. Die Erfahrung, daß sie sich anderen gegenüber als genauso schwierig erwies wie damals ihm gegenüber, weckte seine Nachsicht, und aus seinem Ton sprach die vorbehaltlose Bereitschaft, ihre Meinungsverschiedenheiten zu vergessen, als er sagte: »Ach, es ist noch reichlich Zeit; der Saal ist noch nicht einmal halb voll.«

Sie gab darauf keine direkte Antwort, sondern erkundigte sich nach seiner Mutter und seinen Schwestern, was er für Nachrichten aus dem Süden habe. »Sind sie überhaupt glücklich?« forschte sie, fast so, als warnte sie ihn vor der Behauptung, sie seien es. Er mißachtete ihre Warnung so weit, daß er erklärte, in einer Beziehung seien sie allezeit glücklich gewesen – indem sie nämlich gelernt hätten, aus ihren Verhältnissen das beste zu machen. Sie hörte sich das mit einer Miene großer Zurückhaltung an und glaubte offenbar, er habe ihr eine Lehre erteilen wollen; denn plötzlich stieß sie hervor: »Sie meinen, Sie haben ihnen eine bestimmte Linie vorgezeichnet, und mehr wissen Sie darüber nicht!«

Ransom starrte sie überrascht an; er fühlte jetzt, daß sie ihn immer wieder überraschen werde. »Ach, gehen Sie nicht so streng mit mir um«, bat er mit seiner weichen südlichen Stimme; »wissen Sie nicht mehr, wie Sie mich zusammengestaucht haben, als ich Sie in Boston besuchte?«

»Ihr schlagt uns in Ketten, und dann, wenn wir uns in unserer Qual winden, sagt ihr, wir benehmen uns nicht nett!« Diese Worte, die Ransoms Staunen nicht verringerten, waren die Antwort der jungen Dame auf seine versöhnlichen Worte. Sie sah, daß er ehrlich bestürzt war und daß er sie im nächsten Moment auslachen würde wie vor ein und einem halben Jahr (sie erinnerte sich daran, als wäre es gestern gewesen); und um das um jeden Preis zu verhindern, fuhr sie hastig fort: »Wenn Sie Miss Tarrant zuhören, werden Sie wissen, was ich meine.«

»Ach, Miss Tarrant – Miss Tarrant«, und Basils Gelächter brach hervor.

Sie war seinem Spott nun doch nicht entkommen, und nachdem ihre Verlegenheit nun gänzlich verflogen war, blickte sie ihn scharf an. »Was wissen Sie von ihr? Was haben Sie beobachten können?«

Ransom stellte sich ihrem Blick, und sekundenlang musterten sie einander prüfend. Wußte sie von seiner Begegnung mit Verena vor einem Monat und sprach aus ihrer Zurückhaltung einfach der Wunsch, ihm die Last der Erklärung aufzubürden, er sei nach ihrer letzten Begegnung noch einmal in Boston gewesen und habe doch nicht in der Charles Street vorgesprochen? Er meinte, es liege Argwohn in ihrer Miene; doch was Verena betraf, würde sie immer argwöhnisch sein. Hätte er in diesem Moment einfach danach gehandelt, was ihm Genugtuung verschafft hätte, so hätte er ihr erklärt, er wisse eine ganze Menge von Miss Tarrant, denn er habe kürzlich einen langen Spaziergang mit ihr unternommen und dabei ein ausgiebiges Gespräch mit ihr geführt; doch er hielt sich mit der Überlegung zurück, falls Verena ihn nicht verraten habe, wäre es sehr unrecht von ihm, sie zu verraten. Der wohltuende Gedanke, sie könne die Episode seines Besuchs am Monadnoc Place der Geheimhaltung wert erachtet haben, wurde vorübergehend von seinem Bedauern darüber verdrängt, seiner unangenehmen Kusine nicht eröffnen zu können, daß er sie übergangen hatte. »Erinnern Sie sich nicht, daß ich sie damals bei Miss Birdseye habe sprechen hören?« sagte er dann. »Und am nächsten Tag traf ich sie doch in Ihrem Hause.«

»Seither hat sie sich gewaltig entwickelt«, bemerkte Olive trocken; und Ransom war überzeugt, daß Verena den Mund gehalten hatte.

In diesem Augenblick bahnte sich ein Herr zwischen den Grüppchen von Mrs. Burrages Gästen seinen Weg und gesellte sich zu Olive. »Wenn Sie mir die Ehre erweisen, meinen Arm zu nehmen, suche ich Ihnen im anderen Saal einen günstigen Platz aus. Es wird allmählich Zeit, daß Miss Tarrant sich präsentiert. Ich habe sie vorhin in den Gemäldesaal geführt; sie wollte sich einige Sachen ansehen. Jetzt ist sie in Gesellschaft meiner Mutter«, fügte er hinzu, als forderte Miss Chancellors ernste Miene gewissermaßen eine Erklärung für die Abwesenheit ihrer Freundin. »Sie sagte, sie sei ein wenig nervös; deshalb dachte ich, wir sollten uns etwas Bewegung machen.«

»Davon höre ich zum allerersten Mal!« äußerte Olive Chancellor, die sich bereitmachte, sich der Führung des jungen Mannes anzuvertrauen. Er versicherte ihr, er habe für sie den besten Platz reserviert; offensichtlich war es sein Wunsch, sie zu beschwichtigen, sie als bedeutsame Persönlichkeit zu behandeln. Bevor er sie hinübergeleitete, gab er Ransom die Hand und bemerkte, er freue sich sehr, ihn zu sehen; und Ransom wurde klar, das müsse der Herr des Hauses sein, obzwar er kaum der Sohn der beleibten Dame an der Tür sein konnte.

Er war ein frischer, angenehmer, gutaussehender junger Mann und machte einen gescheiten, freundlichen Eindruck; er empfahl Ransom, möglichst rasch im anderen Zimmer Platz zu nehmen; falls er noch nie von Miss Tarrant gehört habe, werde er eine ganz große Freude erleben.

»Ach, Mr. Ransom kommt doch nur, um seinen Vorurteilen Nahrung zu geben«, sagte Miss Chancellor, während sie ihrem Verwandten den Rücken zudrehte. Er verzichtete darauf, sich in den Vordergrund der Gesellschaft zu drängen, die jetzt rasch den Musiksaal füllte, und begnügte sich damit, in der Tür zu verweilen, wo sich mehrere Herren hingestellt hatten. Die Plätze waren alle besetzt; vielmehr, alle bis auf einen, dem Miss Chancellor und ihr Begleiter zustrebten, indem sie sich an den Leuten vorbeidrückten und -schoben, die längs der Wände standen. Dieser Platz befand sich ganz vorn, dicht an dem kleinen Podium; während Olive vorging, wurde jedermann auf sie aufmerksam, und Ransom hörte einen Herrn in seiner Nähe zu einem anderen sagen: »Ich nehme an, sie ist von derselben Sorte.« Er hielt nach Verena Ausschau, doch blieb sie offenbar noch außer Sicht. Plötzlich spürte er einen energischen Klaps auf dem Rücken, und als er sich umdrehte, erkannte er Mrs. Luna, die ihn mit ihrem Fächer gestupst hatte.

Siebenundzwanzigstes Kapitel

»In meinem eigenen Haus wollen Sie nicht mit mir sprechen – das bin ich schon fast gewöhnt; aber wenn Sie mich in der Öffentlichkeit übersehen wollen, könnten Sie mich wenigstens vorwarnen, finde ich.« Das war nur ihre Koketterie, und er wußte inzwischen, was er davon zu halten hatte; sie war in Gelb gekleidet und sah sehr mollig und heiter aus. Er staunte über den sicheren Instinkt, mit dem sie seine ungedeckte Position ausgemacht hatte. Der äußere Saal war vollkommen leer; sie war zu der Tür am anderen Ende hereingekommen und hatte für ihre Manöver ein freies Feld vorgefunden. Er erbot sich, ihr einen Platz zu suchen, wo sie Miss Tarrant sehen und hören könne, ihr sogar einen Stuhl herbeizuschaffen, auf dem sie stehen könne, falls sie über die Köpfe der Herren in der Tür zu blicken wünsche – ein Anerbieten, das sie mit der Erkundigung quittierte: »Nehmen Sie etwa an, ich bin wegen dieser Schwätzerin hergekommen? Habe ich Ihnen nicht gesagt, was ich von ihr halte?«

»Nun, Sie sind gewiß nicht meinetwegen gekommen«, sagte Ransom, dieser Anspielung vorbauend, »denn Sie konnten unmöglich wissen, daß ich hier bin.«

»Ich habe es erraten – eine Vorahnung hat es mir gesagt!« erklärte Mrs. Luna; und sie blickte mit prüfenden, vorwurfsvollen Augen zu ihm auf. »Ich weiß, weswegen Sie gekommen sind«, rief sie dann. »Sie haben mir nie erzählt, daß Sie Mrs. Burrage kennen.«

»Ich kenne sie nicht – ich hatte nie von ihr gehört, bis sie mich eingeladen hat.«

»Warum in aller Welt *hat* sie Sie dann eingeladen?«

Ransom hatte ein wenig vorschnell gesprochen; ihm ging rasch auf, daß es Gründe gab, weshalb er das lieber nicht hätte sagen sollen. Doch fast ebenso rasch bemäntelte er seinen Fehler. »Ich nehme an, Ihre Schwester war so freundlich, um eine Karte für mich zu bitten.«

»Meine Schwester? Meine Großmutter! Ich weiß, wie Olive Sie liebt. Mr. Ransom, Sie sind sehr verschlagen.« Sie hatte ihn weit ins Zimmer gezogen, außer Hörweite der Gruppe in der Tür, und ihm schien, wenn es ihr gelänge, ihren Wunsch in die Tat umzusetzen, würde sie im vorderen Salon eine eigene kleine Veranstaltung in Szene setzen, in Konkurrenz zu Miss Tarrants Ansprache. »Bitte kommen Sie doch mit und setzen Sie sich ein Weilchen hierher; wir bleiben ganz ungestört. Ich habe Ihnen etwas sehr Wichtiges zu sagen.« Sie steuerte das kleine Sofa in der Ecke an, wo er wenige Minuten vorher mit Olive gesprochen hatte, und er folgte ihr mit extremer Unlust; es tat ihm um jeden Augenblick leid, den er ihr würde widmen müssen. Er hatte ganz vergessen, daß er sich einmal ausgemalt hatte, sein Leben in ihrer Gesellschaft zu verbringen, und er blickte auf seine Uhr, während er bemerkte:

»Ich denke aber gar nicht daran, den Spaß da drinnen zu versäumen.«

Im nächsten Moment spürte er, daß er auch das nicht hätte sagen dürfen; doch er war gereizt, enttäuscht, und er konnte nicht anders. Es lag in der Natur eines galanten Mannes aus Mississippi, alles zu tun, worum eine Dame ihn bat, und er war, so erstaunlich das auch scheinen mag, noch nie in der Lage gewesen, ein solches Ersuchen so unvereinbar mit seinen eigenen Wünschen zu finden wie jetzt. Das war ein neues Dilemma, denn Mrs. Luna hatte sichtlich vor, ihn festzuhalten, wenn sie konnte. Sie blickte sich im Zimmer um, zunehmend erfreut, daß sie es ganz für sich hatten, und äußerte sich zunächst nicht weiter zu dem ungewöhnlichen Umstand, daß er hier war. Im Gegenteil gab sie sich von neuem scherzhaft und bemerkte, jetzt, da sie ihn in ihrer Gewalt hätten, würden sie ihn nicht ohne weiteres laufenlassen, sie würden ihn zu ihrer Unterhaltung anstellen, ihn zu einem Vortrag – über »Licht und Schatten des Lebens im Süden« oder »Die gesellschaftlichen Besonderheiten in Mississippi« – vor dem Mittwochsklub überreden.

»Und was in aller Welt ist der Mittwochsklub? Ich nehme an, es ist das, worüber diese Damen sprachen«, sagte Ransom.

»Ich kenne Ihre Damen nicht, aber das hier ist der Mittwochsklub. Ich meine nicht Sie und mich hier beieinander, sondern alle diese verblendeten Menschen im anderen Saal. Er ist New York, das sich bemüht, es Boston gleichzutun. Er ist die Kultur, der gute Ton der Metropole. Man sollte es nicht glauben, aber das ist er. Er ist der ›gesetzte Kreis‹; sie sind wirklich recht gesetzt; man könnte da drin eine Nadel zu Boden fallen hören. Will jemand ein Gebet sprechen? Wie glücklich Olive sein muß, daß man sie so ernst nimmt! Sie haben sich zusammengetan, um sich allwöchentlich reihum in ihren Häusern zu treffen und sich irgendeine Darbietung anzusehen oder einen Vortrag anzuhören oder sich über irgendein Thema unterrichten zu lassen. Je langweiliger es ist und je abschreckender das Thema, desto fester glauben sie, es sei das Wahre. Sie haben so eine Idee, das sei der Weg, der New Yorker Gesellschaft eine intellektuelle Note zu geben. Es gibt ein Luxusgesetz – heißt das nicht so? –, das Abendessen betreffend, und sie beschränken sich auf eine Art spartanischer Suppe. Wenn sie von ihren französischen Köchen zubereitet wird, ist sie nicht schlecht. Mrs. Burrage ist ein führendes Mitglied – eine der Gründerinnen, glaube ich; und wenn sie an der Reihe war, soll sie früher – jede ist nur einmal im Winter dran – meist sehr gute Musik geboten haben. Aber das gilt eher als billige Ausflucht, etwas, worüber das letzte Wort noch nicht gesprochen ist; was die Musik betrifft, kann der weniger feine Kreis mühelos mit ihnen mithalten. So kam Mrs. Burrage auf die ausgefallene Idee« – und es war ein Genuß, zu hören, wie Mrs. Luna dieses Adjektiv aussprach –, »dieses Mädchen aus Boston kommen zu lassen. Natürlich hat ihr Sohn ihr das in den Kopf gesetzt; er war ein paar Jahre in Cambridge – da hat Verena nämlich gewohnt –, und sie waren da draußen dicke Freunde. Jetzt, wo er nicht mehr dort ist, paßt es ihm ausgezeichnet, sie hier zu haben. Wenn Olive abreist, bleibt sie bei seiner Mutter zu Besuch. Ich habe die beiden eingeladen, bei mir zu wohnen, aber Olive hat majestätisch abgelehnt; sie sagt, sie wünschten sich irgendwo aufzuhalten, wo es ihnen freistehe, ›sympathisierende Freunde‹ zu empfangen. Also sind sie in einer ganz sonderbaren Art von Neu-Jerusalem-Pension in der Zehnten Straße abgestiegen; Olive hält es für ihre Pflicht, solche Häuser aufzusuchen. Es hat mich gewaltig überrascht, daß sie zuläßt, daß man Verena in eine derart weltlich gesinnte Menge wie diese hier hineinzieht; aber sie hat mir erklärt, sie hätten sich entschlossen, keinerlei Gelegenheit auszulassen, sie könnten die Saat der Wahrheit in Salons genausogut wie in Werkstätten ausstreuen, und wenn nur ein einziger Mensch zu ihren Ideen bekehrt würde, wäre ihr Kommen gerechtfertigt. Das machen sie jetzt da drin – sie streuen die Saat aus; aber Sie sollen nicht derjenige sein, der bekehrt wird, dafür will ich sorgen. Haben Sie meine reizende Schwester schon gesehen? *Wie* sie sich zurechtmacht, wenn sie gegen Putz und Tand protestieren will! Sie erweckt den Eindruck, als ob sie den Boden hier herum ziemlich unfruchtbar findet, jetzt, da sie ihn mit eigenen Augen sieht. Ich glaube ohnehin nicht, daß sie glaubt, man könne in einer französischen Robe erlöst werden. Ich muß sagen, ich nenne es eine *sehr* billige Ausflucht von Mrs. Burrage, Verena Tarrant anzubieten; das ist schlimmer als die trügerische Musik. Warum hat sie nicht offen und ehrlich eine ballerina von Niblo kommen lassen – wenn es ihr darum ging, daß eine junge Frau auf dem Podium herumspringt? Die scheren sich doch keine Spur um die Ideen der armen Olive; es interessiert sie nur, weil Verena ungewöhnliches Haar und glänzende Augen hat und sich wie die Assistentin eines Zauberkünstlers auftakelt. Ich habe nie begriffen, wie Olive sich mit Verenas wirklich erbärmlichem Kleidungsstil abfinden kann. Ich vermute, sie kann es nur, weil ihre Kleider so schlecht genäht sind. Sie sehen aus, als glaubten Sie mir nicht – aber ich versichere Ihnen, daß der Schnitt revolutionär ist; und das ist Balsam auf Olives Gewissen.«

Ransom war überrascht zu hören, er sehe aus, als glaube er ihr nicht, denn er hatte sich nach seinem anfänglichen Unbehagen dabei ertappt, daß er mit erheblichem Interesse ihren Darlegungen folgte, welches die näheren Umstände für Miss Tarrants Besuch in New York waren. Einen Augenblick später brachte er als Ergebnis einer stillen Überlegung die Frage vor: »Ist der Sohn der Dame des Hauses ein gutaussehender junger Mann, sehr höflich, in einer weißen Weste?«

»Ich kenne die Farbe seiner Weste nicht – aber er hat eine irgendwie schmeichlerische Art an sich. Verena schließt daraus, daß er in sie verliebt ist.«

»Vielleicht ist er es«, meinte Ransom. »Sie sagen, es war sein Einfall, sie zum Kommen zu bewegen.«

»Ach, er flirtet gern; es ist sehr wahrscheinlich.«

»Vielleicht hat sie ihn herumbekommen.«

»Nicht so weit, wie sie möchte, glaube ich. Das Vermögen ist beträchtlich; eines Tages fällt es ihm ganz zu.«

»Meinen Sie, sie möchte ihn ins Joch der Ehe spannen?« fragte Ransom im schleppenden Tonfall des Südens.

»Ich glaube, sie hält die Ehe für einen geplatzten Aberglauben; aber hier und da gibt es einen Fall, wo sie immer noch das Günstigste ist; wenn der Herr zufällig Burrage heißt und die junge Dame Tarrant. Ich selbst finde ›Burrage‹ nicht so besonders schön. Aber ich glaube, sie hätte sich diesen gegenwärtigen Sproß eingefangen, wäre nicht Olive gewesen. Olive steht zwischen ihnen – sie will sie in der Schwesternschaft der Ledigen bewahren; möchte sie vor allem für sich bewahren. Natürlich mag sie nichts davon hören, daß Verena heiratet, und sie hat ihre Pläne durchkreuzt. Sie hat sie nach New York gebracht; das scheint gegen meine Worte zu sprechen; aber das Mädchen zerrt heftig an der Leine, Olive muß sie bei Laune halten, manchmal die Zügel etwas lockern, kurzum, etwas über Bord werfen, um den Rest zu retten. Sie sagen vielleicht, was Mr. Burrage angeht, es sei ein seltsamer Geschmack für einen Herrn; aber darüber läßt sich nicht streiten. Auch für eine Dame ist es ein seltsamer Geschmack; denn sie ist eine Dame, die arme Olive. Das können Sie heute abend sehen. Sie ist angezogen wie eine Buchvertreterin, aber sie wirkt vornehmer als alle anderen. Verena sieht neben ihr aus wie eine wandelnde Reklame.«

Als Mrs. Luna eine Pause machte, wurde Basil Ransom gewahr, daß im anderen Saal Verenas Ansprache begonnen hatte; der Klang ihrer klaren, hellen, kräftigen Stimme, einer hervorragenden Stimme für den Gebrauch in der Öffentlichkeit, drang von weit her zu ihnen. Sein Wunsch, da zu stehen, wo er sie besser hören und sie obendrein sehen könnte, ließ ihn von seinem Platz auffahren, und diese Bewegung löste bei seiner Begleiterin einen Ausbruch spöttischen Gelächters aus. Doch sie sagte nicht: »Gehen Sie, gehen Sie, Verblendeter, Sie tun mir leid!«, sie bemerkte nur etwas spitz, es werde ihm doch wohl nicht dermaßen an Höflichkeit mangeln, eine Dame an einem öffentlichen Ort – so beliebte Mrs. Luna Mrs. Burrages Salon zu bezeichnen – absolut allein zu lassen, ihrer flehentlichen

Bitte, bei ihr zu bleiben, zum Trotz. Sie war dem armen Ransom gegenüber dank der abergläubischen Vorstellungen von Mississippi im Vorteil. Nach seinem schlichten Kodex bedeutete es eine grobe Unhöflichkeit, sich auf einer Gesellschaft vom Gespräch mit einer Dame zurückzuziehen, ehe ein anderer Herr gekommen war, um seinen Platz einzunehmen; das hieß, der Dame eine Art Schimpf anzutun. Die anderen Herren bei Mrs. Burrage waren alle nur zu gut beschäftigt; es bestand nicht die geringste Aussicht, daß einer zu seiner Rettung käme. Er konnte Mrs. Luna nicht verlassen, und doch konnte er nicht bei ihr bleiben und das einzige versäumen, für das er so viele Umstände auf sich genommen hatte. »Erlauben Sie wenigstens, daß ich Ihnen dort drüben in der Tür einen Platz suche. Sie können auf einem Stuhl stehen – Sie können sich auf mich lehnen.«

»Vielen Dank; ich möchte mich viel lieber an dieses Sofa lehnen. Und ich bin viel zu müde, um auf irgendeinem Stuhl zu stehen. Außerdem möchte ich um keinen Preis, daß Verena oder Olive mich den Hals über die Köpfe der Menge recken sehen – als ob ich ihren hochtrabenden Floskeln auch nur die geringste Bedeutung beimäße!«

»Es ist noch nicht Zeit für die Schlußfloskeln«, gab Ransom mit wütender Bissigkeit zurück; er saß vorgebeugt da, die Ellbogen auf den Knien, die Augen zu Boden gerichtet, die bleiche Wange gerötet.

»Es ist nie Zeit, solche Sachen zu sagen«, bemerkte Mrs. Luna, ihre Spitzen zurechtzupfend.

»Woher wissen Sie, was sie gerade sagt?«

»Ich merke es an der Art, wie ihre Stimme auf- und absteigt. Es klingt so albern.«

Ransom saß weitere fünf Minuten so da – Minuten, die ihm der Engel, der das Buch der guten und bösen Taten führt, seines Erachtens gutschreiben müßte – und fragte sich, wie konnte Mrs. Luna nur eine so dumme Gans sein und nicht merken, daß sie ihn dazu trieb, sie zu hassen. Doch sie war dumm genug, um alles fertigzubringen. Er versuchte gleichgültig zu erscheinen, und ihm kamen Zweifel, ob das System von Mississippi letztlich richtig sein könne. Einen Fall wie den vorliegenden hatte es gewiß nicht vorhergesehen. »Es ist sonnenklar, daß Mr. Burrage die Absicht hat, sie zu heiraten – wenn er kann«, sagte er nach einer Minute; wobei diese Bemerkung besser als alles andere, was ihm einfiel, darauf berechnet war, seinen wahren Gemütszustand zu verschleiern.

Die Worte entlockten seiner Gefährtin keine Antwort, und einen Moment später wandte er ein wenig den Kopf und blickte sie an. Das Ergebnis einer stummen Zwiesprache zwischen ihnen war es, daß sie abrupt äußerte: »Mr. Ransom, meine Schwester hat Ihnen niemals eine Einladung für dieses Haus hier geschickt. Ist sie nicht von Verena Tarrant gekommen?«

»Ich habe nicht die geringste Ahnung.«

»Da Sie keinerlei Bekanntschaft mit Mrs. Burrage haben, von wem hätte sie sonst kommen sollen?«

»Wenn sie von Miss Tarrant kam, müßte ich ihre Aufmerksamkeit mindestens damit vergelten, daß ich ihr zuhöre.«

»Wenn Sie dieses Sofa verlassen, erzähle ich Olive, was ich vermute. Sie ist absolut imstande, Verena nach China fortzuschaffen – oder sonstwohin aus Ihrer Reichweite.«

»Und was, bitte, vermuten Sie?«

»Daß Sie miteinander in Verbindung gestanden haben.«

»Erzählen Sie ihr doch, was Sie wollen, Mrs. Luna«, sagte der junge Mann mit der mürrischen Miene der Schicksalsergebenheit.

»Wie ich sehe, können Sie es nicht leugnen.«

»Ich widerspreche einer Dame nie.«

»Wir werden ja sehen, ob ich Sie nicht dazu bringen kann zu schwindeln. Haben Sie Miss Tarrant nicht auch getroffen?«

»Wo hätte ich sie treffen sollen? Ich kann nicht über die ganze Entfernung bis Boston sehen, wie Sie neulich sagten.«

»Haben Sie dort nicht heimliche Besuche gemacht?«

Ransom zuckte kaum merklich zusammen; um es zu verbergen, stand er im nächsten Moment auf.

»Sie wären nicht heimlich, wenn ich es Ihnen erzählen würde.«

Als er auf sie hinunterblickte, sah er, daß ihre Worte ein glücklicher Wurf gewesen waren, nicht das Ergebnis genauer Kenntnis. Doch sie erschien ihm eitel, egoistisch, besitzgierig, widerwärtig.

»Nun, ich werde Alarm schlagen«, fuhr sie fort; »das heißt, wenn Sie mich verlassen. Ist das die Art, wie ein Herr aus den Südstaaten eine Dame behandelt? Tun Sie, was ich wünsche, und ich gebe Sie frei.«

»Sie werden mich nicht davon befreien, bei Ihnen zu bleiben.«

»Ist das so eine corvée? Ich habe noch nie eine solche Unmanierlichkeit erlebt!« rief Mrs. Luna. »Dennoch, ich bin entschlossen, Sie festzuhalten, wenn ich kann!«

Ransom hatte das Gefühl, sie müsse im Unrecht sein, und doch schien sie vordergründig (und das war ganz unerträglich) das Recht auf ihrer Seite zu haben. All das, während ihn Verenas goldene Stimme mit unvernehmlichen Worten lockte, sein Ohr Tantalusqualen aussetzte. Die Sache hatte offensichtlich Mrs. Lunas Nerven angegriffen; sie hatte jenen Punkt weiblicher Verwirrung erreicht, wo eine Frau um des Starrsinns willen starrsinnig bleibt, selbst bei klarer Voraussicht schlimmer Folgen.

»Sie haben den Kopf verloren«, machte er sich Luft, während er auf sie herabblickte.

»Ich wünschte, Sie würden mir etwas Tee holen.«

»Das sagen Sie nur, um mich in Verlegenheit zu bringen.« Er hatte das kaum ausgesprochen, als lauter Applaus, freigebiges Händeklatschen und der Ruf aus fünfzig Kehlen: »Brava, brava«, hereindrang und wieder erstarb. Ransoms Pulse jagten, er warf seine Skrupel über Bord, und nachdem er Mrs. Luna – immer noch in aller Form – erklärt hatte, er fürchte, er müsse sich damit abfinden, ihrer guten Meinung verlustig zu gehen, drehte er ihr den Rücken zu und eilte zur offenen Tür des Musiksaales. »Also, ich bin noch nie so beleidigt worden!« hörte er sie mit äußerster Schärfe ausrufen, als er sie verließ; und während er einen günstigen Standort suchte und dabei einen Blick zu ihr zurückwarf, sah er sie immer noch auf dem Sofa sitzen – allein in der lampenerhellten Einsamkeit –, ihre Augen, über die Entfernung des leeren Raums hinweg, zwei kleine rachsüchtige Punkte. Nun, sie konnte ja zu ihm kommen, wenn es sie so nach ihm verlangte; er würde ihr auf einer Ottomane Halt geben und es ihr erleichtern, alles zu sehen. Doch Mrs. Luna war unnachgiebig; nach einer Minute merkte er, daß sie sich würdevoll aus dem Raum zurückgezogen hatte, und an diesem Abend sah er sie nicht wieder.

Achtundzwanzigstes Kapitel

Von seinem Standort aus, hinter einem dichten äußeren Saum aufmerksam lauschender Männer hervor, konnte er den Musiksaal sehr gut überblicken. Verena Tarrant stand aufrecht auf ihrem kleinen Podium, weiß gekleidet, mit Blumen im Ausschnitt. Das rote Tuch unter ihren Füßen schimmerte satt im Licht der auf hohen Podesten zu beiden Seiten der Bühne aufgestellten Lampen; es gab ihrer Erscheinung einen farbigen Rahmen, von dem sie sich noch klarer abhob. In ihrer isolierten und exponierten Position bewegte sie sich ganz ungezwungen, doch mit äußerst zurückhaltenden Gesten; sie hatte keinen Tisch vor sich, keine Notizen in der Hand, sondern stand da wie eine Schauspielerin im Rampenlicht oder eine Sängerin, die die Laute ihrer Kehle zu einem Silberfaden verspinnt. Die Gefahr, ein schlankes Mädchen aus der Provinz, das sich anmaßte, zweihundert blasé New Yorker einfach durch die Übermittlung ihrer Gedanken zu faszinieren, werde an dieser Aufgabe scheitern, war so groß, daß sich Ransom nach wenigen Augenblicken dabei ertappte, sie ebenso gespannt zu beobachten, als arbeitete sie hoch über seinem Kopf am Trapez. Doch für den Zuhörer war unmöglich zu verkennen, daß sie ihre Fähigkeiten, ihr Thema, ihr Publikum vollkommen beherrschte; und er hatte jenen Abend bei Miss Birdseye noch gut genug in Erinnerung, um die Fortschritte ermessen zu können, die sie seither gemacht hatte. Diese Darbietung war weit ausgereifter, ihr Auftreten viel selbstbewußter; sie schien von einer viel höheren Warte aus zu sprechen und den ganzen Raum zu überblicken. Auch ihre Stimme hatte sich entwickelt; er hatte vergessen, wie schön diese sein konnte, wenn sie sie zu voller Kraft anschwellen ließ. Solch ein Timbre, so rein und voll, und dabei so jung, so natürlich, bedeutete an sich schon eine Gabe; er wunderte sich nicht, daß man beim Frauenkonvent so viel Wesens um sie gemacht hatte, wenn sie deren scheußlichen Saal mit solchem Wohlklang erfüllte. Er hatte früher von der improvisatrice in Italien gelesen, und das hier war eine verfeinerte, moderne amerikanische Abwandlung des Typs, eine neuenglische Corinna, mit einer Mission statt einer Lyra. Das Anmutigste an ihr war ihr Ernst, die Art, wie ihre hinreißenden Augen über das »elegante Publikum« schweiften (vor dem sie so gänzlich uneingeschüchtert stand), als wollte sie es zu einer einzigen fühlenden Persönlichkeit verschmelzen, und zu sagen schienen, das einzige im Leben, woran ihr liege, sei es, die Wahrheit in unwiderstehlich überzeugender Form zu vermitteln. Sie war so einfach wie bestrickend, und es gab bei ihr keinen Blick und keine Geste, die nicht ganz der sie beseelenden reinen, verhalten glühenden Leidenschaft untergeordnet zu sein schienen. Sie hatte die Versammelten – das war deutlich erkennbar – tatsächlich einhellig in ihren Bann gezogen; ihre Aufmerksamkeit war alles andere als lau; sie lächelten zurück, wenn sie lächelte; sie waren lautlos, regungslos, wenn sie ernst wurde; und es war offensichtlich, daß die Unterhaltung, die Mrs. Burrage dank eines glücklichen Einfalls ihren Freunden bot, als denkwürdig in die Annalen des Mittwochsklubs eingehen würde. Es gefiel Basil Ransom zu glauben, Verena habe ihn in seiner Ecke bemerkt; ihre Augen glitten so frei über ihre Zuhörer hin, daß man nicht sagen konnte, sie ruhten an einer Stelle länger als woanders; trotzdem, ein einzelner rascher Strahl, der ihm jedoch durchaus nicht als Abschweifung von ihren lächerlichen, überspannten, entzückenden Auslassungen erschien, ließ ihn wissen, er sei vermißt worden und werde jetzt ganz besonders angesprochen. Dieser Blick war eine ausreichende Versicherung, daß seine Einladung ihm auf Ersuchen des Mädchens zugegangen war. Er setzte als selbstverständlich voraus, daß das Thema ihrer Rede lächerlich war; es konnte ja gar nicht anders sein, und was hatte es schon zu bedeuten? Sie war deswegen nicht weniger bezaubernd, und das Gefasel, mit dem man sie vollgestopft hatte, blieb dennoch nichts als Gefasel, wenn sie auch noch so bezaubernd war. Nachdem er eine Viertelstunde dagestanden hatte, wurde ihm bewußt, daß er nicht imstande wäre, auch nur ein Wort zu wiederholen, das sie gesprochen hatte; er hatte gar nicht genau darauf geachtet, und doch hatte er sich keine Schwingung ihrer Stimme entgehen lassen. Inzwischen hatte er Olive Chancellor entdeckt; sie saß ganz links am Ende der ersten Stuhlreihe; ihr Rücken war ihm zugewandt, doch er konnte zur Hälfte ihr scharfes Profil sehen, ein wenig nach unten geneigt und absolut bewegungslos. Selbst auf die große Entfernung drückte ihre Haltung für ihn eine Art hingerissener Stille aus, die Konzentration des Triumphs. Mehrmals brach ungestümer Applaus aus, der sich sogleich selbst wieder zum Schweigen brachte, doch Olive sah kein einziges Mal auf, selbst beim lautesten Beifall nicht, und eine solche Ruhe konnte nur die Frucht leidenschaftlicher Willensanspannung sein. Der Erfolg lag in der Luft, und sie kostete ihn aus; sie kostete ihn, wie sie alles tat, auf eine ihr eigene Art aus. Ein Erfolg für Verena war ein Erfolg für sie, und Ransom war überzeugt, nur eines fehle ihr noch an ihrem Triumph, nämlich daß er in ihrem Blickfeld stünde, damit sie sich an seiner Verlegenheit und Verwirrung weiden, ihn mit einem ihrer stummen, kalten Augenblitze fragen könnte: »Glauben Sie *jetzt* noch, daß unsere Bewegung keine Kraft ist – glauben Sie *jetzt* noch, daß Frauen zu Sklavinnen bestimmt sind?« Ehrlich gesagt, war er sich keiner Verwirrung bewußt; es stieß keine seiner Ketzereien um, wenn er sich darüber klar wurde, daß Verena seine Aufmerksamkeit sogar mit noch größerer Macht zu fesseln vermochte, als er bis dahin angenommen hatte. Sie wurde jedoch noch stärker als bisher gefesselt, als er ihre Rede endlich zu begreifen begann, sie trotz der Behinderung durch seine geblendete Sicht in sein inneres Bewußtsein dringen spürte. Bestimmte Sätze bekamen für ihn einen Sinn – ein Aufruf, an all jene gerichtet, die sich immer noch der wohltätigen Wirkung der Wahrheit widersetzten. Es schien sich hauptsächlich um höhnende, zynische Männer zu handeln; darunter viele, die so läppisch und träge waren, so herzlos und hirnlos, daß es nicht viel ausmachte, welche Meinung sie zu irgendeinem Thema hatten; wenn die Tyrannei es nötig habe, sich auf *diese* zu stützen, beweise das, daß es ziemlich schlecht um sie stehe. Doch es gebe andere, deren Vorurteil stärker und durchdachter sei und den Anspruch erhebe, auf Studien und Beweisen zu beruhen. Ganz besonders an diese wünsche sie sich zu wenden; sie wolle sich ihnen in den Weg stellen und ihnen sagen: »Hören Sie doch, Sie irren sich völlig; Sie sind bestimmt viel glücklicher, wenn ich Sie erst überzeugt habe. Geben Sie mir bloß fünf Minuten«, würde sie gern sagen; »setzen Sie sich doch zu mir und gestatten Sie mir eine einfache Frage. Glauben Sie, daß irgendeine Gesellschaftsordnung ein gutes Ende nimmt, die sich auf organisiertes Unrecht gründet?« Das war die einfache Frage, die Verena allen vorzulegen wünschte, und Basil lächelte sie quer durch den Saal mit amüsierter Zärtlichkeit an, als er begriff, daß sie das für eine harte Nuß hielt. Er glaubte nicht, daß es ihm besonderen Schrecken einflößen würde, wenn sie ihn das fragen sollte, und er würde sich so viele Minuten lang zu ihr setzen, wie sie nur wollte.

Er war natürlich einer der grundsätzlichen Spötter, einer von jenen, denen sie zurief: »Wissen Sie, wie Sie mir vorkommen? Sie kommen mir vor wie Männer, die am Verhungern sind, während sie zu Hause einen Schrank voll Brot und Fleisch und Wein stehen haben; oder wie verblendete Menschen mit verwirrtem Geist, die sich in ein Schuldgefängnis werfen lassen, während sie den Schlüssel zu Schatztruhen und Gewölben voll Gold und Silber in der Tasche tragen. Fleisch und Wein, Gold und Silber«, fuhr Verena fort, »stehen einfach für die unterdrückte und vergeudete Kraft, das kostbare unübertreffliche Heilmittel, dessen sich die Gesellschaft aberwitzig selbst beraubt – das Genie, die Intelligenz, die höhere Eingebung der Frauen. Sie stirbt dahin, die Gesellschaft, Zoll um Zoll, vergraben in altem Aberglauben, den sie vergeblich anruft, und hat doch das Lebenselixier in den Händen. Laßt sie nur einen Schluck trinken, und sie blüht wieder auf; sie ist erfrischt, sie strahlt neu belebt; sie findet zu ihrer Jugend zurück. Das Herz, das Herz ist vor Kälte erstarrt, und nichts als die Hand einer Frau kann es erwärmen, wieder zum Schlagen bringen. Wir *sind* das Herz der Menschheit, und laßt uns den Mut haben, es immer wieder zu betonen! Das öffentliche Leben der Welt wird sich in demselben fruchtlosen, mechanischen Teufelskreis drehen – dem Kreis des Egoismus, der Grausamkeit, des Neides, der Habsucht, des blinden Strebens, nur etwas für *einige*, auf Kosten anderer, zu tun, statt zu versuchen, alles für alle zu tun. Alle, alle? Wer wagt es, ›alle‹ zu sagen, wenn wir nicht dabei sind? Wir sind ein gleichwertiger, ein kostbarer, ein unschätzbarer Teil des Ganzen. Stellt uns nur auf die Probe, und ihr werdet sehen – ihr werdet euch fragen, wie die Gesellschaft sich ohne uns auf ihrer mühseligen irdischen Pilgerreise auch nur ein Stück weit vorwärtsgeschleppt hat – ein so erbärmlich kurzes Stück im Vergleich dazu, wie es hätte sein können. Eben das möchte ich vor allem jenen ans Herz legen, die immer noch widerstehen, die sich versteifen und harte, leere Formeln wiederholen, so ausgedörrt wie eine zerbrochene Kürbisflasche, die man in der Wüste weggeworfen hat. Ich würde sie bei ihrer Selbstsucht, ihrer Trägheit, ihrer Macht packen. Ich bin nicht hier, um Beschuldigungen vorzubringen, noch die Kluft zu vertiefen, die bereits zwischen den Geschlechtern gähnt, und ich erkenne die Doktrin nicht an, daß sie natürliche Gegner seien, denn ich plädiere für ein enges Bündnis – vorausgesetzt, es beruht auf Gleichberechtigung –, viel inniger, als es sich die Weisen und Philosophen früherer Zeiten je erträumt haben. Deshalb will ich nicht das Thema berühren, daß die Männer sich am leichtesten von Erwägungen beeinflussen lassen, was für für *sie* das Angenehmste und Vorteilhafteste ist; ich will einfach davon ausgehen, daß sie nun einmal in diesem Sinne beeinflußt *sind*, und ich will ihnen sagen, daß sich unser Anliegen schon längst durchgesetzt hätte, wenn ihr Blick nicht so getrübt, so verschleiert wäre, sogar in Dingen, die ihre eigenen Interessen berühren. Wenn sie die gleiche rasche Auffassungsgabe besäßen wie die Frauen, wenn sie die Intelligenz des Herzens besäßen, sähe die Welt jetzt ganz anders aus; und ich versichere Ihnen, die Bitterkeit unseres Loses besteht zur Hälfte darin, die Dinge so klar zu erkennen und doch nicht handeln zu können! Könnte ich Sie, meine Herren, nur davon überzeugen, wieviel freundlicher und schöner und lieblicher der Garten des Lebens für Sie wäre, wenn Sie uns nur mithelfen ließen, ihn in Ordnung zu halten! Es würde Ihnen so viel mehr Freude machen, darin spazierenzugehen, und Sie würden Gras und Bäume und Blumen finden, daß Sie meinten, Sie wären im Paradies. Das ist es, was ich gern jedem einzelnen von Ihnen ganz eindringlich ans Herz legen möchte – ich möchte Ihnen die Vision einer Welt vermitteln, wie sie mir stets vorschwebt, erlöst und verklärt durch eine neue sittliche Haltung. Wir hätten Großmut, Herzenswärme, Anteilnahme, wo es jetzt nur brutale Kraft und schmutzige Rivalität gibt. Aber Sie machen mir wirklich den Eindruck der Beschränktheit, selbst wo es um Ihr eigenes Wohl geht! Manche von Ihnen behaupten, wir besäßen bereits in vollem Maße den Einfluß, den wir überhaupt fordern dürften, und reden, als müßten wir dankbar dafür sein, auch nur atmen zu dürfen. Bitte, wer soll denn darüber urteilen, was wir fordern, wenn nicht wir selbst? Wir fordern einfach unsere Freiheit; wir fordern, daß der Deckel von der Kiste abgehoben wird, in der man uns jahrhundertelang eingesperrt gehalten hat. Sie sagen, es sei eine sehr bequeme, behagliche, angenehme Kiste, mit hübschen Glaswänden, so daß wir hinaussehen können, und es sei weiter nichts nötig, als den Schlüssel leise noch einmal umzudrehen. Das ist ganz leicht beantwortet. Meine Herren, Sie haben nie in der Kiste gesteckt, und Sie haben nicht die leiseste Ahnung, was das für ein Gefühl ist!«

Der Geschichtsschreiber, der diese Dokumente gesammelt hat, hält es nicht für notwendig, das Muster der Beredsamkeit Verenas noch ausführlicher wiederzugeben, zumal Basil Ransom, mit dessen Ohren wir zuhören, an dieser Stelle zu einem entschiedenen Urteil gelangte. Als öffentliche Rednerin hatte er ihr Maß genommen, ihre Bedeutung auf dem Felde der Diskussionen in Sachen Reform eingeschätzt. Ihre Rede an sich hatte etwa den Wert eines hübschen Aufsatzes, den ein gescheites Mädchen auswendig gelernt hat und bei einem »akademischen Abend« vorträgt; sie war verschwommen, dünn, weitschweifig, ein Gespinst aus Verallgemeinerungen, das in Mrs. Burrages gedämpftem Lampenlicht recht gefällig glitzerte. Von jedem ernsthaften Standpunkt aus war sie weder der Erwiderung noch der Erwägung wert, und Basil Ransom stellte seine Betrachtungen über die Verrücktheit des Zeitalters an, in dem eine derartige Darbietung als intellektuelle Leistung, als Beitrag zur Lösung eines Problems behandelt wurde. Er fragte sich, was er oder sonst jemand davon halten würde, wenn Miss Chancellor – oder selbst Mrs. Luna – statt der jetzigen Deklamatorin auf dem Podium gestanden hätte. Dennoch war es von großer Bedeutung, und die lag zum Teil in dem Umstand begründet, daß die Stimme eben nicht die Stimme Olives oder Adelines war. Die Bedeutung bestand darin, daß Verena unsagbar attraktiv war, und um so mehr im Lichte der Tatsache, die ihm, während er so dastand, leise aufdämmerte, daß er nämlich auf dem besten Wege war, sich in sie zu verlieben. Diese Zuneigung hatte anerkennungheischend an sein Herz geklopft, und bevor er zu zögern oder dagegen anzukämpfen vermochte, war die Tür aufgesprungen, und das Haus erstrahlte in hellem Glanz. Nach außen ließ er sich nichts anmerken; er stand da, als betrachte er ein Gemälde; doch der Saal schwankte vor seinen Augen, sogar Verenas Gestalt flimmerte ein wenig. Das machte ihm die Fortsetzung ihres Vortrags nicht verständlicher; der Sinn ihrer Worte verschwamm wieder in angenehmer Unbestimmtheit, und er empfand einfach ihre Gegenwart, genoß ihre Stimme. Doch der Akt des Denkens war nicht aufgehoben; er ertappte sich dabei, darüber zu frohlocken, daß sie so schwache Argumente hatte, so unvermeidlich schwülstig redete. Der Gedanke, daß sie nur glänzte, daß sie als Faktor nur zählte, weil der Geist der Öffentlichkeit benebelt war, bedeutete ihm keine Demütigung, sondern eine Beglückung; es war ein Beweis, daß ihr Aposteltum völliger Unsinn war, die vergänglichste aller Moden, der ausgemachteste Wahn, und daß sie für etwas göttlich anderes geschaffen war – für das Privatleben, für ihn, für die Liebe. Er maß die Dauer ihrer Rede nicht ab; er wußte nur, als auf das Ende Händeklatschen, ungeheures Stimmengewirr und Stühlerücken folgten, daß sie miserabel gewesen war und daß Verenas persönlicher Erfolg, der ihre Rede mit blendendem Glanz umhüllte wie der silbrige Nebel einen Springbrunnen, groß genug war, um deren Dürftigkeit für ihren Verehrer nicht zum Anlaß des Verdrusses werden zu lassen. Die Gesellschaft – soweit sie sich nicht sofort eng um Verena scharte – zerstreute sich in die übrigen Zimmer, trug ihn mit ihrem Strom in die Nähe eines zum Abendessen gedeckten Tisches, wo er nach Hinweisen auf das von Mrs. Luna erwähnte Luxusgesetz Ausschau hielt. Es schien sich hauptsächlich im Funkeln von Kristall und Silber zu verkörpern sowie in den frischen Farbtönen geheimnisvoller Gerichte und Gelees, die im sanften Lichtkreis spitzengesäumter Lampen appetitlich schimmerten. Er hörte Korken knallen, spürte den Druck fremder Ellbogen, das Drängen der Menge, fühlte finstere Blicke auf sich, wurde von miteinander wetteifernden Herren gegen den Tisch gedrückt, die beobachteten, daß er ihnen den Platz wegnahm, ohne selbst zu speisen oder für andere Speisen zu holen. Er hatte Verena aus den Augen verloren; sie war in Wolken von Komplimenten entschwebt; doch er dachte jetzt – beinahe väterlich –, nach soviel Geplapper müsse sie hungrig sein, und er hoffte, jemand bringe ihr etwas zu essen. Einen Moment später, gerade als er vom Tisch wegdrängte, denn die Gelegenheit, selbst viel besser als sonst zu Abend zu essen, lag ihm nicht zuoberst im Sinn, nahm dieses kleine Gedankenbild plötzlich leibhaftig Gestalt an – mit dem

Erscheinen Miss Tarrants, die im Gedränge unversehens vor ihm stand, am Arm eines jungen Mannes, in dem er jetzt den Sohn des Hauses erkannte – den lächelnden, duftenden jungen Mann, der eine Stunde vorher sein Gespräch mit Olive unterbrochen hatte. Er führte sie an den Tisch, indes die Leute ihnen Platz machten und Verena mit anerkennenden Worten und Blicken überschütteten. Mit einem Wort aus einem einstmals gelesenen Roman oder Gedicht, das ihm seltsamerweise eben jetzt einfiel, konnte Ransom erkennen, daß sie der Leitstern aller Augen war. Sie sah wunderschön aus, und sie waren ein schönes Paar. Sobald sie ihn entdeckte, streckte sie die linke Hand nach ihm aus – die andere lag in Mr. Burrages Arm – und sagte: »Nun, meinen Sie nicht, es ist alles wahr?«

»Nein, kein Wort!« antwortete Ransom mit einer Art freudiger Aufrichtigkeit. »Aber das hat nichts zu sagen.«

»Oh, für mich hat es viel zu sagen!« rief Verena.

»Ich meine für mich. Mir ist es völlig gleich, ob ich mit Ihnen einer Meinung bin«, erklärte Ransom und warf einen schrägen Blick auf den jungen Mr. Burrage, der seinen Arm befreit hatte und jetzt Verena etwas zu essen holte.

»Ach, nun ja, wenn Sie so gleichgültig sind!«

»Es kommt nicht daher, daß ich gleichgültig bin!« Seine Augen kehrten zu den ihren zurück, deren Ausdruck gewechselt hatte, bevor sie wegschweiften. Sie begann sich bei ihrem Begleiter, der ihr auf einem Teller etwas Leckeres brachte, zu beklagen, Mr. Ransom »halte sich heraus«, er sei so ziemlich der härteste Brocken, mit dem sie bisher zu tun gehabt habe. Henry Burrage lächelte Ransom auf eine Art an, die zeigen sollte, er erinnere sich, bereits mit ihm gesprochen zu haben, während der Mann aus Mississippi sich sagte, nach außen hin bestünde nichts Befremdliches darin, wenn es zwischen diesen schönen, erfolgreichen jungen Menschen um etwas wie Liebe oder Heirat ginge, wie Mrs. Luna dahergeplappert hatte. Mr. Burrage war erfolgreich, das konnte er auf den ersten Blick erkennen; vielleicht nicht als Besitzer eines hervorragenden Intellekts oder eines besonders starken Charakters, aber als reicher, höflicher, gutaussehender, glücklicher, liebenswürdiger Mensch mit einer prachtvollen Kamelie im Knopfloch. Und daß *er* jedenfalls glaubte, Verena habe Erfolg gehabt, bewiesen der beiläufige, höfliche Ton und der befriedigte Augenaufschlag, mit dem er ausrief: »Sie wollen doch nicht etwa sagen, es hätte Sie nicht bewegt! Ich bin der Meinung, daß Miss Tarrant alle mitreißen wird!« Er war selbst so zufrieden und seiner Überzeugung so sicher, daß es ihm unwichtig war, was sonst jemand dachte; was schließlich genau Basil Ransoms eigenem Gemütszustand entsprach.

»Ach! Ich habe nicht gesagt, es hätte mich nicht bewegt«, bemerkte der Mann aus Mississippi.

»Aber in der falschen Richtung!« rief Verena. »Schon recht; Sie bleiben zurück.«

»Wenn ich zurückbleibe, kehren Sie um und trösten mich.«

»*Umkehren*? Ich werde nie umkehren!« gab das Mädchen übermütig zurück.

»Sie werden die allererste sein!« fuhr Ransom fort, der sich jetzt, gleichsam kraft einer plötzlichen Aufheiterung seiner seelischen Atmosphäre, nicht mehr in der Stimmung fühlte, der Ritterlichkeit Zugeständnisse zu machen, und sich dennoch bewußt war, daß seine Worte ein Ausdruck der Huldigung waren.

»Oh, das nenne ich anmaßend!« rief Mr. Burrage und wandte sich ab, um Verena ein Glas Wasser zu holen, die Champagner mit der Begründung abgelehnt hatte, sie habe in ihrem ganzen Leben noch keinen getrunken, er verbinde sich ihr gewissermaßen mit dem Begriff der Lasterhaftigkeit. Olive hatte keinen Wein im Haus (nicht, daß Verena diese Erklärung gegeben hätte), bis auf den alten Madeira ihres Vaters und ein wenig Rotwein; das erstere dieser geistigen Getränke hatte Basil an dem Tag, als er bei ihr speiste, durchaus schätzenswert gefunden.

»Glaubt er an alle diese Verrücktheiten?« erkundigte er sich, sehr wohl wissend, was er von Mr. Burrages Vorwurf der Anmaßung zu halten hatte.

»Aber er ist ja wie toll an unserer Bewegung interessiert«,

antwortete Verena. »Er gehört zu meinen erfreulichsten Bekehrungen.«

»Und verachten Sie ihn nicht deswegen?«

»Ihn verachten? Sie scheinen zu glauben, ich mache ziemlich oft eine Kehrtwendung!«

»Nun, ich habe so eine Ahnung, daß ich Sie eines Tages eine Kehrtwendung machen sehe«, bemerkte Ransom in einem Ton, der bei Henry Burrage, hätte er diese Worte gehört, den Eindruck erweckt hätte, er habe die Anmaßung bis zur dünkelhaften Dummheit getrieben.

Auf Verena jedoch machten sie keinen Eindruck, der sie davon hätte abhalten können, schlicht und ohne den geringsten Groll zu äußern: »Also, wenn Sie erwarten, Sie könnten mich fünftausend Jahre weit zurückzerren, hoffe ich nur, Sie erzählen es nicht Miss Birdseye.« Und da Ransom nicht sogleich den Grund ihrer Anspielung erfaßte, fuhr sie fort: »Sie wissen, daß sie überzeugt ist, es wird genau andersherum laufen. Ich habe sie besucht, nachdem Sie in Cambridge waren – fast unmittelbar danach.«

»Die liebe alte Dame – ich hoffe, es geht ihr gut«, sagte der junge Mann.

»Nun, sie nimmt ungeheuer Anteil.«

»Sie nimmt immer an etwas Anteil, nicht wahr?«

»Also, diesmal an den Beziehungen zwischen Ihnen und mir«, erwiderte Verena in einem Ton, in dem nur sie so etwas vorbringen konnte. »Sie sollten bloß einmal sehen, wie sie sich in die Sache hineinstürzt. Sie ist überzeugt, alles wird sich zu Ihrem Besten entwickeln.«

»Was alles, Miss Tarrant?« fragte er.

»Nun, was ich ihr erzählt habe. Sie ist überzeugt, daß Sie eine unserer führenden Persönlichkeiten werden, daß Sie sehr dazu begabt sind, bedeutende Fragen abzuhandeln und auf Menschenmassen einzuwirken, daß Sie sich noch gewaltig für unseren Aufstand begeistern werden, und wenn Sie als Verfechter unserer Sache ganz nach oben steigen, alles mir zu verdanken haben werden.«

Ransom stand da und lächelte sie an; die dunkle Glut in seinen Augen drückte eine Freundlichkeit aus, die durchaus nicht davon kündete, daß er solche Lorbeeren erwarte, aber dennoch für Verenas Einfluß zeugte. »Und Sie wollen, daß ich ihr nicht die Augen öffne?«

»Nun, ich will nicht, daß Sie heucheln – falls Sie doch nicht unsere Partei ergreifen; aber ich meine, es wäre schön, wenn das liebe alte Geschöpf einfach an ihrer Illusion festhalten könnte. Vermutlich hat sie nicht mehr lange zu leben; neulich hat sie mir gesagt, sie sei bereit zur letzten Ruhe; es würde also Ihre Freiheit nicht stark beschränken. Sie findet das richtig romantisch – daß Sie ein Südstaatler sind und all so etwas und nicht von Natur aus mit den Bostoner Ideen in Einklang stehen, und wie Sie sie so auf der Straße getroffen und sich mit ihr bekannt gemacht haben. Sie glaubt ganz fest, daß ich Sie mitreißen werde.«

»Keine Sorge, Miss Tarrant, sie soll zufriedengestellt werden«, gab Ransom mit einem Lachen zurück, das sie, das merkte er, nur zum Teil verstand. Er war daran gehindert, sich näher zu erklären, weil Mr. Burrage zurückkam und nicht nur Verenas Glas Wasser mitbrachte, sondern auch einen glattgesichtigen, rosigen, lächelnden älteren Herrn mit einer Samtweste und dünnem, weißem, festgebürstetem Haar; er stellte ihn Verena unter einem Namen vor, den Ransom als den eines reichen und sehr angesehenen Bürgers erkannte, berühmt für seinen Gemeinsinn und seine großzügigen Spenden für die Armen. Ransom lebte lange genug in New York, um zu wissen: wenn dieser greise Ehrenmann mit Miss Tarrant bekannt gemacht zu werden wünschte, so gab sie das für die wohlwollende Anteilnahme der achtbarsten Kreise frei und besiegelte ihren Erfolg als etwas durchaus nicht Vulgäres; und als er sich abwandte, kam ein schwacher, unhörbarer Seufzer von seinen Lippen, ausgelöst von der Erkenntnis, er selbst gehöre einer schrecklich kleinen und unbekannten Minderheit an. Er wandte sich ab, weil man ihn, wie wir wissen, gelehrt hatte, das müsse ein Herr, der mit einer Dame spreche, stets tun, wenn ein neuer Herr vorgestellt werde; obwohl er beobachtete, als er eine Minute später hinübersah, daß der junge Mr. Burrage offenbar nicht die Absicht hatte, zugunsten des bedeutenden Philanthropen zurückzutreten. Er überlegte, er sollte wohl besser nach Hause gehen; er wußte nicht, was sich bei einer Gesellschaft wie dieser noch abspielen mochte, noch wann die Geschichte voraussichtlich zu Ende sein würde; doch nachdem er es eine Minute lang erwogen hatte, verwarf er den Gedanken, es könne Aussicht bestehen, daß Verena noch einmal spreche. Wenn ihm in dieser Hinsicht auch nicht alles klar war, bestand für ihn doch kein Zweifel hinsichtlich seiner Verpflichtung, sich erst einmal von Mrs. Burrage zu verabschieden. Er wünschte, er wüßte, wo Verena wohnte; er wollte sie allein sprechen, nicht in einem Speisezimmer, in dem es von Millionären wimmelte. Während er sich nach der Dame des Hauses umsah, kam ihm der Gedanke, sie werde es vermutlich wissen und es ihm mitteilen, sofern er gewisse Hemmungen soweit zu unterdrücken imstande wäre, um sie danach zu fragen. Nachdem er sich überzeugt hatte, daß sie sich nicht im Speisezimmer aufhielt, kehrte er in die Salons zurück, wo die Gesellschaft sich jetzt stark gelichtet hatte. Er schaute wieder in den Musiksaal hinein, wo sich nur ein Halbdutzend Paare aufhielten, die zwischen den leeren Stühlen ein wenig Zurückgezogenheit genossen, und hier entdeckte er Mrs. Burrage im Gespräch mit Olive Chancellor (letztere hatte sich offenbar nicht von ihrem Platz fortgerührt) vor dem nun verlassenen Schauplatz von Verenas Triumph. Seine Suche hatte so wenig Olive gegolten, daß er bei ihrem Anblick einen Moment zögerte; dann nahm er sich zusammen und schritt eingedenk der guten mississippischen Sitten weiter. Er spürte, wie Olives Augen ihn empfingen; sie sah ihn an, als hätte just die Hoffnung, ihm nicht wieder begegnen zu müssen, sie dort verharren lassen, wo sie war. Mrs. Burrage stand auf, als er ihr gute Nacht sagte, und Olive folgte ihrem Beispiel.

»Ich freue mich so, daß Sie kommen konnten. Wunderbares Geschöpf, nicht wahr? Sie bringt alles zuwege, was sie will.«

Diese Worte aus dem Munde der älteren Dame nahm Ransom zunächst mit einer Zurückhaltung entgegen, die, wie er hoffte, höchste Achtung ausdrückte; und es war eine Tatsache, daß seinem Schweigen eine Art südlicher Feierlichkeit eigen war. Dann sagte er in einem Ton, der gleichfalls große Nachdenklichkeit zum Ausdruck brachte: »Ja, Madam, ich glaube, ich war noch nie bei einer Vorführung, einer Darbietung irgendwelcher Art zugegen, die mich vollständiger in ihren Bann geschlagen hätte.«

»Ich bin entzückt, daß es Ihnen gefallen hat. Ich wußte um alles in der Welt nicht, was ich bieten könnte, und das hier hat sich als höhere Eingebung erwiesen – für mich ebenso wie für Miss Tarrant. Miss Chancellor hat mir gerade erzählt, wie sie zusammen gearbeitet haben; es ist wirklich wunderschön. Miss Chancellor ist Miss Tarrants große Freundin und Kollegin. Miss Tarrant versichert mir, ohne sie könnte sie überhaupt nichts anfangen.« Nach welcher Erklärung Mrs. Burrage sich wieder Olive zuwandte und murmelte: »Darf ich Ihnen vorstellen, Mr. – Mr. …«

Aber sie hatte den Namen des armen Ransom vergessen, hatte vergessen, wer sie um eine Karte für ihn gebeten hatte; und als er das wahrnahm, kam er ihr mit der Bemerkung zur Hilfe, er sei gewissermaßen ein Vetter von Miss Olive, sofern sie ihn nicht verleugne, und er wisse, welch gewaltige Partnerschaft zwischen den zwei jungen Damen bestehe. »Als ich applaudierte, applaudierte ich der Firma – das heißt, auch Ihnen«, erklärte er lächelnd seiner Verwandten.

»Ihr Applaus? Ich muß zugeben, ich verstehe ihn nicht«, gab Olive ohne jedes Zögern zurück.

»Nun, um die Wahrheit zu sagen, ich auch nicht!«

»O ja, natürlich weiß ich das; eben deshalb – eben deshalb …«, und diese nächste Äußerung Mrs. Burrages, die auf die Verwandtschaft zwischen dem jungen Mann und ihrer Gefährtin Bezug nahm, versickerte ebenso im Ungewissen. Sie hatte gerade sagen wollen, aus diesem Grund sei er in ihrem Hause; doch ihr war rechtzeitig eingefallen, daß dies als selbstverständlich zu gelten habe. Basil Ransom sah, daß sie eine Frau war, die so eine Peinlichkeit zu überspielen vermochte, und er betrachtete sie mit einem Gefühl für ihre Bedeutung. Sie hatte eine energische, vertrauliche, leicht ungeduldige Art, und hätte sie nicht so schnell gesprochen und mehr von dem sanften Wesen der südlichen Matrone besessen, hätte sie ihn an einen bestimmten Frauentyp erinnert, den er früher, vor den Veränderungen in seiner eigenen Weltgegend, kennengelernt hatte – die gescheite, tüchtige, gastfreundliche Besitzerin einer großen Plantage, die sie als verwitwete oder unverheiratete Frau selbst leitete. »Wenn Sie ihr Vetter sind, bringen Sie Miss Chancellor doch hinüber und besorgen Sie ihr etwas zu essen – statt fortzugehen«, fuhr sie mit unangebrachter Gefälligkeit fort.

Darauf setzte Olive sich prompt wieder hin.

»Ich bin Ihnen sehr dankbar; ich esse nie so spät zu Abend. Ich verlasse dieses Zimmer nicht – es gefällt mir hier.«

»Dann erlauben Sie mir, Ihnen etwas kommen zu lassen – oder behalten Sie Mr. …, Ihren Vetter hier.«

Olive sah Mrs. Burrage sonderbar flehend an. »Ich bin sehr müde, ich brauche Ruhe. Nach solchen Veranstaltungen bin ich ganz erschöpft.«

»O ja, das kann ich mir vorstellen. Nun, dann bleiben Sie wirklich in aller Ruhe sitzen – ich komme dann wieder zu Ihnen.« Und mit einem Abschiedslächeln für Basil Ransom zog Mrs. Burrage sich zurück.

Basil verweilte noch einen Moment, obwohl er merkte, daß Olive ihn loswerden wollte. »Ich will Sie nicht weiter stören, nur eine einzige Frage stellen«, sagte er. »Wo wohnen Sie hier? Ich möchte Miss Tarrant besuchen. Ich sage nicht, daß ich Sie besuchen möchte, denn ich habe so eine Ahnung, daß Ihnen das keine Freude machen würde.« Ihm war eingefallen, daß er ihre Adresse über Mrs. Luna erfahren könnte – er wußte nur unbestimmt, daß es in der Zehnten Straße war; so sehr er bei Mrs. Luna in Ungnade gefallen war, das konnte sie ihm nicht abschlagen; doch mit einem Mal empfahl sich die wesentlich einfachere und offenere Lösung, sich direkt an Olive zu wenden, auch auf die Gefahr hin, sie könnte es als eine Herausforderung aufnehmen. Er konnte natürlich Verena nicht besuchen, ohne daß sie es erfuhr, und sie mochte ihren Protest (da er vorhatte, ihn nicht zu beachten) genausogut früher wie später einlegen. Er selbst hatte nichts von ihrem gemeinsamen Leben beobachtet, aber ihm war aufgegangen, was Miss Chancellor an ihm vor allem mißfiel (hatte sie nicht schon auf der Schwelle ihrer Bekanntschaft eine Art mystischer Vorahnung davon gehabt?), sei die Möglichkeit, er könne sich dazwischendrängen. Es war gar nicht ausgeschlossen, daß es so kam; doch es gehörte sich jedenfalls, lieber sie zu fragen als jemand anderen. Es war besser, wenn seine Einmischung von allen Formen der Ritterlichkeit begleitet war.

Olive ging nicht auf seine Bemerkung ein, wie sie selbst seinen Besuch aufnehmen würde; doch sie fragte nach einer Pause, weshalb er es für notwendig halte, Miss Tarrant zu besuchen. »Sie wissen selbst, daß Sie nicht mit unserer Sache sympathisieren«, fügte sie in einem Ton hinzu, in dem eine wirklich rührende Bitte mitschwang, er möge nicht einmal vorgeben, das Gegenteil beweisen zu wollen.

Ich weiß nicht, ob es Basil rührte, jedoch erklärte er mit allen Anzeichen einer versöhnlichen Haltung: »Ich möchte ihr für all die interessanten Aufschlüsse danken, die sie mir heute abend vermittelt hat.«

»Wenn Sie es für edelmütig halten, sie aufzusuchen, um sie zu verhöhnen – sie hat natürlich keine Verteidigung; es wird Sie freuen, das zu wissen.«

»Liebe Miss Chancellor, wenn Sie keine Verteidigungsmacht sind – eine ganze Batterie von Geschützen!« rief Ransom.

»Nun, sie ist jedenfalls nicht meine Verteidigung!« gab Olive zurück und sprang auf. Sie sah um sich, als fühlte sie sich wirklich zu stark bedrängt, keuchend wie ein gehetztes Wild.

»Ihre Verteidigung besteht darin, daß Sie ganz sicher von Angriffen verschont bleiben. Wenn Sie mir nicht sagen wollen, wo Sie wohnen, bitten Sie vielleicht freundlicherweise Miss

Tarrant, es selbst zu tun. Ob sie mir eine Karte mit einer kurzen Mitteilung schicken würde?«

»Wir wohnen in der Westlichen Zehnten Straße«, sagte Olive; und sie nannte die Nummer. »Natürlich steht es Ihnen frei zu kommen.«

»Natürlich! Warum auch nicht? Aber ich bin Ihnen für die Auskunft sehr dankbar. Ich werde sie bitten, zu mir herauszukommen, damit Sie uns nicht sehen.« Und er wandte sich mit dem Gefühl ab, es sei wahrhaft unerträglich, daß sie ihn immer in die Rolle des Schuldigen zu drängen versuchte. Sollte das der Geist sein, in dem die Frauen handeln wollten, wenn sie mehr Macht hätten?

Neunundzwanzigstes Kapitel

Mrs. Luna war am nächsten Tag früh zugange, und ihre Schwester wunderte sich, welchem Umstand sie um elf Uhr vormittags die Ehre ihres Besuchs verdankte. Sie merkte es sehr bald, als Adeline sie fragte, ob sie es gewesen sei, die Basil Ransom eine Einladung zu Mrs. Burrage verschafft hatte.

»Ich – warum in aller Welt hätte *ich* das sein sollen?« fragte Olive und verspürte einen Stich angesichts der Folgerung, daß es nicht Adeline gewesen war, wie sie angenommen hatte.

»Ich wußte es nicht – aber du hast dich seiner ja so angenommen.

»Aber, Adeline Luna, wann hätte ich je ...?« rief Miss Chancellor mit weit aufgerissenen Augen tiefernst aus.

»Du willst doch wohl nicht behaupten, daß du ihn nicht zu einem Besuch eingeladen hast, vor ein und einem halben Jahr!«

»Ich habe ihn nicht eingeladen – ich sagte, wenn er zufällig vorbeikäme.«

»Ja, ich erinnere mich, wie es war: zufällig kam er wirklich, und dann war er dir zufällig unsympathisch, und du hast versucht, dich herauszuwinden.«

Wie gesagt, Miss Chancellor merkte, weshalb Adeline, die das wußte, gerade zu der Stunde kam, wo sie stets ihre Briefe schrieb, nachdem sie ihr erst am Tag zuvor alle nötige Aufmerksamkeit erwiesen hatte; sie war einfach gekommen, um sich unangenehm zu machen, wozu sie, wie Olive von früher her bekannt war, manchmal eine unwiderstehliche Neigung fühlte. Sie fand, Adeline habe sich schon dadurch unangenehm genug gemacht, daß sie Basil Ransom nicht zu einer Heirat verlockt hatte, gemäß jener denkwürdigen Kalkulation über mögliche Entwicklungen, die sie sich damals vergönnt hatte (mit einer Freizügigkeit, an die sie ungern näher zurückdachte), damals, als das Paar in der Charles Street unter ihren Augen Bekanntschaft schloß und Mrs. Luna so viel Gefallen an ihm zu finden schien, wie bei ihr das Gegenteil der Fall war. Sie hätte ihn mit Freuden als Schwager aufgenommen, denn der Schaden, den er in dieser Verwandtschaftsbeziehung anrichten könnte, wäre begrenzt und klar umrissen; wohingegen der junge Mann aus Mississippi mit seiner unbeschränkten Vollmacht, ungebunden durch ihr Leben zu schweifen, ihr geradezu unermeßlich großen Schaden zufügen könnte. »Ich habe ihm – damals – aus einem ganz bestimmten Grund geschrieben«, erklärte sie. »Ich dachte, Mutter hätte es gern gesehen, daß wir ihn kennenlernten. Aber es war ein Fehler.«

»Woher weißt du, daß es ein Fehler war? Ich glaube, Mutter hätte ihn gemocht.«

»Ich meine, daß ich so gehandelt habe; es war eine Theorie, meine Pflicht erfüllen zu müssen, von der ich mich zu stark drängen ließ. Das ist bei mir immer so. Die Pflicht soll augenfällig sein; man soll nicht nach ihr herumstöbern.«

»War sie sehr augenfällig, als sie dich hierhergeführt hat?« fragte Mrs. Luna, die deutlich mißgelaunt war.

Olive betrachtete einen Augenblick ihre Schuhspitze. »Ich hatte so eine Idee, du hättest ihn inzwischen geheiratet«, bemerkte sie dann.

»Heirate ihn doch selbst, liebe Schwester! Wie ist dir so eine Idee in den Kopf gekommen?«

»Du hast mir zuerst so viel von ihm geschrieben. Du hast gesagt, er wäre ungemein aufmerksam, und er gefalle dir.«

»Seine Einstellung ist eine Sache, und die meine ist eine andere. Kann ich denn jeden Mann heiraten, der um mich herumscharwenzelt? Der mich auf Schritt und Tritt verfolgt? Da könnte ich ja gleich Mormonin werden!« Mrs. Luna brachte dieses Argument mit gewissermaßen nachsichtiger Miene vor, als könne man von ihrer Schwester nicht erwarten, daß sie eine solche Situation aus eigener Erfahrung erfasse.

Olive ließ das Thema fallen und sagte einfach: »Ich habe fest angenommen, *du* hättest ihm die Einladung verschafft.«

»Ich, liebes Kind? Das wäre mit meiner Linie gar nicht vereinbar, ihn zu entmutigen.«

»Dann hat sie sie eben selbst geschickt.«

»Wen meinst du mit ›sie‹?«

»Mrs. Burrage natürlich.«

»Ich dachte, du meinst vielleicht Verena«, warf Mrs. Luna hin.

»Verena – ihm? Wieso in aller Welt ...?« Und Olive zeigte den kalten, zornigen Blick, den ihre Schwester nur zu gut kannte.

»Wieso in aller Welt nicht – wo sie ihn doch kennt?«

»Sie hat ihn zweimal in ihrem Leben gesehen, vor dem gestrigen Abend, wo sie ihn zum dritten Mal traf und mit ihm sprach.«

»Hat sie dir das gesagt?«

»Sie sagt mir alles.«

»Bist du ganz sicher?«

»Adeline Luna, was *meinst* du?« murmelte Miss Chancellor.

»Bist du ganz sicher, daß es gestern abend erst das dritte Mal war?« fuhr Mrs. Luna fort.

Olive warf den Kopf zurück und musterte ihre Schwester vom Kapotthut bis zur untersten Rüsche. »Du hast nicht das Recht, so etwas anzudeuten, wenn du es nicht genau weißt!«

»Oh, ich weiß – ich weiß jedenfalls mehr als du!« Mit ihrer Schwester zurückgezogen in einer Fensternische des großen, überheizten, ausgeblichenen Salons der Pension in der Zehnten Straße sitzend, wo ein Teppich mit der Darstellung eines ein

Kind vor dem Ertrinken rettenden Neufundländers vor dem Kamin lag und eine Serie Farblithographien an den Wänden hing, teilte Mrs. Luna ihr nunmehr den Eindruck mit, den sie am Abend zuvor empfangen hatte – den Eindruck von Basil Ransoms heftiger Neugier, Verena Tarrant betreffend. Verena müsse Mrs. Burrage gebeten haben, ihm eine Karte zu schicken, und zwar, ohne Olive die Tatsache mitzuteilen – denn Olive hätte sich doch sonst ganz sicher daran erinnert? Es sei sinnlos, daß sie behaupte, Mrs. Burrage könne sie aus eigenem Antrieb geschickt haben, denn sie wisse gar nichts von Basil Ransoms Existenz, und woher sollte sie auch? Er selbst habe ihr gesagt, er kenne Mrs. Burrage nicht. Mrs. Luna wisse, wen er kenne und wen nicht, oder zumindest die Sorte Leute, und die seien nicht von der Sorte, die zum Mittwochsklub gehöre. Das sei einer der Gründe, weshalb ihr nicht an einer engeren Beziehung zu ihm liege – weil er offenbar keinen Geschmack daran finde, nette Freunde zu gewinnen. Olive werde wissen, wie es in dieser Beziehung um *ihren* Geschmack stehe, wenn sie ihn auch genauso wenig teile wie er. Es stehe fest, die Anregung hinsichtlich der Einladungskarte habe nur von Verena kommen können. Jedenfalls könne Olive sie ja ohne weiteres fragen, oder wenn sie sich fürchte, von ihr beschwindelt zu werden, könne sie Mrs. Burrage fragen. Gewiß könne Mrs. Burrage von Verena vorgewarnt sein und werde vielleicht eine andere Erklärung der Geschichte erfinden; deshalb tue Olive besser daran, einfach zu glauben, was *sie* glaube, daß Verena für seine Anwesenheit bei der Gesellschaft gesorgt und ihre geheimen Gründe dafür gehabt habe. Es ist zu befürchten, daß Ransoms Bemerkung gegenüber Mrs. Luna am Abend vorher, sie habe den Kopf verloren, ziemlich genau ins Schwarze getroffen hatte; denn hätte ihr Groll sie nicht blind gemacht, hätte sie vorausgeahnt, welches Entsetzen sie ihrer Schwester einflößte, als sie so ganz nebenher von Verenas Lügen und Mrs. Burrages Lügen sprach. Log man in Mrs. Lunas Kreis dermaßen? Es war Olives Lebensgrundsatz, nicht zu lügen, und da sie Menschen, die sie mochte, die gleiche Haltung zuschrieb, war es ihr unmöglich zu glauben, Verena hätte sie hintergehen wollen. In einer ruhigeren Stunde hätte Mrs. Luna auch erraten können, daß Olive sich ihren eigenen Reim auf die merkwürdige Geschichte machen würde, wonach Basil Ransom aus Groll über Adelines Abweisung Verena den Hof gemacht habe; denn so lautete die Erklärung der Angelegenheit, die sie jetzt Miss Chancellor anbot. Olive tat zweierlei: sie hörte genau und angespannt zu, da sie meinte, es liege unzweifelhaft Gefahr in der Luft (was ihr jedoch Mrs. Luna nicht erst hatte mitteilen müssen, weil sie es am Abend vorher selbst gemerkt hatte); und sie erkannte, daß die arme Adeline entsetzlich flunkerte, daß die »Abweisung« ganz und gar eine Erfindung war. Mr. Ransom war offensichtlich von Verena eingenommen, doch hatte er dazu nicht Mrs. Lunas Grausamkeit bedurft. So gab sich Olive äußerst zurückhaltend; sie verzichtete darauf, ihre eigene Version zu verkünden, Adeline habe, aus für andere absolut unerfindlichen Gründen, danach getrachtet, Basil Ransom einzufangen, ihr Versuch sei fehlgeschlagen, und erbost über ihre Entdeckung, daß Verena einer Person ihrer eigenen Bedeutung vorgezogen wurde (Olive erinnerte sich an das spretae injuria formae), wolle sie jetzt sowohl ihm als auch dem Mädchen einen üblen Streich spielen. Das wäre erreicht, wenn sie Olive zum Einschreiten bewegen könnte. Miss Chancellor verspürte nur zu drängend die Bereitschaft, einzuschreiten, doch nicht etwa, weil ihr Adelines Kränkung nahegegangen wäre. Ich bin mir nicht sicher, ob sie deren Fiasko nicht nur als weiteren Beleg für die generelle Belanglosigkeit des Daseins ihrer Schwester ansah und sie deswegen eher verachtete; war sie doch durchaus gleichzeitig zu dem Urteil imstande, nichts sei unwürdiger als das Bestreben, einen Mann in die Falle zu locken, aber es sei äußerst verächtlich, darauf verzichten zu müssen, weil es einem nicht gelang. Olive behielt diese Überlegungen für sich, doch ging sie so weit, ihrer Schwester zu sagen, sie verstehe nicht, wo der »Groll« herkäme. Wie könne es Adeline verletzen, daß er seine Aufmerksamkeit Verena zuwandte? Was bedeute ihr Verena?

»Aber, Olive Chancellor, wie kannst du nur fragen?« versetzte Mrs. Luna kühn. »Bedeutet Verena dir nicht alles, und bedeutest du mir nicht alles, und würde ein Versuch – ein erfolgreicher –, dir Verena zu nehmen, dich nicht schrecklich umwerfen, und würde ich nicht aus Mitgefühl mit dir leiden, wie es nun einmal, du weißt es ja, meine Art ist?«

Ich habe gesagt, es sei Miss Chancellors Lebensgrundsatz, nicht zu lügen, doch ein solcher Grundsatz war mit einer Art Rücksichtnahme gegenüber der Wahrheit vereinbar, die sie davor zurückschrecken ließ, sie bei armseligen Anlässen laut werden zu lassen. Deshalb sagte sie nicht: »Meine Güte, Adeline, so ein Humbug! Du weißt, daß du Verena verabscheust und heilfroh wärst, wenn sie ertrinken würde!« Sie sagte nur: »Also, ich verstehe; aber es ist doch sehr weit hergeholt.« Was sie allerdings erkannte, war, daß Mrs. Luna darauf brannte, ihr dabei zu helfen, Basil Ransom daran zu hindern, »Fortschritte zu machen«, wie die Redensart lautet; und die Tatsache, daß ihr Motiv Bosheit war und nicht zärtliche Besorgnis um die Bostonerinnen, würde ihren Beistand nicht weniger willkommen machen, wenn die Gefahr sich als real erweisen sollte. Sie selbst empfand nervöse Angst, doch die hatte sie bei allem; dennoch, Adeline hatte vielleicht etwas beobachtet, und was in aller Welt meinte sie mit ihrer Andeutung, daß Verena heimliche Zusammenkünfte gehabt habe? In diesem Punkt bedrängt, konnte Mrs. Luna nur sagen, sie behaupte nicht, konkrete Auskunft geben zu können, und sie sei ohnehin keine Spionin, aber am Abend vorher habe er ihr seine Bewunderung für das Mädchen, seine Begeisterung über die Erscheinung, die sie da oben bot, förmlich ins Gesicht geschleudert. Natürlich verachte er ihre Ideen, aber er sei durchaus anmaßend genug zu meinen, sie werde sie aufgeben. Vielleicht sei das alles gegen *sie* gerichtet – als ob sie das kümmere! Es werde zum großen Teil von dem Mädchen selbst abhängen; gewiß, wenn die geringste Wahrscheinlichkeit bestehe, daß er dem Mädchen nicht gleichgültig sei, würde sie Olive raten, auf der Hut zu sein. Sie wisse am besten, was zu tun sei; es sei nur Adelines Pflicht, ihr ihren eigenen Eindruck zu vermitteln, ob sie nun Dank ernte oder nicht. Sie wünsche nur, sie aufmerksam zu machen, und es sehe Olive ganz ähnlich, so eine Auskunft so kalt aufzunehmen. Sie sei die enttäuschendste Frau, die sie kenne.

Miss Chancellors Kälte wurde durch diesen Vorwurf keineswegs gemildert; denn ihr war der Gedanke gekommen, immerhin habe sie sich Adeline nie in diesem Maße eröffnet, habe sie nie die wahre Intensität ihres Wunsches erkennen lassen, Gefahren der eben besprochenen Art von Verena fernzuhalten, habe ihr kein Recht gegeben, sie als die Hüterin ihrer Freundin zu betrachten; daher war sie entsetzt darüber, daß Mrs. Luna so ohne weiteres annahm, sie wäre zu einem Komplott bereit, um das Mädchen zu überlisten und ihre Absichten zu vereiteln. Olive nahm all ihre Würde zusammen, um diesen Eindruck zu verwischen, und wenn sie auch Mrs. Luna unverkennbar noch zorniger machte als zu Anfang, so spürte sie doch, viel lieber würde sie sie enttäuschen, als ihr gegenüber ihre Gefühle preiszugeben – zumal Adeline so sehr darauf brannte, aus ihrer Warnung Nutzen zu ziehen!

Dreißigstes Kapitel

Mrs. Luna wäre mit der Art, wie Olive ihr Beistandsangebot aufnahm, noch unzufriedener gewesen, hätte sie gewußt, wie viele vertrauliche Auskünfte diese zurückhaltende junge Frau ihr dafür hätte geben können. Olives ganzes Leben war jetzt ein Gegenstand für geflüsterte Mitteilungen; sie empfand das selbst, als sie sich nach dem Gespräch mit ihrer Schwester in die Einsamkeit ihres eigenen Zimmers zurückzog. Sie hatte gerade Zeit zum Nachdenken; Verena war mit Mr. Burrage ausgegangen, der am Abend vorher ausgemacht hatte, sie zu dieser frühen Stunde zu einer Spazierfahrt abzuholen. Am Nachmittag hatten sie weitere Verabredungen – deren wichtigste es war, im Hause eines der hiesigen großen Förderer mit einer Gruppe ernst gesinnter Leute zusammenzutreffen. Olive wollte mit Verena sofort nach dem Mittagessen zu diesen Verabredungen davonjagen; sie schmeichelte sich, die Dinge so einrichten zu können, daß keine halbe Stunde übrigbliebe, zu der Basil Ransom, selbstsicher vorsprechend, die Bostonerinnen im Hause finden würde. Sie hatte das wohl bedacht, als er sie bei Mrs. Burrage genötigt hatte, ihm ihre Adresse zu geben; und sie hatte auch bedacht, sie werde Verena um den besonderen Gefallen bitten, sie am übernächsten Tag nach Boston zurück zu begleiten, also am Morgen des nächsten Tages. Es war viel davon die Rede gewesen, sie solle noch ein paar Tage bei Mrs. Burrage bleiben – nach Miss Chancellors Abreise; doch Verena trat spontan davon zurück, als sie sah, wie der Gedanke daran ihre Freundin beunruhigte. Olive hatte das Opfer angenommen, und ihr Besuch in New York war nun auf vier Tage verkürzt geplant, wobei sich Miss Chancellor, als sie merkte, worauf Basil Ransom hinauswollte, noch im selben Augenblick vornahm, noch einen weiteren Tag fortfallen zu lassen. Verena hatte sie das noch nicht eröffnet, sie zögerte ein wenig, da ihr die Zugeständnisse, die sie von ihrer Freundin bereits empfangen hatte, ein wenig auf dem Gewissen lasteten. Verena machte solche Zugeständnisse mit einer Großherzigkeit, daß sich einem das Herz vor Bewunderung zusammenzog, noch während man darum bat; und nicht ein einziges Mal hatte Olive erlebt, daß sie die geringste Anerkennung für den Edelmut gefordert hätte, den sie derart offenbarte, oder auch nur einen Augenblick lang darum gefeilscht hätte, wenn sie sich aus Gefälligkeit einer Mühe unterzog. Von dem Gedanken, eine Woche unter Mrs. Burrages Dach zu verbringen, war sie begeistert gewesen; sie hatte auch gesagt, ihre Mutter werde glücklich sterben (nicht, daß die geringste Aussicht auf Mrs. Tarrants Ableben bestand), wenn sie ihr berichten könnte, daß ihr ein solches Erlebnis zuteil geworden sei; und doch, als sie merkte, wie steif Olive es aufnahm, wie sie schon bei der Aussicht erbleichte und vor sich hinbrütete, hatte sie sich sogleich erboten, den Plan aufzugeben, und das Lächeln, das aus ihren Augen strahlte, war womöglich noch berückender denn je. Olive wußte, was das für sie bedeutete, wußte, in welchem

Maße in ihr die Fähigkeit zur Freude noch lebendig war, trotz der Anspannung zugunsten des gemeinsamen Ziels, ihrer Lebensarbeit, die jetzt, wie sie beide fühlten, in das Stadium der Verwirklichung eingetreten war und Früchte zu tragen begann; und eben aus diesem Grund plagte sie das Gewissen, daß sie, zumal ihrer beider Standpunkt wirklich so gefestigt erschien, diesem weiteren Akt des Verzichts zustimmte, seitens eines Geschöpfs, das sich bereits mit solch erhabener Größe hingeopfert hatte.

So gefestigt ihrer beider Standpunkt auch sein mochte, nannte Olive sich doch eine blinde Idiotin, weil sie trotz ihres anfänglichen Zögerns und Zauderns eingewilligt hatte, Verena nach New York zu bringen. Verena war von der Einladung hellauf begeistert gewesen, denn allein, daß sie so überraschend von Mrs. Burrage kam – für einen so weltlich gesinnten Menschen war es eine recht ausgefallene Idee –, hatte ihr bereits hinreichend Überzeugungskraft verliehen. Olives unmittelbare Gefühlsreaktion war instinktiv eine unbestimmte allgemeine Angst gewesen; doch später hatte sie diese als unwürdig beiseite geschoben; sie hatte entschieden (und so eine Entscheidung war nichts Neues), wo es um ihre Mission gehe, hätten sie allem und jedem die Stirn zu bieten. Solch eine Gelegenheit würde so viel zu Verenas Ruf und Autorität beitragen, daß eine Ablehnung auf Grund schließlich doch nur recht verschwommener Befürchtungen nicht gerechtfertigt gewesen wäre. Olives spezielle Schrecken und Gefahren hatten sich mittlerweile weitgehend verzogen; Basil Ransom hatte seit Ewigkeiten kein Lebenszeichen gegeben, und Henry Burrage hatte gewiß seinen Dämpfer bekommen, bevor sie nach Europa gereist waren. Wenn seiner Mutter eingefallen war, sie könne Verena in das beseelende Element einer großen Soiree verwandeln, so handelte sie zumindest in gutem Glauben, denn heute konnte es genausowenig wie ein Jahr zuvor ihr Wunsch sein, daß er Selah Tarrants Tochter heiratete. Und dann würden sie den im Dunkel Tappenden etwas Gutes tun, den im tiefsten Dunkel Tappenden, den im Dunkel Tappenden der feinen Gesellschaft;

vielleicht würden sie diese in Harnisch bringen – das hatte immerhin sein Gutes. Schließlich war sich Olive auch bewußt, daß diese Angelegenheit für sie selbst nicht ohne Reiz war; sie war nicht unempfänglich für die Genugtuung, in einem hervorragenden New Yorker Kreis als repräsentative Frau zu erscheinen, als Bostonerin von Bedeutung, die Souffleuse, Kollegin, Gefährtin eines der originellsten Mädchen der Zeit. Basil Ransom war der Mensch, dem bei Mrs. Burrage zu begegnen sie zuallerletzt erwartet hatte; sie hatte fest geglaubt, sie könnten in einer Stadt von mehr als einer Million Einwohnern ohne weiteres vier Tage ohne einen solchen mißlichen Zwischenfall verbringen. Doch es war geschehen; alles sprach dafür, daß er von ernster Bedeutung war; und die Zähne zusammenbeißend, züchtigte sie sich im Geiste heftig dafür, daß sie dem Schicksal so in die Falle gelaufen war. Nun, sie würde sich da wieder herauswinden, vermutlich mit dem Schrecken davonkommen. Henry Burrage war äußerst aufmerksam, doch irgendwie fürchtete sie ihn nicht mehr; und es war nur natürlich, daß er gar nicht höflich genug sein zu können meinte, nachdem sie sich bereit gefunden hatten, sich für so weltliche Zwecke von seiner Mutter ausbeuten zu lassen. Die andere Gefahr war die schlimmere; das Herzklopfen ihrer seltsamen Angst am Abend von Miss Birdseyes Gesellschaft kam ihr wieder ins Gedächtnis. Mr. Burrage erschien ihr wirklich als Beschützer; sie dachte mit Erleichterung an ihre Verabredung, nachdem er am Vormittag Verena im Park spazierengefahren und ins Kunstmuseum geführt hätte, würden sie am Abend mit ihm bei Delmonico speisen (er wollte noch einen Herrn dazu einladen) und anschließend in die deutsche Oper gehen. Wie schon gesagt, hatte Olive all das für sich behalten; sie verriet ihrer Schwester weder ihre lebhaft ausgemalte Erwartung, wie verblüfft Basil Ransom dreinschauen würde, wenn er in die Zehnte Straße kam und erfuhr, daß sie geflüchtet waren, noch ihren glühenden Wunsch, nur ja erst wieder im Zug nach Boston zu sitzen. Ausschließlich dieses Zukunftsbild hatte sie aufrecht gehalten, als sie Mr. Ransom ihre Hausnummer nannte.

Verena kam kurz vor dem Mittagessen in ihr Zimmer, um ihr Bescheid zu sagen, daß sie zurück sei; und während sie dort saßen, bereit, sich die Ohren zuzuhalten, sobald der Neger in weißer Jacke am Fuß der Treppe den Gong schlug, der sie zum Essen rief, schilderte sie ihrer Freundin ihre Abenteuer mit Mr. Burrage – ließ sich ausführlich über die Schönheit des Parks aus, über die Pracht und die Sehenswürdigkeiten des Museums, äußerte ihr Erstaunen darüber, daß der junge Mann alles, was es dort gab, so genau kannte, beschrieb die Schnelligkeit seiner Pferde, die weiche Federung seines englischen Wagens, das Vergnügen, in solcher Geschwindigkeit über marmorharte Straßen zu rollen, sprach von der Unterhaltung, die er ihnen für den Abend verhieß. Olive hörte in ernstem Schweigen zu; sie sah, daß Verena ganz hingerissen war; selbstverständlich war sie nicht so lange mit ihr vertraut, ohne diese Phase genau zu kennen.

»Hat Mr. Burrage versucht, dir den Hof zu machen?« erkundigte sich Miss Chancellor endlich ohne ein Lächeln.

Verena hatte den Hut abgenommen, um ihre Feder zurechtzuzupfen, und als sie ihn wieder aufsetzte, wobei ihre erhobenen Arme ihr Gesicht einrahmten, sagte sie: »Ja, ich nehme an, es war so gemeint.«

Olive wartete darauf, daß sie mehr erzählte, berichtete, wie sie ihn behandelt, ihn in Schranken gehalten, ihm zu verstehen gegeben hatte, diese Frage sei längst abgetan; doch als Verena ihr keine weitere Auskunft gab, drang sie nicht weiter in sie, war sie sich doch stets bewußt, daß in einer Beziehung wie der ihren auf beiden Seiten große Achtung vor der Freiheit der anderen bestehen sollte. Bisher hatte sie noch nie in Verenas Rechte eingegriffen, und natürlich würde sie nicht jetzt damit anfangen. Überdies hatte sie angesichts der Bitte, die sie ihr bald vorzutragen beabsichtigte, das Gefühl, behutsam vorgehen zu müssen. Sie hätte gern gewußt, ob Henry Burrage wirklich einen neuen Start zu unternehmen gedachte; ob seine Mutter nur in seinem Interesse gehandelt hatte, als sie sie beide zum Kommen veranlaßte. Gewiß, das Tröstliche an einer solchen Aussicht war, daß Verena, wenn sie ihn anhörte, nicht Basil Ransom anhören konnte; und er hatte ja gestern abend, als er ihnen in den Wagen half, Olive gegenüber erklärt, er hoffe ihr noch beweisen zu können, daß er sich zu ihrem Evangelium bekehrt habe. Doch wieder überkam sie das alte Gefühl der Übelkeit, die Schwäche der Verzagtheit, als sie sich fragte, weshalb um der Barmherzigkeit willen Verena überhaupt jemand anders anhören sollte als Olive Chancellor. Als sie die strahlende Miene, den glücklichen Ausdruck sah, mit dem das Mädchen zurückkehrte, ging ihr wie schon in den ersten Monaten durch den Kopf, das große Problem sei dieser schwache Punkt, dieser einzige Fehler und kleine Makel an Verena, den sie ihr schon bald, nachdem sie zusammengezogen waren, mit den Worten vorgehalten hatte (sie erinnerte sich daran kraft des unauslöschlichen Eindrucks, den das Geständnis ihrer Freundin bei ihr hinterlassen hatte): »Ich will Ihnen sagen, was mit Ihnen ist – als Gattung sind Ihnen die Männer nicht zuwider!« Verena hatte damals geantwortet: »Also, nein, sie sind mir nicht zuwider, wenn sie nett sind!« Als könnte die organisierte Scheußlichkeit jemals nett sein! Olive waren sie am meisten zuwider, wenn sie am wenigsten unsympathisch waren. Jetzt bemerkte sie nach einer kleinen Pause, auf Henry Burrage bezogen: »Es ist nicht recht von ihm, nicht anständig, nachdem du ihn hast fühlen lassen, wie sehr er dich, als er in Cambridge wohnte, belästigt, ja gepeinigt hat.«

»Ach, ich habe mir nichts anmerken lassen«, sagte Verena fröhlich. »Ich lerne es, mich zu verstellen«, fuhr sie dann fort. »Vermutlich muß man das mit der Zeit. Ich tue so, als merkte ich es nicht.«

In diesem Augenblick erdröhnte der Gong zum Mittagessen, und die zwei jungen Frauen hielten sich die Ohren zu, Angesicht in Angesicht, Verena mit ihrem rasch aufleuchtenden Lächeln, Olive mit ihrer bleichen Geduld. Als sie wieder ihr eigenes Wort verstanden, sagte die letztere abrupt: »Wie kam Mrs. Burrage dazu, Mr. Ransom zu ihrer Gesellschaft einzuladen? Er hat Adeline erzählt, er hätte sie nie zuvor gesehen.«

»Ach, ich habe sie gebeten, ihm eine Einladung zu schikken – nachdem sie mir geschrieben hatte, um mir zu danken, als feststand, daß wir kommen würden. Sie fragte mich in ihrem Brief, ob ich irgendwelche Freunde in der Stadt hätte, denen ich gern Karten zukommen lassen wollte, und ich erwähnte Mr. Ransom.«

Verena sprach, ohne eine Sekunde zu zögern, und das einzige Zeichen der Verlegenheit, das sie erkennen ließ, war, daß sie von ihrem Stuhl aufstand und sich auf diese Weise Olives forschendem Blick ein wenig entzog. Es fiel ihr leicht, ohne jedes Stocken zu sprechen, denn sie war froh über diese Gelegenheit. Sie wünschte sich ihre Beziehungen zu ihrer Freundin in jeder Hinsicht einfach, und natürlich war es nicht einfach, sobald sie Dinge zu verschweigen begann. Zumindest konnte sie so wenig wie möglich verschweigen, und sie hatte das Gefühl, als mache sie ein Versäumnis wieder gut, als sie Olives Frage so prompt beantwortete.

»Davon hast du mir kein Wort gesagt«, bemerkte Miss Chancellor mit leiser Stimme.

»Ich wollte es nicht. Ich weiß, daß du ihn nicht magst, und ich dachte, es würde dir weh tun. Aber ich wollte, daß er hinkam – ich wollte, daß er das mit anhörte.«

»Was macht das schon – was sollte dir an ihm liegen?«

»Nur, weil er so furchtbar dagegen ist!«

»Woher weißt du das, Verena?«

An diesem Punkt begann Verena zu zögern. Es war letztlich doch nicht so leicht, nur ein wenig zu verschweigen; es schien eher, als müsse man entweder alles erzählen oder alles verbergen. Ersteres Vorgehen hatte sich ihr bereits als unangemessen hart dargestellt; unter diesem Eindruck hatte sie ja schließlich den Zwischenfall von Basil Ransoms Besuch am Monadnoc Place unter unausgesprochenen, unaussprechlichen Erwägungen der Rücksichtnahme begraben liegenlassen, das einzige Geheimnis, das sie auf der Welt besaß – das einzige, das ihr ganz gehörte. Sie war so froh, mitteilen zu können, was ihr, ohne sich zu verraten, möglich war, daß sie erst, nachdem sie gesprochen hatte, die Gefahr erkannte, daß Olive das Verhör bis zu einem Punkt treiben könnte, wo sie, sozusagen zur Selbstverteidigung, zu einer eindeutigen Täuschung gezwungen wäre; und ihr wurde gleichzeitig bewußt, daß ihr das Geheimnis in dem Augenblick, wo es bedroht war, noch teurer wurde. Sie begann stumm zu beten, Olive möge die Fragerei nicht weitertreiben, denn es wäre gräßlich, es wäre unmöglich, sich mit einer Lüge zu verteidigen. Inzwischen mußte sie jedoch antworten, und ihre Antwort bestand in dem Ausruf, den sie viel rascher von sich gab, als es die von mir aufgezeichneten Überlegungen vielleicht zuzulassen schienen: »Na, wenn du ihm das nicht ansiehst! Er ist doch der typische Reaktionär!«

Verena ging zum Toilettenspiegel, um zu überprüfen, ob sie ihren Hut ordentlich aufgesetzt hatte, und Olive erhob sich langsam, wie jemand, der überhaupt nicht aufs Essen erpicht ist. »Soll er doch reagieren, wie er mag – beachte ihn um Himmels willen nicht!« Das war Miss Chancellors Entgegnung, und Verena spürte, daß sie nicht alles aussprach, was ihr im Sinn lag. Sie wünschte, Olive würde mit zum Essen hinuntergehen, denn sie zumindest hatte ehrlichen Hunger. Sie hatte sogar den Verdacht, daß Olive einen Gedanken hegte, den auszusprechen sie sich fürchtete, solchen Kummer würde er mit sich bringen. »Nun, du weißt, Verena, das hier ist nicht unser *wahres* Leben – es ist nicht unsere Arbeit«, fuhr Olive fort.

»Nun, nein, das ist es gewiß nicht«, sagte Verena, zunächst ohne vorzugeben, sie wisse nicht, was Olive meine. Gleich darauf fügte sie jedoch hinzu: »Meinst du diesen gesellschaftlichen Umgang mit Mr. Burrage?«

»Nicht nur das.« Dann fragte Olive unerwartet und sah sie dabei an: »Woher kanntest du seine Adresse?«

»Seine Adresse?«

»Mr. Ransoms – damit Mrs. Burrage in der Lage war, ihn einzuladen.«

Sie standen einen Moment einander gegenüber und wechselten einen festen Blick. »Sie stand in dem Brief, den ich von ihm bekam.«

Bei diesen Worten trat in Olives Gesicht ein Ausdruck, der ihre Gefährtin veranlaßte, sofort auf sie zuzutreten und sie bei der Hand zu nehmen. Doch der Ton war anders, als Verena erwartet hatte, als sie mit kalter Überraschung sagte: »Ach, ihr steht im Briefwechsel!« Er offenbarte eine ungeheure Bemühung um Selbstbeherrschung.

»Er hat mir einmal geschrieben – ich habe es dir nicht erzählt«, gab Verena lächelnd zurück. Sie hatte das Gefühl, daß die seltsamen, unruhigen Augen ihrer Freundin sehr tief forschten; ein bißchen mehr, und sie würden bis ganz auf den Grund dringen. Nun, mochten sie doch, wenn sie wollten; gar so viel lag ihr denn doch nicht an ihrem Geheimnis. Vorläufig erfuhr Verena jedoch nicht, was Olive entdeckt hatte, da sie jetzt nur bemerkte, es sei wirklich Zeit, hinunterzugehen. Als sie die Treppe hinabstiegen, hängte sie ihren Arm bei Miss Chancellor ein und merkte, daß sie bebte.

Selbstverständlich waren in New York zahlreiche Menschen am Aufstieg der Frauen interessiert, und Olive hatte im voraus Verabredungen getroffen, die den ganzen Nachmittag ausfüllten. Jedermann wollte sie kennenlernen und wollte, daß auch andere sie kennenlernten, und Verena sah, daß sie leicht großen Zulauf haben könnten, sofern sie sich nur zu bleiben und diese Stimmung auszunutzen entschlössen. Sehr wahrscheinlich war es, wie Olive sagte, nicht ihr wahres Leben, und die Leute hatten die Bewegung anscheinend nicht so fest im Griff wie in Boston; doch es lag etwas in der Luft, das einen mitriß, eine Ahnung der Grenzenlosigkeit und Vielfalt, der unendlichen Möglichkeiten einer großen Stadt, was – Verena wußte kaum, ob sie es sich eingestehen durfte – womöglich am Ende den Mangel an Bostoner Ernsthaftigkeit wettzumachen vermochte. Gewiß, die Menschen schienen höchst lebendig zu sein, und es gab keinen anderen Ort, wo so viele ermutigende Berichte hereinströmen konnten, dank der großen Zahl elektrischer Fühler, die sich nach allen Himmelsrichtungen ausstreckten. Das wichtigste Zentrum schien Mrs. Crouchers Wohnung in der Sechsundfünfzigsten Straße zu sein, wo eine zwanglose

Zusammenkunft von Sympathisanten stattfand, die sich offenkundig kaum beschwichtigen ließen, als sie erfuhren, Verena habe am Abend vorher in einem Kreis gesprochen, in dem keiner von ihnen bekannt war. Zweifellos unterschieden sie sich gänzlich von der Gruppe, zu der Verena bei Mrs. Burrage gesprochen hatte, und sie stieß einen leisen, verstohlenen, vielleicht ein wenig hilflosen Seufzer aus, als sie bedachte, wie groß und kompliziert die Welt war und daß es in ihr offenbar Dinge aller Art gab. Der allgemeine Wunsch wurde laut, sie solle die Ansprache in der Atmosphäre eines Kreises von Geistesverwandten wiederholen; worauf sie erwiderte, Olive treffe für sie die Verabredungen, und da die Ansprache dazu gedacht gewesen sei, einfach Leute für die Sache einzunehmen, würde sie vielleicht meinen, Mrs. Crouchers Freunde hätten bereits ein höheres Niveau erreicht. Sie äußerte sich so vorsichtig, weil sie merkte, daß Olive jetzt geradezu darauf brannte, aus der Stadt fortzukommen; sie wollte nichts sagen, was sie binden würde. Als sie vor dem Mittagessen fühlte, wie heftig Olive bebte, machte die Erkenntnis sie ganz krank, wie sehr ihre Freundin in ihr aufging – wie furchtbar sie unter dem kleinsten Schritt vom Wege leiden würde. Nachdem sie zu ihrer Runde von Verabredungen aufgebrochen waren, war das allererste, worauf Verena im Wagen die Rede brachte (Olive hatte auf ihre freigebige Art für die ganze Zeit eine Kutsche gemietet), die Tatsache, daß ihr Briefwechsel mit Mr. Ransom, wie ihre Freundin es genannt hatte, auf seiner Seite aus einem einzigen Brief bestanden habe. Es sei dazu noch ein ganz kurzer gewesen; er sei ihr vor etwas über einem Monat zugegangen. Olive wisse, daß sie von allerlei Herren Briefe bekomme; sie sehe nicht ein, warum Olive gerade diesem soviel Bedeutung beimesse. Miss Chancellor saß zurückgelehnt im Wagen, ganz still, ganz ernst, den Kopf an das Polster gelehnt, nur die Augen dem Mädchen zugewandt.

»Du mißt dem selbst Bedeutung bei; sonst hättest du es mir erzählt.«

»Ich wußte, daß es dir nicht angenehm sein würde – weil du *ihn* nicht magst.«

»Ich denke gar nicht an ihn«, erklärte Olive; »er bedeutet mir nichts.« Dann fragte sie plötzlich: »Hast du jemals bemerkt, daß ich Angst hätte, mich dem zu stellen, was mir nicht angenehm ist?«

Verena konnte nicht behaupten, so etwas bemerkt zu haben, und doch war es von Olive nicht gerecht, so zu reden, als wäre sie ein Mensch, dem man derartiges so ohne weiteres mitteilen könnte: wie sie da lag, bleich und matt, wie eine verwundete Kreatur, bewies hinlänglich das Gegenteil. »Du hast eine so beängstigende Leidenskraft«, erwiderte Verena dann.

Darauf antwortete Miss Chancellor zunächst nichts; doch nach einem Weilchen erklärte sie in derselben Stellung: »Ja, *du* könntest mich leiden lassen.«

Verena nahm Olives Hand und hielt sie eine Zeitlang in der ihren. »Das werde ich nie, bevor ich nicht alles selbst durchgemacht habe.«

»*Du* bist nicht zum Leiden geschaffen – du bist für die Freude geschaffen«, sagte Olive in fast genau demselben Ton, in dem sie ihr eröffnet hatte, was mit ihr sei, nämlich daß ihr die Männer als Gattung nicht zuwider seien – ein Ton, der zugleich nahelegte, das Gegenteil wäre viel natürlicher und vielleicht etwas edler gewesen. Vielleicht wäre es das gewesen; doch Verena war außerstande, den Vorwurf zurückzuweisen; das empfand sie, als sie aus dem Kutschenfenster auf die glanzvolle, unterhaltsame Stadt hinausblickte, die so zahllose Elemente in sich zu vereinigen schien, in der eine überwältigende Lebendigkeit herrschte, die Geschäfte so prächtig, die Frauen so auffallend gekleidet waren, und sie spürte, wie diese Dinge ihre Neugier, alle ihre Pulse anregten.

»Nun, darauf darf ich vermutlich nicht pochen«, bemerkte sie, sich mit ihrer natürlichen Liebenswürdigkeit, ihrer nachgiebigen Anmut zu Olive umblickend.

Diese junge Dame hob ihre Hand an die Lippen – hielt sie einen Augenblick dort; die Geste schien zu sagen: ›Wenn du so göttlich fügsam bist, wie kann ich mich der Angst erwehren, dich zu verlieren?‹ Dieser Gedanke blieb jedoch unausgesprochen, und Olives vernehmbare Worte, während der Wagen weiterrollte, lauteten anders.

»Verena, ich verstehe nicht, weshalb er dir geschrieben hat.«

»Er hat mir geschrieben, weil er mich mag. Vielleicht sagst du jetzt, du verstehst nicht, weshalb er mich mag«, fuhr das Mädchen lachend fort. »Ich gefiel ihm, seit er mich zum ersten Mal sah.«

»Ach, damals!« murmelte Olive.

»Und noch mehr beim zweiten Mal.«

»Hat er dir das in seinem Brief geschrieben?« erkundigte sich Miss Chancellor.

»Ja, meine Liebe, das hat er mir geschrieben. Nur hat er es hübscher ausgedrückt.« Verena war sehr froh, das sagen zu können; ein geschriebener Satz von Basil Ransom gab ihr in ausreichendem Maße das Recht dazu.

»Das war meine Intuition – das war meine Vorahnung!« rief Olive und schloß die Augen.

»Ich dachte, du sagtest, er sei dir nicht unsympathisch.«

»Es ist nicht Abneigung – es ist einfach Angst. Ist das alles, was zwischen euch ist?«

»Aber, Olive Chancellor, was glaubst du denn?« fragte Verena, die sich jetzt eindeutig als Feigling vorkam. Fünf Minuten später erklärte sie Olive, wenn sie ihr damit eine Freude mache, wollten sie am nächsten Tag aus New York abreisen, ohne einen vierten Tag anzuhängen; und sobald sie das getan hatte, war ihr leichter, zumal als sie sah, wie dankbar Olive sie nach diesem Zugeständnis anblickte, wie eilig sie auf das Anerbieten einging: »Nun, wenn du wirklich fühlst, daß es nicht unser eigenes Leben ist – unser ureigenes!« Mit diesen und weiteren Worten und mit einem ungewöhnlich leichten, zaghaften Kuß, als wollte sie beteuern, ein einziger Tag mache schließlich nichts aus, und doch nehme sie das Opfer an und schäme sich ein wenig deswegen – auf diese Weise wurde das Abkommen hinsichtlich eines sofortigen Rückzuges besiegelt. Verena konnte die Augen nicht vor der Tatsache verschließen, daß sie einen Monat lang nicht ganz aufrichtig gewesen war, und wenn sie Buße tun wollte, so wäre diese Abkürzung ihres vergnüglichen Aufenthalts in New York, selbst wenn sie dadurch Basil Ransom fast ganz verpaßte, immer noch leichter zu ertragen, als Olive gerade jetzt zu erzählen, der Brief sei *nicht* alles, außerdem habe es einen langen Besuch, ein Gespräch und einen Spaziergang gegeben, die sie über so viele Wochen verhehlt habe. Und was hatte es schließlich zu bedeuten, wenn sie ihn verpaßte? War es denn eine solche Freude, sich mit einem Herrn zu unterhalten, der einen nur wissen lassen wollte – und weshalb er es so dringend wollte, konnte Verena sich nicht vorstellen –, daß er einen völlig absurd fand? Olive fuhr sie von einem Haus zum anderen, und schließlich vergaß sie alles bis auf die gegenwärtige Stunde und die Größe und Vielfalt New Yorks und den Genuß, in einer Kutsche mit Seidenpolstern umherzurollen und neuen Gesichtern zu begegnen, neuen Bekundungen der Neugier und der Sympathie, Beteuerungen, sie finde Beachtung und Anhängerschaft. Darein vermischte sich der freudige Gedanke, der für den Augenblick genügte, außerdem würden sie bei Delmonico speisen und in die deutsche Oper gehen. Verena besaß in ihrem Wesen genug Epikureisches, das es ihr unter bestimmten Bedingungen leicht machte, nur der Stunde zu leben.

Einunddreißigstes Kapitel

Als sie mit ihrer Gefährtin in die Pension in der Zehnten Straße zurückkehrte, sah sie auf dem Tisch in der Halle zwei Briefe liegen; einer an Miss Chancellor adressiert, der andere an sie. Die Handschriften waren unterschiedlich, doch sie erkannte beide. Olive war hinter ihr zurückgeblieben, sie stand noch auf den Außenstufen und wies den Kutscher an, ihnen in einer halben Stunde wieder einen Wagen zu schicken (sie hatten für sich nur eben Zeit zum Umziehen vorgesehen); daher nahm sie einfach ihren eigenen Brief an sich und stieg in ihr Zimmer hinauf. Dabei merkte sie, daß sie die ganze Zeit gewußt hatte, sie werde ihn vorfinden, und war sich einer Art Verrats, eines unfreundlichen Eigensinns bewußt, sich nicht besser darauf eingestellt zu haben. Wenn sie den ganzen Nachmittag durch New York zu rollen und dabei zu vergessen vermochte, daß möglicherweise Schwierigkeiten bevorstünden, änderte das nichts an der Tatsache, daß es Schwierigkeiten *gab* und daß sie sogar beträchtliche Ausmaße annehmen könnten – auch durch ihre Rückkehr nach Boston nicht einfach aus der Welt zu schaffen wären. Eine halbe Stunde später, als sie mit Olive die Fünfte Avenue entlangfuhr (so vieles schien sich an diesem einen Tag zusammenzudrängen), ihre hellen Handschuhe glattstrich und sich wünschte, ihr Fächer wäre ein bißchen hübscher, bewies sie durch die unmittelbare und rasch ansprechende Lebhaftigkeit, mit der sie auf die lampenerhellten Straßen hinaussah, daß ganz unabhängig davon, welche Theorie man hinsichtlich des Ursprungs ihres Talents und ihrer persönlichen Eigenart hegen mochte, unzweifelhaft das Blut der Abend für Abend umherschweifenden und Vorträge besuchenden Tarrants in ihren Adern floß; als das Paar, sage ich, dem berühmten Restaurant entgegenrollte, vor dessen Tür Mr. Burrage, wie er versprochen hatte, in wachsamer Erwartung ihres Wagens harren würde, fand Verena einen hinreichend heiteren und natürlichen Ton, um ihrer Freundin zu erzählen, während ihrer Abwesenheit habe Mr. Ransom vorgesprochen und einen Brief hinterlassen, der auch viele höfliche Grüße an Miss Chancellor enthalte.

»Das ist gänzlich deine eigene Sache, meine Liebe«, antwortete Olive mit einem schwermütigen Seufzer, während sie die Vierzehnte Straße entlang (die sie gerade in großer Erregung kreuzten) auf die sonderbare Barriere der Hochbahn blickte.

Es war für Verena nichts Neues: wenn auch bei Olive das große Streben ihres Lebens der Gerechtigkeit galt, so verfehlte sie doch in besonderen Fällen manchmal ihr Ziel; und sie überlegte, sie komme ziemlich spät mit der Erklärung, Basil Ransoms Briefe gingen nur seine Briefpartnerin etwas an. Hatte seine Verwandte sich während ihrer Fahrten am Nachmittag dieses Themas nicht völlig bemächtigt? Verena beschloß jetzt, ihrer Begleiterin alles über den Brief mitzuteilen, was es nur mitzuteilen gebe; dabei fragte sie sich, wenn sie ihr jetzt mehr erzähle, als sie zu wissen verlange, ob das nicht ein Ausgleich dafür sei, daß sie ihr bisher weniger offenbart habe. »Er hat ihn schon geschrieben mitgebracht, für den Fall, daß ich unterwegs sein sollte. Er will mich morgen treffen – er schreibt, er habe mir furchtbar viel zu sagen. Er schlägt eine Zeit vor – er schreibt, er hoffe, es sei mir nicht ungelegen, ihn gegen elf Uhr vormittags zu empfangen; er meint, so früh hätte ich vielleicht noch keine Verabredung. Natürlich erledigt sich das durch unsere Rückkehr nach Boston«, schloß Verena gelassen.

Miss Chancellor sagte ein Weilchen nichts; dann antwortete sie: »Ja, es sei denn, du lädst ihn ein, dich im Zug zu begleiten.«

»Aber Olive, wie schroff du bist!« rief Verena echt überrascht aus.

Olive konnte ihre Schroffheit nicht mit der Behauptung rechtfertigen, ihre Begleiterin hätte gesprochen, als wäre sie enttäuscht, denn das hatte Verena nicht. Daher bemerkte sie einfach: »Ich sehe nicht, was er dir zu sagen haben kann – das es wert wäre, daß du es dir anhörst.«

»Na, selbstverständlich den Standpunkt der Gegenseite. Das ist seine fixe Idee«, sagte Verena mit einem Lachen, das die ganze Geschichte in den Bereich des Unwichtigen zu verbannen schien.

»Wenn wir bleiben, würdest du dich mit ihm treffen – um elf Uhr?« erkundigte sich Olive.

»Warum fragst du das – wenn ich es aufgegeben habe?«

»Siehst du es als ein so ungeheures Opfer an?«

»Nein«, antwortete Verena gutmütig; »aber ich gebe zu, ich bin neugierig.«

»Neugierig – wie meinst du das?«

»Nun, darauf, die andere Seite zu hören.«

»Mein Gott!« murmelte Olive Chancellor und wandte ihr das Gesicht zu.

»Du darfst nicht vergessen, ich habe sie nie zu hören

bekommen.« Und Verena lächelte dem matten Blick ihrer Freundin zu.

»Willst du all die Niederträchtigkeiten zu hören bekommen, die es auf der Welt gibt?«

»Nein, das ist es nicht; aber je mehr er reden würde, desto mehr Möglichkeiten würde er mir verschaffen. Ich glaube, ich bin ihm gewachsen.«

»Das Leben ist zu kurz. Laß ihn bleiben, wie er ist.«

»Nun«, fuhr Verena fort, »ich habe bei vielen überhaupt keinen Wert darauf gelegt, sie aufzurütteln, für die ich mehr Interesse hätte aufbringen können als für ihn. Aber ihn so weit zu bekommen, daß er auch nur in zwei oder drei Punkten nachgäbe – das würde mich mehr befriedigen als alles, was ich bereits erreicht habe.«

»Du hast keine Veranlassung, dich auf einen ungleichen Wettstreit einzulassen; und bei Mr. Ransom wäre das der Fall.«

»Die Ungleichheit würde darin bestehen, daß ich das Recht auf meiner Seite hätte.«

»Was heißt das schon – für einen Mann? Wozu ist ihnen die Brutalität mitgegeben worden, wenn nicht als Ausgleich dafür?«

»Ich glaube nicht, daß er brutal ist; ich würde mich gern selbst überzeugen«, warf Verena fröhlich hin.

Olives Augen blickten eine Weile in die ihren; dann wandten sie sich ziellos, blind zum Wagenfenster hinaus, und Verena dachte bei sich, sie sehe seltsam wenig wie ein Mensch aus, der gleich bei Delmonico dinieren sollte. Welch schreckliche Sorgen sie sich um alles machte, und welch tragische Natur sie besaß; wie ängstlich, mißtrauisch, von geringfügigsten Einflüssen abhängig! Während ihres langen vertrauten Umgangs hatte Verena die meisten Eigenheiten ihrer Freundin schätzengelernt; sie waren ein Beweis ihrer Tiefe und Opferbereitschaft und waren so mit allem verknüpft, was edel an ihr war, daß sie sich selten herausgefordert fühlte, sie einzeln zu kritisieren. Doch eben jetzt, mit einem Mal, schien ihr Olives Ernst mit dem Plan des Universums so wenig zu harmonieren, als wäre er eine zerbrochene Säge; und sie war richtig froh, daß sie ihr nicht von Basil Ransoms Auftauchen am Monadnoc Place erzählt hatte. Wenn sie sich bereits über das, was sie wußte, solche Sorgen machte, wieviel Sorgen hätte sie sich erst über alles übrige gemacht! Verena hatte mittlerweile für sich selbst entschieden, ihre Bekanntschaft mit Mr. Ransom sei die flüchtigste, oberflächlichste, unwichtigste aller denkbaren Beziehungen.

An diesem Abend beobachtete Olive Chancellor Henry Burrage sehr genau; sie hatte einen besonderen Grund dazu, und ihre Unterhaltung während der folgenden Stunden gewann sie kaum aus dem delikaten kleinen Festmahl, welchem dieser einnehmende Proselyt in dem strahlend hellen Saal des Restaurants vorstand, wo französische Kellner auf dicken Teppichen umhereilten und die an den Nachbartischen gruppierten Gäste Neugier erregten und zu Mutmaßungen herausforderten, ja nicht einmal aus der herrlichen Musik des »Lohengrin«, sondern vielmehr aus einem geheimen Prozeß des Vergleichs und der Prüfung, der dem Leser gleich auseinandergesetzt werden soll. Da Olives Unparteilichkeit in gewissem Maße in Mißkredit geraten sein mag, ist es erfreulich, berichten zu können, daß sie bei der Rückkehr von der Oper einen Schritt unternahm, den eine Erwägung der Gerechtigkeit ihr diktierte, angesichts der Tatsache, wie unverzüglich Verena ihr von dem Brief erzählt hatte, den Basil Ransom am Nachmittag hinterlassen hatte. Auf dem Rückweg in die Zehnte Straße hatte das Mädchen nur von Wagners Musik gesprochen, von den Sängern, dem Orchester, den riesenhaften Ausmaßen des Hauses, ihrer überwältigenden Freude. Olive konnte erkennen, wie sehr ihr New York ans Herz wachsen könnte, wo freudige Erlebnisse dieser Art so in der Luft lagen.

»Nun, Mr. Burrage war tatsächlich sehr freundlich zu uns – niemand hätte aufmerksamer sein können«, erklärte Olive; und sie errötete ein wenig unter dem Blick, mit dem Verena diesen Tribut der Wertschätzung Miss Chancellors gegenüber einem ledigen Herrn begrüßte.

»Ich bin so froh, daß dir das Eindruck gemacht hat, denn ich glaube wirklich, wir waren ein bißchen grob zu ihm.« Verenas *wir* war engelhaft. »Dir gegenüber war er besonders aufmerksam, meine Liebe; mich hat er verwunden. Er hat dich so lieb angesehen. Liebste Olive, wenn du ihn heiratest ...!« Und Miss Tarrant, die vor Hochstimmung übersprudelte, umarmte ihre Freundin, um die eigene Albernheit zu bremsen.

»Trotzdem will er, daß du zu ihnen kommst. *Das* haben sie nicht aufgegeben«, bemerkte Olive und wandte sich einer Schublade zu, der sie einen Brief entnahm.

»Ach, hat er dir das gesagt? Mir gegenüber hat er nichts mehr davon erwähnt.«

»Als wir heute nachmittag zurückkamen, fand ich diesen Brief von Mrs. Burrage vor. Am besten liest du ihn.« Und sie hielt das Schriftstück, geöffnet, Verena hin.

Dem Sinne nach besagte es, Mrs. Burrage könne sich wirklich nicht mit dem Verzicht auf Verenas Besuch abfinden, auf den sie wie auch ihr Sohn so fest gerechnet hätten. Sie sei sicher, sie könnten ihn für Miss Tarrant ebenso interessant gestalten, wie er anregend für sie beide wäre. Sie, Mrs. Burrage, habe zudem das Gefühl, noch nicht halb so viel von Miss Tarrants Anschauungen gehört zu haben, wie sie gern wolle, und noch so viele mehr, die bei der Ansprache dabei waren, seien diesen Nachmittag zu ihr gekommen (ohne auch nur eine Minute zu versäumen, wie Miss Chancellor sehen könne), um zu fragen, wie um alles in der Welt auch sie mehr erfahren könnten – wie sie an die schöne Rednerin herankommen und sie über bestimmte Einzelheiten befragen könnten. Sie hoffe deshalb so sehr, daß die jungen Damen, selbst wenn sie ihren Entschluß hinsichtlich des Besuchs nicht ändern könnten, doch wenigstens eine Möglichkeit fänden, so lange zu bleiben, daß sie für diese armen dürstenden Seelen eine zwanglose Zusammenkunft arrangieren könne. Dürfe sie die Sache nicht doch mit Miss Chancellor besprechen? Sie gebe ihr aber die Vorwarnung, daß sie sie auch noch in der Angelegenheit des Besuchs bearbeiten wolle. Könne sie sich nicht am nächsten Tag mit ihr treffen, und dürfe sie sie um den ganz großen Gefallen bitten, das Gespräch in Mrs. Burrages Haus stattfinden zu lassen? Sie habe ihr etwas ganz Besonderes zu sagen, wofür absolute Vertraulichkeit von besonderer Wichtigkeit sei, und Miss Chancellor werde zweifellos anerkennen, daß diese unter Mrs. Burrages Dach am sichersten gewährleistet sei. Sie werde deshalb ihren Wagen zu Miss Chancellor schicken, zu einer Zeit, die ihr genehm sei. Sie glaube wirklich, es könne viel Gutes dabei herauskommen, wenn sie sich gründlich aussprächen.

Verena las diese Epistel mit großem Bedacht durch; sie erschien ihr rätselhaft und bestätigte den Gedanken, der ihr am Abend vorher gekommen war – den Gedanken, daß sie von dieser gescheiten, weltgewandten, merkwürdigen Frau anläßlich ihres Besuchs in Cambridge einen nicht ganz zutreffenden Eindruck bekommen hatte, als sie sich in der Wohnung ihres Sohnes begegnet waren. Während sie Olive den Brief zurückgab, sagte sie: »Deshalb also schien er nicht zu glauben, daß wir morgen wirklich abreisen. Er weiß, daß sie das geschrieben hat, und meint, es wird uns zurückhalten.«

»Nun, wenn ich sagen würde, vielleicht hält es uns zurück – würdest du mich erbärmlich wetterwendisch finden?«

Verena staunte in aller Aufrichtigkeit, und es war so überaus sonderbar, daß Olive jetzt doch noch verweilen wollte, daß diese Empfindung vorübergehend fast die andere Empfindung übertönte, es sei eine angenehme Überraschung. Doch diese setzte sich kurz darauf durch, und sie sagte ganz ehrlich: »Nur um konsequent zu bleiben, brauchst du mich nicht davonzuschleppen. Es wäre absurd, wenn ich so tun würde, als wäre ich nicht gern hier.«

»Ich meine, vielleicht sollte ich mich mit ihr treffen.« Olive war sehr nachdenklich.

»Wie reizend es sein muß, mit Mrs. Burrage ein Geheimnis zu teilen!« rief Verena aus.

»Vor dir wird es kein Geheimnis sein.«

»Liebste Olive, du brauchst es mir nicht zu erzählen, wenn du nicht willst«, fuhr Verena fort, die an ihr eigenes nicht mitgeteiltes Wissen dachte.

»Ich meinte, es wäre unser Plan, alles zu teilen. Meiner war es gewiß.«

»Ach, sprich nicht von Plänen!« rief Verena ziemlich kleinlaut. »Du siehst ja, wenn wir wirklich morgen noch bleiben, wie töricht es war, welche zu machen. Hinter ihrem Brief verbirgt sich mehr, als drin steht«, fügte sie hinzu, da Olive in ihrem Gesicht die Gründe dafür und dagegen zu prüfen schien, Mrs. Burrage dieses Zugeständnis zu machen, und das war recht ungemütlich.

»Ich habe es mir den ganzen Abend überlegt – also, wenn du einverstanden bist, bleiben wir.«

»Mein Schatz – was hast du für einen Geist! Bei all diesen kleinen leckeren Gängen – und den ganzen ›Lohengrin‹ über! Da ich gar nicht darüber nachgedacht habe, mußt du es entscheiden. Du weißt, ich mache keine Schwierigkeiten.«

»Und würdest du doch den Besuch bei Mrs. Burrage machen, falls sie mir irgend etwas mitteilen sollte, das es wünschenswert erscheinen ließe?«

Verena lachte heraus. »Du weißt, es ist nicht unser wahres Leben!«

Olive sagte einen Augenblick nichts; dann erwiderte sie: »Glaube nicht, *ich* könnte das vergessen. Wenn ich eine Abweichung vorschlage, dann nur, weil mir manchmal scheint, daß letztlich womöglich fast alles besser ist als jede Gestalt, in der die Wirklichkeit uns entgegentreten *könnte*.« Das klang etwas unverständlich und zugleich sehr melancholisch, und Verena war erleichtert, als ihre Gefährtin nach kurzer Pause bemerkte: »Du mußt mich merkwürdig inkonsequent finden«, denn das gab ihr Gelegenheit, beschwichtigend zu antworten: »Aber du glaubst doch wohl nicht, ich erwarte von dir, daß du in ständiger Hochspannung lebst! Ich bleibe eine Woche bei Mrs. Burrage, oder vierzehn Tage, oder einen Monat, oder was du willst«, fuhr sie fort; »du kannst ihr sagen, was dir am zweckmäßigsten erscheint, wenn du mit ihr gesprochen hast.«

»Schiebst du es ganz auf mich? Du gibst mir nicht viel Beistand«, sagte Olive.

»Beistand wozu?«

»Beistand, *dir* beizustehen.«

»Ich brauche keinen Beistand; ich bin durchaus stark genug!« rief Verena fröhlich. Im nächsten Augenblick fragte sie mit halb komischem, halb rührendem Flehen: »Meine liebe Kollegin, warum bringst du mich dazu, so selbstgefällige Dinge zu sagen?«

»Und wenn du wirklich bleibst – und wäre es sogar nur morgen –, verbringst du – sehr viel Zeit – mit Mr. Ransom?«

Da Verena eben jetzt ironisch gestimmt schien, hätte sie in dem bangen, behutsam forschenden Ton, mit dem Olive diese Frage stellte, einen neuen Grund zur Erheiterung finden können. Doch diese Wirkung hatte es nicht; es löste die erste Äußerung der Ungeduld aus – buchstäblich die erste, und den ersten Anklang eines Vorwurfs –, die es im Laufe ihrer bemerkenswerten Freundschaft gegeben hatte. Verena stieg das Blut in die Wangen, und ihre Augen waren einen Moment lang feucht.

»Ich weiß nicht, was du immer denkst, Olive, und auch nicht, warum du anscheinend nicht imstande bist, mir zu vertrauen. Das hast du von Anfang an nicht getan, wenn es um Herren ging. Damals hattest du vielleicht recht – davon rede ich nicht; aber jetzt ist es doch gewiß ganz anders. Ich finde, ich verdiene solches Mißtrauen nicht. Warum gibst du dich so, als müßtest du mich bewachen, als wollte ich mit jedem Mann durchbrennen, der mit mir spricht? Ich meine doch, ich hätte bewiesen, wie wenig mir daran liegt. Ich dachte, du hättest inzwischen gemerkt, daß ich es ernst meine; daß ich mein Leben unserer Sache geweiht habe; daß es etwas gibt, das mir unsagbar teuer ist. Aber du fängst immer wieder an, jedesmal – du bist nicht gerecht zu mir. Ich muß alles hinnehmen, was auf mich zukommt. Ich darf keine Angst haben. Ich dachte, wir wären uns einig, daß wir unser Werk inmitten der Welt vorantreiben möchten, allem ins Gesicht sehen, unbeirrt voranschreiten, immer mehr Einfluß ausüben wollen. Und jetzt, wo sich alles so wunderbar vor uns auftut und der Sieg sich wirklich an unser Banner geheftet hat, ist es befremdlich, daß du an mir zweifelst, daß du unterstellst, ich wäre allen unseren alten Träumen weniger eng verbunden denn je. Als ich zum ersten Mal bei dir war, habe ich dir gesagt, ich könne entsagen, und heute, wo ich vielleicht besser weiß, was das bedeutet, bin ich bereit, es wieder zu sagen. Das kann ich, das will ich! Aber, Olive Chancellor«, rief Verena, nach ihrem Redestrom und unter dem Ansturm eines krönenden Einfalls einen Augenblick keuchend, »hast du inzwischen noch nicht entdeckt, daß ich entsagt *habe*?«

Die Gewöhnung an das Sprechen in der Öffentlichkeit, die Übung und Praxis, in der Verena so ganz aufgegangen war, ermöglichten es ihr, eine Kette von Argumenten, auch wenn sie einem privaten Anliegen galt, mit äußerst bewegendem und sich steigerndem Effekt zu entfalten. Olive war sich darüber vollkommen im klaren, und während das Mädchen einen sanften und bittenden Satz nach dem anderen vorbrachte, kam sie zur Ruhe und geriet in denselben Zustand hingerissener Aufmerksamkeit, mit dem sie von den Bänken eines Auditoriums aufzublicken pflegte. Sie sah Verena unverwandt an, spürte, daß diese bis in die Tiefen ihres Herzens aufgewühlt war, daß sie ausnehmend leidenschaftlich und aufrichtig, daß sie eine bebende, makellose, geweihte Jungfrau war, daß sie wirklich entsagt hatte, daß sie beide in Sicherheit waren und daß sie selbst grobe Ungerechtigkeit und Taktlosigkeit an den Tag gelegt hatte. Sie trat mit stockenden Schritten auf sie zu, nahm sie in die Arme und hielt sie lange fest – gab ihr stumm einen Kuß. Da wußte Verena, daß sie ihr glaubte.

Zweiunddreißigstes Kapitel

Die Stunde, die Olive für das Gespräch, zu dem sie sich bereit erklärte, in einer früh am nächsten Morgen Mrs. Burrage zugesandten Botschaft vorschlug, war zwölf Uhr mittags; diese Stunde wurde in Erwartung vielfacher nachfolgender Inanspruchnahmen ihrer Zeit gewählt. In ihrem Schreiben bemerkte sie, sie wünsche nicht mit dem Wagen abgeholt zu werden, und sie schlingerte und schwankte auf einem der krampfartig ruckenden, klappernden Omnibusse, die in der Fünften Avenue verkehren, diese breite Straße entlang. Einer ihrer Gründe, weshalb sie zwölf Uhr genannt hatte, war ihre Kenntnis, daß Basil Ransom um elf in der Zehnten Straße vorsprechen sollte, und (da sie annahm, er werde nicht den ganzen Tag bleiben wollen) das würde ihr Zeit lassen, ihn kommen und gehen zu sehen. Am Abend vorher waren sie stillschweigend übereingekommen, Verena sei in ihrem Glauben durchaus fest genug, um sich seinem Besuch auszusetzen, und ein solches Vorgehen sei sehr viel würdevoller als jegliches Ausweichen. Diese Verständigung floß während jener stummen Umarmung von der einen zur anderen, die sich, wie ich schilderte, ereignete, bevor sie sich zur Nacht trennten. Als Olive kurz vor Mittag das Haus verließ, warf sie einen Blick in das große sonnige Besuchszimmer, wo ein junger Mann, der mit einer jungen Dame zu debattieren wünschte, vormittags, wenn alle Ehemänner für die Dauer des Tages abwesend waren und alle Ehefrauen und ledigen Damen sich in die Stadt aufgemacht hatten, in jeder Hinsicht den Vorteil genießen konnte, freies Feld zu haben. Basil Ransom war immer noch da; er und Verena hatten den Raum ganz für sich und standen in der Nische eines Fensters, beide mit dem Rücken zur Tür. Wenn er aufgestanden war, ging er vielleicht gleich, und Olive schloß leise die Tür und wartete ein Weilchen in der Halle, auf dem Sprung, sich in die hinteren Regionen des Hauses zurückzuziehen, sobald sie ihn herauskommen hörte. Doch kein Laut drang an ihr Ohr; anscheinend wollte er wirklich den ganzen Tag bleiben, und sie würde ihn bei ihrer Rückkehr immer noch vorfinden. Sie verließ das Haus, wohl wissend, daß die beiden sie vom Fenster aus beobachteten, während sie die Stufen hinabstieg, doch mit dem Gefühl, sie könne es nicht ertragen, Basil Ransoms Gesicht zu sehen. Während sie, das ihre abwendend, auf der sonnigen Seite der Fünften Avenue zustrebte, nahm sie kaum wahr, wie wunderschön der Tag war, wie herrlich das Wetter, ganz überhaucht und getönt vom Frühling, der sich manchmal auf New York herabsenkt, wenn die Märzwinde sich gelegt haben; sie war ausschließlich mit der Erinnerung an jenen Moment beschäftigt, da sie (als er sie das zweite Mal in Boston besuchte) selbst am Fenster gestanden und beobachtet hatte, wie Basil Ransom mit Adeline herauskam – mit Adeline, die damals die Fähigkeit zu besitzen schien, ihn ganz an sich zu fesseln, sich in dieser Hinsicht jedoch als ebenso untüchtig erwiesen hatte wie in jeder anderen. Sie erinnerte sich an das Bild, das ihr vorgeschwebt hatte, als sie das Paar lachend und plaudernd gemeinsam die Straße überqueren sah, und wie es die Befürchtungen beiseite zu schieben schien, die sie schon damals – so sonderbar – verfolgten. Jetzt, wo sie dieses Wunschbild so fruchtlos wiedersah – und wo Verena sich überdies so großartig entfaltet hatte –, schämte sie sich dessen doch nicht wenig; sie fühlte sich, wie entfernt auch immer, an den Gründen mitbeteiligt, die Mrs. Luna am Tag vorher zu solchen Schwindeleien ihr gegenüber bewogen hatten, und daran konnte nichts Erhebendes sein. Was die übrigen Gründe betraf, weshalb ihre flatterige Schwester versagt und Mr. Ransom seinen Kurs beibehalten hatte, so dachte Miss Chancellor natürlich ungern daran.

Wenn sie sich gefragt hatte, was Mrs. Burrage so Besonderes zu erörtern habe, so mußte sie einige Zeit auf die Aufklärung des Rätsels warten. Während dieser Zeit saß sie in einem auffallend hübschen Boudoir mit Blumen und Fayencen und kleinen französischen Bildern und sah zu, wie ihre Gastgeberin um das Thema weite Kreise zog, deren Unbestimmtheit sie zu verschleiern trachtete. Olive hielt sie für eine Frau, der es nie angenehm sein konnte, eine Gefälligkeit zu erbitten, erst recht nicht von einer Anhängerin der neuen Ideen; und genau das stand offensichtlich bevor. Eine hatte sie bereits erbeten, doch diese hatte sie großzügig entgolten; der Brief von Mrs. Burrage, den Verena bei ihrer Ankunft in der Zehnten Straße bereits vorgefunden hatte, enthielt den höchsten Scheck, den diese junge Frau jemals für eine Ansprache bekommen hatte. Das Ansuchen, das auf sich warten ließ, bezog sich natürlich auf Verena; und Olive bedurfte keines Anstoßes, um zu spüren, die Tatsache, daß ihre Freundin eine junge Person war, die für ihre Bemühungen Geld nahm, könne Mrs. Burrages gegenwärtige Bestrebungen kaum erfreulicher machen. Gegen dieses Geldnehmen (denn wenn es Verena zufiel, war es kaum anders, als bekäme sie es) war sie selbst jetzt gänzlich abgehärtet; das Geld war eine ungeheure Macht, und wenn man das Unrecht mit allen Mitteln bekämpfen wollte, war man in einer glücklichen Lage, wenn es einem nicht am nötigen Geld in der Kriegskasse mangelte. Ihre Gastgeberin gefiel ihr an diesem Vormittag besser als bisher; sie gab sich deutlicher denn je auf eine Art, als stimmten sie in allen möglichen Gefühlen und Ansichten ganz selbstverständlich überein; was für Olive nur schmeichelhaft sein konnte, solange es wirklich Mrs. Burrage war, die ihr entgegenkam, während ihre Besucherin wachsam und regungslos dasaß. Sie hatte eine leichte, geschickte, vertrauliche Art und Weise, mit ganz wenigen Worten eine ungeheure Entfernung zu überqueren, so als sie bemerkte: »Nun, es ist also abgemacht, daß sie kommt und daß sie bleibt, bis sie es über hat.«

Nichts Derartiges war abgemacht worden, doch Olive half Mrs. Burrage (diesmal) mehr, als ihr klar war, indem sie fragte: »Wieso wünschen Sie ihren Besuch, Mrs. Burrage? Was liegt Ihnen an einem gesellschaftlichen Umgang mit ihr? Ist Ihnen nicht bekannt, daß Ihr Sohn sie vor einem Jahr heiraten wollte?«

»Meine liebe Miss Chancellor, genau darüber möchte ich mit Ihnen sprechen. Mir ist alles bekannt; ich glaube nicht, daß Sie schon einmal jemanden kennengelernt haben, dem mehr Dinge bekannt sind als mir.« Und Olive mußte das glauben, so wie Mrs. Burrage lächelnd ihr intelligentes, stolzes, gutmütiges, erfolgreiches Haupt reckte. »Ich wußte vor einem Jahr, daß mein Sohn in Ihre Freundin verliebt war, ich weiß, daß er es seither immer noch ist und daß er sie deshalb auch heute noch heiraten möchte. Ich vermute, Ihnen sagt der Gedanke nicht zu, daß sie überhaupt heiratet; es würde eine Freundschaft zerbrechen, die für Sie so interessant ist.« (Olive fragte sich flüchtig, ob sie hatte sagen wollen »so gewinnträchtig«.) »Deshalb habe ich gezögert; aber da Sie bereit sind, darüber zu sprechen, genau das möchte ich.«

»Ich sehe nicht ein, was das nützen soll«, wandte Olive ein.

»Wie können wir das wissen, ehe wir es versuchen? Ich gebe nie etwas auf, bevor ich es in jeder Hinsicht um und um gewendet habe.«

Es war jedoch Mrs. Burrage, die den Hauptteil des Gesprächs bestritt; Olive warf nur von Zeit zu Zeit eine Frage, einen Einwand, eine Richtigstellung, einen ironisch gefärbten Ausruf ein. Nichts davon vermochte ihre Gastgeberin aufzuhalten oder abzulenken; Olive erkannte immer deutlicher, daß sie ihr Gefallen erwecken, sie auf ihre Seite hinüberziehen, die Dinge glätten und in ein neues und originelles Licht setzen wollte. Sie war sehr gescheit und (so sagte sich Olive nach und nach) absolut skrupellos, doch hielt sie Olive nicht für gescheit genug für ihr Vorhaben. Es handelte sich zunächst um nicht mehr und nicht weniger, als Miss Chancellor einzureden, daß sie und ihr Sohn vor Sympathie für die Bewegung brannten, der Miss Chancellor ihr Leben geweiht habe. Doch wie konnte Olive das glauben, wenn sie sah, welchen Typ Mrs. Burrage verkörperte – einen Typ, dem die Natur selbst ein Gesicht eingepflanzt hatte, das genau in die entgegengesetzte Richtung aller ernsthaften und der Verbesserung dienenden Dinge blickte? Menschen wie Mrs. Burrage lebten und gediehen von Mißbräuchen, Vorurteilen, Privilegien, von den versteinerten, grausamen Bräuchen der Vergangenheit. Man muß jedoch hinzufügen, wenn Olive in ihrer Gastgeberin auch eine Blenderin sah, so hatte sie doch nie eine kennengelernt, die sie weniger aufgebracht hätte; sie war eine so glänzende, geniale, kunstreiche Blenderin mit einem so unbekümmerten Mut zur Falschheit, mit so unbefangener Bereitschaft, einen zu bestechen, wenn sie einen nicht zu täuschen vermochte. Sie bot Olive anscheinend alle Königreiche dieser Welt an, sofern sie sich nur bemühen wollte, Verenas Gefühlsverfassung dahingehend zu beeinflussen, daß sie Henry Burrages Antrag annahm.

»Wir wissen, daß Sie es sind – das ganze Unternehmen; daß Sie erreichen können, was Ihnen beliebt. Sie könnten es morgen mit einem Wort entscheiden.«

Sie hatte anfangs gezögert und von ihrem Zögern gesprochen, und man hätte glauben können, sie werde all ihren Mut brauchen, um Olive so ins Gesicht zu sagen, daß Verena ihr derart unterworfen sei. Doch sie sah nicht ängstlich aus; sie sah nur danach aus, als hielte sie es für ewig schade, daß Miss Chancellor nicht begreifen könne, welche ungeheuren Vorteile und Belohnungen ein Bündnis mit dem Hause Burrage für sie mit sich bringen würde. Olive war davon so beeindruckt, ja, so von der Überlegung beansprucht, worin diese mystischen Vorteile bestehen mochten und ob nicht sogar ein Schutz (vor etwas Schlimmerem) darin zu finden wäre, ein Kapital irgendwelcher Art, das sie und Verena für einen großen Zweck umsetzen könnten, indem sie Mutter und Sohn beiseite schöben, wenn sie erst einmal selbst in Händen hätten, was diese zu geben hatten – sie war so vom undeutlichen Glanz dieser Vision gefesselt, vom Gedanken an die reich gefüllten Hände Mrs. Burrages, von ihrer Beflissenheit, von der Tatsache, daß sie es der Mühe wert fand, zu schmeicheln und zu beschwichtigen, wie immer ihre Vorwände und Vorspiegelungen aussehen mochten, daß sie vorübergehend beinahe nicht gewahrte, wie sonderbar es war, daß eine solche Frau sich zu einem ausdrücklichen Wunsch nach einer Verbindung mit den Tarrants bekehrt hatte. Mrs. Burrage hatte das allerdings zum Teil damit erklärt, daß sie sagte, der Zustand ihres Sohnes reibe sie auf, und sie würde sich auf alles einlassen, was ihn glücklicher machen, ihm helfen würde. Sie hänge mehr an ihm als an der ganzen übrigen Welt, und es sei für sie eine tiefe Qual, mitanzusehen, wie er sich nach Miss Tarrant verzehre, nur um sie zu verlieren. Sie brachte diese Behauptung hinsichtlich Olives Macht in dieser Angelegenheit auf eine Weise vor, daß es zugleich wie ein Tribut an ihre Charakterstärke wirkte.

»Ich weiß nicht, wie ich Ihrer Meinung nach zu meiner Freundin stehe«, gab Olive mit beträchtlicher Würde zurück. »In einem Fall wie dem, auf den Sie anspielen, wird sie genau das tun, was ihr beliebt. Sie ist absolut frei; Sie reden, als wäre ich ihre Hüterin!«

Darauf erläuterte Mrs. Burrage, sie meine selbstverständlich nicht, daß Miss Chancellor bewußt eine Tyrannei ausübe, sondern nur, daß Verena grenzenlose Bewunderung für sie hege, alles mit ihren Augen sehe, den Eindruck aller ihrer Ansichten, Neigungen aufnehme. Sie sei überzeugt, würde Olive ihren Sohn mit wohlwollenden Augen betrachten, werde ihr Miss Tarrant unverzüglich darin folgen. »Gewiß können Sie mich fragen«, fügte Mrs. Burrage lächelnd hinzu, »wie Sie einen jungen Mann mit wohlwollenden Augen betrachten können, der eben die Person auf der Welt heiraten möchte, die Sie am dringendsten unverheiratet bewahren möchten!«

Diese Beschreibung Verenas war natürlich vollkommen zutreffend; doch es war Olive nicht angenehm, daß jemand anders diese fragliche Tatsache so klar durchschaute, und sei es eine Frau, die es mit einer Miene vorbrachte, es gebe nichts auf der Welt, was *sie* nicht verstehen könne.

»Hat Ihr Sohn gewußt, daß Sie mit mir darüber sprechen wollten?« fragte Olive recht kühl, die Frage ihres Einflusses auf Verena und des Standes, in dem sie sie zu bewahren wünschte, übergehend.

»O ja, der arme liebe Junge; wir hatten gestern ein langes Gespräch, und ich habe ihm gesagt, ich wolle für ihn tun, was ich könne. Erinnern Sie sich an den kurzen Besuch, den ich im vorigen Frühjahr in Cambridge machte, als ich Sie in seiner Wohnung kennenlernte? Damals fing ich an zu merken, woher der Wind weht; aber gestern hatten wir ein wirkliches éclaircissement. Anfangs hat mir das überhaupt nicht gefallen; es fällt mir nicht schwer, Ihnen das jetzt zu sagen – jetzt, wo ich wirklich begeistert davon bin. Wenn ein Mädchen so reizend, so originell wie Miss Tarrant ist, hat es überhaupt nichts zu bedeuten, wer sie ist; sie macht sich selbst zur Norm, an der man sie mißt; sie schafft sich ihre eigene Stellung. Und dann hat Miss Tarrant eine solche Zukunft!« fügte Mrs. Burrage rasch an, als wäre dies das letzte, das man übersehen dürfte. »Das ganze Problem ist wieder aufgetaucht – das Gefühl, das Henry sich als tot, oder doch sterbend, vorzustellen bemühte, ist wieder aufgelebt, durch das – ich weiß kaum, wie ich es nennen soll, aber ich kann wirklich sagen, die unerwartet große Wirkung ihres Auftretens hier. Am Mittwoch abend war sie wirklich wundervoll; jedes Vorurteil, jedes Pochen auf Konventionen, jede Anmaßung, die ihr entgegenstehen könnte, mußte zunichte werden. Ich erwartete einen Erfolg, aber ich hatte nicht erwartet, was Sie beide uns gegeben haben«, fuhr Mrs. Burrage lächelnd fort, während Olive ihr »beide« zur Kenntnis nahm. »Kurz und gut, mein armer Junge entflammte von neuem; und ich sehe jetzt ein, daß ihm nie wieder an einem Mädchen soviel liegen wird wie an diesem. Meine liebe Miss Chancellor, j'en ai pris mon parti, und vielleicht kennen Sie meine Art, so etwas zu tun. Ich bin gar nicht gut darin, zurückzustecken, aber hervorragend darin, mir eine Sache, die Furore macht, zu eigen zu machen. Ich habe nicht aufgegeben, ich habe nur die Seiten gewechselt. Dafür oder dagegen, ich muß Partei ergreifen. Kennen Sie diese Charaktere nicht? Henry hat die Geschichte in meine Hände gelegt, und wie Sie sehen, lege ich sie in die Ihren. Helfen Sie mir doch; lassen Sie uns zusammenarbeiten.«

Das war eine lange, klare Äußerung für Mrs. Burrage, die meist flüchtige Bemerkungen und Anspielungen vorzog; und sie mag wohl erwartet haben, daß Miss Chancellor ihre Bedeutung begriff. Was Olive wirklich tat, war, statt einer Erwiderung schlicht zu fragen: »Weshalb hatten Sie uns zu sich eingeladen?«

Wenn Mrs. Burrage jetzt zögerte, so doch nur zwanzig Sekunden lang. »Einfach, weil uns Ihre Arbeit so interessiert.«

»Das überrascht mich«, sagte Olive nachdenklich.

»Wahrscheinlich glauben Sie es nicht; aber ein solches Urteil ist oberflächlich. Ich bin sicher, mit dem Angebot, das wir machen, liefern wir den Beweis«, bemerkte Mrs. Burrage mit erheblichem Nachdruck. »Es gibt genug Mädchen – die keinerlei Ansichten vertreten –, die meinen Sohn mit Entzücken heiraten würden. Er ist sehr intelligent, und er besitzt ein großes Vermögen. Fügen Sie dem hinzu, daß er ein wahrer Engel ist!«

Das traf durchaus zu, und Olive empfand um so stärker, das Verhalten dieser vom Glück begünstigten Menschen, für die die Welt so, wie sie war, so gut eingerichtet schien, sei äußerst merkwürdig. Doch wie sie so dasaß, ging ihr auf, daß die menschliche Seele zahlreiche Schattierungen aufweist, daß der Einfluß der Wahrheit groß ist und daß es im Leben so etwas wie erfreuliche Überraschungen gibt, genauso wie unangenehme. Gewiß zwang solche Menschen nichts, ihre Zuneigung an die Tochter eines »Heilpraktikers« zu heften; es wäre zu plump, gerade sie aus ihrer Generation herauszulesen, nur zu dem Zweck, sie zu hintergehen. Außerdem hatte sie ihren jungen Gastgeber bei Delmonico und in der geräumigen Loge in der Musikakademie beobachten können, wo sie bequem und zurückgezogen saßen und flüsternde Worte wechseln konnten, ohne mehr auf die Bühne achtenden Nachbarn Grund zu geben, sich nach ihnen umzudrehen – diese Prüfung seines Verhaltens gab ihr zu bedenken, sie habe Henry Burrage ein Jahr zuvor recht flüchtig geprüft, er liebe so stark, wie es die schwächlich gewordenen Leidenschaften des Zeitalters zuließen (denn wenn Miss Chancellor auch an die fortschreitende Veredelung der Menschheit glaubte, fand sie doch, wir hätten alle zuviel Wasser im Blut), er wisse die Einzigartigkeit Verenas zu würdigen, die in ihrem Genie, ihrer Gabe bestehe, und werde deshalb ein Interesse daran haben, sie zu fördern, und er sei aus so weichem und feinem Ton geknetet, daß seine Frau mit ihm tun könne, was ihr beliebe. Freilich müßte man mit der Schwiegermutter rechnen; doch sofern sie nicht schamlos meineidig war, hatte Mrs. Burrage wirklich den Wunsch, sich in die neue Atmosphäre zu versetzen oder sich zumindest persönlich großzügig zu erweisen; so daß Olive, sonderbar genug, nicht die Befürchtung am lebhaftesten vor Augen hatte, diese freimütige Matrone von hohem Rang, leicht reizbar aus Intelligenz und zugleich gutmütig aus Wohlhabenheit, könnte die junge Frau ihres Sohnes schikanieren, sondern vielmehr, sie könnte sie allzu liebevoll mit Beschlag belegen. Es war eine Angst, die man als Vorahnung der Eifersucht bezeichnen könnte. Folglich fiel Miss Chancellors empfindlich reagierendem Gewissen ein, womöglich sei das Angebot, das sich unter so komplizierten und anomalen Umständen präsentierte, einfach eine herrliche Chance, eine Verbesserung sogar des Allerbesten, was sie sich für Verena erträumt hatte. Es bedeutete, großzügig über Geld verfügen zu können – viel großzügiger, als es ihre eigenen Mittel erlaubten; es beinhaltete die Verbindung mit zwei klugen Menschen, die sehr gekonnt eine Überzeugung darzubieten vermochten, ob sie nun wirklich so empfanden oder nicht, und die über hundert nützliche weltliche Verzweigungen verfügten und sozusagen über einen gesellschaftlichen Sockel, von dem aus Verena wirklich weit ausstrahlen könnte. Dem Gewissen, von dem ich sprach, wurde geradezu übel bei dem Gedanken, ein derartiges Problem abwägen, eine solche Feuerprobe durchstehen zu müssen. Angesichts einer so unvorhergesehenen Situation fühlte sich das arme Mädchen verdrossen und hilflos; sie konnte sich nur unklar fragen, ob sie etwa im Namen der Pflicht aufgerufen sei, bei der Folterung ihrer eigenen Seele eine hilfreiche Hand zu leihen.

»Und wenn sie ihn heiraten sollte, wie könnte ich sicher sein, daß Ihnen – hinterher – noch so sehr an der Frage liegt, die all unsere Gedanken, ihre und meine, erfüllt?« Diese Frage entsprang Olives raschen Überlegungen; doch sogar ihr selbst erschien sie ein wenig plump.

Mrs. Burrage nahm sie bewundernswert hin. »Sie glauben, wir täuschen ein Interesse vor, nur um sie zu fassen zu bekommen? Das ist nicht besonders nett von Ihnen, Miss Chancellor; aber natürlich müssen Sie ungeheuer vorsichtig sein. Ich versichere Ihnen, mein Sohn erklärt mir, er glaube fest, daß Ihre

Bewegung für die unmittelbare Zukunft die überragende Frage darstelle, daß sie in eine neue Phase eingetreten sei; in, wie nennt er es doch?, den Bereich der praktischen Politik. Was mich angeht, glauben Sie doch wohl nicht, ich wollte nicht selbst alles, was wir armen Frauen bekommen können, oder ich würde irgendein Vorrecht oder einen Vorteil von mir weisen, der sich mir bieten würde? Ich rase und eifere nicht, für keine Sache, aber ich habe – wie ich Ihnen eben sagte – meine eigene ruhige Art, mich einzusetzen. Wenn Sie keine schlechtere Parteigängerin als mich hätten, wäre es ausgezeichnet für Sie. Mein Sohn hat sich endlos über Ihre Ideen verbreitet; und selbst wenn ich sie mir nur aneignen würde, weil er es tut, würde das völlig ausreichen. Sie sagen vielleicht, Sie können sich Henry nicht vorstellen, wie er einer Frau am Rockzipfel hängt, die öffentliche Ansprachen hält; aber ich bin überzeugt, daß sich sehr, sehr viele Dinge ereignen werden – und zwar sehr bald –, die wir nicht vorhersehen. Henry ist ein Gentleman bis in die Fingerspitzen, und es gibt keine Situation, in der er sich nicht mit Takt bewegen würde.«

Olive konnte erkennen, daß sie Verena wirklich unbedingt haben wollten, und es war ihr unmöglich zu glauben, sie würden sie nicht gut behandeln, wenn sie sie bekämen. Ihr kam der Gedanke, sie würden ihr vielmehr zu sehr ihren Willen lassen, ihr schmeicheln, sie verwöhnen; sie war im Augenblick durchaus zu der Unterstellung fähig, Verena ließe sich leicht verderben und sie selbst habe sie unwürdig streng behandelt. Sie hatte hundert Einwände, Bedenken, Antworten parat; ihre einzige Verlegenheit bestand darin, was sie zuerst vorbringen sollte.

»Ich glaube, Sie sind Doktor Tarrant und seiner Frau noch nicht begegnet«, bemerkte sie mit einer Ruhe, die sie als äußerst vielsagend empfand.

»Sie meinen, sie sind absolut furchtbar? Mein Sohn hat mir gesagt, daß sie ganz unmöglich sind, und ich bin vollkommen darauf gefaßt. Fragen Sie mich, wie wir mit ihnen auskommen würden? Meine liebe junge Dame, wir würden genauso mit ihnen auskommen wie Sie.«

Wenn Olive Antworten bereit hatte, so traf das auch auf Mrs. Burrage zu; sie hatte auch noch eine Antwort, als ihre Besucherin auf die Vermutung zurückkam, es liege in ihrer Macht, auf irgendeine Weise über Verena zu verfügen, und erklärte, sie wisse nicht, weshalb Mrs. Burrage sich an sie wende, Miss Tarrant sei frei wie ein Vogel, ihre Zukunft liege in ihren eigenen Händen, und es könne wohl niemandem einfallen, sich in eine Angelegenheit wie die vorliegende einzumischen. »Liebe Miss Chancellor, wir bitten Sie nicht darum, sich einzumischen. Das einzige, worum wir Sie ersuchen, ist einfach, sich *nicht* einzumischen.«

»Haben Sie mich nur deshalb kommen lassen?«

»Deshalb, und wegen der Sache, die ich in meinem Brief angedeutet habe; daß Sie ernstlich Ihren Einfluß auf Miss Tarrant ausüben und sie dazu bewegen, jetzt auf eine oder zwei Wochen zu uns zu kommen. Das ist letzten Endes das Wesentliche, worum ich Sie bitte. Überlassen Sie sie uns leihweise für eine kleine Weile, und wir sorgen selbst für alles weitere. Es klingt anmaßend – aber sie würde wirklich schöne Tage bei uns verbringen.«

»Dafür lebt sie nicht«, wandte Olive ein.

»Was ich meine, ist, sie würde jeden Abend eine Ansprache halten können!« gab Mrs. Burrage lächelnd zurück.

»Ich meine, Sie versuchen zu viel zu beweisen. Sie nehmen doch an – wenn Sie auch vorgeben, es wäre nicht der Fall –, ich hätte Gewalt über ihre Handlungen und so weit wie möglich über ihre Wünsche und wäre eifersüchtig auf alle anderen Beziehungen, die sie womöglich anknüpfen könnte. Ich kann mir vorstellen, daß wir vielleicht diesen Eindruck machen, wenn das auch nur beweist, wie wenig eine Verbindung wie die unsere verstanden wird, und wie oberflächlich immer noch« – Olive empfand, ihr »immer noch« sei wahrhaft historisch – »die Deutung vieler Elemente in der Aktivität der Frauen vollzogen wird, wie sehr das Bewußtsein der Öffentlichkeit in dieser Hinsicht noch der Erziehung bedarf. Wenn Ihre Überzeugung, was meine Einstellung betrifft, meiner Vermutung entspricht«, fuhr Miss Chancellor fort, »bin ich überrascht, daß Sie nicht erkennen, wie wenig es in meinem Interesse liegen kann, Ihnen mein – mein Opfer auszuliefern.«

Würden wir in diesem Moment mit einem einzigen Blick Mrs. Burrages Inneres erfassen können (eine Freiheit, die wir uns noch nicht herausgenommen haben), würden wir sehr wahrscheinlich feststellen, daß sie über den überlegenen Ton ihrer Besucherin ziemlich aufgebracht war, angesichts der Erkenntnis, daß diese nüchterne, gehemmte, dickköpfige, provinzielle junge Frau sie für oberflächlich hielt. Wenn sie Verena auch fast annähernd so gern hatte, wie sie es Miss Chancellor zu versichern bemüht war, so war sie sich doch bewußt, daß sie Miss Chancellor weniger gut leiden konnte, als sie es voraussichtlich Verena jemals verraten dürfte. Zweifellos sprach teilweise ihre Verärgerung aus ihrer Bemerkung, nachdem sie sich sozusagen selbst gekniffen und vor zu weitgehenden Äußerungen gewarnt hatte: »Natürlich wäre es von uns absurd, anzunehmen, Miss Tarrant werde meinen Sohn unwiderstehlich finden, zumal sie ihn schon einmal abgewiesen hat. Doch selbst wenn sie hartnäckig bleiben sollte, würden Sie sich so ganz sicher fühlen, was andere anbetrifft?«

Die Art, wie Miss Chancellor sich nach diesen Worten von ihrem Stuhl erhob, bewies ihrer Gastgeberin, ihr Experiment sei gelungen, sofern sie sich ein wenig hatte rächen wollen, indem sie ihr einen Schreck einjagte. »Welche anderen meinen Sie?« fragte Olive, steif aufgerichtet und gleichsam aus großer Höhe auf sie herabblickend.

Mrs. Burrage – da wir nun einmal begonnen haben, in ihre Gedanken zu schauen, können wir den Prozeß auch fortsetzen – hatte niemand im besonderen gemeint; doch der aufblitzende Zorn des Mädchens setzte bei ihr mit einem Mal eine Kette von Gedankenverbindungen in Bewegung. Sie erinnerte sich an den Herrn, der nach Miss Tarrants Ansprache im Musikzimmer zu ihr herangetreten war, während sie mit Olive sprach, und den diese junge Dame so kalt begrüßt hatte. »Ich meine niemand im besonderen; aber da ist zum Beispiel der junge Mann, dem ich auf Miss Tarrants Bitte hin eine Einladung zu meiner Gesellschaft geschickt hatte und der mir nach einem möglichen Bewunderer aussah.« Auch Mrs. Burrage erhob sich; dann trat sie auf einen Augenblick näher an ihre Besucherin heran. »Finden Sie nicht, Sie erwarten etwas zu viel, wenn Sie meinen, so jung, hübsch, anziehend, klug und charmant, wie sie ist, würden Sie sie immer für sich behalten können, würden in der Lage sein, andere Neigungen auszuschalten, eine ganze Seite des Lebens abzutrennen, sie vor Gefahren – wenn Sie es Gefahren nennen – zu verteidigen, denen jede junge Frau, die nicht geradezu abstoßend ist, nun einmal ausgesetzt ist? Meine liebe junge Dame, darf ich Ihnen wohl in drei Worten einen guten Rat geben?« Mrs. Burrage wartete nicht ab, bis Olive diese Frage beantwortet hatte; sie fuhr rasch fort, mit ihrer gewohnten Miene, sie wisse, was sie sagen wolle, und zugleich meine sie, so treffend das auch sein möge, lohne es doch wie in den meisten sonstigen Dingen nicht die Mühe, sich Gedanken darum zu machen, wie sie es sage. »Versuchen Sie nicht das Unmögliche. Sie haben etwas Gutes in der Hand; verderben Sie es sich nicht, indem Sie versuchen, die Dinge zu überziehen. Wenn Sie nicht das Bessere nehmen, werden Sie womöglich das Schlimmere hinnehmen müssen; wenn es Ihnen um Sicherheit geht, würde ich meinen, daß sie diese bei meinem Sohn genießen würde – denn Sie wissen genau, was sie bei uns schlimmstenfalls erwartet –, ehe sie möglicherweise die Beute von Abenteurern oder Ausbeutern würde, von Leuten, die sie gänzlich zum Schweigen brächten, wenn sie sie erst einmal in der Hand hätten.«

Olive schlug die Augen nieder; sie konnte Mrs. Burrages fürchterlichen Ausdruck der Überzeugung nicht ertragen, fast ins Schwarze getroffen zu haben, das Gesicht, aus dem Weltklugheit sprach und ein aus vieler Erfahrung gewonnenes Selbstvertrauen. Sie spürte, ihr werde nichts erspart bleiben, sie werde den Weg bis zu Ende gehen, sich auch dieser Feuerprobe stellen müssen, und zumal, aus dem Ratschlag spreche eine widerwärtig weise Erkenntnis. Sie war sich jedoch keiner

Verpflichtung bewußt, dies hier und jetzt einzugestehen; sie wollte nur fort, wollte sogar Mrs. Burrages kluge Worte mitnehmen – um an irgendeinen Ort zu eilen, wo sie allein sein und nachdenken könnte. »Ich weiß nicht, weshalb Sie es für richtig gehalten haben, mich kommen zu lassen, nur um mir das zu sagen. Ich habe keinerlei Interesse an Ihrem Sohn – an der Gestaltung seines Lebens.« Und sich abwendend, raffte sie ihren Umhang enger um sich.

»Es ist überaus freundlich von Ihnen, daß Sie gekommen sind«, sagte Mrs. Burrage unerschütterlich. »Denken Sie über das nach, was ich gesagt habe; ich bin sicher, Sie werden nicht meinen, daß Sie diese Stunde vergeudet haben.«

»Ich habe an eine Unmenge Dinge zu denken!« rief Olive unaufrichtig aus; denn sie wußte, Mrs. Burrages Gedanken würden sie verfolgen.

»Und richten Sie ihr aus, wenn sie diesen kleinen Besuch bei uns macht, wird ihr ganz New York zu Füßen sitzen!«

Das war es ja, was Olive wollte, und doch wirkte es wie ein Hohn, es aus Mrs. Burrages Munde zu hören. Miss Chancellor trat den Rückzug an und gab nicht einmal Antwort, als ihre Gastgeberin noch einmal erklärte, sie sei ihr für ihr Kommen außerordentlich zu Dank verpflichtet. Als sie die Straße erreichte, stellte sie fest, daß sie zutiefst aufgewühlt war, jedoch dabei kein Gefühl der Schwäche hatte; erregt und bestürzt eilte sie dahin und spürte dabei, daß ihr unleidliches Gewissen das Fell sträubte wie ein gereiztes Tier, daß man Verena tatsächlich ein großartiges Angebot gemacht hatte und daß sie sich auf keinerlei Weise einzureden vermochte, sie könne es verschweigen. Gewiß, sollte für Verena der Gedanke verlockend sein, daß die Burrages so viel Wesens von ihr machten, wäre die Gefahr nicht mehr so dringend, Basil Ransom könnte sich auf irgendeine Art ihrer bemächtigen. Um dieses Problem kreisten Olives Gedanken, während sie dahinschritt, dieses Problem, das den freundlichen Tag unversehens in trübes Grau getaucht hatte, machte sie nervös, und sie hatte keinen Blick für die hellwach wirkenden Menschen übrig, die auf dem breiten Bürgersteig der Fünften Avenue an ihr vorübergingen. Am Tag zuvor war es vor ihrem Geist aufgestiegen, zuerst von Mrs. Burrages Brief eingepflanzt; und dann hatte sie, wie wir wissen, noch unklar die Vorstellung mit sich herumgetragen und Verena gefragt, ob sie den Besuch machen würde, falls man sie erneut deswegen bedrängen sollte. Allerdings hatte man sie bedrängt, und die Konturen des Problems waren nun um so viel schärfer hervorgetreten, daß es schon grausam schien. Sie selbst hatte im Sinn gehabt, wenn Verena sich dem Anschein nach den Burrages zur Verfügung stelle, könnte das Basil Ransom entmutigen – würde er meinen, so schäbig und arm, wie er sei, habe er keine Chancen im Vergleich zu Menschen mit jedem Vorteil, den Vermögen und gesellschaftliche Position bieten könnten. So leicht sah sie ihn seinen Vorsatz nicht aufgeben; sie war sich klar, daß sie selbst nicht glaubte, er sei von so zaghaftem Schlag. Dennoch, es war eine Chance, und jede Chance, die ihr helfen könnte, war der Erwägung wert gewesen. Jetzt erkannte sie, daß es nicht darum ging, daß Verena sich zur Verfügung stellte, sondern geradezu um ein Geschenk oder zumindest um einen Handel, dessen Bedingungen ungemein großzügig wären. Es würde unmöglich sein, die Burrages als einen Schutzschild zu gebrauchen, unter der Annahme, sie seien ungefährlich, denn sie wurden von dem Moment an gefährlich, da sie sich als Sympathisanten ausgaben, den Standpunkt einnahmen, was sie dem Mädchen anböten, sei einfach eine grenzenlose Gelegenheit für sie. Immer wieder stieß Olive auf, das sei verrückt und hinterlistig, es könne nur das sein; aber es war immer möglich, daß Verena das nicht so sehen, ihnen rückhaltlos vertrauen würde. Wenn Miss Chancellor zwei Alternativen zu durchdenken, eine Frage der Pflicht zu prüfen hatte, legte sie geradezu eine Leidenschaft hinein – hatte sie vor allem anderen das Gefühl, die Angelegenheit müsse noch in derselben Stunde erledigt sein, bevor irgendetwas anderes im Leben weitergehen könne. Ihr schien derzeit, sie könne das Haus in der Zehnten Straße nicht wieder betreten, ehe sie nicht entschieden hätte, ob sie auf die Burrages vertrauen durfte oder nicht. Mit

»vertrauen« meinte sie, ob sie darauf vertrauen durfte, daß es ihnen nicht gelänge, Verena für sich einzunehmen, während sie gleichzeitig Ransom auf eine falsche Fährte setzten. Olive vermochte sich zu sagen, er werde wohl nicht die Dreistigkeit besitzen, sich hinter ihr her in jene vergoldeten Salons zu drängen, die ihm ohnehin verschlossen bleiben würden, sobald Mutter und Sohn entdeckten, was er wollte. Sie fragte sich sogar, ob Verena vor dem jungen Südstaatler nicht noch besser in New York, unter komplizierteren Bedingungen des Gastrechts, geschützt wäre als in Boston bei einer Kusine des Feindes. Sie schritt weiter die Fünfte Avenue entlang, ohne auf die Querstraßen zu achten, und merkte nach einer Weile, daß sie sich dem Washington Square näherte. Mittlerweile hatte sie sich auch endlich zurechtgelegt, Basil Ransom und Henry Burrage könnten nicht beide Miss Tarrant gewinnen, folglich gebe es nicht zwei Gefahren, sondern nur eine; dies sei schon ein großer Vorteil, und ihr komme die Entscheidung zu, welche Gefahr die realere sei, um sich ausschließlich mit dieser zu befassen. Sie setzte den Weg zum Platz fort, der, wie alle Welt weiß, sehr weiträumig angelegt und von der ihn einfassenden Straße aus gut zugänglich ist. Die Bäume und Rasenflächen hatten zu treiben und zu sprießen begonnen, die Springbrunnen rauschten im Sonnenschein, die Kinder des Viertels, sowohl die schmutzigeren der südlichen Seite, deren Spiele nicht ohne zahlreiche Kreidestriche auf den gepflasterten Spazierwegen und ständiges Hinfallen und Kauern vor den Füßen der Passanten abgingen, als auch die gelockten und federgeschmückten kleinen Leute, die unter den Augen französischer Kindermädchen ihre Reifen trieben – die ganze kindliche Bevölkerung füllte die Frühlingsluft mit dünnen Lauten derselben unreifen, zarten Tönung wie die der Blätter und des lichten Pflanzenwuchses. Olive streifte durch den Park und setzte sich schließlich auf eine der überall aufgestellten Bänke. Es war lange her, seit sie etwas so Zielloses, Verschwenderisches getan hatte. Da sie nun doch in New York blieb, hätte sie ein Dutzend Dinge zu tun gehabt; aber sie vergaß sie, oder, wenn sie doch daran dachte, empfand sie sie jetzt als bedeutungslos. Eine Stunde lang blieb sie auf ihrem Platz, grübelnd und innerlich bebend, wendete gewisse Gedanken immer wieder um und um. Ihr schien, sie stehe einer Krise ihres Schicksals gegenüber und sie dürfe nicht davor zurückschrecken, sie genau so zu sehen, wie sie war. Bevor sie aufstand, um zur Zehnten Straße zurückzukehren, hatte sie entschieden, keine Bedrohung sei so schwerwiegend wie die seitens Basil Ransoms; in Gedanken ließ sie sich auf jedes Arrangement ein, das sie von dieser Gefahr befreien würde. Wenn die Burrages Verena zu sich nähmen, würden sie sie Olive in weit geringerem Grade entziehen, als es bei ihm der Fall wäre; ihm, in erster Linie ihm würden sie sie entziehen. Sie ging zu ihrer Pension zurück, und das Dienstmädchen, das sie einließ, erwiderte auf ihre Frage, ob Verena zu Hause sei, Miss Tarrant sei mit dem Herrn ausgegangen, der am Vormittag vorgesprochen habe, und sei noch nicht wieder zurück. Olive stand mit starrem Blick da; die Uhr in der Halle wies auf drei.

Dreiunddreißigstes Kapitel

»Kommen Sie mit hinaus, Miss Tarrant; kommen Sie doch mit. *Bitte*, kommen Sie mit hinaus.« Das hatte Basil Ransom zu Verena gesagt, als sie in der Fensternische standen, wo Olive sie beobachtete. Es hatte natürlich eines langen Gesprächs bedurft, um das zu erreichen; denn der Ton, noch mehr als die Worte, deutete auf eine erheblich gewachsene Vertrautheit. Als er sich so äußerte, war sich Verena dessen wohl bewußt; und es erschreckte sie ein wenig, machte sie beklommen, was einer der Gründe dafür war, weshalb sie sich von ihrem Stuhl erhob und ans Fenster ging – kaum ein folgerichtiges Verhalten, da es ja ihr Wunsch war, ihm eindringlich klarzumachen, sie könne seiner Bitte unmöglich nachkommen. Es wäre dieser Absicht viel dienlicher gewesen, wenn sie ganz fest auf ihrem Platz sitzen geblieben wäre. Er machte sie nervös und rastlos; sie begann sich einzugestehen, daß er eine eigentümliche Wirkung auf sie ausübte. Gewiß, zu Hause war sie mit ihm ausgegangen, als er sie zum allerersten Mal besuchte; doch schien es ihr einen wichtigen Unterschied zu machen, daß sie damals selbst den Spaziergang vorgeschlagen hatte – einfach, weil es das Bequemste war, wenn jemand einen am Monadnoc Place besuchte.

Damals waren sie ausgegangen, weil sie es wollte und nicht er. Und dann war es etwas ganz anderes, ob sie mit ihm durch Cambridge schlenderte, wo sie jeden Schritt kannte und sich in voller Freiheit und mit Selbstvertrauen auf eigenem Boden bewegte, unter dem ganz natürlichen Vorwand, ihm die Colleges zeigen zu wollen, oder ob sie mit ihm die Straßen dieser großen fremden Stadt durchwanderte, die, so attraktiv, so hinreißend sie sein mochte, auch nicht der Schicklichkeit zuliebe als seine Heimat, seine wahre Heimat zu betrachten war. Er wollte ihr etwas zeigen, er wollte ihr alles zeigen; doch sie war sich jetzt – nach einem einstündigen Gespräch – nicht sicher, daß sie besonderen Wert darauf legte, überhaupt noch mehr von dem zu sehen, was er ihr zeigen konnte. Er hatte ihr eine ganze Menge aufgewiesen, während er dort saß, besonders, wie unsinnig er das Geschwätz fand – die ganze Idee, daß die Frauen den Männern gleich seien. Er schien nur deswegen gekommen zu sein, denn er kreiste immerzu um dieses Thema; kaum sprach sie von etwas anderem, brachte er es prompt auf die Frage irgendeiner solchen neuen Wahrheit zurück. Er sprach es nicht unverblümt aus; im Gegenteil, er erging sich in ungemein satirischen Anspielungen und tat so, als glaubte er, sie habe alles und noch viel mehr bewiesen, als sie vorhatte; doch seine Übertreibung und die Art, wie er zwei oder drei Argumente, die sie bei Mrs. Burrage vorgebracht hatte, immer wieder und von allen Seiten attackierte, waren ein deutliches Zeichen, daß er ein unverbesserlicher Spötter war. Er konnte einfach nichts anderes als lachen; er schien zu glauben, er könne den ganzen Tag lang über sie lachen, ohne daß sie es übelnähme. Nun, sollte er, wenn es ihm Spaß machte; doch sie sah nicht ein, weshalb sie mit ihm in New York umherstreifen sollte, um ihm Gelegenheit dazu zu geben.

Sie hatte ihm erklärt, und sie hatte Olive erklärt, sie sei entschlossen, Wirkung auf ihn auszuüben; doch jetzt dachte sie plötzlich anders darüber – es war ihr nicht mehr wichtig, ob sie irgendeine Wirkung ausübte oder nicht. Sie sah nicht ein, weshalb sie ihn so ernst nehmen sollte, wenn er sie nicht ernst nahm – vielmehr ihre Ideen nicht ernst nahm. Sie hatte schon vorher erraten, daß er diese nicht erörtern wollte; das hatte sie im Sinn gehabt, als sie ihm in Cambridge vorwarf, sein Interesse an ihr sei persönlich, nicht sachlicher Natur. Damals hatte sie einfach gemeint, er habe als wissensdurstiger junger Südstaatler feststellen wollen, wie ein intelligentes neuenglisches Mädchen beschaffen sei; aber seither war ihr ein wenig deutlicher geworden – ihr kurzes Gespräch mit Ransom bei Mrs. Burrage warf etwas Licht auf die Sache –, worauf das persönliche Interesse eines jungen Südstaatlers (und sei er auch nur wissensdurstig) hinauslaufen könnte. Wollte auch er ihr den Hof machen? Dieser Gedanke machte Verena ziemlich ungeduldig, schon im voraus verdrossen. Was sie am allerwenigsten wünschte, war, sich Olive gegenüber ins Unrecht setzen zu lassen; denn sie hatte ihr gewiß Grund zu der Überzeugung gegeben (nicht nur in ihrer Szene am Abend vorher, die einfach eine Wiederholung darstellte, sondern die ganze Zeit, von allem Anfang an), sie habe wirklich ein Interesse, das jegliche aus einer Quelle wie dieser stammende Anziehungskraft in den Schatten stellen würde. Schien ihr gestern noch, sie würde gern mit Mr. Ransom kämpfen, ihn widerlegen und überzeugen, so war sie heute zu seinem Empfang mit dem Gedanken in den Salon gegangen, nun, da sie allein an einem zweckdienlichen Ort zusammen seien, werde er vielleicht nacheinander auf die verschiedenen Argumente ihrer Ansprache eingehen, wie schon einige andere Herren, nachdem sie sie bei anderer Gelegenheit gehört hatten. Nichts mochte sie lieber als das, und Olive hatte nie etwas dagegen einzuwenden gehabt. Doch er war auf keinen der Punkte eingegangen; er hatte einfach gelacht und gespöttelt und eine Reihe ausgefallener Phantastereien entwickelt, wie entzückend die Frauen die Dinge zurechtrücken würden, wenn sie, wie sie in ihrer Ansprache gesagt habe, aus ihrem Glaskasten herauskämen. Er fing immer wieder von dem Glaskasten an; es war, als käme er von diesem Bild nicht mehr los. Er erklärte, er sei nur hier, um sie durch die Scheiben zu betrachten, und wenn er nicht fürchtete, sie zu verletzen, würde er diese einschlagen. Er sei entschlossen, den Schlüssel zu finden, der den Kasten öffnen würde, und wenn er ihn in der ganzen Welt suchen müßte; es sei qualvoll, nur durch das Schlüsselloch mit ihr sprechen zu können. Wenn er nicht auf das Thema eingehen wolle, so wolle er doch auf auf *sie* eingehen – sie so lange in der Hand behalten, wie er könne. Verena hatte eine solche Empfindung nicht mehr erlebt, seit sie zum ersten Mal bei Olive Chancellor zu Besuch war, als sie sich von der Erde aufgehoben und emporgetragen fühlte.

»Es ist ein so herrlicher Tag, und ich würde Ihnen so gern New York zeigen, wie Sie mir Ihr schönes Harvard gezeigt haben«, fuhr Basil Ransom fort, sie drängend, auf seinen Vorschlag einzugehen. »Damals sagten Sie, es sei das einzige, was Sie für mich tun könnten, und genauso ist es das einzige, was ich hier für Sie tun kann. Es wäre schrecklich, Sie fortziehen lassen zu müssen, nachdem Sie mir nichts weiter zugestanden haben als dieses steife kleine Gespräch im Besuchszimmer einer Pension.«

»Himmel, wenn Sie das steif nennen!« rief Verena lachend aus, während im selben Augenblick Olive vor ihren Augen das Haus verließ und die Stufen hinabstieg.

»Meine arme Kusine ist steif; sie wendet den Kopf nicht um Haaresbreite, um zu uns herzusehen«, sagte der junge Mann. Als sie vorüberging, offenbarte Olives Gestalt für Verena einen eigenartigen, rührenden, tragischen Ausdruck, der von so vielerlei sprach, von Wohlvertrautem und Fremdartigem; und Basil Ransoms Gefährtin bemerkte für sich, wie wenig doch die Männer von den Frauen verstünden oder überhaupt von allem wirklich Zarten, so daß er, ohne jede grausame Absicht, mit einer solchen Verkörperung des Ergreifenden die Idee des Lächerlichen verbinden, sich in groben, spöttischen Worten darüber äußern konnte. Ransom war heute in Wahrheit nicht zu allzu großer Behutsamkeit aufgelegt, und er wollte nur Olive Chancellor loswerden, deren Bild ihn mittlerweile entschieden störte und verdroß. Es freute ihn, daß er sie ausgehen sah; aber das genügte nicht, sie würde rasch genug zurückkommen; die Örtlichkeit selbst verkörperte sie, zeugte von ihr. Für heute wollte er Verena mit Beschlag belegen, sie ein Stück weit fortführen, die günstigen Umstände ein wenig wieder aufleben lassen, die sie am Tag seines Besuchs in Cambridge genossen hatten. Und die Tatsache, daß es nach dem Lauf der Dinge nur für heute sein konnte, machte seinen Wunsch heftiger, zielgerichteter. In den letzten achtundvierzig Stunden hatte er die ganze Frage durchdacht, und er war überzeugt, daß er die Dinge so sah, wie sie in Wirklichkeit waren. Er empfand für Verena größeres Interesse als bisher jemals für einen anderen Menschen, doch er nahm sich vor, dieser Umstand dürfe nach dem heutigen Tag keine Rolle mehr spielen. Eben das verlieh dem gegenwärtigen begrenzten Erlebnis seinen hohen Wert. Er war allzu schändlich arm, allzu schäbig und kümmerlich versehen, als daß er das Recht gehabt hätte, zu einem Mädchen in Verenas sehr eigentümlicher Position von einer Heirat zu sprechen. Er begriff jetzt, wie günstig diese Position war, von einem Nützlichkeitsstandpunkt aus gesehen; ihre Ansprache bei Mrs. Burrage gab ihm einen konkreten Anhaltspunkt, zeigte ihm, was sie zu erreichen vermochte, daß die Menschen zu so reizenden Darbietungen zu Tausenden strömen würden (was ihnen nicht zu verübeln wäre); daß ihr ohne weiteres eine große Laufbahn, wie die einer hervorragenden Schauspielerin oder Sängerin, offenstünde und sie dabei Summen verdienen könnte, die denen der Darsteller der anderen Art kaum nachstünden. Wer würde nicht einen halben Dollar für so eine Stunde entrichten, wie er sie bei Mrs. Burrage verbracht hatte? Die Sache, die sie zu tun, zu sagen fähig war, war ein Artikel, für den eine wachsende Nachfrage bestand – flüssiges, nettes, drittklassiges Gewäsch, bewußt oder unbewußt perfektionierter Humbug; die beschränkte, dem Herdentrieb folgende, leichtgläubige Öffentlichkeit, die erleuchtete Demokratie seines Geburtslandes, vermochte es in unbegrenzten Mengen zu schlucken. Er war überzeugt, sie könnte das noch mehrere Jahre lang so weitermachen, mit ihrem Porträt in den Schaufenstern der Drogisten und ihren Plakaten an den Zäunen, und in dieser Zeit ein Vermögen verdienen, das sie für alle Zeit wohlhabend machen würde. Vielleicht setze ich unseren jungen Mann der Verachtung überlegener Geister aus, wenn ich sage, daß ihm all das als unüberwindliches Hindernis dafür erschien, um Verena zu werben. Seine Skrupel entsprangen zweifellos einem falschen Stolz, einer Gefühlseinstellung, die auch eine Beimischung von moralischem Talmi enthielt, ebenso wie der südliche Begriff von Ritterlichkeit; doch er schämte sich seiner eigenen Armut, seiner niederdrückenden Lage, wenn er an den vergoldeten Glorienschein dachte, der Mrs. Burrages Schützling umgab. Er war dieser Scham fähig, obwohl er zugleich erkannte, welch erbärmliches Geschäft es war, den menschlichen Schwachsinn auszubeuten, wieviel besser es sogar war, abgerissen und unscheinbar, von sich selbst enttäuscht zu sein. Er war mit der Aussicht auf ein Vermögen aufgewachsen, und trotz der auf den Krieg folgenden Jahre des Elends hatte er sich nie von der Überzeugung gelöst, ein Gentleman, der sich mit einem bezaubernden Mädchen zu verbinden wünsche, könne sie dennoch nicht auffordern, in dürftigen Verhältnissen mit ihm zu leben. Andererseits war es keine mögliche Basis für eine Ehe, daß Verena ihren einträglichen Beruf zu seinem Vorteil weiter ausübte; sollte er ihr Ehemann werden, würde er einen Weg finden, sie verstummen zu lassen. Inmitten dieser Überlegungen trieb ihn ein unbeherrschbares Verlangen, wenigstens einmal in tiefen Zügen all das zu kosten, zu dessen Verlust er verurteilt war oder das er jedenfalls gar nicht erst zu gewinnen trachten durfte. Einen Tag mit ihr zu verbringen und sie nie wiederzusehen – darin sah er zugleich das wenigste und das meiste, was für ihn möglich war. Er brauchte sich nicht einmal zu mahnen, der junge Mr. Burrage sei in der Lage, ihr alles zu bieten, was *ihm* abging, einschließlich der gefälligsten Anpassung an ihre Ansichten.

»Heute ist es im Park bestimmt wunderschön. Warum wollen Sie nicht dort mit mir einen Spaziergang machen, wie ich es damals mit Ihnen in dem kleinen Park in Harvard getan habe?« fragte er, als Olive verschwunden war.

»Ach, ich habe ihn gründlich in allen Winkeln kennengelernt. Ein Freund hat mich gestern entgegenkommenderweise dort ausgefahren«, sagte Verena.

»Ein Freund? – meinen Sie Mr. Burrage?« Und Ransom sah sie mit seinen ungewöhnlichen Augen an. »Natürlich, ich habe keinen Wagen, in dem ich Sie ausfahren könnte; aber wir können uns auf eine Bank setzen und plaudern.« Sie bestätigte nicht, es sei Mr. Burrage gewesen, doch sie vermochte auch nicht zu sagen, er sei es nicht gewesen, und etwas in ihrem Gesicht zeigte ihm, daß er richtig geraten hatte. Also fuhr er fort: »Können Sie nur mit ihm ausgehen? Würde es ihm nicht gefallen, und dürfen Sie nur tun, was ihm gefällt? Mrs. Luna hat mir erzählt, er wolle Sie heiraten, und ich habe im Haus seiner Mutter gesehen, wie er sich an Sie hängte. Wenn Sie ihn heiraten, können Sie das ganze Jahr lang Tag für Tag mit ihm ausfahren, und das ist genau ein Grund, warum Sie mir jetzt eine oder zwei Stunden schenken müssen, bevor es unmöglich wird.« Er achtete wenig darauf, was er sagte – er hatte sich vorgenommen, heute wenig zu beachten –, und solange er sie nur dazu bewog, seinem Wunsch zu entsprechen, war es ihm nicht besonders wichtig, auf welche Weise er das erreichte. Doch er sah, daß seine Worte ihr das Blut ins Gesicht trieben; sie starrte ihn an, überrascht über seine Formlosigkeit und Vertraulichkeit. Er sprach weiter und ließ dabei die Härte, die Ironie seines Tons, deren er sich durchaus bewußt war, gänzlich fallen. »Ich weiß, daß es mich nichts angeht, wen Sie heiraten, oder auch, mit wem Sie ausfahren, und ich bitte Sie um Verzeihung, wenn ich indiskret und aufdringlich wirke; aber ich würde sonst etwas darum geben, wenn ich Sie bloß ein wenig aus Ihren Bindungen, Ihrem Lebenskreis lösen und ein, zwei Stunden das Gefühl haben könnte, als ob – als ob ...«, und er brach ab.

»Als ob was?« fragte sie sehr ernst.

»Als ob es in der ganzen Stadt keinen Menschen wie Mr. Burrage – wie Miss Chancellor gäbe.« Das war nicht, was er hatte sagen wollen; er gebrauchte andere Worte.

»Ich weiß nicht, was Sie meinen, wieso Sie von anderen Menschen sprechen. Ich kann tun, was mir gefällt, ganz und gar. Aber ich weiß nicht, wieso Sie es für so selbstverständlich halten, daß es das wäre!« Verena sprach diese Worte nicht aus Koketterie oder um ihn zu veranlassen, noch dringender um die Gefälligkeit zu bitten, sondern weil sie gerade überlegte, und sie wollte einen Augenblick Zeit gewinnen. Seine Anspielung auf Henry Burrage rührte sie, seine Überzeugung, sie sei unter angenehmeren Bedingungen als den von ihm vorgeschlagenen im Park gewesen. So war es nicht; irgendwie wünschte sie, er sollte das erfahren. Dort mit einem Begleiter umherzuwandern, gemächlich stehenzubleiben, müßig weiterzuschlendern, sich die Tiere anzusehen, wie sie es am Tag vorher andere Leute hatte tun sehen; sich an irgendeiner abgelegenen Stelle niederzulassen, wo sich ferne Aussichten boten, wie sie von ihrem hohen Sitz neben Henry Burrage aus bemerkt hatte – sie mußte so hinabsehen, sie kam sich dabei so unangemessen fein vor: das war viel mehr nach ihrem Geschmack, viel mehr ihre Vorstellung von wahrem Vergnügen. Ihr ging auf, daß Mr. Ransom seine Arbeit im Stich gelassen hatte, um zu einer solchen Zeit zu ihr zu kommen; Menschen seiner Art pflegten am Vormittag ihren Lebensunterhalt zu verdienen, und nur für Mr. Burrage machte es nichts aus, da er ja keinen Beruf hatte. Mr. Ransom wollte einfach seinen ganzen Tag opfern. Als das gutmütigste Mädchen der Welt war sie viel zu feinfühlig, um es nicht lebhaft zu empfinden, wenn jemand ihr zuliebe ein Opfer brachte; sie hatte stets alles getan, worum man sie bat. Und dann, falls Olive sich auf diese seltsame Abmachung einließ, wonach sie zu Mrs. Burrage ziehen sollte, würde er es als Beweis nehmen, daß etwas Ernstes zwischen ihr und dem Herrn des Hauses bestehe, ganz gleich, wie sehr sie das Gegenteil beteuern mochte; überdies, falls sie hinzöge, wäre sie außerstande, Mr. Ransom dort zu empfangen. Olive würde sich darauf verlassen, und sie durfte Olive in Zukunft bestimmt nicht enttäuschen und ihr auch nichts verhehlen, was immer sie in der Vergangenheit getan haben mochte. Außerdem wollte sie das auch gar nicht; sie hielt es für viel besser, es nicht zu tun. Es war dieser Gedanke an die Episode, die ihr in New York womöglich bevorstand und von der ihr derzeitiger Gefährte so völlig ausgeschlossen wäre, der jetzt einen raschen Umschwung bei ihr bewirkte und sie drängte, ihm zu gewähren, worum er bat, so daß sie ihn im voraus für das entschädigt hätte, was sie später für ihn nicht würde tun können. Doch am meisten mißfiel ihr, daß er glaubte, sie wäre mit jemandem verlobt. Sie wußte freilich nicht, weshalb ihr das etwas ausmachen sollte; und wirklich besaß unsere junge Dame in diesem Augenblick überhaupt keine Klarheit über ihre Gefühle. Sie sah nicht ein, wozu es gut sein sollte, ihre Bekanntschaft mit Mr. Ransom wesentlich enger werden zu lassen (da sein Interesse wirklich persönlicher Natur zu sein schien); und doch fragte sie ihn dann, weshalb er wolle, daß sie mit ihm ausgehe, und ob er ihr etwas Bestimmtes zu sagen habe (Verena war darin unvergleichlich, im besten Glauben und mit der unschuldigsten Absicht der Welt scheinbar kokette Äußerungen zu tun); als wäre das nicht gerade ein Grund dafür gewesen, ihn so rasch wie möglich gänzlich loszuwerden.

»Natürlich habe ich Ihnen etwas Bestimmtes zu sagen – ich habe Ihnen furchtbar viel zu sagen!« rief der junge Mann aus. »Viel mehr, als ich in diesem hochnäsigen, beengten Zimmer sagen kann, das auch noch allen zugänglich ist, so daß jeden Augenblick jemand hereinkommen kann. Außerdem«, fügte er spitzfindig hinzu, »schickt es sich nicht, daß ich einen dreistündigen Besuch mache.«

Verena ging nicht auf diese Spitzfindigkeit ein, fragte ihn

auch nicht, ob es denn schicklicher sei, daß sie genauso lange mit ihm durch die Stadt streife; sie sagte nur: »Ist es etwas, das ich gern hören werde oder das mir irgendwie guttun wird?«

»Nun, ich hoffe, daß es Ihnen guttut; aber ich glaube nicht, daß Sie es besonders gern hören.« Basil Ransom zögerte einen Augenblick und lächelte sie an; dann fuhr er fort: »Ich möchte Ihnen nur sagen, ein für allemal, wie sehr ich wirklich anderer Meinung bin als Sie!« Er sagte das aufs Geratewohl hin, aber es war eine glückliche Eingebung.

Wenn es nur darum ging, meinte Verena mitgehen zu können, denn das war nicht persönlicher Natur. »Nun, ich freue mich, daß Ihnen so viel daran liegt«, antwortete sie grüblerisch. Doch sie hegte noch einen Skrupel und verlieh ihm mit den Worten Ausdruck, es wäre ihr sehr lieb, wenn Olive sie bei ihrer Rückkehr vorfände.

»Das ist alles gut und schön«, gab Ransom zurück; »aber glaubt sie, nur sie hätte das Recht, auszugehen? Erwartet sie, daß Sie das Haus hüten, weil sie unterwegs ist? Wenn sie lange genug fortbleibt, findet sie Sie bei ihrer Rückkehr vor.«

»Daß sie so weggeht – das beweist, daß sie mir vertraut«, sagte Verena mit einer Offenheit, die sie bestürzte, kaum daß sie gesprochen hatte.

Ihre Bestürzung war berechtigt, denn Basil Ransom griff prompt mit gewaltigem spöttischem Erstaunen ihre Worte auf. »Daß sie Ihnen vertraut? Und weshalb sollte sie Ihnen nicht vertrauen? Sind Sie ein kleines zehnjähriges Mädchen, und ist sie Ihre Gouvernante? Genießen Sie überhaupt keine Freiheit, und paßt sie ständig auf Sie auf und zieht Sie zur Rechenschaft? Haben Sie einen solchen Hang zum Vagabundieren, daß man sich Ihrer nur sicher fühlt, wenn Sie sich zwischen vier Wänden befinden?« Ransom wollte sich gerade im gleichen Ton darüber auslassen, daß sie es für notwendig gehalten habe, Olive nicht über seinen Besuch in Cambridge zu informieren – eine Tatsache, die sie bei ihrem kurzen Gespräch in Mrs. Burrages Haus indirekt gestreift hatten; doch im nächsten Moment merkte er, daß er genug gesagt hatte. Was Verena anging, so hatte sie mehr gesagt, als sie wollte, und die einfachste Art, es zurückzunehmen, war, Kapotthut und Jacke zu holen und ihm zu gestatten, sie auszuführen, wohin es ihm beliebte. Fünf Minuten später schritt er wartend im Salon auf und ab, während sie sich zum Ausgehen zurechtmachte.

Sie fuhren mit der Hochbahn zum Central Park, und unterwegs überlegte Verena, ohnehin verfüge Olive gerade bei Mrs. Burrage in irgendeiner Form über sie, und deshalb sei es nicht so schlimm, wenn sie auf eigene Verantwortung diesen kleinen Ausflug unternehme, zumal sie nur eine Stunde weg sein werde – was genau der Dauer der Abwesenheit Olives entspräche. Das Schöne an der Hochbahn war, daß sie einen binnen weniger Minuten zum Park und zurück brachte und man den ganzen Rest der Stunde dafür hatte, umherzustreifen und sich alles anzusehen. Er war jetzt so schön, daß man froh war, ihn ein zweites Mal zu sehen. Das eingehegte, langgestreckte, schmale Gelände, über das hinweg sich die Häuser in den angrenzenden Straßen mit ihren blinkenden Fenstern ansahen, strotzte von der unfertigen Zartheit des Aprils, und trotz seiner Felsengrotten und -tunnels, seiner Pavillons und Statuen, seiner zu zahlreichen Wege und gepflasterten Alleen, seiner Teiche, zu groß für die Landschaft, und Brücken, zu groß für die Teiche, offenbarte es all den Duft und all die Frische des bezauberndsten Moments im Jahr. Nachdem sich Verena erst einmal richtig hineingestürzt hatte, nahm die Stimmung des Tages von ihr Besitz; sie freute sich, gekommen zu sein, sie vergaß Olive, genoß das Erlebnis, in der großen Stadt mit einem bemerkenswerten jungen Mann umherzuwandern, der ausgezeichnet auf sie achtgeben würde, während sonst niemand auf der Welt wußte, wo sie war. Es unterschied sich gänzlich von ihrer gestrigen Ausfahrt mit Mr. Burrage, aber es war freier, ausgefüllter, reicher an vergnüglichen Vorfällen und Möglichkeiten. Jetzt konnte sie stehenbleiben und sich alles ansehen und jedem neugierigen Einfall nachgeben, sei er noch so kindisch; sie konnte sich fühlen wie auf einem Tagesausflug, auch wenn es tatsächlich nicht der Fall war – das hatte sie nicht mehr erlebt, seit sie als kleines Mädchen ein- oder zweimal auf dem Lande war, mit ihren Eltern zusammen in ein Sommerquartier verschlagen, die feinen Leuten gleich der Stadt den Rücken gekehrt hatten, und als sie gemeinsam mit einem zufälligen Gefährten weit in der Umgebung umherstrolchte, ganze Stunden in den Wäldern und Feldern verbrachte, Himbeeren suchte und Zigeunerin spielte. Basil Ransom hatte zunächst vorgeschlagen und dazu gedrängt, irgendwo einzukehren und zu Mittag zu essen; er hatte sie eine halbe Stunde, bevor in der Westlichen Zehnten Straße diese Mahlzeit serviert wurde, entführt und behauptete, zum Ausgleich dafür sei er es ihr schuldig, dafür zu sorgen, daß sie ordentlich zu essen bekomme; er kenne ein ganz ruhiges, luxuriöses französisches Restaurant nahe am oberen Ende der Fünften Avenue: er verriet ihr nicht, daß er es kannte, weil er dort einmal mit Mrs. Luna gespeist hatte. Verena schlug fürs erste seine Gastfreundschaft aus – erklärte, sie werde so kurze Zeit außer Haus sein, daß es nicht die Mühe lohne; sie bekomme keinen Hunger, das Mittagessen bedeute ihr nichts, sie werde essen, wenn sie heimkomme. Als er erneut drängte, sagte sie, später vielleicht, falls sie merken sollte, daß sie gern etwas zu sich nehmen würde. Sie wäre nur zu gern mit ihm in ein Speiselokal gegangen, und doch fürchtete sie sich zugleich davor, wie sie im Grunde, und zwischen ihren raschen Aufwallungen der Freude, das ganze Unternehmen immer von neuem ziemlich ängstigte, denn ihr war nicht klar, weshalb sie mitgegangen war, wenn es sie auch froh machte, und sie dachte bei sich, eigentlich könne Mr. Ransom ihr nichts zu sagen haben, was sie nahe genug anginge. Er wußte, was er damit beabsichtigte, wenn sie so oder so mit ihm die Mittagsmahlzeit teilte; es gehörte zu seinem Plan, daß sie ihm an einem kleinen Tisch gegenübersitzen, die kunstvoll gefaltete Serviette ausbreiten, dasitzen und ihm zulächeln sollte, während er ihr gewisse Dinge sagte, die in seiner Phantasie wie Erinnerungen an Melodien summten, und sie warteten, bis man ihnen etwas äußerst Schmackhaftes und ein bißchen Unbestimmtes brachte, ausgewählt aus einer französischen carte.

Dies ließe sich überhaupt nicht damit vereinbaren, daß sie nach Ablauf einer halben Stunde nach Hause ginge, wie sie es anscheinend vorhatte. Sie besichtigten die Tiere in dem kleinen zoologischen Garten, der eine der Attraktionen des Central Parks ist; sie beobachteten im Zierteich die Schwäne, und sie überlegten sogar, ob sie für eine halbe Stunde ein Boot mieten sollten, wobei Ransom behauptete, das sei erforderlich, um ihren Besuch ganz abzurunden. Verena gab zurück, sie wisse nicht, weshalb er abgerundet werden müsse, und nachdem sie sich durch die verschlungenen Wege des Ramble gewunden, sich im Irrgarten verlaufen und alle Statuen und Büsten berühmter Männer bewundert hatten, die den Park schmücken, begnügten sie sich damit, auf einer einsamen Bank auszuruhen, wo sie jedoch eine hübsche Aussicht in die Ferne genossen und nur gelegentlich ein Spaziergänger auf dem asphaltierten Weg vorüberknarrte.

Mittlerweile hatten sie viel miteinander gesprochen, wovon jedoch nach Verenas Ansicht nichts so recht ernst gewesen war. Mr. Ransom fuhr fort, über alles mögliche zu witzeln, die Emanzipation der Frau einbegriffen; Verena, die stets mit Menschen zusammengelebt hatte, die die Welt sehr ernst nahmen, war noch nie einer solchen Gabe zum Verlästern begegnet und hatte noch nie so viel Sarkasmus gegen die Institutionen ihres Landes und die Tendenzen des Zeitalters mitangehört. Anfangs antwortete sie ihm, widersprach, legte große Schlagfertigkeit an den Tag, indem sie seine Respektlosigkeit gegen ihn selbst kehrte; sie war zu gewandt und geistreich, um sich nicht zu allem, was er vorbrachte – in launigem Ton –, einen Einwand einfallen zu lassen. Doch nach und nach wurde sie müde und recht traurig; dazu erzogen, neue Ideen zu bewundern und die gesellschaftlichen Verhältnisse, wie man sie fast allenthalben vorfand, zu kritisieren und durchaus vieles zu mißbilligen, hätte sie sich doch nie von einer solchen Anklage in Bausch und Bogen träumen lassen, wie Mr. Ransom sie vortrug, hätte nie soviel Bitterkeit erwartet, wie sie sie hinter seinen Übertreibungen, seinen Verdrehungen lauern sah. Sie wußte, daß er ein glühender Konservativer war, aber sie wußte nicht, daß Konservative so aggressiv und gnadenlos sein konnten. Sie glaubte, Konservative wären nur eitel, starrsinnig und selbstgefällig, mit dem gegenwärtig Existierenden zufrieden; doch Mr. Ransom schien mit dem Existierenden kaum zufriedener zu sein als mit den Dingen, denen sie zur Existenz verhelfen wollte, und er war rasch dabei, schlimmere Sachen über einige der Leute zu äußern, die sie auf seiner eigenen Seite vermutet hätte, als sie es überhaupt über jemand zu sagen für richtig gehalten hätte. Nach einer Weile verlor sie die Lust, mit ihm zu streiten, und sie hätte gern gewußt, was ihm zugestoßen war, um ihn so widerborstig zu machen. Vermutlich war in seinem Leben etwas schiefgegangen, hatte er ein Unglück erlebt, das seine ganze Weltsicht färbte. Er war ein Zyniker; sie hatte oft von dieser Seelenverfassung reden hören, wenn sie ihr auch nie persönlich begegnet war, denn alle Menschen, die sie kennengelernt hatte, nahmen womöglich eher zu stark Anteil. Von Basil Ransoms Vorgeschichte kannte sie nur, was Olive ihr erzählt hatte, und das war bloß ein allgemeiner Rahmen, der für private Dramen, heimliche Enttäuschungen und Leiden reichlich Raum ließ. Während sie neben ihm saß, dachte sie über einige dieser Dinge nach, fragte sich, ob er derartiges im Sinn habe, wenn er zum Beispiel sagte, er habe dieses ganze moderne scheinheilige Gewinsel über die Freiheit satt und bringe keine Sympathie für jene auf, die ihre Ausweitung verlangten. Zum Nutzen für die Welt sei es vielmehr nötig, daß die Menschen von der Freiheit, die sie besäßen, besseren Gebrauch machten. Solche Äußerungen benahmen Verena den Atem; sie hielt es nicht für möglich, daß im neunzehnten Jahrhundert jemand so etwas sagen könne, selbst der am wenigsten Fortgeschrittene. Dazu paßte, daß er die Verbreitung der Bildung angriff; er halte die Verbreitung der Bildung für eine gigantische Farce – die Menschen stopften sich den Kopf mit einer Masse leerer Schlagworte voll, die sie davon abhielten, ruhig und ehrlich ihrer Arbeit nachzugehen. Man habe nur ein Recht auf Bildung, wenn man Intelligenz besitze, und wenn man das Problem mit der Einstellung betrachte, die Dinge so sehen zu wollen, wie sie wirklich seien, dann komme man bald darauf, daß Intelligenz ein ganz seltener Luxusartikel sei, das Attribut eines Menschen unter hundert. Er schien ohnehin von der Menschheit recht wenig zu halten. Verena hoffte, ihm sei etwas wirklich Schlimmes widerfahren – nicht um irgendeinen Groll zu befriedigen, den er in ihrem Innern erweckt hätte, sondern als Hilfe, um ihm so viel Verachtung und Grobheit verzeihen zu können. Sie wollte ihm verzeihen, denn nachdem sie eine halbe Stunde lang auf ihrer Bank gesessen hatten und seine spöttische Stimmung ein wenig abgeflaut war, so daß er mit mehr Rücksicht (wie es schien) und mehr Aufrichtigkeit sprach, überkam sie ein eigenartiges Gefühl, eine vollkommene Bereitschaft, nicht immerzu auf ihrem eigenen Standpunkt zu beharren, und ein Wunsch, sich von ihm nicht mit einer bloßen Zuspitzung ihrer Meinungsverschiedenheiten zu trennen. Eigenartig nenne ich ihre Überlegungen, denn sie lagen in sanftem Widerstreit, während sie in der warmen, vom fernen Brausen der ungeheuren Stadt nur eben noch gestreiften stillen Luft seiner tiefen, wohlklingenden, klaren Stimme zuhörte, die in exotischem Tonfall ungeheuerliche Ansichten an ihr Ohr trug, hin und wieder auch mit einem nachsichtigen, vertraulichen Auflachen, das sie, wenn er sich ihr zuneigte, an Wange und Ohr geradezu kitzelte. Sie fand es von ihm sonderbar gefühllos, beinahe grausam, daß er sie hierher geführt hatte, nur um ihr Dinge zu sagen, die ihr schließlich nur weh tun konnten, wenn ihr auch der Widerspruch freistand und sie stets tolerant zu sein versuchte; doch sie lauschte wie unter einem Zauberbann; es lag in ihrer Natur, sich leicht unterzuordnen, sich gern überwältigen zu lassen. Sie vermochte zu schweigen, wenn die Leute nicht lockerließen, zu schweigen ohne Bitterkeit. Ihre ganze Beziehung zu Olive war gewissermaßen ein stummes, mildes Gewähren gegenüber leidenschaftlichem Beharren, und wenn das damit geendet hatte, daß es ihr leichtfiel und angenehm war (und es war wirklich nie etwas anderes gewesen), darf man wohl annehmen, daß ihr Sträuben, einem Willen nachzugeben, den sie noch stärker als den Olives fand, nicht von langer Dauer war. Ransoms Wille bewirkte, daß sie verweilte, obwohl ihr bewußt war, daß der Nachmittag verstrich, daß Olive zurückgekehrt sein und ihre Abwesenheit bemerkt haben mußte und sicher wieder von den bitteren Wellen der Angst überspült wurde. Sie sah sie wirklich vor sich, wie sie wohl in diesem Augenblick aussah, am Fenster ihres Zimmers in der Zehnten Straße postiert, nach einem Zeichen ihrer Rückkehr ausschauend, auf ihren Schritt auf der Treppe, ihre Stimme in der Halle lauschend. Verena betrachtete diese Vorstellung wie ein Gemälde, nahm alles wahr, was es zeigte, jede Einzelheit. Wenn es sie nicht stärker erschütterte, sie nicht veranlaßte, aufzuspringen, von Basil Ransom wegzustürzen und zu ihrer Freundin zurückzueilen, so lag es daran, daß eben diese Qualen, denen sie die Freundin aussetzte – sie war sich dessen wohl bewußt –, sie zu dem Vorsatz bewegten, es sollten die allerletzten gewesen sein. Dies war das letzte Mal, daß sie neben Mr. Ransom sitzen und zuhören konnte, wie er sich auf eine Weise ausdrückte, die in solchem Widerspruch zu ihrem Leben stand; die Bewährungsprobe war so persönlich und so vollständig gewesen, daß sie vorübergehend vergaß, daß es auch das erste Mal gewesen war. Es hätten schon Monate gewesen sein können. Sie war sich völlig darüber im klaren, daß es ihnen nichts bringen konnte, denn man hatte sein eigenes Leben zu führen; es war unmöglich, das Leben eines anderen zu führen, besonders wenn dieser andere so ganz anders, so eigenwillig und so bedenkenlos war.

Vierunddreißigstes Kapitel

»Ich vermute, Sie sind der einzige Mensch in diesem Land, der so empfindet«, bemerkte sie schließlich.

»Nicht der einzige Mensch, der so empfindet, aber sehr wahrscheinlich der einzige Mensch, der so denkt. Ich habe eine Ahnung, daß meine Überzeugungen in unklarer, nicht eindeutig formulierter Gestalt in den Köpfen einer großen Menge meiner Mitbürger lebendig sind. Wenn es mir eines Tages gelingen sollte, ihnen angemessenen Ausdruck zu geben, würde ich einfach die schlummernden Instinkte einer gewichtigen Minderheit formulieren.«

»Ich freue mich, daß Sie zugeben, daß es eine Minderheit ist!« rief Verena. »Das ist ein Glück für uns arme Wesen. Und was nennen Sie angemessenen Ausdruck? Ich nehme an, Sie würden gern Präsident der Vereinigten Staaten werden?«

»Und meine Ansichten in glühenden Botschaften einem mit klopfendem Herzen lauschenden Senat verkünden? Das ist genau das, was ich gern wäre; Sie haben meine Bestrebungen wunderbar genau erfaßt.«

»Und meinen Sie, Sie seien in dieser Richtung bereits weit vorangekommen?« fragte Verena.

Diese Frage, dazu der Ton, in dem sie vorgebracht wurde, schien dem jungen Mann ein ziemlich ironisches Licht auf seine derzeitige bettelarme Verfassung zu werfen, so daß er einen Augenblick lang nichts sagte; und hätte sich seine Nachbarin in eben diesem Augenblick zu ihm umgewandt, hätte sie bemerkt, daß ein leichtes Erröten sein Gesicht zierte. Ihre Worte wirkten auf ihn wie ein unerwarteter Hohn, wenn auch seitens einer jungen Frau völlig gerechtfertigt, die natürlich uneingeschränkt das Recht zur Verteidigung besaß. Sie schienen nur in anderer Form (so legte zumindest sein übersteigerter Südstaatlerstolz, seine hitzige Empfindlichkeit die Sache aus) den Gedanken zu wiederholen, ein Herr, der auf dem Weg des Erfolgs so schrecklich weit zurückgeblieben sei, habe nicht das Recht, die Zeit eines strahlend erfolgreichen Mädchens in Anspruch zu nehmen, und sei es zu dem Zweck, die Gewißheit zu gewinnen, daß er ihr entsagte. Doch die Mahnung verschärfte nur seinen Wunsch, ihr klarzumachen, wenn er entsagt habe, so einfach auf Grund dieser selben häßlichen, zufälligen, äußerlichen Zurückgebliebenheit; und wenn er nicht entsagt hätte, so wagte er sich zu schmeicheln, könnte er über den ganzen Berg ihrer Vorurteile triumphieren – über alle

Verlockungen ihrer Berühmtheit. Das tiefste Gefühl in Ransoms Brust in bezug auf sie war die Überzeugung, sie sei für die Liebe geschaffen, genau wie er es sich gesagt hatte, als er ihr bei Mrs. Burrage zuhörte. Sie war sich dessen absolut nicht bewußt, und ein anderes Idealbild, unverdaut, kümmerlich und künstlich, hatte sich davorgeschoben; aber in der Nähe eines Mannes, an dem ihr wirklich läge, würde dieser unechte, dürftige Bau zu ihren Füßen zusammenklappen, und die Emanzipation von Olive Chancellors Geschlecht (was denn für ein Geschlecht, großer Gott?, pflegte er sich lästerlich zu fragen) würde ins Reich des Nebels, der leeren Phrasen verbannt sein. Der Leser mag sich ausmalen, ob angesichts eines solchen Eindrucks für Basil Ransom die Überzeugung leichter zu tragen war, es wäre taktlos von ihm, um sie zu werben. Er hätte den Vorwurf sehr übelgenommen, er habe schon etwas dergleichen getan. »Ach, Miss Tarrant, mein Erfolg im Leben ist eines – mein Ehrgeiz ist etwas ganz anderes!« rief er dann als Antwort auf ihre Frage aus. »Nichts ist wahrscheinlicher, als daß ich mein Leben lang arm und unbekannt bleibe; und in diesem Fall wird niemand außer mir die Traumbilder der Größe kennenlernen, die ich in mir erstickt und begraben habe.«

»Warum sagen Sie, Sie seien arm und unbekannt? Kommen Sie in dieser Stadt nicht ganz gut vorwärts?«

Diese Frage Verenas ließ ihm nicht die Zeit oder zumindest nicht die Kaltblütigkeit, sich zu erinnern, daß er Mrs. Luna und Olive seine Aussichten rosig dargestellt hatte, und wenn das Mädchen einen solchen Eindruck gewonnen haben mochte, so könne es natürlich nur das Echo dessen sein, was diese Damen meinten. Für sein Ohr hatte sie etwas so leise Spöttisches, Herausforderndes, unbewußt Kränkendes an sich, daß ihm im Moment die einzig mögliche Antwort darauf zu sein schien, seinen Arm auszustrecken, ihn um ihre Taille zu legen und sie so dicht an sich heranzuziehen, daß er ihr eine gedrängte Darstellung seiner Lage in Gestalt eines wohlbedachten Kusses geben könnte. Hätte der Moment, von dem ich spreche, wenige Sekunden länger gedauert, weiß ich nicht, welchen ungeheuerlichen Vorgang dieser Art zu schildern meine schwierige Pflicht gewesen wäre; er wurde glücklicherweise von der Ankunft eines Kindermädchens verhindert, das einen Wagen vor sich herschob und dem ein kleines Kind hinterherwackelte. Sowohl das Kindermädchen als auch dessen Schützling starrten wie gebannt und, wie es Ransom schien, sogar streng das auffallende Paar auf der Bank an; und inzwischen fuhr Verena fort, die mit lebhaften Blicken die Kinder betrachtete (sie vergötterte Kinder): »Es klingt zu mutlos, wenn Sie sagen, daß Sie unbekannt bleiben würden. Natürlich sind Sie ehrgeizig; jeder kann das erkennen, man braucht Sie ja nur anzusehen. Und wenn Ihr Ehrgeiz erst in einer bestimmten Richtung entfacht ist, sollten sich die Leute lieber vorsehen. Bei Ihrem Willen!« setzte sie mit eigenartig spöttischer Aufrichtigkeit hinzu.

»Was wissen Sie von meinem Willen?« fragte er mit leicht verlegenem Lachen, als hätte er sie wirklich zu küssen versucht – im Laufe des zweiten unkontrollierten Zusammenseins mit ihr allein, das er überhaupt erlebt hatte – und wäre zurückgestoßen worden.

»Ich weiß, daß er stärker als meiner ist. Er hat bewirkt, daß ich mitgekommen bin, obwohl ich das Gegenteil für richtiger hielt, und er hält mich hier fest, lange nachdem ich mich hätte auf den Heimweg machen müssen.«

»Schenken Sie mir den Tag, Miss Tarrant, schenken Sie mir den Tag«, murmelte Basil Ransom; und als sie ihm das Gesicht zuwandte, von dem Ausdruck in seiner Stimme bewegt, fuhr er fort: »Essen Sie doch mit mir zu Abend, wenn Sie schon nicht zu Mittag essen wollten. Ist Ihnen nicht schon ganz schwach und flau?«

»Mir ist schwach und flau von all den fürchterlichen Dingen, die Sie gesagt haben; ich habe Schändlichkeiten zu Mittag gegessen. Und jetzt soll ich mit Ihnen zu Abend essen? Besten Dank; ich finde Sie reichlich unverfroren!« rief Verena mit einem Lachen, von dem ihr Chronist weiß, daß etwas Verlegenheit darin lag, wenn Ransom es auch nicht merkte.

»Sie dürfen nicht vergessen, daß ich Ihnen in zwei verschiedenen Fällen eine Stunde lang mit stummer, demütiger Aufmerksamkeit zugehört habe und daß ich das voraussichtlich noch sehr, sehr oft tun werde.«

»Warum wollen Sie mir überhaupt noch einmal zuhören, wenn Sie meine Ideen verabscheuen?«

»Ich höre nicht Ihren Ideen zu, ich höre auf Ihre Stimme.«

»Ah, ich habe es Olive doch gesagt!« fiel Verena rasch ein, als hätten seine Worte eine alte Befürchtung bestätigt, die jedoch allgemeiner Art war und nicht besonders ihn betraf.

Ransom hatte immer noch den Eindruck, er mache ihr nicht den Hof, besonders als er es fertigbrachte, mit der ganzen Überlegenheit eines Mannes zu bemerken: »Ich möchte doch wissen, ob Sie zehn Worte von dem begriffen haben, was ich zu Ihnen gesagt habe.«

»Ich möchte meinen, Sie hätten es deutlich genug gemacht – Sie hätten es mir unter die Nase gerieben!«

»Was haben Sie also begriffen?«

»Nun, daß Sie uns weiter zurückversetzen wollen, als wir es jemals waren.«

»Ich habe Spaß gemacht; ich habe extra dick aufgetragen«, gestand er dem Mädchen unerwartet ein. Immer wieder einmal sah er so aus, als entspanne er sich, sei geistesabwesend, lege keinen Wert mehr auf Diskussionen.

Sie vermochte das zu erkennen und fragte ein Weilchen darauf: »Warum legen Sie Ihre Gedanken nicht schriftlich nieder?«

Das berührte wieder den Punkt seines Versagens; eigenartig, daß sie nicht die Finger davon lassen konnte, ihn jedesmal neu traf. »Meinen Sie für die Öffentlichkeit? Ich habe viele Sachen geschrieben, aber sie werden nicht gedruckt.«

»Dann sieht es doch so aus, als gebe es nicht so viele Menschen – so viele, wie sie eben behaupteten –, die Ihrer Meinung sind.«

»Nun ja«, sagte Ransom, »die Chefredakteure sind eine schäbige, furchtsame Bande, sie erklären immer, sie wollten etwas Originelles, haben aber eine Todesangst davor, wenn sie es bekommen.«

»Ist es für Zeitungen, Zeitschriften?« Als es tiefer in Verenas Bewußtsein eindrang, daß man die Beiträge dieses bemerkenswerten jungen Mannes zurückgewiesen hatte – Beiträge, in denen er offenbar alles, was ihr am Herzen lag, verächtlich in Fetzen riß –, wurde ihr sonderbar mitleidig und traurig zumute, empfand sie es als Ungerechtigkeit. »Es tut mir wirklich leid, daß man Ihre Arbeiten nicht veröffentlicht«, sagte sie, so schlicht, daß er von dem Asphalt, wo er eben mit dem Stock eine Figur kratzte, zu ihr aufblickte, um sich zu vergewissern, ob ein solcher Ton, in bezug auf eine solche Tatsache, nicht »aufgesetzt« sei. Doch er war offensichtlich echt, und Verena fuhr fort, sie nehme an, es sei immer sehr schwierig, eine Veröffentlichung zu erreichen; sie dachte daran, auch wenn sie es nicht erwähnte, wie wenig Erfolg ihr Vater damit gehabt hatte, als er sich darum bemühte. Sie hoffe, Mr. Ransom werde weitermachen; eines Tages werde er ganz bestimmt Erfolg haben. Dann fuhr sie lächelnd, mit mehr Ironie, fort: »Sie können mich mit vollem Namen anprangern, wenn Sie mögen. Nur schreiben Sie bitte kein Wort über Olive Chancellor.«

»Wie wenig Sie verstehen, was ich zustande bringen will!« rief Basil Ransom aus. »So seid ihr Frauen – wie ihr leibt und lebt; ihr meint immer euch selbst, ganz persönlich, und glaubt immer, andere meinen das auch!«

»Ja, das ist der Vorwurf, den sie uns immer wieder machen«, bestätigte Verena fröhlich.

»Ich will gar nicht an Sie rühren, genausowenig an Miss Chancellor oder Mrs. Farrinder oder Miss Birdseye oder den Schatten Eliza P. Moseleys oder sonst ein begabtes und berühmtes Geschöpf auf Erden – oder im Himmel.«

»Ach, wahrscheinlich wollen Sie uns durch Geringschätzung, durch Schweigen vernichten!« rief Verena mit derselben Heiterkeit aus.

»Nein, ich will Sie ebensowenig vernichten, wie ich Sie retten will. Man hat schon viel zuviel über Sie geredet, und ich will

Sie ganz und gar sich selbst überlassen. Mein Interesse gilt meinem eigenen Geschlecht; das Ihre kann eindeutig für sich selbst sorgen. Das will ich retten.«

Verena erkannte, daß er jetzt ernsthafter sprach als vorher, daß er nicht satirisch überspitzte, sondern tatsächlich und ein wenig müde, als wäre er plötzlich des vielen Redens überdrüssig, aussprach, was er meinte. »Und wovor retten?« fragte sie.

»Vor der schändlichen Feminisierung! Ich bin weit davon entfernt zu glauben, was Sie neulich abend behaupteten, das weibliche Element spiele in unserem Leben ganz allgemein eine zu geringe Rolle, vielmehr ist mir schon lange eindringlich klargeworden, daß es viel zu stark vertreten ist. Die ganze Generation ist weibisch; die Männlichkeit verschwindet aus der Welt; es ist ein feminines, ein nervöses, hysterisches, plapperndes, scheinheiliges Zeitalter, ein Zeitalter hohler Phrasen und unechten Zartgefühls und übertriebener Betulichkeit und verweichlichter Empfindungen, und wenn wir nicht achtgeben, wird es die Herrschaft der Mittelmäßigkeit herbeiführen, der kraftlosesten und seichtesten und anmaßendsten, die es je gegeben hat. Das männliche Wesen, die Fähigkeit zu wagen und zu ertragen, die Wirklichkeit zu erkennen und doch nicht zu fürchten, der Welt ins Angesicht zu sehen und sie so zu nehmen, wie sie ist – eine ganz eigenartige und teilweise recht unfeine Mischung –, das will ich erhalten, oder vielmehr, könnte man sagen, zurückgewinnen; und ich muß Ihnen sagen, daß ich mich nicht im geringsten darum schere, was aus euch Damen wird, während ich mich darum bemühe!«

Der arme Mann äußerte diese engherzigen Gedanken (deren Ablehnung durch führende Zeitschriften freilich keineswegs überraschen konnte) mit leisem, sanftem Ernst, neigte sich dabei zu ihr hinüber, als wollte er ihr seine Idee als Ganzes vermitteln, doch schien er vorübergehend zu vergessen, wie anstößig diese für sie sein mußte, nunmehr auf diese ruhige, strenge Art artikuliert, die keinen Freiraum für Übertreibungen mehr zuzugestehen erlaubte. Verena machte sich das nicht klar; sie stand zu sehr unter dem Eindruck seines ganzen Gebarens, des neuartigen Erlebnisses, daß ein Mann mit derart religiöser Inbrunst für eine solche Sache eintrat. Es machte ihr auf der Stelle, von einer Minute zur anderen und ein für allemal, deutlich, der Mann, der diesen Eindruck auf sie ausüben konnte, werde sich nie umstimmen lassen. Ihr war kalt, ein wenig übel, aber sie antwortete, jetzt, da er sein Bekenntnis in so entschiedener, klarer Form zusammengefaßt habe, sei es doch viel bequemer – man wisse, womit man es zu tun habe; eine Erklärung, die stark von der Wirklichkeit abwich, denn Verena hatte sich in ihrem Leben nie weniger befriedigt gefühlt. Die Schändlichkeit des Glaubensbekenntnisses ihres Gefährten ließ sie erschauern; sie konnte sich nicht leicht etwas Ruchloseres vorstellen. Jedoch war sie entschlossen, keinen Schauder zu verraten, der auf Schwäche deuten könnte, und die beste Methode, die ihr einfiel, um ihre Erschütterung zu verbergen, war die Bemerkung, und zwar in einem Ton, der eigentlich nicht für diesen Zweck bestimmt war, sich aber tatsächlich als die wirksamste Revanche erwies, insofern er bei Ransom stets (er war unter den Frauen keine Eigenheit Verenas) eine zornige Hilflosigkeit hervorrief: »Mr. Ransom, ich versichere Ihnen, dies ist ein Zeitalter des Gewissens.«

»Das ist ein Teil Ihrer Scheinheiligkeit. Es ist ein Zeitalter unsäglichen Trugs, wie Carlyle sagt.«

»Nun«, gab Verena zurück, »es ist für Sie recht bequem, zu behaupten, Sie wollten sich nicht um uns kümmern. Aber Sie können uns nicht links liegenlassen. Wir sind da, und man muß mit uns etwas anfangen. Sie müssen uns irgendwo unterbringen. Es ist ein erstaunliches gesellschaftliches System, das keinen Platz für *uns* hat!« fuhr das Mädchen mit ihrem entzückendsten Lachen fort.

»Keinen Platz in der Öffentlichkeit. Mein Plan ist es, Sie am heimischen Herd zu belassen und dort mit Ihnen zusammen mehr Freude zu erleben als je zuvor.«

»Ich freue mich, daß es mehr sein soll; es gibt noch genug Raum dafür. Wehe der amerikanischen Weiblichkeit, wenn Sie eine Bewegung in Gang setzen, um mehr – wie Sie es gern hätten – am heimischen Herd zu bleiben!«

»Mein Gott, wie hat man Sie verbogen; Sie, ein wahres Genie!« murmelte Ransom und blickte sie mit den gütigsten Augen an.

Sie achtete nicht darauf, sie fuhr fort: »Und diejenigen, die kein Heim haben (es gibt sie nämlich zu Millionen), was fangen Sie mit *denen* an? Sie dürfen nicht vergessen, daß die Frauen immer weniger heiraten – verheiratet werden; das ist nicht mehr ihre selbstverständliche Lebensbahn. Sie können ihnen nicht befehlen, hinzugehen und Mann und Kinder zu versorgen, wenn sie keinen Mann und keine Kinder zu versorgen haben.«

»Ach«, warf Ransom ein, »das ist eine Einzelfrage! Und ich muß gestehen, persönlich hege ich im Privatleben eine so grenzenlose Wertschätzung für Ihr Geschlecht, daß ich mich durchaus bereitwillig dafür einsetzen würde, einem Mann ein halbes Dutzend Frauen zuzugestehen.«

»Sie sehen also die Kulturstufe der Türken als die höchste an?«

»Die Türken haben eine zweitklassige Religion; sie sind Fatalisten, und das hält sie nieder. Außerdem sind ihre Frauen nicht annähernd so reizvoll wie unsere – oder wie unsere es wären, wenn diese moderne Pestilenz ausgerottet wäre. Bedenken Sie, was Sie da bekennen, wenn Sie sagen, die Frauen würden immer weniger zur Ehe begehrt; welch ein Zeugnis das für die schädlichen Auswirkungen dieser verhängnisvollen Agitation auf ihre Manieren, ihr Äußeres, ihren Charakter ablegt.«

»Das ist sehr schmeichelhaft für mich!« warf Verena leichthin ein.

Doch der Strom seiner Beweisführung trug Ransom über diese Unterbrechung hinweg. »Es gibt tausend Möglichkeiten, wie jede Frau, alle Frauen, verheiratet oder ledig, Beschäftigung finden können. Sie können sie darin finden, die Gesellschaft angenehm zu gestalten.«

»Natürlich angenehm für die Männer.«

»Für wen denn sonst, bitte? Liebe Miss Tarrant, das Angenehmste für die Frauen ist es, den Männern angenehm zu sein! Das ist eine Wahrheit, so alt wie die Menschheit, und lassen Sie sich bloß nicht von Olive Chancellor einreden, sie und Mrs. Farrinder hätten eine Wahrheit gefunden, die ihren Platz einnehmen könnte oder die tiefgreifender, dauerhafter wäre.«

Verena gab diesen Punkt der Diskussion auf; sie sagte nur: »Nun, ich freue mich zu hören, daß Sie darauf gefaßt sind, die ganze Gegend von alten Jungfern wimmeln zu sehen!«

»Ich habe nichts gegen die *alten* alten Jungfern; sie waren zauberhaft; sie hatten immer reichlich zu tun und wanderten nicht durch die Welt und jammerten nach einer Berufung. Die neue alte Jungfer, die Sie erfunden haben, ich bete darum, von dieser erlöst zu werden.« Er sagte nicht, daß er Olive Chancellor meine, doch Verena sah ihn an, als hätte sie diesen Verdacht; und um sie von dieser Spur abzubringen, griff er auf, was sie kurz vorher gesagt hatte, und fuhr fort: »Und daß sie nicht schmeichelhaft für Sie sei, meine Bemerkung über die Auswirkungen dieser verderblichen Schrulle auf die Frauen selbst, meine liebe Miss Tarrant, da dürfen Sie ganz beruhigt sein. Sie stehen ganz für sich, Sie sind einzigartig, außergewöhnlich; Sie bilden eine Kategorie für sich. In Ihnen sind die Elemente auf eine so gelungene Art gemischt, daß ich Sie für gänzlich unverderbbar halte. Ich weiß nicht, woher Sie kommen, noch wie Sie so geworden sind, wie Sie sind, aber Sie stehen unerreichbar hoch über allen herabwürdigenden Einwirkungen. Außerdem sollten Sie wissen«, fuhr der junge Mann in demselben kühlen, milden, bedächtigen Ton fort, als demonstriere er eine mathematische Lösung, »Sie sollten wissen, daß Ihre Verknüpfung mit all diesem Schwulst und Gefasel die unwirklichste, zufälligste, irreführendste Sache auf der Welt ist. Sie glauben, es liege Ihnen am Herzen, aber das tut es überhaupt nicht. Es wurde Ihnen durch die Umstände aufgezwungen, infolge unglücklicher Verkettungen, und Sie haben es auf sich genommen, wie Sie jede andere Bürde auf sich genommen hätten, einfach auf Grund der Liebenswürdigkeit Ihres Charakters. Sie möchten allezeit jemandem Freude machen, und jetzt reisen Sie mit Ihren Vorträgen durch das Land und bemühen sich, Kundgebungen vom Zaun zu brechen, um Miss Chancellor eine Freude zu machen, genauso wie Sie es vorher zur Freude Ihrer Eltern taten. Das sind nicht Sie, absolut nicht, sondern eine kleine Aufblasfigur (auf ihre Art auch sehr bemerkenswert), die Sie erfunden und auf die Füße gestellt haben und hinter der Sie die Fäden ziehen, damit sie sich bewegt und spricht, während Sie sich dahinter zu verbergen und unsichtbar zu bleiben trachten. Ach, Miss Tarrant, wenn es um das Freudemachen geht, welche Freude könnten Sie jemand anderem bereiten, wenn Sie Ihre absurde Marionette über den Haufen werfen und in Ihrer ganzen Freiheit wie in Ihrer ganzen Schönheit ans Licht treten wollten!«

Während Basil Ransom sprach – und er hatte bisher noch nie ganz so gesprochen –, saß Verena tief aufmerksam da, die Augen auf den Boden gerichtet; doch sobald er geendet hatte, sprang sie auf – etwas gab ihr das Gefühl, ihre Gemeinschaft habe bereits viel zu lange gewährt. Sie wandte sich von ihm ab, als wollte sie ihn verlassen, und schickte sich wirklich dazu an. Sie mochte ihn jetzt nicht ansehen oder auch nur noch länger mit ihm sprechen. Ich sage, »etwas« gab ihr das Gefühl, doch es war zum Teil seine seltsame Art – so gelassen und bestimmt, als wisse er die ganze Sache mit absoluter Sicherheit –, die ihr teils angst machte und sie teils erzürnte. Sie begann den Weg auf eines der Tore zu entlangzugehen, als wäre abgemacht, daß sie unverzüglich den Parkverlassen wollten. Er setzte alles so klar auseinander; er hätte nicht anders sprechen können, wenn er eine Offenbarung gehabt hätte. Diese Darstellung, wonach sie etwas anderes sei, als sie zu sein bestrebt war, der Vorwurf des Mangels an Realität, bereitete ihr schmerzliches Herzklopfen; jedenfalls war sie sich sicher, daß es ihr wahres Ich war, das sich jetzt dort bei ihm befand, wo sie nicht hätte sein dürfen. Im nächsten Augenblick war er wieder an ihrer Seite und begleitete sie; und während sie dahinschritten, überkam es sie, daß manche Dinge, die er ihr gesagt hatte, weit über das hinausgingen, was Olive sich als allerschlimmste Möglichkeit hätte ausmalen können. In welcher Verfassung wäre sie jetzt, arme, im Stich gelassene Freundin, wenn ihr die Stimmen der Luft einiges zugetragen hätten? Verena war von der Rede ihres Begleiters (seine ganze Art war verändert; sie schien etwas ganz anderes auszudrücken) auf eine Weise betroffen, daß es sie drängte, die Diskussion fallenzulassen und den Entschluß zu fassen, allein fortzugehen, sobald sie aus dem Park heraus wären; doch sie hatte ihren Verstand noch hinreichend beisammen, um Wert darauf zu legen, sich keine Verwirrung anmerken zu lassen, kein Eingeständnis, daß sie aus dem Feld geschlagen sei. Sie meinte seine ungewöhnlichen Äußerungen genügend aufzugreifen und zu beantworten, ohne zu sehr darauf einzugehen, indem sie Ransom im raschen Weitergehen über die Schulter hinweg folgende Worte zuwarf: »Ich entnehme Ihren Worten, daß Sie mir keine großen Fähigkeiten zutrauen.«

Er zögerte vor seiner Antwort, während seine langen Beine mühelos mit ihrem geschwinden Schritt mithielten – ihrem reizenden, rührenden, eiligen Schritt, der all die Beklommenheit zum Ausdruck brachte, die sie so besorgt zu verbergen trachtete. »Unermeßlich große Fähigkeiten, aber nicht auf dem Feld, wo Sie sie am eifrigsten entfalten wollen. Auf einem ganz anderen Gebiet, Miss Tarrant! Fähigkeit ist gar kein Ausdruck dafür; es ist Genie!«

Sie spürte seine Augen auf ihrem Gesicht – so sehr nahe und unverwandt –, nachdem er als Antwort auf ihre Frage diese Formulierung gefunden hatte. Das Blut stieg ihr allmählich ins Gesicht; hätte er sie länger so angesehen und wäre es irgend jemand anders gewesen, hätte sie solch einen festen Blick unverschämt genannt. Olive hatte Verena von jeher dafür gerühmt, mit welcher Seelenruhe sie sich den »starrenden Blicken Hunderter« aussetzte; doch es hatte sich etwas gewandelt, und sie war jetzt außerstande, die Betrachtung eines einzelnen zu ertragen. Sie wünschte ihn von sich abzulenken, ihn wieder zu allgemeinen Fragen zurückzuführen; zu diesem Zweck stellte sie nach einer Weile eine weitere Frage: »Soll ich es demnach so verstehen, als Ihr letztes Wort, daß Sie uns als minderwertig ansehen?«

»Für die Zwecke des öffentlichen Lebens, als Staatsbürger, absolut – als durchaus schwach und zweitklassig. Für mich weist nichts eindringlicher auf die Sinnesverwirrung der Zeiten hin, als daß sich eine beliebige Anzahl von Männern findet, die behaupten, sie sähen Sie irgendwie in anderem Licht. Aber privat, persönlich ist es eine ganz andere Geschichte. Im Reich des häuslichen Lebens und familiärer Zuneigung ...«

Hier warf Verena mit nervösem Auflachen ein: »Sagen Sie das nicht, das ist nur eine Phrase!«

»Nun, sie ist besser als jede der Ihren«, gab Basil Ransom zurück und trat mit ihr durch eins der kleineren Tore hinaus – das erste, das an ihrem Weg lag. Sie gelangten auf eine Art plaza, zwischen der numerierten Straße, die die Südseite des Parks begrenzt, und dem Ende der Sechsten Avenue gelegen. Der Glanz des herrlichen Nachmittags ruhte auf allem, und Ransom schien es, der Tag sei noch jung. Hinter ihnen breiteten sich die schattigen Lauben aus und die Bosketts, die künstlichen Teiche und verstädterten Landschaften, sättigten die ganze Umgebung mit Licht, mit einem Gefühl von Luft und Weite und mit den ungedämpften, natürlichen Tönungen des Pflanzenwuchses, der noch zu spärlich war, um Schatten zu werfen. Die schokoladenfarbenen Häuser in hohen, neu errichteten Reihen überblickten die weite Fläche; im Vordergrund rasselten die Straßenbahnen, wechselten die dampfenden Pferde, verschlangen Fahrgäste und spien sie wieder aus; und die Bierstuben mit entblößten Schultern und Flanken, die in New York ein Großteil zum Element des Malerischen beitragen, als das von Künstlern geschätzte »Detail«, wiesen sich durch Schilder mit großen Lettern gen Himmel aus. Grüppchen von Arbeitslosen, die aus Übersee stammenden Kinder der Enttäuschung, lehnten sich gegen die niedrige, sonnige Mauer des Parks; und auf der anderen Seite erstreckte sich mit einem auffälligen Mangel an Luftperspektive die geschäftlich rege Länge der Sechsten Avenue.

»Ich muß nach Hause; leben Sie wohl«, eröffnete Verena unvermittelt ihrem Begleiter.

»Nach Hause? Sie kommen also nicht mit dinieren?«

Verena kannte Leute, die zu Mittag dinierten, und andere, die am Abend dinierten, und noch andere, die überhaupt nie dinierten; doch sie kannte niemanden, der um halb vier dinierte. Daß Ransom so gar nicht von diesem Gedanken abließ, kam ihr deshalb sonderbar und unpassend vor, und sie vermutete, es verrate die Bräuche von Mississippi. Doch es wurde für sie dadurch nicht akzeptabler, obwohl er – mit seinen mattglühenden Augen – so enttäuscht dreinsah, daß er zunächst nicht wahrnahm, der wichtigste Umstand im Zusammenhang mit ihrer Rückkehr zur Zehnten Straße war, daß sie allein zu gehen wünschte.

»Ich muß Sie sofort verlassen«, sagte sie. »Bitte drängen Sie mich nicht zu bleiben; Sie würden mich nicht drängen, wenn Sie wüßten, wie wenig ich das möchte!« Ihre Art war jetzt verändert und ihr Gesicht ebenso, und obwohl sie mehr denn je lächelte, war sie ihm nie ernster erschienen.

»Allein, meinen Sie? Das kann ich wirklich nicht zulassen«, antwortete Ransom, ungemein schockiert, daß man dieses Opfer von ihm verlangte. »Ich habe Sie diese ungeheure Strecke weit hergeführt, ich bin für Sie verantwortlich, und ich muß Sie absetzen, wo ich Sie angetroffen habe.«

»Mr. Ransom, ich muß und ich will!« rief sie in einem Ton, den er von ihr noch nie vernommen hatte; so daß er, erheblich verblüfft, verwirrt und gekränkt, erkannte, er würde einen Fehler begehen, wenn er darauf bestünde. Er hatte gewußt, daß ihr Ausflug in einer Trennung enden mußte, die nicht angenehm sein konnte, aber er hatte darauf gerechnet, einige der Bedingungen selbst beeinflussen zu können. Als er der Hoffnung Ausdruck gab, sie werde ihm wenigstens erlauben, sie in einer Bahn unterzubringen, antwortete sie, sie wünsche keine Bahn, sie wolle zu Fuß gehen. Diese Vorstellung, daß sie allein »davonlief«, wie er es sah, machte die Sache nicht besser; doch angesichts ihrer plötzlichen nervösen Ungeduld empfand er, hier handele es sich um ein weibliches Geheimnis, dem man seinen Lauf lassen müsse.

»Es kostet mich mehr, als Sie wahrscheinlich ahnen, aber ich füge mich. Der Himmel beschütze und segne Sie, Miss Tarrant!« Sie wandte das Gesicht von ihm ab, als zerre sie an einer Leine; dann gab sie völlig unerwartet zurück: »Ich hoffe wirklich sehr, daß Sie doch gedruckt werden.«

»Daß meine Artikel veröffentlicht werden?« Er starrte sie an und stieß hervor: »Ach, Sie zauberhaftes Wesen!«

»Leben Sie wohl«, wiederholte sie; und jetzt gab sie ihm die Hand. Als er sie einen Augenblick festhielt und sie fragte, ob sie die Stadt wirklich so bald verlasse, daß sie ihn nicht wiedersehen könne, antwortete sie: »Wenn ich bleibe, dann in einem Haus, wohin Sie nicht kommen dürfen. Man würde Sie nicht zu mir lassen.«

Er hatte nicht beabsichtigt, ihr diese Frage zu stellen; er hatte sich eine Grenze gesetzt. Doch die Grenze war plötzlich weitergerückt. »Meinen Sie in dem Haus, wo ich Sie habe sprechen hören?«

»Ich bleibe vielleicht ein paar Tage dort.«

»Wenn es mir verboten ist, Sie dort zu besuchen, weshalb haben Sie mir eine Karte geschickt?«

»Weil ich Sie da noch bekehren wollte.«

»Und jetzt geben Sie mich auf?«

»Nein, nein; ich möchte, daß Sie bleiben, wie Sie sind.« Sie sah eigenartig aus, mit ihrem eher automatischen Lächeln, als sie das sagte, und er wußte nicht, was für ein Gedanke ihr durch den Kopf ging. Sie war bereits von ihm fortgegangen, doch er rief ihr nach: »Wenn Sie bleiben, komme ich!« Sie drehte sich weder um, noch gab sie eine Antwort, und er konnte nichts weiter tun, als ihr nachzublicken, bis sie außer Sicht geriet. Ihr Rücken mit seinen reizenden jungen Umrissen schien dieses letzte Rätsel zu wiederholen, das fast eine Herausforderung war.

Als solche hatte Verena es jedoch nicht gemeint. Sie wollte, trotz des größeren Zeitverlusts und obwohl Olive sich Gedanken machen würde, zu Fuß nach Hause gehen, weil ihr das Zeit gab, immer wieder darüber nachzudenken, wie froh sie war (wirklich, *jetzt* unbedingt), daß Mr. Ransom auf der falschen Seite stand. Hätte er auf der richtigen gestanden ...! Sie dachte diese Hypothese nicht zu Ende. Sie fand Olive auf sie wartend vor, ganz genauso, wie sie es vorausgesehen hatte; das Gesicht, mit dem sie sich ihr beim Eintreffen zuwandte, war furchtbar genug. Verena rechtfertigte sich unverzüglich, berichtete ganz genau, was sie getan hatte; dann fuhr sie fort, ohne ihrer Freundin Zeit zu Fragen oder Bemerkungen zu lassen: »Und du – du hast Mrs. Burrage besucht?«

»Ja, das habe ich hinter mich gebracht.«

»Und hat sie darauf gedrängt, daß ich hinkomme?«

»Wirklich sehr stark.«

»Und was hast du gesagt?«

»Ich habe sehr wenig gesagt, aber sie hat sich so fest verbürgt ...«

»Daß du glaubtest, ich müßte hingehen?«

Olive schwieg einen Augenblick; dann sagte sie: »Sie erklärt, sie seien der Sache ergeben, und New York werde dir zu Füßen liegen.«

Verena packte Miss Chancellor bei den Schultern und erwiderte sekundenlang ihren Blick, ihr Schweigen. Dann stieß sie geradezu leidenschaftlich hervor: »Mir liegt nichts an ihrer Bürgschaft – mir liegt nichts an New York! Ich will nicht zu ihnen – ich will nicht – verstehst du?« Mit einem Mal schlug ihr Ton um, sie schlang die Arme um ihre Freundin und vergrub das Gesicht an ihrem Hals. »Olive Chancellor, bring mich fort, bring mich fort!« bat sie. Im nächsten Moment merkte Olive, daß sie schluchzte und daß die Frage erledigt war, die Frage, über die sie selbst zwei Stunden zuvor unter Seelenqualen nachgedacht hatte.

Fünfunddreißigstes Kapitel

Die Augustnacht war angebrochen, bis Basil Ransom, nachdem er sein Abendessen eingenommen hatte, auf die Piazza des kleinen Hotels heraustrat. Es war ein ganz kleines Hotel, sehr leicht und lose gebaut; der Schritt eines hochgewachsenen Mannes aus Mississippi brachte die Treppe zum Knarren und die Fenster in ihren Rahmen zum Klirren. Er war mit großem Hunger eingetroffen, denn er hatte in Boston auf der Durchreise keinen Moment Zeit gehabt, auch nur den bescheidenen Bissen zu sich zu nehmen, von dem er sich zwischen einem Frühstück in Gestalt einer Tasse Kaffee und einem Abendessen in Gestalt einer Tasse Tee zu ernähren pflegte. Jetzt hatte er seine Tasse Tee getrunken, und die war reichlich schlecht gewesen, serviert von einer blassen jungen Dame mit rundem Rücken, nußbraunen Ringellöckchen, einem Phantasiegürtel und einer Miene begrenzter Geduld mit einem Herrn, der sich nicht rasch genug zwischen gebratenem Fisch, gebratenem Steak und gebackenen Bohnen zu entscheiden vermochte. Der Zug nach Marmion fuhr um vier Uhr nachmittags von Boston ab und zuckelte ruckweise dem südlichen Kap entgegen, während die Schatten auf den steinigen Weideflächen lang wurden und das schrägfallende Licht die weit verstreut liegenden, dürftigen Baumgruppen vergoldete und den Tümpeln und Marschen gelbe Lichter aufsetzte. Die Reife des Sommers lag auf dem Land, und doch zeigte die Gegend, die Ransom durchfuhr, nichts, das wirklich zum Reifen geeignet schien; nichts außer den Äpfeln in den kleinen zähen, dichten Obstgärten, die hier und da eine saure Ernte verhießen, und der hohen, leuchtenden Goldrute zu Füßen der kahlen Steindämme. Man sah keine Felder mit gelbem Korn; nur da und dort Schwaden braunen Heus. Doch besaß die Landschaft eine Art sanfter Kargheit und Lieblichkeit, gemeinsam gezeugt vom niedrigen Horizont, von milder Luft mit einem Hauch sommerlichen Dunstes und von unbeachteten Buchten, wo im August das Wasser morgens leuchtend blau sein mußte. Ransom hatte gehört, das Kap sei sozusagen das Italien von Massachusetts; man hatte es ihm als das verschlafene Kap, das träge Kap geschildert, nicht das Kap der Stürme, sondern des ewigen Friedens. Er wußte, daß es die Damen aus Boston für die Dauer der heißen Wochen seines besänftigenden Charakters halber dorthin gezogen hatte, in der Überzeugung, die linde Luft dort werde ihnen zu vollkommener Ruhe verhelfen. In einem Dasein so voller nervöser Anspannung wie dem ihren verlangte es sie, wenn sie aufs Land fuhren, nicht nach anregenden Erlebnissen; sie waren jederzeit hinreichend angeregt, wenn sie nur daran dachten, was ihr Geschlecht alles durchgemacht hatte. Sie wollten müßig dahinleben, sich entspannen, in Hängematten herumliegen und sich auch der Menschenmenge, der Hektik des Badeortes entziehen. Sobald Ransom in Marmion eintraf, konnte er sehen, daß es hier keine Menschenmenge gab, wenngleich allerdings Hektik herrschte, auf das einzige Gefährt gerichtet, das vor dem kleinen, einsamen, schuppenähnlichen Bahnhof wartete; dieser lag so weit vom Dorf entfernt, daß man, soweit man auch die dahin führende sandige, kaum als solche erkennbare Straße entlangblickte, zu beiden Seiten nur kahle Flächen erblickte. Sechs oder acht Männer in Staubmänteln, mit Bündeln und Reisetaschen in der Hand, stürzten sich auf den einsamen, wackligen Einspänner, so daß Ransom selbst erkennen konnte, was ihm bevorstand, indes der bedächtige Lenker des Fahrzeugs, ein magerer, schlurfender Landsmann mit langem Hals und einem Haarbüschel am Kinn, schätzte, wenn er vor Dunkelwerden ins Hotel kommen wolle, müsse er aber losgehen. Sein Handkoffer baumelte in bedenklicher Position an der Rückwand des Einspänners. »Na, ich riskier's mal«, bemerkte der Kutscher düster, als Ransom Einwände gegen diese unsichere Unterbringung erhob. In diesem schönen Fatalismus erkannte er etwas vom Geist des Südens – zog den Schluß, Miss Chancellor und Verena Tarrant müßten doch recht gründlich entspannt sein, wenn sie sich der Atmosphäre des Ortes hingegeben hatten. Genau das hoffte er und rechnete er sich aus, als er sich, der einzige Fußgänger in der

Gruppe, die den Zug verlassen hatte, hinter dem überladenen Einspänner her auf den Weg machte. Es war seit Monaten, ja länger als das, seit Jahren seine erste Wanderung über Land, und es trug zu seiner Freude daran bei, daß sich ihm unterwegs der Gedanke aufdrängte (die milde, undeutliche Szenerie, die gerade in der Dämmerung zu verschwimmen begann, wies bei jedem Schritt darauf hin), die zwei jungen Damen, die in Marmion seine einzige Aussicht auf einen geselligen Kreis verkörperten, müßten an einem Ort wie diesem richtige Ferien genießen. Die Einsicht, wieviel Unrecht sie noch wiedergutzumachen hätten, müßte ihnen dort leichter kommen als in Boston; der feurige junge Mann hegte zunächst einmal die naive Hoffnung, sie hätten ihre Ansichten in der Stadt zurückgelassen. Während er so dahinwanderte, genoß er sogar den Geruch der Erde; ein kühler, sanfter Abendhauch wehte ihm an Wegbiegungen entgegen, die kaum mehr als vorher enthüllten – es sei denn einen Streifen kerzengeraden Waldes, der ein wenig von der roten Glut im Westen zurückhielt, oder (im Weitergehen) ein altes Haus, ganz mit Schindeln bedeckt, grau und leicht in sich zusammengesunken, das über hölzerne Stufen hinweg von einem steilen Hang auf ihn herabsah. Er fühlte sich bereits erfrischt; er hatte den Atem der Natur gekostet, seine lange Plackerei in New York daran gemessen, ohne Urlaub, mit der täglichen Wiederholung seines Weges die langen, geraden, zermürbenden Straßen der Stadt hinauf und hinunter, wie ein Eimer im Brunnen oder ein Schiffchen im Webstuhl.

Im Empfangsraum des Hotels steckte er sich eine Zigarre an – einem Zimmerchen rechts vom Eingang, wo ein »Gästebuch« mit spärlichen Eintragungen auf dem kleinen kahlen Pult ein erschreckend öffentliches Leben führte und an den Blättern Eselsohren bekam, noch ehe sie vollgeschrieben waren. Einheimische Ehrenmänner von unklarer Identität pflegten dort, wie Ransom am nächsten Tag bemerkte, stundenlang umherzulungern. Sie kippten ihre Stühle gegen die Wand, sprachen selten, und aus ihren in einem Punkt zusammenlaufenden Blicken hätte man schließen können, sie beobachteten etwas durch das Fenster, wenn es in Marmion irgend etwas zu beobachten gegeben hätte. Manchmal stand einer auf, ging zum Pult und stützte sich mit den Ellbogen darauf, wobei sich ein Paar hängender Schultern zu einem kragenlosen Hals emporschob. Zum fünfzigsten Mal musterte er die fliegenbeschmutzte Seite des Gästebuchs, wo die Namen mit solchen Sprüngen zwischen den Daten aufeinanderfolgten. Die übrigen sahen ihm dabei zu – oder musterten schweigend irgendeinen »Gast« des Wirtshauses, wenn solch eine Person mit der Miene hereintrat, gegen die ganze Schlamperei des Etablissements Einspruch erheben zu wollen, und niemanden vorfand, an den er sich hätte wenden können, diese Dorfphilosophen ausgenommen. Es war ein Unternehmen, das von unsichtbaren, ungreifbaren Wesen geführt wurde; sie besaßen eine Art Bollwerk im Speisezimmer, das durchweg, außer zu den Stunden des Sakraments, verschlossen blieb. Es ging die Sage, irgendein »Bursche« übe eine gewisse Schirmherrschaft über das zerknitterte Register aus; doch wenn man sich nach ihm erkundigte, erfuhr man von dem unparteiischen Kreis im Büro gewöhnlich, entweder er sei irgendwo in der Nähe oder er sei angeln gegangen. Bis auf die hochmütige Kellnerin, die wir erwähnen können, da sie Ransom das Abendessen brachte, und die nur zu den Mahlzeiten aus ihrer geheimnisvollen Zurückgezogenheit auftauchte, war dieser nirgends greifbare Jüngling der einzige Mensch im Haus, der die Bedienung repräsentierte. Beunruhigte weibliche Gäste, in ihre Schals gehüllt, sah man auf roßhaargepolsterten Schaukelstühlen im kleinen Salon auf ihn warten, als wäre er der Arzt; andere spähten ziellos aus Hintertüren und Fenstern, weil sie meinten, falls er irgendwo in der Nähe sei, würden sie ihn vielleicht sehen. Manchmal gingen Gäste an die Tür des Speisezimmers und versuchten sie zu öffnen, rüttelten zaghaft ein wenig daran, um zu sehen, ob sie womöglich nachgab; wenn sie sie fest verschlossen fanden, traten sie wieder beiseite, und wenn sie merkten, daß sie beobachtet wurden, warfen sie schüchterne und gedrückte Blicke auf ihre Mitgäste. Manche gingen so weit, zu erklären, sie hielten es nicht für ein sonderlich gutes Hotel.

Ransom jedoch machte sich wenig daraus, ob es gut war oder nicht; er war nicht aus Vorliebe für das Hotel nach Marmion gekommen. Doch nun war er hier und wußte nicht recht, was tun; sein Vorhaben erschien ihm nun nicht ganz so leicht wie am Abend zuvor, als er abgespannt, der Stadtluft überdrüssig und urlaubshungrig unversehens beschlossen hatte, den Morgenzug nach Boston zu nehmen und dort in den Zug zum Ufer der Bussardbucht umzusteigen. Das Hotel selbst bot wenig Möglichkeiten; die Gäste waren nicht gerade zahlreich; sie spazierten draußen ein wenig umher, auf der kleinen Piazza und dem ungepflegten Hof, der zwischen Haus und Straße lag, und dann tauchten sie in der tiefen Dunkelheit unter. Dieses Element, nur an zwei oder drei Stellen von einem matten Schimmer in der Ferne aufgelockert, bot sich Ransom als einzige Unterhaltung dar. Wenn der Ort auch von dem eigenartigen, reinen, erdigen Geruch gesättigt war, der in Neuengland im Sommer in der Nachtluft schwebt, dachte Ransom bei sich, es sei hier vielleicht doch ein wenig langweilig für Menschen, die nicht wie er gekommen waren, um von Verena Tarrant Besitz zu ergreifen. Das unfreundliche Gasthaus, das Ransom auf bedenkliche Weise eine frühe Schlafenszeit verhieß (er verabscheute den Brauch), schien zu nichts in irgendeiner Beziehung zu stehen, nicht einmal zu sich selbst; doch ein Mitbewohner, bei dem er sich erkundigte, erklärte ihm, das Dorf liege ringsherum verstreut. Bald schritt Basil Ransom auf der Suche nach der Ortschaft unter den Sternen dahin, eine der guten Zigarren im Mund, die seinen einzigen Tribut an den Luxus darstellten. Er überlegte, es wäre wohl kaum zweckmäßig, seinen Angriff noch am selben Abend zu beginnen; vor seinem Erscheinen auf der Szene sollte er den Bostonerinnen eine gewisse Vorwarnung geben. Er hielt es in der Tat für durchaus möglich, daß sie der schändlichen Gewohnheit anhingen, sich mit den Hühnern »zurückzuziehen«. Er war überzeugt, das sei eines der Dinge, die Olive Chancellor während der gesamten

Dauer seines Aufenthalts tun würde – ausschließlich, um ihn zu ärgern; sie würde dafür sorgen, daß Verena Tarrant zu unnatürlichen Zeiten zu Bett ginge, nur um ihn seiner Abende zu berauben. Er ging ein ganzes Stück weit, ohne ein lebendiges Wesen zu treffen oder eine Behausung auszumachen; doch er genoß das glänzende Sternenlicht, die Stille, die schrille Melancholie der Grillen, die all die undeutlichen Umrisse der Landschaft um ihn her gleichsam pulsieren ließen; der ganze Eindruck war ein Bad der Frische nach der anhaltenden Belastung der vorausgegangenen zwei Jahre und seiner letzten drückend heißen Wochen in New York. Nach zehn Minuten (er war gemächlich dahingeschritten) näherte sich ihm eine Gestalt, zunächst nicht zu bestimmen, doch dann zeichnete sie sich als die einer Frau ab. Sie schritt offenbar ziellos dahin, wie er auch, oder mit der einzigen Absicht, die Sterne zu betrachten, denn als er näher kam, blieb sie einen Augenblick stehen, legte den Kopf zurück und schaute gen Himmel. Gleich darauf hatte er sie erreicht; er sah, daß sie ihn musterte, als sie in der klaren Dunkelheit aneinander vorübergingen. Sie war klein und schlank; er machte ihren Kopf und ihr Gesicht aus, sah, daß sie das Haar kurzgeschnitten trug, hatte den Eindruck, sie schon einmal gesehen zu haben. Er bemerkte, daß sie sich im Vorbeigehen ebenso umdrehte wie er und daß ihre Bewegung irgendwie auf ein Wiedererkennen hindeutete. Da fühlte er sich sicher, daß er ihr schon einmal irgendwo begegnet war, und noch ehe sie sich weiter von ihm entfernt hatte, blieb er stehen und sah ihr nach. Sie bemerkte sein Stocken, verhielt ebenfalls den Schritt, und einen Moment lang standen sie einander in der Dunkelheit in einigem Abstand gegenüber.

»Ich bitte um Verzeihung – sind Sie Doktor Prance?« entfuhr es ihm.

Eine Minute lang erfolgte keine Antwort; dann ertönte die Stimme der kleinen Dame: »Ja, mein Herr; ich bin Doktor Prance. Jemand im Hotel erkrankt?«

»Ich hoffe nicht; ich weiß es nicht«, gab Ransom lachend zurück.

Dann tat er ein paar Schritte auf sie zu, nannte seinen Namen, erinnerte sie daran, daß er sie vor langer, langer Zeit (vor fast zwei Jahren) bei Miss Birdseye kennengelernt habe, und gab der Hoffnung Ausdruck, sie habe das nicht vergessen.

Sie überdachte das ein wenig – sie neigte sichtlich weder zu leeren Redensarten noch zu unüberlegten Behauptungen. »Ich nehme an, Sie meinen jenen Abend, als Miss Tarrant erstmalig so groß herauskam.«

»Genau jenen Abend. Wir hatten ein sehr interessantes Gespräch.«

»Na, ich erinnere mich, daß ich eine ganze Menge versäumt habe«, räumte Doktor Prance ein.

»Ach, ich weiß nicht; ich denke mir, Sie haben sich auf andere Weise dafür entschädigt«, erwiderte Ransom, immer noch lachend.

Er sah, daß ihre glänzenden kleinen Augen die seinen prüften. Sie wohnte offenbar im Dorf und war barhäuptig zu einem Abendspaziergang herausgekommen, und wenn man sich Doktor Prance gelangweilt und ablenkungsbedürftig hätte vorstellen können, hätte die Art, wie sie dort verharrte, als wäre sie gern zu einer Fortsetzung des Gesprächs bereit, Ransom auf einen solchen Zustand hinweisen können. »Nanu, finden Sie ihre Laufbahn nicht ganz erstaunlich?«

»O ja; alles ist heutzutage erstaunlich; wir leben in einem Zeitalter der Wunder!« gab der junge Mann zurück, sehr erheitert, sich dabei zu ertappen, daß er den Gegenstand seiner Anbetung so beiläufig im Dunkeln auf einer einsamen Landstraße mit einer kurzhaarigen Ärztin erörterte. Es war erstaunlich, wie rasch Doktor Prance und er sich wieder angefreundet hatten. »Übrigens wissen Sie vermutlich, daß Miss Tarrant und Miss Chancellor sich hier aufhalten?« fuhr er fort.

»Nun ja, ich weiß es vermutlich. Ich bin bei Miss Chancellor zu Besuch«, fügte die kleine Frau trocken an.

»Ach, wirklich? Ich bin entzückt, das zu hören!« rief Ransom mit dem Gefühl, womöglich eine Verbündete im Lager zu haben. »Dann können Sie mir erklären, wo das Haus dieser Damen liegt.«

»Ja, das kann ich sogar im Dunkeln. Wenn Sie wollen, führe ich Sie jetzt hin.«

»Ich würde es gern kennenlernen, wenn ich auch nicht sicher bin, ob ich gleich hineingehe. Ich muß erst ein wenig die Lage erkunden. Ich bin unendlich froh, Sie getroffen zu haben. Ich finde es ganz wunderbar – daß Sie mich noch kennen.«

Doktor Prance wies das Kompliment nicht zurück, doch dann bemerkte sie: »Sie sind meinem Gedächtnis nicht ganz entfallen, weil ich seither von Ihnen gehört habe, über Miss Birdseye.«

»Ach ja, ich bin ihr im Frühling begegnet. Ich hoffe, sie ist gesund und glücklich.«

»Glücklich ist sie immer, aber man kann nicht sagen, daß sie gesund ist. Sie ist sehr schwach; es geht mit ihr zu Ende.«

»Das tut mir sehr leid.«

»Auch sie ist bei Miss Chancellor zu Besuch«, bemerkte Doktor Prance nach einer Pause, die den lebhaften Eindruck unterstrich, ihrer Meinung nach legten gewisse Dinge durchaus nicht ohne weiteres den Schluß auf andere nahe.

»Nanu, meine Kusine hat ja alle hervorragenden Frauen um sich versammelt!« rief Basil Ransom aus.

»Ist Miss Chancellor Ihre Kusine? Es besteht nicht viel Familienähnlichkeit. Miss Birdseye ist hier um der wohltuenden Landluft willen, und ich bin gekommen, um ihr womöglich dabei zu helfen, etwas davon zu profitieren. Sie hätte nicht viel davon, wenn sie sich selbst überlassen bliebe. Miss Birdseye hat einen edlen Charakter, aber sie hat nicht viel Ahnung von Hygiene.« Doktor Prance kam sichtlich immer mehr in Plauderstimmung. Ransom wußte das zu schätzen und bemerkte, hoffentlich werde auch sie etwas von der Landluft profitieren – er fürchte, in Boston werde sie stark von ihrem Beruf in Anspruch genommen; worauf sie erwiderte: »Na, ich habe mir auf der Landstraße bloß ein bißchen Bewegung gemacht. Wahrscheinlich ist Ihnen nicht klar, was es heißt, eine von vier

Frauen zu sein, die in einem kleinen Holzhaus zusammengedrängt wohnen.«

Ransom erinnerte sich, wie sehr sie ihm damals gefallen hatte, und er hatte das Gefühl, sie werde ihm, wie man zu sagen pflegt, auch auf den zweiten Blick gefallen. Er hätte seiner Sympathie gern Ausdruck gegeben und ihr mit Freuden eine Zigarre angeboten, wenn ihm das freigestanden hätte. Er wußte nicht, was er ihr anbieten oder sonstwie für sie tun könnte, es sei denn, sie einzuladen, sich mit ihm auf einen Zaun zu setzen. Es war ihm vollkommen klar, wie die Situation in dem kleinen Holzhaus sein mußte, und er vermochte mit unmittelbarer Anteilnahme die Gefühle nachzuvollziehen, die Doktor Prance dazu getrieben hatten, sich aus dem Kreis zu lösen und unter den Sternbildern dahinzuwandern, die sie, davon war er überzeugt, sämtlich kannte. Er bat sie um Erlaubnis, sie auf ihrem Spaziergang zu begleiten, doch sie erklärte, sie gehe nicht viel weiter in diese Richtung; sie habe gerade umkehren wollen. Er kehrte mit ihr um, und sie gingen zusammen ins Dorf zurück, wo er endlich einen gewissen Zusammenhang zu entdecken begann, Zeichen der Besiedelung, Häuser, die nach einem in groben Zügen erkennbaren Plan angeordnet waren. Die Straße lief in gleichsam schmiegsamen Kurven zwischen ihnen hin, und es gab sogar Querstraßen und an einer Ecke eine Öllaterne und hier und da das kleine Schild eines geschlossenen Ladens mit einer unbestimmt dörflichen Aufschrift. Jetzt brannte in den Fenstern einiger Häuser Licht, und Doktor Prance zählte ihrem Begleiter einige Einwohner des Städtchens auf, die sich alle des Titels Kapitän zu erfreuen schienen. Es handelte sich um Schiffsführer im Ruhestand; es war ein richtiges kleines Nest solcher Würdenträger, deren zwei oder drei man unschlüssig in ihren dunklen Haustüren verweilen sah, als fehlte es ihnen an Antrieb, aufzubleiben, und doch erinnerten sie sich der Nächte in fernen Gewässern, wo sie nicht daran gedacht hätten, überhaupt schlafen zu gehen. Marmion nannte sich Kleinstadt, doch war es seit der Flaute im Schiffsbau erheblich zusammengeschrumpft; in den blühenden Jahren, vor dem Krieg, hatte man hier eine ganze Menge Schiffe gebaut. Es gab noch Werften, wo man fast die alten Hobelspäne aufsammeln konnte, die alten Nägel und Nieten, doch waren sie jetzt grasüberwuchert, und das Wasser leckte unbehindert daran. Eine Art Meeresarm war hereingeführt worden; er reichte ein Stück weit ins Land, nicht wie das richtige Meer, sondern sehr ruhig, wie ein Fluß; das war für manche reizvoller. Doktor Prance sagte nicht, der Ort sei malerisch oder altmodisch oder geisterhaft; aber er konnte erkennen, daß sie genau das meinte, als sie sagte, er modere dahin. Sogar unter dem Mantel der Nacht gewann er den Eindruck, der Ort habe lebhafteres Treiben erfahren, bessere Tage gesehen. Doktor Prance zielte mit keiner Bemerkung darauf hin, ihm eine Darlegung der Beweggründe für seine Reise nach Marmion zu entlocken; sie fragte ihn weder, wann er angekommen sei, noch wie lange er zu bleiben gedenke. Die Anspielung auf sein verwandtschaftliches Verhältnis zu Miss Chancellor mochte ihr als Grund genügen; doch andererseits hätte sie sich ohne weiteres fragen können, wieso er es nicht eiliger hatte, sich dort einzustellen, wenn er gekommen war, die jungen Damen aus der Charles Street zu besuchen. Es war deutlich, daß Doktor Prance sich nicht mit solcherart Analysen befaßte. Hätte Ransom über Halsschmerzen geklagt, hätte sie sich zielsicher nach seinen Symptomen erkundigt; doch sie war außerstande, ihm Fragen von gesellschaftlichem Belang zu stellen. Gesellig genug wanderten sie jedoch weiter durch die Hauptstraße der kleinen Stadt, die stellenweise riesige alte Ulmen verdunkelten, schwarze Schatten zu ihren Häupten. Salzgeruch lag in der Luft, als befänden sie sich näher am Wasser; Doktor Prance erklärte, Olives Haus liege am anderen Ende.

»Sie würden mir einen großen Gefallen erweisen, wenn Sie heute abend noch nicht erwähnten, daß Sie mich getroffen haben«, bemerkte Ransom nach einiger Zeit. Er hatte es sich mit der Vorwarnung anders überlegt.

»Das hätte ich ohnehin nicht«, gab seine Begleiterin zurück;

als sei bei ihr jede Mahnung hinsichtlich müßiger Äußerungen überflüssig.

»Ich möchte meine Ankunft als kleine Überraschung für morgen aufheben. Es wird mir eine große Freude sein, Miss Birdseye wiederzusehen«, fuhr er, ziemlich heuchlerisch, fort, als wäre das für ihn im Grunde Marmions wesentlichste Attraktion.

Doktor Prance offenbarte nicht ihren inneren Kommentar zu dieser Andeutung, wie immer er gelautet haben mag; sie sagte nur nach kurzem Zögern: »Nun, ich nehme an, es wird die alte Dame gewaltig interessieren, daß Sie hier sind.«

»Ich zweifle nicht an ihrer Fähigkeit, mit ihrer Menschenfreundlichkeit sogar so weit zu gehen.«

»Na ja, sie bringt Nächstenliebe für alle auf, aber sie – sogar sie – zieht ihre eigene Seite vor. Und doch betrachtet sie Sie als wahre Bereicherung.«

Ransom konnte nicht umhin, sich bei dem Gedanken geschmeichelt zu fühlen, er sei – wie dies zu erkennen gab – in dem kleinen Kreis bei Miss Chancellor ein Gegenstand des Gesprächs gewesen; doch vermochte er im Moment nicht zu erkennen, womit er dem ältesten Mitglied der Gruppe bisher eine Freude gemacht hätte. »Ich hoffe, sie hält mich noch für eine Bereicherung, wenn ich erst ein paar Tage hier bin«, sagte er lachend.

»Na, für sie sind Sie einer der bisher wichtigsten Bekehrten«, antwortete Doktor Prance farblos, als hätte sie sich nicht anmaßen wollen, den Grund zu erklären.

»Ein Bekehrter – ich? Meinen Sie von Miss Tarrant?« Ihm war wieder eingefallen, daß Miss Birdseye, als er sich nach ihrer Begegnung in Boston von ihr trennte, seiner Bitte um Geheimhaltung (die ihr anfangs irgendwie ruchlos vorgekommen war) in der Tat nur deshalb zugestimmt hatte, weil Verena ihn der Gemeinde zuführen würde. Er fragte sich, ob die junge Dame ihrer alten Freundin etwa berichtet habe, es sei ihr mit ihm gelungen. Er hielt das für unwahrscheinlich; aber es war nicht weiter wichtig, und er sagte fröhlich: »Nun, ich kann sie leicht bei ihrem Glauben lassen!«

Es war offensichtlich, daß sich Doktor Prance nicht leichter zu einer Täuschung bereit finden würde als damals ihre ehrwürdige Patientin; doch ging sie so weit, zu antworten: »Ich hoffe, Sie werden sie nicht auf den Gedanken kommen lassen, Sie verträten denselben Standpunkt wie damals, als ich mich mit Ihnen unterhielt. Ich konnte Ihren Standpunkt damals erkennen!«

»Es war etwa der gleiche Standpunkt wie der Ihre, nicht wahr?«

»Nun«, sagte Doktor Prance mit einem kleinen Seufzer, »ich fürchte, ich habe mich eher rückwärtsbewegt!« Ihr Seufzer verriet ihm eine ganze Menge; er wirkte wie ein schwacher, wohlgezügelter Protest gegen den Ton in Miss Chancellors engstem Kreis, dem anzugehören gegenwärtig ihr Los war; und die Art, wie sie so zögernd dastand, undeutlich in der Dunkelheit, als widerstrebte es ihr ziemlich, ihren Platz dort wieder einzunehmen, diese ganze Art rundete seinen Eindruck ab, die kleine Ärztin besitze ihre eigene Linie.

»Das muß Miss Birdseye aber doch Kummer machen«, bemerkte er vorwurfsvoll.

»Nicht so sehr, weil es auf mich nicht so ankommt. Nach ihrer Meinung sind die Frauen den Männern ebenbürtig, aber sie freuen sich viel mehr, wenn ein Mann sich anschließt, als wenn es eine Frau tut.«

Ransom machte Doktor Prance ein Kompliment über die Klarheit ihres Denkens, und dann fragte er: »Ist Miss Birdseye wirklich krank? Ist ihr Zustand bedenklich?«

»Nun, sie ist sehr alt, und sehr – sehr sanft«, antwortete Doktor Prance, auf der Suche nach ihrem Adjektiv ein wenig stockend. »Unter diesen Umständen kann ein Mensch ganz still verlöschen.«

»Wir müssen die Lampe putzen«, sagte Ransom; »ich will mich mit Freuden daran beteiligen, die heilige Flamme zu hüten.«

»Es wäre zu schade, wenn sie es nicht mehr erleben sollte, Miss Tarrants großen Auftritt zu hören«, fuhr seine Begleiterin fort.

»Miss Tarrants? Was heißt das?«

»Nun, es ist da drinnen das Hauptinteresse.« Und Doktor Prance wies jetzt mit einer unbestimmten Kopfbewegung auf ein kleines weißes Haus, eine ganze Strecke weit nach links von den Nachbarhäusern abgesetzt, ein wenig von der Straße zurückgezogen mit der Rückfront zum Wasser stehend. Es offenbarte mehr Lebenszeichen als alle anderen in der Umgebung; mehrere Fenster, besonders im Erdgeschoß, standen dem warmen Abend offen, und ein breiter Lichtstrahl fiel auf den grasbewachsenen Straßenrand davor. Ransom, nach wie vor entschlossen, sich diskret zu verhalten, hielt seine Begleiterin zurück, die gleich darauf mit kurzem, unterdrücktem Auflachen fortfuhr: »Daran können Sie erkennen, daß es dasjenige ist!« Er horchte, um auszumachen, was sie meinte, und Sekunden später drang ein Klang an sein Ohr – ein Klang, den er schon gut kannte, der Verena Tarrants Stimme in weiten Perioden und Kadenzen in die Stille der Augustnacht hinaustrug.

»Herrgott, was für eine wunderschöne Stimme!« rief er unwillkürlich aus.

Doktor Prances Augen funkelten ihn einen Moment an, und sie sagte humorvoll (sie gab sich immer gelöster): »Vielleicht hat Miss Birdseye recht!« Dann, als er keine Antwort gab, nur den Schwingungen der Stimme lauschte, die aus dem Haus geschwebt kamen, fuhr sie fort: »Sie übt ihre Rede ein.«

»Ihre Rede? Will sie hier eine Rede halten?«

»Nein, sobald sie in die Stadt zurückkommen – in der Music Hall.«

Ransoms Aufmerksamkeit wandte sich jetzt seiner Begleiterin zu. »Ist es das, was Sie ihren großen Auftritt nennen?«

»Nun, sie halten es wohl dafür. So übt sie jeden Abend; sie liest Miss Chancellor und Miss Birdseye Abschnitte daraus vor.«

»Und das ist die Zeit, die Sie für Ihren Spaziergang wählen?« fragte Ransom lächelnd.

»Na ja, es ist die Zeit, da meine alte Dame mich am wenigsten braucht; sie geht ganz darin auf.«

Doktor Prance befaßte sich mit Fakten; Ransom hatte das bereits entdeckt; und einige ihrer Fakten waren tatsächlich sehr interessant.

»Die Music Hall – ist das nicht Ihr großer Saal?« fragte er.

»Na, es ist der geräumigste, den wir haben; er ist recht geräumig, aber nicht so weiträumig wie Miss Chancellors Ideen«, fügte Doktor Prance hinzu. »Sie hat ihn gemietet, um Miss Tarrant – in Boston ist sie noch nie in solchem Rahmen aufgetreten – ganz groß an die Öffentlichkeit zu bringen. Sie erwartet, daß sie eine gewaltige Sensation erregt. Es wird ein bedeutsamer Abend, und sie bereiten sich darauf vor. Sie betrachten es als den eigentlichen Anfang.«

»Und das hier ist die Vorbereitung?« fragte Basil Ransom.

»Ja; wie gesagt, es ist ihr Hauptinteresse.«

Ransom lauschte, und während er lauschte, grübelte er. Er hatte es für möglich gehalten, daß Verenas Grundsätze durch das Glaubensbekenntnis, mit dem er sie in New York traktiert hatte, erschüttert worden seien; doch das hier sah schwerlich danach aus. Mehrere Minuten standen Doktor Prance und er schweigend beisammen.

»Sie verstehen ja die Worte nicht«, bemerkte die Ärztin mit einem Lächeln, das im Dunkeln mephistophelisch wirkte.

»Ach, ich kenne die Worte!« rief der junge Mann beinahe stöhnend, als er ihr die Hand zum Gutenachtgruß reichte.

Sechsunddreißigstes Kapitel

Ein Maß kluger Voraussicht hatte ihn bestimmt, seinen Besuch auf den Vormittag zu verschieben; er hielt es für wahrscheinlicher, daß er um diese Zeit Verena allein begegnen könnte, während die zwei jungen Frauen am Abend gewiß beisammensitzen würden. Als der Morgen anbrach, gab es bei Basil Ransom jedoch keine Spur bangen Zauderns; er hatte keine Ahnung, welcher Empfang ihn erwartete, und als er den Weg zu dem Häuschen einschlug, das Doktor Prance ihm am

Abend vorher gezeigt hatte, offenbarte sein Schritt, daß sich seine Gedanken viel stärker auf seine Absichten als auf mögliche Hindernisse konzentrierten. Unterwegs stellte er die Betrachtung an, ein Haus zum ersten Mal bei Nacht zu sehen, sei fast so, als lese man einen ausländischen Autor in einer Übersetzung. Zur gegenwärtigen Stunde – es ging auf elf – hatte er das Gefühl, es mit dem Original zu tun zu haben. Die kleine, sich unregelmäßig ballende Stadt zog sich am Rand einer blauen Bucht entlang, deren entgegengesetzte Seite ein flaches, bewaldetes Ufer säumte, mit einem Schimmer weißen Sandes, wo es das Wasser berührte. Die schmale Bucht lenkte den Blick hinaus auf ein zugleich strahlendes und mattes Bild – eine blinkende, schlummernde, sommerliche See, in der Ferne von einer Küstenlinie eingefaßt, die unter der Augustsonne dunstig und zart erschien. Ransom sah den Ort als Stadt an, weil Doktor Prance ihn so bezeichnet hatte; doch es war eine Stadt, wo man in den Straßen den Duft von Heu roch und auf dem wichtigsten Platz Brombeeren pflücken konnte. Die Häuser blickten einander über das Gras hinweg an – niedrige, ausgeblichene, schiefstehende, breit hingelagerte Häuser mit trockenen, rissigen Fassaden und den trüben Augen verquollener Fenster mit kleinen Scheiben. Ihre schmalen Vorhöfe strotzten von üppigen, altmodischen Blumen, zumeist gelb; und in dem weiter vom Meer abgelegenen Bezirk stiegen die Felder schräg an, und die Wälder, in denen sie sich bald verloren, blickten über die Dächer herab. Riegel und Haken gehörten nicht zur technischen Ausstattung Marmions, und ein auf Signale an der Tür ansprechender Dienstbote, der den Besucher an der Schwelle in Empfang nahm, war eher ein Wunschbild als ein tatsächlich vorhandenes Wesen; daher fand Basil Ransom Miss Chancellors Haustür weit offen (wie er es schon am Abend zuvor gesehen hatte), und sogar eines Klopfers oder Klingelgriffs ermangelnd. Von seinem Standort auf der Veranda aus konnte er das kleine Wohnzimmer links vom Flur ganz überblicken – konnte sehen, daß es sich bis zu den Fenstern an der Rückfront erstreckte; daß man zur Zierde Photographien ausländischer Kunstwerke an die Wände geheftet und den Raum mit einem Klavier und weiteren kleinen schmückenden Improvisationen ausgestattet hatte, wie sie erfinderische Frauen an die Häuser verschwenden, die sie für ein paar Wochen mieten. Verena erzählte ihm später, Olive habe ihr Häuschen möbliert gemietet, doch seien Stühle und Tische und Betten so spärlich vorhanden, daß sich ihre kleine Gesellschaft nahezu abwechselnd hinzusetzen oder hinzulegen pflege. Andererseits besäßen sie sämtliche Werke von George Eliot und zwei Photographien der Sixtinischen Madonna. Ransom pochte mit dem Stock an den Türsturz, aber niemand kam, ihn zu empfangen; also trat er in das Wohnzimmer, wo er feststellte, daß seine Kusine Olive so viele deutsche Bücher wie immer umherzuliegen hatte. Seiner Gewohnheit gemäß versenkte er sich kurz in diese Literatur, und dann fiel ihm ein, er sei nicht deswegen gekommen, und als er an der Tür gewartet hatte, habe er durch eine zweite Tür am entgegengesetzten Ende des Flures Hinweise dafür entdeckt, daß sich dem Haus an der anderen Seite eine kleine Veranda anschloß. Mit dem Gedanken, die Damen hätten sich womöglich dort im Schatten zusammengefunden, schob er die Musselingardine des rückwärtigen Fensters beiseite und fand hier die Vorzüge von Miss Chancellors Sommerquartier offenbart. Tatsächlich gab es da eine Veranda, die sich in einem breiten, waagerechten, mit uraltem Wein bewachsenen Gitterspalier sozusagen fortsetzte. Jenseits des Spaliers befand sich ein kleiner, einsamer Garten; hinter dem Garten dehnte sich undeutlich eine weite, baumbestandene Fläche aus, wo einige Stapel alten Bauholzes lagerten, wie er später erfuhr, Überbleibsel der Schiffsbauära, von der ihm Doktor Prance berichtet hatte; und noch dahinter breitete sich der reizvolle, einem See gleichende Meeresarm aus, den er bereits bewundert hatte. Seine Augen verweilten aber nicht in der Ferne; sie wurden von einer Gestalt angezogen, die unter dem Spalier saß, wo das Sonnenlicht zwischen dem Weinlaub hindurch in einem Fleckenmuster auf eine bunte, auf der Erde ausgebreitete Decke fiel. Der Boden der grob zurechtgezimmerten Veranda lag so tief, daß praktisch kein Höhenunterschied bestand. Ransom brauchte nur einen Augenblick, um Miss Birdseye zu erkennen, obwohl sie mit dem Rücken zum Haus saß. Sie war allein; sie saß regungslos da (mit einer Zeitung auf dem Schoß, doch nicht in der Haltung einer Lesenden) und blickte auf die schimmernde Bucht hinaus. Vielleicht schlief sie; deshalb mäßigte Ransom seinen ausgreifenden Schritt, als er das Haus durchquerte, um sich zu ihr zu gesellen. Diese Vorsichtsmaßnahme drückte seinen einzigen Skrupel aus. Er durchmaß die Veranda und blieb dicht neben ihr stehen, sie schien ihn aber nicht zu bemerken. Sie schlummerte sichtlich, oder eher vermutlich, denn ihren Kopf umhüllte ein alter, ausgebleichter Strohhut, der den oberen Teil ihres Gesichts verdeckte. In ihrer Nähe standen noch zwei, drei Stühle und ein Tisch, auf dem ein halbes Dutzend Bücher und Zeitschriften lagen, und daneben war ein Glas mit einer farblosen Flüssigkeit abgestellt, mit einem Löffel quer darüber. Ransom wollte ihre Ruhe keinesfalls stören, deshalb setzte er sich auf einen Stuhl und wartete darauf, daß sie seine Anwesenheit von selbst bemerkte. Er fand Miss Chancellors Hintergärtchen ganz entzückend, und seine ermatteten Sinne kosteten die Brise aus – den müßigen, wandernden Sommerwind –, die das Weinlaub über seinem Kopf bewegte. Die dunstigen Ufer jenseits des Wassers mit ihren weitaus zarteren Tönungen als die der Straßenszenerie New Yorks (sie sahen aus wie mit Silber überstäubt, eine Art Mittsommerlicht) wirkten auf ihn wie ein Traumland, wie die Landschaft in einem Gemälde. Basil Ransom hatte noch sehr wenige Gemälde gesehen, in Mississippi gab es keine; doch in seinen Visionen sah er gelegentlich Dinge vor sich, die die wirkliche Welt an Vollkommenheit übertrafen, und seine jetzige Situation bereitete ihm nahezu ebensoviel Freude, als hätte er ein eindrucksvolles Kunstwerk vor Augen. Wie ich schon sagte, vermochte er nicht zu erkennen, ob Miss Birdseye die Aussicht durch geöffnete Augen in sich aufnahm oder nur mit Hilfe ihrer Vorstellungskraft (die besaß sie zur Genüge) durch geschlossene, müde, geblendete

Augen. Während er so neben ihr saß und die Minuten verrannen, erschien sie ihm wie die Verkörperung wohlverdienter Muße, eines geduldig ertragenen, ergebenen Ruhestands. Man mochte sie zum Abschluß eines langen Tagewerks da hingesetzt haben, um sie die unklare Vorausschau auf den friedlichen Fluß und die schimmernden Gestade des Paradieses genießen zu lassen, für das ihr selbstloses Leben ihr gewiß den Einlaß verbürgte und das sich ihr offenbar bald auftun sollte. Nach einer Weile sagte sie ruhig, ohne sich umzudrehen: »Es wird wohl Zeit, daß ich wieder meine Medizin einnehme. Es sieht wirklich so aus, als hätte sie das Richtige getroffen; meinen Sie nicht auch?«

»Meinen Sie den Inhalt dieses Glases? Ich gebe es Ihnen sehr gern, und Sie müssen mir sagen, wieviel Sie davon nehmen.« Und Basil Ransom stand auf und nahm das Glas vom Tisch.

Beim Klang seiner Stimme schob Miss Birdseye ihren Strohhut mit einer bei ihr geläufigen Bewegung zurück, drehte ihre eingehüllte Gestalt ein wenig (selbst im August spürte sie die Kühle und mußte dick eingewickelt werden, wenn sie draußen sitzen wollte) und richtete einen nachdenklichen, gar nicht erstaunten Blick auf ihn.

»Einen Löffel voll – oder zwei?« fragte Ransom lächelnd, während er die Medizin umrührte.

»Na, ich glaube, diesmal nehme ich zwei.«

»Doktor Prance mußte ja das Richtige treffen«, plauderte Ransom, während er ihr die Medizin eingab; indes die Bewegung, mit der sie das Gesicht vorstreckte, um sie einzunehmen, sie doppelt kindlich erscheinen ließ.

Er stellte das Glas ab, und sie sank in ihre alte Stellung zurück; sie schien zu überlegen. »Es ist homöopathisch«, bemerkte sie dann.

»Oh, daran zweifle ich nicht; Sie würden vermutlich gar nichts anderes nehmen.«

»Nun, es wird jetzt allgemein als das wahre System anerkannt.«

Ransom rückte näher an sie heran, setzte sich so, daß sie ihn besser sehen konnte. »Es ist etwas Großartiges, das wahre System zu besitzen«, äußerte er, sich freundlich zu ihr neigend; »ich bin sicher, Sie besitzen es in jeder Beziehung.« Er heuchelte nicht oft, aber wenn, dann gründlich.

»Na, ich weiß nicht, ob überhaupt jemand das Recht hat, das zu behaupten. Ich dachte, Sie wären Verena«, fuhr sie nach einem Weilchen fort und musterte ihn wieder mit ihrem milden, bedächtigen Blick.

»Ich habe schon darauf gewartet, daß Sie mich erkennen; natürlich wußten Sie nicht, daß ich hier bin – ich bin erst gestern abend angekommen.«

»Ich freue mich, daß Sie diesmal Olive besuchen kommen.«

»Sie erinnern sich, daß ich das nicht wollte, als wir uns das letzte Mal begegnet sind?«

»Sie baten mich, ihr gegenüber nicht zu erwähnen, daß ich Sie getroffen hatte; das weiß ich noch genau.«

»Und erinnern Sie sich nicht mehr, was ich vorhatte? Ich habe Ihnen gesagt, ich wollte nach Cambridge hinaus und Miss Tarrant besuchen. Dank der Auskunft, die Sie mir freundlicherweise gaben, konnte ich das tun.«

»Ja, sie hat mir über Ihren Besuch einen richtigen kleinen Bericht erstattet«, sagte Miss Birdseye mit einem Lächeln und einem undeutlichen Kehllaut – einer Art ganz persönlicher, sinnender Anspielung auf den Begriff das Lachens –, dessen genaue Bedeutung Ransom nie erfuhr, wenn er auch noch lange Zeit eine freundliche Erinnerung an das Verhalten der alten Dame an diesem Tag bewahrte. .

»Ich weiß nicht, wie es ihr gefallen hat, aber für mich war es eine ungeheure Freude; in der Tat eine so große Freude, daß ich sie, wie Sie sehen, erneut besuchen gekommen bin.«

»Dann nehme ich an, sie hat Sie tatsächlich aufgerüttelt?«

»Sie hat mich ungeheuer aufgerüttelt«, bestätigte Ransom lachend.

»Nun, Sie werden ein bedeutsamer Zuwachs sein«, gab Miss Birdseye zurück. »Und diesmal gilt Ihr Besuch auch Miss Chancellor?«

»Das hängt davon ab, ob sie mich empfangen will.«

»Nun, wenn sie weiß, daß Sie aufgerüttelt sind, hilft das schon viel«, meinte Miss Birdseye ein wenig grüblerisch, als wäre sogar ihrem schlichten Gemüt klargeworden, daß die Beziehungen zu Miss Chancellor heikel sein mochten. »Aber sie kann Sie jetzt nicht empfangen, nicht wahr, weil sie ausgegangen ist. Sie ist zum Postamt, die Briefe aus Boston abholen, und sie bekommen Tag für Tag so viele, daß sie Verena mitnehmen mußte, um sich von ihr beim Tragen helfen zu lassen. Eine von beiden wollte bei mir bleiben, weil Doktor Prance angeln gegangen ist, aber ich sagte, ich dächte doch, man könne mich schon mal knapp sieben Minuten allein lassen. Ich weiß, wie von Herzen gern sie beisammen sind; man möchte glauben, die eine könnte gar nicht ohne die andere aus dem Haus gehen. Ebendeshalb sind sie hierhergekommen, weil es ruhig ist, und es sah nicht so aus, als wäre sonst jemand da, zu dem sie sich besonders hingezogen fühlen würden. So wäre es zu schade, wenn ich ihnen nur nachgefahren wäre, um ihnen das zu verderben!«

»Ich fürchte, ich werde es ihnen verderben, Miss Birdseye.«

»Ach, na ja, ein Herr«, murmelte die alte Frau.

»Ja, was kann man von einem Herrn erwarten? Ich will es ihnen ganz gewiß verderben, wenn ich kann.«

»Sie sollten lieber mit Doktor Prance angeln gehen«, riet Miss Birdseye mit einer Seelenruhe, die bewies, daß sie weit davon entfernt war, das Unheildrohende der Ankündigung zu ermessen, die er soeben gemacht hatte.

»Dagegen habe ich gar nichts einzuwenden. Die Tage müssen hier sehr lang sein – besonders viele Stunden haben. Haben Sie die Ärztin auch hier?« erkundigte sich Ransom, als wüßte er überhaupt nichts von ihr.

»Ja, Miss Chancellor hat uns beide eingeladen; sie ist sehr aufmerksam. Sie ist nicht nur theoretisch eine Philanthropin – sie geht auch ins einzelne«, erklärte Miss Birdseye und bot ihre umfangreiche Person in ihrem Sessel auf eine Weise dar, als wäre sie selbst nur ein solcher einzelner Punkt. »In Boston scheint man kein großes Verlangen nach uns zu haben, jedenfalls im August.«

»Und nun sitzen Sie hier und genießen die Brise und bewundern die Aussicht«, bemerkte der junge Mann und fragte sich, wann die zwei Boten, deren sieben Minuten längst abgelaufen sein mußten, vom Postamt zurückkehren würden.

»Ja, ich genieße alles in diesem kleinen altertümlichen Ort; ich hätte nicht geglaubt, daß ich mich mit einem so passiven Dasein begnügen könnte. Es ist ein großer Gegensatz zu meinen früheren Anstrengungen. Aber irgendwie scheint es, als gebe es hier herum keine Probleme und kein Unrecht; und wenn es doch etwas Derartiges geben sollte, sind ja Miss Chancellor und Miss Tarrant da, um sich darum zu kümmern. Sie meinen offenbar, ich soll lieber die Hände in den Schoß legen. Und dann, wenn hilfsbereite, edelmütige Geister aus Ihrem Teil des Landes herbeizuströmen beginnen«, fuhr Miss Birdseye fort und blickte ihn unter dem verzogenen und verblichenen Baldachin ihres Hutes hervor mit einem Wohlwollen an, das ihren Gedanken ermutigend für ihn zu Ende führte, in einem Sinne ganz nach seinem Belieben.

Er empfand mittlerweile, er habe sich auf eine ziemlich unaufrichtige Rolle festgelegt; er war verpflichtet, ihrem Optimismus keinen Schock zu versetzen. Das mochte ihn in den nächsten Tagen ein hohes Maß an Verstellung kosten, doch zunächst blieb es ihm erspart, seinen Einfallsreichtum weiter zu verausgaben, denn gewisse warnende Geräusche mahnten ihn, seinen Verstand für ein dringlicheres Anliegen beisammenzuhalten. Im Flur des Hauses erklangen Stimmen, Stimmen, die er kannte, die sich rasch näherten; so daß, bevor er sich noch hatte erheben können, eine der Sprecherinnen aus dem Haus gekommen war, mit dem Ausruf: »Liebe Miss Birdseye, hier sind sieben Briefe für Sie!« Die Worte fielen förmlich zu Boden, bevor sie richtig ausgesprochen waren, und als Ransom aufstand und sich umwandte, sah er Olive Chancellor vor sich, den Packen vom Postamt in der Hand. Sie starrte ihn in jähem Entsetzen an; im Moment ließ ihre Selbstbeherrschung sie gänzlich im Stich. Ihre Miene entbehrte so völlig jeglichen Ausdrucks des Willkommens, bot ihm als Begrüßung nichts als Bestürzung, daß er spürte, hier gebe es für ihn nichts zu sagen, nichts, das die widerwärtige Tatsache seines Hierseins abmildern könnte. Er konnte sie nur erahnen, sie erraten lassen, diesmal könne sie ihn nicht loswerden. Im nächsten Augenblick streckte er – um die Situation aufzulockern – die Hand nach Miss Birdseyes Briefen aus, und es wies darauf hin, wie schwach und kraftlos Olive geworden war, daß sie sie ihm überließ. Er händigte der alten Dame das Päckchen aus, und nun war Verena in der Tür des Hauses erschienen. Sobald sie ihn sah, lief sie blutrot an; doch stand sie nicht wie Olive sprachlos da.

»Nanu, Mr. Ransom«, rief sie aus, »wo in aller Welt hat es *Sie* denn an Land gespült?« Miss Birdseye nahm inzwischen ihre Briefe in Empfang, und es sah nicht so aus, als hätte sie bemerkt, daß die Begegnung zwischen Olive und ihrem Besucher eine Art Zusammenstoß war.

Verena war es, die die Situation entspannte; ihre fröhliche Frage kam ihr so prompt über die Lippen, als hätte sie keinerlei Anlaß zur Verlegenheit. Sie war nicht verwirrt, selbst als sie errötete, und ihre Geistesgegenwart läßt sich vielleicht durch die Gewöhnung an öffentliche Reden erklären. Als sie näher trat, lächelte Ransom ihr entgegen, doch er sprach zuerst Olive an, die bereits die Augen von ihm abgewandt hatte und auf die blaue Seelandschaft hinausstarrte, als fragte sie sich, was ihr nun schließlich widerfahren werde.

»Natürlich sind Sie ungemein überrascht, mich zu sehen; aber ich hoffe, ich kann Sie dazu bringen, mich nicht gänzlich im Licht eines Eindringlings zu sehen. Ich fand Ihre Tür offen, ich trat ein, und Miss Birdseye schien der Meinung zu sein, ich könne bleiben. Miss Birdseye, ich stelle mich unter Ihren Schutz; ich flehe Sie an; ich appelliere an Sie«, fuhr der junge Mann fort. »Nehmen Sie sich meiner an, bürgen Sie für mich, hüllen Sie mich in den Mantel Ihrer Nächstenliebe!«

Miss Birdseye blickte von ihren Briefen auf, als wäre seine

Bitte zunächst nur schwach an ihr Ohr gedrungen. Sie ließ die Augen von Olive zu Verena wandern; dann sagte sie: »Meinen Sie nicht, wir hätten Platz für alle? Wenn ich daran denke, was ich im Süden erlebt habe, berührt mich die Tatsache, daß Mr. Ransom hier ist, als ein großer Triumph.«

Olive vermochte offenbar nicht zu folgen, und Verena fiel mit Eifer ein: »Natürlich wußten Sie aus meinem Brief, daß wir hier sind. Der, den ich unmittelbar vor unserer Abreise schrieb, Olive«, fuhr sie fort. »Weißt du nicht mehr, daß ich ihn dir gezeigt habe?«

Bei der Erwähnung dieses Akts der Unterwürfigkeit seitens ihrer Freundin zuckte Olive zusammen und schoß ihr einen seltsamen Blick zu; dann eröffnete sie Basil, sie sehe keinen Grund, weshalb er sein Kommen so wortreich erkläre; jedermann habe das Recht zu kommen. Es sei ein ganz reizender Ort; ein Aufenthalt hier tue jedem gut. »Aber für Sie wird er einen Mangel aufweisen«, fügte sie an; »drei Viertel der Sommergäste sind Frauen!«

Dieser Versuch Miss Chancellors, einen Scherz zu machen, so unerwartet, so wenig zu ihr passend, mit weißen Lippen und kalten Augen vorgebracht, berührte Ransom so sonderbar, daß er sich nicht enthalten konnte, einen staunenden Blick mit Verena zu wechseln, die ihm, hätte sie dazu Gelegenheit gehabt, womöglich das Phänomen hätte erklären können. Olive hatte sich gefangen, hatte sich erinnert, daß sie außer Gefahr sei, daß ihre Gefährtin in New York ihren Verfolger zurückgewiesen, vor ihren Ohren bloßgestellt hatte; und zum Beweis ihres eigenen Gefühls der Sicherheit sowie als rührendes Zeichen für Verena, jetzt, nach allem, was vorgefallen war, habe sie keine Angst mehr, hielt sie einen leicht spöttischen Ton für wirkungsvoll.

»Ach, Miss Olive, tun Sie doch nicht so, als glaubten Sie, ich liebte Ihr Geschlecht so wenig, wo Sie doch genau wissen, was Sie wirklich an mir auszusetzen haben, ist, daß ich es zu sehr liebe!« Ransom war nicht dreist, er war nicht unverfroren, er war in Wirklichkeit ein sehr bescheidener Mensch; doch ihm war klar, was immer er auch sagen oder tun mochte, er war dazu verurteilt, unverfroren zu wirken, und er argumentierte vor sich selbst, wenn ihm denn schon der Makel aufgehalst werden solle, als unverschämt zu gelten, könne er sich genausogut den Vorteil davon gönnen. Ihn scherte es in Wahrheit nicht, ob man ihn verurteilen oder ob er jemanden beleidigen könnte; er hatte ein Ziel, das derartige Nichtigkeiten beiseite wischte, und er war so davon erfüllt, daß es ihn festigte, ihn im Gleichgewicht hielt, ihm eine Sicherheit gab, die man leicht mit kalter Zurückhaltung hätte verwechseln können. »Dieser Ort wird mir guttun«, fuhr er fort; »ich hatte seit über zwei Jahren keine Ferien mehr, ich hätte keinen Tag länger weitermachen können; ich war am Ende. Ich hätte Ihnen vorher geschrieben, daß ich komme, aber ich habe mich binnen weniger Stunden entschlossen und auf den Weg gemacht. Mir kam der Gedanke, das hier sei genau, was ich brauche; ich erinnerte mich, wie es Miss Tarrant in ihrem Brief beschrieben hatte, es sei ein Ort, wo die Leute sich auf den Boden legen und ihre alten Kleider tragen können. Ich liege mit Vorliebe auf dem Boden, und alle meine Kleider sind alt. Ich hoffe, drei oder vier Wochen bleiben zu können.«

Olive hörte ihn bis zu Ende an; sie blieb noch einen Moment länger stehen, und dann stürzte sie ohne ein Wort, ohne einen Blick ins Haus. Ransom sah, daß Miss Birdseye in ihre Briefe vertieft war; also ging er geradewegs auf Verena zu und blieb vor ihr stehen, ihr tief in die Augen blickend. Jetzt lächelte er nicht mehr wie vorher, als er mit Olive sprach. »Kommen Sie mit mir irgendwohin, wo ich allein mit Ihnen sprechen kann?«

»Warum haben Sie das getan? Es war nicht recht von Ihnen, herzukommen!« Verena sah immer noch aus, als erröte sie, doch Ransom merkte, er müsse einen leichten Sonnenbrand in Anschlag bringen.

»Ich bin gekommen, weil es nötig ist – weil ich Ihnen etwas sehr Wichtiges zu sagen habe. Eine ganze Menge.«

»Dieselben Dinge, die Sie in New York gesagt haben? Ich will sie nicht noch einmal hören – sie waren schrecklich!«

»Nein, nicht dieselben – andere. Ich möchte, daß Sie mit mir herauskommen, fort von hier.«

»Sie wollen immer, daß ich mit herauskomme! Wir können hier nicht hinausgehen; wir *sind* hier draußen, so weit, wie das überhaupt möglich ist!« sagte Verena lachend. Sie versuchte es abzuwenden – aus dem Gefühl heraus, daß ihr eine Gefahr drohe.

»Kommen Sie mit in den Garten hinunter und von da aus noch weiter – zum Wasser, wo wir miteinander sprechen können. Dazu bin ich hergekommen, nicht aus dem Grund, den ich Miss Olive genannt habe.«

Er hatte die Stimme gesenkt, als könnte Miss Olive sie immer noch hören, und in ihrem Ton lag etwas eigenartig Ernstes – tatsächlich geradezu Feierliches. Verena sah sich um, sah den herrlichen Sommertag, die fest eingewickelte, formlose Gestalt Miss Birdseyes, die ihren Brief unter den Hutrand hielt. »Mr. Ransom!« stieß sie dann einfach hervor; und als ihre Augen ihm wieder begegneten, offenbarten sie ihm zwei Tränen.

»Sie sollen nicht leiden müssen, das meine ich aufrichtig. Ich will nichts sagen, das Ihnen weh tut. Wie kann ich Ihnen denn überhaupt weh tun, wenn ich so viel für Sie empfinde?« fuhr er mit beherrschter Kraft fort.

Sie sagte nichts mehr, doch mit ihrem ganzen Antlitz flehte sie ihn an, sie freizulassen, sie zu verschonen; und als dieser Ausdruck sich vertiefte, begann rasch ein Gefühl des Überschwangs und des Erfolgs in seinem Herzen zu pochen, denn er sagte ihm genau das, was er wissen wollte. Er sagte ihm, daß sie ihn fürchtete, daß sie sich selbst nicht mehr vertraute, daß er ihren Charakter richtig gedeutet hatte (sie war dem Angriff gegenüber extrem wehrlos, sie war für die Liebe bestimmt, sie war für ihn bestimmt) und daß es nur eine Frage der Zeit sei, bis er dahin gelangen würde, wo er hinwollte. Dieses glückliche Bewußtsein machte ihn ihr gegenüber ausgesprochen zartfühlend; er konnte gar nicht genug Beschwichtigung in sein Lächeln, in sein sanftes Flüstern legen, als er sagte: »Geben Sie mir nur zehn Minuten; empfangen Sie mich nicht damit, daß Sie mich abweisen. Es sind meine Ferien – meine armseligen, bescheidenen Ferien; verderben Sie sie mir nicht.«

Als Miss Birdseye drei Minuten später von ihrem Brief aufblickte, sah sie die beiden miteinander durch den wuchernden Garten gehen und durch eine Lücke des alten Zauns steigen, der das hintere Ende abschloß. Sie gelangten in die dahinterliegende ehemalige Schiffswerft, die jetzt bloß noch ein kaum erkennbarer, grasbewachsener Zugang zum Ufer war, wo ein paar Reste übriggebliebenen Bauholzes verstreut umherlagen. Sie sah sie zum Rand der Bucht schlendern und dort stehenbleiben, wo ihnen die sanfte Brise ins Gesicht wehte. Sie beobachtete sie ein Weilchen, und es wärmte ihr das Herz, den stolzen jungen Südstaatler in den Fesseln einer Tochter Neuenglands zu sehen, die in der richtigen Schule herangebildet worden war und ihre Ansichten unverfälscht durchsetzen würde. Zog man in Betracht, wie voreingenommen er gewesen sein mußte, benahm er sich zweifellos hervorragend; selbst auf diese Entfernung nahm Miss Birdseye verschwommen wahr, daß etwas geradezu Demütiges in der Art lag, wie er Verena Tarrant einlud, sich auf einen niedrigen Stoß schwarzverwitterter Bretter zu setzen, die die einzige Ausstattung des Platzes ausmachten, und womöglich drückte sich eine Spur zu stark ein selbstgerechter Triumph darin aus, wie das Mädchen den Vorschlag beiseite wischte und stehenblieb, wo es ihr gefiel, ein wenig zu stolz, ein ganzes Stück von ihm abgewandt. Soviel konnte Miss Birdseye sehen, aber sie konnte nichts hören, so daß sie nicht erfuhr, was Verena veranlaßte, sich ihm auf eine Äußerung hin jählings wieder zuzuwenden. Hätte sie es erfahren, wäre ihr seine Bemerkung vielleicht weniger ungewöhnlich vorgekommen – unter den Umständen, die das Zusammentreffen dieser zwei jungen Menschen begleiteten –, als sie dem Leser erscheinen mag.

»Man hat einen meiner Artikel angenommen; ich glaube, es ist der beste.« Das waren die ersten Worte, die Basil Ransom über die Lippen kamen, nachdem das Paar sich so weit vom

Haus zurückgezogen hatte, wie es (in dieser Richtung) möglich war.

»Ach, ist er gedruckt – wann erscheint er?« Verena stellte diese Frage sofort; sie sprang ihr auf eine Art von den Lippen, die ihre noch wenige Augenblicke zuvor gezeigte Miene, sich auf Abstand von ihm halten zu wollen, gänzlich Lügen strafte.

Er sagte ihr diesmal nicht noch einmal, was er ihr gesagt hatte, als sie anläßlich ihres gemeinsamen Spaziergangs in New York wenig folgerichtig die Hoffnung äußerte, sein Schicksal als abgewiesener Mitarbeiter werde eine günstige Wende nehmen – er erklärte ihr nicht noch einmal, sie sei ein zauberhaftes Wesen; er fuhr nur fort (als sei ihr Umschwung ganz selbstverständlich), alles zu erklären, was ihm nur möglich war, damit sie ihn schnellstens besser kennenlernte und erkannte, wie vollkommen sie ihm vertrauen könne. »Das war genaugenommen der Grund, weshalb ich hergekommen bin. Der bewußte Essay ist das Wichtigste, was ich in Richtung literarischer Bemühungen hervorgebracht habe, und ich beschloß, das Spiel aufzugeben oder fortzufahren, je nachdem, ob es mir gelingen würde, ihn anzubringen oder nicht. Neulich bekam ich einen Brief vom Herausgeber der ›Rational Review‹, in dem er mir mitteilt, er werde ihn sehr gern abdrucken, er halte ihn für sehr bemerkenswert, und er würde sich freuen, wieder von mir zu hören. Er wird wieder von mir hören – da braucht er keine Angst zu haben! Der Artikel enthielt eine ganze Reihe der Ansichten, die ich Ihnen auseinandergesetzt habe, und noch eine ganze Menge dazu. Ich glaube wirklich, er wird einige Aufmerksamkeit erregen. Jedenfalls bedeutet die schlichte Tatsache, daß er veröffentlicht wird, eine Wende in meinem Leben. Ihnen wird das zweifellos kläglich erscheinen, denn Sie treten selbst an die Öffentlichkeit, stehen seit Jahren vor den Augen der Welt und werden mit Triumphen aller Art überschüttet; aber für mich ist es einfach eine ungeheure Sache. Es überzeugt mich, daß ich etwas leisten kann; es hat meinen ganzen Ausblick auf meine Zukunft verändert. Bisher habe ich Luftschlösser gebaut und Sie in das größte und schönste gesetzt. Das ist eine wichtige Veränderung, und, wie gesagt, es ist der eigentliche Grund meines Kommens.«

Verena verlor kein Wort dieser freundlichen, versöhnlichen, ausführlichen Darlegung; sie enthielt für sie zahlreiche Überraschungen, und sobald Ransom zu Ende gesprochen hatte, erkundigte sie sich: »Aber waren Sie vorher nicht von Ihrer Zukunft überzeugt?«

Ihr Ton machte ihm deutlich, wie wenig sie vermutet hatte, er könnte der Schwäche einer Entmutigung unterliegen, wie sehr es für sie außer Frage gestanden hatte, daß er eines Tages in seiner eigenen ziellosen Laufbahn triumphieren würde. Es war der wohltuendste Tribut, den er bisher zugunsten des Gedankens empfangen hatte, er sei womöglich doch befähigt; der Brief des Herausgebers der ›Rational Review‹ war gar nichts dagegen. »Nein, ich fühlte mich sehr niedergeschlagen; mir schien überhaupt nicht klar, ob es für mich einen Platz auf der Welt gibt.«

»Himmel!« sagte Verena Tarrant.

Eine Viertelstunde später bemerkte Miss Birdseye, die sich wieder ihren Briefen zugewandt hatte (sie hatte eine Briefpartnerin in Framingham, die in der Regel fünfzehn Seiten schrieb), daß Verena, jetzt allein, zum Haus zurückkehrte. Sie hielt sie auf und sagte, hoffentlich habe sie Mr. Ransom nicht über Bord gestoßen.

»O nein; er ist gegangen – den anderen Weg entlang.«

»Aha. Ich hoffe, er spricht bald für uns.«

Verena zögerte ein wenig. »Er spricht mit der Feder. Er hat einen sehr schönen Artikel geschrieben – für die ›Rational Review‹.«

Miss Birdseye musterte ihre junge Freundin wohlgefällig; die Blätter ihres endlosen Briefes flatterten in der Brise. »Es ist doch wunderbar, mitzuerleben, wie es vorangeht, nicht wahr?«

Verena wußte kaum, was sie sagen sollte; dann dachte sie daran, daß Doktor Prance ihr eröffnet hatte, sie könnten jeden Tag ihre liebe alte Gefährtin verlieren, und stellte dem gegenüber, was Basil Ransom soeben gesagt hatte – daß die »Rational

Review« eine Vierteljahresschrift sei und der Herausgeber ihm mitgeteilt habe, sein Artikel werde erst in der übernächsten Nummer erscheinen –, worauf sie überlegte, vielleicht sei Miss Birdseye, so viele Monate später, gar nicht mehr in der Lage, zur Kenntnis zu nehmen, wie sich ihr angeblicher Partner da geäußert hatte. Man könne sie deshalb ruhig in ihrem Glauben lassen, wie immer es ihr beliebe, ohne Angst vor einem Tag der Abrechnung. Die einzige Bestätigung, auf die Verena sich jedoch einließ, war ein Kuß, den der verrutschte Hut der alten Dame ihr auf die Stirn zu drücken erlaubte und der Miss Birdseye zu dem Ausruf veranlaßte: »Aber Verena Tarrant, wie kalt Ihre Lippen sind!« Zu hören, daß ihre Lippen kalt waren, überraschte Verena nicht; eine tödliche Kälte hatte sie beschlichen, denn sie wußte, diesmal werde sie mit Olive eine ungeheure Szene durchmachen.

Sie fand sie in ihrem Zimmer, in das sie vor Mr. Ransoms Gegenwart geflohen war; sie saß in der Fensternische, wo sie sichtlich sogleich beim Betreten des Raumes in einen Sessel gesunken war, eine Position, von wo aus sie gesehen haben mußte, daß Verena mit dem Eindringling durch den Garten und zum Wasser hinab gegangen war. Sie verharrte dort, wie sie, gänzlich vernichtet, zusammengebrochen war; ihre Haltung war die gleiche wie damals in New York, als Verena sie wartend vorgefunden hatte. Was Olive ihr als erstes sagen würde, vermochte das Mädchen kaum zu ahnen; sie jedenfalls war ganz von einem eigenen Vorsatz in Anspruch genommen. Sie ging direkt auf sie zu, fiel vor ihr auf die Knie und ergriff die Hände, die mit nervöser Intensität ineinandergekrampft auf Miss Chancellors Schoß lagen. Verena verharrte einen Moment so, zu ihr aufblickend, und sagte dann: »Ich will dir jetzt ohne jedes Zögern etwas sagen; etwas, das ich dir zu der Zeit, als es geschah, nicht erzählt habe, und auch nicht hinterher. Mr. Ransom hat mich einmal in Cambridge besucht, kurz ehe wir nach New York fuhren. Er hat zwei Stunden mit mir verbracht; wir sind zusammen spazierengegangen und haben uns die Colleges angesehen. Danach hat er mir geschrieben – worauf ich auf seinen Brief antwortete, wie ich es dir in New York erzählte. Ich habe dir damals nichts von seinem Besuch gesagt. Wir haben so viel über ihn gesprochen, und das habe ich verschwiegen. Ich habe es bewußt getan; ich kann nicht erklären, warum, nur daß ich es dir nicht erzählen mochte, und daß ich es für besser hielt. Aber jetzt will ich, daß du alles erfährst; wenn du das erfährst, weißt du *alles*. Es war nur ein einziger Besuch – etwa zwei Stunden. Ich habe ihn sehr genossen – Mr. Ransom schien so stark Anteil zu nehmen. Ein Grund, weshalb ich es dir nicht gesagt habe, war, daß du nicht erfahren solltest, daß er nach Boston gekommen war und mich in Cambridge besucht hatte, ohne bei dir Besuch zu machen. Ich dachte, es würde dich unangenehm berühren. Du wirst wahrscheinlich denken, ich hätte dich getäuscht; zweifellos habe ich dich bei einem falschen Eindruck gelassen. Aber jetzt sollst du alles wissen – alles!«

Verena sprach mit atemloser Hast und Dringlichkeit; geradezu leidenschaftlich war die Art, wie sie ihren bisherigen Mangel an Offenheit wiedergutzumachen versuchte. Olive hörte mit starrem Blick zu; anfangs schien sie kaum zu begreifen. Doch Verena merkte, daß sie genau begriffen hatte, als sie hervorstieß: »Du hast mich hintergangen – du hast mich hintergangen! Aber ich muß sagen, mir ist deine Täuschung lieber als solche schrecklichen Enthüllungen! Und was spielt das alles noch für eine Rolle, wenn er dir jetzt nachgekommen ist? Was will er denn – weshalb ist er gekommen?«

»Er ist gekommen, um mich zu bitten, seine Frau zu werden.«

Verena brachte das mit demselben Eifer vor, mit der gleichen Miene der Entschlossenheit, sich diesmal keinem Vorwurf auszusetzen. Doch sobald sie gesprochen hatte, vergrub sie den Kopf in Olives Schoß.

Olive machte keinen Versuch, ihn aufzurichten, und erwiderte den Druck ihrer Hände nicht; sie saß nur eine Zeitlang stumm da, indessen Verena sich wunderte, daß der Gedanke an die erst so viele Monate später enthüllte Episode in Cambridge sie nicht tiefer getroffen hatte. Dann erkannte sie, es lag daran, daß das Entsetzen über das soeben Gehörte sie davon ablenkte. Endlich fragte Olive: »Hat er dir das gesagt, da drüben am Wasser?«

»Ja« – und Verena blickte auf –, »ich sollte es sofort erfahren. Er sagt, es sei dir gegenüber nur fair, daß er seine Absichten ankündigt. Er will erreichen, daß ich ihn liebgewinne – sagt er. Er möchte mich öfter sehen, und er möchte, daß ich ihn besser kennenlerne.«

Olive lehnte sich in ihren Sessel zurück, mit geweiteten Augen und halbgeöffneten Lippen. »Verena Tarrant, was *ist* zwischen euch? Woran *kann* ich mich halten, was *kann* ich glauben? Zwei Stunden lang, in Cambridge, bevor wir nach New York fuhren?« Die Erkenntnis, daß Verena sich da treulos verhalten hatte – treulos durch ihr Schweigen –, begann jetzt über sie hereinzubrechen. »Gütiger Himmel, was hast du getan!«

»Olive, es geschah doch nur, um dich zu schonen.«

»Um mich zu schonen? Wenn du mich wirklich schonen wolltest, wäre er jetzt nicht hier!«

Miss Chancellor stieß das mit plötzlicher Heftigkeit hervor, einem krampfhaften Aufbäumen, mit dem sie Verena abschüttelte und auf die Beine brachte. Einen Augenblick lang standen die zwei jungen Frauen einander gegenüber, und jemand, der sie in diesem Moment gesehen hätte, hätte sie eher für Gegnerinnen als für Freundinnen gehalten. Doch eine solche Konfrontation konnte immer nur wenige Sekunden dauern. Verena antwortete mit einem Beben in der Stimme, das nicht einer leidenschaftlichen Zuneigung, sondern der Barmherzigkeit entsprang: »Meinst du etwa, ich hätte ihn erwartet, ich hätte ihn hergeholt? In meinem ganzen Leben war ich noch nicht so überrascht wie in dem Augenblick, als ich ihn da stehen sah.«

»Hat er nicht einmal das Zartgefühl eines seiner eigenen Sklaventreiber? Weiß er nicht, daß du ihn verabscheust?«

Verena sah ihre Freundin mit einem Grad von hoheitsvoller Würde an, der bei ihr selten war. »Ich verabscheue ihn nicht – mir gefallen nur seine Ansichten nicht.«

»Sie gefallen dir nicht! O mein Gott!« Und Olive drehte sich dem offenen Fenster zu und lehnte die Stirn an die hochgeschobene Scheibe.

Verena zögerte, ging dann zu ihr und legte den Arm um sie. »Schelte mich doch nicht! Hilf mir – hilf mir!« raunte sie.

Olive sah sie von der Seite an; dann nahm sie sie beim Wort und forderte sie heraus: »Fährst du mit mir ab, jetzt, mit dem nächsten Zug?«

»Wieder vor ihm fliehen, wie in New York? Nein, nein, Olive Chancellor, so geht es nicht«, fuhr Verena vernünftig zuredend fort, als spräche die gesamte Weisheit aller Zeiten von ihren Lippen. »Und dann, wie können wir Miss Birdseye in ihrem Zustand verlassen? Wir müssen hierbleiben – wir müssen es hier auskämpfen.«

»Warum nicht aufrichtig sein, wenn du hinterhältig gewesen bist – wirklich aufrichtig, nicht nur halb? Warum willst du ihm nicht offen sagen, daß du ihn liebst?«

»Daß ich ihn liebe, Olive? Aber ich kenne ihn ja kaum.«

»Du bekommst genug Gelegenheit, ihn kennenzulernen, wenn er einen Monat bleibt!«

»Gewiß, er ist mir nicht unsympathisch wie dir. Aber wie kann ich ihn lieben, wenn er mir erklärt, ich soll alles aufgeben, all unsere Arbeit, unseren Glauben, unsere Zukunft, nie wieder eine Ansprache halten oder meine Lippen in der Öffentlichkeit auftun? Wie kann ich mich dazu bereiterklären?« fuhr Verena mit einem eigenartigen Lächeln fort.

»Das verlangt er von dir, genau so?«

»Nein, nicht genau so. In sehr freundlichen Worten.«

»Freundlich? Gott steh dir bei, sei nicht würdelos! Weiß er nicht, daß das mein Haus ist?« fuhr Olive nach einer kurzen Pause fort.

»Natürlich wird er es nicht betreten, wenn du es ihm verbietest.«

»Damit du ihn an anderen Orten treffen kannst – am Strand, auf dem Land?«

»Bestimmt werde ich ihm nicht aus dem Weg gehen, werde

mich nicht vor ihm verstecken«, erklärte Verena stolz. »Ich dachte, ich hätte dich in New York davon überzeugt, daß mir wirklich an unseren Bestrebungen liegt. Also kommt es mir zu, ihm, meiner eigenen Kraft bewußt, zu begegnen. Was, wenn ich ihn wirklich mag? Was hat das zu sagen? Meine Arbeit in der Welt, alles, woran ich glaube, liegt mir noch mehr am Herzen.«

Olive hörte sich das an, und die Erinnerung daran, wie Verena in dem Haus in der Zehnten Straße ihre Zweifel zurückgewiesen, ihren eigenen Glauben von neuem bekannt hatte, kehrte mit einem Nachdruck in ihr Gedächtnis zurück, der die gegenwärtige Situation in etwas weniger furchterregendem Licht erscheinen ließ. Dennoch pflichtete sie der Logik des Mädchens nicht bei; sie erwiderte nur: »Aber dort bist du nicht wieder mit ihm zusammengekommen; du hast New York eilig verlassen, obwohl ich damit einverstanden war, daß du bliebest. Er hat dich dort stark bewegt; als du nach deinem Ausflug in den Park zu mir zurückkamst, warst du nicht so ruhig, wie du es jetzt vorgibst. Um von ihm wegzukommen, hast du alles im Stich gelassen.«

»Ich weiß, daß ich nicht so ruhig war. Aber jetzt habe ich drei Monate Zeit gehabt, darüber nachzudenken – darüber, auf welche Weise er mich bewegt hat. Ich nehme es ganz ruhig auf.«

»Nein, das tust du nicht; du bist jetzt durchaus nicht ruhig!«

Verena schwieg einen Augenblick, während Olives Augen fortfuhren, sie auszuforschen, sie anzuklagen, sie zu verurteilen. »Das ist erst recht ein Grund, daß du mir nicht einen Stich nach dem anderen versetzen dürftest«, antwortete sie mit einer Sanftmut, die unendlich rührend war.

Das hatte eine sofortige Wirkung auf Olive; sie brach in Tränen aus, warf sich ihrer Freundin an den Busen. »Ach, verlaß mich nicht – verlaß mich nicht, sonst tötest du mich, sonst sterbe ich vor Qual«, stöhnte sie erschauernd.

»Du mußt mir helfen – du mußt mir helfen!« rief Verena genauso flehend.

Siebenunddreißigstes Kapitel

Basil Ransom verbrachte fast einen Monat in Marmion; indem ich diese Tatsache verkünde, bin ich mir ihres erstaunlichen Charakters durchaus bewußt. Als er sich hier einstellte, hatte sich die arme Olive wohl zu Recht in ihre Befürchtungen zurückgeworfen gefühlt; denn nach ihrer Rückkehr aus New York hatte bei ihr die Überzeugung festen Fuß gefaßt, sie sei wirklich mit ihm fertig. Nicht nur nahm sie den plötzlichen Umschwung, unter dessen Antrieb Verena ihre unverzügliche Abreise aus der Zehnten Straße verlangt hatte, als einen Beweis dafür, daß es ihrer jungen Freundin genügt hatte, Mr. Ransoms sittliche Struktur gewissermaßen mit dem Finger zu streifen, um sich für immer zurückzuziehen; was sie von ihrer Gefährtin über seine Äußerungen gehört hatte, seine offenkundige Geneigtheit, das Spiel aufzugeben, steigerte ihr Gefühl der Sicherheit. Er hatte Verena gegenüber ihren kleinen Ausflug als seine letzte Gelegenheit bezeichnet, hatte sie wissen lassen, daß er ihn nicht als den Anfang einer engeren Bekanntschaft betrachte, sondern als das Ende selbst der bereits zwischen ihnen bestehenden Beziehungen. Er gab sie auf, aus Gründen, die nur er genau kannte; wenn er Olive hatte einen Schrecken einjagen wollen, glaubte er das zur Genüge erreicht zu haben; womöglich gab ihm seine südliche Ritterlichkeit ein, sie in Ruhe zu lassen, bevor er sie zu Tode geängstigt habe. Zweifellos hatte er auch erkannt, wie vergeblich die Hoffnung war, Verena könnte dazu bewegt werden, einem so festgegründeten Glauben abzuschwören; und obwohl er sie tief genug verehrte, um sie zu seinen eigenen Bedingungen gewinnen zu wollen, schrak er vor der Demütigung zurück, die die Zukunft für ihn bereithalten würde – nämlich feststellen zu müssen, daß sie nach sechs Monaten der Werbung trotz all ihres Mitgefühls und ihres Hanges, alles zu tun, was man von ihr erwartete, seine Ansichten so sehr verachtete wie am ersten Tag. Olive Chancellor vermochte in gewissem Ausmaß zu glauben, was sie zu glauben wünschte, und das war ein Grund, weshalb sie

Verenas Flucht aus New York, just nachdem diese ihrer Freundin zu erkennen gegeben hatte, wie gern sie in noch volleren Zügen das Leben der Stadt genossen hätte, in einen Freibrief umgemünzt hatte, hinfort in einem Paradies der Sorglosigkeit dahinzuleben. Hätte sie weniger Angst gehabt, hätte sie die Dinge klarer gedeutet; sie hätte erkannt, daß wir vor Menschen nur davonlaufen, wenn wir sie fürchten, und daß wir sie nur fürchten, wenn wir uns ihnen gegenüber wehrlos wissen. Verena fürchtete Basil Ransom jetzt (auch wenn sie es diesmal ablehnte, davonzulaufen); doch nun hatte sie ihre Waffen ergriffen, sie hatte Olive gesagt, sie sei in Gefahr, sie hatte sie gebeten, ihr als Schutz und Wehr zu dienen. Die arme Olive war betroffen wie noch nie, doch die äußerste Gefahr verlieh ihr eine verzweifelte Energie. Der einzige Trost in ihrer Lage war, daß Verena sich diesmal zu ihrer Gefahr bekannt, sich ihren Händen überantwortet hatte. »Ich mag ihn, ich kann es nicht ändern – ich mag ihn wirklich. Ich will ihn nicht heiraten, will mir seine Ideen nicht zu eigen machen, die unsagbar falsch und entsetzlich sind; aber ich mag ihn lieber als jeden anderen Mann, den ich bisher kennengelernt habe.« Soviel eröffnete das Mädchen ihrer Freundin, sobald sie das eben flüchtig umrissene Gespräch wieder aufgenommen hatten, was sehr bald geschah, dessen darf man versichert sein, und noch sehr oft im Laufe der nächsten paar Tage. Das war ihre Art, auszudrücken, daß in ihrem Leben eine große Krise eingetreten war, und die Aussage bedurfte nur geringer Erweiterungen, um als zaghaftes Geständnis zu gelten, auch sie sei der allumfassenden Leidenschaft erlegen. Olive hatte schon vorher ihren Verdacht, ihre Ängste gehegt; doch jetzt erkannte sie, wie müßig und töricht diese gewesen waren, und daß das hier eine ganz andere Geschichte war als all die »Phasen«, deren Entwicklung sie bisher beklommen beobachtet hatte. Wie ich sagte, empfand sie es schon als Grund zur Dankbarkeit, daß Verena ihr gegenüber so offen war, denn das gab ihr etwas, woran sie sich klammern konnte; sie ließ sich nicht länger mit derartigen Spitzfindigkeiten abspeisen, man empfange gutaussehende und skrupellose junge Männer zu Besuch, um der Gelegenheit willen, sie zu bekehren. Sie klammerte sich also mit Leidenschaft, mit Wut an ihren Besitz; nachdem der Schock von Ransoms Ankunft abgeklungen war, beschloß sie, er solle sie nicht in stummer Schicksalsergebenheit erstarrt erleben. Verena hatte ihr gesagt, sie solle sie festhalten, sie retten; und es war nicht zu befürchten, daß sie auch nur einen Augenblick auf ihrem Posten schlafen würde.

»Ich mag ihn – ich mag ihn; aber wie abscheulich ...«

»Wie abscheulich er ist!« fiel Olive ein.

»Nein, wie abscheulich, daß ich ihn mag. Du mußt mir immer wieder alle Gründe vor Augen halten, weshalb ich es nicht dürfte – viele davon so furchtbar wichtig. Laß nicht zu, daß ich etwas aus den Augen verliere! Hab keine Angst, daß ich dir nicht dankbar bin, wenn du mich daran erinnerst.«

Das war eine der wunderlichen Äußerungen, die Verena im Lauf ihrer ständigen Erörterung der schicksalsschweren Frage tat, und man muß gestehen, daß sie deren in großer Zahl vorbrachte. Die seltsamste davon war, wie sie Olive gegenüber immer wieder gegen den Gedanken Einspruch erhob, sie sollten ihr Heil im Rückzug suchen. Sie behauptete, darin liege ein Mangel an Würde – sie habe sich hinterher darüber geschämt, als sie aus New York davongestürzt war. Diese Sorge darum, moralisch nach außen hin das Gesicht zu wahren, war bei Verena etwas Neues; denn wenn sie diese Note auch bei früheren Gelegenheiten angeschlagen hatte – darauf bestanden hatte, es sei ihre Pflicht, den Zufällen und Widrigkeiten des Lebens die Stirn zu bieten –, so hatte sie eine solche Verhaltensregel noch nie im Angesicht einer so unmittelbar drohenden Katastrophe aufgepflanzt. Es war nicht ihre Art, von ihrer Würde zu sprechen oder daran zu denken, und als Olive sie bei diesem Ton ertappte, spürte sie mehr denn je, daß das Schrecklichste, Unheildrohendste, Fatalste an ihrer Situation einfach darin bestand, daß Verena jetzt, zum ersten Mal in der ganzen Geschichte ihrer geheiligten Freundschaft, nicht aufrichtig war. Sie war nicht aufrichtig, wenn sie ihr sagte, sie wolle ihre Hilfe gegen Mr. Ransom – wenn sie so in sie drang, ihr alles vor Augen zu halten, was heilsam und stärkend für ihre Widerstandskraft sei. Olive ging nicht so weit, zu unterstellen, sie spiele eine Rolle, indem sie sie mit Worten abspeiste, um ihren Verrat zu bemänteln, die diesen nur noch grausamer machten; sie hätte zugestanden, dieser Verrat geschehe bisher noch unwissentlich, Verena täusche vor allem sich selbst, wenn sie glaube, wirklich gerettet werden zu wollen. Ihre Phrasen über ihre Würde waren unaufrichtig, genau wie ihr Vorwand, sie müßten bleiben, um sich Miss Birdseyes anzunehmen; als wäre Doktor Prance nicht mehr als geeignet, dieses Amt auszufüllen, und nur zu froh, sie aus dem Hause zu haben! Mittlerweile hatte Olive ganz klar erkannt, daß Doktor Prance mit ihrer Bewegung nicht sympathisierte, daß sie keine alles umgreifenden Ideen besaß; daß sie sich einfach hinter kleinlichen wissenschaftlichen Fragen der Physiologie und ihrer eigenen beruflichen Tätigkeit abkapselte. Niemals hätte sie sie hierher eingeladen, wenn sie das im voraus geahnt hätte, was ihr die nüchterne Zurückhaltung der Ärztin bei allen ihren Diskussionen, Vorlesungen und Übungen, ihre ständigen Ausflüge zum Angeln und Botanisieren in der Folge offenbart hatten. Sie war äußerst engstirnig, doch immerhin schien sie von Miss Birdseyes eigentümlicher physischer Verfassung – sie war *sehr* eigentümlich – tatsächlich mehr als sonst jemand zu verstehen, und das war ein Trost zu einer Zeit, da diese bewunderungswürdige Frau an einem Verlust ihrer Lebenskraft zu leiden schien.

»Das Entscheidende ist, daß es einmal durchgefochten werden muß, und es wird eine ungeheure Erleichterung sein, es überstanden zu haben. Er ist entschlossen, es mit mir auszutragen, und wenn die Schlacht nicht heute stattfindet, müssen wir sie morgen ausfechten. Ich sehe nicht ein, wieso der jetzige Zeitpunkt nicht genauso günstig sein sollte wie jeder andere. Mein Vortrag für die Music Hall ist so gut wie fertig, und ich habe nichts anderes zu tun; so kann ich meine ganze Aufmerksamkeit auf unseren persönlichen Kampf richten. Es kostet eine ganze Menge, das würdest du zugeben, wenn du wüßtest, wie wunderbar er sprechen kann. Wenn wir morgen von hier wegführen, käme er uns zum nächsten Ort nach. Er würde uns überallhin folgen. Vor kurzem hätten wir ihm entkommen können, denn er sagt, da hatte er kein Geld. Jetzt hat er auch nicht viel, aber doch genug, um durchzukommen. Die Aufnahme seines Artikels durch den Herausgeber der ›Rational Review‹ hat ihn so ermutigt, daß er überzeugt ist, in Zukunft werde ihm seine Feder weiterhelfen.«

Diese Bemerkungen äußerte Verena, nachdem Basil Ransom sich drei Tage in Marmion aufgehalten hatte, und an diesem Punkt unterbrach ihre Gefährtin sie mit der Frage: »Damit gedenkt er dich zu versorgen – mit seiner Feder?«

»O ja; natürlich gibt er zu, wir würden furchtbar arm sein.«

»Und diese Vision einer literarischen Laufbahn gründet sich lediglich auf einen Artikel, der noch nicht ans Licht gekommen ist? Ich verstehe nicht, wie ein Mann, der auch nur eine Spur Feingefühl besitzt, sich einer Frau mit einer so bettlerhaften Bilanz seiner Lebenssituation nähern kann.«

»Er sagt, vor drei Monaten hätte er es nicht getan – er hätte sich geschämt; eben deshalb habe er sich während unseres Aufenthalts in New York, obwohl er schon damals – nun ja (so sagt er), genau so stark empfand wie jetzt, habe er sich also damals entschlossen, mich nicht weiter zu bedrängen, mich gehen zu lassen. Aber ganz kürzlich ist eine Veränderung eingetreten; seine Gemütsverfassung schlug im Laufe einer Woche völlig um, auf einen Brief hin, den ihm dieser Herausgeber über seinen Beitrag schrieb, und weil er sofort für den Artikel bezahlte. Es war ein ungewöhnlich schmeichelhafter Brief. Er sagt, jetzt glaube er an seine Zukunft; vor ihm schwebe ein Traum von Anerkennung, Einfluß und Vermögen, vielleicht nicht groß, aber ausreichend, um ein erträgliches Leben zu führen. Er findet nicht, daß das Leben nach der Natur der Dinge so überaus herrlich sei; aber mit das Beste, was ein Mann damit anfangen könne, sei es, sich eine Frau zu suchen (natürlich müsse sie ihm schon sehr gefallen, damit es die Mühe wert sei), die er eng an sich ziehen könne.«

»Und konnte er sich nicht sonst jemand suchen statt gerade dich – unter all den preisgegebenen Millionen unseres Geschlechts?« stöhnte die arme Olive. »Warum mußte er gerade dich auswählen, wo doch alles, was er über dich wußte, darauf hinwies, daß du als allerletzte in Frage kommst?«

»Genau das habe ich ihn gefragt, und er meint nur, solche Dinge ließen sich nicht mit dem Verstand begründen. Er habe sich schon an jenem ersten Abend bei Miss Birdseye in mich verliebt. Du siehst also, es bestand einiger Grund für diese rätselhafte Befürchtung, die du damals hattest. Offenbar gefalle ich ihm mehr als jede andere.«

Olive warf sich auf die Couch, vergrub das Gesicht in den Kissen, die sie in ihrer Verzweiflung durcheinanderwarf, und stieß ächzend aus, er liebe Verena nicht, er habe sie nie geliebt, es sei nur sein Haß gegen ihre Sache, der ihn dazu treibe, so zu tun; ihrer Sache wolle er Schaden zufügen, den schlimmsten aller erdenklichen Schäden. Er liebe sie nicht, er hasse sie, er wolle sie nur ersticken, zerstampfen, töten – das werde sie unweigerlich erleben, wenn sie auf ihn höre. Eben weil er wisse, daß ihre Stimme Zauberkraft besitze, habe er schon beim ersten Ton, den er vernahm, sie zu vernichten beschlossen. Nicht Zuneigung bewege ihn – vielmehr teuflische Bosheit; Zuneigung wäre außerstande, das furchtbare Opfer zu verlangen, das er so schamlos fordere: sie zu nötigen, meineidig zu werden und das Erhabenste in den Schmutz zu treten, ihr Werk, ihre Interessen im Stich zu lassen, an denen sie mit allen Fasern ihres Herzens hänge, ihre ganze junge Vergangenheit, ihre reinsten, heiligsten Bestrebungen Lügen zu strafen. Olive brachte keine eigenen Ansprüche zur Geltung, äußerte, zumindest am Anfang, kein Wort des Vorwurfs im Namen ihres persönlichen Verlusts, der Zerstörung ihres Bundes; sie hielt sich nur an das Thema der unaussprechlichen Tragödie, deren Aspekte sie einzeln darlegte: die Fahnenflucht Verenas, ihr Versagen vor der übernommenen Aufgabe, die grauenvolle Vorstellung, ihre glänzende Laufbahn von Dunkelheit und Tränen ausgelöscht zu sehen, die Freude und Hochstimmung, die

die Brust aller ihrer Gegner erfüllen werde angesichts dieses glänzenden und vollständigen Beweises für den Wankelmut, die Wertlosigkeit, den schicksalsgewollten Sklavengeist der Frauen. Es brauchte nur ein Mann nach ihr zu pfeifen, und sie, die sich am meisten angemaßt hätte, käme voller Entzücken, um zu seinen Füßen niederzuknien. Olives leidenschaftlichster Protest war in der Behauptung zusammengefaßt, falls Verena sie im Stich ließe, würde das die Emanzipation der Frau um hundert Jahre zurückwerfen. Sie redete in diesen schrecklichen Tagen nicht unaufhörlich; es gab bei ihr lange Perioden bleichen, äußerst angstvollen, wachsamen Schweigens, unterbrochen von Ausbrüchen eindringlicher Argumente, Bitten, Appelle. Verena war es, die unaufhörlich redete, Verena, die sich in einem für sie ganz neuen Zustand und, wie jedermann erkennen konnte, in einer völlig unnatürlichen und überspannten Verfassung befand. Wenn sie sich selbst betrog, wie Olive behauptete, so lag etwas sehr Rührendes in ihrem Bemühen, ihrer Findigkeit. Wenn sie Olive gegenüber unparteiisch zu erscheinen versuchte, kühl abwägend in ihrer Einstellung zu Basil Ransom und nur der moralischen Befriedigung halber darauf aus, zu hören, welche triftigen Argumente, als Liebhaber, er für sich vorzubringen habe und wie stark er ihre empfänglichen Seiten anzurühren vermöge, so war sie nur noch ernsthafter bemüht, auf diese Weise ihre eigene Einbildungskraft hinters Licht zu führen. Sie führte jeden erdenklichen Beweis an, wie verzweifelt sie im Falle ihres Unterliegens sein würde, und ihr fielen Argumente ein, womöglich sogar noch überzeugendere als Olives, weshalb sie an ihrem alten Glauben festhalten sollte, weshalb sie sogar um den Preis heftiger, vorübergehender Leiden widerstehen müsse. Sie sprach wortreich, flüssig, fieberhaft; sie kam beständig auf das Thema zurück, als wollte sie ihrer Freundin Mut machen, ihr beweisen, wie sie sich ihre Urteilskraft bewahrte, wie unabhängig sie blieb.

Man kann sich keine eigenartigere Lage vorstellen als die dieser ungewöhnlichen jungen Frauen in der vorliegenden Krise; besonders auf Verenas Seite war sie so eigentümlich, daß ich daran verzweifle, sie dem Leser mit dem Anschein von Realität wiederzugeben. Um sie zu verstehen, muß man sich die besondere, angeborene wie erworbene Offenheit des Mädchens vor Augen halten, ihre Gewohnheit, umstrittene Fragen, Empfindungen, moralische Probleme zu erörtern, ihre Erziehung in der Atmosphäre von Vortragssälen, von Séancen, ihre Vertrautheit mit dem Vokabular der Gefühlsbewegungen, mit den Geheimnissen des »geistigen Lebens«. Sie hatte gelernt, in dünner Luft zu atmen und einherzugehen, wie sie Chinesisch zu sprechen gelernt hätte, wenn ihr Erfolg im Leben davon abhängig gewesen wäre. Doch diese erstaunliche Fertigkeit war wie all ihre ungekünstelt kunstfertige Geschicklichkeit nicht Teil ihres Wesens, Ausdruck ihrer innersten Neigungen. Ein echter Teil ihres Wesens war die außergewöhnliche Großzügigkeit, mit der sie sich preisgab, hinschenkte, ihr Inneres nach außen kehrte, um jemandem gefällig zu sein, der Forderungen an sie stellte. Wie wir wissen, hatte Olive überlegt, niemand sei von Natur aus weniger von dem Gedanken an ihre Würde besessen, und wenn Verena es auch als Ausrede vorbrachte, um zu bleiben, wo sie waren, muß man zugeben, daß es ihr in Wirklichkeit stark an dem Wunsch mangelte, vor sich selbst konsequent zu sein. Olive hatte mit vollem Eifer zur Entwicklung von Verenas Gabe beigetragen; aber jetzt wage ich kaum daran zu denken, was sie sich in der Heimlichkeit tiefgründigen Sinnens selbst gesagt haben mag, zu den Folgen, wenn man eine überfließende Beredsamkeit pflegte. Sagte sie sich etwa, Verena versuche sie jetzt mit ihren eigenen Phrasen zu ersticken? Betrachtete sie mit Bestürzung die fatale Wirkung des Versuchs, auf alles eine Antwort zu finden? Eine gewisse Schicklichkeit – ein Zartgefühl, das uns die Ehrfurcht vor dem Unglück zur Pflicht macht – heißt uns, von Olives Verfassung während dieser beklagenswerten Wochen das Gesicht abzuwenden. Sie aß nicht und schlief nicht; sie konnte kaum sprechen, ohne in Tränen auszubrechen; sie fühlte sich so unbarmherzig, so heimtückisch enttäuscht. Sie erinnerte sich, mit welcher Großmut sie es (im vorvorigen Winter) abgelehnt hatte, das Gelübde ewiger Jungfräulichkeit entgegenzunehmen, daß sie erst gefordert und dann als eine zu plumpe Prüfung verworfen hatte, das Verena jedoch eine für immer entschwundene kostbare Stunde lang *damals* abzulegen bereit gewesen wäre. Sie bereute es mit Bitterkeit und Zorn; und dann fragte sie sich, noch verzweifelter, ob sie angesichts der gegenwärtigen Komplikationen den Mut gehabt hätte, darauf zu pochen, selbst wenn sie das Gelöbnis in der Hand gehalten hätte. Sie glaubte, wenn es in ihrer Macht stünde zu sagen: »Nein, ich lasse dich nicht frei; ich habe dein feierliches Wort, und ich lasse dich nicht!«, würde sich Verena diesem Spruch beugen und bei ihr bleiben; doch ihr Geist hätte für immer seine Zauberkraft verloren, ihre Freundschaft den zarten Reiz, ihre Arbeit die Wirksamkeit. Immer wieder hielt sie ihr vor, seit jener Stunde habe sie sich total verändert, als sie in New York nach ihrem Vormittag mit Mr. Ransom zu ihr kam und schluchzend hervorbrachte, sie müßten schleunigst abfahren. Damals sei sie verletzt, empört, angewidert gewesen, und in der Zwischenzeit sei nichts vorgefallen, nichts außer diesem ihr bekannten einmaligen Briefwechsel, um sie zu einer so schamlosen Duldsamkeit zu bekehren. Verena gab zu, diese Duldsamkeit sei schamlos; immer wieder stimmte sie diesem Urteil zu und erläuterte, jedesmal so eifrig, als wäre es das erste Mal, was eigentlich geschehen war, was sie umgestimmt hatte. Ihr sei einfach klar geworden, daß sie ihn mochte, und dies sei der wahre Standpunkt, der einzige, von dem aus man die Situation auf eine Weise zu überblicken vermöge, daß man zu einer Lösung gelangen könne – dazu, was sie eine *echte* Lösung nenne –, einer dauerhaften Ruhe. Auf diesen besonderen Punkt ging Verena nie ein, ohne gleichzeitig auf die von mir erwähnte großzügige Art zu versichern, vor allem anderen auf der Welt stehe ihr Wunsch zu beweisen (das Bild, das Olive von Anfang an hochgehalten hatte), eine Frau könne *doch* ohne den Beistand eines Mannes beharrlich ihren Weg durchs Leben gehen, wenn sie einer großen, beflügelnden, erlösenden Idee anhänge. Bis ans Ende gegen den abgestandenen Aberglauben

– den Urquell allen Übels – Zeugnis abzulegen, jene Herrschaften wären so unentbehrlich, wie sie das von allen Dächern herab verkündet hatten – das, so beteuerte sie, sei in der gegenwärtigen herzzerbrechenden Krise ein so begeisternder Gedanke wie eh und je.

Das eine Körnchen Trost, das Olive inmitten all der auf ihr lastenden Schrecken entdeckte, war, daß sie nunmehr das Schlimmste wußte; sie wußte es, seit Verena ihr nach so langem und unheilträchtigem Schweigen von der abscheulichen Episode in Cambridge erzählt hatte. Das schien ihr das Schlimmste zu sein, denn es war ein Blitz aus heiterem Himmel gewesen; das Ereignis war aus einer Richtung hereingebrochen, wo Monate vorher alle bedrohlichen Hinweise ausgelöscht zu sein schienen. Hatte Verena jetzt auch ihr möglichstes getan, um ihr perfides Schweigen gutzumachen, indem sie alles wiederholte, was zwischen ihnen vorgegangen war, als sie mit Mr. Ransom am Monadnoc Place saß und dann mit ihm durch die Colleges schlenderte, so drängte sich Olive doch der Gedanke auf, jener Vorfall sei der Schlüssel zu allem, was seither geschehen war, damals habe er einen nicht wiedergutzumachenden Einfluß auf sie gewonnen. Hätte Verena zu jener Zeit gesprochen, hätte sie ihr nie nach New York zu fahren gestattet; der einzige Ausgleich für jenen grauenhaften Fehler war, daß das Mädchen diesen jetzt klar erkannte und offenbar gar nicht mitteilsam genug sein zu können meinte. Es folgten gewisse Abende im August, lang, schön und schrecklich, wo man spürte, daß der Sommer allmählich seinen Kreis vollendete, und das Rauschen der vollbelaubten Bäume im schrägen goldenen Licht, in der Brise, die an sich so wohltuend hätte wirken sollen, schon wie die Stimme des nahenden Herbstes klang, die Stimme der Mahnung und der Gefahren des Lebens – unheilverkündende, unerträgliche Stunden, wenn sie mit Miss Birdseye unter dem sanft schwingenden Laub des Weinspaliers saß und sich, zur Beruhigung ihrer eigenen Nerven, ihrem Gast etwas vorzulesen bemühte, aber der Laut ihrer bebenden Stimme ihre Gedanken eher zu jenem verhängnisvollen Tag in Cambridge zurückführte als zu der Tatsache, daß in eben diesem Moment Verena mit Mr. Ransom »aus« war – den täglichen kleinen Spaziergang mit ihm unternahm, auf den sich, so war es verabredet, der Genuß ihrer beiderseitigen Gesellschaft beschränken sollte. Ich sage verabredet; doch das ist nicht genau der richtige Ausdruck, um den Kompromiß zu beschreiben, zu dem man sozusagen durch den stummen Austausch tränenreichen Flehens und eines festeren Händedrucks gelangt war, nachdem Ransom Verena klipp und klar erklärt hatte, er werde wirklich einen Monat lang bleiben, und sie versprochen hatte, sich nicht auf unwürdige Ausflüchte, gar eine Flucht einzulassen (diese würde ihr nichts nützen, warnte er sie), sondern ihm eine Chance zu geben, ihn täglich ein paar Minuten anzuhören. Er hatte darauf gedrängt, die paar Minuten sollten sich auf eine Stunde belaufen, und wie diese zu verbringen sei, bot sich von selbst an. Sie wanderten am Strand entlang zu einer felsigen, mit Gebüsch bewachsenen Landspitze, was einen Spaziergang von genau der richtigen Dauer bedeutete. Hier schien die ganze behagliche Trägheit des Landstrichs, die milde, aromatische Atmosphäre des Kaps, die Sanftheit des weißen Sandes, des stillen Wassers, der flachen Erhebungen, wo Pfade die Berberitzen durchzogen und die von der Flut zurückgebliebenen Lachen im Licht des Sonnenuntergangs blinkten – hier schien der ganze Geist eines reifen Sommernachmittags in der Luft zu schweben. Sie unternahmen auch Waldspaziergänge; manchmal folgten sie dem Weg auf schattige Anhöhen, wo der Zufall die Bäume mit eigenartigen »Stil«wirkungen gruppiert hatte und wo sie in grasbewachsenen Lichtungen und duftenden Winkeln unversehens auf Flecken Arkadiens stießen. An solchen Stellen hörte Verena ihrem Begleiter mit der Uhr in der Hand zu, und sie fragte sich ganz ehrlich, was ihm nur an einem Mädchen liegen könne, das ihm für seine Werbung so widerwärtige Bedingungen auferlege. Er hatte selbstverständlich gleich zu Anfang erkannt, er könne sich Miss Chancellor nicht so bald wieder zumuten, und nach jenem peinlichen Morgenbesuch, den ich bereits geschildert habe, drang er in den ersten drei Wochen seines Aufenthalts in Marmion nicht wieder in das Häuschen ein, dessen rückwärtige Fenster auf die verlassene Schiffswerft hinausblickten. Wie man sich vorstellen kann, legte Olive in diesem Fall keinen Protest ein, nur etwa um die Form zu wahren oder ihn zu hindern, sie scheinbar ins Unrecht zu setzen. Die Situation zwischen ihnen war zu feindselig; sie hieß Kampf bis aufs Messer, und es ging um die Frage, wer von beiden stärker zu ziehen vermochte. So hatte Verena ein Stelldichein mit dem jungen Mann, als wäre sie ein Dienstmädchen und Basil Ransom ein »Verehrer«. Sie trafen sich ein Stückchen vom Haus entfernt, auf der anderen Seite, außerhalb des Dorfes.

Achtunddreißigstes Kapitel

Wie wir gesehen haben, glaubte Olive, sie wisse das Schlimmste; doch das Schlimmste war in Wirklichkeit etwas, das sie gar nicht wissen konnte, beliebte es Verena doch bis zu dieser Zeit so wenig, sich ihr in diesem einen Punkt anzuvertrauen, wie sie darauf bedacht war, sich ihr gegenüber zu jedem anderen Thema weitläufig auszulassen. Die Wandlung, die das Objekt der gnadenlosen Verehrung Basil Ransoms seit der Episode in New York durchgemacht hatte, war, kurz gesagt, eben die folgende: die Worte, die er dort über ihre wahre Berufung an sie gerichtet hatte, im Gegensatz zu dem hohlen und künstlichen Ideal, das ihre Familie und ihre Verbindung mit Olive Chancellor ihr aufgehalst hatten – diese Worte, die wirkungsvollsten und eindringlichsten, die er vorgebracht hatte, waren tief in ihre Seele eingedrungen und hatten dort weitergewirkt und gegärt. Sie war schließlich so weit gelangt, den Worten zu glauben, und das war die Veränderung, die Wandlung. Sie hatten ein Licht entzündet, in dem sie sich neu sah und, merkwürdigerweise, besser gefiel als im alten überhellen Glanz der Lampen des Vortragssaals. Sie vermochte das Olive noch nicht mitzuteilen, denn es ging allem an die Wurzel, und die schreckliche, köstliche Empfindung erfüllte sie mit einer gewissen ehrfürchtigen Scheu vor allem, worauf es hindeutete und was es ankündigte. Sie sollte alles verbrennen, was sie angebetet hatte; sie sollte alles anbeten, was sie verbrannt hatte. Das Außergewöhnliche daran war, daß sie zwar die Situation, wie gesagt, als ungemein ernst empfand, sich jedoch des Verrats nicht schämte, den sie – ja, das mußte sie sich mittlerweile entschieden eingestehen – im Schilde führte. Es war einfach so, daß die Wahrheit die Seiten gewechselt hatte; deren strahlendes Bild begann sie aus Basil Ransoms ausdrucksvollen Augen anzusehen. Sie liebte, sie war verliebt – sie spürte es in jedem Pulsschlag ihres Daseins. Statt von der Natur dazu ausersehen zu sein, dieses Gefühl in außerordentlich geringem Maß zu hegen (was die stillschweigende Voraussetzung ihres ganzen Kreuzzugs gewesen war, die Gewähr für ihr früheres Angebot an Olive, zu entsagen), war sie offenbar dazu geschaffen, ihm den breitesten Raum, die höchste Intensität zu gestatten. In der Tat war es immer Leidenschaft; doch jetzt war ihr Gegenstand ein anderer. Früher war sie überzeugt gewesen, das Feuer ihres Geistes sei eine Art Doppelflamme, eine Hälfte davon die Erwiderung der Freundschaft eines ganz ungewöhnlichen Menschen, die andere das Mitgefühl für die Leiden der Frauen im allgemeinen. Verena starrte fassungslos auf den farblosen Staub, zu dem eine derartige Überzeugung in drei kurzen Monaten (von der Episode in New York an gerechnet) zerfallen konnte; sie empfand, es müsse sich um eine magische Berührung handeln, die eine so verheerende Umwälzung herbeizuführen vermöge. Weshalb das Schicksal Basil Ransom ermächtigt hatte, sie so zu bezaubern, war ihr unerklärlich – der armen Verena, die sich bis vor so kurzer Zeit geschmeichelt hatte, sie habe selbst einen Zauberstab in der Tasche.

Sie sah ihn gegen fünf Uhr – die Stunde, zu der sie sich in der Regel mit ihm traf – ein Stückchen entfernt stehen, wo er sie an einer Kurve der Straße erwartete, der Straße, die sich nach ein, zwei Meilen zielloser Windungen in der tiefgekerbten, abgelegenen »Landspitze« verlor, wo die umherstreifende Biene die heißen Stunden in ungewissem, irregeleitetem Flug durchsummte. In diesem Augenblick empfand sie seine hochgewachsene, wachsame Gestalt vor dem tiefliegenden Horizont als Sinnbild der Bedeutung, der überragenden Größe, die er in ihren Gedanken besaß – der Tatsache, daß er eben jetzt für ihre Blicke das bestimmteste und aufrechteste, das unvergleichlichste Objekt auf der Welt war. Wenn sie ihn nicht, wie erwartet, auf seinem Posten gefunden hätte, hätte sie vor Schwäche stehenbleiben und sich irgendwo anlehnen müssen; ihr ganzes Wesen hätte schmerzhafter pulsiert als jetzt, dabei machte es sie nervös genug, ihn anzutreffen. Und wer war er, was war er? fragte sie sich. Was bot er ihr außer der Möglichkeit (die keine Entschädigung in Gestalt von Glanz und Eleganz versprach), nur allzu sichtbar jede Hoffnung und jedes Gelübde zu widerlegen, die sie bisher vertreten hatte? Unzweifelhaft gestattete er ihr keine Illusionen darüber, welches Schicksal ihr als seiner Frau beschieden sein würde; er übergoß es nicht mit dem rosigen Licht der Verheißung eines Wohllebens; er machte ihr klar, daß sie arm sein würde, vor den Blicken der Öffentlichkeit verborgen, eine Partnerin seines Kampfes, seines strengen, harten, einzigartigen Stoizismus. Wenn er von solchen Dingen sprach und die Augen auf sie heftete, konnte sie die Tränen nicht zurückhalten; sie hatte das Gefühl, sich in sein Leben zu stürzen (so kahl und öde es vorläufig war) sei für sie das einzige Glück, doch die Hindernisse seien schrecklich, grausam. Man darf nicht glauben, die Umwälzung, die mit ihr vorging, wäre nicht von Leiden begleitet gewesen. Sie litt gewiß weniger als Olive, denn sie neigte nicht wie ihre Freundin von Natur aus dazu; doch während das Rad ihrer Lebenserfahrung sich drehte, hatte sie die Empfindung, ganz und gar kleingemahlen zu werden. Bei dem leichten und lichten Gefüge ihres Wesens, der Unmittelbarkeit ihrer Anpassungsbereitschaft, ihrer aufgeschlossenen, liebenswürdigen, wunderschönen Art, ihrem natürlichen Verlangen, weiterhin anderen Freude zu machen, während zugleich eine nie gefühlte Kraft sie trieb, sich selbst eine Freude zu machen, durchlebte die arme Verena diese Tage unter starkem seelischem Druck – nahezu körperlich schmerzhafter Spannung –, was sich nur deshalb nicht stärker nach außen hin verriet, weil es absolut nicht in ihrer Macht lag, verzweifelt auszusehen. Ein unendliches Mitleid für Olive nagte ihr am Herzen, und sie fragte sich, wie weit man auf dem Weg der Selbstaufopferung zu gehen habe. Nichts fehlte, um das Unrecht, das sie ihr antun würde, vollkommen zu machen; sie hatte sie bis ganz zuletzt getäuscht; erst drei Monate zuvor hatte sie mit dem vollkommensten Ausdruck der Aufrichtigkeit und Begeisterung ihre Gelübde bestätigt, ihr Wort gegeben. Es gab Stunden, da es Verena schien, sie dürfe ihre Selbsterforschung wirklich nicht weitertreiben, sondern müsse sich mit der Schlußfolgerung begnügen, sie liebe so tief, wie eine Frau nur lieben könne, und es ändere doch nichts daran. Sie fühlte sich zu fest in Olives Griff, zu schrecklich fest. Sie sagte sich, sie werde es nie wagen, sie könne genausogut früher wie später aufgeben; die Szene am Ende sei mehr, als sie auf sich zu nehmen vermöge; sie habe kein Recht, die ganze Zukunft des armen Wesens zu vernichten. Sie hatte eine Vision jener entsetzlichen Jahre; sie wußte, Olive würde die Enttäuschung nie verwinden. Es würde sie an ihrer empfindlichsten Stelle treffen; sie würde unheilbar einsam und auf ewig gedemütigt sein. Sie war etwas ganz Eigenartiges, ihre Freundschaft; sie enthielt Elemente, die sie wahrscheinlich so vollkommen machten wie nur je eine Freundschaft (zwischen Frauen). Natürlich lag das Schwergewicht von jeher auf Olives Seite, das hatte sie immer gewußt; aber auch das machte keinen Unterschied. Es half ihr nicht weiter, sich zu sagen, die Entwicklung sei gänzlich von Olive ausgegangen und sie habe anfangs nur aus einer Art bezauberter Höflichkeit heraus auf einen ungeheuer leidenschaftlichen Appell geantwortet. Sie hatte sich gänzlich zur Verfügung gestellt und hingegeben, und sie hätte es besser wissen sollen, wenn sie nicht dabei zu bleiben gedachte. Nach Ablauf der drei Wochen hatte sie den Eindruck, ihre Selbsterforschung vollendet zu haben; letztlich sei jedoch nichts dabei herausgekommen als ein maßloses Interesse an Basil Ransoms

Meinungen und die Aussicht auf ewiges Herzeleid. Er hatte ihr seinen Wunsch unterbreitet, daß sie ihn kennenlerne, und jetzt kannte sie ihn ziemlich gründlich. Sie kannte ihn, und sie betete ihn an, doch das machte keinen Unterschied. Ihn aufzugeben oder Olive aufzugeben – dieser Kampf würde der schwerere von beiden sein.

Wenn Basil Ransom den bis zu jenem Tag in New York zurückreichenden Vorteil hatte, eine Saite angeschlagen zu haben, die weiterschwingen sollte, kann man sich leicht vorstellen, daß er es nicht unterließ, ihn auszubauen. Wenn er Verenas Geist in ganz neues Licht getaucht hatte, so daß ihr die Vorstellung ansprechender erschien, sich einem Mann zu überantworten als einer Bewegung, so fand er Mittel und Wege, diese Erleuchtung zu vertiefen, ihr früheres Ideal in den Staub zu ziehen. Er befand sich in einer äußerst eigenartigen Situation, mußte er doch seinen Angriff mit gefesselten Händen führen. Da er alles innerhalb einer Stunde am Tag zu vollbringen hatte, leuchtete ihm ein, daß er sich auf das Wesentliche beschränken mußte. Das Wesentliche war, ihr zu beweisen, wie sehr er sie liebte, und dann zu drängen, zu drängen, unablässig zu drängen. Es war eine befremdliche Lebensordnung, der er sich unterworfen fand, Miss Chancellors Haus zu umkreisen, ohne hineinzugehen, und es tat ihm leid, Miss Birdseye nicht mehr zu sehen, zudem wußte er morgens und abends oft nichts Rechtes mit sich anzufangen. Zum Glück hatte er viele Bücher mitgebracht (Bände von moderfleckigem Aussehen, an New Yorker Buchständen ergattert), und in einer Situation dieser Art konnte er sich mit dem Geringeren begnügen, wenn ihm das Bessere vorenthalten blieb. Vormittags konnte er sich manchmal mit Doktor Prance trösten, mit der er zahlreiche Wasserpartien unternahm. Sie fuhr leidenschaftlich gern Boot und war eine begeisterte Anglerin, und sie pflegten gemeinsam in die Bucht hinauszurudern, ihre Leinen auszuwerfen und sich in maßlosen Ketzereien zu ergehen. Sie traf sich mit ihm, wie Verena, »in der Umgebung«, doch in anderem Geiste. Ihn belustigte ihre Einstellung ungemein, und er erkannte, daß nichts auf der Welt sie, wie er es ausdrückte, zum Blinzeln bringen konnte. Sie würde nie erbleichen noch irgendwelche Überraschung verraten; sie machte den Eindruck, als nehme sie alles Abnorme als selbstverständlich hin; ließ nicht erkennen, daß ihr Ransoms Situation eigentümlich vorgekommen wäre; spielte mit keinem Wort darauf an, sie habe bemerkt, daß Miss Chancellor dem Wahnsinn nahe war oder daß Verena ein tägliches Stelldichein hatte. Ihrem Verhalten nach hätte man annehmen können, es sei nicht weniger natürlich, wenn Ransom eine halbe Meile entfernt auf einem Zaun hockte, als wenn er in einem der roten Schaukelstühle von der Art der sogenannten »Rüttler« saß, die Miss Chancellors hintere Veranda zierten. Als einziges hatte unser junger Mann an Doktor Prance auszusetzen, daß er den Eindruck gewann (er wußte kaum, wie es durch die Ritzen ihrer Verschwiegenheit gesickert war), sie finde Verena ziemlich unbedeutend. Sie betrachtete fast jegliches Liebeswerben mit ironischen Augen, und ersichtlich wunderte sie sich nicht, daß die Frauen solche Kindsköpfe waren, solange sie, ganz gleich, welchen flüchtigen Torheiten sie frönten, doch immer irgendwelche Männer dazu brachten, herbeizueilen und auf Zäunen herumzuhocken. Doktor Prance erzählte ihm, Miss Birdseye nehme nichts mehr um sich wahr; sie sei binnen weniger Tage in eine Art verklärter Betäubung versunken; sie scheine nicht zu merken, ob Mr. Ransom irgendwo in der Nähe sei oder nicht. Vermutlich glaube sie, er sei nur für einen Tag hergekommen und wieder abgereist; sie nehme möglicherweise an, er habe sich von Miss Tarrant nur ein wenig auffrischen lassen wollen. Manchmal, draußen im Boot, wenn sie ihn inmitten eines ungewissen, durchaus nicht ungeselligen Schweigens ansah, während sie auf einen Biß lauerte (sie hatte ihre Freude an einem Biß), hatte sie einen Ausdruck teuflischer Verschlagenheit. Wenn Ransom nicht dort neben ihr schmorte (die Sonne von Massachusetts machte ihm nichts aus), durchstreifte er das idyllische Land, das (bis zu sehr mäßiger Höhe) hinter dem Strand anstieg. Er hatte immer ein Buch in der Tasche, und er lag unter wispernden Bäumen, trommelte ungeduldig mit den Fersen auf die Erde und überlegte, in welche Richtung er Verena das nächste Mal führen sollte. Nach nunmehr vierzehn Tagen hatte er viel mehr Erfolg gehabt (so glaubte er wenigstens), als er gehofft hatte, in dem Sinne, daß das Mädchen ihre »Gabe« jetzt viel weniger wichtig zu nehmen schien. Er war sogar ganz bestürzt, mit welcher Leichtigkeit sie sich darüber hinwegsetzte, den Gedanken aufgab, ihr Talent sei nützlich und kostbar. Das hatte er sich gewünscht, und die Tatsache, daß ihr Opfer (sobald sie es gründlich betrachtet hatte) sie so wenig kostete, bewies nur die Richtigkeit seiner Behauptung, machte nur deutlich, daß es für ihr Glück nicht erforderlich war, ihr halbes Leben damit zu verbringen, öffentlich zu eifern (wie anmutig auch immer). Dennoch sagte er sich, um sie für den Verlust dessen zu entschädigen, was der Ruhm in dieser Sache Angenehmes mit sich brachte, werde er in all den kommenden Jahren unsagbar nett zu ihr sein müssen. Im Laufe der ersten Woche, die er in Marmion verbrachte, stellte sie ihm eine diesen Punkt berührende Frage.

»Wenn das alles eine bloße Verblendung ist, wozu wäre mir diese Redegewandtheit verliehen worden – wozu wäre ich mit einem überflüssigen Talent ausgestattet worden? Mir liegt nicht viel daran – es macht mir nichts aus, Ihnen das zu sagen; aber ich gestehe, daß ich gern wüßte, was aus diesem ganzen Teil meines Wesens werden soll, wenn ich mich ins Privatleben zurückziehe und einfach dafür lebe, wie Sie sagen, Sie zu bezaubern. Dann bin ich wie eine Sängerin mit einer schönen Stimme (Sie haben mir selbst gesagt, meine Stimme sei schön), die sich einem Gebot unterworfen hat, nie wieder einen Ton zu singen. Ist das nicht eine große Verschwendung, eine mächtige Vergewaltigung der Natur? Sind uns unsere Talente nicht dazu gegeben, sie zu gebrauchen, und haben wir das Recht, sie zu ersticken und unseren Mitmenschen die Freude vorzuenthalten, die sie ihnen möglicherweise vermitteln? In der Vereinbarung, die Sie vorschlagen« (das war Verenas Formulierung für die Frage ihrer Heirat), »entdecke ich keine Vorkehrung für den entlassenen armen, treuen Diener. Es ist ja ganz schön, Sie zu bezaubern, aber es gibt Leute, die mir gesagt haben, sobald ich auf ein Podium trete, bezaubere ich alle Welt. Es ist nichts dabei, wenn ich davon spreche, denn Sie selbst haben mir das ja auch gesagt. Vielleicht haben Sie vor, in unserem vorderen Besuchszimmer ein Podium aufstellen zu lassen, wo ich Ihnen jeden Abend eine Ansprache halten und Sie nach Ihrer Arbeit in den Schlaf reden kann. Ich sage unser *vorderes* Besuchszimmer, als wäre es sicher, daß wir zwei haben könnten! Es sieht nicht so aus, als würden unsere Mittel das gestatten – und wir müssen auch irgendwo essen, wenn in unserem Wohnzimmer ein Podium stehen soll.«

»Meine liebe junge Frau, das Problem ist leicht zu lösen: der Eßtisch selbst soll unser Podium sein, und Sie stellen sich oben darauf.« Das war Basil Ransoms scherzhafte Antwort auf die ganz natürliche Bitte seiner Gefährtin um Auskunft, und der Leser wird bemerken, wenn ihr das genügte, um ihre Erkundigung nicht eingehender fortzusetzen, war sie sehr leicht zufriedenzustellen. Jedoch zeugten seine nächsten Worte von größerem Ernst, von der angemessenen Würdigung eines gewichtigen Rätsels. »Mich bezaubern, alle Welt bezaubern? Was wird aus Ihrem Zauber? – ist es das, was Sie wissen wollen? Er wird etwa fünftausendmal größer sein als jetzt; das wird daraus. Wir finden reichlich Raum für Ihre Redegewandtheit; sie soll unser ganzes Dasein geschmeidig machen. Glauben Sie mir, Miss Tarrant, diese Dinge erledigen sich von selbst. Sie singen dann nicht in der Music Hall, aber Sie singen mir vor; Sie singen jedem vor, der Sie kennt und in Ihre Nähe kommt. Ihre Gabe ist unzerstörbar; sprechen Sie doch nicht so, als wollte ich sie auslöschen oder als wäre ich imstande, sie auch nur eines Bruchteils ihrer Vollendung zu berauben. Ich will ihr eine andere Richtung geben, gewiß; aber ich will Ihrer Betätigung kein Ende setzen. Ihre Gabe liegt in der Kraft des Ausdrucks, und nichts, was ich für Sie tun kann, wird Ihre Ausdruckskraft beeinträchtigen. Sie wird sich nicht zu einer bestimmten Stunde und an einem bestimmten Tag ergießen, sondern sie wird Ihre

Konversation durchdringen und befruchten und zu strahlender Blüte treiben. Bedenken Sie, wie herrlich es wird, wenn Sie wirklichen gesellschaftlichen Einfluß gewinnen. Ihre Redegewandtheit, wie Sie es nennen, wird Sie im Gespräch einfach zur bezauberndsten Frau von Amerika machen.«

Es ist allerdings zu befürchten, daß Verena leicht zufriedenzustellen war (ich meine, zu überzeugen, nicht in dem Sinne, daß sie sich ihm überantworten sollte, sondern daß er schöne, ihr bisher entgangene, kaum erahnte Wahrheiten auf seiner Seite habe); und ein weiterer Beweis zu demselben Punkt spricht aus der Tatsache, daß sie ihm nach dem ersten oder zweiten Mal nichts mehr dazu zu sagen wußte (sosehr sie sich das auch selbst ständig vorhielt), welch grausame Wirkung ihr Abfall auf Olive ausüben würde. Sie verzichtete darauf, diesen Grund geltend zu machen, nachdem sie erlebt hatte, wie stark es ihn aufbrachte und mit welcher nahezu wilden Verachtung er einen so fadenscheinigen Vorwand zurückwies. Er verlangte zu wissen, seit wann es anständiger sei, sich mit einer morbiden alten Jungfer abzugeben als mit einem ehrenhaften jungen Mann; und als Verena das geheiligte Wort Freundschaft vorbrachte, erkundigte er sich, welche fanatische Sophisterei ihn von dem gleichen Vorzug ausschließen solle. In einem Augenblick überströmenden Mitteilungsdrangs hatte sie ihm erzählt (Verena glaubte, sie sei ungemein wachsam, doch ihre Wachsamkeit neigte sehr dazu, sich zu lockern), seine Besuche in Marmion würfen nach Olives Ansicht ein erstaunliches Licht auf seine Ritterlichkeit; es beliebe Olive, seine entschlossene Werbung um sie als eine versteckte Verfolgungskampagne gegen sich selbst zu betrachten. Kaum hatte Verena es ausgesprochen, bereute sie, diese Schmähung weitergegeben zu haben; doch gleich darauf merkte sie, daß sie keinen Schaden angerichtet hatte, denn Basil Ransom nahm Miss Chancellors Kommentare zu seinem Zartgefühl ganz heiter auf und machte sie zum Gegenstand herzlichen Gelächters. Weil der junge Mann sich vor Lachen nicht soweit zu fassen vermochte, um es ihr erzählen zu können, erfuhr sie nicht, daß er in dieser Frage, noch ehe er New York verließ, mit sich ins reine gekommen war – sogar schon zu der Zeit, als er ihr den Brief schrieb (gleich nach ihrer Abreise aus jener Stadt), auf den bereits angespielt wurde und der einfach ein Gegenstück zu dem Brief war, den er nach seinem Besuch in Cambridge an sie gerichtet hatte: ein freundliches, achtungsvolles, doch recht gewichtiges Zeichen dafür, daß für ihn nach reiflicher Überlegung die Trennung entschieden nicht die Absicht zu schweigen einschloß. Wir wissen ein wenig über seine reifliche Überlegung, zumindest das wesentlichste, zumal, daß sie unter dem warmen Regen der Ermutigung durch einen Herausgeber aufgekeimt war. Die Bedeutung jener Ermutigung für Basils Phantasie wurde zweifellos erheblich durch sein Verlangen nach einem Vorwand dafür verstärkt, ein Vorgehen wieder aufnehmen zu dürfen, dem er (so gering auch bisher seine Gelegenheiten gewesen waren, es sich zu gönnen) nicht in dem Maße abgeschworen hatte, wie er glaubte; immerhin bewirkte sie einen merklichen Umschwung in der Beurteilung seiner Lage und veranlaßte ihn zu der Frage, in welchem Umfang er (vom kultiviertesten südlichen Standpunkt aus) Miss Chancellor Rücksicht schulde, falls er sich entschlösse, ernstlich um Verena Tarrant zu werben. Er brauchte nicht lange zu der Entscheidung, er schulde ihr nichts. Die Ritterlichkeit hatte etwas mit den Beziehungen zu Menschen zu tun, die man verabscheute, nicht zu denen, die man liebte. Er verabscheute die arme Miss Olive nicht, wenngleich nicht ausgeschlossen war, daß sie ihn noch so weit bringen könnte; und selbst wenn er sie verabscheute, wäre die Ritterlichkeit reiner Unsinn, wenn sie von ihm fordern würde, das Mädchen, das er anbetete, aufzugeben, nur damit seine Kusine dritten Grades wahrnehmen könne, daß er ritterlich zu sein vermöge. Ritterlichkeit hieß Nachsicht und Großmut gegenüber den Schwachen; und Miss Olive war nicht schwach, sie war eine kämpferische Frau, und sie würde ihn auf den Tod befehden und ihm keinen Zollbreit Boden überlassen. Er spürte, daß sie dort in ihrer Sommerhaus-Festung den ganzen Tag lang kämpfte; ihren Widerstand spürte er in der Luft, die er atmete, und manchmal kam Verena ganz matt und blaß von dem Gefecht zu ihm heraus.

In demselben spöttischen Geist, wie er Olives Ansicht darüber betrachtet hatte, welchem Muster ein Mann aus Mississippi in seiner Lebensführung zu genügen habe, äußerte er sich Verena gegenüber auch zu dem Vortrag, den sie für ihren großen Auftritt in der Music Hall vorbereitete. Er erfuhr von ihr, sie solle nach der Art von Mrs. Farrinder zu einem Winterfeldzug ins Feld rücken und dazu gewaltig schweres Geschütz auffahren. Sämtliche Termine seien abgesprochen, ihre Route liege fest; sie sehe einer Wiederholung ihres Vortrags in etwa fünfzig verschiedenen Orten entgegen. Der Titel solle lauten »Die Vernunft der Frau«, und sowohl Olive wie Miss Birdseye hielten es, soweit sie es vorhersagen könnten, für ihre hoffnungsvollste Leistung. Diesmal werde sie sich nicht auf die Inspiration verlassen; sie wolle nicht ohne Vorbereitung vor ein großes Bostoner Publikum treten. Überdies scheine ihre Inspiration ziemlich dahingeschwunden zu sein; unter Olives Einfluß habe sie so viel gelesen und studiert, daß sie jetzt meine, alles müsse im voraus Gestalt bekommen. Olive sei eine glänzende Kritikerin, ob er sie nun möge oder nicht, und habe sie angehalten, jedes Wort ihres Vortrags zwanzigmal durchzugehen. Jeden einzelnen Tonfall habe sie üben müssen; es sei ganz anders als nach dem alten System, als ihr Vater sie noch einstimmte. Wenn Basil die Frauen für oberflächlich halte, sei es nur zu schade, daß er Olives Anforderungen für die Vorbereitung nicht aus der Nähe beurteilen oder abends bei ihren Proben in ihrem kleinen Wohnzimmer dabeisein könne. Ransoms Einstellung zu der Veranstaltung in der Music Hall war einfach folgende – wenn er könnte, war er entschlossen, sie mit List zu verhindern. Er machte sich ständig darüber lustig, wenn er sie mit Verena erörterte, und seine spitzen Bemerkungen dazu gingen so weit, daß er merkte, sie fand, er übertreibe seine Abneigung dagegen. Tatsächlich hätte er gar nicht dick genug auftragen können; so widerwärtig erschien ihm der Gedanke, sie solle bald in eine noch törichtere Laufbahn gedrängt werden. Er gelobte sich, sie dürfe nie diesen neuen Anfang machen, der sie im Falle eines Erfolgs (und sie würde Erfolg haben – er hegte nicht den geringsten Zweifel an ihrer Macht, in der Music Hall eine Sensation hervorzurufen) unwiderruflich dem Beifallsgeschrei der Zeitungen aussetzen würde. Ihre Termine, ihre Kampagnen, all die Erwartungen ihrer Freunde ließen ihn kalt; all das auf einen Streich zu »zermalmen« war der innigste Wunsch seines Herzens. Es würde ihm seinen eigenen Erfolg bedeuten, es würde seinen Sieg symbolisieren. Es wurde bei ihm zur fixen Idee, und er warnte sie immer wieder. Wenn sie lachend zurückgab, sie sehe nicht ein, wie er sie davon abhalten könne, es sei denn durch eine Entführung, tat sie ihm ehrlich leid, weil sie hinter seinen unheildrohenden Scherzen nicht die Festigkeit seiner Entschlossenheit erkannte. Er fühlte sich beinahe dazu imstande, sie zu entführen. Es lag greifbar in der Luft, daß sie »allseits beliebt« werden würde, und diese Vorstellung erregte in ihm geradezu Übelkeit. Er empfand darin so völlig anders als Mr. Matthias Pardon.

Eines Nachmittags, als er mit Verena von einem Spaziergang zurückkehrte, der vollkommen im vorgeschriebenen Rahmen verlaufen war, erkannte er schon von weitem, daß Doktor Prance barhäuptig aus dem Häuschen getreten war und, die Augen vor der roten, sinkenden Sonne abschirmend, die Straße hinauf- und hinabspähte. Es gehörte zur Regel, daß Ransom sich von Verena zu trennen hatte, bevor sie das Haus erreichten, und sie waren gerade stehengeblieben, um ihre letzten Worte zu wechseln (die Tag für Tag die Situation stärker vorantrieben als alles andere), als Doktor Prance Sie lebhaft heranzuwinken begann. Sie hasteten ihr entgegen, wobei Verena die Hand aufs Herz drückte, denn sie hatte sofort daran gedacht, Olive sei etwas Schreckliches zugestoßen – sie sei unter der grausamen Belastung zusammengebrochen, ohnmächtig geworden, vielleicht tot umgefallen. Während sie sich näherten, beobachtete Doktor Prance sie mit einem eigenartigen Ausdruck; es war kein Lächeln, sondern sozusagen eine übertriebene Andeutung, sie bemerke nichts. Rasch hatte sie ihnen mitgeteilt, was geschehen war. Miss Birdseye habe einen plötzlichen Schwächeanfall erlitten; sie habe unvermittelt geäußert, sie sterbe, und ihr Puls sei wirklich kaum noch zu fühlen. Sie sei mit Miss Chancellor und ihr unten auf der Piazza, und sie hätten versucht, sie nach oben in ihr Bett zu bringen. Sie habe es jedoch nicht zugelassen; sie liege im Sterben, und sie wolle genau dort sterben, an einem so schönen Plätzchen, in ihrem gewohnten Sessel, mit dem Blick auf den Sonnenuntergang. Sie habe nach Miss Tarrant gefragt, und Miss Chancellor habe ihr erklärt, sie sei ausgegangen – sie gehe mit Mr. Ransom spazieren. Da habe sie wissen wollen, ob denn Mr. Ransom immer noch da sei – sie habe geglaubt, er sei abgereist. (Davon abgesehen wußte Basil von Verena, daß sein Name seit dem Vormittag seines Besuchs bei ihr nicht mehr gefallen war.) Sie habe den Wunsch geäußert, ihn zu sehen – sie habe ihm etwas zu sagen; und Miss Chancellor habe ihr gesagt, er komme bald mit Verena zurück, und sie würden ihn hereinholen. Miss Birdseye habe gesagt, sie hoffe, sie blieben nicht lange aus, denn sie werde immer schwächer; und wie jemand, der weiß, wovon er spricht, fügte Doktor Prance jetzt an, es sei wirklich das Ende. Sie sei zwei-, dreimal herausgerannt, um nach ihnen Ausschau zu halten, und sie müßten gleich hereinkommen. Verena hatte ihr kaum Zeit gelassen, ihren Bericht zu beenden; sie war bereits in das Haus gestürzt. Ransom folgte mit Doktor Prance, durchaus in dem Bewußtsein, für ihn sei es ein doppelt feierlicher Anlaß; denn wenn er Zeuge sein sollte, wie die arme Miss Birdseye ihren philanthropischen Geist aufgab, würde er andererseits zweifellos von Miss Chancellor eine Mahnung empfangen, *sie* habe keineswegs die Absicht, das Spiel aufzugeben.

Als er diese Überlegung beendet hatte, stand er bereits vor seiner Verwandten und ihrem ehrwürdigen Gast; die alte Dame saß auf der rückwärtigen Piazza des Hauses genauso da, wie er sie neulich gesehen hatte, eingewickelt und mit dem Hut auf dem Kopf. Olive Chancellor stand an der einen Seite neben ihr und hielt ihre Hand, und auf der anderen Seite war Verena dicht neben Miss Birdseye auf die Knie gesunken und neigte sich zu ihr. »Haben Sie nach mir gefragt – brauchen Sie mich?« fragte das Mädchen zärtlich. »Ich will Sie nie wieder allein lassen.«

»Ach, ich halte Sie nicht lange auf. Ich wollte Sie nur noch einmal sehen.« Miss Birdseyes Stimme war ganz leise, wie bei einem Menschen, der mit Mühe atmet; doch klang sie nicht schmerzlich oder klagend – sie drückte nur die heitere Müdigkeit aus, die diesen ganzen letzten Abschnitt ihres Lebens gekennzeichnet hatte und die es jetzt so glücklich wie passend machte, daß sie nun sterben sollte. Ihr Kopf war gegen die Sessellehne zurückgefallen, das Band, das ihren uralten Hut festhielt, hing lose herab, und das Licht des späten Nachmittags lag auf ihrem achtzigjährigen Gesicht und verlieh ihm eine Art Schönheit, einen verdoppelten Seelenfrieden. Für Ransom lag etwas beinahe Erhabenes in der entsagenden Zuversicht ihres Ausdrucks; etwas darin schien anzudeuten, sie sei schon längst bereit gewesen, doch da die Zeit noch nicht reif war, habe sie gewartet, mit ihrem gewohnten Vertrauen, daß alles zum Besten diene; nur könne sie sich jetzt, da die rechten Bedingungen zusammenträfen, der Empfindung nicht erwehren, daß es eine wahre Wonne sei, die größte, die sie je genossen habe. Ransom wußte, weshalb Verena Tränen in den Augen hatte, während sie zu ihrer geduldigen alten Freundin aufblickte, sie hatte ihm im Laufe der letzten drei Wochen oft genug die Geschichten wiedergegeben, die Miss Birdseye ihr vom großen Werk ihres Lebens erzählt hatte, über ihre Jahr für Jahr wiederholte Mission unter den Schwarzen der Südstaaten. Sie sei in größter Heimlichkeit zu ihnen gegangen, um sie lesen und schreiben zu lehren; sie habe ihnen Bibeln gebracht und ihnen von den Freunden erzählt, die sie in den Nordstaaten hätten und die für ihre Erlösung beteten. Ransom wußte, daß Verena diese Legenden nicht mit der Absicht wiedergab, ihn wegen seiner südstaatlichen Abkunft zu beschämen, wegen seiner Verknüpfung mit Menschen, die in noch nicht allzu ferner Vergangenheit ein Aposteltum dieser Art notwendig gemacht hatten; er wußte das, weil sie vernommen hatte, was er selbst über dieses ganze Kapitel dachte; er hatte ihr gewissermaßen einen historischen Abriß der Sklavenfrage gegeben, der ihr keinen Raum zu der Behauptung ließ, diese besondere Abart der menschlichen Beschränktheit liege ihm mehr am Herzen als alle anderen. Aber sie hatte ihm erklärt, das hätte auch *sie* gern getan – allein auf sich gestellt, das Leben in der eigenen Hand, auf einem Botengang der Barmherzigkeit durch ein Land zu streifen, in dem sich die Gesellschaft gegen sie zusammengeschlossen hätte; das wäre ihr viel lieber gewesen, als einfach von einem bequemen, gasbeleuchteten Podium Neuenglands herab vom Rechten zu sprechen. Ransom hatte einfach »Unfug!« geantwortet, hegte er doch, wie wir schon bemerkt haben, die Theorie, er wisse viel mehr über Verenas natürliche Neigung als die junge Dame selbst. Wie ihm jedoch vollkommen klar war, hinderte sie das nicht, bitter zu empfinden, daß sie für das heroische Zeitalter des neuenglischen Lebens zu spät geboren war, und Miss Birdseye als dessen arg mitgenommenes, uraltes Denkmal zu betrachten. Ransom vermochte eine derartige Bewunderung zu teilen, besonders in diesem Augenblick; er hatte Verena mehr als einmal erklärt, er wünschte, er wäre der alten Dame vor dem Krieg in Carolina oder Georgia begegnet – hätte sie unter den Negern herumführen und die neuenglischen Ideen mit ihr erörtern können; es gebe deren eine ganze Zahl, von denen er jetzt nicht mehr viel halte, doch damals hätte er sie als ungeheuer belebend empfunden. Miss Birdseye hatte sich ihr ganzes Leben lang so großzügig verschwendet, daß es recht seltsam anmutete, daß für das letzte Opfer noch etwas von ihr übrig war. Als er zu Olive hinblickte, erkannte er, daß sie ihn zu ignorieren gedachte; und während der wenigen Minuten, die er an Ort und Stelle blieb, begegnete seine Verwandte nicht ein einziges Mal seinem Blick. Sie wandte sich sogar ab, sobald Doktor Prance, über Miss Birdseye gebeugt, sagte: »Ich habe Ihnen Mr. Ransom mitgebracht. Sie haben nach ihm gefragt, wissen Sie noch?«

»Ich freue mich sehr, Sie wiederzusehen«, bemerkte Ransom. »Es war sehr gütig von Ihnen, an mich zu denken.« Beim Klang seiner Stimme stand Olive auf und verließ ihren Platz; sie sank in einen Sessel am anderen Ende der Piazza, drehte sich herum, legte die Arme auf die Rückenlehne und vergrub den Kopf darin.

Miss Birdseye sah den jungen Mann noch unbestimmter an als je zuvor. »Ich dachte, Sie wären abgereist. Sie waren nie wieder hier.«

»Er verbringt seine ganze Zeit mit langen Spaziergängen; die Landschaft gefällt ihm so sehr«, warf Verena ein.

»Nun ja, sie ist sehr schön, was ich von hier aus sehe. Nach den ersten Tagen bin ich nicht kräftig genug gewesen, spazierenzugehen. Aber jetzt gehe ich.« Sie lächelte, als Ransom eine Bewegung machte, wie um ihr zu helfen, und fuhr fort: »Ach, ich meine nicht, daß ich mich aus meinem Sessel fortbewege.«

»Mr. Ransom ist ein paar mal mit mir mit dem Boot hinausgefahren. Ich habe ihm gezeigt, wie man eine Angel auswirft«, sagte Doktor Prance, die offenbar etwas gegen ein Abgleiten ins Sentimentale hatte.

»Oh, dann waren Sie also ein Mitglied unserer Gruppe; alles scheint dafür zu sprechen, daß Sie sich zu uns gehörig fühlen.« Miss Birdseye sah den Besucher mit einer Art verhangenem Ernst an, als wünschte sie mit ihm in Gedankenaustausch zu bleiben; dann wandte sie den Blick ein wenig zur Seite; sie versuchte zu entdecken, was mit Olive war. Sie bemerkte, daß Miss Chancellor sich zurückgezogen hatte, schloß die Augen und sann fruchtlos dem Geheimnis nach, das sie nicht durchschaut hatte, den Eigentümlichkeiten von Basil Ransoms Beziehungen zu ihrer Gastgeberin. Sie war jetzt sichtlich zu schwach, um sich nachdrücklich damit zu befassen; nun, da sie wirklich dahinzugehen schien, empfand sie nur den Wunsch, Versöhnung und Eintracht zu stiften. Doch dann stieß sie einen leisen, sanften Seufzer aus – eine Art Geständnis, es sei zu kompliziert, sie gebe es auf. Ransom hatte einen Moment lang befürchtet, sie sei im Begriff, sich einen Appell an Olive zu gestatten, einen Versuch, ihn zu ihrer höchsten Befriedigung zu veranlassen, dieser jungen Dame die Hand zu reichen. Doch er sah, daß ihre Kräfte schwanden, daß die Dinge für sie an Klarheit verloren, zu seiner nicht geringen Erleichterung, denn wenn er auch nichts gegen einen Händedruck gehabt hätte, so zeigte ihm der Ausdruck von Miss Chancellors Gestalt und abgewandtem Gesicht in ihrem verzweifelten Zusammenbruch deutlich, wie *sie* einen solchen Vorschlag aufgenommen hätte. Woran Miss Birdseye mit gütigem Starrsinn festhielt, war der Gedanke, trotz seiner Aussperrung aus dem Haus, die vielleicht nur die Folge einer gewissen hochgespannten Eifersucht Olives gegenüber den übrigen persönlichen Bindungen ihrer Freundin war, habe Verena ihn hereingezogen, ihn dazu bewegt, mit der großen Reform zu sympathisieren, in ihm den Wunsch zur Mitarbeit geweckt. Ransom erkannte keinen Grund, weshalb eine solche Illusion Miss Birdseye am Herzen liegen sollte; er hatte in der Vergangenheit nur so flüchtig Kontakt mit ihr gehabt, daß er sich ihr Interesse daran nicht erklären konnte, welche Ansichten er vertrat und ob er sein Gewicht in die richtige Waagschale warf. Es gehörte wohl zu dem umfassenden Drang nach Gerechtigkeit, der in ihr gärte, zu ihrer Leidenschaft für den Fortschritt; und es war auch in gewissem Grade ihr Interesse an Verena – ein Verdacht, arglos und idyllisch, wie jeder Verdacht dieser Art bei Miss Birdseye nur sein konnte, zwischen ihnen gebe es etwas, bahne sich die engste aller Verbindungen an (wofür Miss Birdseye sie zumindest hielt). Zudem verlieh der Umstand, daß er ein Südstaatler war, der Sache einen besonderen Reiz. Einen Südstaatler zu bekehren wäre wahrhaftig eine Ermutigung für eine Frau, die sogar noch in ihren alten Tagen erlebt hatte, welche Stimmung in den Baumwollstaaten herrschte. Ransom wollte ihr nicht den Mut rauben, und er behielt Doktor Prances Warnung wohl im Sinn, nur nicht ihre letzte Theorie zu zerstören. Er neigte nur sehr demütig sein Haupt, denn er wußte nicht, womit er sich die Ehre verdient hatte, Gegenstand dieser Theorie zu sein. Seine Augen begegneten Verenas, als sie von ihrem Platz zu

Miss Birdseyes Füßen zu ihm aufblickte, und er erkannte, daß sie seinem Gedankengang folgte, sich dazwischenwarf und ihm einen Wunsch zu übermitteln versuchte. Der Wunsch rührte ihn tief; sie hatte furchtbare Angst, er werde sie Miss Birdseye gegenüber verraten – werde sie wissen lassen, wie sehr sie inzwischen abgekühlt war. Verena schämte sich jetzt deswegen und zitterte vor der Gefahr der Bloßstellung; ihre Augen beschworen ihn, sorgfältig zu prüfen, was er sagte. Ihr Beben ließ wiederum ihn ein wenig erglühen, denn es erschien ihm als ihr bisher umfassendstes Eingeständnis, welchen Einfluß er auf sie gewonnen hatte.

»Wir sind eine sehr glückliche kleine Gruppe gewesen«, bestätigte er der alten Dame. »Es ist wunderbar, daß Sie all diese Wochen bei uns sein konnten.«

»Ich hatte viel Ruhe. Ich bin sehr müde. Ich kann nicht viel sprechen. Es war eine wunderschöne Zeit. Ich habe so viel getan – so vieles.«

»Ich glaube, ich würde nicht so viel sprechen, Miss Birdseye«, sagte Doktor Prance, die jetzt auf der anderen Seite neben ihr niedergekniet war. »Wir wissen, wieviel Sie getan haben. Meinen Sie nicht, jeder kennt *Ihr* Leben?«

»Es ist nicht viel – ich habe nur versucht, Fuß zu fassen. Wenn ich von hier zurückschaue, wo wir gesessen haben, kann ich den Fortschritt ermessen. Das wollte ich Ihnen und Mr. Ransom sagen – denn es geht bald mit mir zu Ende. Halten Sie mich fest, das ist recht; aber Sie können mich nicht zurückhalten. Ich will jetzt nicht länger bleiben; ich werde wohl einige andere treffen, die wir vor langer Zeit verloren haben. Ihre Gesichter habe ich mit einem Mal wieder vor mir, ganz lebendig. Es sieht so aus, als würden sie schon warten; als wären sie alle da; als wollten sie es hören. Ihr dürft nicht glauben, es gebe keinen Fortschritt, weil ihr ihn nicht sofort ganz seht; das wollte ich sagen. Erst wenn ihr einen langen Weg gegangen seid, könnt ihr begreifen, was sich getan hat. Das sehe ich, wenn ich von hier aus zurückblicke; ich sehe, daß die Gesellschaft zur Zeit meiner Jugend noch nicht einmal halb aufgewacht war.«

»Sie haben mehr als jeder andere dazu getan, sie aufzuwecken, und deswegen halten wir Sie in Ehren, Miss Birdseye!« rief Verena in einer plötzlichen Gefühlsaufwallung. »Auch wenn Sie tausend Jahre lebten, würden Sie nur an andere denken – nur daran, der Menschheit voranzuhelfen. Sie sind unsere Heldin, Sie sind unsere Heilige, und noch nie gab es jemanden wie Sie!« Verena hatte jetzt keinen Blick für Ransom, und aus ihrem Antlitz sprachen weder Abbitte noch Flehen. Eine Woge der Zerknirschung, der Scham war über sie hereingebrochen – ein jähes Verlangen, für ihr geheimes Abweichen Buße zu tun durch die erneute Anerkennung der Würde eines Lebens, wie es Miss Birdseye geführt hatte.

»Ach, ich habe nicht allzuviel erreicht; ich habe nur gesorgt und gehofft. Sie werden mehr tun, als ich je getan habe – Sie und Olive Chancellor, weil Sie jung und gescheit sind, gescheiter, als ich es je war; und außerdem ist alles in Gang gekommen.«

»Na, Sie sind in Gang gekommen, Miss Birdseye«, bemerkte Doktor Prance mit hochgezogenen Augenbrauen, trocken, aber freundlich protestierend und mit einer Miene, als habe es schließlich nicht mehr viel Zweck, auf eine beiseitegeschobene Autorität zu pochen. Wie diese tüchtige kleine Frau ihrer Patientin den Willen ließ, zeigte zur Genüge, daß es mit der guten Dame rasch zu Ende ging.

»Wir werden immer an Sie denken, und Ihr Name wird uns heilig sein, und das wird uns Zielstrebigkeit und Hingabe lehren«, fuhr Verena im selben Ton fort, immer noch Ransoms Augen ausweichend, und sie sprach, als versuche sie jetzt, sich Einhalt zu gebieten, sich durch ein Gelübde zu binden.

»Nun, die Sache, der Sie und Olive Ihr Leben geweiht haben, hat mich in den letzten Jahren am meisten beansprucht. Ich wollte erleben, daß uns Gerechtigkeit zuteil wird. Ich habe es nicht erlebt, aber Sie werden es erleben. Und Olive auch. Wo ist sie – warum ist sie nicht bei mir, um mir Lebewohl zu sagen? Und Mr. Ransom wird es erleben – und er wird stolz darauf sein, dabei mitgeholfen zu haben.«

»O Erbarmen, Erbarmen!« rief Verena und vergrub den Kopf in Miss Birdseyes Schoß.

»Sie irren sich nicht, wenn Sie es für meinen größten Wunsch halten, Ihrer Schwäche, Ihrer Großmut Schutz angedeihen zu lassen«, erklärte Ransom, recht zweideutig, doch mit betonter Achtung. »Ich werde Sie als ein Beispiel in Erinnerung behalten, wessen die Frauen fähig sind«, fuhr er fort; und er hatte wegen dieser Worte später keine Gewissensbisse, denn er fand die arme Miss Birdseye, trotz ihres Mangels an Profil, in höchstem Grade weiblich.

Ein sozusagen ungestümes Ächzen Olive Chancellors antwortete auf diese Äußerung, die ihr offensichtlich als schamloser Sarkasmus erschienen war; und im selben Augenblick warf Doktor Prance Ransom einen kurzen Blick zu, der ihn beschwor, sich zurückzuziehen.

»Leb wohl, Olive Chancellor«, murmelte Miss Birdseye. »Ich will nicht bleiben, obwohl ich gern erleben würde, was Sie erleben werden.«

»Nichts als Schande und Ruin werde ich erleben!« schrie Olive auf und stürzte zu ihrer alten Freundin hinüber, während Ransom diskret die Szene verließ.

Neununddreißigstes Kapitel

Am nächsten Vormittag traf er im Ort auf Doktor Prance, und sobald er sie ansah, war ihm klar, das Ereignis, das in Miss Chancellors Haus bevorgestanden hatte, war eingetreten. Nicht daß ihre Erscheinung düster gewirkt hätte; doch sie vermittelte irgendwie die Botschaft, vorläufig habe sie keinen Gedanken mehr dafür übrig, eine Angel auszuwerfen. Miss Birdseye sei am Abend still verschieden, ein oder zwei Stunden nach Ransoms Besuch. Sie hätten ihren Sessel ins Haus gerollt; es sei nichts mehr zu tun geblieben, als ihr gänzliches Erlöschen abzuwarten. Miss Chancellor und Miss Tarrant hätten reglos bei ihr gesessen, jede habe eine ihrer Hände gehalten, und sie sei einfach erloschen, gegen acht Uhr. Es sei ein schöner Tod gewesen; Doktor Prance gab zu verstehen, sie habe es selten erlebt, daß ein Tod so zur rechten Zeit eingetreten sei. Sie fügte hinzu, Miss Birdseye sei eine gute Frau gewesen – eine vom alten Schlag; und das war der einzige Nachruf auf Miss Birdseye, den Basil Ransom zu hören bekommen sollte. Der Eindruck der Einfachheit und Bescheidenheit ihres Todes ging ihm nach, und mehr als einmal überlegte er in den folgenden Tagen, genauso, wie ihr Lebenslauf vom Fehlen jeglichen Aufwands und Pomps geprägt war, sei es auch die Weihung ihres Andenkens. Sie war fast berühmt gewesen, sie war so aktiv, so eifrig, so allgegenwärtig gewesen wie sonst keiner, sie hatte sich rückhaltlos wohltätigen Bestrebungen, großen Belangen und Glaubensbekenntnissen hingegeben; und doch waren anscheinend die einzigen Menschen, denen ihr Tod wirklich naheging, die drei jungen Frauen in einem kleinen Holzhaus am Cape Cod. Ransom erfuhr von Doktor Prance, Miss Birdseyes sterbliche Hülle solle auf dem kleinen Friedhof in Marmion zur letzten Ruhe gebettet werden, in Sicht der hübschen Seelandschaft, die sie so gern betrachtet habe, zwischen alten, bemoosten Grabsteinen von Seeleuten und Fischern. Sie habe die Stelle gleich nach ihrer Ankunft gesehen, als sie noch ein wenig ausfahren konnte, und habe gesagt, sie denke, es müsse schön sein, dort zu liegen. Es sei keine Forderung, keine eindeutige Bitte gewesen; es sei Miss Birdseye auch am Ende ihrer Tage nicht eingefallen, irgend etwas zu verlangen oder zum ersten Mal in achtzig Jahren einen persönlichen Anspruch zu erheben. Doch Olive Chancellor und Verena hätten auf ihre Weise ausgelegt, wie sehr ihr diese Ecke gefallen hatte, der stillste Winkel auf der ewig strebenden, leidenden Welt, den eine so wegmüde Pilgerin der Philanthropie je erblickt hatte.

Im Laufe des Tages erhielt Ransom von Verena einen Brief von fünf Zeilen, der ihm mitteilen sollte, er dürfe vorerst nicht erwarten, sie wiederzusehen; sie wünsche sich ganz still zurückzuziehen und die Dinge zu überdenken. Und sie fügte die Empfehlung an, er möge den Ort für drei oder vier Tage verlassen; in diesem Teil des Landes gebe es viele merkwürdige alte Dinge zu besichtigen. Ransom dachte gründlich über diese Botschaft nach und erkannte, er würde sich einer großen Geschmacklosigkeit schuldig machen, wenn er sich nicht unverzüglich zurückzöge. Er wußte, daß sein Betragen in Olive Chancellors Augen diesen Makel bereits trug, daher waren für ihn Überlegungen sinnlos, auf welche Weise er ihr mehr oder minder mißfallen könnte. Doch er wünschte Verena den Eindruck zu vermitteln, um *sie* zufriedenzustellen, würde er alles in der Welt tun, nur nicht sie aufgeben, und während er seine Reisetasche packte, kam ihm der Gedanke, daß er sich zugleich untadelig verhalte und den feinsten Sinn für Diplomatie an den Tag lege. Fortzugehen bewies ihm vor sich selbst, wie sicher er sich fühlte, wie tiefverwurzelt seine Überzeugung war, er halte sie fest in der Hand, wie sehr sie sich in seinem Griff auch winden und drehen möge. Die Gefühlsregung, die sie zum Ausdruck gebracht hatte, als er da vor der armen Miss Birdseye stand, war nur eine ihrer instinktiven Abwehrbewegungen gewesen; er hatte das durchaus zur Kenntnis genommen – hatte sich gesagt, es dürfte wohl noch eine ganze Reihe weiterer folgen, ehe sie zur Ruhe käme. Eine Frau, die zuhört, ist verloren, sagt das alte Sprichwort; und was hatte Verena in den letzten drei Wochen anderes getan, als zuzuhören? – jeden Tag nicht allzulange, doch mit einem Grad an Aufmerksamkeit, dessen Maß die Tatsache war, daß sie sich nicht aus Marmion zurückzog. Sie hatte ihm nicht erzählt, daß Olive sie schleunigst fortschaffen wollte, aber er hatte dieser Eröffnung für die Erkenntnis nicht bedurft, wenn sie auf dem Feld blieb, dann nur, weil sie es so wollte. Vermutlich gab sie sich der Vorstellung hin, sie kämpfe, doch wenn sie nicht heftiger kämpfte als bisher, würde er seine Aussicht auf Erfolg auch weiterhin im gleichen Lichte sehen. Ihr Ersuchen, er solle auf ein paar Tage fortgehen, war von ihr als Kampfhandlung gemeint; dabei hatte er den Schlag kaum gespürt. Er wiegte sich in dem Glauben, Frauen gegenüber großes Taktgefühl zu besitzen, und er war überzeugt, Verena werde von dieser Eigenschaft beeindruckt sein, wenn sie den Brief lese, den er sogleich als Antwort auf den ihren an sie richtete, und von seinem Entschluß erfahre, einen kleinen Abstecher nach Provincetown zu unternehmen. Da sich unter dem recht mangelhaften Dach, das ihn beherbergte, niemand fand, dessen Hand er das Billett hätte anvertrauen können – in dem Hotel in Marmion mußte man sein eigener Bote sein –, ging er zum Postamt des Städtchens und bat darum, seinen Brief in Miss Chancellors Briefkasten zu stecken. Hier traf er Doktor Prance, zum zweitenmal an diesem Tag; sie war gekommen, um die Briefe aufzugeben, mit denen Olive einige wenige Freunde Miss Birdseyes über Zeit und Ort ihrer Beisetzung in Kenntnis setzte. Diese junge Dame blieb mit Verena zurückgezogen, und Doktor Prance erledigte alle Wege für die beiden. Ransom fand, mit der Meinung, sie werde die ihr übertragenen Pflichten mit der größten Pünktlichkeit und Zuverlässigkeit erledigen, mache er kein Zugeständnis, das seine Einschätzung des Geschlechts, dem sie in gewisser Weise angehörte, widerrufen hätte. Er teilte ihr mit, er werde ein paar Tage abwesend sein, und gab dem freundlichen Wunsch Ausdruck, sie bei seiner Rückkehr nach Marmion wieder anzutreffen.

Ihr scharfes Auge prüfte ihn eine Sekunde lang, um zu sehen, ob er scherze; dann sagte sie: »Also, Sie glauben anscheinend, ich kann tun, was ich mag. Das kann ich aber nicht.«

»Sie meinen, Sie müssen wieder an die Arbeit?«

»Nun ja; mein Platz in der Stadt ist verlassen.«

»Das ist jetzt jeder zweite Platz. Sie sollten lieber bis zum Ende der Saison bleiben.«

»Für mich ist alles eine einzige Saison. Ich möchte mein Praxisschild wiedersehen. Für keinen anderen Menschen als für sie wäre ich so lange fortgeblieben.«

»Also dann, leben Sie wohl«, sagte Ransom. »Ich werde unsere kleinen Ausflüge nie vergessen. Und ich wünsche Ihnen jeden Ruhm und Erfolg in Ihrem Beruf.«

»Deshalb will ich ja zurück«, antwortete Doktor Prance auf ihre klare, knappe Art. Er hielt sie noch einen Moment lang auf; er wollte sie nach Verena fragen. Während er noch zögerte, wie er seine Frage formulieren sollte, bemerkte sie, offenbar aus dem Wunsch heraus, ihm ein kleines Andenken ihrer Sympathie zu hinterlassen: »Nun, ich hoffe, es wird Ihnen gelingen, Ihre Ansichten durchzusetzen.«

»Meine Ansichten, Miss Prance? Ich bin überzeugt, ich habe sie Ihnen gegenüber nie erwähnt!« Dann fuhr Ransom fort: »Wie geht es Miss Tarrant heute? Ist sie ruhiger geworden?«

»O nein, sie ist alles andere als ruhig«, antwortete Doktor Prance sehr entschieden.

»Meinen Sie, sie ist erregt, von Gefühlen zerrissen?«

»Nun, sie spricht nicht, sie ist ganz still, und Miss Chancellor auch. Sie sind so still wie zwei Beobachter – sie sprechen nicht miteinander. Aber man hört das Schweigen vibrieren.«

»Vibrieren?«

»Nun ja, sie sind sehr nervös.«

Ransom war zuversichtlich, wie gesagt, doch wieviel Mühe er sich auch gab, dieser Schilderung der zwei Damen im Sommerhaus ein gutes Omen zu entnehmen, er hatte damit keinen vollen Erfolg. Er hätte Doktor Prance gern gefragt, ob sie nicht meine, er könne am Ende auf Verena rechnen; aber dazu war er zu befangen, denn das Thema seiner Beziehungen zu Miss Tarrant war zwischen ihnen bisher noch nie berührt worden; und außerdem mochte er sich nicht eine Frage stellen hören, die mehr oder weniger einen Zweifel andeutete. So entschied er sich für den Kompromiß einer indirekten und allgemeinen Erkundigung nach Olive; das brächte womöglich etwas Licht in die Sache. »Was halten Sie von Miss Chancellor – wie finden Sie sie?«

Doktor Prance überlegte ein wenig, sichtlich dessen bewußt, daß er mehr meinte, als er fragte. »Nun, sie wird immer dünner«, antwortete sie dann; und Ransom wandte sich, kaum ermutigt, ab mit dem Gefühl, die kleine Ärztin kehre doch wohl besser zu ihrem Praxisschild zurück.

Er verhielt sich tadellos, blieb eine Woche lang in Provincetown, atmete die köstliche Luft ein, rauchte unzählige Zigarren und streifte müßig in den alten Werften herum, wo das Gras üppig wucherte und der Eindruck gefallener Größe noch ausgeprägter war als in Marmion. Wie seine Freundinnen, die Damen aus Boston, war er sehr nervös; es gab Tage, da drängte es ihn, an den Saum jenes sanften Meeresarms zurückzueilen; die Stimmen der Luft flüsterten ihm zu, in seiner Abwesenheit führe man ihn hinters Licht. Dennoch blieb er so lange, wie er es beschlossen hatte; dabei beschwichtigte er sich mit dem Gedanken, sie könnten nichts tun, um ihm zu entkommen, es sei denn, sie führen vielleicht wieder nach Europa, was nicht wahrscheinlich war. Falls Miss Olive Verena in den Vereinigten Staaten zu verstecken suchte, würde er sich dafür verbürgen, sie zu finden – obwohl er sich auch eingestehen mußte, bei einer Flucht nach Europa wäre er machtlos, weil es ihm an Bargeld für die Verfolgung mangelte. Doch war nichts weniger wahrscheinlich, als daß sie am Vorabend von Verenas geplantem Début in der Music Hall den Atlantik überqueren würden. Bevor er nach Marmion zurückkehrte, schrieb er an diese junge Dame, um seine Wiederkehr anzukündigen und ihr seine Erwartung mitzuteilen, daß sie am darauffolgenden Vormittag zu einer Begegnung mit ihm aus dem Haus komme. Das vermittelte zugleich seinen festen Vorsatz, so viel von dem Tag in Anspruch zu nehmen wie nur möglich; er hatte genug von dem System, sich über all die vielen Stunden hinwegzuschleppen, bis gegen Abend nur noch ein Bruchteil Zeit übrig war, und jedenfalls konnte er am Tag seiner Rückkehr nicht so lange warten. Der Nachmittagszug hatte ihn von Provincetown zurückgebracht, und am Abend vergewisserte er sich, daß die Bostonerinnen das Feld nicht verlassen hatten. In den Fenstern des Hauses unter den Ulmen brannte Licht, und er stand da, wo er an jenem Abend mit Doktor Prance gestanden und den Wellen der Stimme Verenas gelauscht hatte, während sie ihren Vortrag probte. Diesmal gab es keine Wellen, keine Geräusche, kein Lebenszeichen außer den Lampen; das Haus war offenbar immer noch dem von Doktor Prance geschilderten beklommenen Schweigen ausgeliefert. Ransom hielt es für einen ungeheuren Beweis seiner Ritterlichkeit, daß er Verena nicht unverzüglich mit der Bitte um eine Unterredung aufsuchte. Sie hatte seinen letzten Brief nicht beantwortet, kam jedoch am nächsten Tag zur vorgeschlagenen Stunde zum Treffpunkt; er sah sie die Straße entlang näher kommen, in einem weißen Kleid, unter einem großen Sonnenschirm, und wieder fand er ihren Gang einfach hinreißend. Er war jedoch bestürzt über ihr Gesicht und was es ihm verkündete; blaß, mit roten Augen, ernster als je zuvor, schien sie die ganze Zeit seiner Abwesenheit heftig weinend zugebracht zu haben. Doch daß sie nicht um ihn geweint hatte, bezeugten die allerersten Worte, die sie sprach.

»Ich bin nur herausgekommen, um Ihnen endgültig zu sagen, daß es unmöglich ist! Ich habe mir alles gründlich überlegt und mir viel Zeit dabei gelassen – immer wieder und wieder; und das ist meine Antwort, endgültig und absolut. Sie müssen sie hinnehmen – Sie bekommen keine andere mehr.«

Basil Ransom starrte sie mit erschreckend gerunzelter Stirn an. »Und warum nicht, bitte?«

»Weil ich nicht kann, ich kann nicht, kann nicht, kann nicht!« wiederholte sie leidenschaftlich mit ihrem veränderten, verzerrten Gesicht.

»Verdammt!« murmelte der junge Mann. Er ergriff ihre Hand, zog sie durch seinen Arm und zwang Verena dadurch, mit ihm die Straße entlangzugehen.

An diesem Nachmittag verließ Olive Chancellor ihr Haus und wanderte lange Zeit die Küste entlang. Sie blickte die Bucht hinauf und hinab, hinaus auf die Segel, die auf dem blauen Wasser blinkten, sich in der Brise und dem Licht gegeneinander verschoben; sie weckten ihr Interesse wie noch nie zuvor. Es war ein Tag, den sie nie vergessen sollte; sie empfand ihn als den traurigsten, kränkendsten ihres Lebens. Unrast und quälende Angst setzten ihr jetzt nicht zu wie damals in New York, als Basil Ransom Verena, um ihr sein Brandmal aufzudrücken, in den Park verschleppt hatte. Doch eine unermeßliche Last von Jammer schien ihr auf der Seele zu liegen; die

Bitterkeit ihrer Schwermut empfand sie als körperlichen Schmerz, sie war stumm und kalt vor Verzweiflung. Sie hatte das Ungestüm ihrer Angst, das Feuer ihrer Zuversicht verbraucht, und jetzt war sie zu erschöpft, um mit dem Schicksal zu kämpfen. Sich selbst gegenüber schien sie sich fast damit abgefunden zu haben, als sie mit dem Wissen in den schönen Nachmittag hineinwanderte, daß die »zehn Minuten«, die Verena, ihren Worten nach, Mr. Ransom an diesem Vormittag zu widmen gedachte, sich unversehens zu einer Tagestour ausgeweitet hatten. Sie waren zusammen in einem Boot hinausgefahren; einer der ehrenwerten Männer aus dem Ort, bei dem man kleine Boote mieten konnte, hatte auf Verenas Bitte seinen kleinen Sohn mit dieser Botschaft in Miss Chancellors Sommerhaus geschickt. Sie hatte nicht verstanden, ob sie den Bootsverleiher mitgenommen hatten. Selbst als sie die Auskunft erhielt (in einem Moment erheblicher Beruhigung), wurden Olives Nerven davon nicht so aufgewühlt wie zum Beispiel damals bei jenem anderen Ausflug in New York; und sie konnte ermessen, wie weit sie seither gekommen war. Die Nachricht hatte sie nicht sogleich aus dem Haus gejagt, sie getrieben, außer sich an der Küste hin und her zu eilen, jedes vorüberkommende Boot anzurufen mit der Bitte, die junge Dame, die irgendwo in der Bucht mit einem dunklen, langhaarigen Herrn segele, zur unverzüglichen Rückkehr aufzufordern. Im Gegenteil, nach dem ersten schmerzlichen Schauer, den die Nachricht auslöste, war sie imstande gewesen, sich zu beschäftigen, sich um das Haus zu kümmern, ihre Vormittagspost zu erledigen, ihre Rechnungen durchzusehen, was sie schon einige Zeit vorgehabt hatte. Sie hatte das Nachdenken aufschieben wollen, denn sie wußte, zu welch fürchterlichen Erkenntnissen es sie wieder führen würde. Diese waren in der Tatsache zusammengefaßt, daß man Verena jetzt nicht eine Stunde lang vertrauen konnte. Sie hatte ihr am Abend zuvor mit dem Antlitz eines gefolterten Engels geschworen, ihre Wahl sei getroffen, ihrer beider Verbindung und Arbeit bedeuteten ihr mehr, als jedes andere Leben es je vermöchte, und sie glaube zutiefst, sollte sie diesen heiligen Dingen abschwören, so würde sie sich am Ende vor Reue und Scham einfach verzehren. Sie wolle Mr. Ransom nur noch einmal treffen, auf zehn Minuten, um ihm eine oder zwei äußerste Wahrheiten vorzutragen, und dann würden sie ihre alten, glücklichen, tätigen, fruchtbringenden Tage wieder aufnehmen, würden sich mehr denn je in ihre herrliche Aufgabe stürzen. Olive hatte gesehen, wie Miss Birdseyes Tod Verena erschüttert hatte, daß der Anblick, wie majestätisch schlicht sich diese einzigartige Frau von dem Schauplatz zurückzog, auf dem sie jede banale Zielsetzung, alle weltlichen Maßstäbe und Verlockungen so geringgeachtet hatte, das Mädchen mit dem Geist ihrer innigsten Stunden berührt und sie erneut zu dem Glauben entflammt hatte, kein enges persönliches Glück könne so süß sein wie der Gedanke, etwas für jene zu tun, die allezeit gelitten hatten und immer noch der Hilfe harrten. Das verhalf Olive zu dem Glauben, sie könne wieder auf Verena zu rechnen beginnen, so klar sie auch gleichzeitig erkannte, daß Verenas abscheuliche Bewährungsprobe sie merkwürdig ermüdet und erschöpft hatte. Ach, Olive wußte, daß sie ihn liebte – wußte, was das für eine Leidenschaft war, mit der das unglückliche Mädchen zu ringen hatte; und sie ließ ihr die Gerechtigkeit widerfahren, an die Aufrichtigkeit ihrer Beteuerungen und die Echtheit ihres Bemühens zu glauben. So gequält und verbittert Olive Chancellor auch war, so nahm sie sich doch vor, unerschütterlich gerecht zu sein, und aus diesem Grund empfand sie für Verena jetzt unaussprechliches Mitleid, betrachtete sie als das Opfer eines schrecklichen Zaubers und sparte all ihren Abscheu und ihre Verachtung für den Urheber ihres gemeinsamen Unglücks auf. War Verena eine halbe Stunde, nachdem sie erklärt hatte, sie werde ihm mit zwanzig Worten den Abschied geben, mit ihm in ein Boot gestiegen, so deshalb, weil er über ihm und anderen Männern vertraute Methoden verfügte, ausweglose Situationen herbeizuführen, sie zu Dingen zu zwingen, die sie nur mit heftigem Widerwillen tun konnte, unter Androhung noch schlimmerer Qual. Aber trotzdem starrte ihr die

Wahrheit ins Gesicht, daß Verena nicht zu trauen war, nicht einmal, nachdem sie sich wieder so leidenschaftlich zusammengerafft hatte wie in den Tagen nach Miss Birdseyes Tod. Olive hätte die Reuequalen kennenlernen mögen, denen *sie* sich auszusetzen gefürchtet hätte, die verschlossene Tür sehen mögen, die *sie* nicht aufzubrechen vermocht hätte!

Dieses unsagbar kummervolle Bewußtsein, Verena in ihrer erlesenen Zartheit und Großherzigkeit sei schließlich doch nur dazu bestimmt, den Beweis dafür zu liefern, daß die Frauen vom Anbeginn der Zeiten der Spielball der Selbstsucht und Begierde der Männer gewesen waren, diese trübe Überzeugung begleitete Olive auf ihrem Spaziergang, der den ganzen Nachmittag dauerte und ihr eine gewissermaßen tragische Erleichterung verschaffte. Sie ging sehr weit, hielt sich an die einsamen Stellen, entschleierte ihr Gesicht vor dem strahlenden Licht, das der Dunkelheit und Bitterkeit ihrer Seele hohnzusprechen schien. In kleinen sandigen Buchten, wo die Felsen reingewaschen waren, hielt sie lange Rast und sank dort nieder, als hoffte sie, nie wieder aufzustehen. Es war das erste Mal seit Miss Birdseyes Tod, daß sie das Haus verlassen hatte, bis auf die Stunde, als sie mit dem aus Boston angereisten Dutzend Sympathisanten zusammen am Grab der müden alten Frau stand. Seither, drei Tage lang, hatte sie Briefe geschrieben, hatte jenen, die nicht gekommen waren, alles berichtet und geschildert; unter ihnen waren manche, dachte sie, die es hätten einrichten können, selber zu kommen, statt ihr seitenweise verschwommene Erinnerungen mitzuteilen und sie dafür um alle Einzelheiten zu bitten. Selah Tarrant und seine Frau waren gekommen, in aufdringlicher Weise, wie sie fand, denn sie hatten nie viel Umgang mit Miss Birdseye gehabt; und wenn es um Verenas willen geschah, so war Verena ja da, um persönlich ihren vollen Tribut zu zollen. Mrs. Tarrant hatte offensichtlich gehofft, Miss Chancellor werde sie auffordern, in Marmion zu bleiben, doch Olive spürte, wie wenig sie sich in der rechten Verfassung für solche heroischen Leistungen der Gastfreundschaft befand. Eben damit sie so etwas nicht zu tun brauchte, hatte sie Selah zweimal im Abstand eines Jahres recht erhebliche Summen ausgehändigt. Wenn die Tarrants Luftveränderung brauchten, konnten sie durch das ganze Land reisen – ihre derzeitigen Mittel ließen das zu; wenn sie wollten, konnten sie nach Saratoga oder Newport fahren. Ihr Äußeres bewies, daß sie etwas in der Tasche hatten (oder in Olives Tasche); zumindest Mrs. Tarrants Äußeres. Selah trug immer noch (an einem heißen Augusttag) seinen ewigen Regenmantel; doch seine Frau raschelte über die niedrigen Grabsteine von Marmion in Gewändern, denen Olive ansehen konnte (so wenig sie in solchen Untersuchungen bewandert war), daß sie einiges gekostet hatten. Außerdem empfand sie es nach Doktor Prances Abreise (als alles vorbei war) als Erleichterung, daß Verena und sie einfach zusammenbleiben konnten – zusammen mit dem monströsen Keil, als der sich die eine Frage zwischen sie geschoben hatte. Das war Gesellschaft genug, gütiger Himmel!, und sie war nicht eine Hausgenossin wie Doktor Prance losgeworden, nur um Mrs. Tarrant an ihre Stelle zu setzen.

Gab Verenas befremdliche Verirrung an diesem besonderen Tag Olive zu bedenken, alles Streben sei sinnlos, die Welt sei eine einzige große Falle, nichts als ein Trick, dem die Frauen prompt auf den Leim gingen, und das Schlimmste an dem Fluch, der auf ihnen lastete, sei es, daß sie jene am tiefsten demütigen mußten, denen ihre Sache am meisten am Herzen lag? Sagte sie sich, die Schwäche der Frauen sei nicht nur beklagenswert, sondern abscheulich – abscheulich sei ihre vorherbestimmte Unterwerfung unter das massivere, gröbere Drängen des Mannes? Fragte sie sich, weshalb sie ihr Leben daran wenden solle, ein Geschlecht zu retten, das schließlich gar nicht gerettet zu werden wünschte und die Wahrheit zurückwies, selbst nachdem es in ihrem Morgenlicht gebadet und geheuchelt hatte, es habe ihre Kraft und Nahrung in sich aufgesogen? Das sind Geheimnisse, in die ich nicht einzudringen trachten will, Spekulationen, die mich nichts angehen; es genügt uns, zu wissen, daß ihr jegliches menschliche Bemühen noch nie so fruchtlos und undankbar erschienen war wie an jenem verhängnisvollen Nachmittag. Ihre Augen ruhten auf den Booten, die sie in der Ferne sah, und sie fragte sich, ob in einem Verena ihrem Schicksal entgegentrieb; doch weit davon entfernt, sich vorzubeugen und sie heranzuwinken, wünschte sie sich beinahe, Verena möge für immer davongleiten, sie möge sie nie wiedersehen, nie den gräßlichen Vorgang einer eindeutiger geplanten Trennung durchleben müssen. In ihren trübseligen Grübeleien überdachte sie noch einmal die vergangenen zwei Jahre; ihr wurde wieder bewußt, wie edel und schön ihr Plan gewesen war, doch wie er sich gänzlich auf eine Illusion gegründet hatte, so daß ihr beim bloßen Gedanken daran schwach und übel wurde. Was jetzt vor ihr stand, war die Wirklichkeit, auf die der klare, gleichgültige Himmel seine selbstgefälligen Strahlen ergoß. Die Wirklichkeit war einfach, daß Verena ihr mehr bedeutet hatte als sie jemals Verena und daß dem Mädchen mit seinem erlesenen, natürlichen künstlerischen Sinn an ihrer Sache nur gelegen war, weil sich vorläufig kein größeres Interesse, keine größere Bezauberung darbot. Ihr Talent, das Talent, das solche Wunder bewirken sollte, bedeutete ihr nichts; es fiel ihr zu leicht zu, sie konnte es monatelang ruhen lassen, wie sie auf Monate ihr Klavier zuklappen könnte; nur Olive bedeutete es alles. Verena hatte sich unterworfen, sie hatte reagiert, sie hatte sich Olives Anfeuerung und Ermahnung überlassen, weil sie mitfühlend und jung und überströmend und phantasiebegabt war; doch es war eine Art Treibhausloyalität gewesen, eine bloße Ansteckung durch ein Beispiel, und ein von innen aufbrechendes Gefühl hatte spielend einen Eishauch darübergeblasen. Fragte sich Olive, ob ihre Gefährtin so viele Monate lang nur die unbewußteste und erfolgreichste aller Schwindlerinnen gewesen war? Hier muß ich erneut ein gewisses Unvermögen eingestehen, darauf eine Antwort zu geben. Gewiß ist nur, daß sie sich keine der Folgerungen einer Versunkenheit ersparte, die alle Nebel und Zweideutigkeiten des Lebens auszutrocknen schien. Diese Stunden rückblickender Klarheit kommen allen Männern und Frauen, zumindest einmal, wenn sie die Vergangenheit im Lichte der

Gegenwart lesen und die Ursachen der Erscheinungen wie unbeachtete Wegweiser aufragen sehen, wo sie nie zuvor welche erblickt hatten. Die hinter ihnen liegende Wegstrecke wird gleichsam auf einer Karte aufgezeichnet und durchdacht, mit ihren falschen Schritten, ihren fehlerhaften Beobachtungen, all ihrer verblendeten, verzerrten Geographie. Sie begreifen, wie Olive begriff, doch es ist wahrscheinlich, daß sie selten leiden, wie sie litt. Das Bedauern um ihre durchkreuzten Berechnungen brannte in ihr wie Feuer, und der Glanz der Vision, über die sich jetzt der Vorhang der Trauer gesenkt hatte, trieb ihr langsame, stille Tränen in die Augen, eine nach der anderen, Tränen, die weder ihre Nerven entspannten noch die Last ihrer Schmerzen erleichterten. Sie dachte an ihre unzähligen Gespräche mit Verena, an die Gelöbnisse, die sie ausgetauscht hatten, an ihre ernsthaften Studien, ihre ehrliche Arbeit, ihren sicheren Lohn, an die Winterabende unter der Lampe, wenn sie von so gerechten Zukunftsvisionen und so erhabenen Leidenschaften bebten, wie sie nur je in einem Paar menschlicher Herzen Obdach gefunden hatten. Der Jammer, das Unglück eines solchen Falles nach einem solchen Höhenflug konnte, während das arme Mädchen die ziellosen Pausen ihrer weltverborgenen Wanderung ausdehnte, nur in einem leisen, unartikulierten Murmeln der Seelennot Ausdruck finden.

Der Nachmittag neigte sich und brachte die leichte Abkühlung mit, die am Ende des Sommers die kürzer werdenden Tage zu kennzeichnen beginnt. Sie wandte sich heimwärts und kam auf den Gedanken, falls Verenas Begleiter sie noch nicht zurückgebracht habe, wäre das ein Anlaß zur Besorgnis, ob ihnen etwas zugestoßen sei. Sie glaubte, kein Segelboot hätte auf die Stadt zuhalten können, ohne mehr oder weniger an ihren Augen vorbeizugleiten und ihr zu offenbaren, wer darin saß; sie hatte ein Dutzend gesehen, alle nur mit männlichen Gestalten beladen. Ein Unfall war durchaus möglich (was konnte Ransom mit seinen Plantagengewohnheiten vom Umgang mit einem Segel verstehen?), und als die Gefahr erst einmal drohend vor ihr stand – das ungewöhnlich schöne Wetter hatte sie gehindert, früher daraufzukommen –, sprang ihre Phantasie mit einem Satz zum Schlimmsten. Sie sah das Boot umgeschlagen ins Meer treiben, bis (nach einer Woche unsäglichen Grauens) in irgendeiner weit entfernten Bucht die Leiche einer unbekannten jungen Frau, unidentifizierbar entstellt, doch mit langem, rotbraunem Haar und in einem weißen Kleid, angespült wurde. Eine Stunde vorher hatte sie sich mit einer Art Erleichterung ausgemalt, daß Verena für immer unter den Horizont sinken sollte, damit ihre ungeheure Auseinandersetzung nie stattzufinden brauchte; doch jetzt, wo es so spät geworden war, trat unvermittelt eine heftige Besorgnis an die Stelle jener beabsichtigten Resignation; und sie beschleunigte ihren Schritt, während ihr Herz genauso galoppierte, wie sie dahineilte. Da empfand sie, vor allem anderen, wie sie die Freundschaft aufgefaßt hatte, und wenn sie das Gesicht des Menschen, den sie in ihre Seele geschlossen hatte, nie wieder sehen sollte, wäre das für sie wie der jähe Verlust des Augenlichts. Die Dämmerung hatte sich vertieft, als sie Marmion erreichte und kurz vor ihrem Haus stockte, das ihr die am grasigen Wegrand stehenden Ulmen mit einem schwärzeren Vorhang denn je zu verdunkeln schienen.

In keinem Fenster brannte eine Kerze, und als sie hineinstürzte und sekundenlang lauschend im Flur stand, weckte ihr Schritt kein antwortendes Geräusch. Ihr Herz drohte zu versagen; daß Verena von zehn Uhr vormittags bis zum Einbruch der Nacht in einem Boot draußen blieb, war zu unnatürlich, und während sie in das niedrige, dämmerige Wohnzimmer eilte (zu dieser Stunde auf der einen Seite von dem weit ausgebreiteten Laub verdunkelt und auf der anderen von der Veranda und dem Spalier), stieß sie einen Schrei aus, in dem sich nur eine wilde innere Leidenschaft Luft machte, ein Verlangen, ihre Freundin wieder in die Arme zu nehmen, zu jeder Bedingung, selbst der für sie grausamsten. Im nächsten Moment fuhr sie mit einem weiteren und ganz anderen Ausruf zurück, denn im Zimmer saß Verena reglos in einem Winkel – der erstbeste Platz, wo sie sich niedergelassen hatte, nachdem sie ins Haus zurückgekehrt war – und blickte sie mit einem stillen Gesicht an, das im Dunkeln sonderbar unnatürlich wirkte. Olive blieb stehen, und eine Minute lang verharrten die zwei Frauen in ihrer Stellung und starrten in dem schwachen Licht einander an. Auch dann sagte Olive immer noch nichts; sie ging nur zu Verena und setzte sich neben sie. Sie wußte nicht, wie sie ihr Verhalten deuten sollte; sie war noch nie so gewesen. Sie wollte nicht sprechen; sie wirkte niedergedrückt und gedemütigt. Das war fast das Schlimmste – wenn es etwas Schlimmeres als das vorher Geschehene geben konnte; und Olive ergriff mit einem unwiderstehlichen Impuls des Mitgefühls und des Trostes ihre Hand. Daraus, wie sie in der ihren lag, erriet sie alles, was sie empfand – erkannte, daß es eine gewisse Scham war, Scham wegen ihrer Schwäche, ihrer raschen Kapitulation, ihrer verrückten Kehrtwendung am Vormittag. Verena gab dem durch keine Beteuerung und keine Erklärung Ausdruck; sie schien nicht einmal den Klang ihrer eigenen Stimme hören zu wollen. Ihr Schweigen selbst war eine Bitte – eine Bitte an Olive, keine Fragen zu stellen (sie durfte darauf vertrauen, daß sie keinen hörbaren Vorwurf hinzufügen würde); nur zu warten, bis sie wieder den Kopf heben könne. Olive begriff, oder glaubte zu begreifen, und der ganze Jammer erschien ihr nur um so tiefer. Sie würde einfach dasitzen und ihre Hand halten; das war alles, was sie tun konnte; sie waren jetzt jenseits der Grenze, wo sie einander hätten helfen können. Verena lehnte den Kopf zurück und schloß die Augen, und eine Stunde lang, während die Nacht sich im Zimmer breitmachte, sprach keine der jungen Frauen ein Wort. Eindeutig war es eine Art Scham. Nach einer Weile erschien das Dienstmädchen, ganz beiläufig, nach der Art der Dienstboten in Marmion, mit einer Lampe auf der Schwelle; doch Olive schickte sie mit einer heftigen Bewegung wieder fort. Sie wollte weiter im Dunkeln bleiben. Es war eine Art Scham.

Am nächsten Morgen pochte Basil Ransom laut mit dem Spazierstock an den Türsturz von Miss Chancellors Haustür, die, wie an schönen Tagen üblich, weit offenstand. Er brauchte nicht zu warten, bis das Dienstmädchen auf sein Klopfen herbeieilte; denn Olive, die nicht ohne Grund sein Kommen erwartet und mit eigenen Absichten im Wohnzimmer gelauert hatte, trat in den kleinen Flur heraus.

»Es tut mir leid, Sie zu stören; ich hatte gehofft – einen Moment –, Miss Tarrant sprechen zu können.« Das waren die Worte, mit denen er (nebst einer gemessenen Verbeugung) seine näher tretende Verwandte begrüßte. Sie sah ihn sekundenlang an, und ihre eigenartigen grünen Augen fingen das Licht ein.

»Das ist unmöglich. Sie dürfen es mir glauben, wenn ich es sage.

»Warum ist es unmöglich?« fragte er, trotz seines inneren Mißbehagens lächelnd. Und da Olive ihm keine Antwort gab und ihm lediglich mit einer kaltblütigen Kühnheit ins Gesicht starrte, wie er sie bei ihr bisher noch nicht beobachtet hatte, fügte er eine kleine Erklärung an. »Ich möchte sie einfach noch einmal sehen, bevor ich gehe – ihr fünf Worte sagen. Ich möchte ihr mitteilen, daß ich mich – seit gestern – entschlossen habe, diesen Ort zu verlassen; ich nehme den Mittagszug.«

Nicht um Olive Chancellor eine Freude zu machen, hatte er sich zur Abreise entschlossen oder teilte er ihr das mit; doch er war überrascht, daß seine Worte in ihrem Gesicht keinen Ausdruck der Befriedigung hervorriefen. »Ich glaube nicht, daß es von großer Bedeutung ist, ob Sie abreisen oder nicht. Miss Tarrant ist selbst abgereist.«

»Miss Tarrant – abgereist?« Diese Eröffnung stand so sehr im Gegensatz zu Verenas offenkundigen Absichten am Vorabend, daß aus seinem Ausruf ebensoviel Ärger wie Überraschung sprach, was Olive einen vorübergehenden Vorteil gab. Es war der einzige, den sie je genossen hatte, und man darf es dem armen Mädchen nachsehen, daß sie ihn auskostete – soweit sie überhaupt eines solchen Genusses fähig war. Basil Ransoms sichtlicher Verdruß tat ihr so wohl wie lange nichts mehr.

»Ich habe sie selbst zum Morgenzug begleitet; und ich habe

ihn vom Bahnhof abfahren sehen.« Olive hielt die Augen auf ihn gerichtet, um mit Befriedigung zu beobachten, wie er das aufnahm.

Man muß gestehen, daß er es ziemlich übel aufnahm. Er hatte entschieden, es sei am besten, wenn er sich zurückzöge, doch Verenas Rückzug war etwas ganz anderes. »Und wo ist sie hin?« fragte er mit gerunzelter Stirn.

»Ich glaube nicht, daß ich verpflichtet bin, Ihnen darüber Auskunft zu geben.«

»Natürlich nicht! Entschuldigen Sie, daß ich gefragt habe. Es ist viel besser, daß ich es allein herausfinde, denn wenn ich die Auskunft Ihnen verdankte, würde mir womöglich ein gewisses Zartgefühl Bedenken verursachen, sie mir zunutze zu machen.«

»Gütiger Himmel!« stieß Miss Chancellor bei der Vorstellung eines Zartgefühls Ransoms hervor. Dann fuhr sie mit mehr Bedacht fort: »Sie werden es nicht allein herausfinden.«

»Sie glauben nicht?«

»Ich bin davon überzeugt!« Und als ihr Vergnügen an dieser Szene überschäumte, brach von ihren Lippen ein schriller, fremd anmutender, gequälter Laut, der sich als Lachen ausgab, als triumphierendes Lachen, der jedoch aus einiger Entfernung fast genausogut als Verzweiflungsschrei hätte gelten können. Er hallte in Ransoms Ohren wider, als er sich rasch zurückzog.

Vierzigstes Kapitel

Es war Mrs. Luna, die ihn empfing, genau wie bei seinem ersten Besuch in der Charles Street; womit ich nicht meine, ganz auf dieselbe Weise. Damals hatte sie sehr wenig über ihn gewußt, doch heute wußte sie zuviel für ihr Glück, und sie hatte ihm gegenüber jetzt eine leicht boshafte, verächtliche Art, als könne alles, was er vorbrächte oder täte, nur ein Beweis unsäglicher Doppelzüngigkeit und Querköpfigkeit sein. Sie hegte eine Theorie, wonach er sie schändlich behandelt habe; und ihm war das bewußt – ich meine nicht die Tatsache, sondern die Theorie: was ihn zu dem Gedanken bewog, ihr Unwille sei genauso flach wie ihre Überzeugung, denn wenn sie wirklich an eine Kränkung glaubte, und wenn diese nur von einigem Gewicht gewesen wäre, hätte sie sich nicht bereitgefunden, ihn zu empfangen. Er hatte sich nicht ohne sehr guten Grund an Miss Chancellors Tür eingefunden, und nachdem er es getan hatte, konnte er nicht davongehen, solange sich überhaupt jemand im Haus befand, von dem er eine Äußerung erwarten durfte. Nachdem man ihm mitgeteilt hatte, Mrs. Luna halte sich dort auf, hatte er sich bei ihr melden lassen, auf eine bloße Chance hin, von ihr empfangen zu werden; denn er hielt eine Abweisung für durchaus möglich, als Fortsetzung der Briefe, die sie ihm während der vergangenen vier, fünf Monate geschrieben hatte – Briefe, die er kaum gelesen hatte, voller ungemein beißender Anspielungen auf von ihm begangene Handlungen, an die er sich nicht im geringsten erinnern konnte. Sie langweilten ihn, denn er hatte ganz andere Dinge im Kopf.

»Ich wundere mich nicht, daß Sie die Geschmacklosigkeit, die Plumpheit besitzen«, erklärte sie, sobald sie ins Zimmer trat, und blickte ihn strenger an, als er es ihr zugetraut hätte.

Er erkannte dies als Anspielung darauf, daß er seit dem Besuch ihrer Schwester in New York nicht mehr bei ihr gewesen war; er hatte am Abend von Mrs. Burrages Gesellschaft eine Abneigung gegen sie gefaßt, die solchen Aufmerksamkeiten ein Ende bereitete. Er lachte nicht, dazu war er zu besorgt und in Gedanken; doch er antwortete in einem Ton, der sie offenbar genauso aufbrachte, wie es im Falle einer ungehörigen Heiterkeit gewesen wäre: »Ich hielt es für durchaus möglich, daß Sie mich nicht sehen wollten.«

»Weshalb sollte ich Sie nicht empfangen, wenn ich gerade in der Laune dazu bin? Meinen Sie etwa, es ist mir so wichtig, ob ich Sie sehe oder nicht?«

»Ich dachte, Sie wollten es, nach Ihren Briefen zu urteilen.«

»Warum haben Sie dann geglaubt, ich würde es ablehnen?«

»Weil die Frauen so etwas tun.«

»Die Frauen – die Frauen! Sie verstehen wohl viel von ihnen!«

»Ich lerne täglich etwas dazu.«

»Sie haben offenbar noch nicht gelernt, ihre Briefe zu beantworten. Ich finde es recht überraschend, daß Sie nicht behaupten, Sie hätten meine nicht bekommen.«

Ransom konnte jetzt lächeln; die Gelegenheit, der ihn verzehrenden Erbitterung Luft zu machen, gab ihm fast seine gute Laune zurück. »Was konnte ich denn sagen? Sie haben mich erdrückt. Außerdem, einen habe ich beantwortet.«

»Einen? Sie tun ja, als hätte ich ein Dutzend geschrieben!« rief Mrs. Luna.

»Ich dachte, das wäre der Gegenstand Ihrer Beschwerde - daß Sie mir die Ehre erwiesen haben, so viele an mich zu richten. Sie waren niederschmetternd, und wenn ein Mann niedergeschmettert wird, ist alles vorbei.«

»Ja, Sie sehen aus, als wären Sie gänzlich in Stücke zerfallen! Ich bin froh, daß ich Sie nie wiedersehen werde.«

»Jetzt verstehe ich, weshalb Sie mich empfangen haben – um mir das zu eröffnen«, sagte Ransom.

»Es macht mir irgendwie Freude. Ich reise nach Europa zurück.«

»Wirklich? Newtons Erziehung halber?«

»Ach, ich staune, daß Sie die Stirn haben, davon zu sprechen – nachdem Sie ihn so im Stich gelassen haben!«

»Lassen wir also das Thema, und ich sage Ihnen, was ich sagen möchte.«

»Mir ist es absolut gleichgültig, was Sie möchten«, bemerkte Mrs. Luna. »Und Sie haben nicht einmal soviel Anstand, mich zu fragen, wohin ich fahre – drüben.«

»Was hat das für mich noch zu bedeuten – wenn Sie erst einmal diese Gestade verlassen?«

Mrs. Luna stand auf. »Ach, Ritterlichkeit, Ritterlichkeit!« rief sie aus. Und sie ging zum Fenster – einem der Fenster, von denen aus Ransom auf Olives Hinweis zum ersten Mal die

Aussicht auf die Back Bay genossen hatte. Mrs. Luna betrachtete sie, machte dabei aber nicht die Miene, als täte es ihr leid, sie bald entbehren zu müssen. »Sie sollen aber unbedingt wissen, wohin ich fahre«, sagte sie dann. »Ich fahre nach Florenz.

»Haben Sie keine Angst!« gab er zurück. »Ich werde nach Rom fahren.«

»Und bringen mehr Frechheit mit, als man sie dort seit den alten Kaisern je erlebt hat.«

»Waren die Kaiser so frech, zu allen ihren übrigen Lastern? Sie wiederum sollen unbedingt wissen, weshalb ich gekommen bin«, sagte Ransom. »Ich würde Sie nicht fragen, wenn ich jemand anders fragen könnte; aber ich bin in großer Verlegenheit, und ich weiß nicht, wer mir weiterhelfen könnte.«

Mrs. Luna wandte ihm ein Gesicht voll des offensten Hohns zu. »Ihnen helfen? Erinnern Sie sich an das letzte Mal, als ich Sie bat, mir zu helfen?«

»An den Abend bei Mrs. Burrage? Damals habe ich es doch gewiß an nichts fehlen lassen; ich erinnere mich, daß ich Sie gedrängt habe, sich von mir einen Stuhl hinsetzen zu lassen, auf dem Sie hätten stehen können, um alles zu sehen und zu hören.«

»Um was, bitte, zu sehen und zu hören? Ihre widerwärtige Vernarrtheit!«

»Eben darüber möchte ich mit Ihnen sprechen«, stieß Ransom nach. »Da Sie bereits vollkommen im Bilde sind, steht Ihnen kein neuer Schock bevor, und deshalb wage ich es, Sie zu fragen ...«

»Wo man für ihren Vortrag heute abend Eintrittskarten bekommt? Ist es möglich, daß sie Ihnen keine geschickt hat?«

»Ich versichere Ihnen, daß ich nicht nach Boston gekommen bin, um mir den Vortrag anzuhören«, sagte Ransom mit einem kummervollen Ton, den Mrs. Luna sichtlich als eine auf die Spitze getriebene Beleidigung aufnahm. »Was ich gern erfahren würde, ist, wo Miss Tarrant sich in diesem Augenblick aufhält.«

»Und meinen Sie, das sei *mir* gegenüber eine taktvolle Frage?«

»Ich sehe nicht ein, warum nicht, aber ich weiß, daß Sie es anders sehen, und eben deshalb bringe ich, wie gesagt, die Sache Ihnen gegenüber nur zur Sprache, weil mir sonst absolut niemand einfällt, der mir zu helfen imstande wäre. Ich bin am Haus von Miss Tarrants Eltern gewesen, in Cambridge, aber es ist verschlossen und leer, ohne jedes erkennbare Lebenszeichen. Als ich heute morgen eintraf, bin ich zunächst dort hingegangen und habe erst an dieser Tür geklingelt, nachdem sich meine Fahrt zum Monadnoc Place als fruchtlos erwiesen hatte. Das Dienstmädchen Ihrer Schwester sagte mir, Miss Tarrant wohne derzeit nicht hier, fuhr aber fort, Mrs. Luna sei da. Zweifellos sind Sie nicht gerade erfreut, daß man Sie als eine Art Ersatz genannt hat; und ich sagte mir nicht – auch nicht dem Dienstmädchen gegenüber –, Sie seien mir genauso recht; ich überlegte nur, ich könne es bei Ihnen immerhin versuchen. Ich habe nicht einmal nach Miss Chancellor gefragt, denn ich bin überzeugt, sie würde mir überhaupt keine Auskunft geben.«

Während sich Mrs. Luna diesen offenherzigen Bericht über das Vorgehen des jungen Mannes anhörte, wandte sie ihm den Kopf über die Schulter hinweg ein wenig zu und starrte ihm so abweisend wie möglich in die Augen. »Worum Sie mich also ersuchen, ist, soweit ich verstehe«, sagte sie nach einem Moment, »daß ich meine Schwester an Sie verraten soll.«

»Noch schlimmer; ich ersuche Sie, Miss Tarrant selbst zu verraten.«

»Was geht mich Miss Tarrant an? Ich weiß nicht, wovon Sie reden.«

»Haben Sie wirklich gar keine Ahnung, wo sie wohnt? Haben Sie sie hier nicht gesehen? Sind Miss Olive und sie nicht ständig zusammen?«

Darauf drehte Mrs. Luna sich ganz zu ihm um und rief mit verschränkten Armen und hoch erhobenem Kopf: »Hören Sie, Basil Ransom, ich habe Sie nie für einen Dummkopf gehalten, aber ich stelle fest, daß Sie seit unserer letzten Begegnung den Verstand verloren haben!«

»Daran besteht kein Zweifel«, antwortete Ransom lächelnd.

»Wollen Sie mir etwa erzählen, Sie wüßten nicht alles über Miss Tarrant, was es nur zu wissen gibt?«

»Ich habe sie in den letzten zehn Wochen weder gesehen noch von ihr gehört; Miss Chancellor hält sie versteckt.«

»Hält sie versteckt, wo ihr Name heute von allen Mauern und Zäunen von Boston schreit?«

»O ja, das habe ich bemerkt, und ich zweifle nicht daran, daß ich sie sehen kann, wenn ich bis heute abend warte. Aber ich will nicht bis heute abend warten; ich will sie jetzt sehen, und nicht in der Öffentlichkeit – privat.«

»Wirklich? – wie interessant!« rief Mrs. Luna mit perlendem Gelächter. »Und was, bitte, haben Sie mit ihr vor?«

Ransom zögerte ein wenig. »Ich glaube, das möchte ich Ihnen lieber nicht sagen.«

»Ihre hinreißende Aufrichtigkeit hat also ihre Grenzen! Mein armer Vetter, Sie sind wirklich zu naiv. Glauben Sie etwa, es kümmert mich einen Pfifferling?«

Ransom gab auf diese Frage keine Antwort, doch nach einer Pause stieß er hervor: »Ehrlich, Mrs. Luna, können Sie mir keinen Tip geben?«

»Himmel, was machen Sie für furchtbare Augen, und was benutzen Sie für furchtbare Worte! ›Ehrlich‹, spricht er! Meinen Sie, ich liebe die Person so, daß ich sie ganz für mich allein behalten will?«

»Ich weiß nicht; ich verstehe nicht«, sagte Ransom schleppend und leise, aber immer noch mit seinen furchtbaren Augen.

»Und meinen Sie, ich verstünde es besser? Sie sind kein sehr erbaulicher junger Mann«, fuhr Mrs. Luna fort; »aber ich finde wirklich, Sie haben ein besseres Schicksal verdient, als von einem Mädchen dieser Klasse sitzengelassen und kaltgestellt zu werden.«

»Ich bin nicht sitzengelassen worden. Ich mag sie wirklich sehr, aber sie hat mich nie ermutigt.«

Daraufhin brach Mrs. Luna wieder in Spott aus. »Sehr sonderbar, daß Sie in Ihrem Alter so wenig ein Mann von Welt sind!«

Ransom gab ihr als einzige Antwort die nachdenkliche und recht geistesabwesende Bemerkung zurück: »Ihre Schwester ist wirklich sehr klug.«

»Womit Sie vermutlich meinen, ich bin es nicht!« Mrs. Luna änderte mit einem Mal den Ton und sagte mit äußerster Liebenswürdigkeit und Bescheidenheit: »Gott weiß, ich habe mich nie dafür ausgegeben.«

Ransom sah sie einen Augenblick an und erriet die Bedeutung dieses veränderten Tons. Ihr war plötzlich aufgegangen, Verena mit ihrem Porträt in jedem zweiten Schaufenster, ihren Plakaten an allen Zäunen und der dicht bevorstehenden großen Gelegenheit, sich dem ganzen Land vorzustellen, sei sich so sehr einer großen Zukunft bewußt geworden, daß ihr der südstaatliche Verwandte ihrer lieben Freundin wirklich als zu kleine Beute erscheine und deshalb anzunehmen sei, sie habe ihm den Abschied gegeben. Wäre das der Fall, so wäre es für Mrs. Luna vielleicht ratsam, nicht abzulassen. Basils Gedankengang lief blitzschnell ab, doch ließ er ihm Zeit zur Entscheidung, was er seiner Gesprächspartnerin am günstigsten sagen könne: »An welchem Tag reisen Sie nach Europa ab?«

»Vielleicht reise ich doch nicht«, erwiderte Mrs. Luna, aus dem Fenster blickend.

»Und in diesem Fall – was wird mit der Erziehung des armen Newton?«

»Ich würde versuchen, mich mit einem Land zu begnügen, das Ihnen die Ihre vermittelt hat.«

»Wollen Sie denn nicht, daß er ein Mann von Welt wird?«

»Ach, die Welt, die Welt«, murmelte sie, während sie in der sinkenden Dämmerung zusah, wie die Lichter der Stadt sich in der Back Bay zu spiegeln begannen. »Ist es für mich ein solcher Quell des Glücks gewesen, daß ich dazu gehöre?«

»Vielleicht werde ich doch in der Lage sein, nach Florenz zu reisen«, sagte Ransom lachend.

Sie drehte sich wieder, diesmal langsam, zu ihm um und

beteuerte, sie habe nie etwas so Eigenartiges erlebt wie seine Gemütsverfassung – sie hätte so gern eine Erklärung dafür. Bei den Ansichten, zu denen er sich bekenne (derentwegen habe er ihr gefallen – sein Charakter sage ihr nicht zu), warum nur laufe er da einer kleinen, fünftklassigen poseuse nach, sei wie toll darauf aus, sie zu erwischen? Er könne sagen, das gehe sie nichts an, und natürlich hätte sie darauf keine Antwort; deshalb gebe sie zu, daß sie einfach aus geistiger Neugier gefragt habe, und weil man sich beim Anblick eines quälenden Widerspruchs stets auf die Folter gespannt fühle. Bei alledem, was sie ihn über seine Überzeugungen und Theorien, seine Sicht des Lebens und der großen Fragen der Zukunft habe äußern hören, hätte sie gedacht, er würde Miss Tarrants theatralisches Getue absolut ekelhaft finden. Habe sie nicht die gleichen Ansichten wie Olive, und sei es Olive und ihm nicht eindeutig mißlungen, miteinander auszukommen? Mrs. Luna frage nur, weil sie sich wirklich den Kopf zerbreche. »Wissen Sie denn nicht, daß manche Menschen, wenn sie vor einem Rätsel stehen, keine Ruhe finden, ehe sie auf die Lösung kommen?«

»Sie können sich nicht stärker den Kopf zerbrechen als ich«, erwiderte Ransom. »Die Erklärung läßt sich vielleicht in einer Art Umkehrung der Formel finden, die Sie freundlicherweise eben auf mich angewendet haben. Ihnen gefallen meine Ansichten, doch hinsichtlich meines Charakters hegen Sie ganz andere Gefühle. Ich beklage Miss Tarrants Ansichten, doch ihr Charakter – nun ja, ihr Charakter sagt mir zu.«

Mrs. Luna starrte ihn an, als warte sie ab, da die Erklärung doch sicher noch nicht vollständig sei. »Aber so sehr?« erkundigte sie sich.

»So sehr wie was?« fragte Ransom lächelnd. Dann setzte er hinzu: »Ihre Schwester hat mich besiegt.«

»Ich dachte mir schon, sie habe in letzter Zeit jemanden besiegt; sie wirkte so heiter und glücklich. Ich nahm nicht an, es sei *nur*, weil ich abreisen wollte.«

»Hat sie sehr heiter gewirkt?« forschte Ransom mit sinkendem Mut. Er machte bei dieser Frage ein so langes Gesicht, daß

Mrs. Luna sich erneut zu vernehmlicher Heiterkeit getrieben fühlte, worauf sie erläuterte: »Natürlich meine ich, für ihre Verhältnisse heiter. Alles ist relativ. Bei ihrer ungeduldigen Erwartung dieses Vortrags, den ihre Freundin heute abend hält, befindet sie sich in einem unsagbaren Zustand! Sie kann keine drei Minuten stillsitzen, sie verläßt fünfzehnmal am Tag das Haus, und es wurde hier so viel arrangiert und interviewt, diskutiert und telegraphiert und inseriert, herumgehetzt und an Drähten gezogen, das es gereicht hätte, um eine Armee ins Feld zu schicken. Wie heißt das, was sie dauernd mit den Armeen in Europa machen – sie mobilisieren? Nun, Verena ist mobilisiert worden, und hier war das Hauptquartier.«

»Und gehen Sie heute abend in die Music Hall?«

»Wofür halten Sie mich? Ich habe keine Lust, mich eine Stunde lang vollkreischen zu lassen.«

»Zweifellos, zweifellos, Miss Olive muß sehr aufgeregt sein«, fuhr Ransom recht geistesabwesend fort. Dann sagte er unvermittelt in verändertem Ton: »Wenn dieses Haus, wie Sie sagen, das Hauptquartier war, wie kommt es, daß Sie sie nicht gesehen haben?«

»Olive? Ich habe nichts anderes mehr gesehen!«

»Ich meine Miss Tarrant. Sie muß irgendwo sein – am Ort –, wenn sie heute abend spricht.«

»Möchten Sie etwa, daß ich losgehe und nach ihr suche? Il ne manquerait plus que cela!« rief Mrs. Luna. »Was ist mit Ihnen los, Basil Ransom, und worauf sind Sie aus?« verlangte sie mit großer Schärfe zu wissen. Sie hatte es mit Hochmut versucht, und sie hatte es mit Demut versucht, doch in beiden Fällen stand sie einer Konkurrenz gegenüber, die sie nicht ernst nehmen konnte, die deswegen aber nicht weniger anstößig war.

Ich weiß nicht, ob Ransom ihre Frage zu beantworten versucht hätte, wenn sich dem kein Hindernis entgegengestellt hätte; jedenfalls wurde noch während ihrer Worte der Vorhang in der Tür beiseite geschoben, und ein Besucher überschritt die Schwelle. »Himmel, wie ärgerlich!« stieß Mrs. Luna, vernehmlich genug, hervor; und ohne sich von ihrem Platz zu rühren, richtete sie ihr Auge unnachsichtig auf den Eindringling, einen Herrn, dem Ransom schon einmal begegnet zu sein glaubte. Es war ein junger Mann mit frischem Gesicht und üppigen, vorzeitig weißen Locken; er stand da und lächelte Mrs. Luna an, völlig unerschüttert vom Ausbleiben jeglicher Andeutung von Wohlwollen. Sie sah aus, als kenne sie ihn nicht, während Ransom sich zum Gehen anschickte, um die beiden sich selbst zu überlassen.

»Ich fürchte, Sie erinnern sich nicht an mich, obwohl ich Ihnen schon einmal begegnet bin«, sagte der junge Mann sehr liebenswürdig. »Ich war vor einer Woche hier, und Miss Chancellor hat mich Ihnen vorgestellt.«

»O ja; sie ist jetzt nicht zu Hause«, gab Mrs. Luna unbestimmt zurück.

»Das wurde mir gesagt – aber ich habe mich nicht davon abhalten lassen.« Und der junge Mann schloß Basil Ransom in das Lächeln ein, mit dem er sich willkommen machte, wozu Mrs. Luna keine Neigung erkennen ließ, und durch das er anscheinend auf seine Überlegenheit aufmerksam machen wollte. »Es geht um eine Angelegenheit, über die ich sehr dringend Auskunft benötige, und ich zweifle nicht daran, daß Sie so freundlich sein werden, sie mir zu geben.«

»Jetzt fällt es mir wieder ein – Sie haben etwas mit der Presse zu tun«, sagte Mrs. Luna; und auch Ransom hatte mittlerweile den jungen Mann in seinen Erinnerungen eingeordnet. Er hatte an Miss Birdseyes berühmter Gesellschaft teilgenommen, und Doktor Prance hatte ihn dort als glänzenden Journalisten bezeichnet.

Ganz mit der Miene einer solchen Persönlichkeit ließ er Mrs. Lunas Umschreibung gelten und hielt weiter die Strahlen seines Blicks auf Ransom gerichtet (als ob wiederum er sich an *sein* Gesicht erinnerte), während er sozusagen im Vertrauen das Wort fallen ließ, das alles erklärte – »›The Vesper‹, wissen Sie?« Dann fuhr er fort: »Nun, Mrs. Luna, mir ist schon alles egal, ich lasse nicht mehr von Ihnen ab! Wir brauchen die neueste Nachricht über Miss Verena, und sie kann nur aus diesem Hause kommen.«

»Ach, verdammt!« murmelte Ransom vor sich hin und nahm seinen Hut.

»Miss Chancellor hält sie versteckt; ich habe auf der Suche nach ihr die Stadt durchkämmt, und ihr eigener Vater hat sie schon eine Woche lang nicht mehr gesehen. Seine Gedanken haben wir bereits; sie sind ganz mühelos zu bekommen, aber das ist nicht das, was wir brauchen.«

»Und was brauchen Sie?« Zu dieser Erkundigung fühlte sich Ransom jetzt getrieben, da Mr. Pardon (sogar der Name fiel ihm jetzt wieder ein) sich offenkundig hinreichend eingeführt hatte.

»Wir wollen wissen, was sie angesichts des heutigen Abends empfindet, was sie über ihre Nervenverfassung, ihre Erwartungen zu sagen hat; wie sie aussieht, was sie bis sechs Uhr anhat. Meine Güte! Wenn ich sie sprechen könnte, wüßte ich schon, was ich brauchte, und sie bestimmt auch!« rief Mr. Pardon. »Sie müssen etwas wissen, Mrs. Luna; es wäre ganz unnatürlich, wenn Sie nichts wüßten. Ich will nicht weiter nachforschen, wo sie ist, denn das könnte ein bißchen aufdringlich erscheinen, wenn sie im Hintergrund bleiben möchte – obwohl ich sagen muß, ich halte es für einen Fehler; wir könnten diese letzten Stunden für sie ganz groß aufmachen! Aber können Sie mir nicht irgendwelche kleinen persönlichen Dinge berichten – so Sachen, wie die Leute sie gern lesen? Was nimmt sie zum Abendbrot zu sich? Oder spricht sie – hm – ohne vorherige Stärkung?«

»Wirklich, mein Herr, ich weiß es nicht, und es ist mir vollkommen gleichgültig; ich habe nichts mit der Sache zu schaffen!« rief Mrs. Luna erbost.

Der Reporter riß die Augen auf; dann, begierig: »Sie haben nichts damit zu schaffen – Sie mißbilligen es, Sie protestieren?« Und schon tastete er in einer Seitentasche nach seinem Notizbuch.

»Gütiger Himmel! Wollen Sie *das* in die Zeitung bringen?«

rief Mrs. Luna aus; und obwohl Ransom der Gedanke zuwider war, daß genau das, was er so dringend von dem Mädchen abzuwenden wünschte, sich immer dichter um sie zusammenzog, brach er in zynisches Gelächter aus.

»Ach, aber so protestieren Sie doch, Madam; überlassen Sie uns wenigstens diese kleine Notiz!« fuhr Mr. Pardon fort. »Ein Protest aus diesem Haus wäre ein reizender Farbtupfer. Wir *brauchen* das – wir haben nichts weiter! Die Öffentlichkeit interessiert sich für Ihre Schwester fast ebenso wie für Miss Verena; man weiß, in welchem Maße sie sie unterstützt hat, und mit Entzücken (ich sehe die Schlagzeile schon vor mir, so überaus attraktiv!) würde ich notieren, ›Was Miss Chancellors Familie davon hält‹!«

Mrs. Luna sank aufstöhnend in den nächsten Sessel und bedeckte das Gesicht mit den Händen. »Helfe mir der Himmel, ich bin froh, daß ich nach Europa fahre!«

»Das ist schon wieder ein kleiner Absatz – jede Kleinigkeit zählt«, sagte Matthias Pardon und trug geschwind etwas in sein Büchlein ein. »Darf ich mich erkundigen, ob Sie nach Europa reisen, weil Sie die Ansichten Ihrer Schwester mißbilligen?«

Mrs. Luna sprang wieder auf und riß ihm fast die Notizen aus der Hand. »Wenn Sie sich erdreisten, ein einziges Wort über mich zu veröffentlichen oder meinen Namen im Druck zu erwähnen, komme ich in Ihre Redaktion und mache Ihnen eine gewaltige Szene!«

»Verehrteste Dame, das wäre ein Gottesgeschenk!« rief Mr. Pardon begeistert; doch er steckte sein Notizbuch wieder ein.

»Haben Sie auch gründlich nach Miss Tarrant gesucht?« fragte ihn Basil Ransom. Auf diese Erkundigung hin beäugte ihn Mr. Pardon plötzlich mit einer vertraulichen Verschmitztheit, aus der der Gedanke an Konkurrenz sprach; weshalb Ransom fortfuhr: »Sie brauchen keine Angst zu haben, ich bin kein Reporter.«

»Mir war so, als wären Sie aus New York gekommen.«

»Das bin ich auch – aber nicht als Vertreter einer Zeitung.«

»Sich das vorzustellen, er hält Sie für ...«, murmelte Mrs. Luna empört.

»Nun, ich war an allen nur denkbaren Stellen«, bemerkte Mr. Pardon. »Ich bin hinter dem Agenten Ihrer Schwester hergewesen, konnte ihn aber nicht erreichen; vermutlich war auch er auf der Suche. Miss Chancellor hat mir erzählt – Mrs. Luna erinnert sich vielleicht –, sie werde die ganze Woche über gar nicht hier sein, und sie wolle mir lieber nicht sagen, wo oder wie sie ihre Zeit bis zu dem ereignisreichen Abend verbringen werde. Natürlich ließ ich sie wissen, daß ich es herausfinden würde, wenn ich könnte, und Sie«, wandte er sich an Mrs. Luna, »erinnern sich vielleicht an das Gespräch, das wir zu diesem Thema führten. Ich erklärte in aller Offenheit, wenn sie sich nicht vorsähen, würden sie die Zurückhaltung übertreiben. Doktor Tarrant war sehr deprimiert deswegen. Mit dem Material, das mir zur Verfügung stand, habe ich jedoch getan, was ich konnte, und der ›Vesper‹ hat die Öffentlichkeit wissen lassen, ihr Aufenthaltsort sei das größte Rätsel der Saison. Es ist nicht leicht, um den ›Vesper‹ herumzukommen.«

»Ich fürchte mich fast, in Ihrer Gegenwart den Mund aufzumachen«, fiel Mrs. Luna ein, »aber ich muß doch sagen, ich finde, meine Schwester war ungewöhnlich mitteilsam. Sie hat Ihnen so vieles erzählt, das ich nicht verraten hätte.«

»Ich würde Sie gern auf die Probe stellen, wenn Sie etwas wissen«, gab Matthias Pardon unerschütterlich zurück. »Das hier ist kein fairer Versuch, weil Sie nichts wissen. Miss Chancellor hat sich umgestellt – gewaltig umgestellt, ganz ohne Zweifel; denn vor ein, zwei Jahren war sie furchtbar unzugänglich. Wenn ich sie besänftigt habe, Madam, weshalb sollte mir das bei Ihnen nicht gelingen? Ihr ist jetzt klar, daß ich ihr helfen kann, und da ich nicht nachtragend bin, will ich ihr gern so weit helfen, wie sie mir gestattet. Das Problem ist, sie gestattet es mir noch nicht weit genug; es scheint, als könne sie es sich bei mir nicht vorstellen. Jedenfalls«, fuhr er, mehr zu Ransom gewandt, fort, »vor einer Stunde wußte man in der Music Hall gar nichts von Miss Tarrant, bis auf die Tatsache, daß sie vor etwa einem Monat mit Miss Chancellor hinkam, um ihre Stimme zu erproben, die wie Silber durch den ganzen Saal klang, und daß Miss Chancellor für heute abend ihre absolute Pünktlichkeit garantierte.«

»Nun, mehr wird ja nicht verlangt«, sagte Ransom aufs Geratewohl; und er hielt Mrs. Luna die Hand zum Abschied hin.

»Verlassen Sie mich schon?« fragte sie und warf ihm einen Blick zu, der jedem Zuschauer peinlich gewesen wäre, nur nicht einem Reporter des »Vesper«.

»Ich habe noch tausend Dinge zu erledigen; Sie müssen mich entschuldigen.« Er war nervös, rastlos, sein Herz klopfte viel schneller als gewöhnlich; er konnte nicht stillstehen und empfand keinerlei Gewissensbisse dabei, Mrs. Luna allein der Aufgabe zu überlassen, Mr. Pardon abzuwimmeln.

Dieser Herr fuhr fort, sich in das Gespräch einzumischen, vielleicht in der Hoffnung, sofern er nur etwas länger verweile, würden entweder Miss Tarrant oder Miss Chancellor auftauchen. »Der Saal ist bis auf den letzten Platz ausverkauft; man erwartet eine ungeheure Menschenmenge. *Wenn* unser Bostoner Publikum eine Idee erst einmal aufgreift!« rief Mr. Pardon aus.

Ransom wollte nur fort, und um sich seine Befreiung zu erleichtern, indem er zu verstehen gab, in solchem Falle würde er sie wiedersehen, empfahl er von der Schwelle aus Mrs. Luna ziemlich heuchlerisch: »Sie sollten heute abend wirklich hinkommen.«

»Ich bin nicht wie das Bostoner Publikum – ich greife keine Ideen auf!« gab sie zurück.

»Wollen Sie damit sagen, Sie gehen nicht hin?« rief Mr. Pardon mit weit aufgerissenen Augen und fuhr wieder mit der Hand in die Tasche. »Sehen Sie sie nicht als wunderbares Genie an?«

Mrs. Luna war schlimm geprüft, und das Ärgernis, Ransom, mit den Gedanken sichtlich bei Verena, entschlüpfen zu sehen und Aug in Auge mit dem gräßlichen Zeitungsmenschen zurückzubleiben, dessen Anwesenheit einen leidenschaftlichen

Protest unmöglich machte – der Verdruß, anscheinend von all und jedem zum besten gehalten zu werden, ohne in irgendeiner Form eine Entschädigung dafür zu empfangen, war so groß, daß sie den Kopf verlor, daß Unbesonnenheit ihr auf die Lippen sprang und ihnen die Worte entriß: »Gewiß nicht; für mich ist sie eine primitive Idiotin!«

»Ah, Madam, ich würde mir nie gestatten, das zu veröffentlichen!« hörte Ransom Mr. Pardon vorwurfsvoll entgegnen, als er die Portiere des Salons hinter sich zurückfallen ließ.

Einundvierzigstes Kapitel

Die nächsten zwei Stunden lang streifte er umher, streifte durch ganz Boston, ohne auf seinen Weg zu achten; er war sich nur einer Abneigung dagegen bewußt, in sein Hotel zurückzukehren, und seiner Unfähigkeit, sein Mittagessen einzunehmen oder seinen müden Beinen Ruhe zu gönnen. Fast in der gleichen verzweifelten Art, geschäftig und ziellos zugleich, war er viele Tage vor seinem Aufbruch aus New York umhergeschweift, und er wußte, daß seine Erregung und Anspannung sich erschöpfen mußten. Gegenwärtig setzten sie ihm mehr denn je zu; sie waren ungeheuer heftig geworden. Die frühe Dämmerung der zweiten Novemberhälfte hatte sich verdichtet, doch der Abend war schön, und die beleuchteten Straßen boten die Belebtheit und Mannigfaltigkeit einer glanzvoll angelaufenen Wintersaison. Die Geschäfte strahlten durch frostbeschlagene Schaufensterscheiben, die Menschen hasteten auf dem Bürgersteig vorüber, die Glocken der Straßenbahnen schrillten in der kalten Luft, die Zeitungsjungen riefen die Abendblätter aus, die hellen Foyers der Theater, flankiert von bunten Plakaten und den Photographien von Schauspielerinnen, stellten verlockend ihre Schwingtüren aus rotem Leder oder Fries zur Schau, getüpfelt mit kleinen Messingnägeln. Hinter riesigen Glasscheiben wurde das Innere der Hotels sichtbar, mit marmorverkleideten, ins weiße Licht elektrischer

Lampen getauchten säulengeschmückten Empfangshallen, wo Westler auf den Diwanen ihre Beine von sich streckten, während abseits hinter einem Schaltertisch mit einer Auslage von Zeitschriften und broschierten Romanen kleine Jungen mit den Gesichtern alter Männer die Sitzpläne der Theater erläuterten, Textbücher anboten und Plätze in der Orchesterreihe mit Aufschlag verkauften. Wenn Ransom von Zeit zu Zeit an einer Ecke stehenblieb, einen Augenblick ungewiß, in welche Richtung er sich treiben lassen sollte, blickte er auf und sah die Sterne, klar und nahe, über der Stadt funkeln. Boston erschien ihm groß und voll nächtlichen Lebens, hellwach und mit der Vorbereitung auf einen vergnüglichen Abend beschäftigt.

Er lenkte seine Schritte immer wieder zur Music Hall, sah die großen Ankündigungen für Verena, blickte den Zugangsweg für Fußgänger entlang, der aus der School Street herausführt, und fand den Anblick erwartungsfroh und unheilverkündend zugleich. Noch hatte sich das Publikum nicht zu versammeln begonnen, doch das Haus stand bereit, voll beleuchtet und geöffnet, und es würde nur zu bald losgehen. So schien es Ransom, während er sich zugleich glühend wünschte, die Krise wäre vorüber. Alles um ihn her wies auf den Gedanken, der sein Hirn pochen ließ, die Frage, ob er nicht immer noch eingreifen, den Sprung des Mädchens in den Abgrund verhindern könne. Er glaubte, ganz Boston sei auf dem Wege, sie sich anzuhören, oder doch jeder, den er auf den Straßen sah; und diese Annahme bedeutete einen gewissen Ansporn, eine Inspiration. Die Vorstellung, sie der mächtigen Menschenmenge zu entreißen, setzte ihn wieder in Bewegung, ließ ihn mit langen Schritten durch die Menge schreiten, die für sie kämpfen würde. Es war nicht zu spät, denn er fühlte sich stark; es wäre nicht zu spät, selbst wenn sie bereits vor Tausenden auf sie gerichteten Augen stünde. Seine Eintrittskarte hatte er schon seit dem Vormittag, und jetzt rückte die Zeit vor. Schließlich kehrte er auf zehn Minuten in sein Hotel zurück und erfrischte sich, indem er sich ein wenig festlicher kleidete und ein Glas Wein trank. Dann schlug er erneut den Weg zur Music Hall ein, wo er die ersten Besucher hineingehen sah – die ersten Tropfen des gewaltigen Stromes, in dem sich zahlreiche Frauen befanden. Seit sieben Uhr waren die Minuten rasch verstrichen – davor hatten sie sich hingeschleppt –, und jetzt blieb nur noch eine halbe Stunde. Ransom trat mit den übrigen ein; er wußte genau, wo sich sein Platz befand; gleich nach seiner Ankunft in Boston hatte er ihn aus den wenigen, die noch übrig waren, seiner Meinung nach mit Bedacht ausgewählt. Doch jetzt, als er unter der getäfelten Decke stand, die sich hoch oben über der Reihe kleiner Flammenzungen längs des Übergangs in die Wände ausdehnte, fand er das nicht mehr weiter wichtig, da er sich bestimmt nicht auf seinem Platz niederlassen würde. Er gehörte nicht zum Publikum; er stand abseits, ganz auf sich gestellt, und war mit einer ganz besonderen Absicht gekommen. Es hätte auch nichts ausgemacht, wenn er im voraus überhaupt keine Karte bekommen und es dabei belassen hätte, in letzter Minute den Preis für einen Stehplatz zu entrichten. Die Menschen kamen hereingeströmt, und in ganz kurzer Zeit würde es nur noch Stehplätze geben. Ransom hatte keinen festen Plan; er hatte in erster Linie in das Gebäude hineingelangen wollen, um sich einen Überblick über den Kampfplatz zu verschaffen und danach entscheiden zu können. Er war noch nie vorher in der Music Hall gewesen, und ihre hohen Gewölbe und überhängenden Ränge ließen sie seiner Phantasie unermeßlich groß und imponierend erscheinen. Es gab zwei oder drei Momente, in denen er dieselben Gefühle empfand, wie sie seiner Vorstellung nach einen jungen Mann beherrschen mußten, der an öffentlicher Stätte wartete, aus nur ihm erfindlichen Gründen dazu entschlossen, mit der Pistole auf den König oder den Präsidenten zu schießen.

Der Bau besaß in seinen Augen eine geradezu römische Großartigkeit; die Türen, die auf die oberen Gänge führten, weit oben, und immerzu auf- und zuschwangen, wenn Zuschauer und Platzanweiser durchgingen, erinnerten ihn an die vomitoria, von denen er in Beschreibungen des Kolosseums gelesen hatte. Die riesige Orgel im Hintergrund der Bühne – einer Bühne, die mit Sitzreihen für Chöre und städtische Würdenträger ausgestattet war –, ragte mit ihren schimmernden Pfeifen und den Spitzen ihres geschnitzten Zierats bis zur Kuppel hinauf, und zu ihren Füßen reckte sich irgendein Genius der Musik oder der Vortragskunst in monumentaler Bronze. Der Saal war so geräumig und feierlich und das Publikum wuchs so rasch an, ohne ihn noch zu füllen, daß Ransom einen Begriff davon bekam, welche Massen er vollbesetzt beherbergen mußte, und der Mut der beiden jungen Frauen, Aug in Auge einer so ungeheuren Belastungsprobe gegenüber, ihm als wahrhaft erhaben vorzuschweben begann, nicht zuletzt angesichts der vollbewußt durchlittenen Spannung der armen Olive, der sicherlich kein Herzklopfen und keine Ängste erspart geblieben waren, während sie sich im voraus alle möglichen Zwischenfälle ausmalte und alle Spielarten des Mißlingens durchprüfte. Auf der Bühne stand vorn ein schmales, hohes Podium, wie ein Notenständer, mit einer Decke aus rotem Samt, und dicht daneben ein leichter, kunstvoll verzierter Stuhl, auf den sich Verena, davon war er überzeugt, nicht setzen würde, jedoch konnte er sich vorstellen, daß sie sich gelegentlich auf die Rückenlehne stützen mochte. Dahinter standen im Halbkreis ein Dutzend Sessel, die man offenbar für die Freunde der Rednerin, ihre Gönner und Förderer bereitgestellt hatte. Aus dem Saal ertönten immer deutlicher die das Ereignis vorankündenden Laute; das Geräusch, wenn die Leute ihren Klappsitz herunterließen, die Jungen, die mit den Rufen: »Photographien von Miss Tarrant – Abriß ihres Lebens!« oder: »Porträts der Rednerin – Geschichte ihrer Laufbahn!« durch die Reihen streiften und deren Stimmen in der Unermeßlichkeit der Umgebung so dünn und piepsig klangen. Bevor Ransom dessen gewahr wurde, waren mehrere Armsessel in der Reihe hinter dem Vortragspodium besetzt, noch mit Lücken dazwischen, und gleich darauf erkannte er, sogar auf den großen Abstand, drei der Eingetroffenen. Die Frau mit den ebenmäßigen Gesichtszügen, deren kunstvoll frisiertes, glänzendes Haar und starke Augenbrauen auf die Entfernung zu erkennen waren, konnte nur Mrs. Farrinder sein, und der Herr neben ihr, in einem weißen Überzieher, mit Regenschirm und nichtssagenden Zügen, war vermutlich ihr Gatte Amariah. Am anderen Ende der Reihe saß ein weiteres Paar, in dem Ransom, mit gewissen Kapiteln aus Verenas Lebensgeschichte nicht vertraut, ohne Überraschung Mrs. Burrage und ihren einnehmenden Sohn erkannte. Offenbar war deren Interesse an Verena mehr als eine vorübergehende Laune, da sie, um sie zu hören, wie er die Reise von New York hierher unternommen hatten. Hier und da im Halbkreis saßen noch einige Personen, die unserem jungen Mann unbekannt waren; doch mehrere Plätze waren noch leer (wovon einer natürlich für Olive reserviert war), und Ransom kam trotz seiner eigenen Probleme der Gedanke, einer davon sollte leer bleiben – um Miss Birdseyes Gegenwart im Geiste zu symbolisieren.

Er kaufte sich eine Photographie von Verena und fand sie empörend schlecht, kaufte auch den Abriß ihres Lebens, den viele Leute gerade zu lesen schienen, stopfte ihn jedoch zur späteren Lektüre in die Tasche. Verena war ihm in Verbindung mit dieser Schaustellung von Unternehmungsgeist und Marktschreierei nicht im geringsten gegenwärtig; was er sah, war Olive, die unter Sträuben und Nachgeben jedes Opfer an Würde brachte, nur um sich in weitestem Umfang Gehör zu verschaffen, und sich dazu einem großen populären System anpaßte. Ob sie sich gesträubt hatte oder nicht, der ganzen Sache haftete etwas Billiges an, das das Fieber in seinen Wangen noch erhöhte und in ihm den dringenden Wunsch weckte, Geld genug zu haben, um die kleinen Schreihälse in Bausch und Bogen auskaufen zu können. Mit einem Mal ergossen sich Orgelklänge durch den Saal, und er merkte, daß die Ouvertüre oder das Vorspiel begonnen hatte. Auch das wirkte auf ihn wie ein Stück Effekthascherei, doch er nahm sich nicht die Zeit, darüber nachzudenken; er zwängte sich sogleich durch die Menge, fort von seinem Platz, den er fast am Ende einer Reihe gewählt hatte, und erreichte eine der zahlreichen Türen. Hatte er auch keinen festumrissenen Plan gehabt, so empfand er jetzt zumindest einen unwiderstehlichen Impuls, und er spürte den Stachel der Scham, einen Augenblick lang gestockt zu haben. Er hatte sich im stillen ausgerechnet, Verena, von ihrer Gefährtin noch immer geheimnisvoll im Hintergrund gehalten, werde den Schauplatz ihrer Darbietung erst wenige Minuten vor dem Zeitpunkt ihres Auftritts erreichen; er hätte also noch nichts versäumt, wenn er bis zu diesem Augenblick vor der Bühne abgewartet hatte. Doch jetzt mußte er seine Gelegenheit beim Schopfe packen. Bevor er aus dem Saal in das Foyer trat, blieb er stehen und musterte mit dem Rücken zur Bühne das versammelte Publikum. Es war inzwischen eine dichtgedrängte Menge geworden, und überall gleichmäßig in das aus großer Höhe herabströmende Gaslicht und die an solchen Stätten ewig herrschende dicke Atmosphäre getaucht, schien sie sich noch höher aufzutürmen und auf unbestimmte Weise erwartungsvoll und furchterregend dreinzuschauen. Flüchtig überkam ihn ein Unbehagen angesichts seiner heimlichen Absicht, die Menge ihrer Unterhaltung, ihres Opfers zu berauben – das flüchtige Bild, welche Grausamkeit in einer enttäuschten Menschenrotte lauert. Doch der Gedanke an diese Gefahr ließ ihn nur um so schneller durch die häßlichen Gänge eilen; er spürte, sein Plan war jetzt ausreichend fest umrissen, und er stellte fest, daß er nicht einmal den Weg zu einer bestimmten kleinen Tür (einer oder mehreren) zu erfragen brauchte, die er aufzustoßen gedachte. Als er am Vormittag seine Karte kaufte, hatte er sich vergewissert, auf welcher Seite des Hauses das Künstlerzimmer für die Sänger und Redner (mit seinem Zugang zur Bühne) gelegen war; er hatte seinen Platz dort in der Nähe gewählt und brauchte jetzt nicht weit zu gehen, bevor er es erreichte. Niemand achtete auf ihn oder hielt ihn auf; Miss Tarrants Zuhörer kamen immer noch hereingeströmt (die Veranstaltung sollte sichtlich einen noch nie dagewesenen Erfolg der Neugier darstellen) und beanspruchten die ganze Aufmerksamkeit der Platzanweiser. Ransom öffnete eine Tür am Ende eines Ganges, und diese führte ihn in eine Art Vestibül, gänzlich leer, nur an einer zweiten Tür ihm gegenüber stand eine Gestalt, bei deren Anblick er einen Moment den Schritt verhielt.

Die Gestalt war schlicht die eines stämmigen Polizisten mit Helm und Messingknöpfen – eines Polizisten, der schon auf ihn wartete – Ransom erkannte das im Handumdrehen. In derselben Zeitspanne kam ihm die Vermutung, Olive Chancellor habe von seiner Ankunft erfahren und um den Schutz dieses Beamten ersucht, der jetzt einfach den Eingang bewachte und ihn gegen jeden, der sich näherte, zu verteidigen bereit war. Darin lag etwas leicht Überraschendes, da er sich ausgerechnet hatte, seine nervöse Verwandte werde ihr Haus den ganzen Tag nicht betreten – hätte ihn gänzlich in Verenas Versteck zugebracht, wo immer das gewesen sein mochte. Die Überraschung war jedoch nicht so groß, daß sie seinen Vormarsch länger als einen Augenblick unterbrochen hätte, und er durchquerte den Vorraum und stand vor dem gegürteten Wachposten. Mehrere Sekunden lang sprach keiner von beiden; sie sahen einander sehr scharf in die Augen, und Ransom hörte durch die trennenden Wände die Klangwogen, die die Orgel in den Saal strömen ließ. Sie schienen sich in deren nächster Nähe zu befinden, das ganze Zimmer vibrierte. Der Polizist war ein hochgewachsener Mann mit magerem, fahlem Gesicht, hängenden Schultern, kleinen, festen Augen, und er hatte etwas im Mund, das seine Wange ausbeulte. Ransom konnte ihm ansehen, daß er sehr stark war, hielt sich selbst aber nicht für wesentlich schwächer. Jedoch war er nicht hergekommen, um sich auf einen körperlichen Kampf einzulassen – eine öffentliche Schlägerei um Verena war kein verlockender Gedanke, außer vielleicht, falls er den kürzeren ziehen sollte, vom Standpunkt von Olives neuem Reklamesystem aus; und überdies würde so etwas überhaupt nicht nötig sein. Er sagte immer noch nichts, und auch der Polizist blieb stumm. Etwas daran, wie die Sekunden verstrichen, und etwas im Bewußtsein des jungen Mannes, Verena sei nur durch ein paar dünne Bretter von ihm getrennt, gab ihm das Gefühl, auch sie erwarte ihn, wenn auch in anderem Sinne; sie habe nichts mit dieser Widerstandsparade zu tun, sie werde im Nu, kraft rascher Intuition, wissen, daß er da sei, und sie bete nur darum, gerettet, erlöst zu werden. Aug in Auge mit Olive hätte sie nicht den Mut, aber Hand in Hand mit ihm würde sie ihn aufbringen. Ihm kam die Erkenntnis, niemand in der Welt sei in diesem Augenblick ihrer Sache weniger gewiß als Olive Chancellor; es war, als könnte er durch die Tür sehen, wie furchterregend ihre Augen auf Verena geheftet waren, während sie die Uhr in der Hand hielt und Verena von ihr wegsah. Olive wäre heilfroh gewesen, wenn sie hätte vorzeitig anfangen können, aber das war natürlich unmöglich. Ransom stellte keine Fragen – das schien Zeitverschwendung zu sein; er erklärte nur nach einer Minute dem Polizisten: »Ich würde sehr gern Miss Tarrant sprechen, wenn Sie so freundlich wären, meine Karte hineinzubringen.«

Der Ordnungshüter, fest zwischen ihm und dem Türgriff aufgepflanzt, nahm von Ransom das Stückchen Karton entgegen, das dieser ihm hinhielt, las langsam den daraufgedruckten Namen, drehte es um und musterte die Rückseite, dann gab er es seinem Gesprächspartner zurück. »Na, ich schätze, es hat nicht viel Zweck«, bemerkte er.

»Woher wollen Sie das wissen? Sie haben nicht das Recht, meine Bitte abzulehnen.«

»Na, ich schätze, ich habe ungefähr so viel Recht dazu wie Sie, sie vorzubringen.« Dann setzte er hinzu: »Sie sind genau der Mann, den sie draußen halten will.«

»Ich glaube nicht, daß Miss Tarrant mich draußen halten will«, gab Ransom zurück.

»Von der weiß ich nicht viel, sie hat den Saal nicht gemietet. Es ist die andere – Miss Chancellor; die organisiert diesen Vortrag.«

»Und die hat Sie angewiesen, mich draußen zu halten? Das ist doch absurd!« rief Ransom unbefangen.

»Sie sagt mir, man darf Sie eigentlich nicht frei rumlaufen lassen: Sie hätten diese fixe Idee. Ich denke, Sie beruhigen sich lieber«, sagte der Polizist.

»Beruhigen? Kann man denn ruhiger sein als ich?«

»Na, ich hab schon Verrückte erlebt, die waren fast so wie Sie. Wenn Sie die Rednerin sehen wollen, warum setzen Sie sich nicht in den Saal wie das übrige Publikum?« Und der Polizist wartete mit unerschütterlicher, nachdenklicher, vernünftiger Miene auf eine Antwort auf diese Frage.

Ransom hatte sofort eine zur Hand. »Weil ich sie nicht einfach sehen möchte; ich möchte auch mit ihr sprechen – privat.

»Ja, es ist immer mächtig privat«, sagte der Polizist. »Also, ich würde den Vortrag nicht verpassen, wenn ich Sie wäre. Ich schätze, er wird Ihnen guttun.«

»Den Vortrag?« wiederholte Ransom lachend. »Der wird nicht stattfinden.«

»Wird er doch – sowie die Orgel aufhört.« Dann fuhr der Polizist, gleichsam zu sich selbst redend, fort: »Warum zum Teufel hört sie eigentlich nicht auf?«

»Weil Miss Tarrant dem Organisten hat ausrichten lassen, er soll weiterspielen.«

»Wen hat sie geschickt, was meinen Sie?« Und Ransoms neuer Bekannter ging auf seinen Ton ein. »Ich schätze, Miss Chancellor ist nicht ihr Laufbursche.«

»Sie hat ihren Vater oder vielleicht sogar ihre Mutter geschickt. Sie sind auch da drin.«

»Woher wissen Sie das?« fragte der Polizist nachdenklich.

»Ach, ich weiß alles«, antwortete Ransom lächelnd.

»Na, ich schätze, die sind nicht alle gekommen, um die Orgel da zu hören. Wir kriegen bald was anderes zu hören, wenn er nicht aufhört.«

»Sie kriegen sehr bald eine ganze Menge zu hören«, bemerkte Ransom.

Die Gelassenheit seines Selbstvertrauens schien endlich Eindruck auf seinen Widersacher zu machen, der wie ein zum Angriff übergehendes Tier den Kopf ein wenig senkte und den jungen Mann unter buschigen Brauen hervor ansah. »Na, ich *habe* eine ganze Menge zu hören gekriegt, seit ich in Boston bin.«

»Ach, Boston ist eine großartige Stadt«, gab Ransom zerstreut zurück. Er hörte jetzt nicht auf den Polizisten oder die Orgel, denn von der anderen Seite der Tür her hatte ihn der Klang von Stimmen erreicht. Der Polizist nahm davon weiter keine Notiz, nur lehnte er sich mit verschränkten Armen gegen die Türfüllung; und wieder trat zwischen ihnen eine Pause ein, während der das Orgelspiel aufhörte.

»Mit Ihrer Erlaubnis werde ich einfach hier warten«, sagte Ransom, »und man wird mich bald rufen.«

»Was glauben Sie, wer wird Sie rufen?«

»Nun, Miss Tarrant, hoffe ich.«

»Da muß sie erst mit der anderen fertig werden.«

Ransom holte seine Uhr heraus, die er absichtlich einige Stunden vorher auf Bostoner Zeit umgestellt hatte, und sah, daß die Minuten während dieses Gesprächs mit zunehmender Geschwindigkeit dahingeeilt waren und daß sie jetzt fünf Minuten nach acht anzeigte. »Miss Chancellor wird mit dem Publikum fertig werden müssen«, sagte er gleich darauf; und die Worte waren weit davon entfernt, eine leere Behauptung zu sein, denn die Überzeugung, die sich bereits in ihm festgesetzt hatte, daß sich in dem Zimmer, zu dem man ihm den Zutritt verwehrte, schon seit einiger Zeit ein Drama abspiele, in dem er, wenngleich davon ausgeschlossen, eine Rolle spielte, daß die Situation dort außerordentlich gespannt sei und daß sie ohne einen Appell an ihn nicht zum Schluß gelangen könne – diese übersinnliche Gewißheit gewann in dem Augenblick eine unendlich größere Stärke, als ihm klar wurde, daß Verena ihr Publikum sogar jetzt noch warten ließ. Weshalb ging sie nicht hinaus? Weshalb, es sei denn, sie wußte, daß er da war, und suchte Zeit zu gewinnen?

»Na, ich schätze, sie ist aufgetreten«, sagte der Türhüter, dessen Auseinandersetzung mit Ransom jetzt von seiner Seite aus und ohne die geringste Beeinträchtigung seiner Entschlossenheit in eine gesellige, gesprächige Phase übergegangen zu sein schien.

»Wenn sie aufgetreten wäre, würden wir den Begrüßungsapplaus hören.«

»Na, da geht es schon los; gleich bekommt sie ihn«, verkündete der Polizist.

Es machte den scheußlichen Eindruck, als hätte er recht, denn es schien wirklich loszugehen – sie spendeten ihr Applaus. Ein allgemeiner Aufruhr erhob sich aus dem Parkett und von den Rängen des Saals – das Geräusch mehrerer tausend Menschen, die mit den Füßen stampften und mit Regenschirmen und Stöcken klopften. Ransom fühlte sich verzagt, und ein Weilchen stand er da, den Blick mit dem des Polizisten verschränkt. Dann schien ihn plötzlich eine Woge der Kaltblütigkeit zu durchfluten, und er rief: »Guter Mann, das ist kein Beifall – es ist Ungeduld. Das ist keine Begrüßung, es ist ein Ruf.«

Der Polizist stimmte dieser Behauptung weder zu, noch bestritt er sie; er verschob nur die Ausbuchtung seiner Wange auf die andere Seite und bemerkte: »Ich schätze, ihr ist schlecht.«

»Oh, das will ich nicht hoffen!« sagte Ransom sehr sanft. Das Stampfen und Klopfen schwoll eine Minute lang beständig an, dann verebbte es; doch zuvor hatte sich Ransoms Deutung eindeutig als richtig erwiesen. Der Ton der Kundgebung war gutwillig, doch nicht anerkennend. Er sah wieder auf seine Uhr und bemerkte, daß noch einmal fünf Minuten verstrichen waren, und er dachte daran, was der Zeitungsmensch in der Charles Street darüber gesagt hatte, daß Olive für Verenas Pünktlichkeit garantiere. Seltsam genug, in dem Augenblick, da ihm das Bild dieses Herrn einfiel, kam der Herr selbst durch die andere Tür hereingestürzt, in einem Zustand lebhaftester Aufregung.

»Warum um Gottes willen tritt sie nicht auf? Wenn sie die Leute nach ihr rufen lassen will, so haben sie das doch wohl ausreichend getan!« Mr. Pardon wandte sich drängend von Ransom zum Polizisten und von diesem wieder zum ersten zurück, und in seiner Besorgnis ließ er nicht erkennen, daß er dem Mann aus Mississippi bereits vorher begegnet war.

»Ich schätze, ihr ist schlecht«, sagte der Polizist.

»Dem Publikum wird gleich schlecht werden!« rief der gepeinigte Reporter. »Wenn ihr schlecht ist, warum läßt sie nicht einen Arzt kommen? Ganz Boston drängt sich in diesem Haus zusammen, und sie muß zu den Leuten sprechen. Ich will hinein und nachsehen.«

»Sie können nicht rein«, sagte der Polizist trocken.

»Wieso kann ich nicht hinein, möchte ich mal wissen? Ich will für den ›Vesper‹ hinein!«

»Sie können für nichts rein. Diesen Mann halte ich auch draußen«, fuhr der Polizist leutselig fort, wie um Mr. Pardons Ausschluß weniger böswillig erscheinen zu lassen.

»Nanu, *Sie* müßten sie doch hineinlassen«, rief Matthias und starrte Ransom einen Moment an.

»Vielleicht müßten sie, aber sie wollen nicht«, bemerkte der Polizist.

»Gütiger Himmel!« keuchte Mr. Pardon; »ich habe gleich gewußt, daß Miss Chancellor die Sache verdirbt! Wo ist Mr. Filer?« fuhr er eilig fort, offenbar an einen der anderen oder an beide gewandt.

»Ich schätze, er sitzt am Eingang und zählt das Geld«, sagte der Polizist.

»Also, wenn er nicht aufpaßt, muß er es zurückgeben!«

»Vielleicht muß er das. *Ihn* lasse ich rein, wenn er kommt, aber er ist auch der einzige. Jetzt ist sie aufgetreten«, fügte der Polizist teilnahmslos an.

Sein Ohr hatte das erste leise Murmeln einer weiteren Geräuschexplosion wahrgenommen. Diesmal war es unverkennbar Beifall – das Klatschen zahlreicher Hände, mit Rufen aus vielen Kehlen vermischt. Die Kundgebung, wenn auch beträchtlich, war jedoch nicht das, was man hätte erwarten dürfen, und verebbte rasch. Mr. Pardon horchte mit einer Miene leichter Beunruhigung. »Mein Gott! Bringen die nicht mehr als das auf?« rief er. »Ich renne schnell mal hinaus und sehe nach!«

Als er davongeeilt war, fragte Ransom den Polizisten: »Wer ist Mr. Filer?«

»Ach, das ist ein alter Freund von mir. Er ist der Mann, der Miss Chancellor managt.«

»Der sie managt?«

»Genauso, wie sie Miss Tarrant managt. Er managt sie alle beide, könnte man sagen. Er ist im Vortragsgeschäft.«

»Dann sollte er besser selbst zum Publikum sprechen.«

»Ach, *der* kann nicht sprechen; der kann bloß kommandieren!«

In diesem Augenblick wurde die gegenüberliegende Tür wieder aufgestoßen, und ein massiger, erhitzt wirkender Mann mit einem steifen Bärtchen am Ende des Kinns und einem hinter ihm her wehenden Mantel kam mit einem Fluch angeeilt. »Was zum Teufel machen die da im Künstlerzimmer? So etwas zieht nicht mehr!«

»Ist sie denn nicht aufgetreten?« fragte der Polizist.

»Das ist nicht Miss Tarrant«, erklärte Ransom, als sei er vollkommen im Bilde. Er erkannte sofort, daß dies Mr. Filer war, Olive Chancellors Agent; eine Schlußfolgerung, der auf der Stelle die Überlegung folgte, eine solche Persönlichkeit werde von seiner Verwandten bestimmt vor ihm gewarnt worden sein, und zweifellos werde er versuchen, ihn oder seinen Einfluß für Verenas unerwartetes Zögern verantwortlich zu machen. Mr. Filer streifte ihn jedoch nur mit einem Blick und schien zu Ransoms Überraschung keine Theorie hinsichtlich seiner Identität parat zu haben; ein Umstand, der darauf hindeutete, daß Miss Chancellor es für die höchste Stufe der Diskretion gehalten hatte, sich über ihn (außer dem Polizisten gegenüber) gänzlich auszuschweigen.

»Da oben? Ihr Esel von Vater ist da oben!« schrie Mr. Filer, die Hand auf der Klinke der Tür, an die ihn der Polizist herangelassen hatte.

»Ruft er nach einem Arzt?« erkundigte sich letzterer ungerührt.

»Sie sind die Sorte Arzt, die er braucht, wenn er nicht mit dem Mädchen rausrückt! Sie wollen doch nicht sagen, die haben sich eingeschlossen? Worauf in Dreiteufelsnamen sind sie aus?«

»Die haben den Schlüssel drin«, sagte der Polizist, während

Mr. Filer die Tür mit einer Salve kräftiger Schläge bearbeitete und gleichzeitig heftig an der Klinke rüttelte.

»Wenn die Tür abgeschlossen war, welchen Zweck hatte es, daß Sie davorstanden?« erkundigte sich Ransom.

»Damit Sie das nicht machen konnten«, und der Polizist wies mit dem Kopf auf Mr. Filer.

»Wie Sie sehen, hat Ihr Einsatz sehr wenig genützt.«

»Weiß ich nicht; sie muß erst noch auftreten.«

Mr. Filer hatte inzwischen immer weiter geklopft und gerüttelt, hatte unverzüglichen Einlaß verlangt und lautstark gefragt, ob sie wollten, daß das Publikum das Haus einreiße. Wieder war Applaus ausgebrochen, merklich auf eine Entschuldigung, auf feierliche Umschweife Selah Tarrants hin; das überlagerte die Stimme des Agenten sowie eine verworrene und uneinige Antwort aus dem Künstlerzimmer. Eine Minute lang war nichts Deutliches zu vernehmen; die Tür blieb geschlossen, und Matthias Pardon tauchte wieder im Vestibül auf.

»Er sagt, sie fühlt sich bloß ein bißchen schwach – vor Aufregung. In drei Minuten wird sie völlig bereit sein.« Diese Ankündigung war Mr. Pardons Beitrag zur Krise; und er setzte hinzu, die Menge sei reizend, ein echtes Bostoner Publikum, vollkommen gutgelaunt.

»Ein ganz reizender Haufen und auch ein echt Bostoner, meine ich, steckt da drin«, rief Mr. Filer und schlug jetzt sehr heftig an die Tür. »Ich habe mit Primadonnen zu tun gehabt, und ich habe mit menschlichen Kuriositäten zu tun gehabt, aber so etwas habe ich noch nicht erlebt. Achten Sie auf meine Worte, meine Damen: wenn Sie mich nicht reinlassen, schlage ich die Tür ein!«

»Sieht nicht so aus, als ob *Sie* es noch viel schlimmer machen könnten, wie?« bemerkte der Polizist, zu Ransom gewandt, und tat ein paar Schritte zur Seite, mit der Miene, überflüssig geworden zu sein.

Ransom gab keine Antwort; er behielt die Tür im Auge, die in diesem Augenblick von innen aufging. Verena stand da – sie war es offensichtlich, die sie geöffnet hatte –, und ihre Augen richteten sich unmittelbar auf die seinen. Sie war in Weiß gekleidet, und ihr Gesicht war weißer als ihr Gewand; darüber schien ihr Haar wie Feuer zu leuchten. Sie trat einen Schritt vor; doch bevor sie den nächsten tun konnte, war er auf der Schwelle des Zimmers zu ihr gestürzt. Ihr Antlitz war zerquält, und er machte – vor all diesen Augen – nicht den Versuch, ihre Hand zu nehmen; er sagte nur mit leiser Stimme: »Ich habe auf dich gewartet – schon lange!«

»Ich weiß es – ich habe dich auf deinem Platz sitzen sehen – ich möchte mit dir sprechen.«

»Also, Miss Tarrant, meinen Sie nicht, Sie sollten lieber auf die Bühne gehen?« rief Mr. Filer und machte dabei mit beiden Armen eine Bewegung, als wollte er sie vor sich her durch das Künstlerzimmer bis hinauf vor das Publikum scheuchen.

»Ich bin gleich bereit. Mein Vater bringt das alles gerade in Ordnung.« Und zu Ransoms Überraschung lächelte sie mit all ihrer Lieblichkeit den unbezähmbaren Agenten an; sie schien ihn wirklich beruhigen zu wollen.

Die drei waren gemeinsam ins Künstlerzimmer getreten, und dort, an der Wand, hinter den billigen, nachlässig umherstehenden Stühlen und Tischen, unter dem grellen Gaslicht, sah er Mrs. Tarrant aufgerichtet auf einem Sofa sitzen, ungeheuer starr mit ihrem breitflächigen, rotangelaufenen, kaum die Verzerrung der Züge unterdrückenden Gesicht, und neben ihr liegend, zusammengebrochen, den Kopf im Schoß von Verenas Mutter vergraben, die tragische Gestalt Olive Chancellors. Ransom konnte kaum ermessen, wie sehr der Umstand, daß Olive sich an Mrs. Tarrants Busen geworfen hatte, Zeugnis für die erregte Szene ablegte, die sich soeben hinter der verschlossenen Tür abgespielt hatte. Energisch schloß er sie wieder vor der Nase des Reporters und des Polizisten, und im gleichen Augenblick kam Selah Tarrant nach seiner kurzen Verständigung mit dem Publikum durch die Tür, die zur Bühne führte, herunter. Als er Ransom gewahrte, blieb er abrupt stehen, raffte seinen Regenmantel um sich zusammen und maß den jungen Mann von Kopf bis Fuß.

»Nun, Sir, vielleicht möchten *Sie* hinausgehen und unsere Verzögerung erklären«, bemerkte er und gönnte sich ein so umfassendes Lächeln, daß sich seine Mundwinkel nahezu hinten zu treffen schienen. »Ich vermute, Sie können ihnen besser als sonst jemand einen Einblick in unsere Schwierigkeiten geben!«

»Vater, sei still; Vater, gleich renkt sich alles ein!« rief Verena leise, keuchend wie ein an die Oberfläche zurückkehrender Taucher.

»Eines möchte ich doch wissen: bringen wir noch eine halbe Stunde damit zu, unsere familiären Angelegenheiten zu erörtern?« erkundigte sich Mr. Filer und wischte sich das empörte Gesicht ab. »Hält Miss Tarrant ihren Vortrag, oder hält sie ihn nicht? Wenn nicht, hat sie freundlichst Gründe dafür anzuführen. Ist ihr klar, daß im gegenwärtigen Augenblick jede Viertelsekunde rund fünfhundert Dollar wert ist?«

»Ich weiß das – ich weiß das, Mr. Filer; ich fange ja auch gleich an!« fuhr Verena fort. »Ich möchte nur mit Mr. Ransom sprechen – bloß drei Worte. Sie verhalten sich doch ganz ruhig – merken Sie nicht, wie ruhig sie sind? Sie vertrauen mir, sie vertrauen mir, nicht wahr, Vater? Ich möchte nur mit Mr. Ransom sprechen.«

»Wer zum Teufel ist Mr. Ransom?« rief der aufgebrachte, verwirrte Filer.

Verena sprach zu den übrigen, doch sie blickte ihren Liebsten an, und der Ausdruck ihrer Augen war unaussprechlich rührend und flehend. Sie bebte vor nervöser Leidenschaft, in ihrer Stimme schwang ein Schluchzen und inständiges Bitten, und Ransom merkte, wie ihm vor reinem Mitleid mit ihrem Schmerz, ihrer unvermeidlichen Qual das Blut ins Gesicht stieg. Doch im gleichen Augenblick überkam ihn eine andere

Erkenntnis, die jede Reue beiseite wischte; er begriff, daß er tun konnte, was er wollte, daß sie ihn mit ihrem ganzen Wesen anflehte, sie zu verschonen, doch daß sie, sofern er protestierte, hilflos war und sich demütig unterwarf. In diesem Licht flammte das, was er wollte, vor ihm auf und forderte seine ganze Männlichkeit heraus, trieb seine Entschlossenheit zu Höhen hinauf, von wo aus nicht nur Doktor Tarrant und Mr. Filer und Olive, da drüben in ihrer blinden, lautlosen Scham, sondern auch der große erwartungsvolle Saal und die gewaltige, in Spannung verharrende Menschenmenge, die Minute um Minute ruhig blieb und den Atem ihres Zorns verhielt – von wo aus all diese Dinge geringfügig wirkten, überwindbar und nur von momentaner Bedeutung. Er verstand jedoch immer noch nicht ganz; er erkannte, daß Verena sich nicht geweigert hatte, sondern Zeit zu gewinnen suchte, daß der Bann, der sie zurückhielt – dank dem er sie noch zu retten vermochte –, in dem Wissen bestand, daß er in der Nähe war.

»Komm mit fort, komm mit fort«, flüsterte er rasch, beide Hände nach ihr ausstreckend.

Sie nahm die eine Hand, wie um zu bitten, nicht um einzuwilligen. »Ach, gib mich frei, gib mich frei – für *sie*, für die anderen! Es ist zu schrecklich, es ist unmöglich!«

»Ich möchte nur wissen, wieso Mr. Ransom nicht in den Händen der Polizei ist!« jammerte Mrs. Tarrant von ihrem Sofa aus.

»Ich war es, Madam, die ganze letzte Viertelstunde lang.« Ransom spürte immer eindringlicher, daß er es schaffen könne, wenn er nur einen kühlen Kopf behielt. Er beugte sich voller Zärtlichkeit über Verena, wobei er sich jetzt nicht mehr darum kümmerte, ob jemand zusah. »Liebste, ich habe es dir gesagt, ich habe dich gewarnt. Ich habe dich zehn Wochen lang in Ruhe gelassen; aber konntest du deswegen daran zweifeln, daß es auf dich zukam? Nicht für Welten, nicht für Millionen sollst du dich dieser brüllenden Menge hingeben. Verlange nicht von mir, daß ich mir um sie oder um sonst jemanden Gedanken mache! Was liegt ihnen an dir – sie wollen nur gaffen und grinsen und plappern. Du gehörst mir, nicht denen.«

»Wovon auf der Welt redet dieser Mensch? Bei dem großartigsten Publikum, das man je zusammengebracht hat! Die Stadt Boston befindet sich unter diesem Dach!« warf Mr. Filer keuchend ein.

»Die Stadt Boston kann der Teufel holen!« gab Ransom zurück.

»Mr. Ransom ist sehr an meiner Tochter interessiert. Er billigt unsere Ansichten nicht«, erläuterte Selah Tarrant.

»Das ist die abscheulichste, verruchteste, verwerflichste Selbstsucht, von der ich in meinem Leben gehört habe!« heulte Mrs. Tarrant.

»Selbstsucht! Mrs. Tarrant, meinen Sie etwa, ich behaupte, nicht selbstsüchtig zu sein?«

»Wollen Sie also, daß der Mob uns allesamt umbringt?«

»Sie können doch ihr Geld wiederhaben – kann man ihnen nicht ihr Geld zurückgeben?« rief Verena und blickte außer sich in die Runde.

»Verena Tarrant, du willst doch wohl nicht sagen, du machst einen Rückzieher?« kreischte ihre Mutter.

Guter Gott! daß ich sie meinetwegen so leiden sehen muß, dachte Ransom; und um der häßlichen Szene ein Ende zu bereiten, hätte er Verena in die Arme genommen und wäre in die Außenwelt entflohen, hätte sich Olive, die bei Mrs. Tarrants letztem lautem Appell aufgesprungen war, nicht im selben Moment mit einer Kraft zwischen sie geworfen, daß das Mädchen Ransoms Hand fahrenlassen mußte. Zu seinem Erstaunen sprach aus den Augen, die ihn aus ihrem angsterfüllten, verstörten Gesicht anblickten, wie bei Verena ein inbrünstiges Flehen. Einen Moment lang wäre sie bereit gewesen, vor ihm auf die Knie zu fallen, damit der Vortrag stattfinden könne.

»Wenn Sie ihre Meinung nicht teilen, bringen Sie sie auf die Bühne und tragen Sie es da aus; das würde dem Publikum großartig gefallen!« schlug Mr. Filer Ransom vor, als hielte er diese Anregung für durchführbar.

»Sie hatte so einen wunderschönen Vortrag vorbereitet!« bemerkte Selah niedergeschlagen, wie an die Versammelten allgemein gewandt.

Niemand schien auf den Einwurf zu achten, doch seine Frau brach wieder aus: »Verena Tarrant, ich möchte dich am liebsten ohrfeigen! Nennst du einen solchen Menschen einen Gentleman? Ich weiß nicht, wo der Schneid deines Vaters geblieben ist, daß er ihn hier duldet!«

Olive flehte inzwischen ihren Verwandten buchstäblich an. »Lassen Sie sie dieses eine Mal, nur dieses eine Mal auftreten; nicht zum Ruin, nicht zur Schande! Haben Sie denn gar kein Mitleid? Wollen Sie, daß man mich auspfeift? Es ist doch nur für eine Stunde. Haben Sie denn gar kein Herz?«

Ihr Antlitz und ihre Stimme waren für Ransom ein schreckliches Erlebnis; sie hatte sich auf Verena gestürzt und hielt sie eng an sich gedrückt, und er konnte sehen, daß die Leiden ihrer Freundin gering waren, verglichen mit den ihren. »Warum für eine Stunde, wenn es doch gänzlich falsch und verurteilenswert ist? Eine Stunde ist so schlimm wie zehn Jahre! Entweder gehört sie mir oder nicht, und wenn sie mir gehört, gehört sie mir ganz!«

»Ihnen! Ihnen! Verena, besinne dich, bedenke, was du tust!« stöhnte Olive und beugte sich über sie.

Mr. Filer machte jetzt seiner Natur in Beschimpfungen und Flüchen Luft und winkte den Missetätern – Verena und Ransom – drohend mit der Höchststrafe des Gesetzes. Mrs. Tarrant gab sich einem heftigen hysterischen Anfall hin, während Selah ziellos durch das Zimmer kreiste und erklärte, anscheinend müsse der Tag der Hoffnung noch eine ganze Weile in die Zukunft verschoben werden. »Siehst du nicht, wie gut, wie liebenswürdig sie sind – daß sie uns so viel Zeit lassen? Meinst du nicht, wenn sie sich so betragen – keinen Laut, seit fünf Minuten –, verdienen sie ihre Belohnung?« fragte Verena, Ransom überirdisch anlächelnd. Sie hätte nicht zartfühlender, ausgesuchter vorgehen können als mit dieser Art, ihre Bitte auf den Boden der Nächstenliebe, schlichter Güte dem großartigen, gutmütigen, kindlichen Publikum gegenüber zu gründen.

»Miss Chancellor mag sie auf jede Weise belohnen, die ihr beliebt. Geben Sie ihnen das Geld zurück und jedem ein kleines Geschenk dazu.«

»Geld und Geschenke? Am liebsten würde ich Sie über den Haufen schießen, Sir!« gellte Mr. Filer. Das Publikum hatte sich bisher wirklich sehr langmütig verhalten, und bis zu diesem Zeitpunkt hatte es Verenas Lob verdient; doch jetzt war es weit nach acht Uhr, und wieder begannen Anzeichen einer gereizten Stimmung – Rufe und Pfiffe und Zischen – vom Saal hereinzudringen. Mr. Filer stürzte in den Gang, der zur Bühne führte, und Selah eilte ihm nach. Mrs. Tarrant streckte sich schluchzend auf dem Sofa aus, und Olive, bebend im Sturm, wollte von Ransom wissen, was sie tun solle, welche Demütigung, welche Entwürdigung, welches Opfer er von ihr fordere.

»Ich tue alles – ich krieche vor Ihnen – ich mache mich gemein – ich sinke in den Staub!«

»Ich verlange nichts von Ihnen, und ich habe nichts mit Ihnen zu schaffen«, sagte Ransom. »Das heißt, ich bitte Sie höchstens, nicht von mir zu erwarten, daß ich zu Verena sage, wenn ich sie zu meiner Frau machen will: ›O ja, du kannst für ein oder zwei Stunden draußen bleiben!‹ Verena«, fuhr er fort, »das alles hier liegt so schrecklich, so widerlich weit draußen, und das ist durchaus zu viel! Komm, komm so weit wie möglich fort von hier, und wir regeln das übrige!«

Die vereinten Bemühungen Mr. Filers und Selah Tarrants, das Publikum zu beschwichtigen, ernteten offenbar nicht den verdienten Erfolg; das Haus blieb in Aufruhr, und der Lärm nahm an Stärke zu. »Laßt uns allein, laßt uns eine einzige Minute lang allein!« rief Verena; »laßt mich nur mit ihm sprechen, und alles wird gut!« Sie eilte zu ihrer Mutter, zog sie, zerrte sie vom Sofa hoch, führte sie zur Tür des Zimmers. Mrs. Tarrant schloß sich unterwegs wieder Olive an (die entsetzliche Situation barg wenigstens diese eine Entschädigung für sie), und aneinandergeklammert dahintaumelnd begaben sich die verstörten Frauen, von Verena vor sich her geschoben, in den Vorraum, den jetzt, wie Ransom bemerkte, sowohl der Polizist als auch der Reporter verlassen hatten, weil sie zum Schauplatz des dicksten Getümmels davongestürzt waren.

»Ach, warum bist du gekommen – warum, warum?« Und Verena wandte sich zurück und stürmte mit einem Protest auf ihn zu, der vollständig, und mehr als vollständig, eine Kapitulation war. Sie hatte sich ihm bisher noch nie so sehr hingeschenkt wie in dieser Geste des Vorwurfs.

»Hast du mich nicht erwartet, und warst du dessen nicht gewiß?« fragte er, lächelte ihr zu und blieb auf dem Fleck stehen, bis sie bei ihm war.

»Ich wußte es nicht – es war schrecklich – es ist furchtbar! Ich habe dich auf deinem Platz gesehen, im Saal, als du kamst. Sobald wir hier anlangten, bin ich diese Stufen hinaufgegangen, die auf die Bühne führen, habe mit meinem Vater zusammen hinausgesehen – hinter ihm versteckt – und dich binnen einer Minute entdeckt. Dann fühlte ich mich zu aufgeregt zum Sprechen! Ich könnte es nie, nie, wenn du da wärst! Mein Vater hat dich nicht erkannt, und ich habe nichts gesagt, aber Olive ahnte es, sobald ich zurückkam. Sie stürzte auf mich zu, und sie sah mich an – ach, wie sie mich angesehen hat! –, und sie erriet es. Sie brauchte nicht hinauszugehen, um sich zu vergewissern, und als sie sah, wie ich zitterte, fing sie selbst an zu zittern und glaubte, wie ich auch, wir seien verloren. Hör sie doch, hör sie doch, im Saal! Jetzt möchte ich, daß du fortgehst – ich treffe dich morgen, solange du willst. Das ist alles, was ich jetzt möchte; wenn du nur fortgehst, ist es noch nicht zu spät, und alles wird gut!«

So sehr Ransom auf das einfache Ziel konzentriert war, sie unbedingt aus dem Haus zu schaffen, konnte er doch ihren seltsam anrührenden Ton wahrnehmen, auch daß sie zu glauben schien, sie könnte ihn wirklich überzeugen. Sie hatte inzwischen sichtlich alles aufgegeben – jeden Anschein einer abweichenden Überzeugung oder der Treue zu ihrer Sache; all das war von ihr abgefallen, sobald sie ihn in der Nähe spürte, und sie bat ihn fortzugehen, ganz wie jedes verlobte Mädchen ihren Liebsten um eine Gefälligkeit gebeten hätte. Doch es war das Pech des armen Mädchens, daß alles, was sie tat oder sprach oder ungesagt ließ, sie ihm nur immer noch lieber und teurer zu machen vermochte, während ihm die Menschen, die lauthals nach ihr riefen, immer mehr zum tobenden Pöbel wurden.

Er ging mit keinem Wort auf ihre Bitte ein und sagte nur: »Aber Olive hat doch bestimmt geglaubt, muß gewußt haben, daß ich komme.«

»Das hätte sie gewiß, wenn du dich nicht so unerwartet still verhalten hättest, nachdem ich aus Marmion abgereist war. Du schienst einzuwilligen, schienst warten zu wollen.«

»Das wollte ich auch, ein paar Wochen. Aber die sind gestern zu Ende gegangen. An dem Vormittag damals war ich wütend, als ich von deiner Flucht erfuhr, und in der Woche darauf machte ich zwei oder drei Versuche, dich zu finden. Dann ließ ich davon ab – ich hielt es für besser. Ich merkte, daß du sehr gut versteckt warst; ich beschloß, nicht einmal zu schreiben. Ich spürte, ich *könne* warten – denn ich dachte an jenen letzten Tag in Marmion, an den ich mich halten konnte. Außerdem kam es mir anständiger vor, dich zum Schluß eine Weile bei ihr zu lassen. Vielleicht sagst du mir jetzt, wo du warst.«

»Ich war bei Vater und Mutter. Sie hat mich an jenem Vormittag mit einem Brief zu ihnen geschickt. Ich weiß nicht, was er enthielt. Vielleicht Geld«, erklärte Verena, die ihm jetzt alles erzählen würde.

»Und wo haben sie dich hingebracht?«

»Ich weiß nicht – hierhin und dahin. Einmal war ich auf einen Tag in Boston; aber nur mit der Kutsche. Sie waren ebenso in Angst wie Olive; sie waren entschlossen, mich zu retten!«

»Dann hätten sie dich heute abend nicht herbringen dürfen. Wie konntest du nur daran zweifeln, daß ich kommen würde?«

»Ich weiß nicht, was ich dachte, und bis ich dich sah, wußte ich nicht, daß mich die ganze Kraft, auf die ich gehofft hatte, wie der Blitz verlassen und daß ich jämmerlich versagen würde, falls ich zu sprechen versuchte, während du mitten im Publikum sitzt. Wir hatten hier eine schreckliche Szene – ich bat um

Aufschub, um Zeit, mich zu fassen. Wir warteten und warteten, und als ich dich an der Tür mit dem Polizisten sprechen hörte, war mir, als wäre mein Kopf wie leer geblasen. Aber es kommt alles zurück, wenn du mich allein läßt. Sie sind wieder ruhig – Vater muß sie wohl zu fesseln verstehen.«

»Ich hoffe es!« rief Ransom aus. »Wenn Miss Chancellor den Polizisten bestellt hat, muß sie mich erwartet haben.«

»Das war erst, als sie wußte, daß du im Haus bist. Sie rannte mit Vater ins Foyer hinaus, und sie schnappten sich ihn und postierten ihn da. Sie schloß die Tür ab; sie schien zu glauben, man könnte sie eindrücken. Ich habe nicht darauf gewartet, aber von dem Moment an, da ich wußte, daß du auf der anderen Seite der Tür warst, konnte ich nicht weiter – ich war wie gelähmt. Seit ich mit dir spreche, fühle ich mich besser – und jetzt könnte ich auftreten«, setzte Verena hinzu.

»Mein geliebtes Kind, hast du keinen Schal oder Mantel?« gab Ransom als einzige Antwort zurück und sah sich um. Er bemerkte einen achtlos über einen Stuhl geworfenen langen, pelzgefütterten Umhang, den er ergriff und, bevor sie sich sträuben konnte, um sie warf. Sie ließ sogar zu, daß er ihn zurechtzupfte, und als sie von Kopf bis Fuß darin eingehüllt vor ihm stand, begnügte sie sich nach einer kurzen Pause mit den Worten: »Ich verstehe nicht – wohin gehen wir? Wohin bringst du mich?«

»Wir bekommen noch den Nachtzug nach New York, und gleich morgen früh lassen wir uns trauen.«

Verena starrte ihn immer noch an, mit schwimmenden Augen. »Und was werden die Leute tun? Hör doch, hör doch!«

»Dein Vater scheint sie nicht länger zu interessieren. Sie werden brüllen und stampfen, jeder nach seiner Natur.«

»Ach, sie besitzen eine edle Natur!« verteidigte sie Verena.

»Liebste, das ist eine der Täuschungen, die ich dir mit Geduld und Liebe ausreden muß. Hör sie doch, die vernunftlosen Tiere!« Der Sturm durchtobte jetzt den Saal und verstärkte sich in solchem Maße, daß Verena sich aus tiefstem Herzen mit einer Bitte an ihn wandte.

»Ich könnte sie mit einem Wort besänftigen!«

»Heb deine besänftigenden Worte für mich auf – du brauchst sie alle noch in der Zeit, die uns bevorsteht«, sagte Ransom lachend. Er zog die zum Vorraum führende Tür wieder auf, doch ein ungestümer Angriff von Mrs. Tarrant trieb ihn und Verena zurück. Als sie ihre Tochter ganz zum Aufbruch gekleidet vorfand, warf sie sich auf sie, halb aus Empörung, halb aus einem blinden Impuls heraus, sich anzuklammern, und unter einem Schwall von Tränen, Vorwürfen, Bitten, seltsamen, abgerissenen Argumenten und wiederholten Lebewohls umschlang sie sie in einer Umarmung, die teils eine innige Liebkosung, teils die heilsame Züchtigung war, zu der sie sich drei Minuten zuvor eingestandenermaßen verlockt gefühlt hatte, und zunächst ein völliges Hemmnis für die Flucht des Mädchens.

»Mutter, liebste Mutter, es ist bestimmt das beste, ich kann nicht anders, ich behalte dich trotzdem lieb; laß mich gehen, laß mich gehen!« stammelte Verena, küßte sie wieder, versuchte sich loszureißen und streckte die Hand nach Ransom aus. Er sah jetzt, daß sie nur fortkommen, alles hinter sich zurücklassen wollte. Olive stand dicht dabei, auf der Schwelle des Zimmers, und sobald Ransom sie ansah, erkannte er, daß die Schwäche, die sie gerade noch an den Tag gelegt hatte, verflogen war. Sie hatte sich wieder gestrafft und hielt sich in ihrem Jammer eisern aufrecht. Der Ausdruck ihres Gesichts war etwas, das für immer in seiner Erinnerung haften sollte; es war unmöglich, sich eine bildhaftere Darstellung vernichteter Hoffnung und verletzten Stolzes vorzustellen. Bitter, verzweifelt, starr, schwankte sie dennoch und wirkte unsicher: ihre blassen, glitzernden Augen blickten angestrengt ins Leere, als hielten sie Ausschau nach dem Tod. Hätte sie ihn auf der Stelle finden können, starrend vor Stahl oder geisterfahl im Feuerglanz – diese Vision kam Ransom selbst in diesem mit Eindrücken übersättigten Augenblick –, sie hätte sich ohne Zagen hineingestürzt wie eine Heldin, die sie wirklich war. Diese ganze Zeit über brandete die große Unruhe im Saal auf und ab,

Welle auf Welle, als sprächen Selah Tarrant und der Agent zu der Menge, versuchten sie zu beschwichtigen, hätten vorübergehend Erfolg und ließen sie sich dann wieder entgleiten. Von einer der launischen Böen heruntergeweht, kamen eine Dame und ein Herr aus der Bühnentür, und Ransom erkannte auf den ersten Blick Mrs. Farrinder und ihren Gatten.

»Nun, Miss Chancellor«, brachte diese erfolgreichere Frau recht ätzend vor, »wenn das die Art ist, wie Sie unser Geschlecht wieder in seine Rechte einsetzen wollen!« Sie durchschritt rasch das Zimmer, von Amariah gefolgt, der im Vorbeigehen bemerkte, es scheine an der rechten Organisation gemangelt zu haben, und die zwei traten eiligst den Rückzug an, ohne daß die Dame die geringste Notiz von Verena genommen hätte, deren Konflikt mit ihrer Mutter sich hinzog. Ransom, bei aller notwendigen Rücksichtnahme für Mrs. Tarrant bestrebt, diese beiden zu trennen, richtete kein einziges Wort an Olive; für ihn war sie nicht mehr vorhanden, und er sah weder, wie ihr bleiches Gesicht mit einem Mal erglühte, als wären Mrs. Farrinders Worte ein Peitschenhieb gewesen, noch daß sie, gleichsam einer jähen Eingebung folgend, zum Bühnenaufgang eilte. Hätte er sie beobachtet, hätte er vielleicht den Eindruck gehabt, sie hoffe die grausame Sühne, nach der sie suchte, in ihrer Preisgabe an die Tausende zu finden, die sie enttäuscht und betrogen hatte, in dem Anerbieten, sich tottrampeln und in Stücke reißen zu lassen. Sie hätte ihn vielleicht an einen weiblichen Hitzkopf der Pariser Revolutionen denken lassen, hoch aufgerichtet auf einer Barrikade stehend, oder sogar an die Opfergestalt der Hypatia, wie sie durch den wütenden Mob Alexandrias geschleudert wurde. Sie wurde kurz durch die Ankunft Mrs. Burrages und ihres Sohnes aufgehalten, die die Bühne verlassen hatten, als sie den Rückzug der Farrinders wahrnahmen, und wie Menschen in das Zimmer gerannt kamen, die vor einem Gewitter Zuflucht suchen. Das Gesicht der Mutter drückte die kultivierte Überraschung einer Person aus, die zum Festessen geladen war und mit ansehen mußte, wie jemand das Tafeltuch vom Tisch riß; der junge

Mann, auf dessen Arm sie sich stützte, verlor sich sofort an den Anblick, wie Verena sich von ihrer Mutter löste, nur um erneut umklammert zu werden, und an die unerwartete Anwesenheit des Mannes aus Mississippi. Seine schönen blauen Augen glitten von einem zum anderen, und er wirkte unendlich verärgert und bestürzt. Ihm schien sogar einzufallen, womöglich könne er sich wirkungsvoll einschalten, und er hätte sichtlich gern geäußert, *er* hätte, ohne geradezu zu prahlen, zumindest dafür gesorgt, daß die Geschichte sich nicht zu einem Aufruhr entwickelte. Doch Verena, eingemummt und zur Flucht bereit, war taub für ihn, und Ransom sah nicht danach aus, als sei er der passende Adressat für eine solche Bemerkung. Mrs. Burrage und Olive wechselten, als letztere vorüberschoß, einen Blick, der auf der einen Seite scharfsichtige Ironie und auf der anderen blinde Herausforderung ausdrückte.

»Ach, sprechen Sie jetzt?« erkundigte sich die Dame aus New York mit ihrem flüchtigen Lachen.

Olive war bereits verschwunden; doch Ransom hörte die Antwort, die sie in das Zimmer hinter sich schleuderte: »Ich gehe, mich auszischen und auspfeifen und beschimpfen zu lassen!«

»Olive, Olive!« schrie Verena plötzlich auf; und ihr gellender Schrei hätte bis vorn zu hören sein können. Doch Ransom hatte sie bereits mit Muskelkraft losgerissen und drängte sie schleunigst hinaus, überließ es Mrs. Tarrant, sich Mrs. Burrage in die Arme zu werfen. Er war davon überzeugt, binnen einer Minute werde deren attraktives Äußere durch die Tränen vor ihr auftauchen und ihr zu einer späterhin recht wertvollen Erinnerung an aristokratische Hilfsbereitschaft und verständige Selbstbeherrschung verhelfen. Im Labyrinth draußen verließen eilige Grüppchen, ein wenig verängstigt, den Saal, sie gaben es auf. Im Weitergehen warf Ransom Verena die Kapuze ihres langen Umhangs über den Kopf, um ihr Gesicht und ihre Identität zu verbergen. Das verhinderte jegliches Erkennen, und als sie sich in die herausströmende Menge mischten, wurde er der jähen, vollständigen, ungeheuren Stille gewahr, mit der der Saal Olive Chancellors ungestümes Erscheinen auf der Bühne begrüßte. Jedes Geräusch hörte mit einem Schlag auf, das Schweigen war achtungsvoll, das große Publikum wartete, und was immer sie ihnen sagen würde (und er dachte, sie mochte allerdings ziemlich in Verlegenheit sein), augenscheinlich waren sie nicht geneigt, die Bänke nach ihr zu schleudern. Ransom, dem angesichts seines Sieges das Herz klopfte, empfand jetzt ein wenig Mitleid mit ihr, und er fand Erleichterung in dem Wissen, daß ein Bostoner Publikum es, selbst wenn es aufgebracht ist, nicht an Großmut fehlen läßt. »Ach, jetzt bin ich froh!« sagte Verena, als sie die Straße erreichten. Doch obwohl sie froh war, entdeckte er bald, daß sie unter ihrer Kapuze weinte. Es ist zu befürchten, daß sie in der so ganz und gar nicht glanzvollen Verbindung, die sie sich einzugehen anschickte, solche Tränen nicht zum letzten Mal vergossen haben sollte.